Heike Reisch
Andreas-Hofer-Str. 17
66954 Pirmasens
Tel. + Fax 06331 96930

Ein Haus in Irland

Maeve Binchy

Ein Haus in Irland

Roman

*Aus dem Englischen von Christa Prummer-Lehmair,
Gerlinde Schermer-Rauwolf, Robert A. Weiß und
Thomas Wollermann (Kollektiv Druck-Reif)*

Weltbild

Die englische Originalausgabe erschien 1998 unter dem Titel
Tara Road bei Orion, London.

Genehmigte Lizenzausgabe
für Verlagsgruppe Weltbild GmbH, Augsburg
Copyright der Originalausgabe © 1998 by Maeve Binchy
Copyright der deutschsprachigen Ausgabe © 1999
bei Droemersche Verlagsanstalt Th. Knaur Nachf., München
Übersetzung: Kollektiv Druck-Reif, München
Umschlaggestaltung: DYADEsign, Düsseldorf
Umschlagmotiv: Mauritius-Tovino, Mittenwald
Gesamtherstellung: GGP Media, Pößneck
Printed in Germany
ISBN 3-8289-6958-5

2005 2004 2003 2002

Die letzte Jahreszahl gibt
die aktuelle Lizenzausgabe an.

Für Gordon, mit all meiner Liebe

KAPITEL EINS

Rias Mutter hatte schon immer für Filmstars geschwärmt. Es hatte sie sehr bekümmert, daß Clark Gable ausgerechnet an dem Tag gestorben war, an dem Ria geboren wurde. Zwar war Tyrone Power auf den Tag genau zwei Jahre vor Hilarys Geburt gestorben, aber das war lange nicht so schlimm. Ria, nicht Hilary, hatte an dem Tag das Licht der Welt erblickt, an dem der König der Leinwand das Zeitliche segnete. Wenn Ria *Vom Winde verweht* sah, hatte sie immer ein bißchen ein schlechtes Gewissen.
Das erzählte sie auch Ken Murray, dem Jungen, von dem sie ihren ersten Kuß bekam. Sie sagte es ihm im Kino. Und zwar, während er sie gerade küßte.
»Meine Güte, bist du langweilig«, erwiderte er bloß und versuchte ihr die Bluse aufzuknöpfen.
»Ich bin gar nicht langweilig«, protestierte Ria energisch. »Da vorne auf der Leinwand ist Clark Gable, und es gibt etwas, was mich mit ihm verbindet. Wenn das nicht interessant ist!«
Ken Murray war es peinlich, daß sie so viel Aufmerksamkeit erregten. Die Leute machten »pscht« zu ihnen herüber, manche lachten sogar. Deshalb rückte er von Ria weg und kauerte sich tief in seinen Sitz, als wollte er nicht mit ihr zusammen gesehen werden.
Ria hätte sich ohrfeigen können. Sie war jetzt beinahe sechzehn. Und alle ihre Klassenkameradinnen fanden Küssen klasse, zumindest behaupteten sie das. Aber wollte sie es selbst einmal ausprobieren, vermasselte sie alles. Vorsichtig tastete sie zu ihm hinüber.
»Ich dachte, du wolltest den Film sehen«, brummte er.
»Ich dachte, du wolltest mich vielleicht in den Arm nehmen«, erwiderte Ria hoffnungsvoll.

Er zog eine Tüte Karamelbonbons heraus und nahm sich eines. Doch ihr bot er keines an. Mit der Romantik war es vorbei.

Manchmal konnte man mit Hilary ganz gut reden, hatte Ria festgestellt. Aber nicht an diesem Abend.
»Soll man lieber schweigen, wenn man gerade geküßt wird?« fragte sie ihre Schwester.
»Jesus, Maria und Joseph«, seufzte Hilary, die sich gerade zum Ausgehen schick machte.
»Ich frage ja nur«, meinte Ria. »Weil du so etwas doch bestimmt weißt, nach all der Erfahrung, die du mit Jungs hast.«
Nervös sah Hilary sich um, sie befürchtete, jemand könnte Ria gehört haben. »Halt gefälligst die Klappe!« zischte sie. »Wenn Mam dich hört, können wir uns beide das Ausgehen abschminken, und zwar für alle Zeiten.«
Ihre Mutter hatte ihnen nachdrücklich klargemacht, daß sie in ihrer Familie kein liederliches Betragen dulden werde. Als Witwe mit zwei Töchtern hatte sie schon genug um die Ohren, da wollte sie sich nicht auch noch Sorgen machen müssen, daß ihre Mädchen sich vielleicht wie Flittchen benahmen und niemals unter die Haube kommen würden. Sobald Hilary und Ria nette, anständige Ehemänner und ein eigenes Heim hätten, könne sie glücklich sterben. Natürlich schwebte ihr dabei ein hübsches Haus in einem besseren Viertel von Dublin vor, vielleicht sogar mit Garten. Nora Johnson hegte große Hoffnungen, daß es mit ihnen ein bißchen aufwärtsgehen könnte. Daß sie einmal in einer netteren Umgebung leben würden als in dem großen Sozialwohnungsviertel, wo sie jetzt wohnten. Und man fand nun einmal keinen passablen Mann, wenn man sich jedem dahergelaufenen Lümmel an den Hals warf.
»Entschuldigung, Hilary.« Ria war zerknirscht. »Aber sie hat bestimmt nichts gehört, sie schaut Fernsehen.«
Ihre Mutter tat abends nur selten etwas anderes. Sie sei todmüde, erklärte sie, wenn sie aus der chemischen Reinigung zurückkam, wo sie den ganzen Tag hinter der Theke stand. Da war es schön,

wenn man abends gemütlich im Sessel sitzen und in eine andere Welt eintauchen konnte. Mam hatte Rias verfängliche Bemerkung über Erfahrungen mit Jungs bestimmt nicht gehört.

Hilary verzieh ihr – schließlich war sie heute abend auf Rias Hilfe angewiesen. Nach einem System, das Mam sich ausgedacht hatte, sollte Hilary ihre Handtasche auf dem Treppenabsatz abstellen, sobald sie heimkam. Wenn Mam sich dann aus ihrem Sessel erhob und ins Badezimmer ging, stellte sie auf diese Weise fest, daß Hilary zu Hause war, und konnte beruhigt schlafen. Manchmal fiel es allerdings Ria zu, die Handtasche gegen Mitternacht auf der Treppe zu plazieren, und Hilary, die nur Schlüssel und Lippenstift mitgenommen hatte, konnte sich zu späterer Stunde hereinschleichen.

»Wer wird das für mich tun, wenn es mal soweit ist?« überlegte Ria.

»Dazu wird es nie kommen, wenn du ständig auf die Typen einquasselst, die dich küssen wollen«, erwiderte Hilary. »Dann gibt es keinen Grund, abends wegzugehen, weil du gar nicht wüßtest, wohin.«

»So ein Quatsch«, entgegnete Ria, fühlte sich aber keineswegs so zuversichtlich, wie sie tat. Sie war den Tränen nahe.

Dabei fand sie, daß sie eigentlich nicht schlecht aussah. Ihre Schulfreundinnen sagten, sie könne sich glücklich schätzen mit ihren dunklen Locken und den blauen Augen. Sie war auch nicht dick oder so, und ihre Pickel hielten sich in Grenzen. Trotzdem blieb sie immer zweite Wahl; ihr fehlte eben diese gewisse Ausstrahlung, die manche anderen Mädchen aus ihrer Klasse hatten.

Hilary bemerkte ihre verzagte Miene. »Hör mal, du bist wirklich in Ordnung, du hast Naturlocken, was schon mal ein großer Vorteil ist. Außerdem bist du klein, das mögen die Jungs. Es kommen bald bessere Zeiten. Sechzehn ist das schlimmste Alter, auch wenn dir alle was anderes erzählen.« Manchmal konnte Hilary tatsächlich sehr nett sein. Besonders wenn sie jemanden brauchte, der abends ihre Handtasche auf die Treppe stellte.

Und Hilary sollte recht behalten. Es kamen wirklich bessere Zeiten. Nachdem Ria von der Schule abgegangen war, machte sie wie ihre ältere Schwester eine Sekretärinnenausbildung. Wie sich herausstellte, lernte sie dabei eine Menge Jungs kennen. Keinen bestimmten, aber sie hatte es auch nicht eilig. Möglicherweise, meinte sie, würde sie sich erst einmal die Welt ansehen, bevor sie den Hafen der Ehe ansteuerte.
»Du solltest besser nicht zuviel reisen«, gab ihre Mutter zu bedenken.
Denn nach Nora Johnsons Meinung wurde eine reiselustige Frau von den Männern gern als leichtlebig eingeschätzt. Männer heirateten lieber gesetztere, ruhigere Frauen, die sich nicht in der Weltgeschichte herumtrieben. Es sei nur vernünftig, sich frühzeitig über die Vorlieben der Männer zu informieren, damit man gewappnet in den Kampf gehen könne. Dabei ließ Nora Johnson durchblicken, daß sie selbst vielleicht nicht genügend Ahnung von Männern gehabt habe. Denn der verstorbene Mr. Johnson mit seinem strahlenden Lächeln und seinen flott sitzenden Hüten war leider kein treusorgender Gatte und Vater gewesen. Von Lebensversicherungen hatte er nämlich nichts gehalten und deshalb auch keine abgeschlossen. Ihre Töchter sollten es besser haben, wenn die Zeit gekommen war.
»Wann, meinst du, wird die Zeit kommen?« fragte Ria ihre Schwester.
»Die Zeit für was?« Mißmutig betrachtete Hilary ihr Abbild im Spiegel. Das Problem mit dem Rouge war, daß man es genau dosieren mußte. Erwischte man zuviel, sah man aus wie ein Clown, nahm man zuwenig, wirkte es, als hätte man sich das Gesicht nicht gewaschen.
»Ich meine, wann, glaubst du, wird eine von uns beiden heiraten? Mam redet doch immer davon, daß ›die Zeit einmal kommen wird‹.«
»Na, hoffentlich kommt sie für mich zuerst, ich bin schließlich die Ältere. Laß dir bloß nicht einfallen, vor mir zu heiraten.«
»Nein, ich wüßte auch gar nicht, wen. Ich würde nur zu gern in

die Zukunft blicken können und sehen, wo wir in zwei Jahren sein werden. Wäre das nicht klasse?«
»Wenn dich das so brennend interessiert, geh doch zu einer Wahrsagerin.«
»Was wissen die schon«, meinte Ria verächtlich.
»Kommt ganz darauf an. Man muß nur die richtige finden. Einige Mädchen aus der Arbeit waren bei einer Wahrsagerin und haben richtig von ihr geschwärmt. Wenn man hört, was die alles über einen weiß, läuft es einem kalt den Rücken runter.«
»Warst du etwa auch bei ihr?« staunte Ria.
»Ja. Die anderen sind alle hingegangen, da wollte ich keine Spielverderberin sein.«
»Und?«
»Was und?«
»Was hat sie dir gesagt? Komm schon, spann mich nicht auf die Folter.« Rias Augen leuchteten.
»Sie sagte, ich werde binnen zwei Jahren heiraten ...«
»Toll! Darf ich deine Brautjungfer sein?«
»... und daß ich in einem von Bäumen umstandenen Haus leben werde, daß sein Name mit M anfängt und daß wir uns lebenslanger Gesundheit erfreuen werden.«
»Michael, Matthew, Maurice, Marcello?« Ria probierte mehrere Namen aus. »Und wie viele Kinder?«
»Keine Kinder, hat sie gesagt«, antwortete Hilary.
»Du glaubst ihr doch nicht etwa, oder?«
»Natürlich glaube ich ihr. Sonst hätte ich doch nicht einen ganzen Wochenlohn dafür ausgegeben.«
»Soviel hast du doch nie und nimmer bezahlt!«
»Sie versteht was davon. Weißt du, sie hat diese Gabe ...«
»Hör auf!«
»Nein, wirklich. Sie wird von allen möglichen Prominenten zu Rate gezogen. Das würden die doch nicht tun, wenn sie nicht diese Gabe hätte.«
»Und woraus hat sie das alles gelesen, die Gesundheit, den Mann mit M, daß ihr keine Kinder bekommt? Aus dem Teesatz?«

»Nein, aus meiner Hand. Schau, diese feinen Linien unter dem kleinen Finger an der Handkante. Du hast zwei davon, ich habe keine.«
»Hilary, sei nicht albern. Mam hat drei Linien ...«
»Und du erinnerst dich, daß sie noch ein Baby hatte, das gestorben ist. Macht also drei.«
»Du meinst es ernst! Du kaufst ihr das tatsächlich ab!«
»Du hast mich gefragt, und ich habe dir geantwortet.«
»Und alle, die Kinder kriegen werden, haben solche Linien, und die Kinderlosen nicht?«
»Man muß schon wissen, wie man es lesen muß«, meinte Hilary vorsichtig.
»Ich habe eher das Gefühl, man muß wissen, wie man die Leute ausnehmen kann.« Es beunruhigte Ria, daß sich ihre sonst sehr vernünftige Schwester so leicht um den Finger hatte wickeln lassen.
»Es ist gar nicht so teuer, wenn man bedenkt ...«, fing Hilary an.
»Ach, Hilary, ich bitte dich. Ein Wochenlohn für diesen Humbug! Wo wohnt sie denn, in einem Penthouse?«
»Nein, zufälligerweise in einem Wohnwagen, auf einem Rastplatz.«
»Willst du mich auf den Arm nehmen?«
»Ehrlich, es geht ihr nicht ums Geld. Das ist kein Schwindel und nicht nur ein Job für sie, sie hat eben diese Gabe.«
»Na klar.«
»Wie es aussieht, kann ich also tun, was ich will, ohne schwanger zu werden.« Hilary klang sehr zuversichtlich.
»Es könnte trotzdem riskant sein, die Pille abzusetzen«, warnte Ria sie. »Ich würde mich nicht so unbedingt auf Madame Fifi oder wie sie heißt verlassen.«
»Mrs. Connor.«
»Mrs. Connor«, wiederholte Ria. »Ist ja entzückend. Als Mam jung war, fragte sie immer die heilige Anna um Rat. Das fanden wir damals reichlich daneben, und jetzt haben wir eine Mrs. Connor vom Landfahrerplatz.«

»Warte nur, bis du mal was wissen willst, dann wirst du auch zu ihr rennen.«

Ob einem eine neue Stelle gefiel, wußte man erst, wenn man sie angetreten hatte. Und dann war es bereits zu spät.
Hilary arbeitete als Bürokraft zuerst in einer Bäckerei, dann in einer Wäscherei, und schließlich entschied sie sich für eine Sekretärinnenstelle in einer Schule. Da habe man zwar kaum eine Chance, den Mann fürs Leben kennenzulernen, meinte sie, aber sie verdiente etwas besser und bekam außerdem einen kostenlosen Mittagstisch, wodurch sie mehr Geld zur Seite legen konnte. Sie wollte nämlich etwas zu einem Haus beisteuern können, wenn die Zeit gekommen war.
Auch Ria sparte, allerdings für eine Weltreise. Zuerst arbeitete sie im Büro eines Haushaltswarenladens, dann in einem Betrieb, der Friseurbedarf herstellte. Schließlich kam sie bei einer großen Immobilienfirma unter, wo sie am Empfang saß und die eingehenden Anrufe entgegennahm. Es war eine völlig neue Welt für sie, und bald stellte sie fest, daß es sich offensichtlich um eine sehr hektische Branche handelte. Die achtziger Jahre hatten Irland einen Aufschwung gebracht, der sich als erstes auf dem Immobilienmarkt widerspiegelte. Obwohl in dieser Branche ein starker Konkurrenzdruck herrschte, fand Ria, daß in ihrer Firma ein echter Teamgeist herrschte.
Gleich am ersten Tag lernte sie Rosemary kennen, eine schlanke, hinreißend schöne Blondine, aber ebenso nett wie die Mädchen, die Ria von der Schule oder der Sekretärinnenausbildung her kannte. Auch Rosemary wohnte mit ihrer Schwester noch zu Hause bei der Mutter, in dieser Hinsicht hatten sie also schon einmal etwas gemeinsam. Rosemary war in allen geschäftlichen Dingen so selbstsicher und gewandt, daß Ria vermutete, sie müsse studiert haben oder sich anderweitig ein fundiertes Wissen über den Immobilienmarkt angeeignet haben. Keineswegs, antwortete Rosemary, sie arbeite hier erst seit einem halben Jahr, und es sei ihre zweite Arbeitsstelle.

»Es bringt nichts, wenn man irgendwo arbeitet, ohne zu wissen, worum es eigentlich geht«, sagte sie. »Die Arbeit ist doppelt so interessant, wenn man von allem eine Ahnung hat.«
Das machte Rosemary auch doppelt so interessant für ihre männlichen Kollegen. Allerdings hatten sie es ziemlich schwer, wenn sie nähere Bekanntschaft mir ihr schließen wollten. Wie Ria gehört hatte, gab es sogar heimliche Wetten, wer als erster bei Rosemary landen würde. Auch Rosemary hatte davon gehört. Die beiden Mädchen lachten herzlich darüber.
»Es ist nur ein Spiel«, meinte Rosemary. »Im Grunde wollen sie gar nichts von mir.« Ria war sich da nicht so sicher, denn beinahe jeder Mann im Büro wäre stolz darauf gewesen, sich mit Rosemary Ryan an seiner Seite zeigen zu können. Doch sie war unerbittlich: erst die Karriere, dann die Männer. Bei diesen Worten horchte Ria auf. Das klang so ganz anders als das, was sie zu Hause von ihrer Mutter und ihrer Schwester zu hören bekam, die Heirat und Ehe für das Wichtigste überhaupt hielten.

Rias Mutter fand, 1982 sei ein richtiges Trauerjahr für die Filmbranche. Erst der Tod von Ingrid Bergman, Romy Schneider und Henry Fonda, und dann kam auch noch Fürstin Gracia Patricia bei diesem schrecklichen Unfall ums Leben. All die wirklich großen Schauspieler starben wie die Fliegen.
In ebendiesem Jahr verlobte sich Hilary Johnson mit Martin Moran, einem Lehrer an der Schule, wo sie im Sekretariat arbeitete.
Martin war ein blasser, ängstlicher Typ und stammte aus dem Westen Irlands. Sein Vater sei ein kleiner Bauer, pflegte er zu sagen – nicht etwa nur ein Bauer, sondern ein *kleiner* Bauer. Bei Martins Größe von einem Meter fünfundachtzig konnte man sich das kaum vorstellen. Er hatte gute Manieren und war Hilary offenbar sehr zugetan, aber irgendwie mangelte es ihm an Schwung und Lebendigkeit. Wenn er sonntags zum Essen kam, wirkte er immer etwas bedrückt und neigte grundsätzlich zur Schwarzmalerei.

Überall sah er Probleme. Wenn der Papst England besuchte, würde sicher ein Attentat auf ihn verübt werden, verkündete Martin im Brustton der Überzeugung. Als dann doch nichts passierte, hatte der Papst lediglich Glück gehabt, sein Besuch sei im übrigen auch weit hinter den Erwartungen zurückgeblieben. Der Falklandkrieg würde Auswirkungen auf Irland haben, unkte er, die Nahostkrise würde sich verschärfen, und die Bombenanschläge der IRA in London seien nur die Spitze des Eisbergs. Außerdem seien die Lehrergehälter zu niedrig und die Immobilienpreise zu hoch.
Ria betrachtete verwundert den Mann, den ihre Schwester zu heiraten gedachte.
Hilary, die früher bedenkenlos einen ganzen Wochenlohn für eine Wahrsagerin ausgegeben hatte, redete jetzt davon, wie teuer Schuhreparaturen seien und daß es doch völliger Wahnsinn sei, außerhalb der Billigtarifzeiten zu telefonieren.
Schließlich entschieden sich die beiden für ein Objekt und leisteten eine Anzahlung. Das Haus war wirklich ziemlich klein. Und wie die Gegend in Zukunft aussehen würde, konnte man sich beim besten Willen nicht vorstellen. Gegenwärtig bestimmten Schlammlöcher, Betonmischmaschinen, Bauarbeiter, halbfertige Straßen und ungepflasterte Gehwege das Bild. Trotzdem schien es genau das zu sein, was sich Hilary vom Leben erwartet hatte. Ria hatte ihre ältere Schwester noch nie so glücklich gesehen.
Hilary lächelte unentwegt und hielt Martins Hand, sogar wenn sie über so betrübliche Themen wie Amtsgebühren oder Maklerprovisionen sprachen. Immer wieder betrachtete sie ihren Ring mit dem winzigen Diamanten. Martin hatte ihn sorgsam ausgewählt und bei einem Juwelier gekauft, bei dem sein Vetter arbeitete, so daß er einen Preisnachlaß aushandeln konnte.
Mit froher Erwartung fieberte Hilary ihrer Hochzeit entgegen, die zwei Tage vor ihrem vierundzwanzigsten Geburtstag stattfinden würde. Für Hilary war nun die Zeit gekommen, und sie stimmte sich mit äußerster Sparsamkeit darauf ein. Sie und Martin wett-

eiferten darum, wer mehr Geld für das gemeinsame Vorhaben beiseite legen konnte.
Im Winter zu heiraten war viel vernünftiger. Hilary würde ein cremefarbenes Kostüm mit Hut tragen, was sie auch später noch anziehen konnte, und wenn man es dunkel einfärbte, hatte man sogar noch länger etwas davon. Zur Feier des Tages würden sie in einem Dubliner Hotel einen kleinen Lunch einnehmen, natürlich nur im engsten Kreis der Familie. Als kleine Bauern konnten es sich Martins Vater und seine Brüder nicht leisten, länger als einen Tag ihrem Hof fernzubleiben. Man mußte sich einfach für Hilary freuen, denn alles war genau so, wie sie es sich wünschte. Aber Ria wußte, daß es ihrer Vorstellung vom Leben überhaupt nicht entsprach.
Zur Hochzeit trug Ria einen scharlachroten Mantel, und ihren schwarzen Lockenkopf hatte sie mit einem rotsamtenen Haarband und einer ebensolchen Schleife geschmückt. Bestimmt war sie eine der farbenfrohesten Brautjungfern bei einer der tristesten Hochzeiten Europas, ging es ihr durch den Sinn.
Am Montag beschloß sie, den scharlachroten Brautjungfernmantel ins Büro anzuziehen. Rosemary war verblüfft. »Hey, du siehst ja phantastisch aus! Ich habe dich noch nie gesehen, wenn du dich schick gemacht hast, Ria. Weißt du, du solltest dich öfter mal in Schale werfen. Schade, daß wir mittags nicht irgendwohin essen gehen können, wo du dich zeigen kannst. Das ist eine richtige Verschwendung.«
»Ach komm, Rosemary, so toll ist das nun auch nicht«, erwiderte Ria verlegen. Sollte das heißen, daß sie sonst immer wie eine Landstreicherin aussah?
»Nein, ich meine es ernst. Du solltest immer diese grellen Farben tragen. Ich wette, damit hast du bei der Hochzeit enorm Eindruck gemacht!«
»Schön wär's, aber vielleicht war es auch ein bißchen zu schrill und hat sie alle farbenblind gemacht. Du kannst dir ja nicht vorstellen, wie Martins Verwandtschaft so ist.«
»So wie Martin?« vermutete Rosemary.

»Verglichen mit denen ist Martin ein wahres Energiebündel«, meinte Ria.
»Weißt du, ich kann es gar nicht glauben, daß ich dieselbe Ria vor mir habe wie letzte Woche.« Rosemary, perfekt geschminkt und in einem makellosen lilafarbenen Strickkleid, stand vor ihr und starrte sie voller Bewunderung an.
»Ich glaube, du hast mich wirklich überzeugt. Jetzt muß ich mir eine komplette neue Garderobe zulegen.« Ria drehte sich noch einmal im Kreis, ehe sie ihren knallroten Mantel ablegte. Und da bemerkte sie den Neuen im Büro.
Sie hatte bereits gehört, daß ein gewisser Mr. Lynch aus der Filiale in Cork kommen würde. Das mußte er sein. Er war ziemlich klein, etwa von Rias Größe. Und er sah auch nicht umwerfend gut aus, doch er hatte blaue Augen und glattes blondes Haar, das ihm in die Stirn fiel – und ein strahlendes Lächeln, als würde die Sonne aufgehen. »Hallo, ich bin Danny Lynch«, stellte er sich vor. Ria schaute ihn an und genierte sich ein wenig, weil sie in ihrem neuen Mantel vor seinen Augen Pirouetten gedreht hatte. »Sie sehen einfach großartig aus«, sagte er. Ria schnürte es die Kehle zu, als wäre sie einen Berg hinaufgelaufen und außer Atem geraten.
Glücklicherweise ergriff Rosemary die Initiative, denn Ria hätte keinen Ton herausgebracht.
»Ja, hallo, Danny Lynch«, erwiderte sie mit dem Anflug eines Lächelns. »Herzlich willkommen in unserem Büro. Wissen Sie, man hat uns zwar gesagt, daß ein Mr. Lynch zu uns kommen würde, aber irgendwie haben wir gedacht, das wäre ein älterer Herr.« Plötzlich und zum ersten Mal war Ria auf ihre Freundin eifersüchtig. Warum wußte Rosemary immer genau, was sie sagen mußte, wie schaffte sie es nur, gleichzeitig witzig, charmant und liebenswürdig zu sein?
»Ich heiße Rosemary, und das ist Ria. Wir sind die Truppe, die den Laden hier am Laufen hält. Deshalb müssen Sie sich gut mit uns stellen.«
»Oh, das tue ich bestimmt«, versprach Danny.

Da wußte Ria, daß er wahrscheinlich auch bald zu denen gehören würde, die darum wetteten, wer als erster bei Rosemary landete. Und daß er es wahrscheinlich sogar schaffen würde. Merkwürdig war nur, daß er seine Worte offenbar an sie, Ria, richtete, aber vielleicht bildete sie sich das auch nur ein. Rosemary fuhr fort: »Wir überlegen uns gerade, wohin wir ausgehen könnten, um Rias neuen Mantel zu feiern.«
»Klasse! Nun, damit hätten wir einen Anlaß, jetzt brauchen wir nur noch ein Lokal. Und wir müßten wissen, ob wir lange genug Mittagspause machen können, damit ich nicht schon am ersten Tag unangenehm auffalle.« Er strahlte die beiden abwechselnd mit seinem außerordentlichen Lächeln an, als gäbe es außer ihnen dreien niemanden auf der Welt.
Ria war sprachlos, ihr Mund fühlte sich ganz trocken an.
»Wenn wir nicht länger als eine Stunde weg sind, dürfte das kein Problem sein«, meinte Rosemary.
»Dann ist die Frage nur noch: wo?« sagte Danny Lynch und schaute Ria dabei in die Augen. In diesem Moment schien die Welt nur noch aus ihnen beiden zu bestehen. Sie brachte noch immer keinen Ton heraus.
»Gleich gegenüber ist ein Italiener«, schlug Rosemary vor. »Da würden wir uns lange Wege sparen.«
»Ja, gehen wir doch dorthin«, erwiderte Danny Lynch, ohne den Blick von Ria Johnson abzuwenden.

Danny war dreiundzwanzig. Sein Onkel war Auktionator gewesen. Nun, eigentlich war er in ihrer Kleinstadt alles mögliche gewesen, auch Gastwirt und Leichenbestatter, aber er besaß eine Zulassung als Versteigerer, und Danny hatte bei ihm nach dem Schulabschluß gearbeitet. Sie hatten Getreide, Dünger und Heu wie auch Vieh und kleine Höfe verkauft, aber durch den Aufschwung in Irland war der Immobilienmarkt immer bedeutender geworden. Danach hatte Danny eine Stelle in Cork angetreten, wo es ihm sehr gut gefallen hatte, und nun war er nach Dublin gewechselt.

Er war aufgeregt wie ein Kind an Weihnachten und steckte Rosemary und Ria mit seiner Vorfreude an. Die Büroarbeit, sagte er, könne er nicht leiden, er sei lieber im Außendienst, aber das gehe wohl jedem so. Natürlich sei ihm klar, daß es eine Zeitlang dauern würde, bis er sich hier die entsprechende Position erarbeitet hatte. Er sei schon oft in Dublin gewesen, habe hier aber noch nie gelebt.

Wo er denn jetzt wohne? Solches Interesse hatte Rosemary noch an niemandem gezeigt, dachte Ria bedrückt. Jeder Mann im Büro hätte alles dafür gegeben, wenn sie mit einem solchen Leuchten in den Augen an seinen Lippen gehangen hätte. Noch nie hatte sie einen ihrer Kollegen gefragt, wo er wohnte, es schien ihr völlig gleichgültig zu sein, ob sie überhaupt eine Bleibe hatten. Doch bei Danny war das anders. »Sagen Sie nur nicht, daß Sie irgendwo weit draußen wohnen«, meinte Rosemary, den Kopf zur Seite geneigt. Kein Mann auf Erden konnte widerstehen, wenn Rosemary seine Adresse wissen wollte und er die Möglichkeit hatte, auch die ihre zu erfahren. Aber Danny schien ihre Frage als ganz unverbindlich zu betrachten, als ein völlig alltägliches Gesprächsthema. Während sein Blick von einer zur anderen schweifte, erzählte er, daß er das große Los gezogen habe. Ja, er habe wirklich unverschämtes Glück gehabt. Er habe da einen Mann kennengelernt, einen etwas verrückten und verwirrten Alten namens Sean O'Brien, einen richtigen Einsiedler, und dieser habe ein großes, prächtiges Haus in der Tara Road geerbt. Eigentlich müsse es dringend renoviert werden, aber Sean sei dazu nicht in der Lage, er scheue den ganzen Aufwand und die endlosen Diskussionen darüber. Nach seinem Wunsch sollten einfach ein paar Männer dort einziehen und wohnen. Denn mit Männern habe man weniger Scherereien als mit Frauen, sie legten nicht so viel Wert auf Luxus, Ordnung und Sauberkeit. Dabei lächelte Danny die beiden entschuldigend an, als wollte er sagen, er wisse ja, daß Männer hoffnungslose Fälle seien.

So wohnte er dort nun mit zwei anderen Burschen. Jeder hatte ein Zimmer zur Miete und kümmerte sich ein bißchen ums Haus,

bis der arme alte Sean eine Entscheidung getroffen hatte, was er letztlich damit anfangen wollte. Auf diese Weise war allen gedient.
Was sei das denn für ein Haus, wollten die Mädchen wissen.
Die Häuser in der Tara Road seien völlig unterschiedlich, erklärte Danny. Da gebe es stattliche Villen mit baumbestandenen Gärten und kleine Häuser, die direkt an die Straße grenzten. Die Nummer 16 sei ein großes altes Haus, aber mittlerweile baufällig, feucht und heruntergekommen. Sean O'Briens Onkel habe sich wohl ebensowenig darum gekümmert wie Sean selbst, denn früher müsse es ein herrliches Anwesen gewesen sein. Für Häuser habe er, Danny, ein Gespür, sonst wäre er in dieser Branche ja auch fehl am Platz.
Ria saß da, das Kinn auf die Hände gestützt, hörte ihm verzückt zu und konnte den Blick nicht von ihm abwenden. Wie lebhaft er doch erzählte! Zum Haus gehöre ein großer, verwilderter Garten, fuhr er fort, im hinteren Teil stünden sogar Obstbäume. Ja, es sei eines dieser Häuser, die einen richtiggehend willkommen hießen.
Rosemary, die das Gespräch in Gang gehalten hatte, rief nach der Rechnung. Sie gingen über die Straße zurück zur Firma, und Ria setzte sich an ihren Schreibtisch. Nein, sagte sie sich, im wirklichen Leben gibt es so etwas nicht. Es ist lediglich eine Schwärmerei. Er ist nur ein ganz gewöhnlicher, nicht einmal sonderlich großer junger Mann, der eben gut mit Leuten umgehen kann. Aber warum um alles auf der Welt hatte sie dann das Gefühl, daß er etwas Besonderes war und daß sie zur Mörderin werden könnte, wenn er seine Zukunftspläne und Wünsche mit einer anderen Frau als ihr verwirklichen würde? Das war doch nicht normal. Plötzlich erinnerte sie sich an die Hochzeit ihrer Schwester am Vortag. Nein, *das* war auch nicht normal.
Kurz vor Büroschluß ging Ria zu Danny Lynchs Schreibtisch. »Morgen werde ich zweiundzwanzig«, sagte sie. »Ich dachte mir ...« Auf einmal wußte sie nicht mehr weiter.
»Feiern Sie eine Party?« half er ihr.
»Nein, eigentlich nicht.«
»Aber wir könnten doch trotzdem zusammen feiern. Heute den

Mantel, morgen Ihren Geburtstag. Und wer weiß, was es am Mittwoch für einen Anlaß gibt.«
Und da wußte Ria, daß es keine Schwärmerei war, sondern Liebe. Etwas, was sie nur aus Büchern, Erzählungen, Liedern oder Kinofilmen kannte. Und jetzt lernte sie selbst die Liebe kennen, hier in ihrem Büro.

Zunächst wollte sie ihn ganz für sich haben und keinem anderen von ihm erzählen. Beim Abschied klammerte sie sich an ihn, als wollte sie ihn nie wieder loslassen.
»Aus dir werde ich nicht schlau, meine Liebe«, sagte er zu ihr. »Mal willst du mich bei dir haben, dann schickst du mich wieder weg. Oder bin ich nur zu blöd, um das zu verstehen?« Er legte den Kopf schief und schaute sie fragend an.
»Genauso sind eben auch meine Gefühle«, antwortete sie schlicht. »Ich bin ziemlich verwirrt.«
»Nun, wir können das Ganze doch vereinfachen, oder nicht?«
»Ich weiß nicht. Für mich wäre das ein großer Schritt, verstehst du? Ich möchte kein Drama daraus machen, aber ich war noch nie mit einem Mann zusammen. Was aber nicht heißt ...« Sie biß sich auf die Unterlippe. Sie wagte nicht auszusprechen, daß sie erst mit ihm schlafen wollte, wenn sie wußte, daß er sie liebte. Damit würde sie ihm die Worte ja regelrecht in den Mund legen.
Danny Lynch nahm ihr Gesicht in beide Hände. »Ich liebe dich, Ria, ich bete dich an.«
»Liebst du mich wirklich?«
»Das weißt du doch.«
Wenn er sie beim nächsten Mal fragte, ob sie mit zu ihm in das große, weitläufige Haus gehen wollte, würde sie nicht nein sagen. Merkwürdigerweise kam er in den darauffolgenden Tagen aber nicht mehr darauf zu sprechen. Statt dessen erzählte er von sich, daß in der Schule immer alle auf ihm herumgehackt hatten, weil er so klein gewesen war, und daß seine älteren Brüder ihm beigebracht hatten, wie er sich wehren konnte. Heute lebten seine Brüder in London, alle beide. Der eine war verheiratet, der

andere wohnte mit seiner Freundin zusammen. Sie kamen nicht oft nach Hause. Ihre Urlaube verbrachten sie lieber in Spanien oder Griechenland.

Seine Eltern wohnten seit Jahr und Tag im selben Haus. Sie lebten sehr zurückgezogen und unternahmen gern lange Spaziergänge mit ihrem roten Setter. Ria hatte den Eindruck, daß Danny nicht besonders gut mit seinem Vater auskam, aber obwohl ihr die Frage unter den Nägeln brannte, ließ sie sie unausgesprochen. Männern war es zuwider, über so persönliche Dinge zu sprechen. Das wußten sie und Rosemary aus Zeitschriftenartikeln und auch aus eigener Erfahrung. Männer ließen sich nicht gern über ihre Gefühle ausfragen. Deshalb wollte sie nicht weiter nachhaken, wie denn seine Kindheit gewesen sei, warum er so wenig von seinen Eltern erzählte und sie nur selten besuchte.

Da Danny sich auch nicht nach ihrer Familie erkundigte, wollte sie ihn ebensowenig mit ihren Geschichten behelligen: etwa, daß ihr Vater in ihrem achten Lebensjahr gestorben war, daß ihre Mutter noch immer voller Verbitterung und Enttäuschung von ihm sprach und daß Hilarys und Martins Hochzeit so schrecklich langweilig gewesen war.

In jenen verliebten Tagen mangelte es ihnen nie an Gesprächsstoff. Danny wollte wissen, welche Musik sie mochte, was sie las, wo sie ihre Urlaube verbracht hatte, welche Filme sie gerne anschaute und welche Häuser ihr gefielen. Er zeigte ihr Bücher über Häuser und wies sie auf Dinge hin, die ihr nie aufgefallen wären. Wie schön wäre es, wenn das Haus Nummer 16 in der Tara Road ihm gehören würde, schwärmte er. Er würde es herrichten und hegen und pflegen. Ja, er wollte sich ihm mit einer Liebe widmen, die ihm das Haus tausendfach zurückgeben würde.

Mit Rosemary reden zu können war eine Wohltat. Anfangs hielt Ria sich bedeckt. Sie befürchtete, wenn Rosemary Danny nur noch ein einziges Mal anlächelte, würde er sie verlassen und sich Rosemary an den Hals werfen. Doch im Laufe der Zeit wurde sie sich seiner Liebe sicherer. Und dann erzählte sie Rosemary alles, berichtete über ihre gemeinsamen Unternehmungen, sprach über

Dannys Interessen und über seine eigenbrötlerische Familie auf dem Land.
Rosemary hörte teilnahmsvoll zu. »Dich hat es ganz schön erwischt«, meinte sie schließlich.
»Meinst du, daß ich eine Dummheit begehe, daß das nur ein Strohfeuer ist? Du weißt doch über solche Sachen Bescheid.« Ria wünschte sich nichts sehnlicher, als daß sie auch so ein ovales Gesicht mit so hohen Wangenknochen gehabt hätte.
»Ihn scheint es genauso erwischt zu haben«, seufzte Rosemary.
»Natürlich *sagt* er, daß er mich liebt«, antwortete Ria auf Rosemarys angedeutete Frage.
»Selbstverständlich liebt er dich. Das war schon am ersten Tag nicht zu übersehen«, entgegnete Rosemary, während sie versonnen mit ihrem langen blonden Haar spielte. »So etwas Romantisches habe ich noch nie erlebt. Ich kann dir gar nicht sagen, wie eifersüchtig wir alle auf euch sind. Eine richtige Liebe auf den ersten Blick, und das ganze Büro weiß es. Was allerdings niemand weiß: Schläfst du mit ihm?«
»Nein«, antwortete Ria entschieden. Und etwas kleinlaut fügte sie hinzu: »Noch nicht.«

Rias Mutter wollte wissen, ob sie diesen jungen Mann jemals zu Gesicht bekommen würde.
»Bald, Mam. Nur nichts übereilen.«
»Ich will ja nicht drängeln, Ria. Ich möchte dich nur darauf hinweisen, daß du seit Wochen jeden Abend mit diesem Burschen ausgehst. Da würde es sich eigentlich gehören, daß du ihn bei Gelegenheit mal zu uns nach Hause einlädst.«
»Das tue ich schon noch, Mam. Bestimmt.«
»Ich meine, Hilary hat uns ihren Martin doch auch vorgestellt, oder nicht?«
»Doch, Mam, das hat sie allerdings.«
»Also?«
»Also bringe ich ihn auch mal mit.«

»Fährst du über Weihnachten nach Hause?« fragte Ria Danny.
»Hier ist mein Zuhause«, erwiderte er mit einer Geste, die ganz Dublin einzuschließen schien.
»Ja, ich weiß. Aber ich meine, heim zu deinen Eltern.«
»Das weiß ich noch nicht.«
»Erwarten sie das denn nicht von dir?«
»Nein, das überlassen sie ganz mir.«
Zu gerne hätte sie ihn jetzt nach seinen Brüdern drüben in England gefragt, und was das eigentlich für eine Familie sei, wenn sie am Weihnachtstag nicht zum Truthahnessen an einem Tisch zusammenkamen. Aber er sollte nicht den Eindruck bekommen, daß sie ihn aushorchen wollte.
»Aha«, meinte sie nur knapp.
Danny nahm ihre Hände in die seinen.
»Hör mal, Ria, das wird sich ändern, wenn wir beide unser gemeinsames Zuhause haben. Es wird ein richtiges Zuhause sein, wo alle sich wohl fühlen. So stelle ich mir unsere Zukunft vor. Du nicht?«
»O doch, Danny«, antwortete sie und strahlte. Im Grunde seines Herzens war Danny ein liebevoller Mensch, ganz wie sie. Und sie war die glücklichste Frau auf der Welt.

»Lad ihn doch für den Weihnachtstag zu uns ein, damit wir ihn auch mal zu sehen bekommen«, bat ihre Mutter.
»Nein, Mam. Das ist nett von dir, aber es geht nicht.«
»Verbringt er Weihnachten bei seiner Familie auf dem Land?«
»Ich weiß es nicht. Er weiß es selbst noch nicht.«
»Das klingt aber nicht sehr vertrauenswürdig«, meinte ihre Mutter naserümpfend.
»Mam, da tust du ihm unrecht.«
»Aber was soll dann diese Geheimniskrämerei? … Daß er sich nicht mal ein Stündchen Zeit nimmt, sich bei der Familie seiner Freundin vorzustellen!«
»Das macht er schon noch, Mam, wenn die Zeit gekommen ist«, beschwichtigte Ria sie.

Bei der Weihnachtsfeier im Betrieb benahm sich immer irgend jemand daneben.

Dieses Jahr war es Orla King, die schon vor Beginn der Feier eine halbe Flasche Wodka geleert hatte. Dann versuchte sie zu singen: »In the jungle, the mighty jungle the lion sleeps tonight.«

»Bring das Mädchen raus, bevor einer von den Chefs sie sieht«, zischte Danny Ria zu.

Das war leichter gesagt als getan. Ria versuchte Orla zu überreden, mit ihr zur Damentoilette zu gehen.

»Verpiß dich!« lautete die Antwort.

Da kam Danny dazu. »He, mein Schatz, wir haben ja noch gar nicht miteinander getanzt«, meinte er.

Orla beäugte ihn interessiert. »Stimmt«, sagte sie.

»Gehen wir doch raus, da haben wir mehr Platz zum Tanzen.«

In freudiger Erwartung stimmte das Mädchen zu.

Sekunden später hatte Danny sie auf die Straße bugsiert. Ria brachte ihr den Mantel. Orla wurde an der kalten, frischen Luft übel, und sie führten sie in eine ruhige Ecke.

»Ich will heim«, heulte sie los.

»Komm, wir begleiten dich«, schlug Danny vor.

Er und Ria nahmen Orla in ihre Mitte, während sie immer wieder den Refrain von »The lion sleeps tonight« grölte.

Als sie Orla beim Aufsperren ihrer Wohnungstür halfen, musterte sie die beiden erstaunt. »Wie bin ich denn nach Haus gekommen?« fragte sie verdutzt.

»Es ist alles in Ordnung, Schatz«, beruhigte Danny sie.

»Willst du mit reinkommen?« Orla ignorierte Ria völlig.

»Nein, Schatz, wir sehen uns morgen«, erwiderte er, dann gingen sie.

»Wenn du sie nicht weggebracht hättest, hätte sie ihre Stelle verloren«, sagte Ria, während sie zum Bürohaus zurückspazierten. »Wie kann man nur so blöd sein ... Hoffentlich weiß sie wenigstens, was sie dir zu verdanken hat.«

»Sie ist nicht blöd, sie ist einfach nur jung und einsam«, entgegnete er.

Da wurde Ria von einer Eifersucht gepackt, die beinahe körperlich weh tat. Orla war achtzehn Jahre jung und hübsch; sogar mit ihrem verheulten Gesicht sah sie noch gut aus. Was, wenn Danny sich zu ihr hingezogen fühlte? Nein, darüber wollte Ria lieber nicht nachdenken.

Als sie zur Feier zurückkehrten, stellten sie fest, daß man sie noch nicht vermißt hatte. »Das hast du geschickt angestellt, Danny«, meinte Rosemary anerkennend. »Und was noch geschickter war: Ihr habt euch vor den Ansprachen gedrückt.«

»Wurde irgendwas Wichtiges gesagt?«

»Ach, nur daß es ein einträgliches Jahr war und daß es Gratifikationen geben wird. Es geht voran, es geht bergauf, und so weiter und so fort.«

Rosemary sah hinreißend aus mit ihrem blonden Haar, das sie mit einem straßbesetzten Kamm hochgesteckt hatte, ihrer weißen Satinbluse und dem engen schwarzen Rock, der ihre langen, schlanken Beine zur Geltung brachte. Zum zweiten Mal an diesem Abend wurde Ria eifersüchtig. Wie konnte sie, ein pummeliger Krauskopf, so einen Traummann wie Danny Lynch halten? Völlig idiotisch, es auch nur zu versuchen!

Da flüsterte er ihr ins Ohr: »Mischen wir uns unter die Leute, plaudern wir ein bißchen mit den großen Tieren, und sehen wir dann zu, daß wir von hier wegkommen.«

Ria beobachtete ihn, wie er unbefangen mit den leitenden Angestellten scherzte, den Herren vom Vorstand respektvoll zunickte und ihren Gattinnen höflich Gehör schenkte. Obwohl Danny erst seit ein paar Wochen hier arbeitete, war er bereits bei allen beliebt, und jedermann sagte ihm eine große Zukunft voraus.

»Ich nehme morgen den Heiligabend-Bus.«

»Es wird bestimmt nett, wenn all die Auswanderer heimkommen«, meinte Ria.

»Ich werde dich vermissen«, sagte er.

»Ich dich auch.«

»Am Tag nach Weihnachten fahre ich zurück – per Anhalter, weil ja keine Busse verkehren.«

»Das ist schön.«
»Ich habe mir gedacht, ich könnte zu dir nach Hause kommen und ... na ja, vielleicht auch deine Mutter kennenlernen?«
Er schlug es von sich aus vor, ganz ohne Druck oder Zwang von ihrer Seite.
»Das wäre klasse. Komm doch am Dienstag zum Mittagessen zu uns.« Jetzt mußte sie sich nur noch fest vornehmen, sich nicht für ihre Mutter ihre Schwester und ihren langweiligen Schwager zu schämen.

Es würde am Dienstag ja kein Bewerbungsgespräch werden. Nur ein einfaches Mittagessen mit Suppe und belegten Broten.
Ria versuchte ihr Heim mit Dannys Augen zu sehen. Ein Eckhaus in einer langen Straße inmitten eines großen Sozialwohnungsviertels. Nein, das entsprach sicherlich nicht seinen Vorstellungen von dem, wie er gerne wohnen würde. Aber schließlich kommt er, um mich zu sehen und nicht das Haus, tröstete sie sich. Ihre Mutter meinte, er werde hoffentlich nicht länger als bis drei Uhr bleiben, dann fange nämlich im Fernsehen ein großartiger Film an. Nein, erwiderte Ria mit zusammengebissenen Zähnen, er würde bestimmt früher gehen.
Hilary sagte, er sei sicher besseres Essen gewohnt, aber er müsse sich eben mit dem zufriedengeben, was bei ihnen auf den Tisch komme. Mit Mühe brachte Ria heraus, daß das überhaupt kein Problem sei. Martin las unterdessen seine Zeitung, ohne auch nur aufzusehen.
Ria fragte sich, ob Danny wohl eine Flasche Wein, eine Schachtel Pralinen oder eine Topfpflanze mitbringen würde. Oder vielleicht auch gar nichts. Dreimal wechselte sie ihre Garderobe. Das eine Kleid war zu schick, das andere zu unmodern. Als sie sich gerade zum dritten Mal umzog, klingelte es an der Tür.
Er war da.
»Hallo, Nora, ich bin Danny«, hörte sie ihn sagen. O Gott, er nannte ihre Mutter beim Vornamen. Martin hingegen sagte immer Mrs. J. zu ihr. Bestimmt fand Mam das ganz unmöglich.

Doch die Antwort ihrer Mutter verriet, daß auch sie sich Dannys Charme nicht entziehen konnte. »Seien Sie uns ganz herzlich willkommen«, begrüßte sie ihn in einem freundlichen Ton, den Ria in diesem Haus seit undenklichen Zeiten nicht mehr gehört hatte.

Und ebenso wirkte dieser Zauber auf Hilary und Martin. Interessiert hörte Danny zu, als sie von ihrer Hochzeit erzählten, erkundigte sich nach der Schule, in der sie arbeiteten, war entspannt und ungezwungen. Ria konnte nur staunend zusehen.

Allerdings hatte er weder Wein noch Pralinen oder Blumen mitgebracht, sondern schenkte ihnen ein Gesellschaftsspiel, Trivial Pursuit. Ria verließ aller Mut, als sie es erblickte. In dieser Familie wurden niemals Spiele gespielt. Doch da hatte sie Danny unterschätzt. Wenig später waren sie alle in die Fragekärtchen vertieft. Nora konnte sämtliche Fragen über Filmstars beantworten, und Martin glänzte mit seiner Allgemeinbildung.

»Gegen einen Lehrer habe ich einfach keine Chance«, seufzte Danny verzweifelt.

Als er ankündigte, daß er nun aufbrechen werde, wollten sie ihn noch lange nicht gehenlassen. »Ria hat mir versprochen, daß sie sich heute das Haus ansieht, in dem ich wohne«, meinte er entschuldigend. »Und ich möchte gerne, daß wir noch bei Tageslicht dort ankommen.«

»Er ist hinreißend«, hauchte Hilary.

»Ein sehr manierlicher junger Mann«, flüsterte ihre Mutter.

Schließlich hatten sie es überstanden.

»Es war nett bei euch«, bemerkte Danny, als sie auf den Bus zur Tara Road warteten. Und mehr hatte er dazu nicht zu sagen. Es kam weder eine Analyse noch eine Bewertung. Männer wie Danny waren eben direkt und unkompliziert.

Und dann waren sie da, Seite an Seite standen sie im verwilderten Vorgarten und blickten an dem Haus in der Tara Road hinauf. »Schau dir nur die Fassade an«, schwärmte Danny. »Siehst du, wie vollkommen die Proportionen sind? Das Haus ist 1870 als Herrschaftssitz gebaut worden.« Die Stufen zur Eingangstür bestanden

aus mächtigen Granitblöcken. »Sieh dir an, wie wohlgeformt sie sind, sie passen perfekt.« Die Erkerfenster waren noch im Originalzustand. »Die Fensterläden sind über hundert Jahre alt, und das Bleiglas über der Tür hat nicht mal einen Sprung. Dieses Haus war einst ein Schmuckstück«, schwärmte Danny Lynch.
Und darin wohnte er – oder besser gesagt, er hauste in einem der Zimmer.
»Den heutigen Tag wollen wir in Erinnerung behalten als den Tag, an dem wir zum ersten Mal gemeinsam über die Schwelle dieses Hauses traten«, sagte er mit leuchtenden Augen. Er konnte genauso sentimental und romantisch sein, wie sie es in vielerlei Hinsicht war. Als er gerade im Begriff war, die Tür aufzusperren, von der die Farbe abblätterte, hielt er plötzlich inne und küßte Ria. »Das wird unser Zuhause sein, Ria, was hältst du davon? Sag mir, daß du genauso begeistert davon bist wie ich.« Er meinte es ernst. Er wollte sie heiraten. Danny Lynch, ein Mann, dem alle Frauen zu Füßen lagen. Und er glaubte tatsächlich, eines Tages wäre er Eigentümer dieses herrschaftlichen Anwesens. Ein junger Mann von dreiundzwanzig Jahren, der kein Vermögen besaß. Doch so ein Haus konnten sich nur Reiche leisten, selbst in diesem schlechten Zustand.
Ria wollte ihm nicht seine Träume zerstören, und vor allem wollte sie nicht wie ihre Schwester Hilary klingen, deren Sparsamkeit sich zu einer regelrechten Manie ausgewachsen hatte. Trotzdem waren das Phantastereien. »So ein Haus übersteigt doch unsere Möglichkeiten, oder nicht?« wandte sie ein.
»Wenn du es erst mal von innen siehst, dann wirst du wissen, daß wir hier leben werden. Und wir finden Mittel und Wege, um es zu kaufen.« Während er unbeirrt weiterredete, betraten sie die Eingangsdiele. Dort lenkte er ihre Aufmerksamkeit auf die Originalstuckarbeiten an der hohen Decke und weg von den Fahrrädern, die alles verstellten. Er wies sie auf die formvollendete Treppe hin, allerdings ohne auf die morschen Holzstufen einzugehen. Das große Zimmer mit den Flügeltüren konnten sie nicht besichtigen, denn Sean O'Brien, der schrullige Vermieter, benutzte es als

Lagerraum für irgendwelche überdimensionalen Kisten und Behälter.
Sie stiegen die Treppe wieder hinunter und gelangten in die weitläufige Küche mit dem alten schwarzen Eisenherd. Von hier aus führte eine Hintertür in den Garten, und es gab eine Vielzahl von Vorrats- und Abstellkammern, von Wasch- und Spülküchen. Ria schwirrte der Kopf angesichts dieser gewaltigen Dimensionen. Und dieser Bursche mit dem verschmitzten Blick glaubte ernsthaft, er und sie könnten das nötige Geld auftreiben und ein solches Haus instand setzen.
Wenn es ihr Maklerbüro zum Kauf anbieten würde, wäre das Inserat gespickt mit den üblichen warnenden Hinweisen: größere Renovierungsarbeiten erforderlich, bauliche Veränderungen empfohlen, individuelle Gestaltung möglich. Nur ein Bauunternehmer, eine Sanierungsfirma oder jemand mit großem Vermögen würde ein solches Anwesen kaufen.
Der gefliese Küchenboden war uneben. Auf dem alten Herd stand ein kleiner, billiger Gaskocher.
»Ich mache uns einen Kaffee«, bot Danny an. »In späteren Jahren werden wir dann daran zurückdenken, wie wir das erste Mal in der Tara Road zusammen Kaffee getrunken haben ...« Und wie auf Befehl war die Küche plötzlich in ein mildes, winterliches Sonnenlicht getaucht, die schräg einfallenden Strahlen durchdrangen das Gestrüpp draußen vor dem Fenster und malten Muster auf den Fliesenboden. Es war wie ein Zeichen.
»Ja, daran werde ich mich immer erinnern – an meinen ersten Kaffee mit dir in der Tara Road«, erwiderte Ria.
»Und wir können später erzählen, daß es ein toller, sonniger Tag war, jener neunundzwanzigste Dezember 1982«, meinte Danny.
Wie es sich ergab, sollte es auch der Tag sein, an dem Ria Johnson sich zum ersten Mal einem Mann hingab. Und als sie neben Danny in dem kleinen, engen Bett lag, wünschte sie sich, sie könnte in die Zukunft schauen. Nur für einen kurzen Augenblick, um zu sehen, ob sie wirklich einmal hier wohnen, Kinder haben und im trauten Heim ihrer Träume leben würden.

Sie fragte sich, ob Hilarys Freundin Mrs. Connor, die Wahrsagerin auf dem Landfahrerplatz, es wohl wissen könnte. Bei der Vorstellung, daß sie dorthin ging und diese Frau zu Rate zog, mußte sie lächeln. Danny, der an ihrer Schulter geschlafen hatte, erwachte und blickte in ihr Gesicht.
»Bist du glücklich?« fragte er.
»So glücklich wie noch nie.«
»Ich liebe dich, Ria. Ich werde dich nie enttäuschen«, versprach er ihr.
Sie war die glücklichste Frau im ganzen Land. Nein, sagte sie sich, warum so bescheiden? Konnte es denn irgendwo einen glücklicheren Menschen geben als sie? Die glücklichste Frau der Welt – ja, das war sie.

Die nächsten Wochen vergingen wie im Flug.
Sie wußten, daß Sean O'Brien sein Haus liebend gern loswerden wollte.
Und sie wußten auch, daß er es am liebsten an sie verkaufen würde, an junge Leute, die nicht viel Aufhebens um die Feuchtigkeit und das schadhafte Dach machten und sich nicht über den schlechten baulichen Zustand des Hauses beklagten. Trotzdem mußten sie ihm einen angemessenen Preis bezahlen. Und woher sollten sie das Geld nehmen?
Das Papier, auf dem sie ihre Kalkulationen anstellten, häufte sich im Lauf der Zeit zu Stapeln an. Vier Zimmermieter im obersten Stockwerk würden genug einbringen, um die Hypothek abzuzahlen. Natürlich mußte das in aller Stille geschehen. Wozu die Baubehörden mit Details behelligen oder gar das Finanzamt auf sich aufmerksam machen? Sie entschieden sich, mit ihrem Vorschlag an die Bank heranzutreten. Ria hatte eintausend Pfund angespart, Danny zweieinhalbtausend. Und jeder von ihnen kannte Paare, die es sogar mit geringerem Startkapital zu eigenen vier Wänden gebracht hatten. Alles hing von der richtigen zeitlichen Abstimmung und der entsprechenden Präsentation ab. Ja, sie wollten es wagen.

Als sie den Hausbesitzer zu einem Gespräch über die Zukunft des Hauses einluden, scheuten sie nicht die Kosten für eine Flasche Whiskey. Wie sich herausstellte, gab es mit Sean O'Brien keine Probleme. Wieder und wieder erzählte er ihnen die Geschichte, die sie bereits kannten. Er hatte vor ein paar Jahren das Haus von seinem verstorbenen Onkel geerbt. Aber er wollte gar nicht hier wohnen, denn er besaß eine kleine Kate an einem See in Wicklow, wo er häufig angelte und mit Gleichgesinnten zechte. Dort halte er sich viel lieber auf. Das Haus in der Tara Road habe er nur für den Fall behalten, daß es einen Immobilienboom gäbe. Und den hätten sie ja jetzt. Heute sei das Haus viel mehr wert als vor zehn Jahren, also habe er doch recht gehabt, nicht wahr? Viele Leute hielten ihn für einen Trottel, aber das sei er ganz und gar nicht. Danny und Ria nickten, lobten ihn für seine Weitsicht und schenkten ihm Whiskey nach.

Sean O'Brien meinte, er habe es nie geschafft, das Haus einigermaßen in Schuß zu halten. Es sei ihm zu mühselig, ihm fehle das handwerkliche Geschick dafür, und so habe er es an Leute vermietet, die sich darum kümmerten. Deshalb habe er es jungen Burschen wie Danny und seinen Mitbewohnern mit Freuden überlassen. Allerdings sah er ein, daß das Haus keine gute Anlage mehr war, wenn es weiterhin so verfiel wie jetzt.

Er sagte, er habe sich umgehört und der übliche Preis in dieser Gegend liege bei siebzigtausend Pfund. Doch bei einem schnellen Verkaufsabschluß wäre er auch mit sechzigtausend zufrieden, und dann wäre er auch endlich die ganzen alten Möbel los und die Behälter und Kisten, die er für Freunde aufbewahrte. Für sechzigtausend könne Danny das Haus haben.

Jemand, der über die entsprechenden Mittel verfügte, hätte sich glücklich schätzen können, so ein Schnäppchen zu machen. Aber für Danny und Ria war es ein Ding der Unmöglichkeit – allein schon, weil sie eine Anzahlung von fünfzehn Prozent des Kaufpreises leisten sollten. Und neuntausend Pfund waren für sie so unerreichbar wie neun Millionen Pfund.

Also würden sie sich von ihrem Wunschtraum verabschieden

müssen, dachte Ria. Nicht so Danny. Er jammerte nicht und ärgerte sich nicht, sondern hielt einfach unbeirrbar an seinem Vorhaben fest. Das Haus sei so wunderbar, sie müßten es unbedingt haben, ehe es irgendeinem Bauunternehmer in die Hände falle. Nachdem Sean O'Brien sich nun mit dem Gedanken trug, es zu verkaufen, würde er nicht mehr allzu lange damit warten wollen. Es fiel ihnen schwer, sich auf die Immobiliengeschäfte zu konzentrieren, die in ihrem Büro abgewickelt wurden. Um so mehr, weil sie es tagtäglich mit Leuten zu tun hatten, die sich das Haus in der Tara Road ohne weiteres hätten leisten können.

Beispielsweise mit Leuten wie Barney McCarthy, einem großen Geschäftsmann von rauhem, aber herzlichem Naturell, der in England ein Vermögen als Bauunternehmer verdient hatte und beinahe nur aus Lust und Laune heraus Häuser kaufte und verkaufte. Augenblicklich war ihm daran gelegen, ein großes Landhaus loszuschlagen, das sich als Fehlgriff erwiesen hatte. Obwohl ihm Fehlgriffe nur selten unterliefen.

Barney äußerte sich mit ungewohnter Offenheit über den Grund für den Verkauf. Zeitweilig hatte er sich in der Rolle eines Gutsherrn gefallen, der in einem prächtigen georgianischen Herrschaftssitz mit einer von Bäumen gesäumten Auffahrt residierte. Zweifellos war das Haus sehr elegant, doch stellte sich bald heraus, daß es zu weit von Dublin entfernt lag. Er hatte seine Entscheidung voreilig getroffen und war deshalb bereit, bei den ganzem Geschäft ein bißchen draufzuzahlen, aber nicht zuviel. Diesen Klotz am Bein mußte er unbedingt wieder loswerden.

Mittlerweile besaß er ein großes, solides und komfortables Familiendomizil, das er gleich von Anfang an hätte kaufen sollen. Seine Frau wohnte bereits dort. Barney war am Ankauf von Pubs interessiert und investierte in Golfplätze, doch die vordringliche Aufgabe sah er darin, dieses Gutshaus zu verkaufen, das ihm nun wie ein Denkmal seiner eigenen Dummheit erschien. Und sein Image war ihm sehr wichtig.

So gefiel er sich auch darin, mit den Namen von Prominenten aus seiner Bekanntschaft um sich zu werfen, und im Maklerbüro hatten alle großen Respekt vor ihm. Nichtsdestoweniger erwies es sich als großes Problem, das Haus zu dem von ihm geforderten Preis zu verkaufen. Denn offensichtlich hatte Barney viel zuviel dafür bezahlt, und es gab schlicht keine Interessenten. Daß Barney einen Gewinn machen würde, war ausgeschlossen, und die Aussicht, möglicherweise sogar einen empfindlichen Verlust hinnehmen zu müssen, behagte einem Mann wie ihm ganz und gar nicht. Die Seniorpartner der Firma, verbindliche und beredte Herren, wiesen Barney darauf hin, daß der Unterhalt für ein solches Haus immens hoch sei und daß man die potentiellen Käufer in Irland an einer Hand abzählen könne. Deshalb hätten sie auch im Ausland inseriert, aber ohne Erfolg.

Schließlich wurde in der Firma eine Konferenz zu diesem Fall einberufen. Danny, Ria und ihre Kollegen mußten die betrübliche Mitteilung vernehmen, daß Barney womöglich zu einem anderen Makler wechseln würde. Ria war in Gedanken mehr bei ihren eigenen als bei Barneys Problemen. Aber in Danny arbeitete es. Er öffnete den Mund, um etwas zu sagen, doch dann besann er sich eines anderen.

»Ja bitte, Danny?« Er war ein beliebter und erfolgreicher Mitarbeiter, dessen Meinung alle interessierte.

»Nein, es ist nichts. Wir sind schon alle Möglichkeiten durchgegangen«, winkte er ab.

Danach wurde noch eine halbe Stunde hin und her überlegt, ohne daß sie auch nur einen Schritt weiterkamen.

Ria wußte, daß Danny irgendeine Idee hatte. Das erkannte sie an seinen leuchtenden Augen. Nach der Besprechung flüsterte er ihr zu, er müsse kurz aus dem Büro verschwinden, sie solle ihn entschuldigen.

»Wenn du jemals betest, dann tu es jetzt«, bat er sie.

»Worum geht es denn, Danny? Erzähl's mir.«

»Jetzt nicht, ich habe keine Zeit. Sag, ich hätte einen Anruf bekommen ... von den Nonnen drüben. Oder laß dir irgendwas anderes einfallen.«

»Ich halte es nicht aus, hier herumzusitzen, ohne zu wissen, was los ist.«
»Ich habe eine Idee, wie Barney sein Haus verkaufen kann.«
»Warum hast du das nicht in der Konferenz gesagt?«
»Ich sage es ihm persönlich. Und auf diese Weise werden wir unsere Anzahlung zusammenbringen. Wenn ich den Bossen davon erzähle, bekommen wir nur einen feuchten Händedruck.«
»O Gott, Danny. Sei vorsichtig, sonst schmeißen sie dich raus.«
»Wenn alles klappt, dann kommt es darauf auch nicht mehr an«, erwiderte er. Und weg war er.

Rosemary trat zu Ria an den Schreibtisch. »Komm mit auf die Damentoilette. Ich habe dir etwas zu erzählen.«
»Ich kann nicht, ich warte auf einen Anruf.« Tatsächlich wollte Ria auf ihrem Posten bleiben, falls Danny anrief oder ihre Hilfe brauchte.
»Das kann doch Orla für dich übernehmen. Komm schon, es ist wichtig«, beharrte Rosemary.
»Nein, erzähl's mir jetzt gleich, es ist gerade niemand in der Nähe.«
»Das ist aber alles noch streng geheim.«
»Dann sag es mir ganz leise.«
»Ich kündige, ich habe eine neue Stelle.« Rosemary trat einen Schritt zurück, um zu sehen, wie Ria die Nachricht aufnahm. Doch wider Erwarten wirkte sie weder entsetzt noch erstaunt. Es kam praktisch überhaupt keine Reaktion. Vielleicht, dachte Rosemary, hatte sie sich nicht klar genug ausgedrückt.
Also wiederholte sie das Ganze. Gerade eben habe sie die Zusage bekommen. Es sei ja alles so schrecklich aufregend. Heute abend wolle sie es hier in der Firma bekanntgeben. Man hatte ihr eine bessere Stelle in einer Druckerei angeboten, übrigens gar nicht weit von hier, sie könnten also weiterhin zusammen zu Mittag essen. Aber Ria hörte ihr nur mit halbem Ohr zu.
Verständlicherweise war Rosemary gekränkt. »Mensch, du hörst ja gar nicht, was ich sage«, empörte sie sich.

»Entschuldige, Rosemary, tut mir wirklich leid. Es ist nur, weil mir gerade ganz andere Sachen durch den Kopf gehen.«
»Herrgott, Ria, was bist du bloß für eine trübe Tasse! Bei dir heißt es immer nur: Danny hier, Danny da. Als wärst du seine Mutter. Ist dir eigentlich aufgefallen, daß du dich in letzter Zeit für gar nichts anderes mehr interessierst?«
Ria machte ein betroffenes Gesicht. »Weißt du, ich kann dir gar nicht sagen, wie leid mir das tut. Bitte verzeih mir. Erzähl es mir noch mal.«
»Nein, das kann ich mir sparen. Dir ist es doch egal, ob ich weggehe oder bleibe. Du hörst mir ja nicht mal *jetzt* zu! Ständig schielst du zur Tür und wartest darauf, daß er zurückkommt. Apropos, wo ist er eigentlich?«
»Bei den Nonnen, sie haben angerufen.«
»Das stimmt nicht, ich habe nämlich vor einer Stunde mit ihnen gesprochen. Das Ganze liegt erst mal auf Eis, bis sie das Plazet aus Rom haben, von ihrer Mutter Oberin oder wie die heißt.«
»Das erkläre ich dir alles später. Bitte erzähl mir jetzt von deiner neuen Stelle, bitte!«
»Meine Güte, Ria, nicht so laut!« zischte Rosemary. »Die anderen wissen noch nichts davon, und du posaunst es schon aus. Ich glaube, du stehst heute wirklich ein bißchen neben dir.«
Da sah Ria ihn hereinkommen, flotten, beschwingten Schrittes, so wie sie ihn kannte. Und aus seiner Miene konnte sie lesen, daß es geklappt hatte. Als er hinter seinem Schreibtisch Platz nahm, streckte er den Daumen nach oben. Sofort wählte sie seinen Anschluß.
»Erzähl bloß niemandem, daß du bei den Nonnen warst. Offenbar geht bei diesem Geschäft momentan nichts voran«, flüsterte sie.
»Danke, du bist große Klasse.«
»Was machen wir jetzt, Danny?«
»Wir verhalten uns eine Woche lang mucksmäuschenstill. Dann geht es volle Kraft voraus.«
Ria legte auf. Der Tag schien ihr endlos lang, die Zeiger der Wanduhr krochen mit nervtötender Langsamkeit voran. Rose-

mary kam herein, gab ihre Kündigung bekannt und ging wieder. Alles geschah wie in Zeitlupe. Am anderen Ende des Raums saß Danny, und wie er seine Gespräche führte, mit Leuten plauderte, lachte und telefonierte, wirkte er ganz normal. Einzig Ria, die ihn besser kannte als jeder andere, wußte, wie es wirklich in ihm aussah.

Nach Dienstschluß gingen sie in den Pub gegenüber, und ohne Ria nach ihren Wünschen zu fragen, brachte Danny ihnen zwei große Brandys.

»Ich habe Barney empfohlen, ein schalldichtes Tonstudio dort einzubauen, mit Dämmstoff an den Wänden und so. Das kommt für ihn noch mal auf zwanzigtausend.«

»Warum um alles in der Welt …«

»Dann kann er das Haus an einen Popstar verkaufen. Die suchen doch immer so etwas, am besten noch mit einem Hubschrauberlandeplatz.«

»Und darauf ist er eingestiegen?« fragte Ria zweifelnd.

»Er hat mich sogar gefragt, warum ihm das diese ach so tollen Makler, für die ich arbeite, nicht längst vorgeschlagen haben.«

»Und was hast du geantwortet?«

»Daß sie es wohl für die etwas unausgegorene Idee eines jungen Mannes halten würden, weil sie eher konservativ denken. Und, Ria, jetzt kommt's: Ich habe ihm geradewegs in die Augen gesehen und gesagt: ›Noch was, Mr. McCarthy. Ich dachte mir, wenn ich mit meinem Vorschlag gleich zu Ihnen komme, dann könnte ich doch auch das Haus für Sie verkaufen?‹« Danny nippte an seinem Brandy. »Er fragte mich, ob ich etwa versuchen wolle, meinen Arbeitgebern seine Aufträge wegzuschnappen. Ja, habe ich gesagt, und da meinte er, er würde mir eine Woche Zeit geben.«

»O Gott, Danny.«

»Ria, ist das nicht wunderbar? Natürlich können wir das nicht vom Büro aus machen. Deshalb werde ich eine Grippe vorschützen, sobald ich sämtliche notwendigen Adressen und Unterlagen nach Hause geschafft habe. Ich habe bereits eine Liste angefangen, und dann werde ich mich ans Telefon setzen. Möglicherweise mußt du für mich vom Büro aus ein paar Faxe verschicken.«

»Sie werden uns die Hölle heiß machen!«

»Aber nein, Ria, sei doch nicht albern. So läuft das nun mal im Geschäftsleben.«

»Wieviel werden …?«

»Wenn ich Barneys olles Haus bis nächste Woche verscherbelt habe, bekommen wir die Anzahlung für die Tara Road und sogar noch mehr. Dann können wir zur Bank gehen, mein Zuckerpüppchen. Dann haben wir eine ganz andere Position.«

»Aber sie werden dich rauswerfen, du wirst bald keine Arbeit mehr haben.«

»Wenn ich einen großen Fisch wie Barney McCarthy an der Angel habe, nimmt mich jedes Maklerbüro in Irland mit Handkuß. Wir brauchen nur eine Woche lang Nerven wie Drahtseile, Ria, dann haben wir es geschafft.«

»Nerven wie Drahtseile«, wiederholte Ria und nickte.

»Und diesen Tag mußt du in Erinnerung behalten, mein Schatz. Der fünfundzwanzigste März 1983, der Tag, der für uns den Durchbruch bedeutete.«

»Ist Danny denn wenigstens bei meinem Abschiedsumtrunk wieder da?« fragte Rosemary Ria.

»Ja, ich denke, bis dahin ist seine Grippe bestimmt abgeklungen«, antwortete Ria laut.

»Entschuldige, das ist mir so rausgerutscht. Wie geht es ihm denn?«

»Schon wieder ganz gut, er ruft mich abends an.« Allerdings erwähnte Ria nicht, wie oft er auch tagsüber anrief und Informationen haben wollte.

»Und hat er gefunden, wonach er sucht?« erkundigte sich Rosemary.

Kurz überlegte Ria, dann erwiderte sie: »Er klingt recht zuversichtlich. Ich glaube, er wird wohl bald fündig werden.«

Eine Stunde zuvor hatte Danny angerufen, um ihr mitzuteilen, daß Barneys Leute bereits seinen ehemaligen Weinkeller schallisoliert hatten und heute die Studiogeräte eingebaut würden. Morgen wollte der Manager einer berühmten Popgruppe herfliegen und das Haus besichtigen, und Danny würde ihn begleiten. Die Dinge entwickelten sich prächtig.
Es klappte tatsächlich.
Barney McCarthy erhielt den von ihm geforderten Kaufpreis, Danny bekam seine Provision, und Sean O'Brien kassierte seine sechzigtausend Pfund. Als alles unter Dach und Fach war, unterrichtete Danny die Firmenleitung davon, was er hinter ihrem Rücken getan hatte, und erklärte, er würde die Firma verlassen, sofern es gewünscht werde. Wider Erwarten baten ihn seine Vorgesetzten, zu bleiben und Barneys Aufträge in die Firma einzubringen. Doch Danny lehnte ab mit der Begründung, das würde nur Probleme schaffen, denn man würde ihn ständig im Auge behalten, und das wäre ihm unangenehm.
Man trennte sich in bestem Einvernehmen – wie Danny Lynch es von jeher gewohnt war.

Aufgeregt wie Kinder wanderten sie durchs Haus und schmiedeten Pläne.
»Aus diesem vorderen Zimmer könnte man etwas ganz Besonderes machen«, überlegte Danny. Nachdem nun die Kisten und Behälter, in denen der alte Sean O'Brien und seine Freunde ihre Geheimnisse aufbewahrt hatten, entfernt worden waren, entfaltete der Raum seine ganze Pracht. Erst jetzt sah man die perfekten Proportionen: eine hohe Decke, riesige Fenster und ein großer offener Kamin.
Dabei störte es nicht im geringsten, daß eine nackte Glühbirne an einem alten, verknoteten Kabel von der Decke hing und einige zerbrochene Fensterscheiben mit billigem Glas ausgebessert worden waren.
Die fleckige, abgebröckelte Einfassung des Kamins konnte man

erneuern, damit er wieder so wie früher aussah, als das Haus ein Herrschaftssitz gewesen war.

»Hier legen wir einen wunderbaren, weichen indischen Wollteppich hin«, meinte Danny. »Und schau, dort neben dem Kamin, weißt du, was da hinkommt? Eine dieser großen japanischen Imari-Vasen, die sind wie geschaffen für so einen Raum.«

Ria sah ihn voller Bewunderung an.

»Woher weißt du das alles nur, Danny? Man könnte meinen, du hättest Kunstgeschichte studiert.«

»Ich schaue mich eben immer genau um, mein Schatz. Wohnungen und Häuser wie dieses bekomme ich ja tagtäglich zu Gesicht. Ich sehe, wie sich Leute einrichten, die Geschmack und Stil haben. Ich halte einfach nur die Augen offen.«

»Das tun andere Leute auch, und trotzdem haben sie keinen Blick für diese Dinge.«

Seine Augen glänzten. »Wir werden beim Renovieren und Einrichten eine Menge Spaß haben.«

Ria nickte, um Worte verlegen.

Die ganze Aufregung war beinahe zuviel für sie. Manchmal wurde ihr richtiggehend schwindlig angesichts ihres gewaltigen Vorhabens.

Der Schwangerschaftstest war positiv. Und der Zeitpunkt hätte nicht ungünstiger sein können. Nachts, wenn Ria wach lag – entweder zu Hause bei ihrer Mutter oder in der Tara Road Nummer 16, die sich inzwischen in eine Baustelle verwandelt hatte –, überlegte sie, wie sie es Danny sagen sollte.

Doch aus lauter Angst, daß er das Kind vielleicht nicht haben wollte, brachte sie den Mund nicht auf. So vergingen die Tage, und Ria kam es vor, als würde sie ständig nur Theater spielen und sich völlig unnatürlich verhalten.

Aber schließlich sprudelte es völlig unvermittelt aus ihr heraus. Danny meinte, die Eingangsdiele wirke nun, nachdem die Fahrräder in den Schuppen verbannt worden waren, viel größer, als sie zunächst angenommen hatten. Vielleicht sollten sie am Wochenende eine Malerparty veranstalten und jeden Gast ein Stück Wand anpinseln lassen. Es wäre natürlich nichts auf Dauer, aber dann wären sie ein bißchen stolzer auf ihr Haus.

»Was meinst du, Schatz? Ich weiß, von dem Geruch der Farbe wird uns ein oder zwei Tage lang übel sein, aber das wäre es doch wert.«

»Ich bekomme ein Baby«, platzte sie heraus.

»Was?«

»Ja, ich bekomme ein Baby. O Gott, Danny, es tut mir so leid. Es tut mir leid, daß es gerade jetzt, mitten in all diesem Trubel ...« Und dann brach sie in Tränen aus.

Er stellte seine Kaffeetasse ab und drückte sie fest an sich. »Ria. Nicht doch, Ria. Wein doch nicht.«

Doch sie konnte nicht aufhören, heulend und schluchzend lag sie in seinen Armen. Er strich ihr übers Haar und tröstete sie wie ein kleines Kind. »Ganz ruhig, Ria. Ich bin ja bei dir, es ist alles gut.«

»Nichts ist gut, es könnte gar nicht schlimmer sein. Ausgerechnet jetzt! Ich weiß überhaupt nicht, wie das passieren konnte.«

»Ich schon, und es war sehr schön«, sagte er.

»Ach, Danny, bitte laß jetzt deine Witze. Es ist ein Alptraum. Ich war noch nie so durcheinander. Ich habe mich nicht getraut, es dir zu sagen, bei all dem, was wir gerade um die Ohren haben.«

»Wieso ein Alptraum?« fragte er.

O Gott, bitte laß ihn jetzt nicht sagen, eine Abtreibung wäre doch kein Problem, Geld sei ja nun da, sie könnten übers Wochenende nach London fahren. Lieber Gott, bitte mach, daß er das nicht sagt! Denn Ria fühlte, daß ihre Entscheidung keineswegs so unumstößlich war. Um ihn zu behalten, würde sie vielleicht sogar eine Abtreibung in Kauf nehmen. Danach würde sie ihn vielleicht ebenso hassen wie lieben, was zwar absurd wäre, aber deshalb nicht ausgeschlossen.

Ein breites, strahlendes Lächeln erschien auf seinem Gesicht.

»Was ist daran so schrecklich, Liebling? Wir wollten doch Kinder. Wir wollten heiraten. Jetzt ist es eben ein bißchen früher passiert als geplant. Na und?«

Erstaunt sah sie ihn an. Wenn sie nicht all ihre Sinne trogen, dann war er wirklich überglücklich.
»Danny ...«
»Warum nur all diese Tränen?«
»Ich dachte ... ich dachte ...«
»Schscht.«

»Rosemary? Gehen wir zusammen Mittag essen? Ich muß dir eine wundervolle Neuigkeit erzählen.«
»Warum werde ich das Gefühl nicht los, daß es mit deinem Liebsten zu tun hat?« erwiderte Rosemary lachend.
»Gehst du mit – ja oder nein?«
»Na klar.«
Sie entschieden sich für das italienische Restaurant, wo sie damals im November mit Danny gewesen waren – das lag erst ein paar Monate zurück, aber was war seither nicht alles geschehen!
Rosemary sah hübscher aus denn je. Wie sie es schaffte, daß nie auch nur ein Spritzer Öl oder Soße auf ihrem hellgrauen Kaschmirpullover landete, würde Ria immer ein Rätsel bleiben.
»Na los, erzähl schon«, drängte Rosemary. »Oder willst du etwa die Speisekarte auswendig lernen?«
»Danny und ich werden heiraten, stell dir vor! Und du, du sollst unsere Brautjungfer sein.« Rosemary verschlug es die Sprache.
»Na, ist das nicht wunderbar? Jetzt, da wir das Haus haben, dachten wir, es wäre doch dumm, noch länger zu warten.«
»Heiraten?« sagte Rosemary. »Donnerwetter, wer hätte das gedacht! Ich kann nur sagen, gut gemacht, Ria. Alle Achtung!«
Irgendwie wäre es Ria lieber gewesen, wenn Rosemary gesagt hätte, daß sie es schön oder großartig fand; »gut gemacht« klang ein bißchen so, als hätte sie ihr Ziel nur mit List und Tücke erreicht. »Ja, freust du dich denn gar nicht für uns?«
»Doch, natürlich.« Rosemary umarmte sie. »Ich bin überrascht, aber ich freue mich sehr für euch. Jetzt hast du deinen Traummann und dazu noch ein prachtvolles Haus.«
Ria versuchte, das Ganze ein wenig herunterzuspielen. »Es stehen

uns noch ein paar Jahre harter Arbeit bevor, bis es nach etwas aussieht. Kein Mensch außer uns wäre so verrückt, sich darauf einzulassen.«
»Unsinn, es ist ein Vermögen wert, das wißt ihr doch beide. Ihr habt nicht lange gefackelt und so das Geschäft des Jahrhunderts gemacht.« Rosemarys Ton verriet aufrichtige Bewunderung.
Doch ihre Worte versetzten Ria einen Stich: Hatten sie den armen Sean O'Brien übers Ohr gehauen und ihm weniger gezahlt, als ihm zugestanden hätte?
»Außer dir hat noch keiner das Haus gesehen«, sagte sie. »Ich habe beinahe Angst davor, was unsere Familien sagen werden, wenn sie es zu Gesicht bekommen.« In Gedanken sah Ria schon jetzt die neiderfüllte Miene ihrer Schwester vor sich.
»Ach was, sie werden begeistert sein. Was sind denn Dannys Eltern für Leute?«
»Ich habe sie noch nicht kennengelernt, aber ich schätze, sie sind ganz anders als Danny«, antwortete Ria.
Rosemary verzog das Gesicht. »Na ja, vielleicht sind seine Brüder ganz in Ordnung. Kommen sie von England rüber? Könnte sein, daß ich mit einem von ihnen durchbrenne. Du weißt ja, das ist das Vorrecht der Brautjungfern!«
»Ich weiß gar nicht, ob sie kommen.«
»Macht auch nichts. Ich werde mich schon irgendwie unterhalten. Aber jetzt zu den wichtigeren Dingen: Was wirst du anziehen?«
»Rosemary?«
»Ja?«
»Weißt du, daß ich schwanger bin?«
»Ich dachte es mir beinahe. Aber das ist doch schön, oder? Wolltest du das nicht?«
»Doch.«
»Und das heißt?«
»Das heißt, daß eine prunkvolle Hochzeit in Weiß mit Schleier und allem Drum und Dran eigentlich nicht in Frage kommt. Außerdem sind seine Verwandten sehr ruhige, zurückhaltende Leute. Das wäre nicht das richtige.«

»Was hätte Danny denn gerne? Kommt es nicht vor allem darauf an? Wünscht er sich eine Hochzeit mit allem Drum und Dran, oder würde er sich mit ein paar Sandwiches im Pub begnügen?«
Ria brauchte nicht lange zu überlegen. »Er hätte gern eine Hochzeit mit allem Drum und Dran«, erwiderte sie.
»Dann soll er sie doch auch bekommen«, meinte Rosemary, kramte einen Kugelschreiber und Papier aus ihrer Tasche und begann, eine Liste zu machen.

Noch ehe Ria Dannys Eltern zu Gesicht bekam, lernte sie Barney McCarthy kennen. Sie erhielt die Einladung zu einem Mittagessen, die allerdings eher einem königlichen Befehl gleichkam.
Danny war ganz aufgeregt. »Er wird dir gefallen, Ria, er ist fabelhaft. Und ich weiß, daß er dich auch mögen wird.«
»Es macht mich jetzt schon nervös, wenn ich mir vorstelle, daß wir in dieses Restaurant gehen, wo die Speisekarte auf französisch ist und wir nicht mal wissen, was genau wir bestellen.«
»Unsinn, sei einfach ganz du selbst. Du mußt dich nicht entschuldigen und kleinmachen. Andere Leute kochen auch nur mit Wasser. Barney weiß das, und genau das ist das Geheimnis seines Erfolges.« Mit einer gewissen Besorgnis stellte Ria fest, daß Danny das Treffen mit Barney wichtiger zu sein schien als das mit seinen Eltern. »Och, wir fahren irgendwann mal hin«, meinte er beiläufig auf ihre Frage.

Nora Johnson nahm die Neuigkeit mit Erstaunen auf. »Du überraschst mich wirklich«, sagte sie zweimal.
Ria ärgerte sich über diese Reaktion. »Was ist daran überraschend, Mam? Du weißt, daß wir uns lieben. Was ist da naheliegender, als zu heiraten?«
»Sicher. Natürlich.«
»Was hast du gegen ihn, Mam? Du hast gesagt, du magst ihn und du bewunderst ihn dafür, daß er ein großes Haus gekauft hat und es instand setzen will. Seine beruflichen Perspektiven sind gut, wir werden nicht mittellos sein. Was paßt dir bloß nicht an ihm?«

»Er sieht zu gut aus«, erwiderte ihre Mutter.
Hilary war ebensowenig begeistert. »Du solltest gut auf ihn aufpassen, Ria.«
»Vielen herzlichen Dank, Hilary. Als du deinen Martin geheiratet hast, habe ich mich nicht in dieser Weise geäußert. Ich habe gesagt, daß ich mich für dich freue und daß ihr bestimmt sehr glücklich werdet.«
»Was ja auch stimmt«, erwiderte Hilary selbstzufrieden.
»Das ist bei mir nicht anders«, schrie Ria.
»Natürlich, Ria. Aber du solltest auf ihn aufpassen. Er ist ein Erfolgsmensch, der sich nicht damit zufriedengeben wird, sein täglich Brot zu verdienen wie andere Leute; er wird nach den Sternen greifen. Das sieht man ihm richtiggehend an.«

Danny, der sonst alles andere als ein Pedant war, besprach mit Ria lang und breit, was sie zu dem Essen mit Barney McCarthy anziehen sollte.
Am Ende verlor sie die Geduld. »Hör mal, du hast doch gesagt, ich soll mich ganz natürlich geben. Also werde ich irgendwas Nettes und Schickes tragen, worin ich mich wohl fühle. Schließlich ist es keine Modenschau und kein Schönheitswettbewerb, sondern ein gemeinsames Mittagessen.« Dabei blitzten ihre Augen wie schon lange nicht mehr.
Bewundernd sah er sie an. »So mag ich dich, mein Schatz. Du hast vollkommen recht«, sagte er. Und an dem besagten Tag erschien sie in dem scharlachroten Mantel, den sie bei Hilarys Hochzeit getragen hatte, und mit einem neuen Seidentuch, das sie mit Rosemarys Hilfe ausgesucht hatte.
Barney war ein großer, vierschrötiger Mann von etwa fünfundvierzig Jahren. Er trug einen gutgeschnittenen Anzug, an seinem Handgelenk prangte eine teure Uhr, und er hatte ein sympathisches, selbstsicheres Auftreten. Sein Haar wurde allmählich schütter, und sein Gesicht war wind- und wettergegerbt wie das eines Arbeiters, der sich immer im Freien aufhält. In seinen Umgangsformen erwies er sich als unkompliziert; weder schien er von dem

Restaurant sonderlich beeindruckt zu sein, noch versuchte er es als etwas Gewöhnliches abzutun. Zwischen den dreien entspann sich sogleich ein zwangloses Gespräch.
Aber trotz des freundlichen, unverbindlichen Plaudertons wurde Ria das Gefühl nicht los, bei einem Vorstellungsgespräch zu sein. Und nach dem Kaffee stellte sie mit Genugtuung fest, daß sie sich wohl recht wacker geschlagen hatte.

Es war Orla King, die Ria darauf aufmerksam machte, daß ihre Kollegen im Büro große Vorbehalte gegen sie hegten, seit sie mit Danny Lynch verlobt war. Es hieß, sie gebe interne Informationen und Hinweise an ihn weiter.
Ria war entsetzt. »Davon hatte ich keine Ahnung!«
»Nun, ich sage es dir nur, weil ihr beide so nett zu mir wart, als ich mich letztes Jahr an Weihnachten so danebenbenommen habe.« Orla war in Ordnung. Dafür, daß sie so gut aussah, konnte sie ja nichts. Ria fragte sich nun, warum sie so dumm gewesen war, auf Orla eifersüchtig zu sein.
Danny erzählte Barney McCarthy, daß Ria beschlossen habe, von sich aus zu kündigen, ehe ihr die Firmenleitung zuvorkam.
Barney zeigte unerwartetes Mitgefühl. »Das ist sicher ziemlich hart für sie. Sie hat lange in der Firma gearbeitet, bis Sie kamen und alles durcheinanderbrachten.«
»Das stimmt«, stellte Danny überrascht fest. Von dieser Warte hatte er die Dinge noch gar nicht betrachtet.
»Das bedrückt sie wohl sehr, nicht wahr?«
»Ein bißchen schon, aber Sie kennen ja Ria. Sie ist schon auf der Suche nach einer neuen Stelle.« Danny war stolz auf seine zukünftige Frau.
»Vielleicht hätte ich da etwas für sie«, überlegte Barney McCarthy.
Er hatte in einen neu eröffneten Verleih für Gesellschaftskleidung investiert, einen sehr schicken Laden namens »Polly's«. Dort wurde Ria sofort eingestellt.
»Soll ich nicht erst mal für eine Woche auf Probe arbeiten?« fragte

Ria Gertie, die große, blasse Geschäftsführerin, die ihr langes dunkles Haar hinten mit einem schlichten Band zusammengefaßt hatte.
»Nicht nötig«, grinste Gertie. »Anweisung von Mr. McCarthy. Also haben Sie die Stelle.«
»Tut mir leid. Kein guter Einstieg, fürchte ich«, entschuldigte sich Ria.
»Hören Sie, es ist wirklich kein Problem, Sie sind in Ordnung, und wir werden prima miteinander auskommen«, meinte Gertie. »Ich wollte Ihnen nur reinen Wein einschenken.«

Eines Tages besuchten sie endlich auch Dannys Eltern, was bedeutete, daß sie eine dreistündige Busfahrt auf sich nehmen mußten. Ria wurde ziemlich übel, doch sie beschloß, sich ihre gute Laune nicht verderben zu lassen. An der Bushaltestelle erwartete sie Dannys Vater. Er fuhr einen alten, klapprigen Lieferwagen mit einem Anhänger.
»Das ist meine Ria, Dad«, stellte Danny voller Stolz seine zukünftige Frau vor.
»Seien Sie herzlich willkommen.« Der Mann ging gebeugt, er wirkte alt und verbraucht. Sein ganzes Leben lang hatte er für seinen älteren und aufgeweckteren Bruder gearbeitet, der Danny den Einstieg in seinen Beruf ermöglicht hatte. Dannys Vater verdiente sich seinen Lebensunterhalt, indem er im Umland Gasflaschen auslieferte. Obwohl er vielleicht sogar jünger als Barney McCarthy war, wirkte er uralt.
Über schmale, von hohen Hecken gesäumte Straßen fuhren sie die drei Kilometer zu Dannys Geburtshaus. Ria sah sich um und freute sich, die Orte seiner Kindheit kennenzulernen und mehr von seiner Vergangenheit zu erfahren. Danny hingegen würdigte die Gegend kaum eines Blickes.
»Wohnten in diesen Häusern, an denen wir gerade vorbeigefahren sind, früher Freunde von dir?«
»Ja, ich kannte die Leute«, antwortete Danny. »Mit den Kindern bin ich zur Schule gegangen.«

»Willst du dich mit jemandem von ihnen treffen?« wollte Ria wissen.
»Sie sind alle fort. Die meisten sind ausgewandert.«
Auch Dannys Mutter sah alt aus, älter, als Ria erwartet hatte. Es gab Speck und Tomaten, abgepacktes Brot und Schokoladenkekse. Ob sie zur Hochzeit nach Dublin kommen könnten, wüßten sie noch nicht, erklärten Dannys Eltern. Es sei ein langer Weg, und möglicherweise wären sie wegen ihrer Arbeit hier unabkömmlich.
Daß das nicht stimmte, war offensichtlich. »Es wäre aber schön, wenn Sie an diesem großen Tag dabeisein könnten«, wandte Ria ein. »Danach geben wir einen Empfang in der Tara Road, da bekämen Sie gleich das neue Haus zu sehen.«
»Feste sind nun mal nicht unsere Sache«, meinte Dannys Mutter.
»Aber dabei darf doch die Familie nicht fehlen«, drängte Ria.
»Ach, wissen Sie, die Fahrt mit dem Bus ist ziemlich holprig, und ich habe Rückenprobleme.«
Ria warf einen hilfesuchenden Blick auf Danny. Zu ihrer Verwunderung gab er sich deutlich weniger Mühe als sie, seine Eltern zu überreden. Er wollte sie doch sicherlich dabeihaben, oder etwa nicht? Sie wartete darauf, daß er etwas sagte.
»Na, kommt schon. Könnt ihr es wirklich nicht einrichten? Es ist doch nur einmal im Leben.« Zweifelnd sahen sie einander an. »Na ja, ich weiß natürlich, daß ihr nicht zu Richs Hochzeit gefahren seid, weil sie in London stattfand«, fügte Danny hinzu.
»Aber London ist doch viel weiter weg! Dorthin kommt man ja nur mit der Fähre oder dem Flugzeug«, rief Ria.
Aber nun hatten die Lynchs eine passende Ausrede, warum sie nicht zur Hochzeit erscheinen konnten.
»Sehen Sie, mein Kind«, begann Dannys Mutter und nahm Ria am Arm, »wenn wir nicht zur Hochzeit des einen fahren, aber zu der des anderen, dann sieht es doch aus, als würden wir Danny bevorzugen.«
»Aber wir werden ein andermal kommen und uns das Haus anschauen«, versprach Dannys Vater.

Flehend sahen die beiden Ria an, so daß sie schließlich aufgab.
»Na gut«, meinte sie. Und dann lächelten alle, einschließlich Danny.
»Möchtest du denn nicht, daß sie kommen?« fragte sie ihn während der langen Rückfahrt im Bus.
»Schatz, du hast doch selbst gesehen, daß sie nicht wollen«, erwiderte er.
Sie war von ihm enttäuscht. Er hätte sie überreden müssen. Aber in manchen Dingen waren Männer bekanntlich ein bißchen anders.

Nach nur einer Woche bei Polly's teilte Gertie ihr etwas völlig Unerwartetes mit. Sie sagte, als Mitarbeiterin stehe es Ria zu, sich kostenlos ein Brautkleid auszuleihen.
»Ist das dein Ernst?« Ria strahlte über das ganze Gesicht. So ein Kleid hätte sie sich sonst nie leisten können.
»Ich sage es dir ganz offen: Das hat wieder mal Mr. McCarthy angeordnet«, fuhr Gertie fort. »Die ganze Hochzeitsgesellschaft soll von uns ausstaffiert werden, also nimm dir, was dir gefällt. Nur keine Scheu, Ria, er will es so. Greif zu.«
Danny suchte für sich und Larry, den Trauzeugen, je einen Cutaway aus. Rosemary entschied sich für ein hautenges silbernes Kleid mit kleinen Perlmuttknöpfen. Allerdings hatte Ria ihre liebe Not damit, ihre Mutter und ihre Schwester zu überreden, daß sie sich für diesen Tag ebenfalls etwas aussuchten.
»Mam, Hilary, stellt euch doch nicht so an. Herrgott, es kostet euch keinen Penny. So eine Gelegenheit kommt nie wieder«, drang Ria in sie. »Und warum sucht sich Martin nicht einen Cutaway aus? Der würde ihm prima stehen, das mußt du doch zugeben, Hilary.«
Und das gab letztlich den Ausschlag. Ihre Mutter entschied sich für ein schickes graues Kleid mit Jacke sowie einen schwarzen, federgeschmückten Hut; Hilary wählte ein weinrotes Kostüm mit blaßrosa Revers und einen breiten pinkfarbenen Hut für mich aus.

Da sie für die Hochzeitsgarderobe kein Geld ausgeben mußten, engagierten sie nicht nur einen Tenor, der »Panis Angelicus« singen sollte, sondern auch eine Sopranistin, die das »Ave Maria« vortragen würde.

Es war eine sehr gemischte Hochzeitsgesellschaft. Sie luden Orla aus ihrem ehemaligen Büro und Gertie vom Polly's ein. Einer von Dannys Brüdern, Larry, war aus London angereist und fungierte als Trauzeuge. Er sah Danny sehr ähnlich, hatte das gleiche blonde Haar und dasselbe Lächeln, nur war er etwas größer und sprach mittlerweile mit Londoner Akzent.
»Wirst du auch deine Eltern besuchen?« fragte ihn Ria.
»Diesmal nicht«, antwortete Larry. Seit vier Jahren war er nicht mehr bei seinen Eltern und im Haus seiner Kindheit gewesen.
Das wußte Ria, aber sie war klug genug, ihre Gedanken für sich zu behalten. »Dazu hast du ja noch oft genug Gelegenheit«, meinte sie statt dessen.
Wohlwollend sah Larry sie an. »Genau, Ria«, stimmte er ihr zu.
Zu Rias großer Erleichterung ließen sich ihre Schwester und ihr Schwager nicht ein einziges Mal zu der Bemerkung hinreißen, dies oder jenes sei doch Geldverschwendung. Mittlerweile hatte sich der Farbgeruch in dem Haus an der Tara Road verflüchtigt. Auf den großen, mit langen weißen Tischtüchern bedeckten Klapptischen standen Salate mit Huhn, Eiscreme und natürlich die große Hochzeitstorte.
Auch Barney McCarthy war da. Er entschuldigte sich dafür, daß seine Frau nicht hatte kommen können. Sie sei mit drei Freundinnen nach Lourdes gefahren, was schon seit langem geplant gewesen sei. Als Gertie das hörte, mußte sie kichern, aber Ria brachte sie mit einem »pst« zum Schweigen. Barney hatte bereits vorab zwei Kisten Sekt geschickt, und nun stand er zwanglos plaudernd inmitten der vierzig Gäste, die dem Bräutigam und der Braut, dem gutaussehenden Danny Lynch und seiner schönen Frau, zuprosteten.
Ria war ganz hingerissen, als sie sich im Spiegel betrachtete. Ihre

dunklen Locken waren zu einer kunstvollen Frisur hochgesteckt, und der Schleier ging in eine lange Schleppe über. Das Kleid war noch nie getragen worden: üppige Stickereien und Spitze von Kopf bis Fuß, der edelste Stoff, den sie je gesehen hatte.
Rosemary stand ihr in jeder Minute mit Rat und Tat zur Seite.
»Halte dich kerzengerade, Ria. Straff die Schultern. Und laß dir Zeit, wenn du durchs Kirchenschiff nach vorn gehst. Wenn du drinnen bist, mußt du gemessen schreiten.«
»Meine Güte, es ist doch nicht die Westminster Abbey«, protestierte Ria.
»Aber es ist dein großer Tag. Alle Blicke sind auf dich gerichtet.«
»Das wäre kein Problem, wenn ich so aussehen würde wie du. Aber bei mir ist das was anderes. Die lachen sich doch tot, wenn sie merken, daß ich mich so wichtig nehme.«
»Warum solltest du dich nicht wichtig nehmen? Du siehst phantastisch aus, bist ausnahmsweise mal ordentlich geschminkt, ja, du bist ein Traum von einer Braut, Ria, also versteck dich nicht!« Ria ließ sich vom Enthusiasmus ihrer Brautjungfer anstecken. Mit beinahe majestätischer Grazie schritt sie am Arm ihres Schwagers, der als Brautführer fungierte, in die Kirche.
Danny verschlug es buchstäblich den Atem, als er sie den Mittelgang entlang auf sich zukommen sah.
»Ich liebe dich so sehr, Ria«, flüsterte er ihr zu, als sie neben der Hochzeitstorte für den Fotografen posierten. Und plötzlich hatte Ria Mitleid mit den Frauen, die sich eines Tages für dieses Kleid entscheiden würden, das bald wieder gereinigt im Laden hängen würde. Denn nie mehr würde eine Braut so bezaubernd darin aussehen wie sie. Und keine würde je glücklicher sein.

Sie leisteten sich keine Flitterwochen. Danny ging wieder auf Stellensuche, Ria arbeitete weiterhin bei Polly's. Es gefiel ihr, mit einer so vielfältigen Kundschaft zu tun zu haben. In Dublin gab es weitaus mehr reiche Leute, als sie gedacht hatte. Aber auch manche, die nicht so wohlhabend wirkten, waren bereit, ein Vermögen für ihre Hochzeit auszugeben.

Gertie bediente die Bräute freundlich und unaufdringlich. Sie war ihnen bei der Auswahl behilflich, versuchte aber nicht, ihnen die teuersten Kleider aufzuschwatzen. Allerdings riet sie ihnen gern zu einer etwas gewagteren Garderobe. Eine Hochzeit sei schließlich etwas fürs Auge, meinte sie, so wie ein Regenbogen oder ein Feuerwerk.

Eines Tages wurde Ria von einer Kundin gefragt, warum der Laden denn so einen albernen Namen wie »Polly's« trage. Doch Ria konnte es ihr nicht sagen.

Später sprach sie Gertie darauf an.

»Weißt du eigentlich, warum Mr. McCarthy den Laden ›Polly's‹ genannt hat?«

»Ja, nach seiner Geliebten. Ihr gehört das Geschäft, er hat es für sie gekauft. Wußtest du das denn nicht?«

»Nein, ich hatte keine Ahnung«, antwortete Ria erstaunt. »Ich kenne ihn ja auch kaum. Er hat also eine Geliebte? Dabei dachte ich immer, er hielte sich viel auf seine Frömmigkeit zugute.«

»Oh, das tut er auch – in Gegenwart seiner Frau. Aber bei Polly Callaghan ... da ist das was anderes.«

»Ach, deshalb werden die Schecks immer auf P. Callaghan ausgestellt. Jetzt verstehe ich.«

»Was dachtest du denn?«

»Daß es irgendwas mit der Steuer zu tun hat.«

»Aber er war doch sogar bei deiner Hochzeit. Ich habe immer geglaubt, ihr wärt dicke Freunde.«

»Nein, Danny hat nur sein Haus für ihn verkauft, das ist alles.«

»Nun, mir hat er gesagt, ich soll dich einstellen und mich darum kümmern, daß die ganze Hochzeitsgesellschaft ausstaffiert wird. Demnach muß er von Danny eine sehr hohe Meinung haben.«

»Da ist er nicht der einzige. Danny trifft sich heute zum Mittagessen mit zwei Leuten, die eine Firma gründen wollen. Sie haben ihm vorgeschlagen, als Teilhaber einzusteigen.«

»Und wird er das tun?«

»Ich hoffe nicht, Gertie, denn es wäre zu riskant. Er hat ja kein Kapital, deshalb könnte er als Sicherheit nur das Haus einbringen

und müßte es mit einer zweiten Hypothek belasten. Mir wäre es viel lieber, wenn er irgendwo eine Stelle finden und ein festes Gehalt bekommen würde.«
»Hast du ihm das gesagt?« wollte Gertie wissen.
»Nicht direkt. Er ist ein richtiger Träumer, er denkt immer in ganz großen Kategorien, aber damit hatte er auch oft Erfolg. Ich halte mich meistens raus, denn ich möchte nicht diejenige sein, die ihn bremst.«
»Du hast das alles gut im Griff«, meinte Gertie bewundernd. Sie hatte einen Freund, Jack, der zuviel trank. Schon oft hatte sie versucht, mit ihm Schluß zu machen, war aber immer wieder zu ihm zurückgekehrt.
»Nein, eigentlich habe ich überhaupt nichts im Griff«, entgegnete Ria. »Weißt du, nach außen hin wirke ich zwar ruhig und gelassen, deshalb meinen alle, daß es mir gutgeht. Aber in Wirklichkeit mache ich mir oft Sorgen.«

»Hast du ihnen eine Zusage gegeben?« Ria hoffte, daß Danny den bangen Unterton in ihrer Stimme nicht bemerkte.
»Nein. Genaugenommen habe ich überhaupt nichts gesagt, sondern nur zugehört.«
Darauf verstand sich Danny glänzend. Er konnte den Anschein erwecken, Wesentliches zu einem Gespräch beizutragen, obwohl er nur zuhörte und nickte.
»Und was haben sie erzählt?«
»Daß sie sehr darauf erpicht sind, sich Barneys Geschäfte unter den Nagel zu reißen, und daß sie ernstlich glauben, ich könnte sie ihnen zuschanzen. Sie wissen alles über ihn, zum Beispiel, was er zum Frühstück ißt und solche Sachen. Außerdem haben sie mir erzählt, wie viele Firmen und Unternehmen ihm gehören, wovon ich keine Ahnung hatte.«
»Und was wirst du nun tun?«
»Ich habe schon etwas getan.«
»Was denn, um Gottes willen?«
»Ich bin zu Barney gegangen. Ich habe ihm gesagt, daß ich alles,

was ich habe, ihm verdanke und daß ich dieses Angebot erhalten habe von ein paar Herren, die mehr über ihn wissen, als ihm lieb sein könne.«
»Was hat er erwidert?«
»Er hat sich bedankt und gemeint, er werde auf mich zurückkommen.«
»Danny, du bist wirklich eine Wucht! Und wann will er auf dich zurückkommen?«
»Das weiß ich nicht. Ich mußte so tun, als wäre mir das nicht besonders wichtig. Vielleicht meldet er sich nächste Woche, vielleicht morgen. Weißt du, möglicherweise gibt er mir einen Wink, ob ich das Angebot annehmen oder ablehnen soll, und daran werde ich mich auf jeden Fall halten. Kann sein, daß er schon morgen anruft. Vielleicht täusche ich mich ja, aber ich habe das Gefühl, daß wir morgen von ihm hören werden.«
Danny täuschte sich, denn Barney McCarthy rief noch am selben Abend an. Er habe sich schon eine ganze Weile überlegt, selbst eine kleine Immobilienfirma zu gründen. Im Grunde habe er nur noch den Anstoß gebraucht, die Sache endlich anzugehen, und den habe er nun bekommen. Ob Danny sein Geschäftsführer werden wolle? Natürlich auf Festgehaltsbasis, aber auch mit einer Gewinnbeteiligung.
Kurz darauf wurden sie zu einer Feier zu den McCarthys eingeladen. Ria sah dort eine Menge bekannter Gesichter: Politiker, ein Nachrichtensprecher vom Fernsehen, ein berühmter Golfspieler.
Barneys Gattin war eine stämmige, gemütlich wirkende Frau namens Mona, die sich ungezwungen und selbstsicher zwischen ihren Gästen bewegte. Sie trug ein marineblaues Wollkleid, und ihren dicklichen Hals schmückte eine Perlenkette. Ria schätzte sie auf Mitte Vierzig, also etwa so alt wie ihren Mann. Konnte es wirklich sein, daß Barney eine Geliebte hatte? fragte sich Ria. Ein gesetzter, verheirateter Mann mit einem so komfortablen Zuhause und erwachsenen Kindern? Das schien ihr doch eher unwahrscheinlich. Aber Gertie hatte sich in dieser Frage ganz eindeutig

geäußert. Ria versuchte sich vorzustellen, wie diese Polly Callaghan wohl aussah und wie alt sie sein mochte.
In ebendiesem Augenblick trat Mona McCarthy zu ihr. »Ich habe gehört, Sie arbeiten bei Polly's«, sagte sie mit einem freundlichen Lächeln.
Plötzlich überkam Ria das irrationale Bedürfnis, diese Tatsache abzustreiten und zu behaupten, sie habe noch nie von einer Polly gehört. Doch sie erzählte Barney McCarthys Frau, es sei eine sehr interessante Tätigkeit, sie und Gertie fänden es schön, an den aufregenden Geschehnissen im Leben ihrer Kunden teilzuhaben.
»Wollen Sie dort weiter arbeiten, wenn das Baby da ist?« fragte Mona.
»O ja, wir brauchen das Geld, und wir dachten uns, wir vermieten eines der Zimmer an eine ausländische Studentin, die sich um das Baby kümmert.«
Mona runzelte die Stirn. »Haben Sie das Geld denn wirklich so nötig?«
»Nun, Mrs. McCarthy, Ihr Mann hat sich Danny gegenüber als sehr großzügig erwiesen, aber es ist ein großes Haus, das instand gehalten werden muß.«
»Als Barney anfing, ging ich auch arbeiten. Das Geld steckten wir in den Lieferwagen für Barneys Baufirma. Aber ich habe es immer bereut, denn die Kinder sind praktisch ohne mich aufgewachsen. Diese Zeit kann man sich nicht mehr zurückholen.«
»Da haben Sie sicherlich recht. Wir werden das Ganze wohl noch mal überdenken. Wer weiß, vielleicht will ich in dem Moment, wo das Baby da ist, gar nicht mehr arbeiten.«
»Ich wollte das auch nicht, aber nach sechs Wochen fing ich wieder an.«
»War Ihnen Mr. McCarthy dafür nicht sehr dankbar? Wußte er, wie schwer es Ihnen gefallen ist?«
»Dankbar? Nein, das würde ich nicht sagen. Damals war das alles anders. Wissen Sie, für uns zählte vor allem, daß wir es zu etwas bringen. Wir haben einfach das getan, was getan werden mußte.«

Sie war nett, diese Frau, und ganz und gar nicht affektiert. Früher waren die McCarthys bestimmt ganz ähnliche Leute wie sie und Danny gewesen. Wie traurig, daß Barney jetzt, da sie in die Jahre gekommen waren, eine andere Frau liebte.
Ria ließ den Blick durch den Raum schweifen. Danny stand im Mittelpunkt einer kleinen Runde und gab witzige Anekdoten zum besten.
In einem Haus wie diesem waren Dannys Eltern bestimmt nie zu Gast gewesen. Und Barney McCarthy hatte in jungen Jahren wohl auch nicht in einem so vornehmen Prachtbau gewohnt. Vielleicht erkannte er in Danny etwas von der Energie wieder, die ihn als jungen Mann selbst beflügelt hatte, und förderte ihn deswegen. In ein paar Jahren würden sie womöglich auch Gesellschaften wie diese in der Tara Road geben, und alle Anwesenden würden wissen, daß Danny eine Geliebte hatte ...
Ria lief ein Schauer über den Rücken. Niemand wußte, was die Zukunft bringen würde.

»Wie sieht sie denn aus, diese Polly?« fragte Ria Gertie.
»Ungefähr Mitte Dreißig, rothaarig, eine sehr elegante und gepflegte Erscheinung. Sie kommt etwa einmal im Monat vorbei. Du wirst sie mögen, sie ist wirklich nett.«
»Ich glaube nicht, daß ich sie mag. Ich fand seine Ehefrau sympathisch.«
»Aber seine Frau ist doch schon ziemlich alt.«
»Sie dürfte ungefähr im selben Alter sein wie ihr Mann. Weißt du, daß sie arbeiten gegangen ist, damit er sich einen Lieferwagen für seine Firma leisten konnte?«
»So ist das nun mal im Leben«, meinte Gertie achselzuckend. »Zur Weihnachtszeit oder an den Sonntagmittagen, wenn er den braven Familienvater herauskehrt, ist es für die gute Polly sicher auch nicht leicht. Ich denke, ich kann mich glücklich schätzen, daß mein Jack wenigstens ledig ist. Auch wenn er sonst nicht viel hermacht.«
Gertie war wieder mit Jack zusammen. Angeblich war er diesmal

wirklich »trocken«, aber niemand hätte dafür die Hand ins Feuer gelegt.

Barney McCarthy war auf der Suche nach einem Grundstück in Galway, und er wollte, daß Danny ihn dorthin begleitete. Barney fuhr schnell, im Nu hatten sie das Land durchquert.
In einem Restaurant war ein Tisch für sie reserviert, und dort wurden sie bereits von einer attraktiven Frau in einem cremefarbenen Kostüm erwartet.
»Das ist Polly Callaghan.« Barney küßte sie auf die Wange und machte sie mit Danny bekannt.
Danny mußte schlucken. Von dieser Frau hatte ihm Ria schon erzählt. Allerdings hatte er nicht mit einer so bezaubernden Schönheit gerechnet.
»Guten Tag«, sagte er.
»Sie sind also der Wunderknabe, von dem Barney ständig erzählt«, erwiderte sie und lächelte ihn an.
»Nein, mir ist nur das Glück in die Wiege gelegt worden.«
»War es nicht Napoleon, der gesagt hat, er wolle, daß seine Generäle glücklich sind?« fragte sie.
»Wenn er das gesagt hat, dann hat er verdammt recht gehabt«, meinte Barney. »Was trinken Sie, Danny?«
»Eine Cola light, bitte.«
»Haben Sie gar keine Laster?« wollte die Frau wissen.
»Ich möchte einen klaren Kopf haben, wenn ich nachher ausrechnen muß, wie viele Wohnungen auf dem Grundstück gebaut werden können.«
»Ihnen ist nicht Glück in die Wiege gelegt worden, sondern Scharfsinn«, bemerkte Polly Callaghan. »Und das ist noch viel besser.«

»Und haben sie im selben Zimmer geschlafen?« fragte Ria.
»Ich weiß nicht, ich habe nicht nachgesehen.«
»Aber haben sie ... du weißt schon ... herumgeschäkert?« bohrte sie neugierig weiter.

»Nicht daß es mir aufgefallen wäre. Sie haben sich eigentlich mehr wie ein Ehepaar benommen, so als ob sie sich schon lange kennen.«
»Ich frage mich, ob die arme Mona davon weiß«, sinnierte Ria.
»Der armen Mona, wie du sie nennst, ist das wahrscheinlich ziemlich egal. Schließlich wohnt sie in einem Palast und hat alles, was das Herz begehrt.«
»Aber vielleicht ist es ja ihr sehnlichster Wunsch, ihn nicht mit einer anderen Frau teilen zu müssen.«
»Diese Polly Callaghan ist übrigens recht nett. Ich mag sie.«
»Kann ich mir denken«, erwiderte Ria etwas säuerlich.

Am nächsten Tag kam Polly in den Laden. »Ich habe Ihren Mann in Galway getroffen, hat er Ihnen davon erzählt?«
»Nein, Mrs. Callaghan, davon hat er nichts gesagt.« Warum Ria in diesem Augenblick log, wußte sie selbst nicht.
Polly wirkte erfreut, sie nickte beifällig. »Diskretion zählt also ebenfalls zu seinen Vorzügen – oder vielleicht auch zu den Ihren. Jedenfalls ist er ein aufgeweckter junger Mann.«
»Ja, allerdings.« Ria lächelte stolz.
Polly musterte Gertie eindringlich. »Was ist denn mit Ihrem Gesicht passiert, Gertie? Das ist ja eine entsetzliche Platzwunde!«
»Ja, ich weiß, Mrs. Callaghan. Ich bin mit dem Fahrrad gestürzt. Ich hätte nicht gedacht, daß es so auffällig ist.«
»Mußte es genäht werden?«
»Ja, zwei Stiche, aber es ist nicht der Rede wert. Soll ich Ihnen eine Tasse Kaffee bringen?«
»Ja, bitte.« Als Gertie die Treppe zur Kaffeeküche hinaufging, sah Polly ihr lange nach. »Sind Sie mit ihr befreundet, Ria?«
»Ja, wir verstehen uns sehr gut.«
»Dann reden Sie mal mit ihr, damit sie ihrem nichtsnutzigen Freund endlich den Laufpaß gibt. Diese Verletzung hat sie nämlich ihm zu verdanken.«
»Oh, aber er kann doch nicht ...«, stammelte Ria erschrocken.
»Nun, es ist nicht das erste Mal, deshalb trägt sie die Haare lang,

um es besser zu kaschieren. Am Ende wird er sie noch umbringen. Aber sie läßt sich nichts sagen, zumindest nicht von mir. Sie hält mich für eine alte Schlampe, die ihre Nase in anderer Leute Angelegenheiten steckt. Aber vielleicht hört sie auf Sie.«
»Wo steckt eigentlich *Mister* Callaghan?« fragte Ria Gertie, nachdem Polly gegangen war.
»Den hat es nie gegeben. Daß wir sie mit *Mrs.* Callaghan ansprechen, ist reine Höflichkeit. Hat sie dir erzählt, daß Jack mir das angetan hat?«
»Ja. Woher weißt du das?«
»Es steht dir ins Gesicht geschrieben. Ständig redet sie auf mich ein, ich soll mich von Jack trennen.«
»Aber du kannst doch nicht zu ihm zurückgehen, wenn er dich schlägt.«
»Er meint es nicht so. Du kannst dir gar nicht vorstellen, wie leid es ihm hinterher immer tut.«
»Ist er einfach reingekommen und hat dir ins Gesicht geschlagen?«
»Nein, so war es nicht. Wir haben uns gestritten, und dann ist bei ihm die Sicherung durchgebrannt. Er hat es nicht so gemeint.«
»Aber so kann es doch nicht weitergehen.«
»Hör mal, jeder, wirklich jeder hat sich von Jack abgewandt, doch ich werde zu ihm halten!«
»Aber du siehst ja selbst, warum sich alle von ihm abgewandt haben.«
»Ich sage dir, er hat geweint wie ein kleines Kind, weil er sich so geschämt hat. Er konnte sich nicht mal mehr erinnern, daß er den Stuhl gepackt hat.«
»Er hat dich mit einem Stuhl verprügelt? Jesus, Maria und Joseph!«
»Hör auf, Ria. Bitte fang nicht auch noch damit an. Mir liegen schon meine Mutter, meine Freundinnen und Polly Callaghan dauernd in den Ohren. Nicht du auch noch.«
In diesem Moment kam Rosemary herein, die einen passenden Hut für eine Hochzeit suchte, und sie mußten das Thema fallen-

lassen. Rosemary erzählte, sie sei auf eine Hochzeit in besseren Kreisen eingeladen. Jetzt sei es auch für sie an der Zeit, sich ernstlich nach einem Mann umzusehen. Und deshalb brauche sie einen Hut, mit dem sie sogar der Braut die Schau stehlen könne.
»Die arme Braut«, meinte Ria.
»Der Mensch ist des Menschen Wolf«, sinnierte Gertie.

Das Baby sollte in der ersten Oktoberwoche kommen.
»Dann wird es eine Waage. Das ist ein gutes Sternzeichen, es bedeutet Ausgeglichenheit«, sagte Gertie.
»Du glaubst doch nicht etwa an diesen Quatsch?«
»Doch, natürlich.«
Ria lachte. »Du bist wie meine Schwester Hilary. Sie und ihre Freundinnen haben mal ein Vermögen für eine Wahrsagerin ausgegeben, die in einem Wohnwagen haust.«
»Oh, wo ist diese Frau? Da müssen wir hin!«
»Da bringen mich keine zehn Pferde hin.«
»Aber sie kann dir vielleicht sagen, ob es ein Mädchen oder ein Junge wird.«
»Ach was. Ich muß das nicht unbedingt wissen.«
»Nun komm schon. Und Rosemary überreden wir, auch mitzugehen. Was uns die Frau wohl erzählen wird?«
»Sie wird sagen, daß ich schwanger bin, was sie an meinem Bauch erkennt. Daß du mit einem Typen zusammen bist, dem leicht mal die Hand ausrutscht, was sie an deinem Gesicht feststellen kann. Und daß Rosemary einen reichen Mann heiraten wird, denn das sieht man ihr ja förmlich an. Und dafür sollen wir unser gutes Geld ausgeben?«
»Bitte, Ria«, bettelte Gertie. »Es wird bestimmt lustig.«

Auf Mrs. Connors hagerem Gesicht lag ein gequälter Ausdruck. Sie sah nicht aus wie jemand, der von törichten Frauen für einen kurzen Blick in die Zukunft massenhaft Fünf- und Zehn-Pfund-Scheine in die Hand gedrückt bekam. Vielmehr schien es, als hätte sie bereits zuviel gesehen. Aber das gehörte wahrscheinlich zu ihrem geheimnisvollen Image, überlegte Ria, als sie sich setzte und ihr die Hand entgegenstreckte.

Das Baby würde ein Mädchen werden, ein gesundes Mädchen, dem ein paar Jahre später ein Junge folgen würde.

»Werden es denn nicht drei Kinder? Ich habe hier doch drei Linien«, wollte Ria wissen.

»Nein, die eine davon ist keine richtige Kindeslinie. Es könnte eine Fehlgeburt sein, ich weiß es nicht.«

»Und wird das Geschäft meines Mannes florieren?«

»Dazu müßte ich seine Hand sehen. Aber Ihre eigenen Geschäfte werden gut gehen. Ich sehe viele Reisen übers Meer. Ja, Sie werden eine Menge reisen.«

Ria kicherte in sich hinein. Die zwanzig Pfund waren in den Sand gesetzt, und das Baby würde wahrscheinlich ein Junge werden. Sie fragte sich, wie es den anderen ergangen war.

»Na, Gertie, was hat sie dir erzählt?«

»Nicht viel. Du hast recht gehabt, sie ist nicht besonders gut.«

Rosemary und Ria wechselten einen Blick. Mittlerweile wußte auch Rosemary über Jack und seine Gepflogenheiten Bescheid.

»Ich nehme an, sie hat dir geraten, deinen obskuren Freund zu verlassen.«

»Sei nicht so gemein, Rosemary, das hat sie überhaupt nicht gesagt.« Gerties Stimme zitterte.

»Entschuldige, ich habe es nicht so gemeint«, entgegnete Rosemary beschwichtigend.

Dann herrschte Schweigen.

»Und wie war es bei dir, Rosemary?« Ria wollte die angespannte Atmosphäre etwas auflockern.

»Nur eine Menge Unsinn. Nichts, was ich eigentlich wissen wollte.«

»Kein Ehemann in Sicht?«

»Nein, aber ein Haufen anderer Probleme. Doch damit will ich euch nicht behelligen.« Sie verstummte wieder und konzentrierte sich aufs Autofahren. Der Ausflug war ein Reinfall gewesen.

»Ich habe euch ja gleich gesagt, daß es eine Schnapsidee ist«, bemerkte Ria.
Die beiden anderen erwiderten nichts.

Barney McCarthy war nun ein häufiger Gast in der Tara Road. Ria erfuhr, daß er zwei verheiratete Töchter hatte, die in großen Neubauten am Meer wohnten. Doch diese Häuser, meinte Barney, hätten nicht halb soviel Charakter wie das ihre. Trotzdem wollten die Mädchen unter keinen Umständen in einem Haus wohnen, in dem es womöglich feuchte Wände geben könnte. Sie hielten auch nichts davon, zu Versteigerungen und auf Flohmärkte zu gehen, wo man manchmal wahre Schätze finden konnte. Statt dessen ließen sie sich lieber nagelneue Sitzgarnituren, Einbauküchen und Einbauschränke liefern. In Barneys Stimme schwang leichte Resignation mit; so war das eben heutzutage.
»Es klingt, als würde er das alles bezahlen«, sagte Ria zu Danny.
»Darauf kannst du dich verlassen, ihre Ehemänner kriegen doch den Hintern nicht hoch. Ihre Energie hat sich darin erschöpft, sich vermögende Ehefrauen zu angeln.«
»Sind sie nett, die Männer?«
»Eigentlich nicht, jedenfalls nicht zu mir. Wozu auch? Sie sind eifersüchtig, weil Barney mit mir zusammenarbeitet.«
»Macht dir das nichts aus?«
Danny zuckte mit den Achseln.
»Warum sollte es mir was ausmachen? Barney hat uns aus einem alten Haus, das seine Leute gerade abreißen, ein wunderbares viktorianisches Kamingitter aus Messing und solide Schürhaken besorgt. Er meint, die seien goldrichtig. Und stilecht. Bei einem Händler hätten wir allein für das Kamingitter zweihundert Pfund bezahlen müssen.«
»Und warum schenkt er uns das einfach so?« fragte Ria.
»Weil es für alle anderen Leute nur Plunder aus einem alten Haus ist. Es würde sonst auf der Müllhalde landen. Allmählich nimmt unser Salon wirklich Gestalt an.«
Und Danny hatte recht, das Zimmer war kaum wiederzuerkennen.

Manchmal fragte sich Ria, was der alte Sean sagen würde, wenn er sehen könnte, was sie aus seinem heruntergekommenen Lagerraum gemacht hatten. Zwar hatten sie den Teppich, den Danny sich erträumte, trotz angestrengter Suche noch nicht gefunden, dafür aber den perfekten Tisch. Im Katalog als »dreibeiniger Mahagoni-Frühstückstisch« bezeichnet, würde er wunderbar in dieses Zimmer passen. Lange überlegten sie hin und her. War er zu klein, sollten sie sich lieber einen richtigen großen Eßtisch zulegen? Aber vier Personen hätten an diesem Tisch durchaus Platz, zur Not sogar sechs. Und große Gesellschaften würden sie vorerst sowieso nicht geben.

Ria meinte, sie könne manchmal gar nicht mehr richtig unterscheiden, was Wunsch und was Wirklichkeit sei.

»Ich hätte mir nie vorstellen können, daß uns das alles eines Tages gehören würde, Danny«, schwärmte sie. »Nicht im Traum hätte ich daran gedacht, daß wir einmal einen richtigen Salon haben würden. Und wer weiß, vielleicht haben wir am Ende sogar eine Tafel für zwölf Personen und einen Butler?«

Lachend fielen sie einander in die Arme.

Danny Lynch aus der schäbigen Kate in der hintersten Provinz und Ria Johnson aus dem Eckhaus in der großen, heruntergekommenen Sozialsiedlung wohnten nicht nur wie feine Leute in einem Herrschaftshaus in der Tara Road, sie erörterten nun auch, welche Art von Eßtisch sie kaufen wollten.

Als der runde Tisch geliefert wurde, stellten sie eine Blumenvase darauf, holten zwei Küchenstühle herbei und setzten sich einander gegenüber. Es war ein warmer Abend, die Haustür stand offen, und als Barney McCarthy hereinkam, blieb er einen Augenblick stehen und betrachtete das glückliche, aufgeregte Paar.

»Es ist eine wahre Freude, euch so zu sehen«, sagte er.

Und da begriff Ria, wie sehr Barneys Schwiegersöhne Danny hassen mußten, den Protegé, der in vielerlei Hinsicht der künftige Erbe zu sein schien.

Barney meinte, Danny und Ria bräuchten ein Auto. Doch als sie begannen, die Gebrauchtwagenanzeigen in den Zeitungen zu studieren, sagte er: »Ich dachte an ein Firmenauto.« Und so bekamen sie einen Neuwagen.

»Ich scheue mich beinahe, ihn Hilary zu zeigen«, sagte Ria, während sie die neuen Polster befühlte.

»Laß mich überlegen ... sie wird sagen, daß die Wertminderung schon in dem Moment beginnt, da man den ersten Meter damit fährt«, mutmaßte Danny.

»Und meine Mutter wird sagen, so einen Wagen hätte sie in *Coronation Street* oder sonst einer Seifenoper gesehen«, lachte Ria.

»Was würden wohl *deine* Eltern dazu sagen?«

Danny dachte kurz nach. »Es würde sie beunruhigen. Es wäre zuviel für sie. Wahrscheinlich würden sie einfach ihre Mäntel anziehen und mit dem Hund spazierengehen.« Seine Stimme klang traurig, aber er schien sich damit abgefunden zu haben, daß die Dinge nun mal so lagen.

»Im Lauf der Zeit werden sie schon ein bißchen fröhlicher werden. Wir dürfen uns nur nicht von ihnen abwenden«, erwiderte Ria. Sie fand, daß sie dabei ein bißchen wie Gertie klang, die ihren Jack unter keinen Umständen aufgeben wollte. Inzwischen trug sie bereits einen Verlobungsring, und die Hochzeit stand vor der Tür. Das würde ihm neuen Auftrieb geben, meinte Gertie.

Am Sonntag mittag waren sie bei den McCarthys eingeladen. Diesmal würde es keine große Gesellschaft sein, nur ein Essen zu viert. Barney und Danny redeten unentwegt von Häusern und Grundstücken, während Mona und Ria sich über das Baby unterhielten.

»Ich habe über Ihren Rat nachgedacht, und ich glaube, ich werde doch zu Hause bleiben und mich um das Baby kümmern«, sagte Ria.

»Haben Sie Großmütter, die Ihnen ein bißchen unter die Arme greifen können?«

»Leider nicht. Meine Mutter ist berufstätig, und Dannys Eltern leben weit draußen auf dem Land.«

»Aber sie werden doch bestimmt kommen, um das Kind zu sehen?«

»Ich hoffe es. Wissen Sie, es sind sehr stille Leute, ganz anders als Danny.«

Mona nickte, als verstünde sie nur zu gut. »Sie werden bestimmt umgänglicher, wenn das Baby erst mal da ist.«

»Wissen Sie das aus eigener Erfahrung?« Man konnte Mona McCarthy wirklich alles fragen, sie redete immer ganz unbefangen über ihre bescheidenen Anfänge.

»Ja, Sie müssen wissen, daß Barney ganz anders war als der Rest seiner Familie. Ich glaube, seine Eltern haben nie verstanden, warum er sich so sehr ins Zeug gelegt hat. Sie haben selbst nie viel getan; sein Vater hat sich sein Lebtag lang damit begnügt, auf dem Bauhof Tee zu kochen. Aber wenn wir an den Wochenenden mit dem Baby zu ihnen fuhren, freuten sie sich immer sehr, obwohl ich selbst oft müde war und mir die Besuche lieber erspart hätte. Warum Barney sich so abrackerte, war ihnen stets unbegreiflich, und sein Sinn für das Geschäftliche war ihnen fremd. Aber es ändert sich manches, wenn Enkelkinder da sind. Vielleicht werden Sie das auch feststellen können.«

Ria wünschte, diese nette Frau hätte nicht die elegante Polly Callaghan als Nebenbuhlerin. Zum hundertsten Mal fragte sie sich, ob Mona McCarthy von dem Verhältnis wußte. Denn es war in Dublin ja ein offenes Geheimnis.

Danny mußte mit Barney nach London fliegen, und Ria fuhr ihn zum Flughafen. Als sie ihm gerade einen Abschiedskuß gab, sah sie die schicke Polly Callaghan aus einem Taxi aussteigen. Ria schaute bewußt in die andere Richtung.

Doch Polly war weniger taktvoll, sie marschierte schnurstracks auf die beiden zu. »Das ist also der neue Wagen. Sehr schön.«

»Oh, hallo, Mrs. Callaghan. Danny, ich stehe hier im Parkverbot, ich muß wegfahren. Außerdem sollte ich schon in der Arbeit sein.«

»Ich werde in London ein Auge auf ihn haben, damit er sich da drüben nicht in irgendeine hübsche kleine Mieze verguckt.«

»Danke«, brachte Ria mit belegter Stimme heraus.

»Kommen Sie, Danny, unser Herr und Meister hat die Tickets, und er wird bestimmt schon nervös.« Weg waren sie.

Ria dachte an Mona McCarthy und wie sie Barneys Kinder jedes Wochenende zu den Großeltern gebracht hatte, obwohl sie eine lange, anstrengende Arbeitswoche hinter sich gehabt hatte.

Das Leben war kein Zuckerschlecken.

Eine Woche vor dem mutmaßlichen Geburtstermin hörte Ria auf zu arbeiten. All die Menschen, die sie vor einem Jahr noch gar nicht gekannt hatte, erwiesen sich nun als sehr hilfsbereit. Barney McCarthy meinte, Danny müsse in der Umgebung von Dublin bleiben und dürfe keine Geschäftsreisen aufs Land unternehmen, damit er in der Nähe wäre, wenn das Baby käme. Barneys Frau Mona sagte, sie bräuchten sich kein Kinderbettchen und keinen Kinderwagen zu kaufen; all diese Sachen habe sie für ihre Enkelkinder aufgehoben, doch ihre Töchter hätten sie bislang noch nicht damit beglückt.

Barneys Geliebte Polly Callaghan versicherte Ria, daß sie jederzeit zurückkommen und Teilzeit arbeiten könne, wenn sie wolle. Außerdem schenkte sie ihr eine exotische Bettjacke in Schwarz und Pink, die sie im Krankenhaus tragen konnte.

Rosemary, die in der Druckerei mittlerweile zur Leiterin einer größeren Abteilung aufgestiegen war, besuchte Ria von Zeit zu Zeit.

»Mit all diesen Sachen, Hecheln und Fruchtwasserabgang und so, kenne ich mich überhaupt nicht aus«, meinte Rosemary entschuldigend. »Ich habe keine Erfahrung darin.«

»Ich auch nicht«, meinte Ria betrübt.

»Ja, ja, das kommt davon.« Rosemary drohte ihr scherzhaft mit dem Zeigefinger. »Geht Danny mit dir zu den Geburtsvorberei-

tungskursen? Obwohl ich mir das ja eigentlich nicht vorstellen kann ...«
»Doch, er ist wirklich ein Goldschatz. Im Grunde ist es unsinnig, aber trotzdem aufregend. Irgendwie gefällt es ihm sogar.«
»Ja, und es gefällt ihm sicher auch, wenn du danach wieder deine normale Figur hast.« Das sagte Rosemary, die in ihrem hautengen Hosenanzug groß und gertenschlank wie ein Mannequin wirkte. Es war wohl als Trost gemeint, dachte sich Ria, aber weil sie sich gerade wie ein unförmiges Etwas vorkam, fühlte sie sich durch diese Bemerkung eher verunsichert.
Ebenso wie durch die Besuche der hübschen jungen Orla, ihrer ehemaligen Kollegin in der großen Immobilienfirma. Hätten Orlas Vorgesetzte von diesen Kontakten gewußt, wären sie darüber sicherlich nicht erfreut gewesen. Auch Rias Mutter kam vorbei und brachte eine Menge guter Ratschläge und Warnungen mit.
Die einzige, die sich nicht blicken ließ, war Hilary. Sie beneidete ihre Schwester so sehr um das Haus in der Tara Road, daß es sie große Überwindung kostete, es auch nur zu betreten und in seinem renovierten Zustand zu sehen. Zwar versuchte Ria, sie einzubeziehen, indem sie sie zu Möbelversteigerungen mitnahm, doch ihre gemeinsamen Unternehmungen führten stets zu einer Katastrophe. Ein Wutanfall ihrer Schwester verdarb Ria beinahe den schönen Tag, an dem sie die große Anrichte ersteigerte.
»Es ist einfach ungerecht«, schimpfte Hilary. »Nur weil du ein großes, leeres Zimmer hast, kannst du dir so tolle Möbel zu einem Spottpreis kaufen. Nur weil sonst niemand so ein riesiges Haus hat, will keiner dieses Sideboard haben.«
»Na, dann haben wir doch großes Glück«, erwiderte Ria gekränkt.
»Nein, es geht ums Prinzip – ihr kriegt dieses Ding praktisch geschenkt und ...«
»Pst, Hilary, jetzt kommt es gleich dran. Ich muß mich konzentrieren. Danny sagt, wir können bis zu dreihundert Pfund hoch gehen – dabei ist es achthundert wert, schätzt er.«
»Du willst dreihundert Pfund zahlen für ein Möbelstück in eurem

Empfangszimmer, das ihr sowieso nicht benutzt? Ihr seid komplett verrückt.«
»Hilary, bitte! Die Leute gucken schon her.«
»Sollen sie doch gucken! Womöglich ist das Ding total wurmstichig.«
»Nein, ich habe es mir angesehen.«
»Trotzdem ist es Schwachsinn, glaub mir.«
Da kamen die ersten Gebote. Das Interesse war gering. Ein Händler, den Ria vom Sehen kannte, und ein Mann, der ein Geschäft für gebrauchte Möbel hatte, überboten sich gegenseitig jeweils um ein paar Pfund. Aber für beide würde es ein Problem werden, einen Abnehmer zu finden. Wer hatte schon ein Haus mit soviel Platz?
»Einhundertfünfzig«, rief Ria mit klarer, kräftiger Stimme.
Die anderen boten noch ein oder zwei Minuten lang mit, stiegen dann aber aus. Der »viktorianische Büffetschrank«, wie es in der Beschreibung hieß, ging für einhundertachtzig Pfund an Ria.
»Mensch, ist das nicht großartig?« freute sich Ria, doch in dem verkniffenen Gesicht ihrer Schwester zeigte sich nicht einmal die Spur eines Lächelns.
»Sieh mal, Hilary, ich habe gerade einhundertzwanzig Pfund gespart, das müssen wir feiern. Ist hier nichts dabei, was dir und Martin gefallen würde? Komm schon, wenn du was findest, bieten wir mit.«
»Nein, danke«, erwiderte Hilary steif.
Ria dachte daran, daß sie in der Tara Road groß feiern würden, wenn Danny von diesem Schnäppchen erfuhr. Der Gedanke daran, daß ihre Schwester in ihr mickriges Häuschen zu ihrem langweiligen, trübsinnigen Martin zurückkehren würde, war ihr unerträglich. Doch sie wußte, sie konnte nichts daran ändern. Gerne wäre sie noch geblieben und hätte vielleicht fünfzig Pfund von dem gesparten Geld für Kristall ausgegeben. Sie hatte hübsche Karaffen gesehen, die bestimmt billig zu haben waren. Aber Hilarys schlechte Laune nahm ihr die Lust dazu.
»Dann laß uns gehen, Hilary«, sagte sie schließlich.

Und von diesem Tag an tauchte Hilary überhaupt nicht mehr in der Tara Road auf. Es war kindisch und schmerzlich, aber Ria hatte das Gefühl, so viel bekommen zu haben, daß sie sich etwas Toleranz und Großmut erlauben konnte. Sie wollte ihre Schwester besuchen und mit ihr reden, so wie früher, ehe Geld und unterschiedliche Lebensweisen sie entzweit hatten.

Danny arbeitete bis spätabends im Büro, und bis zur Geburt waren es noch fünf Tage. So beschloß Ria, zu Hilary zu fahren. Ob ihre Schwester bissige Bemerkungen über das schicke Auto machen würde, war ihr gleichgültig. Sie wollte mit ihr reden.
Martin war nicht zu Hause, er war zu einer Anwohnerversammlung gegangen, die irgendeinen Protest organisieren wollte. Hilary sah müde und unzufrieden aus.
»Ach, du bist's«, meinte sie nur, als sie Ria sah. Dann fiel ihr Blick auf den Wagen vor dem Tor. »Hoffentlich sind die Reifen noch dran, wenn du nachher wieder fährst«, fügte sie hinzu.
»Hilary, kann ich reinkommen?«
»Klar.«
»Wir beide haben uns doch nicht zerstritten, oder?«
»Wovon sprichst du eigentlich?«
»Nun, ich frage mich nur, warum du mich nicht mehr besuchen kommst. Ich habe dich so oft eingeladen, daß es mir schon peinlich ist. Wenn ich zu Mam gehe, bist du auch nie da. Kein Wort davon, daß du mir alles Gute wünschst, für das Baby und so. Früher waren wir doch Freundinnen. Was ist bloß passiert?«
Hilary schaute drein wie ein störrisches Kind. »Du brauchst keine Freunde mehr.«
Doch das forderte Rias Widerspruch heraus. »Herrgott, und ob ich Freunde brauche! Wenn ich bloß daran denke, daß ich bald ein Baby habe, wird mir angst und bang. Man sagt, daß es am Anfang ganz schrecklich ist und daß das nur niemand zugibt. Ich mache mir Sorgen, ich könnte etwas falsch machen mit dem Kind, oder Danny könnte sich zu viel aufhalsen, und am Ende verlieren wir alles. Manchmal habe ich Angst, daß er mich nicht mehr liebt,

weil ich wegen jeder Kleinigkeit zu heulen anfange, und da wagst du mir zu sagen, ich bräuchte keine Freunde?«
Hilarys finstere Miene schwand. »Ich setze mal Teewasser auf«, meinte sie.

Orla rief in der Tara Road an. Einer der Zimmermieter erklärte ihr, die Lynchs seien beide nicht zu Hause. Danny sei vermutlich noch im Büro, und Ria sei mit dem Wagen weggefahren. Orla überlegte, ob sie Danny im Büro anrufen sollte. Seit Feierabend hatte sie schon einiges getrunken und noch keine Lust, nach Hause zu gehen. Vielleicht ließ sich Danny ja noch auf ein Bier überreden. Außerdem sah er unheimlich gut aus.

Nora Johnson las den Brief zum dritten Mal. Das Geschäft, in dem sie arbeitete, sollte verkauft werden. Es folgten einige Bemerkungen, wie sehr man diese Entwicklung bedaure, die auf veränderte Kundenbedürfnisse zurückzuführen sei. Aber unterm Strich hieß es, daß Nora Johnson ab Anfang November arbeitslos sein würde.

Rosemary lächelte dem Mann zu, der ihr gegenübersaß. Er war ein wichtiger Kunde der Druckerei und hatte sie schon mehrmals gefragt, ob sie mit ihm ausgehen wolle. Heute hatte sie zum ersten Mal eingewilligt, und nun saßen sie in einem sehr teuren Restaurant beim Essen. Die Druckerei erstellte in seinem Auftrag eine Farbbroschüre für ein gemeinnütziges Projekt, das von vielen Geschäftsleuten kräftig unterstützt wurde. Es war ein guter Anknüpfungspunkt für weitere Kontakte, mit denen die Druckerei auch andere potentielle Kunden auf sich aufmerksam machen konnte. Rosemary hatte viel Zeit und Mühe darauf verwandt, daß das fertige Produkt allen gewünschten Anforderungen entsprach.
»Haben Sie die komplette Sponsorenliste dabei, damit wir sie grafisch aufbereiten und in Satz geben können?«
»Ich habe sie in meinem Hotelzimmer«, antwortete er.
»Aber Sie wohnen doch gar nicht in einem Hotel«, erwiderte Rosemary. »Sie haben doch eine Wohnung in Dublin.«

»Stimmt.« Er lächelte unbefangen und zuversichtlich. »Aber für heute nacht habe ich ein Hotelzimmer gebucht.« Dabei prostete er ihr zu.
Auch Rosemary hob ihr Glas. »Was für eine extravagante Geste«, bemerkte sie.
»Für Sie ist das Beste gerade gut genug«, entgegnete er.
»Ich meine extravagant insofern, als Sie sich nicht vorab vergewissert haben, ob das Zimmer überhaupt benötigt wird.«
Er lachte, weil er ihre Antwort als indirektes Eingeständnis ihrer Bewunderung auffaßte. »Wissen Sie, ich hatte da so eine Vorahnung, daß Sie mit mir essen gehen und den Abend bei einem Drink im Hotel ausklingen lassen würden.«
»Ihre Vorahnung war auch zur Hälfte richtig. Danke für das Essen, es war hervorragend.« Sie erhob sich, um zu gehen.
Über ihre Reaktion war er ehrlich erstaunt. »Was ist denn in Sie gefahren? Erst machen Sie mir Hoffnungen, dann zeigen Sie mir die kalte Schulter!«
Rosemary sprach laut und akzentuiert, so daß man sie auch an den Nachbartischen hören konnte. »Ich habe Ihnen keine Hoffnungen gemacht. Ich habe lediglich Ihre Einladung zu einem Geschäftsessen angenommen. Daß ich in Ihr Hotelzimmer mitgehen würde, davon war nie die Rede. So nötig haben wir es auch nicht, mit Ihnen Geschäfte zu machen.«
Hocherhobenen Hauptes und mit all der Selbstsicherheit, die einer blonden Schönheit von dreiundzwanzig Jahren gegeben ist, schritt sie hinaus.

»Ich wollte nicht so abweisend sein«, sagte Hilary. »Es ist nur, weil du doch alles hast, Ria, wirklich alles … einen Mann, der ein Filmstar sein könnte … Mam meint auch, er sieht einfach zu gut aus …«
»Was weiß Mam schon von Männern!«
»Außerdem hast du dieses Haus, draußen vor der Tür steht ein protziges Auto, du verkehrst in den besten Kreisen und lernst jede Menge berühmter Leute kennen. Wie sollte ich darauf kommen,

daß du dich mit jemandem wie mir überhaupt noch abgeben willst ...?«
Gerade als Ria antworten wollte, spürte sie jenen stechenden Schmerz, von dem sie wußte, daß er eigentlich erst nächste Woche einsetzen sollte. Das Baby war unterwegs.

Gertie hatte von einem Imbißstand Fish 'n' Chips geholt. Das Päckchen legte sie auf den Küchentisch und nahm dann die vorgewärmten Teller aus dem Backofen. Ein Tablett mit Tomatenketchup, Messern, Gabeln und Servietten hatte sie schon bereitgestellt.
Doch sie hatte Jacks Laune falsch eingeschätzt. Mit einer ungestümen Armbewegung fegte er das in Papier eingewickelte Essen vom Tisch. »Du bist nichts als eine dreckige Schlampe«, brüllte er sie an. »Du bringst es nicht einmal fertig, deinem Mann ein anständiges Essen auf den Tisch zu stellen! Statt dessen kaufst du irgendwelchen Mist von der Imbißbude!«
»O nein, Jack, bitte. Bitte!« schrie Gertie.
Er griff nach dem nächstbesten Gegenstand. Leider war es ein schwerer, langstieliger Schrubber.

Als Martin Moran von der Anwohnerversammlung zurückkam, wurde er von einem Jungen aus der Nachbarschaft erwartet. »Da war eine Frau, die ein Baby bekommt«, erzählte er aufgeregt. »Weil Ihre Frau nicht fahren konnte, hat mein Dad sie ins Krankenhaus gebracht. Da haben Sie wirklich was verpaßt.«

Danny blieb unauffindbar. Er war nicht in der Tara Road und auch nicht im Büro. Schließlich gab Ria Hilary die Telefonnummer von Barney McCarthy, wo er vielleicht auch sein könnte. Doch Mona McCarthy meinte, ihr Mann sei nicht zu Hause und Danny habe sie heute überhaupt noch nicht gesehen. Dabei hatte er doch im Krankenhaus dabeisein wollen, darüber hatten sie unzählige Male gesprochen.
Ria wünschte sich sehnlichst, er wäre jetzt bei ihr. »Danny!« schrie

sie unter Schmerzen. Wie oft hatte er gesagt, es sei ebenso sein Baby wie ihres und er wolle die Geburt miterleben! Wo in Gottes Namen steckte er bloß?

Gerade als Danny Feierabend machen wollte, tauchte Orla King in seinem Büro auf. Ein Bild von einem Mädchen, aber sie lallte unverkennbar. Momentan hatte er wirklich keine Lust, sich mit ihr zu unterhalten. Doch Danny Lynch blieb stets höflich.
»Gehst du mit mir auf ein Gläschen in den Pub?« fragte Orla.
»Nein, Schatz, ich bin todmüde«, antwortete er.
»Im Pub wirst du schon wieder munter. Ach bitte, komm doch mit.«
»Tut mir leid, Orla, heute abend nicht.«
»Wann dann?« wollte sie wissen. Dabei lächelte sie ihn an und fuhr sich mit der Zunge über die Lippen.
Entweder ging er gleich und riskierte, daß sie ihm eine Szene machte. Oder er bot ihr einen Schluck von dem Brandy an, den er hier für Barney bereithielt. »Also meinetwegen einen kleinen Brandy, Orla. Aber den müssen wir in drei Minuten getrunken haben, dann gehen wir.«
»Ich habe gewonnen«, jubelte sie insgeheim. Während Danny die Flasche aus dem Schrank holte, setzte sie sich auf seinen Schreibtisch und schlug die Beine übereinander. In diesem Augenblick läutete das Telefon.
»Ach, laß es doch klingeln, Danny. Es ist doch nur wieder Arbeit«, bat Orla.
»Nicht um diese Uhrzeit«, erwiderte er und hob ab.
»Danny, hier ist Polly Callaghan, es ist dringend. Sind Sie allein?«
»Eigentlich nicht, nein.«
»Können Sie sich freimachen?«
»Es wird ein paar Minuten dauern.«
»Hören Sie, es ist dringend. Haben Sie Ihren Wagen da?«
»Nein.«
»Okay, Barney ist bei mir. Er hat Schmerzen in der Brust. Sein Herz. Aber ich kann die Sanitäter nicht anrufen und hierher-

kommen lassen. Ich würde sie lieber zu Ihnen nach Hause schicken.«
»Kein Problem.«
»Aber die Frage ist, wie bekomme ich ihn dorthin?«
»Ich fahre mit dem Taxi zu Ihnen.«
Da ließ sich Orlas quengelige Stimme vernehmen: »*Dan-ny*, mach Schluß und komm her, ja?«
»Und sehen Sie zu, daß Sie Ihren Gast oder was auch immer loswerden«, fügte Polly hinzu.
»Ja«, erwiderte Danny kurz angebunden.
Und noch barscher verfuhr er mit Orla. »Bedaure, Schatz, es gibt keinen Brandy mehr ... Das ist ein Notfall.«
»Wie kannst du Schatz zu mir sagen und mich dann wegschicken?« fing sie an.
Ehe sie wußte, wie ihr geschah, hatte Danny sie hinausbugsiert, sich dabei seine Jacke geschnappt und gleichzeitig den Notarzt angerufen.
Sie hörte, wie er die Adresse in der Tara Road nannte. »Ist jemand krank? Kommt das Baby schon?« fragte sie, von seiner Unruhe aufgeschreckt.
»Tschüs, Orla«, sagte er. Dann sah sie nur noch, wie er die Straße hinunterlief und ein Taxi anhielt.

Barneys Gesicht war aschgrau. Er saß zusammengesunken in einem Sessel neben dem Bett. Polly hatte vergeblich versucht, ihn anzuziehen.
»Machen Sie sich keine Umstände wegen der Krawatte«, rief Danny. »Gehen Sie runter und sagen Sie dem Taxifahrer, er soll raufkommen und mir helfen, ihn die Treppe runterzutragen.«
Einen Augenblick lang zögerte Polly. »Sie wissen, daß Barney es nicht ausstehen kann, wenn von seinem Privatleben etwas an die Öffentlichkeit dringt.«
»Meine Güte, das ist ein Taxifahrer, Polly, kein Geheimagent. Barney wäre es bestimmt wichtiger, jetzt schnellstmöglich ins Krankenhaus zu kommen.«

Da sprach Barney, die Hand krampfhaft an die Brust gepreßt: »Redet nicht über mich, als ob ich schon nicht mehr wäre, Himmel noch mal. Ja, Polly, hol den Taxifahrer rauf. Mach schnell.« Dann wandte er sich in milderem Ton an Danny. »Danke, daß Sie hergekommen sind und das alles regeln.«
»Es wird alles gut.« Danny stützte den älteren Mann, und in seinen Gesten lag eine so unbefangene Zuneigung, wie er sie für seinen eigenen Vater niemals aufgebracht hätte.
»Sie werden sich um alles kümmern, wenn ich weg bin, ja?«
»In achtundvierzig Stunden sind Sie doch selbst schon wieder auf dem Posten«, meinte Danny.
»Aber nur für den Fall, daß …«
»Nur für den Fall, okay. Versprochen«, erwiderte Danny in unbekümmertem Ton, weil er wußte, was Barney hören wollte.
In diesem Moment erschien der Taxifahrer. Wenn er Barney McCarthy erkannte, so ließ er es sich nicht anmerken. Ohne Fragen zu stellen, half er, den schwergewichtigen herzkranken Mann die enge Treppe des noblen Apartmenthauses hinunterzutragen, und fuhr ihn zu einer anderen Adresse, wo der Kranke von Sanitätern abgeholt werden würde.

Hilary wartete in dem großen, schäbigen Zimmer vor dem Kreißsaal. Von Zeit zu Zeit unternahm sie weitere vergebliche Versuche, Danny zu erreichen. Auch bei ihrer Mutter hob niemand ab. Hilary konnte nicht wissen, daß ihre Mutter vor dem Brief saß, der das Ende ihres Arbeitslebens bedeutete.
Nora Johnson war zu verzweifelt, um ans Telefon zu gehen, doch schließlich riß sie sich zusammen und traf eine Entscheidung.

»Danny!« gellte Rias Schrei in dem Augenblick, als der Kopf des Babys sichtbar wurde. Die Schwester sagte etwas, was sie kaum verstehen konnte. »Gut, Ria, Sie haben's geschafft, Sie haben ein wunderschönes kleines Mädchen, gesund und munter.«
Ria war so erschöpft wie noch nie in ihrem Leben. Danny war nicht bei der Geburt seiner Tochter dabeigewesen. Und die Wahrsagerin hatte recht gehabt, es war ein Mädchen.

Orla King hatte das Gefühl, daß die Trinkerei sie allmählich um den Verstand brachte. Natürlich plagte sie ihr Gewissen, weil sie versucht hatte, einen Mann zu verführen, dessen Frau in ebendieser Nacht ihr erstes Baby bekommen hatte, aber sie sorgte sich auch um ihren Geisteszustand. Sie wußte, daß Ria zu Hause gewesen sein mußte, weil sie gehört hatte, wie Danny einen Krankenwagen in die Tara Road bestellte. Alle anderen hingegen behaupteten, Ria sei bei ihrer Schwester gewesen und ein Nachbar habe Ria mit ihrem Wagen ins Krankenhaus fahren müssen, weil Hilary nicht autofahren konnte. Für Orla gab es nun keinen Zweifel mehr, daß sie Halluzinationen hatte und unter Gedächtnisstörungen litt. Und da ging sie zum ersten Mal zu den Anonymen Alkoholikern.
An jenem ersten Abend lernte sie Colm Barry kennen. Er war ein alleinstehender, gutaussehender Mann und arbeitete bei einer Bank. Colm hatte dunkle Locken und dunkle, traurige Augen.
»Sie sehen gar nicht aus wie ein Bankkaufmann«, sagte Orla zu ihm.
»Ich fühle mich auch nicht so. Viel lieber wäre ich Koch.«
»Ich fühle mich auch nicht wie eine Tippse in einem Maklerbüro. Eigentlich wäre ich lieber Model oder Sängerin«, bekannte Orla.
»Es gibt keinen Grund, warum wir das nicht erreichen könnten, oder?« meinte Colm und lächelte.
Orla wußte nicht, ob er sich über sie lustig machte oder nur nett sein wollte, aber es war ihr auch gleichgültig. Seine Anwesenheit machte diese Treffen erträglicher.

Als Gertie an jenem Abend sah, wie Jack mit dem schweren Schrubber ausholte und im Begriff war, sie ernstlich zu verletzen, packte sie ein Messer und stach ihm in den Arm. Hilflos und benommen sahen sie zu, wie sich das Blut über das Päckchen mit dem Essen ergoß, das er zu Boden gefegt hatte. Dann zog Gertie ihren Verlobungsring vom Finger, legte ihn auf den Tisch, schnappte sich ihren Mantel und verließ die Wohnung. Von der Telefonzelle an der Straßenecke aus rief sie die Polizei an und

berichtete, was sie getan hatte. Jack versicherte in der Notaufnahme jedermann, es habe sich um eine rein private Angelegenheit gehandelt. Niemand würde Anzeige erstatten.
Gertie wollte von Jack eine ganze Weile nichts mehr wissen, aber schließlich willigte sie ein, sich doch noch einmal, ein einziges Mal mit ihm zu treffen, was allseits mit Bedauern aufgenommen wurde. Man hatte Jack wegen Trunkenheit am Steuer den Führerschein entzogen, worauf er seinen Arbeitsplatz verloren hatte. Gertie hatte einen geläuterten und nüchternen Mann vor sich. Als sie miteinander redeten, wurde ihr bewußt, wie sehr sie ihn noch liebte. Mit zwei wildfremden Menschen als Trauzeugen heirateten sie eines Morgens um acht in einer kalten Kirche.
Gertie kündigte bei Polly's und kam damit Polly Callaghan zuvor, die sie ohnehin entlassen hätte, weil sie zu oft fehlte: Irgendwann wäre ihrer Chefin einfach der Geduldsfaden gerissen. Jack hatte Phasen, in denen er abstinent blieb, doch sie hielten nie lange an. Und Gertie war nur noch ein Schatten ihrer selbst. Gleich um die Ecke von der Tara Road bekam sie eine Anstellung in einer Wäscherei und auch die darüber liegende Wohnung. So fristeten sie mehr schlecht als recht ihr Dasein.
Gerties Mutter wollte mit alldem nichts zu tun haben. Sie sagte, sie könne nur hoffen, daß Gertie ein paar gute Freunde habe, die ihr beistehen würden, wenn es einmal hart auf hart kam. Gertie besaß immerhin eine Freundin, ohne deren Hilfe sie oft nicht weitergewußt hätte: Ria Lynch.

Hilary Moran konnte es Danny Lynch nie ganz verzeihen, daß er in jener Nacht nicht an der Seite seiner Frau gewesen war. Oh, natürlich hatte sie gehört, daß er gute – und streng vertrauliche – Gründe dafür gehabt hatte, und Ria hegte auch keinen Groll gegen ihn. Doch niemand außer ihr hatte Rias entsetzliche Schmerzensschreie gehört, als sie stundenlang in den Wehen gelegen und auf ihn gewartet hatte. Seitdem fühlte sich Hilary mehr denn je in ihrer Meinung bestärkt, daß sie es mit Martin nicht schlecht getroffen hatte. Auch wenn er wahrscheinlich nie so eine steile Karriere wie Danny Lynch machen würde und auch nicht dessen Charme besaß, so war er zumindest zuverlässig. Er würde stets für sie dasein. Und wenn Hilary einmal ein Kind bekam, würde er sich nicht sonstwo herumtreiben. Sie hoffte, daß ihr Kinderwunsch doch noch einmal in Erfüllung ging. Schließlich lebten sie nicht in einem baumumstandenen Haus, wie es die Wahrsagerin prophezeit hatte. Da konnte sie sich auch bezüglich ihrer Kinderlosigkeit getäuscht haben.

Barney McCarthy erholte sich von seiner Herzattacke. Alle meinten, er habe Glück gehabt, daß es ihn erwischt habe, als er bei dem geistesgegenwärtigen, findigen Danny Lynch gewesen sei, der ihn auf schnellstem Wege ins Krankenhaus gebracht hatte. In der nächsten Zeit müsse er die Dinge allerdings etwas gemächlicher angehen.
Eigentlich hatte er Danny mehr in seine Geschäfte einbeziehen wollen, was aber seitens seiner Familie auf unerwartet starken Widerstand stieß. Daß sie Vorbehalte gegen Danny hegten, war nur verständlich, überlegte Barney. Sie fürchteten offenbar, es könnte sich eine allzu enge Beziehung zwischen ihnen entwickeln. Also mußte er diplomatischer vorgehen und ihnen beweisen, daß die Geschäfte in der Hand der Familie blieben.
Manchmal schien es ihm, als verhielten sich seine Töchter ihm gegenüber nun weniger liebevoll als früher. Aber Barney leistete sich nicht den Luxus, über anderer Leute Launen nachzugrübeln. Schließlich hatten diese Gören alles ihm zu verdanken. Jahrelang hatte er sich abgerackert, damit sie auf renommierte Schulen gehen konnten und eine erstklassige Ausbildung erhielten. Selbst wenn sie von seinem Verhältnis mit Polly Callaghan erfuhren, würden sie wohl kaum ein großes Theater darum machen. Sie wußten, daß er Mona niemals verlassen, daß die Familie intakt bleiben würde. Und sosehr er Danny Lynch auch schätzte, mußte er doch im Interesse aller dafür sorgen, daß sein Umgang mit ihm künftig weniger publik wurde.

Nora Johnson erfuhr just an dem Tag, an dem ihre Enkelin geboren wurde, daß sie ihre Arbeit verlieren würde. Sie entschloß sich, keinem ihrer Kinder etwas davon zu sagen, solange sie nicht alles darangesetzt hatte, eine neue Anstellung zu finden. Doch das war nicht leicht, und in den ersten Wochen nach Annie Lynchs Geburt bekam ihre Großmutter eine Absage nach der anderen. Für eine einundfünfzigjährige Frau ohne Ausbildung gab es kaum Möglichkeiten.

Mit dem letzten bißchen Energie und ohne große Hoffnungen ging sie zu einem Vorstellungsgespräch, um sich als Betreuerin und Gesellschafterin für eine ältere Dame zu bewerben. Diese bewohnte ein großes Haus an der Tara Road, zu dem auch ein Nebengebäude, ein kleines Gartenhaus, gehörte. Das Gespräch verlief außerordentlich zufriedenstellend, die beiden Frauen verstanden sich auf Anhieb. Als die Familienangehörigen der alten Dame erfuhren, daß eine von Noras Töchtern in der Tara Road lebte, boten sie Nora an, für die Dauer ihrer Anstellung im Gartenhaus zu wohnen. Wenn sie ihr Haus verkaufte, hätte sie für Notzeiten etwas auf der hohen Kante, und sie würde gleich neben ihrer Tochter Ria wohnen.

Ja, aber welche Sicherheiten habe sie für die Zukunft? wollte Nora wissen. Wo würde sie denn wohnen, wenn – was hoffentlich nicht so bald geschah – die alte Dame, um die sie sich kümmern sollte, von ihnen gegangen war? Und so kam man überein, daß Nora in diesem Fall das Vorkaufsrecht auf das Gartenhaus eingeräumt wurde.

Polly Callaghan blieb die Nacht, in der Annie geboren wurde, stets in Erinnerung, weil sie in ebendieser Nacht befürchtet hatte, Barney für immer zu verlieren. Seit ihrem fünfundzwanzigsten Lebensjahr hatte sie ihn geliebt. Und während dieser zwölf Jahre hatte sie sich kein einziges Mal die Frage gestellt, ob es nicht töricht sei, einen Mann zu lieben, der immer gebunden sein würde.

Obwohl es ihr ein leichtes gewesen wäre, sich einen alleinstehenden Mann zu suchen, der sie gerne mit einem eigenen Heim und einer Familie beglückt hätte, zog sie diese Möglichkeit nie in Betracht. Dabei hätte sich für eine so bezaubernde, gewandte und erfolgreiche Frau wie Polly Callaghan gar mancher Mann interessiert.

Doch auf diesen Gedanken kam sie nicht. Sie wußte, daß sie in jener Nacht großes Glück gehabt hatte. Man hatte Barney gerade noch rechtzeitig auf die Intensivstation gebracht, und er versprach, seinen Lebenswandel zu ändern, das Rauchen aufzugeben, dem Brandy abzuschwören und sich mehr zu bewegen; kurz gesagt, sich der Endlichkeit des Lebens bewußt zu sein und sich nicht mehr wie ein Unsterblicher zu verhalten. Dazu hatte Polly ihn seit Jahren gedrängt, während seine Frau ihm schwere Kost vorgesetzt und keinerlei Einschränkungen auferlegt hatte.

Jetzt hatte er endlich eine Warnung erhalten, die ihn aufgerüttelt hatte. Barney McCarthy war noch keine Fünfzig; wenn er auf sich aufpaßte, lagen noch viele Jahre vor ihm.

Polly war Danny Lynch dankbar für sein schnelles, entschlossenes Handeln. Aber in dieses Gefühl mischte sich auch Enttäuschung. Als sie ihn nämlich an jenem Abend angerufen hatte, war ein Mädchen bei ihm im Büro gewesen: Polly hatte sie kichern gehört. Nicht, daß Polly sich ein Urteil über Männer anmaßte, die fremdgingen. Allerdings fand sie, daß Danny reichlich früh damit anfing. Noch dazu an dem Abend, wo er eigentlich bei seiner Frau hätte sein sollen, die gerade ihr erstes Baby zur Welt brachte. Doch Polly betrachtete die Dinge philosophisch. So waren die Männer nun mal.

Rosemary erinnerte sich sehr gut an die Zeit, als Annie Lynch geboren wurde. Das war eine Art Wendepunkt in ihrem Leben gewesen. Kurz zuvor hatte sie mit diesem flegelhaften Kerl zu tun gehabt, der sie in sein vorab gebuchtes Hotelzimmer hatte abschleppen wollen. Und zu jener Zeit fühlte sie sich ganz unerwartet zu einem Mann namens Colm Barry hingezogen, einem Angestellten der Bank, die in der Nähe ihrer Firma lag. Er war stets hilfsbereit gewesen und hatte sie in ihrer Art der Geschäftsführung bestärkt. Im Gegensatz zu manchen anderen Mitarbeitern der Filiale hatte er sie noch nie ermahnt, Maß zu halten. Ja, er schien sogar etwas desillusioniert von der Geschäftsphilosophie seiner Bank zu sein. Er war Rosemary einfach eine echte Hilfe und hegte anscheinend große Bewunderung für die Geschicklichkeit, mit der sie die Expansion der Firma vorantrieb. Colm Barry mochte um die Dreißig sein und hatte dunkles, lockiges Haar, das ein Stück weit über den Kragen fiel – sehr zum Mißfallen der Bank, wie er mit einer gewissen Genugtuung erzählte.

»Macht es Ihnen nichts aus, was Ihre Kollegen und Vorgesetzten von Ihnen denken?« fragte Rosemary.

»Nicht im geringsten. Ist es *Ihnen* denn wichtig, was die anderen von Ihnen halten?« fragte er zurück.

»In der Arbeit muß ich schon ein bißchen darauf achten, denn wenn die Kunden eine jüngere Frau vor sich haben, rutscht es ihnen öfter mal raus, daß sie lieber mit einem Mann reden würden. Und das heute, in den achtziger Jahren! Deshalb muß ich möglichst selbstbewußt auftreten. So gesehen macht es mir schon etwas aus. Aber sonst nicht.«

Mit ihm konnte man sich gut unterhalten. Manche Männer hatten so eine Art, einem zuzuhören und einen dabei unverwandt anzuschauen – Männer, die eine Schwäche für Frauen hatten, also Männer wie Danny Lynch. Colm hatte traurige Augen, fand Rosemary, aber sie hatte ihn wirklich gern. Warum sollten Frauen eigentlich immer abwarten, bis der Mann den ersten Schritt tat? Und so lud sie Colm Barry ein, mit ihr essen zu gehen.

»Das würde ich gern«, antwortete er. »Aber leider habe ich heute abend einen Termin.«

»Kommen Sie, Colm. Die Bank wird es überleben, wenn Sie einmal nicht dabei sind«, meinte sie.

»Nein, ich muß zum AA-Treffen«, sagte er.

»Ich verstehe nur Bahnhof.«

»Zu den Anonymen Alkoholikern«, erwiderte er schlicht.

»Ach so.«

»Jetzt sind Sie baff. Aber glauben Sie mir, es ist gut für mich, daß

ich dorthin gehe und Unterstützung bekomme. Nur deshalb kann ich einer hübschen blonden Frau wie Ihnen widerstehen.«
»Heute abend zumindest«, entgegnete sie mit einem breiten Lächeln. »Aber es gibt ja auch noch andere Abende, nicht wahr?«
»Ja, natürlich könnten wir ein andermal zusammen ausgehen. Aber da Sie jetzt über mich Bescheid wissen, liegt Ihnen vielleicht nicht mehr soviel daran, mit mir zu essen.« Seine Worte klangen etwas bitter, aber nicht entschuldigend; offenbar wollte er sich wappnen, falls Rosemary ihre Meinung änderte. Sie schwieg so lange, daß Colm das Gefühl hatte, er könnte jetzt weitersprechen und etwas beenden, was noch gar nicht begonnen hatte. »Ihnen wie auch mir ist klar, daß Sie jemanden brauchen, der ... sagen wir ... solider ist. Vergeuden Sie Ihre Zeit nicht mit Versagern wie mir, einem alkoholkranken Bankangestellten.«
»Sie sind sehr zynisch«, stellte Rosemary fest.
»Und sehr realistisch. Ich bin neugierig, wie es bei Ihnen weitergeht.«
»Das bin ich bei Ihnen auch«, erwiderte Rosemary.

Mona McCarthy vergaß nie, wo sie gewesen war, als Barney auf die Intensivstation gebracht wurde: Sie durchstöberte gerade das Dachgeschoß nach einem Kinderbettchen für die junge Ria Lynch. Kurz zuvor hatte Rias Schwester angerufen und ihr aufgeregt erzählt, daß bereits die Wehen eingesetzt hätten und sie auf der Suche nach Danny seien. Eine halbe Stunde später war Danny am Apparat und sagte, Barney habe alles gut überstanden. Vorsichtshalber hätten sie aber doch beschlossen, ein EKG machen zu lassen. Mona könne jederzeit ins Krankenhaus kommen; Danny würde ihr gleich einen Wagen schicken.
»Wo ist es denn passiert? Ist es schlimm?« fragte Mona.
Danny war die Ruhe selbst. »Er war bei mir zu Hause, in der Tara Road. Wir haben den ganzen Abend gearbeitet. Es geht ihm gut, Mona, er ist in bester Verfassung, und ich soll Ihnen bestellen, daß Sie sich keine Sorgen machen sollen. Aber davon können Sie sich ja selbst überzeugen, wenn Sie da sind.«

Da wurde ihr etwas leichter ums Herz. Dieser Danny war wirklich ein Prachtkerl. Er brachte es noch fertig, sie zu beruhigen, obwohl er wegen seiner Frau, die in den Wehen lag, in heller Aufregung sein mußte.

»Übrigens, Danny, ich freue mich, daß das Baby unterwegs ist. Wie geht es Ria denn?«

»Was?«

»Ihre Schwester hat sie doch ins Krankenhaus gebracht, sie …«

»O verdammt, das gibt es doch nicht!« Dann war die Verbindung unterbrochen.

»Danny?« Mona McCarthy begriff nun gar nichts mehr. Hatte Hilary nicht gesagt, sie habe Danny in der Tara Road nicht erreichen können? Und nun behauptete Danny, er sei den ganzen Abend dort gewesen. Es war alles sehr rätselhaft.

Doch wann immer Mona McCarthy vor einem Rätsel stand, rief sie sich ins Gedächtnis, daß sie schließlich keine Detektivin war und es vermutlich eine ganz logische Erklärung gab. Und damit war die Angelegenheit für sie erledigt. Im Lauf der Jahre, in denen sie immer wieder einmal auf Ungereimtheiten gestoßen war, hatte sie festgestellt, daß man mit dieser Methode nicht schlecht fuhr. Und auch als Barney wieder gesund war, fragte sie ihn nie, was genau in jener Nacht geschehen war.

Ebensowenig wie sie ihn fragte, wo er zu Abend gegessen hatte, wenn er spät heimkam, oder wie er auf Geschäftsreisen seine Zeit in den Hotels zubrachte. Nicht selten war es vorgekommen, daß sie bei Unterhaltungen mit ihm ein anderes Thema anschneiden mußte, um unliebsame Enthüllungen oder gar einen Streit abzuwenden. Mona McCarthy war keineswegs so naiv, wie die meisten Leute glaubten.

Danny Lynch blieb immer im Gedächtnis, wie er in panischer Hektik von dem einen Krankenhaus zum anderen gefahren war. Wie vorwurfsvoll ihn seine Schwägerin angesehen hatte. Und wie er in den Armen der erschöpften, tränenüberströmten Ria sein Töchterchen erblickt hatte.

Weinend barg er sein Gesicht in Rias dunklem Haar, dann nahm er das Baby behutsam auf den Arm. »Ich werde das nie wiedergutmachen können, aber ich hatte wirklich einen triftigen Grund.«
Und natürlich verzieh sie ihm. Es war in seiner Lage das einzig richtige gewesen, und schließlich hatte er ja nicht ahnen können, daß es mit dem Baby schon soweit war.
Daß er dieses winzige Geschöpf so sehr lieben würde, hätte er nicht für möglich gehalten. Und er wollte seiner kleinen Prinzessin ein Zuhause schaffen, das einem Palast gleichkam. Eine Prinzessin verdient einen Palast, pflegte er zu sagen.
»Wenn man dich dauernd von Prinzessinnen reden hört, möchte man gar nicht glauben, daß wir in einer Republik leben«, neckte ihn Ria.
»Du weißt schon, wie ich es meine. Es ist wie in einem Märchen«, erwiderte Danny.
Und das war es auch in vielerlei Hinsicht.
Das Geschäft florierte, was zwar eine Menge harter Arbeit bedeutete, doch damit kam Danny zurecht. Barney achtete nun in seinen geschäftlichen Beziehungen zu ihm auf etwas mehr Diskretion.
Es war wunderbar, wie Ria mit der kleinen Annie umging. In regelmäßigen Abständen setzte sie sie ins Auto und fuhr mit ihr zu ihren Großeltern aufs Land. Dannys Eltern schienen davon sehr gerührt zu sein. Seine Mutter strickte alberne Babymützen, sein Vater schnitzte Spielzeug für sie. Für Klein-Danny und seine Brüder hatte es keine selbstgestrickten Mützchen und auch kein geschnitztes Spielzeug gegeben.
Er hatte ein bildhübsches Töchterlein, ein Haus, von dem Leute mit seiner Herkunft und seiner Bildung nur träumen konnten, und eine prächtige, liebevolle Ehefrau.
Das Leben hatte es gut gemeint mit Danny Lynch.

Ria konnte nie vergessen, daß Danny während der Geburt nicht bei ihr gewesen war. Natürlich hatte Danny nicht wissen können, daß das Baby so früh kommen würde. Daß er Barneys Doppelleben deckte, sah sie allerdings mit gemischten Gefühlen. Sie wollte nicht in Lügengeschichten verstrickt werden, bei denen die nette Mona McCarthy die Leidtragende war.

Doch all das wurde von ihrer Liebe zu dem Neugeborenen in den Hintergrund gedrängt. Ann Hilary Lynch wog bei ihrer Geburt knapp sechseinhalb Pfund und war ein entzückendes Kind. Mit ihren großen Augen blickte sie vertrauensvoll zu Ria auf. Sie lächelte jeden an, und alle, die sie in den Arm nahmen, strahlten und meinten, daß das Kind sie ganz besonders ins Herz geschlossen habe.

All die Ängste und Sorgen, die Ria ihrer Schwester Hilary anvertraut hatte, schienen unbegründet gewesen zu sein. Sie kam mit ihrem Baby sehr gut zurecht, und Dannys Liebe zu ihr wuchs noch mehr. Er war richtiggehend vernarrt in seine Tochter, und Ria ging das Herz über, wenn sie die beiden Hand in Hand durch den großen Garten spazieren sah, der so verwildert war wie eh und je. Sie hatten einfach soviel anderes zu tun und keine Zeit, sich auch noch darum zu kümmern.

In ihrem trauten Heim wuchs Annie zu einem wahren Sonnenschein heran, und genau wie ihr Vater hatte sie blondes, glattes Haar, das ihr in die Stirn fiel.

Von Rias Kindertagen gab es nur wenige passable Fotos. Oft wünschte sie sich, sie hätte mehr Bilder von sich als Kleinkind, als Zehnjährige, als Teenager. Außer ein paar Schnappschüssen von der Erstkommunion, der Firmung und einem Ausflug in den Zoo hatte ihre Mutter so gut wie nichts fotografisch festgehalten. Bei Annie sollte das anders sein. Sie würde einst ein komplettes Album haben, von den ersten Lebenstagen im Krankenhaus, ihrem glanzvollen Einzug in die Tara Road, ihrem ersten Weihnachten zu Hause ... alles von Anbeginn an.

Und Ria fotografierte auch das Haus, damit man später sehen konnte, wie es sich verändert hatte. Annie sollte nicht in dem Glauben aufwachsen, es sei immer schon alles so luxuriös gewesen. Ria wollte ihr das Gefühl geben, daß sie und das Haus gewissermaßen zusammen groß geworden waren.

Sie machte Fotos von dem Zimmer mit dem neuen Teppich und davon, wie sie ihn ausrollten; von dem Tag, als sie endlich die japanische Vase bekamen, die Danny von Anfang an hatte haben wollen; von den langen Samtvorhängen, die Danny an den Fenstern eines Hauses entdeckt hatte, das im Zuge einer Testamentsvollstreckung verkauft werden sollte. Sie maßen sie aus und stellten fest, daß sie genau paßten. Danny wußte, daß man sie für einen Spottpreis bekommen konnte. Bei Haushaltsauflösungen war das immer so; die Hinterbliebenen wollten alles so schnell wie möglich loswerden. Auf diese Weise konnte man so manches Schnäppchen machen.

Manchmal hatte Ria deswegen ein schlechtes Gewissen, aber Danny tat das als Unsinn ab. Dinge waren nur für diejenigen wertvoll, die sie haben wollten.

Der größte Teil ihres Familienlebens spielte sich in der geräumigen, warmen Küche im Souterrain ab, doch Ria und Danny hielten sich auch jeden Tag eine Zeitlang in dem Salon auf, den sie inzwischen ganz nach ihren Vorstellungen gestaltet hatten. Es bereitete ihnen das größte Vergnügen, noch mehr kleine Kostbarkeiten dafür aufzustöbern. Als Danny eine Gehaltserhöhung bekam, kauften sie antike Kerzenhalter, die sie zu Tischlampen umfunktionierten, erwarben eine französische Standuhr und stockten ihren Bestand an Kristallgläsern auf.

Dabei erweckte dieser Raum keineswegs den Eindruck, als wolle man damit Gästen imponieren. Es war kein »Empfangszimmer«, wie Hilary es abschätzig genannt hatte. Auf den massiv gerahmten Ölbildern, die sie gekauft hatten, waren die Vorfahren anderer Leute dargestellt, nicht ihre eigenen, aber das versuchten Danny und Ria auch gar nicht vorzutäuschen. Für sie waren es einfach Porträtbilder von Leuten, deren Nachkommen sich nicht mehr an sie erinnerten. Und jetzt fanden sie eben an den Wänden in der Tara Road einen würdigen Platz.

Ria ging nicht wieder arbeiten. Aus vielerlei Gründen schien es ihr sinnvoller, zu Hause zu bleiben. Ständig mußte jemand irgendwohin gefahren oder irgendwo abgeholt werden. Außerdem arbeitete sie einen Tag pro Woche in einem Laden, dessen Erlöse wohltätigen Zwecken zugute kamen, und half einen weiteren Vormittag im Krankenhaus aus, wo sie sich um die Kinder kümmerte, deren Mütter gerade bei einer Untersuchung oder Behandlung waren.

Dannys Büro war nicht weit weg. Deshalb kam er gern zum Mittagessen nach Hause oder schaute herein, um sich bei einer Tasse Kaffee zu entspannen. Hier besuchte ihn auch Barney McCarthy des öfteren. Aus irgendeinem Grund trafen sie sich nicht mehr so häufig wie früher in Hotelrestaurants. Ria wußte um Barneys veränderte Ernährungsgewohnheiten und setzte ihm immer einen bekömmlichen Salat und gegrillte Hühnchenbrust vor.

Wenn die Männer etwas zu besprechen hatten, pflegte Ria sich zurückzuziehen.

In ihrer Anwesenheit sagte Barney McCarthy oft voller Bewunderung: »Mit Ihrer Frau haben Sie wirklich großes Glück, Danny. Hoffentlich wissen Sie das zu schätzen.«

Das tue er durchaus, bestätigte Danny stets, und als die Jahre ins Land zogen, wußte Ria, daß es die Wahrheit war. Ihr hübscher, gutaussehender Danny liebte sie nicht nur, seine Liebe zu ihr wuchs sogar noch im Lauf der Jahre.

KAPITEL ZWEI

Rosemarys Mutter behauptete, Ria Lynch sei das ausgebuffteste Weibsstück weit und breit.

»Ich verstehe nicht, warum du so etwas sagst«, entgegnete ihr Rosemary. Aber sie wußte nur zu gut, was ihre Mutter so aufbrachte. Ria war nicht nur verheiratet, sie hatte noch dazu eine gute Partie gemacht. Das hätte Mrs. Ryan auch gerne von ihrer Tochter sagen können, und so machte sie ihrer Enttäuschung Luft, indem sie über Ria Lynch herzog.

»Sie kommt aus dem Nichts, aus dem Nirgendwo, sie ist in einem Sozialwohnungsviertel aufgewachsen. Und nun schau sie dir heute an! Jetzt wohnt sie in einem riesigen Haus in der Tara Road und steckt dauernd mit diesem Barney McCarthy und seiner Frau zusammen.« Mrs. Ryan rümpfte verächtlich die Nase.

»Du hast einfach an allen etwas auszusetzen, Mutter.« Von klein auf war Rosemary angehalten worden, »Mutter« und nicht »Mama« zu sagen, wie es die anderen Mädchen taten. Sie waren eben etwas Besseres, hatte man ihr eingeredet.

Doch als sie heranwuchs, hatte Rosemary gemerkt, daß ihre Familie gar nichts Besonderes hatte. Diese Vorstellung war vor allem den Träumen ihrer Mutter entsprungen, die dem großzügigen Lebensstil ihrer eigenen Jugend nachtrauerte und nicht darüber hinwegkam, daß ihr Mann ihre hochfliegenden Erwartungen unerfüllt gelassen hatte.

Rosemarys Vater, ein Handlungsreisender, hatte immer weniger Zeit zu Hause verbracht, da er sich bei seiner Familie nie richtig erwünscht gefühlt hatte. Seine beiden Töchter hatten ihn nie richtig gekannt. Ihr Bild von ihm wurde durch die Klagen ihrer enttäuschten Mutter geprägt, die ihnen mit verbitterter

Miene zu verstehen gab, daß ihr Vater die Familie im Stich gelassen hatte.

Mrs. Ryan setzte große Hoffnungen in ihre beiden attraktiven Töchter und lebte in dem festen Glauben, sie würden eines Tages eine gute Partie machen und damit auch ihr eine angesehene Stellung in der Dubliner Gesellschaft verschaffen.

So war es eine herbe Enttäuschung für sie, als Rosemarys Schwester Eileen ihr eröffnete, daß sie von nun an mit ihrer Arbeitskollegin Stephanie zusammenleben würde. Sie seien ein lesbisches Liebespaar und würden daraus auch kein Geheimnis machen. Man lebe schließlich in den achtziger Jahren des zwanzigsten Jahrhunderts und nicht im finsteren Mittelalter. Mrs. Ryan weinte wochenlang und überlegte verzweifelt, was sie denn falsch gemacht haben könnte. Ihre ältere Tochter hatte widernatürlichen Sex mit einer Frau. Und Rosemary unternahm offenbar keinerlei Anstrengungen, sich einen Mann zu angeln, der ihrer aller Schicksal wenden könnte.

So war es kein Wunder, daß sie Ria um ihr Glück beneidete: um ihren erfolgreichen Ehemann, ihr Haus in einem Stadtteil von Dublin, der zusehends an Renommee gewann, und ihre Verbindungen mit den angesehensten Leuten der Stadt, die sie den McCarthys verdankten.

Sobald Rosemary es sich leisten konnte, war sie ausgezogen und hatte sich eine eigene kleine Wohnung genommen. Aber sie besuchte ihre Mutter einmal in der Woche, auch wenn es bei ihr ziemlich trist war, und hörte sich ihre Ermahnungen und den immer gleichen Vorwurf an, sie gebe sich nicht genug Mühe.

»Ich bin sicher, daß du mit Männern schläfst«, sagte Mrs. Ryan öfter. »Eine Mutter spürt so etwas. Das ist das Dümmste, was du machen kannst. Es heißt dann schnell, du seist leicht zu haben. Und warum sollte dich jemand heiraten, wenn er dich auch so rumkriegen kann?«

»Mutter, mach dich nicht lächerlich«, antwortete Rosemary darauf, ohne die geäußerte Vermutung zu bestätigen oder abzustreiten. Viel hätte sie ihr auch nicht erzählen können. Rosemary

hatte bislang nur mit wenigen Männern geschlafen, genau gesagt mit dreien. Dies lag mehr an ihrem distanzierten Wesen als an übertriebener Tugendhaftigkeit oder angeborener Berechnung.
Sie hatte Spaß am Sex mit einem jungen französischen Studenten gehabt. Wenig Vergnügen hatte es dagegen mit einem Bürokollegen gemacht. Zweimal war sie ziemlich betrunken nach einer Weihnachtsfeier mit einem bekannten Journalisten ins Bett gefallen, aber er war ebenfalls betrunken gewesen – keine gute Voraussetzung für eine Liebesnacht.
Aber mit derlei Details belastete sie ihre Mutter erst gar nicht.
»Neulich habe ich Ria aus dem Shelbourne Hotel stolzieren sehen, als ob es bald ihr gehören würde«, fuhr Mrs. Ryan fort.
»Was hast du bloß gegen sie, Mutter?«
»Ich habe nichts gegen sie, aber sie hat ihre Trümpfe gut ausgespielt. Mehr sage ich ja gar nicht.«
»Ich denke, wenn sie das große Los gezogen hat, dann war es eher ein Zufall«, meinte Rosemary nachdenklich. »Ria konnte nicht wissen, daß sich für sie alles so vorteilhaft entwickeln würde.«
»Frauen wie sie unternehmen nichts ohne Berechnung. Sie war doch bestimmt auch schwanger, als sie geheiratet haben.«
»Ich weiß es nicht, Mutter«, seufzte Rosemary entnervt.
»Natürlich weißt du es. Sie hat natürlich auch Glück gehabt, denn er hätte sie ebensogut sitzenlassen können.«
»Sie sind sehr glücklich miteinander, Mutter!«
»Das sagst du.«
»Hättest du Lust, nächste Woche mal mit mir ins Quentin's zum Essen zu gehen, Mutter?«
»Wozu denn das?«
»Damit du mal auf andere Gedanken kommst. Wir machen uns schick und schauen uns all die Prominenten dort an.«
»Ich weiß nicht, was das bringen soll. Das ist nett gemeint von dir, aber wer kennt uns dort schon? Wir wären einfach nur zwei Frauen, die dort an einem Tisch sitzen. Da verkehren doch heutzutage bloß die Neureichen. Wir wären nur Zaungäste.«

»Ich gehe fast jede Woche einmal zum Mittagessen hin. Es ist natürlich nicht billig, aber da ich ja sonst immer das Mittagessen ausfallen lasse, läßt sich das machen.«
»Du ißt dort einmal in der Woche und hast immer noch keinen Mann gefunden?«
Rosemary mußte lachen. »Ich gehe nicht dorthin, um nach Männern Ausschau zu halten, dafür ist es nicht das richtige Lokal. Aber man hat mal etwas Abwechslung. Komm schon. Gib deinem Herzen einen Stoß, es wird dir bestimmt gefallen.«
Schließlich sagte ihre Mutter zu. Sie verabredeten sich auf Mittwoch. Es war immerhin etwas, worauf man sich freuen konnte. Ansonsten gab es ja wenig genug Erfreuliches.

Im Quentin's wies Rosemary ihre Mutter auf ein Séparée hin, das durch einen Vorhang abgetrennt war und in das sich Gäste zurückzogen, die gerne ungesehen bleiben wollten. Ein Minister kam regelmäßig mit seiner Geliebten hierher. Nicht selten nutzten es auch Geschäftsleute, die Mitarbeiter einer Konkurrenzfirma abwerben wollten.
»Wer da heute wohl drinsitzt«, überlegte ihre Mutter, die das alles ungeheuer spannend fand.
»Ich werde mal einen Blick riskieren, wenn ich auf die Toilette gehe«, versprach Rosemary.
An einem Fenstertisch sah sie den Journalisten, mit dem sie bei zwei Weihnachtsfeiern so hautnah zusammengekommen war; er interviewte einen Schriftsteller und kritzelte hastig etwas auf einen Notizblock, was er später kaum würde entziffern können. Außerdem erkannte sie einen Fernsehstar und zeigte ihn ihrer Mutter, die erfreut feststellte, daß er in Wirklichkeit viel kleiner und unscheinbarer wirkte als auf der Mattscheibe.
Schließlich ging Rosemary zur Toilette, wobei sie absichtlich einen Umweg wählte, der sie an dem Séparée vorbeiführte. Man mußte schon sehr genau hinsehen, um zu erkennen, wer darin saß. Der Schreck fuhr ihr in alle Glieder, als sie feststellte, daß es Danny Lynch und Orla King aus der Agentur waren.

»Wer ist es denn?« fragte ihre Mutter, als Rosemary an den Tisch zurückkam.
»Niemand Besonderes. Irgendwelche Banker.«
»Neureiche«, meinte ihre Mutter.
»Du sagst es«, bestätigte Rosemary.

Ria mußte Rosemary unbedingt ihre neue Cappuccinomaschine vorführen. »Phantastisch, aber ich trinke meinen Kaffee trotzdem schwarz«, sagte Rosemary und klopfte auf ihre schmalen Hüften.
»Du hast wirklich einen eisernen Willen«, sagte Ria und musterte ihre Freundin bewundernd. Rosemary war hochgewachsen und blond, und selbst nach einem langen Arbeitstag wie diesem, wenn niemand sonst mehr frisch aussah, wirkte sie immer noch wie aus dem Ei gepellt. »Barney McCarthy hat sie vorbeigebracht, er ist so wahnsinnig großzügig.«
»Er hält wohl große Stücke auf euch.« Gerade noch rechtzeitig, bevor Annie mit ihren schmutzigen kleinen Fingern ihren hellen Rock erreichte, schaffte es Rosemary, sich ein Küchenhandtuch auf den Schoß zu legen.
»Danny bringt sich ja auch fast um, er ackert von früh bis spät für ihn.«
»Verstehe«, meinte Rosemary grimmig.
»Wenn er nach Hause kommt, ist er manchmal so müde, daß er im Sessel einschläft, noch bevor ich ihm sein Essen auf den Tisch gestellt habe.«
»Ach was!«
»Aber das ist schon in Ordnung. Er ist genau wie du, er liebt eben seine Arbeit. Du schaust ja auch nicht auf die Uhr, wenn es darum geht, etwas erfolgreich zum Abschluß zu bringen.«
»Ja schon, aber ich gönne mir auch mal eine Pause. Ich belohne mich selbst und besuche hin und wieder ein schickes Lokal.«
Ria lächelte verliebt zu dem Sessel hinüber, in dem Danny nach all den ermüdenden Tätigkeiten seines langen Tages so oft einschlief. »Ich glaube, nach einem anstrengenden Tag schätzt es

Danny am meisten, hierher in die Tara Road 16 zu kommen. Hier hat er alles, was er braucht.«
»Hm, natürlich«, nickte Rosemary Ryan.

Hilary erzählte Ria, eines der Mädchen in ihrer Schule sei schwanger. Eine vierzehnjährige Göre, die nun die Heldin der Stunde war. Alle Kinder beneideten sie, und der Lehrkörper fand es prima, daß sie nicht nach England zur Abtreibung fuhr. Die Mutter des Mädchens wollte das Baby wie ihr eigenes großziehen, so daß die Kleine weiterhin zur Schule gehen konnte. Ob es nicht ungerecht sei, meinte Hilary, daß manche schon vom bloßen Hinsehen schwanger würden, während anderen, die eine dauerhafte Ehe führten und einem Kind alles geben könnten, dieses Glück versagt blieb.
»Ich will mich ja nicht beklagen«, stellte Hilary fest, obwohl sie selten etwas anderes tat. »Aber Gott hat da was nicht richtig bedacht bei der Fortpflanzung der Menschheit. Es ist doch Unfug, daß irgendwelche Teenager vom Knutschen hinter dem Fahrradschuppen schwanger werden, obwohl sie gar nicht in der Lage sind, ein Kind großzuziehen.«
»Ja, da hast du irgendwie recht«, sagte Ria.
»Komisch, daß gerade du mir zustimmst. Wenn man bedenkt, was es dir gebracht hat, schwanger zu werden: eine Heirat mit einem Mann, der wie ein Filmstar aussieht, ein Haus wie aus *Homes and Gardens* ...«
»Jetzt übertreib mal nicht«, lachte Ria.

Nora Johnson schob ihre Enkelin im Kinderwagen die Tara Road hinauf und hinunter, um die Nachbarn kennenzulernen und ihre Lebensumstände auszukundschaften. Die kleine, dunkelhaarige Frau hatte sich inzwischen in der Tara Road 48 sehr gut eingelebt. Es war eine Mews, eines jener kleinen, schicken Häuschen, die früher einmal als Stallung gedient hatten.
Ria war erstaunt, was ihre energische Mutter alles über die Leute herausfand.

»Man muß sich nur für sie interessieren, das ist alles«, erklärte Nora.

Ria wußte natürlich, daß man vor allem hemmungslos neugierig und unverblümt direkt sein mußte. Ihre Mutter erzählte ihr von den Sullivans in Nummer 26; er war Zahnarzt, und sie führte einen Secondhandladen. Ihr Töchterchen Kitty war nur ein Jahr älter als Annie und würde später vielleicht einmal eine nette Spielgefährtin abgeben. Sie berichtete auch vom Altersheim St. Rita, wo sie ab und zu mit Annie vorbeischaute. Den alten Leuten tat es gut, mal ein Baby zu sehen; es vermittelte ihnen das Gefühl, daß das Leben weiterging. Ihre eigenen Enkel und Urenkel bekamen die meisten von ihnen kaum jemals zu Gesicht.

Ihre Wäsche brachte sie in Gerties Waschsalon, der Geselligkeit wegen, wie sie sagte. Sie hätte auch Rias Waschmaschine benutzen können, aber im Waschsalon war immer etwas los. Jack Brennan allerdings, so fand sie, hätte man am besten an einem Laternenpfahl aufknüpfen sollen. Nur eine Frau wie Gertie, jene besondere Mischung aus einer Halbidiotin und einer Beinahe-Heiligen, konnte es ihrer Meinung nach mit so einem Mann überhaupt aushalten. John, Gerties kleiner Junge, war die meiste Zeit über bei seiner Großmutter.

Nora berichtete, daß das große Eckhaus Nummer 1 zum Verkauf stehe und das Gerücht umgehe, dort solle ein Restaurant eröffnet werden. Vielleicht hätten sie ja bald ihr eigenes Restaurant in der Tara Road! Nora hoffte, daß man sich dieses Lokal auch würde leisten können, aber sie hatte da ihre Zweifel. Die Gegend komme langsam in Mode, orakelte sie.

Bald war Nora Johnson als Baby- und Hundesitterin sowie als Bügelhilfe überall gefragt. Immer schon habe sie den Geruch frischer Hemden geliebt, erklärte sie, warum sollte sie sich also nicht auf diese Weise ein kleines Taschengeld verdienen?

Sie wußte immer, wer verkaufen oder bauen wollte. Danny sagte, sie sei Gold wert, weil sie alles sah und hörte. Seit ihm durch seine Schwiegermutter zwei Verkaufsabschlüsse gelungen waren, nannte er sie manchmal »meine Geheimwaffe«.

Ihr zuliebe gab er auch vor, sich mehr für Filme zu interessieren, als es tatsächlich der Fall war. Ria mochte es, wenn er sich angestrengt zu erinnern suchte, wer in einem bestimmten Film an der Seite von Grace Kelly gespielt hatte oder wer in einem anderen der Partner von Lana Turner gewesen war.

»Du erinnerst mich sehr an Audrey Hepburn, Schwiegermutter«, sagte er einmal zu Nora.

»Unsinn, Danny.« Sie strahlte.

»Nein, ich meine es ernst. Du siehst ihr ähnlich, und du hast einen genauso langen Hals, nicht wahr, Ria?«

»Mama hat einen richtigen Schwanenhals, das stimmt. Hilary und ich waren immer eifersüchtig darauf«, bestätigte Ria.

»Sage ich doch, wie Audrey Hepburn in *Frühstück bei Tiffany*.« Nora freute sich, auch wenn sie es nicht zeigen wollte. Danny Lynch war ein berüchtigter Charmeur; von so einem würde sie sich nicht um den Finger wickeln lassen. Aber er ließ nicht locker. Er zeigte ihr ein Foto, auf dem Audrey Hepburn ihr Kinn auf die Hand stützte. »Los, komm, posiere mal so, und ich mache ein Bild von dir, dann siehst du, was ich meine ... und jetzt noch das Kinn auf die Hand, mach schon, Holly ...«

»Wie nennst du mich?«

»Holly Golightly, das ist doch die Rolle, die Audrey in dem Film spielt. Du siehst genauso aus wie sie.« Von diesem Tag an nannte er sie Holly.

Und Nora Johnson, die diesen Schmeicheleien nicht hatte auf den Leim gehen wollen, war vollkommen hingerissen von ihm.

Jeden Freitagvormittag ging Rosemary auf die Bank. Die jungen Frauen, die dort arbeiteten, bewunderten sie sehr. Sie war immer tadellos gekleidet, und wenn man nicht ganz genau hinsah, hätte man denken können, sie habe immer etwas Neues an. Rosemary besaß drei sehr gut geschnittene Kostüme und eine größere Anzahl Blusen und Tücher in verschiedenen Farben, durch deren Kombination sie stets eine neue Wirkung erzielte. Und sie war außerordentlich erfolgreich in ihrem Beruf. Der Besitzer der

Druckerei, in der sie arbeitete, überließ alles ihr. Es war Rosemary, die entschied, wieviel Geld zurückgelegt wurde und ob für neue Maschinen ein Kredit aufgenommen werden mußte. Und es war auch Rosemary, die die Steuererklärung machte oder erfolgreich mit der Bank über Zahlungsaufschub verhandelte, wenn dies nötig war.

Die jungen Bankangestellten beneideten sie alle, denn sie war genauso alt wie sie und verfügte doch bereits über weitgehende, mit großer Verantwortung verbundene Vollmachten. Alle dachten, daß sie ein wenig für Colm Barry schwärme, aber andererseits schien dies äußerst unwahrscheinlich. Colm war überhaupt nicht der Typ, der zu einer Frau wie Rosemary Ryan gepaßt hätte. Er besaß keinen Ehrgeiz und zeigte keinerlei berufliches Durchsetzungsvermögen. Er ließ gegenüber dem Filialleiter deutlich durchblicken, daß er keine allzu große Achtung für die Philosophie des Bankgewerbes hegte, und machte auch keinen Hehl daraus, daß er an Zusammenkünften der Anonymen Alkoholiker teilnahm. Diese Art von Offenherzigkeit brachte einen auf der Karriereleiter nicht nach oben. Von Rosemary hätte man eigentlich annehmen können, daß sie sich für einen Mann mit glänzenderen Aussichten interessierte. Trotzdem wartete sie stets, bis Colms Schalter frei war, und wenn er nicht da war, fragte sie nach ihm.

Rosemary hatte wie immer alle Formulare bereits ausgefüllt, als sie an diesem Freitag zur Bank ging. Während sie in der Schlange wartete, sah sie zu ihrer Verwunderung, wie sich Orla King am Schalter angeregt mit Colm Barry unterhielt. Orla war attraktiv, aber auf eine Art, die Rosemary billig und aufdringlich fand. Für ihren Geschmack trug sie ein zu enges Top, einen zu kurzen Rock und zu hohe Absätze. Die Männer allerdings fanden das alles gar nicht übertrieben; ihnen schien es eher zu gefallen. Als Orla den Schalter verließ, fiel ihr Blick auf Rosemary, und ihre Augen leuchteten auf. »Schau mal an, die Welt ist doch klein. Erst gestern abend haben wir noch von dir geredet«, rief sie.

Rosemary zwang sich zu einem höflichen Lächeln. »Nur Gutes, hoffe ich?« sagte sie leichthin.

»Natürlich, ja, viel Gutes. Aber man hat sich auch gewundert, wie es kommt, daß eine so hübsche Frau wie du immer noch unverheiratet ist.«
»Merkwürdiges Gesprächsthema«, meinte Rosemary äußerst kühl.
Orla achtete nicht auf ihren Tonfall. »Nun, du bist ja mittlerweile ziemlich bekannt. Die Leute fragen sich, was mit dir los ist.«
»Ihr eigenes Leben ist dann wohl ziemlich langweilig«, mutmaßte Rosemary.
»Ach, du weißt ja, wie die Leute sind. Sie meinen es nicht böse.«
»Oh, da bin ich mir sicher, warum sollten sie auch?« In Rosemarys Stimme lag so viel Verachtung, daß jede andere als Orla aus der Haut gefahren wäre.
»Mal ehrlich, wie kommt das eigentlich, Rosemary?«
»Wahrscheinlich habe ich noch nicht den Richtigen gefunden, genau wie du.« Rosemary hoffte, ihre Stimme würde sich nicht so eisig anhören, wie sie sich innerlich fühlte.
»Na ja, aber ich will ja auch nur meinen Spaß haben. Du dagegen bist eine respektable Frau.«
»Wir sind beide fünfundzwanzig, Orla. Wir haben die besten Jahre noch vor uns.«
»Also, da war ein Mann, der sagte, er wollte dich nicht runtermachen oder so, aber du müßtest dich langsam mal umschauen, denn wenn du dich nicht beeilst, würden sich die Millionäre nur noch für die jüngeren Frauen interessieren, für die Miezen neueren Jahrgangs.« Orla kicherte. Sie meinte es nicht böse.
Aber Rosemarys Gesichtsausdruck blieb abweisend. Genau dasselbe hatte Danny Lynch vergangenen Sonntag im Scherz geäußert, als sie zum Mittagessen in der Tara Road war. Rosemary hatte es ihm damals nicht übelgenommen, jetzt aber war sie stocksauer darüber, daß er offensichtlich das gleiche am Abend zuvor im Séparée bei Quentin's gegenüber Orla King wiederholt hatte. Und Ria hatte er auch noch weisgemacht, er müsse bis spät mit Barney arbeiten!
Orla machte sich auf den Weg zu ihrer Agentur, ohne im gering-

sten ein schlechtes Gewissen zu haben. »Tschüs, Colm, bis Dienstag abend«, rief sie.
»Ich wußte gar nicht, daß du dich auch privat mit der reizenden Mrs. King triffst«, bemerkte Rosemary spitz zu Colm.
»Na ja, schon, aber nur in gewissem Sinne ...«, erwiderte er ausweichend.
Rosemary begriff, daß es sich um eine Zusammenkunft der Anonymen Alkoholiker handeln mußte, deren Teilnehmer immer nur von sich selbst erzählten, über andere Mitglieder aber Stillschweigen bewahrten. Irgendwie war sie froh, daß er sich nicht einfach in Orlas engen Pullover und den stramm über ihren kleinen, runden Hintern gespannten Rock verguckt hatte. »Dublin ist doch wirklich ein Nest. Früher oder später erfährt man alles voneinander.« Sie wollte nur ein harmloses Gespräch in Gang bringen, aber plötzlich bemerkte sie einen beunruhigten Ausdruck in seinem Gesicht.
»Was meinst du damit?« fragte er.
»Ich meine bloß, wenn wir in einer Londoner oder New Yorker Bank wären, würden wir nicht die Hälfte der Leute kennen, die am Schalter anstehen.«
»Ach so, klar. Übrigens, ich höre Ende des Monats hier auf.«
»Wirklich, Colm? Wo schicken sie dich denn hin?«
»Ich mach Nägel mit Köpfen. Ich kehre dem Bankgeschäft endgültig den Rücken«, erwiderte er.
»Das nenne ich einen mutigen Entschluß. Gibt es einen Umtrunk zum Abschied oder so etwas?«
Sie hätte sich die Zunge abbeißen können.
»Nein, aber ich verrate dir, was ich vorhabe. Ich mache in der Tara Road ein Lokal auf. Und sobald es losgeht, schicke ich dir eine Einladung zur Eröffnungsfeier.«
»Ich habe eine Idee. Wie wär's, wenn ich dir die Einladungen als Geschenk drucke?« schlug sie vor.
»Abgemacht«, sagte er, und sie schüttelten sich herzlich die Hände. Er hatte ein hinreißendes Lächeln. Schade, daß er so eine Verlierernatur war, dachte Rosemary. Mit so einem ruhigen Mann

hätte sie sich gerne zusammengetan. Aber ein Restaurant in der Tara Road? Er mußte verrückt geworden sein. Dort wohnten keine Leute, die zum Essen ausgingen, und Laufkundschaft gab es dort auch nicht. Dieses Unternehmen schien von vornherein zum Scheitern verurteilt.

Danny wollte sich zusammen mit Barney McCarthy in der Gegend, wo er aufgewachsen war, Grundstücke ansehen.
»Könnten wir nicht alle zusammen fahren und mit Annie bei den Großeltern vorbeischauen?« schlug Ria vor.
»Nein, Schatz. Diesmal lieber nicht. Ich werde wahrscheinlich todmüde sein, ich habe Besichtigungen von früh bis spät und muß mich mit lauter Leuten rumschlagen, die nur am schnellen Geld interessiert sind. Ein Termin jagt den anderen.«
»Aber du wirst doch wenigstens deinen Eltern guten Tag sagen?«
»Vielleicht, mal sehen. Du weißt ja, manchmal ist es verletzender, nur auf einen Sprung vorbeizukommen, als überhaupt nicht.«
Ria konnte dem nicht zustimmen. »Du könntest doch einfach ein paar Stunden früher losfahren.«
»Ich muß mit Barney zusammen fahren, Schatz.«
Ria war klug genug, ihn nicht weiter zu drängen. »Schön, wenn das Wetter besser wird, fahre ich mal mit Annie runter und besuche sie. Du kannst ja immer noch mitkommen.«
»Wie? Ja, prima Idee.« Doch sie wußte, daß er nicht zu seinen Eltern fahren würde. Er hatte sich schon vor langer Zeit innerlich von ihnen entfremdet, sie gehörten nicht mehr zu seinem Leben. Dannys Zielstrebigkeit war Ria manchmal ein Rätsel, und manchmal bereitete sie ihr fast Sorgen.

»Hättest du Lust, mit mir aufs Land zu fahren und Dannys Eltern zu besuchen?« fragte Ria ihre Mutter.
»Ja, warum nicht? Wird Annie denn nicht schlecht beim Autofahren?«
»Überhaupt nicht. Im Gegenteil, sie fährt gerne Auto. Magst du ihnen nicht vielleicht einen Apfelkuchen backen?«

»Wozu denn das?«

»Oh, Mam, einfach nur so, um ihnen eine Freude zu machen. Sie werden sich sicher wieder ununterbrochen entschuldigen, du weißt ja, wie sie sind. Und wenn ich ihnen etwas Aufwendiges mitbringe, dann fühlen sie sich gleich überfahren. Wenn du ihnen aber einen Apfelkuchen backst, dann ist das was anderes.«

»Du bist reichlich kompliziert, Ria. Das warst du immer«, meinte Nora, aber im Grunde freute sie sich, einen Kuchen backen zu können, und sie gab sich viel Mühe, ihn mit einem hübschen Gitterwerk aus Teig zu verzieren.

Ria hatte sich lange vorher angekündigt. Die Lynchs freuten sich sehr, die kleine Annie zu sehen, und Ria machte ein Foto von den Großeltern mit ihrer Enkelin, das zu den anderen gestellt werden würde, die sie ihnen in einem Rähmchen geschenkt hatte. Sie wollte schon dafür sorgen, daß sie an Annies Leben und Zukunft teilhatten, trotz der Entfernung und ihrer zurückhaltenden Art. Das hatte sie sich fest vorgenommen. Ihr anderes Enkelkind in England sahen sie nie, denn Rich besuchte seine Eltern nicht. Es sei halt schwierig für ihn, seufzten sie. Ria fragte sich, warum es für einen Mann, dem es angeblich in London sehr gutging, schwierig sein sollte, einmal mit seinem kleinen Sohn seine Eltern zu besuchen.

Rosemary war der Ansicht, sie solle sich da nicht einmischen und froh darüber sein, keine nörgelnden Schwiegereltern um die Ecke zu haben. Aber Ria war entschlossen, sie in ihre Familie zu integrieren.

Wie immer tischten sie Schinken, Tomaten und abgepacktes Brot auf. »Ob ich den Apfelkuchen vielleicht lieber aufwärmen soll?« fragte Mrs. Lynch unsicher, als ob sie mit einem unüberwindlichen Problem konfrontiert sei.

Wie hatten es diese furchtsamen Leute nur geschafft, einen Danny Lynch großzuziehen, diesen selbstsicheren und entschlußfreudigen Mann, der nun zusammen mit Barney McCarthy über Land reiste und mit Geschäftsleuten und Gutsbesitzern verhandelte, vor denen seine Eltern schüchtern den Hut gezogen und den Kopf gesenkt hätten?

»Und da wart ihr vor ein paar Wochen hier unten und habt euch nicht bei uns blicken lassen«, sagte Dannys Vater.

»Nein, nein, ich nicht. Danny hatte wohl in der Gegend zu tun, aber er mußte natürlich die ganze Zeit mit Barney McCarthy zusammenbleiben.« Ria ärgerte sich. Sie hatte doch geahnt, daß man es ihnen irgendwann vorhalten würde. Danny war nur ein paar Meilen von hier entfernt gewesen; er hätte doch wirklich auf eine Stunde vorbeikommen können.

»Na, weißt du, neulich war ich in der Molkerei, und da hat mir Marty erzählt, daß ihr beide im Hotel übernachtet habt. Seine Tochter arbeitet nämlich dort.«

»Aber nein, er war mit Barney dort«, erwiderte Ria geduldig. »Sie hat da was verwechselt.«

»Na, ist ja auch egal«, meinte Dannys Vater. Für ihn war die Sache damit erledigt.

Ria wußte, was Martys Tochter durcheinandergebracht hatte. Barney McCarthy hatte die Reise in Begleitung von Polly gemacht, und so war es zu diesem Mißverständnis gekommen.

Im September 1987, kurz vor Annies viertem Geburtstag, wurde in der Tara Road eine Party für die Erwachsenen geplant.

Danny und Ria saßen über der Gästeliste, und wie so oft war Rosemary zu Besuch.

»Vergeßt nicht, für mich ein paar Millionäre einzuladen. Mein Haltbarkeitsdatum läuft bald ab«, sagte Rosemary.

»Na, dann ran an den Speck«, lachte Ria.

»Im Ernst, hat Barney keine Freunde?«

»Lauter Immobilienhaie. Die wirst du bestimmt nicht mögen, Rosemary«, scherzte Danny.

»Also weiter, wer kommt noch auf die Liste?«

»Gertie«, sagte Ria.

»Die nicht«, widersprach Danny.

»Aber wieso denn nicht? Natürlich Gertie«, erwiderte Ria.

»Du kannst doch keine Party machen, ohne Gertie einzuladen«, unterstützte sie Rosemary.

»Aber dann taucht vielleicht auch Jack Brennan auf, dieser durchgeknallte Idiot, um Streit anzufangen oder eine Flasche Schnaps abzustauben«, wandte Danny ein.

»Na, wennschon, mit dem sind wir doch schon früher fertiggeworden«, meinte Ria. Dann gab es noch die Mieter in den möblierten Zimmern, sympathische Jungs, und sie wohnten ja schließlich im Haus. Martin und Hilary würde man natürlich ebenfalls einladen; sie würden zwar sicher absagen, aber fragen mußte man sie. Rias Mutter würde nur auf ein halbes Stündchen vorbeikommen und dann den ganzen Abend lang bleiben. »Barney und Mona natürlich«, sagte Ria.

»Barney und Polly, meinst du«, entgegnete Danny.

Nach kurzem Zögern schrieb Ria Barney und Polly auf.

»Jimmy Sullivan, den Zahnarzt, und seine Frau«, schlug Ria vor. »Und vielleicht sollten wir auch Orla King einladen.«

Danny und Rosemary runzelten beide die Stirn. »Sie schaut zu tief ins Glas«, sagte Rosemary. »Das wäre ziemlich riskant.«

»Na ja, sie ist jetzt bei den Anonymen Alkoholikern. Aber man kann trotzdem nie wissen bei ihr«, gab auch Danny zu bedenken.

»Also ich mag sie. Sie bringt wenigstens ein bißchen Leben in die Bude.« Ria setzte ihren Namen auf die Liste.

»Wir könnten doch auch Colm Barry fragen, den Burschen, der an der Ecke das Restaurant aufmacht.«

»Davon träumt er vielleicht«, sagte Danny.

»Er wird es tun, ich drucke die Einladungskarten für seinen Eröffnungsabend.«

»Der vielleicht auch schon der letzte sein wird«, unkte Danny.

Rosemary ärgerte es, wie er Colm heruntermachte, auch wenn sie selbst ähnliche Befürchtungen hatte. Das würde sie Danny heimzahlen. »Laßt ihn uns trotzdem einladen, Ria. Er schwärmt für Orla King, wie all diese Typen, die den Verstand verlieren, wenn sie einen prallen Busen und einen wackelnden Po vor sich sehen.«

Ria kicherte. »Wir werden noch zu Ehestiftern, was?« sagte sie fröhlich.
Rosemary verspürte große Lust, ihr eine Ohrfeige zu verpassen. Aber eine deftige. Offenbar hegte sie keinerlei Zweifel an der Unerschütterlichkeit ihrer Ehe. Sie hatte vollstes Vertrauen zu ihrem Ehemann; es kam ihr nicht einmal in den Sinn, daß ein Mann wie Danny auf viele Frauen attraktiv wirkte. Orla King war vielleicht nicht die einzige, die etwas mit ihm hatte. Aber tat denn Ria etwas dagegen? Unternahm sie auch nur die leiseste Anstrengung, um sich Dannys Interesse und seine Aufmerksamkeit zu erhalten?
Natürlich nicht. Sie füllte diese große Küche mit Leuten, die sie zwischen Töpfen und Blechen voller kalorienhaltiger Kuchen gruppierte. Sie polierte die Möbel, die sie zusammen mit Danny auf Auktionen für den Salon im Hochparterre erstanden hatte, aber der schöne runde Tisch dort war stets mit Katalogen und Papierkram bedeckt. Nie im Leben würde es Ria einfallen, einmal für sich und Danny zu kochen, ein elegantes Kleid anzuziehen, zwei Kerzen anzuzünden und in diesem Raum das Essen zu servieren.
Nein, immer mußte es diese große, laute Küche sein, in der permanent Durchgangsverkehr herrschte. Wenn Danny nach einem harten Arbeitstag nach Hause kam, nickte er gewöhnlich in seinem Sessel ein, der in einer Ecke stand. Rosemary musterte Danny und bewunderte sein gutgeschnittenes, lächelndes Gesicht. Mit seinem wohlgeratenen Töchterchen auf dem Arm stand er in der Küche seines herrschaftlichen Hauses, während seine Frau eine Party für ihn plante. Ein Mann, der genügend Unverfrorenheit besaß, eine Geliebte auf eine Reise in die Gegend mitzunehmen, in der seine Eltern wohnten. Ganz offen vor Barney McCarthy. Auch Rosemary hatte man lachend die Geschichte erzählt, wie Rias Schwiegervater ins Fettnäpfchen getreten war. Wie kam es nur, daß einige Männer so ungestört ein Doppelleben führen konnten, ohne daß ihnen jemand auf die Finger klopfte? Die Welt war eben ungerecht, einfach ungerecht.

Ria war Tag und Nacht am Backen, um bei dem großen Fest ordentlich auftischen zu können. Zweimal mußte sie deshalb Einladungen von Mona McCarthy ablehnen, und sie durfte ihr nicht einmal verraten, womit sie denn so beschäftigt war. Es war ihr sehr unangenehm, diese liebenswerte Frau, die sich ihr gegenüber so großzügig gezeigt hatte, zu hintergehen. Aber Danny war unerbittlich gewesen. Auf dieser Party sollte Polly ihren Spaß haben. Mona durfte nichts davon erfahren.
Rias Mutter war eingeweiht, doch sie würde bestimmt nichts ausplaudern. Seit sie nun ganz in der Nähe wohnte, ging sie bei Ria aus und ein und war über alles bestens informiert. Nie jedoch kam Nora Johnson zur Essenszeit in die Tara Road 16, weder mittags noch abends. Damit mache man sich nur unbeliebt, war ihre ständige Rede. Statt dessen war sie vor und nach jeder Mahlzeit da, stand unschlüssig herum, klapperte mit den Schlüsseln, plante ihren Abgang und ihren nächsten Besuch. Es wäre viel erträglicher gewesen, wenn sie hereingekommen wäre und sich mit den anderen zu Tisch gesetzt hätte. Ria seufzte, sagte aber nichts. Es war ja auch praktisch, jemanden um sich zu haben, der über alles Bescheid wußte. Wie zum Beispiel jetzt über die Geschichte von Mona und Barney McCarthy.
»Kümmere dich einfach nicht drum, Ria«, riet Nora gelegentlich. »Männer wie er haben nun mal ihre Bedürfnisse.« Aus dem Munde ihrer Mutter war das eine erstaunlich tolerante und nachsichtige Äußerung. Über die Bedürfnisse gewöhnlicher Leute ging sie in der Regel mit einem Naserümpfen hinweg. Aber Nora Johnson war auch eine sehr pragmatische Frau. Einmal hatte sie zu Ria und Hilary gesagt, sie hätte es ihrem verstorbenen Mann weit eher verzeihen können, wenn er seine Bedürfnisse gehabt hätte und ihnen nachgegangen wäre, als sie ohne eine angemessene Lebensversicherung oder Rente zurückzulassen.

»Wir brauchen jede Menge Mineralwasser und Säfte«, sagte Ria am Morgen vor der Party.

»Natürlich, für trockengelegte Alkoholiker wie Orla und Colm«, stimmte er zu.
»Woher weißt du denn, daß sie bei den Anonymen Alkoholikern ist?« fragte Ria.
»Ich dachte, du hättest es mir gesagt, oder war es Rosemary? Irgend jemand hat neulich davon gesprochen.«
»Ich habe nichts davon gewußt, und ich würde so etwas auch nicht weitererzählen«, sagte Ria.
»Werde ich auch nicht«, versprach ihr Danny.

Es sollte einer jener Abende werden, an denen Orla ihre guten Vorsätze vergaß. Sie war früh gekommen, bereits als erster Gast. In der Küche fand sie Danny Lynch eng umschlungen mit jener Frau, von der er ihr gesagt hatte, daß sie ihm nichts mehr bedeute. Das Haus, von dem Danny Lynch behauptet hatte, daß er sich darin unwohl fühle, war gemütlich und einladend und füllte sich mit Freunden. Sein kleines Töchterchen tollte in einem neuen Kleidchen herum. Sie würde bald vier, erzählte sie jedem, denn sie dachte, es wäre ihre Party. Dauernd versuchte sie, die Hand ihres Daddys zu erhaschen. Das war nicht die Szenerie, die Orla erwartet hatte. Sie hatte das Gefühl, ein Whiskey täte ihr jetzt gut. Als Colm eintraf, war sie schon ziemlich betrunken. »Komm, ich bringe dich nach Hause«, bat er sie inständig.
»Ich brauche jetzt niemanden, der mir Moralpredigten hält«, schluchzte Orla.
»Ich will dir keine Vorhaltungen machen, ich will dir einfach nur helfen. Du würdest dasselbe für mich tun«, sagte er.
»Nein, das würde ich nicht. Ich würde dir helfen, wenn dein Kerl sich wie ein Schweinehund benehmen würde. Wenn dein Kerl hier wäre und sich wie eine heuchlerische Ratte aufführen würde, dann würde ich einen Whiskey mit dir trinken. Ja, das würde ich tun, und dir keine salbadernden frommen Vorträge über die Macht des Bösen und solchen Mist halten.«
Er versuchte es mit einem lahmen Scherz. »Ich habe keinen Kerl.«
»Du hast gar nichts, Colm, das ist dein Problem.«

»Mag sein«, meinte er.
»Wo ist überhaupt deine Schwester?«
»Warum fragst du nach ihr?«
»Weil sie die einzige ist, die dir etwas bedeutet. Wahrscheinlich vögelst du auch mit ihr.«
»Orla, das hilft dir doch nicht. Und mir tust du damit nicht weh.«
»Du hast noch nie jemanden geliebt.«
»Doch, das habe ich.« Colm bemerkte, daß Rosemary neben ihnen stand. Er schaute sie hilfesuchend an. »Sollen wir vielleicht diesen Kerl suchen, von dem sie glaubt, daß sie ihn liebt?«
»Nein, das wäre wohl reichlich unpassend«, erwiderte Rosemary.
»Warum?«
»Weil er der Gastgeber ist«, erklärte sie knapp.
»Verstehe.« Er grinste. »Was schlägst du also vor?«
Rosemary zögerte keine Sekunde. »Noch ein paar Drinks, dann ist sie endgültig hinüber«, riet sie.
»Das kann ich nicht zulassen. Auf gar keinen Fall.«
»Na gut, dann schau eben weg. Ich erledige das schon.«
»Nein.«
»Stell dich nicht so an, Colm. Du kannst ihr doch nicht helfen.«
»Du hältst mich wohl für einen Schwächling.«
»Nein, Colm, um Himmels willen. Von dir als Anonymem Alkoholiker kann man nicht erwarten, daß du hilfst, ein Gruppenmitglied stockbesoffen zu machen. Ich mache das schon.« Er blieb stehen und sah zu, wie Rosemary einen großen Whiskey einschenkte. »Trink den, Orla, es ist eine Ausnahme. Einmal ist keinmal, wie man so sagt. Morgen brauchst du es nicht mehr. Aber heute hast du eine kleine Stärkung bitter nötig.«
»Ich liebe ihn«, heulte Orla.
»Ich weiß, aber er ist ein Schuft. Er führt dich ins Quentin's aus; er fährt mit dir und Barney McCarthy aufs Land, nimmt dich auf sein Zimmer mit und spielt dann vor deinen Augen mit seiner Frau trautes Familienglück. Das ist ziemlich mies.«
»Woher weißt du das alles?« Orla blieb der Mund offenstehen.
»Du hast es mir selbst erzählt. Erinnerst du dich nicht?«

»Gar nichts habe ich dir erzählt. Du bist doch Rias Freundin.«
»Natürlich hast du es mir erzählt, Orla. Woher sollte ich es sonst wissen?«
»Wann denn …?«
»Ist schon eine Weile her. Hör zu, komm und setz dich hier mit mir in diese Nische, da haben wir unsere Ruhe. Trinken wir einen zusammen.«
»Ich hasse es, auf Partys mit Frauen zu reden.«
»Ich weiß, Orla, mir geht es genauso. Aber es ist ja nicht für lange. Ich schicke dir gleich einen von den süßen Jungs vorbei, die hier wohnen. Sie haben schon alle gefragt, wo du abgeblieben bist.«
»Wirklich?«
»Ja, alle. Du solltest deine Zeit nicht mit Danny Lynch verplempern, diesem Lügenmaul.«
»Du hast ja so recht, Rosemary.«
»Das habe ich, glaub mir.«
»Ich habe dich immer für hochnäsig gehalten. Tut mir leid.«
»Nein, das hast du nicht. Tief in deinem Innern hast du mich immer gemocht.« Rosemary ließ sie allein, um die jungen Mieter zu suchen.
»Da ist eine wirklich scharfe Biene oben in der Nische auf dem Treppenabsatz«, erzählte sie ihnen, »die ständig fragt, wohin denn die gutaussehenden Männer verschwunden sind, die sie beim Hereinkommen getroffen hat.«
Colm trat vor. »Du solltest bei den Vereinten Nationen anfangen«, sagte er zu Rosemary.
»Du bist nicht zufällig ein bißchen verknallt in mich?« fragte sie schelmisch.
»Dafür bewundere ich dich zu sehr. Ich hätte Angst vor dir.«
»Dann kann ich nichts mit dir anfangen«, lachte sie und drückte ihm einen kleinen Kuß auf die Wange.
»Ich schlafe übrigens nicht mit meiner Schwester«, sagte er.
»Das hätte ich auch nie von dir vermutet. Ich weiß doch, daß du was mit der Frau von diesem Gastwirt hast.«

»Woher weißt du denn das?«
»Ich habe dir doch gesagt, die Stadt ist klein und ich weiß alles«, lachte sie.

Später sagte Nora Johnson, es sei erstaunlich, wieviel Alkohol diese blühend aussehenden jungen Leute konsumiert hätten. Und besonders merkwürdig habe sich diese stockbetrunkene junge Frau aufgeführt, die alle angeschrien habe und schließlich mit einem der Mieter in seinem Zimmer verschwunden sei. Und es sei doch urkomisch gewesen, daß jemand die Tür aufgemacht und sie zusammen im Bett erwischt habe. Danny brummte, er finde das alles überhaupt nicht komisch. Orla sei offensichtlich keinen Alkohol gewohnt. Normalerweise wäre sie bestimmt nicht mit einem von den Jungs ins Bett gegangen. Das passe nicht zu ihrem Charakter.
»Ach, hör schon auf, Danny. Jeder kann sie haben. Das wußten wir doch schon, als wir noch in der Agentur gearbeitet haben«, sagte Rosemary kühl.
»Ich habe es nicht gewußt.« Die Antwort kam barsch.
»Sie war wirklich nicht wählerisch.« Rosemary zählte ein halbes Dutzend Namen auf.
»Hast du nicht mal gesagt, der nette Colm Barry hätte ein Auge auf sie geworfen?« fragte Ria.
»Das hatte er vielleicht mal vor einiger Zeit, aber sicher nicht mehr nach gestern.« Rosemary schien einfach alles zu wissen.
Danny sah wütend aus.
»Hat es dir denn nicht gefallen gestern abend?« Ria schaute ihn ängstlich an.
»Doch, natürlich.« Aber er wirkte zerstreut und schien mit seinen Gedanken ganz woanders zu sein. Orlas Verhalten hatte ihm einen gehörigen Schrecken eingejagt. Barney war ungewöhnlich kühl gewesen und hatte ihn aufgefordert, sie so schnell und unauffällig wie möglich wegzuschaffen. Polly hatte ihn angesehen, als ob er irgendwie die Spielregeln verletzt hätte.
Der einfältige Colm Barry war ihm dabei keine große Hilfe gewe-

sen. Die jungen Mieter dagegen hatten sich als nützlich erwiesen, aber warum hatte der eine von ihnen nur die Tür zu seinem Zimmer unversperrt gelassen? Wirklich hilfreich war nur Rosemary Ryan gewesen, die sich vor und hinter den Kulissen um die Gäste bemüht hatte, als ob sie über alles und jeden Bescheid wüßte. Was doch eigentlich gar nicht sein konnte.

Hilary konnte nicht zu Annies viertem Geburtstag kommen, sie brachte erst einige Wochen später ein Geschenk vorbei. Das erste, was sie wissen wollte, war, ob Barney McCarthy beim Börsenkrach pleite gegangen sei.
»Ich glaube nicht. Danny hat nie etwas Derartiges angedeutet.« Ria war von dieser Überlegung völlig überrascht.
»Martin hat gesagt, daß Leute wie Barney, die ihr ganzes Geld in England verdienen, es normalerweise auch dort anlegen und daß er wahrscheinlich sein letztes Hemd verloren hat«, erklärte Hilary bissig.
»Das kann nicht sein. Wir hätten es bestimmt erfahren«, sagte Ria. »Er scheint nicht weniger Geld zu machen als vorher, wenn nicht sogar mehr.«
»Na, dann ist es ja gut«, meinte Hilary.
Manchmal konnte sich Ria des Eindrucks nicht erwehren, daß Hilary sich über schlechte Neuigkeiten regelrecht freuen würde – sie und Martin, die doch überhaupt kein Geld hatten, verfolgten das Auf und Ab an der Börse mit gespanntem Interesse.

Gertie hatte sich während der ganzen Party in der Tara Road ruhig und beobachtend verhalten. Jack, der seinen einzigen guten Anzug trug, war mit ihr gekommen und hatte nur Orangensaft getrunken. Sie hatten einen Babysitter engagiert, konnten aber nicht allzulange bleiben. Gertie erzählte, daß ihre Schwester Sheila dieses Jahr an Weihnachten aus den USA herüberkommen wolle. Vor ihr und ihrem amerikanischen Ehemann Max hatte sie das Ausmaß ihrer Probleme mit Jack Brennan bislang immer kaschiert.

Sheila hatte eine gewisse Neigung, mit ihrem Lebensstil in Neuengland zu prahlen. In ihren Briefen hob sie gerne ihren Wohlstand und ihre gesellschaftliche Stellung hervor. Gertie hoffte, den dreiwöchigen Besuch überstehen zu können, ohne daß Jack aus der Rolle fiel.
Es hatte sie traurig gestimmt, daß die hübsche Orla sich so danebenbenommen hatte. Wenn jemand wie sie so leicht die Kontrolle über sich verlor, was konnte man dann von Jack erwarten? Aber entgegen allen Befürchtungen war er an diesem Abend nüchtern geblieben. Unruhig und ängstlich, aber nüchtern. Es gab eben doch einen Gott, vertraute Gertie Ria an, als sie ihr half, die heiße, scharf gewürzte Suppe und das Pide-Brot zu servieren.
»Ich weiß, Gertie, ich weiß. Immer, wenn ich Danny und meine kleine Annie anschaue, dann spüre ich es.«
Gertie war leicht zusammengezuckt, denn sie hatte eines der Mädchen in der Wäscherei sagen hören, der gutaussehende Danny Lynch, der in der piekfeinen Tara Road wohne, habe genau wie sein Boß Barney McCarthy eine Geliebte. Gertie hatte sich gewünscht, es wäre nicht wahr. Fortan hatte sie sich geweigert, auf solches Gerede zu hören.

Barney McCarthy erwähnte den Auftritt von Orla King auf der Party in der Tara Road nie mehr mit einer einzigen Silbe. Er ging einfach davon aus, daß das Verhältnis beendet worden war. Und damit hatte er recht. Danny rief in Orlas Wohnung an, um ihr das mitzuteilen. Er drückte sich sehr unverblümt aus und ließ keinen Zweifel daran, daß er es ernst meinte.
»So leicht wirst du mich nicht los«, hatte sie geheult. Tatsächlich hatte sie es seit dem verheerenden Abend in der Tara Road geschafft, nüchtern zu bleiben, aber diese Neuigkeit war natürlich nicht geeignet, ihre Willenskraft zu stärken.
»Ich weiß nicht, was du damit meinst«, erwiderte Danny. »Wir kannten beide die Grenzen, als wir uns auf diese Geschichte eingelassen haben. Es war klar, daß ich deinetwegen niemals Ria

verlassen würde. Wir waren uns einig, daß wir beide nur unseren Spaß haben wollten und daß das niemandem weh tun würde.«
»Ich habe dem nie zugestimmt«, schluchzte Orla.
»Doch, das hast du, Orla.«
»Aber jetzt sehe ich es nicht mehr so«, sagte sie. »Ich liebe dich. Und du behandelst mich wie den letzten Dreck.«
»Nein, das stimmt nicht. Wenn hier jemand wie Dreck behandelt wird, dann bin ich das. Du kommst in mein Haus, du läßt dich vollaufen wie die letzte Schlampe, du beleidigst meinen Chef und hüpfst dann noch mit einem oder sogar mehreren meiner Mieter ins Bett, so daß alle es mitkriegen. Wer nimmt da keine Rücksicht auf wen, frage ich dich.«
»Du bist mich längst noch nicht los, Danny Lynch. Ich kann dir noch einigen Ärger machen«, sagte Orla.
»Wer würde dir schon glauben, Orla? So, wie du dich in unserem Haus benommen hast? Wer würde dir da abnehmen, daß ich dich auch nur mit der Zange angefaßt hätte?«

»Hallo, Rosemary? Hier ist Orla King.«
»Hi, Orla. Geht's dir wieder besser?«
»Ja, ich habe kein Glas mehr angerührt seit neulich.«
»Siehst du. Das wußte ich. Habe ich dir doch gesagt, oder?«
»Ja, das hast du. Ich kann Leute wohl nicht so gut einschätzen, wie sich jetzt herausgestellt hat. Ich wußte nicht, daß du so nett bist.«
»Ach, natürlich wußtest du das.«
»Nein, wirklich nicht. Danny Lynch ist ein Lügner und ein Betrüger, und ich werde zu ihm nach Hause gehen, um seiner Frau zu sagen, was sie von ihm zu halten hat.«
»Mach das nicht, Orla.«
»Warum nicht, er *ist* doch ein Lügner. Sie hat ein Recht darauf, es zu erfahren.«
»Hör zu. Du hast doch eben gesagt, ich sei deine Freundin, also nimm den Rat einer Freundin an.«
»Bitte.«
»Danny kann sehr gefährlich werden. Er wird sich garantiert

rächen, wenn du so etwas tust. Er sorgt dafür, daß sie dich rausschmeißen.«
»Das kann er doch nicht.«
»O doch, Orla, glaube mir. Er würde deinen Vorgesetzten erzählen, daß du ihm irgendwelche Kopien mit Interna über eure Geschäfte zugespielt hast.«
»So etwas würde er tun?«
»Was hätte er denn zu verlieren? Er kann auf Barney zählen. Auf dich hingegen ist Barney sicher nicht so gut zu sprechen, nachdem, was du zu ihm über euren Landausflug gesagt hast.«
»O Gott, habe ich das getan?«
»Ich fürchte ja.«
»Ich kann mich an nichts erinnern.«
»Das ist ja genau dein Problem. Hör zu, glaub mir, ich liege richtig. Du wirst dir nur Ärger einhandeln, wenn du mit dieser Geschichte in der Tara Road aufkreuzt. Danny wird es dir ohne zu zögern heimzahlen. Du weißt, wie entschlossen er sein kann. Und du weißt auch, wie ehrgeizig er ist, wie sehr er vorankommen will. Er wird es nicht zulassen, daß du dich ihm in den Weg stellst.«
»Was rätst du mir also ...?«
»Ich denke, du solltest ihn wissen lassen, daß du bereit bist, erst mal ein wenig Gras über die Sache wachsen zu lassen, so etwas hören Männer immer gerne. Erkläre dich damit einverstanden, eure Affäre vorerst auf Sparflamme zu halten, und sobald er sicher ist, daß du ihm keine Schwierigkeiten machst, wird er sich von allein bei dir melden, und alles wird da weitergehen, wo es aufgehört hat.«
Rosemary konnte in Orlas Stimme ein dankbares Schluchzen hören. »Du hast mir so geholfen, Rosemary. Ich weiß gar nicht mehr, wie ich dich für hochnäsig und zickig halten konnte. Ich werde es genauso machen, wie du gesagt hast. Natürlich wird er sich wieder blicken lassen, wenn er weiß, daß es kein Theater gibt.«
»Genau, aber ein Weilchen wird es schon dauern«, warnte Rosemary.
»Wie lange, glaubst du denn?«

»Wer weiß das schon zu sagen bei einem Mann? Vielleicht ein paar Wochen.«
»*Wochen?*« Orla klang entsetzt.
»Ja, ich weiß, aber letztlich ist es doch das beste, oder nicht?«
»Du hast recht.« Orla legte auf.

Nora Johnson hatte Bridge-Unterricht genommen. Sie war Feuer und Flamme für das Spiel und hatte neuerdings stets langatmige Geschichten auf Lager, in denen sie beschrieb, wie eine bestimmte Hand gegeben, gereizt oder gespielt worden war. Sie schien sich genausogut an einzelne Kartenspiele erinnern zu können, wie ihr alle Filmstars präsent waren, die sie je in ihrem Leben auf der Leinwand gesehen hatte.
Ria hatte es kategorisch abgelehnt, das Kartenspiel zu lernen. »Ich habe schon zu viele Leute gesehen, die völlig verrückt danach geworden sind, Mam. Und ich habe auch so schon genug um die Ohren, da will ich nicht jeden Nachmittag fünf Stunden damit verbringen, mich zu fragen, ob schon alle Karos raus sind oder wer die Piksieben hat.«
»Es ist überhaupt nicht so, wie du sagst«, meinte Nora herablassend. »Aber du bist selbst schuld, wenn du dir das entgehen läßt. Ich werde versuchen, im St. Rita ein paar Spiele zu organisieren.«
Es wurde ein Riesenerfolg. Alsbald fanden dort endlose Bridgerunden statt, bei denen nicht selten an drei Tischen gleichzeitig gespielt wurde. Nora Johnson verbrachte hier beinahe jeden Nachmittag, wann immer ein vierter Spieler gebraucht wurde. Von nun an hatte sie keine freie Minute mehr.
Sie organisierte aber nicht nur die Freizeit der Heimbewohner, sondern auch ihr Leben, indem sie ihnen Ratschläge gab, sie umschmeichelte oder ihnen widersprach. Denn nichts tat sie lieber, als für andere Leute Regeln aufzustellen und für sie Entscheidungen zu treffen. Ihre Tochter Ria war davon nicht ausgenommen.
»Ich wünschte, du würdest zur heiligen Anna beten«, riet Nora Johnson ihrer Tochter.

»Aber Mama, es gibt doch keine heilige Anna«, erregte sich Ria.
»Natürlich gibt es eine heilige Anna«, erwiderte ihre Mutter von oben herab. »Wer, glaubst du denn, war wohl sonst die Mutter der Heiligen Jungfrau? Und ihr Mann war der heilige Joachim. Am achtundzwanzigsten Juli ist St. Anna, und da bete ich immer für dich zu ihr und sage ihr, daß du im Grunde ein braves Mädchen bist und an deinen Namenstag denkst.«
»Aber das *ist doch gar nicht* mein Namenstag. Wir sind nicht in Rußland oder Griechenland, Mama. Wir sind in Irland, und ich heiße einfach Ria, oder Maria. Nicht Anna.«
»Wir haben dich Anna Maria getauft, und auch deine Tochter heißt Annie nach der Mutter der Heiligen Jungfrau.«
»Nein, der Grund war, daß uns der Name gefallen hat.«
»Siehst du!« triumphierte ihre Mutter.
»Und nehmen wir mal an, sie würde mir ihr Ohr leihen – worum sollte ich denn eigentlich beten? Haben wir denn nicht alles?«
»Dir fehlt ein zweites Kind.« Ihre Mutter schürzte die Lippen. »Die heilige Anna könnte dir da helfen. Du magst vielleicht denken, das ist Aberglaube, aber ich sage dir, da ist was dran.«
Ria wußte, daß es wahrscheinlich auch helfen würde, wenn sie die Pille absetzte. Darüber hatte sie schon oft nachgedacht. Was wohl Danny dazu sagen würde? Er schien in letzter Zeit nur noch seine Geschäfte im Kopf zu haben, aber vielleicht war es an der Zeit, das Thema endlich anzuschneiden.
»Vielleicht bete ich ja mal zu deiner heiligen Anna«, sagte sie leise zu ihrer Mutter.
»So gefällst du mir«, antwortete Nora Johnson.

Schließlich nahte die Weihnachtszeit, und Gerties Schwester Sheila kam wie angekündigt nach Irland.
»Wir werden sie wohl mal zum Essen einladen müssen«, meinte Ria zu Danny.
»O Gott, bitte nicht. Nicht an Weihnachten. Das geht ja wohl kaum, ohne daß wir auch Jack einladen, und ich habe keine Lust,

an Weihnachten diese Schlägertype hier im Haus zu haben, bei aller Liebe.«
»Mach ihn nicht schlechter, als er ist, Danny. Er hat sich doch neulich auf der Party ganz manierlich benommen.«
»Wenn es manierlich ist, stocksteif in der Gegend herumzustehen, dann ja.«
»Meckere doch nicht an allem rum, das paßt einfach nicht zu dir.«
Danny seufzte. »Schatz, dauernd schleppst du Leute ins Haus. Wir haben überhaupt keine Ruhe mehr.«
»Das tue ich nicht.« Ria war getroffen.
»Aber du bist doch gerade dabei. Das ist eine der seltenen Gelegenheiten im Jahr, wo wir beide und Annie mal ganz unter uns sind. Sonst herrscht hier doch ein ständiges Kommen und Gehen.«
»Das ist das Gemeinste, was ich je gehört habe. Wer kommt denn hier ständig her außer Barney? Er ist viermal in der Woche hier, einmal mit Polly, das nächste Mal mit Mona. Ich bin es doch wohl nicht, die ihn einlädt, oder?«
»Nein.«
»Also?«
»Man hat einfach keine Ruhe, das ist alles.«
»Vergiß Gerties Schwester«, sagte Ria. »Es war nur eine Idee.«
»Hör zu ... Ich wollte nicht ...«
»Nein, vergiß es. Wir werden unsere Ruhe haben.«
»Komm her, Ria ...« Er zog sie an sich. »Du bist der größte Dickschädel, den ich kenne«, sagte er und küßte sie auf die Nase. »Also gut, an welchem Tag wollen wir sie einladen?«
»Ich wußte doch, daß du vernünftig wirst. Wie wär's mit dem Sonntag nach Weihnachten?«
»Nein, da sind wir bei den McCarthys. Das können wir nicht absagen.«
»Gut, dann also Montag, da arbeitet noch niemand. Ganz Irland wird zu Hause sein. Sollen wir auch deine Mutter und deinen Vater einladen?«
»Wozu das denn?« fragte Danny.

»Damit sie mal Annie sehen und unser Zuhause kennenlernen.«
»Ich glaube nicht, daß sie sonderlich darauf erpicht wären«, sagte Danny.
Ria schwieg einen Moment. »Wahrscheinlich nicht«, sagte sie. Immerhin hatte sie sich ja schon mit Gerties Schwester durchgesetzt.

Sheila Maine und ihr Mann Max waren schon seit sechs Jahren, seit ihrer Hochzeit, nicht mehr in Irland gewesen. Mittlerweile hatten sie einen Sohn, Sean, der genauso alt war wie Annie. Sheila schien erstaunt, wie es mit Irland aufwärtsging, wie wohlhabend die Leute waren und wie überall erfolgreiche kleine Unternehmen entstanden waren. Das Land, das sie mit achtzehn Jahren verlassen hatte, um ihr Glück in Amerika zu versuchen, war viel ärmer gewesen. »Schaut euch nur an, was hier alles in den letzten Jahren passiert ist!«
Ria merkte schnell, daß sich Sheila Maine über den wirtschaftlichen Aufschwung nicht nur freute, ähnlich wie ihre Schwester Hilary, die eher bei schlechten als bei guten Neuigkeiten aufblühte. Was Sheila aber wirklich neidisch machte, das war das gesellige Leben in Dublin. »So etwas gibt es in den Staaten nicht«, gestand sie bei einem Essen unter Frauen am Abend vor Weihnachten in Colms neuem Restaurant. »Einfach wunderbar, wie all diese Leute lachen und sich über die Tische hinweg miteinander unterhalten. Es hat sich alles ziemlich verändert seit meiner Zeit.«
Colm hatte an einigen Abenden probeweise geöffnet, um Freunde zu Sonderpreisen die Gerichte und die Atmosphäre testen zu lassen. Auf diese Weise sollten vor der offiziellen Eröffnung des Restaurants im März noch einige Schönheitsfehler beseitigt werden. An diesen Abenden fanden nur Leute Zutritt, die er gut kannte. Colms schöne und schweigsame Schwester Caroline half ihm, die Gäste zu begrüßen und zu bedienen. »Lächel doch mal, Caroline«, ermahnte er sie von Zeit zu Zeit. Die eher schüchterne junge Frau schien kaum dafür geeignet, in einem erfolgreichen Restaurant die Honneurs zu machen.

Sheila war völlig hingerissen. Am Heiligabend wollten sie alle in die Grafton Street gehen, wo eine Liveübertragung der *Gay Byrne Show* für das Radio stattfinden sollte. Vielleicht würde man sie als heimgekehrte Emigrantin sogar interviewen. Im Irland von heute schien alles möglich. Man brauchte sich nur Gerties elegante Freundinnen anzuschauen, die alle gute Stellungen und schöne Häuser hatten. Gertie allerdings schien es nicht so besonders gutzugehen; ihr Waschsalon lag am weniger schicken Ende der Tara Road. Und ihr Ehemann Jack war zwar liebenswürdig und sah gut aus, schien aber keine besonders ehrgeizigen Zukunftspläne zu haben. Nun, immerhin betrieben auch sie ein kleines Unternehmen, und sie hatten einen zweijährigen Sohn. Alle wirkten so optimistisch.

Sheila Maines Seufzen erinnerte Ria so sehr an Hilary Moran, daß sie es kaum erwarten konnte, die beiden einander vorzustellen. Also lud sie auch Hilary zu dem Essen am Montag ein.

Wie erwartet verstanden Sheila und Hilary sich auf Anhieb blendend. Gertie und Ria hielten sich im Hintergrund und beobachteten, wie sie sich einander annäherten. Sheilas stiller Ehemann Max Maine, dessen Vorfahren aus der Ukraine stammten und der so gut wie gar nichts über Irland wußte, schien sich dagegen unwohl zu fühlen. Natürlich war Danny mit seinem warmherzigen Lächeln und seinem Interesse für alles Neue der einzige, der ihn aus der Reserve zu locken verstand. »Erzähl mir doch mal was über die Häuser, die ihr da drüben an der Ostküste habt, Max. Haben sie wirklich alle diese schmucke weiße Holzverkleidung, wie man sie von Fotos her kennt?«

Max gab ehrlich zu, daß das Haus, in dem er und Sheila wohnten, nicht eigentlich den Idealvorstellungen entsprach. Danny stand ihm an Offenheit nicht nach und erläuterte ihm, wie sie es geschafft hatten, ein so großes Haus in der Tara Road zu erwerben. Er erwähnte auch, daß sie drei Zimmer an junge Leute vermietet hatten, um die Sache zu finanzieren. Nach einer halben Flasche russischen Wodkas, den sie aus kleinen Schnapsgläsern tranken, entspannte sich Max sichtlich. Ria beobachtete, wie

Danny den Schwager ihrer Freundin um den kleinen Finger wickelte. Dafür, daß er ursprünglich gegen ihren Besuch gewesen war, gab er sich viel Mühe. Jack, der offenbar zu einer Art Waffenstillstand genötigt worden war, saß stumm und ohne einen Tropfen zu trinken in der Ecke.

Später, als sie das Geschirr spülten, umarmte Ria Danny. »Du bist wunderbar, und hat es sich am Ende nicht auch für dich gelohnt? Er ist doch ein netter Kerl, dieser Max, nicht?«

»Schatz, er ist der geborene Langweiler. Aber du bist immer so zuvorkommend zu den Leuten, die ich mit nach Hause bringe, und da dachte ich, sei mal nett zu ihm, auch wegen der armen Gertie, die ja schließlich nichts dafür kann. Das ist alles.«

Irgendwie fühlte sich Ria betrogen. Sie hatte tatsächlich geglaubt, Danny habe sich angeregt mit Max Maine unterhalten. Es war ihr unangenehm, feststellen zu müssen, daß alles nur Schauspielerei gewesen war.

Sheila wollte wissen, ob es in der Gegend eine gute Wahrsagerin gäbe, die sie aufsuchen könne, bevor sie wieder abreiste. Viele ihrer Nachbarn in Amerika gingen zu einem Psychiater, von denen manche sicher auch viel Durchblick besäßen, aber einer weisen irischen Frau nicht das Wasser reichen konnten. »Ich nehme euch alle drei mit, Mädels ... ihr seid eingeladen«, sagte sie.

Man mußte Sheila einfach mögen. Sie war kräftiger als Gertie und kleidete sich nachlässiger, aber sie hatte dieselben ängstlichen Augen. Außerdem war sie jetzt traurig, weil sie dieses Land wieder verlassen mußte, wo es allen so gutging.

»Na, dann laßt uns doch alle zusammen zu Mrs. Connor gehen«, schlug Gertie vor.

»Sie hat vor Jahren ziemlich danebengelegen bei mir, aber ich habe gehört, daß sie im Moment sehr gefragt ist. Warum nicht, es ist immerhin ein Riesenspaß, oder?« stimmte Rosemary zu. Das letzte Mal, als sie dort waren, hatte Rosemary nicht verraten wollen, was ihr geweissagt worden war, nur daß es für ihre Zukunftspläne nicht von Bedeutung gewesen sei. Vielleicht würde ja nun etwas anderes dabei herauskommen.

»Mir hat sie damals vorausgesagt, daß ich ein Mädchen bekommen würde. Ich weiß, die Chancen standen fünfzig zu fünfzig, aber sie hatte immerhin recht. Ich bin auch dabei«, sagte Ria. Seit September nahm sie nicht mehr die Pille. Sie wartete immer noch auf einen günstigen Moment, um es Danny zu erzählen.

Mrs. Connor hatte seit ihrer letzten Begegnung sicherlich allabendlich fünf bis zehn Klienten gehabt. Hunderte von gespannten Gesichtern hatten sie angeschaut, Tausende Hände waren ihr erwartungsvoll entgegengestreckt worden, Tausende und Abertausende Banknoten waren über ihren Tisch gewandert. Ihrem Wohnwagen jedoch war von einem vermehrten Kundenandrang nichts anzusehen. Auch verriet ihr Gesicht keine Befriedigung darüber, in die Zukunft so vieler Menschen geblickt zu haben.

Nachdem sie Sheilas Akzent gehört hatte, sagte sie, daß sie aus Übersee, vermutlich den Vereinigten Staaten, komme, daß sie einigermaßen glücklich verheiratet sei, aber gerne wieder nach Irland zurückkehren werde.

»Und werde ich nach Irland zurückkommen?« fragte Sheila flehentlich.

»Sie haben Ihre Zukunft selbst in der Hand«, sagte Mrs. Connor gewichtig, und irgendwie fühlte sich Sheila danach sehr aufgemuntert. Sie fand, das Geld sei gut angelegt.

Zu Gertie mit ihren ängstlichen Augen sagte Mrs. Connor, in ihrem Leben gebe es Traurigkeit und Gefahr und sie solle gut auf jene aufpassen, die sie liebe. Da Gertie im Grunde nichts anderes tat, als auf Jack aufzupassen, schienen die Worte der Wahrsagerin ihre Lebenssituation treffend zu beschreiben.

Als Rosemary an der Reihe war und ihre Handfläche ausstreckte, schaute sie sich um und wunderte sich sehr über die schäbige und verwahrloste Einrichtung. Diese Frau nahm im Jahr sicherlich nicht weniger als hunderttausend Pfund ein, und das steuerfrei. Wie konnte sie es aushalten, so zu leben? »Sie waren schon mal hier«, sagte die Alte zu ihr.

»Stimmt, ist aber schon ein paar Jahre her.«
»Und ist es so eingetreten, wie ich es gesehen habe?«
»Nein, Sie sahen mich in großen Schwierigkeiten, ohne Freunde und ohne Erfolg. Sie hätten nicht mehr irren können. Ich bin nicht in Schwierigkeiten, ich habe viele Freunde, und auch beruflich geht es mir blendend. Aber Sie können ja nicht immer recht behalten, und bei den anderen lagen Sie immerhin richtig.« Rosemary lächelte sie an wie eine Geschäftsfrau die andere.
Mrs. Connor hob den Blick von Rosemarys Handfläche. »Sie haben mich nicht richtig verstanden. Ich sah, daß Sie keine echten Freunde haben und daß es etwas gibt, was Sie haben wollen, aber nicht bekommen können. Und das sehe ich immer noch.« Ihre Stimme klang sehr bestimmt und traurig.
Rosemary fühlte sich etwas betroffen. »Sehen Sie denn, ob ich heiraten werde?« fragte sie mit gezwungener Munterkeit.
»Nein«, entgegnete Mrs. Connor.
Ria trat als letzte ein. Sie musterte die Wahrsagerin ein wenig mitleidig. »Ist es nicht ein bißchen zu feucht für Sie hier drin? Der alte Heizlüfter ist ja wohl nicht mehr das Wahre.«
»Ich fühle mich wohl«, sagte Mrs. Connor.
»Könnten Sie nicht ein bißchen bequemer wohnen, Mrs. Connor? Können Sie das nicht aus Ihrer Hand lesen?« Ria klang ehrlich besorgt.
»Wir lesen uns nicht selbst aus der Hand. Das ist eine unverbrüchliche Regel.«
»Ja, aber jemand anderes könnte es tun ...«
»Zeigen Sie mir bitte Ihre Hand. Sie wollen wahrscheinlich wissen, ob Sie wieder schwanger sind?«
Rias Mund klappte vor Erstaunen auf. »Bin ich das etwa?« flüsterte sie atemlos.
»Ja, das sind Sie. Diesmal wird es ein Junge.« Ria spürte, wie ihr Tränen in die Augen traten. Diese Mrs. Connor in ihrem Wohnwagen konnte zwar genausowenig wie die von ihrer Mutter so geschätzte, vor zweitausend Jahren dahingeschiedene heilige Anna in die Zukunft schauen, aber sie machte ihre Sache wirklich

überzeugend. Schließlich hatte sie mit Annie recht gehabt, und auch ihre Voraussage, daß Hilary keine Kinder bekommen könne, hatte sich bestätigt. Möglicherweise gab es wirklich übersinnliche Fähigkeiten, mit denen sich etwas über die Zukunft in Erfahrung bringen ließ. Ria erhob sich, um zu gehen. »Wollen Sie nichts über Ihre berufliche Zukunft und die Reise nach Übersee hören?«
»Nein, das steht nicht an. Das ist das Leben von jemand anderem, das sich da in den Furchen meiner Hand abzeichnet«, sagte Ria freundlich.
Mrs. Connor zuckte mit den Schultern. »Ich sehe es deutlich. Ein erfolgreiches Geschäft, in dem Sie nicht nur sehr gut, sondern auch sehr glücklich sein werden.«
Ria lachte auf. »Da wird sich mein Mann aber freuen. Er muß in letzter Zeit sehr hart arbeiten, und da findet er es bestimmt prima, wenn aus mir eine reiche Geschäftsfrau wird.«
»Und erzählen Sie ihm auch von dem Baby, das unterwegs ist, junge Frau. Er weiß noch nichts davon«, sagte Mrs. Connor hustend und zog sich fröstelnd ihre Strickjacke fester um die Schultern.

Danny war nicht besonders begeistert von der Neuigkeit. »Aber es war doch ausgemacht, daß wir das miteinander absprechen wollten, Schatz.«
»Ich weiß, aber wir haben doch nie Zeit, etwas zu besprechen, Danny. Du arbeitest ja ununterbrochen.«
»Ist das nicht ein Grund mehr, warum wir solche Dinge *gemeinsam* entscheiden sollten? Barney ist sehr unter Druck im Moment, das Geld ist knapp, und einige unserer Projekte sind wirklich riskant. Es könnte immerhin sein, daß wir uns ein zweites Baby gar nicht *leisten* können.«
»Red keinen Unsinn. Was wird uns das Baby schon kosten? Wir haben noch alle Babysachen. Wir brauchen für ihn weder eine Wiege noch einen Kinderwagen oder sonst etwas Kostspieliges.«
Ria war tief enttäuscht.
»Es ist ja nicht so, daß ich nicht noch ein Kind wollte, Ria – das

weißt du doch –, aber wir hatten nun einmal vereinbart, daß wir gemeinsam darüber entscheiden, und der Zeitpunkt ist nicht sehr günstig. In drei oder vier Jahren könnte es viel besser aussehen.«
»Aber er wird uns doch kaum etwas kosten, bevor er drei oder vier Jahre alt ist.«
»Sag nicht dauernd ›er‹, Ria. Das kann man doch im Moment noch gar nicht wissen.«
»Ich weiß es aber schon.«
»Von irgend so einer Wahrsagerin! Schatz, meinst du das ernst?«
»Sie hatte recht damit, als sie sagte, ich sei schwanger. Ich bin tags darauf beim Arzt gewesen.«
»Soviel also zum Thema gemeinsame Entscheidungen.«
»Danny, das ist nicht fair. Das ist das Gemeinste, was ich je gehört habe. Verlange ich etwa von dir, an allen Entscheidungen beteiligt zu sein, die dieses Haus betreffen? Nein, das tue ich nicht. Ich habe keine Ahnung, wann du kommst oder gehst, ob du vielleicht Barney McCarthy mitbringst und dich stundenlang mit ihm zurückziehst. Ich weiß nie, ob er seine Frau oder seine Geliebte mitbringt, wenn er hier aufkreuzt. Ich rede nicht einmal mehr davon, wieder arbeiten zu gehen und Annie meiner Mam zu überlassen, weil du gerne eine wohnliche Atmosphäre vorfindest, wann immer es dir einfällt, nach Hause zu kommen. Ich hätte gerne eine Katze, aber weil du dich nicht dafür begeistern kannst, verzichte ich darauf. Ich wünschte mir auch, daß wir mehr Zeit für uns hätten, für uns beide ganz allein, aber du mußt immer mit Barney zusammenstecken, also geht das eben nicht. Aber kaum habe ich ein paar Tage vergessen, die Pille zu nehmen, bringst du das Thema ›gemeinsame Entscheidungen‹ aufs Tapet. Wo bleiben denn sonst die gemeinsamen Entscheidungen, frage ich dich. Wo bleiben sie?« Tränen strömten ihr über die Wangen. Die Freude auf das werdende Leben in ihr schien beinahe schon wieder ausgelöscht.
Danny starrte sie völlig überrascht an. Schmerzlich wurde ihm bewußt, wie einsam und ausgeschlossen sie sich gefühlt haben mußte. »Ich kann dir gar nicht sagen, wie leid es mir tut. Ich kann

gar nicht in Worte fassen, wie schlecht und selbstsüchtig ich mich fühle, wenn ich dir zuhöre. Du hast ja in allem so recht. Ich habe nur noch die Arbeit im Kopf gehabt. Ich mache mir einfach große Sorgen, daß wir verlieren könnten, was wir uns aufgebaut haben. Es tut mir so leid, Ria.« Er vergrub den Kopf an ihrer Brust, und sie strich ihm beruhigend übers Haar. »Ich freue mich darüber, daß wir einen kleinen Jungen haben werden. Und es würde mich genauso freuen, wenn der kleine Junge am Ende doch ein Mädchen werden sollte wie unsere Annie.«
Ria dachte einen Moment lang daran, ihm zu erzählen, was die Wahrsagerin von einer Reise nach Übersee und einem Geschäft gesagt hatte, das sie angeblich eines Tages führen würde. Aber dann hatte sie doch das Gefühl, daß das nur die Stimmung verderben würde. Und es war ja auch völliger Unsinn.

»Ich weiß schon, daß du wieder schwanger bist, Ria. Mam hat es mir erzählt«, sagte Hilary bei ihrem nächsten Besuch.
»Ich wollte es dir gerade selbst erzählen. Ich hatte vergessen, was Mam für ein Waschweib ist. Wahrscheinlich kommt die Neuigkeit heute schon in den Mittagsnachrichten«, versuchte sich Ria zu entschuldigen.
»Und, freust du dich?« fragte Hilary.
»Und wie. Es wird Annie sicherlich guttun, einen Spielkameraden zu haben, auch wenn sie ihn sicher anfangs hassen wird.«
»Ihn?«
»Ja, ich bin da ziemlich sicher. Hör mal, Hilary, es ist nicht so einfach für mich, mit dir darüber zu reden. Du sagst nie etwas, na ja, über deine eigene Situation, meine ich, während wir doch früher über alles miteinander sprechen konnten, du und ich.«
»Ich habe gar nichts dagegen, darüber zu reden.« Hilary tat ganz ungezwungen.
»Also dann: Hast du schon einmal daran gedacht, ein Baby zu adoptieren?«
»Habe ich«, sagte Hilary. »Aber Martin will nicht.«
»Warum denn nicht?«

»Zu teuer. Er meint, es sei viel zu kostspielig, heutzutage ein Kind großzuziehen und einzukleiden. Und wenn es dann eines Tages vielleicht sogar noch studieren will, würde das Tausende und Abertausende kosten, beinahe ein ganzes Leben lang.«
»Aber wenn du ein eigenes Kind hättest, würdest du das doch auch bezahlen.«
»Nur mit Schwierigkeiten, wie du weißt. Aber wenn wir eins adoptierten, hätten wir zusätzlich noch das Gefühl, wir würden all die Opfer für das Kind von fremden Menschen bringen.«
»O nein, ganz bestimmt nicht. Das wäre auf keinen Fall so. Wenn du erst mal so ein Baby hast, ist es ganz deins.«
»Das hört man oft, aber ich bin mir da nicht so sicher.« Hilary schüttelte zweifelnd den Kopf.
Ria ließ nicht locker. »Meinst du, daß es schwierig wäre, eins zu adoptieren?«
»Heutzutage schon. Weißt du, sie behalten lieber ihre Kinder und streichen die Sozialhilfe und das Kindergeld ein. Dem würde ich einen Riegel vorschieben, wenn es nach mir ginge.«
»Damit sie dann Dummheiten machen vor lauter Verzweiflung, so wie wir in unserer Jugendzeit.«
»*Du* hast doch auch keine Dummheiten gemacht«, sagte Hilary. Das war eines ihrer Standardargumente.
»Ich meine ja auch eher die Generation vor uns. Du kennst doch all die Geschichten von jungen Mädchen, die Selbstmord begangen haben oder nach England durchgebrannt sind und von denen man dann nie mehr etwas gehört hat. Da ist es doch heute besser.«
»Du hast gut reden, Ria. Du hättest den kleinen Satansbraten in der Schule sehen sollen, wie sie ihren dicken Bauch vor sich hertrug! Und jetzt stellt sich heraus, daß ihre Mutter auch keine Lust hat, das Baby großzuziehen. Na, das ist doch auch nicht besser.«
»Vielleicht könnten ja du und Martin ...«
»Jetzt bleib aber mal auf dem Teppich, Ria. Kannst du dir das vorstellen: Wir arbeiten beide in dieser Schule, ziehen das

Baby von dieser kleinen Schlampe groß und zahlen uns dumm und dämlich dabei? Wir würden uns doch zum Gespött machen.«

Wie schon so oft fand Ria, daß Hilary ein viel zu düsteres und liebloses Bild von der Welt hatte, aber sie war nicht die Richtige, ihre Schwester zu trösten. Schließlich war sie selbst vom Glück so verwöhnt, während Hilary eher auf der Schattenseite des Lebens stand.

Orla King ging nun wieder regelmäßig zu den Treffen der Anonymen Alkoholiker. Colm war so nett zu ihr wie immer. Aber sie fühlte sich unwohl in seiner Gegenwart, insbesondere, weil ihre Erinnerung an die Party in der Tara Road ziemlich lückenhaft war. Schließlich schnitt sie das Thema an. »Ich wollte dir danken, daß du an jenem Abend versucht hast, mir zu helfen, Colm.« Es war nicht leicht, die richtigen Worte zu finden.
»Ist schon in Ordnung, Orla. Wir haben so etwas alle schon mal durchgemacht, deshalb sind wir ja hier. Was war, ist vorbei, nur das Heute zählt.«
»Das Heute ist allerdings etwas trostlos.«
»Nur, wenn du dich damit abfindest. Versuch etwas Neues. Seit ich nicht mehr bei der Bank bin und versuche, mich als Restaurantbetreiber durchzuschlagen, bin ich jeden Abend so hundemüde, daß ich überhaupt keine Zeit mehr habe, ans Trinken zu denken oder mich selbst zu bemitleiden.«
»Aber ich kann doch nichts außer tippen.«
»Du hast doch mal gesagt, du wärst gerne Model.«
»Dafür bin ich zu alt und zu dick. Dazu muß man sechzehn sein und halb verhungert aussehen.«
»Du singst doch ganz gut. Kannst du Klavier spielen?«
»Ja, aber ich singe nur, wenn ich getrunken habe.«
»Hast du es denn schon mal in nüchternem Zustand versucht? Das würde sich bestimmt noch besser anhören, und du könntest dich auch besser an den Text erinnern.«
»Tut mir leid, daß ich so mutlos wirke, Colm. Ich bin wie ein

quengeliges Kind, ich weiß. Aber selbst *wenn* ich ein paar Songs hinbekäme, wo sollte ich denn auftreten?«

»Du könntest bei mir vor Publikum singen, wenn mein Lokal aufmacht ... Das würde zwar nicht unbedingt Geld bringen, aber vielleicht entdeckt dich ja jemand. Und was ist mit Rosemary? Die kennt schließlich halb Dublin. Sie hat doch bestimmt gute Kontakte zu Restaurants, Hotels und Clubs.«

»Rosemary ist derzeit bestimmt nicht gut auf mich zu sprechen. Ich habe immerhin ein Techtelmechtel mit dem Mann ihrer besten Freundin gehabt.«

Colm grinste. »Immerhin nennst du es jetzt schon Techtelmechtel und nicht mehr die große Liebesaffäre des Jahrhunderts.«

»Er ist ein Mistkerl«, sagte Orla.

»Danny ist schon ganz in Ordnung, er konnte dir halt nicht widerstehen. Das schafft schließlich kaum einer.« Dabei strahlte er sie an. Was ist er doch für ein attraktiver Mann, ging es ihr wieder mal durch den Kopf. Seit er nicht mehr bei der Bank arbeitete, kleidete er sich viel legerer, er trug offene, bunte Hemden, und sein schwarzes lockiges Haar zusammen mit den großen dunklen Augen verlieh ihm einen südländischen Touch, so daß man ihn für einen Spanier oder Italiener halten konnte. Und noch dazu war er so ein vernünftiger Mensch. Gutaussehend, ledig, einfühlsam.

Orla seufzte. »Wenn ich mit dir rede, fühle ich mich immer gleich viel besser, Colm. Warum kann ich mich nicht in jemand so Normalen wie dich verlieben?«

»Hoppla, ich bin ja nun überhaupt nicht normal, wie wir nur allzugut wissen«, scherzte Colm.

Über Orlas hübsches, rundes Gesicht huschte ein Schatten von Unbehagen. Sie hoffte, daß ihr in betrunkenem Zustand keine Bemerkungen zu der übertriebenen Fürsorglichkeit entschlüpft waren, die Colm seiner schweigsamen, schönen Schwester gegenüber an den Tag legte. Nein, mochte sie in jener Nacht auch noch so gemein und unvernünftig gewesen sein, sie hatte sich bestimmt nicht dazu hinreißen lassen, eine Andeutung darüber zu machen.

Brian kam am 15. Juni zur Welt, und dieses Mal war auch Danny mit dabei und hielt Rias Hand.
Annie erzählte allen, sie freue sich über ihr neues Brüderchen, aber nicht *sehr*. Als sie merkte, daß die Erwachsenen darüber lachten, sagte sie es wieder und wieder. Brian sei schon in Ordnung, plapperte sie, aber er könne weder allein aufs Klo, noch könne er sprechen, und außerdem nehme er ihr viel von Mams und Dads Zeit weg. Aber Dad hatte ihr mehrfach versichert, sie sei seine kleine Prinzessin, die einzige Prinzessin, die er je haben wolle. Und Mam hatte gesagt, Annie sei das wunderbarste Mädchen, und zwar nicht nur in Irland oder Europa oder auf der ganzen Erde, sondern höchstwahrscheinlich auf allen Planeten überhaupt. Daher brauchte sich Annie Lynch eigentlich keine Sorgen zu machen. Und bis Brian auch nur irgend etwas so gut konnte wie sie, würden noch Ewigkeiten vergehen. Also sah sie die ganze Angelegenheit sehr gelassen.

Gerties kleine Katy kam kurz nach Brian zur Welt, ungefähr zur selben Zeit wie Sheila Maines Töchterchen Kelly.
»Vielleicht werden sie alle Freunde werden, wenn sie größer sind.«
In Rias Vorstellung war die Zukunft immer glücklich und voller Menschen.
»Genausogut könnten sie sich hassen. Brian macht schon so ein Gesicht, als wolle er sagen, die möchte doch tatsächlich, daß ich mit diesen schrecklichen Kindern Freundschaft schließe ... Später suchen sie sich sowieso ihre eigenen Freunde.«
»Ich weiß ja, aber es wäre doch einfach schön.«
Rosemary reagierte etwas gereizt. »Ria, du bist schon komisch. Nie willst du zulassen, daß sich mal etwas ändert, daß es vorangeht. Das ist albern. Du bist doch auch nicht mit den Kindern der Freundinnen deiner Mutter befreundet, oder?«
»Mam hatte keine Freundinnen«, sagte Ria.
»Unsinn, ich habe noch nie jemanden gesehen, der mehr Freundinnen hatte. Sie kennt ja die ganze Nachbarschaft.«
»Das sind doch alles bloß Bekannte«, sagte Ria. »Auf jeden Fall ist

es nicht verkehrt zu hoffen, daß unsere Freundschaft sich in der nächsten Generation fortsetzt.«
»Nein, aber es zeugt auch nicht gerade von Abenteuerlust.«
»Wenn *du* mal Kinder hast, würdest du dann nicht wollen, daß sie mit Annie und Brian Freundschaft schließen?«
»Sie würden dazu viel zu klein sein. Im übrigen ist es ziemlich unwahrscheinlich, daß ich überhaupt noch welche bekomme«, sagte Rosemary.
Annie hatte aufmerksam zugehört; sie verstand schon eine Menge von dem, was die Erwachsenen sprachen. »Warum hast du denn keine Kinder?« fragte sie.
»Weil ich zu viel zu tun habe«, antwortete Rosemary aufrichtig. »Ich arbeite sehr hart, und das kostet mich all meine Zeit. Du siehst doch, wieviel Zeit deine Mami für dich und Brian braucht? Ich bin dafür wahrscheinlich zu egoistisch.«
»Ich wette, du hättest große Freude daran, wenn du es nur wolltest«, meinte Ria.
»Hör auf, Ria. Du redest wie meine Mutter.«
»Es ist mein Ernst.«
»Ihrer auch. Sogar Gertie wollte mir neulich einreden, mir fehle ein Kind. Kaum zu glauben, wo doch nun gerade die Familie Brennan bestimmt nicht das Musterbeispiel des häuslichen Glücks darstellt!«

Gertie brachte ihre Kinder niemals mit in die Tara Road 16. Sie wohnten ganz in der Nähe, direkt über dem Waschsalon, aber Gertie fürchtete, es könnte sie unzufrieden machen, wenn sie sahen, wie andere lebten. Obwohl die Atmosphäre bei Ria so friedlich war. Das ganze Leben spielte sich in der geräumigen Küche ab, immer war irgend etwas in der großen Backröhre, und der Geruch von frisch gebackenem Zimtkuchen oder warmem, duftendem Brot hing in der Luft.
Ganz anders in Gerties Haushalt, wo niemals etwas auf dem Gasherd stehen blieb. Das war eine reine Vorsichtsmaßnahme, für den Fall, daß Jack etwa einen seiner Wutanfälle bekam. Denn

dann konnte es passieren, daß er den erstbesten Gegenstand durchs Zimmer warf. Aber Gertie kam von Zeit zu Zeit allein in die Tara Road 16 und half Ria bei der Hausarbeit. Sie nutzte jede Chance, sich ein paar Pfund zusätzlich zu verdienen, von denen Jack nichts wußte. Gerade das Nötigste, um sich und ihre Kinder über Wasser zu halten, wenn die nächste Katastrophe ins Haus stand.

Über Rosemarys Firma konnte man nun fast täglich in den Zeitungen lesen. Sie wurde oft bei Pferderennen, auf Vernissagen oder bei Theaterpremieren fotografiert. Sie war nicht nur stets ausgesucht gekleidet, sie erschien auch immer wie aus dem Ei gepellt. Ria war dazu übergegangen, ihr eine einfache Kittelschürze aus Nylon anzubieten, wenn sie kam, damit die Kinder mit ihren stets klebrigen Händen sie nicht vollschmierten.
»Ich bitte dich, das geht aber ein bißchen zu weit«, lachte Rosemary beim ersten Mal.
»Nein, aber wieso denn? Ich könnte es mir nie verzeihen, wenn die beiden diese traumhafte cremefarbene Wolle mit Eis oder Möhrenbrei ruinieren würden. Zieh es an, Rosemary, mir ist dann wohler.«
Rosemary hätte es gemütlicher gefunden, den Wein in dem wunderschönen Salon zu trinken, anstatt in der Küche zu sitzen, die mit dem überall herumliegenden Spielzeug und den Kindersachen an einen überdimensionierten Laufstall erinnerte, in dem Ria unablässig umherwirbelte, irgend etwas umrührte oder ein Backblech nach dem anderen aus dem Ofen holte. Aber es schien völlig unmöglich, Ria Lynch zu einer Änderung ihrer Gewohnheiten zu bewegen. Für sie drehte sich eben alles um ihre Familie, und die Küche war der Mittelpunkt ihres Lebens.
Als Danny Rosemary zum ersten Mal in dem pinkfarbenen Nylonkittel sah, war er ziemlich irritiert. »Aber Rosemary, du brauchst dich doch nicht extra aufzustylen, nur um mit den Kindern zu spielen.«
»Ein Wunsch deiner Gattin.« Rosemary zuckte mit den Schultern.

»Ich wollte nur nicht, daß die Kinder ihr die guten Kleider schmutzig machen.«
»Warte erst mal, bis sie eigene Kinder hat«, sagte Danny finster. »Dann wird sie sich an schmutzige Kleider gewöhnen müssen.«
»Darauf würde ich nicht wetten, Danny«, sagte Rosemary mit einem strahlenden Lächeln. Aber wieder fühlte sie sich unter Druck gesetzt. Es war offensichtlich nicht genug, gut auszusehen, sich elegant zu kleiden und Erfolg im Beruf zu haben. Nein, das genügte keineswegs. Offensichtlich hatte man in dieser Stadt kein Anrecht auf ein Privatleben. Rosemarys Mitmenschen hatten offenbar das dringende Bedürfnis, andere Leute zu verheiraten. Warum konnte sie nicht einfach einen oder auch mehrere Liebhaber haben, ohne daß jemand Notiz davon nahm? Sie war eine attraktive, erfolgreiche Frau, reichte das etwa nicht? Aber wenn sie sich nicht einen Mann angelte und Kinder großzog, zählte das alles nicht in den Augen der Leute. Das bekam sie ständig zu spüren – vor allem, wenn sie ihrer Mutter den wöchentlichen Besuch abstattete.
Mrs. Ryans Penetranz wurde langsam unerträglich. Rosemary war nun Ende Zwanzig, und eine Heirat war nicht in Sicht. Ihre Schwester Eileen konnte ihr da auch keinen Trost bieten. Sei einfach du selbst, sei frei. Kümmere dich nicht um Leute, die veraltete Vorstellungen haben, meinte sie, wenn Rosemary sich über ihre Mutter beklagte. Eileen, die mit der selbstbewußten Stephanie, einer Rechtsanwältin, zusammenlebte und für sie als Sekretärin arbeitete, schaffte das prima. Sie hatten zusammen eine Wohnung, wo jeden Sonntagnachmittag eine Cocktailparty stattfand. In der kleinen Gesellschaft, die sich dort regelmäßig versammelte, waren Männer wie Frauen gleichermaßen willkommen. Rosemary hatte stets das Gefühl, daß man modische Kleidung mißbilligte. Der Ausdruck »Barbiepuppe« machte die Runde, eine abwertende Bezeichnung für Frauen, die nach Meinung von Eileen und Stephanie ihren Stil hauptsächlich an den Erwartungen des männlichen Egos orientierten.
In mancher Hinsicht beneidete Rosemary ihre Schwester und

deren Freundin. Sie waren glücklich und zufrieden und wünschten ihr nur Gutes. »Ich werde noch wahnsinnig! Eileen und Stephanie wollen mich dauernd mit irgendwelchen sentimentalen Tanten verkuppeln, meine Mutter verzweifelt, weil ich angeblich ein hoffnungsloser Fall bin, und jeder Kunde, zu dem ich nett bin, denkt, ich würde ohne Umstände mit ihm ins Bett hüpfen, damit er auch ja Kunde bleibt.«

»Warum wendest du dich nicht an eine Heiratsvermittlung?« fragte Ria unvermittelt.

»Du machst dich wohl über mich lustig! Jetzt fängst du auch schon so an wie sie.«

»Nein, es ist mein Ernst. Dort findest du wenigstens Männer, die sich wirklich eine dauerhafte Bindung wünschen.«

»Du bist ja vollkommen übergeschnappt, Ria«, sagte Rosemary.

»Kann schon sein, aber du wolltest meine Meinung wissen.« Ria zuckte mit den Schultern. Ihr schien der Vorschlag sehr vernünftig.

Auf Presseempfängen, Vernissagen oder Theaterpremieren begegnete Rosemary regelmäßig Polly Callaghan. »Was hältst du eigentlich von Heiratsvermittlungen?« fragte Rosemary sie bei einer dieser Gelegenheiten. »Nein, ich mache keinen Scherz. Neulich wurde mir das als ernstzunehmende Möglichkeit empfohlen, und jetzt frage ich mich, ob nur ich das für vollkommen abwegig halte.«

»Kommt darauf an, was du willst, denke ich.« Polly dachte ernsthaft nach. »Du wirkst eher nicht wie der Typ Frau, der von einem Mann abhängig sein will.«

»Nein, ich denke, das bin ich auch nicht«, erwiderte Rosemary nachdenklich.

Aber es wäre doch vielleicht trotzdem schön, abends nach Hause zu kommen und dort jemanden vorzufinden. Jemand, der sich für einen interessierte und für einen da war, jemand, der zu einem stand. Irgendwie hatte Rosemary immer geglaubt, daß so ein Mann eines Tages in ihr Leben treten würde. Aber das war kindisch, warum sollte das einfach so passieren? Im Geschäfts-

leben fiel einem nichts in den Schoß, man mußte etwas dafür tun. Genauso war es mit gutem Geschmack in Kleiderfragen: auch dazu mußte man Experten zu Rate ziehen. Rosemary stand mit den Einkäufern sämtlicher besserer Dubliner Boutiquen auf du und du. Sie sagte ihnen genau, wieviel sie ausgeben konnte, und beriet mit ihnen, was sie brauchte. Für eine so elegante Frau, die ihnen noch dazu die Ehre erwies, sie als Experten auf ihrem Gebiet zu respektieren, sahen sie sich gerne auf dem Markt um.
Warum sollte sie also nicht eine Heiratsvermittlung bemühen?
Sie ging die Sache in ihrer gewohnten geschäftsmäßigen Art an, und schließlich hatte sie ihr erstes von einer Agentur vermitteltes Rendezvous. Er war attraktiv, aber etwas nachlässig gekleidet und kam aus wohlhabendem Hause. Doch es dauerte nur vierzig Minuten, bis sie herausgefunden hatte, daß er ein zwanghafter Spieler war. Mit geübtem Charme gelang es ihr, die Unterhaltung weit um den eigentlichen Grund ihres Treffens – eine mögliche Heirat – herumzusteuern. Statt dessen redeten sie über die Börse, die Fuchsjagd und Hunderennen. Als sie den Kaffee nahmen, schaute sie auf ihre Uhr und sagte, daß sie früh zu Bett müsse; sie hätte den Abend sehr genossen und hoffe, ihn wieder zu treffen. Dann ging sie, ohne ihm ihre Adresse oder Telefonnummer hinterlassen zu haben, aber auch, ohne ihn nach seiner gefragt zu haben. Sie freute sich zwar, die Sache so gut gedeichselt zu haben, ärgerte sich aber auch über den im Grunde vergeudeten Abend.
Ihre zweite Verabredung hatte sie mit Richard Roche, dem Leiter einer Werbeagentur. Sie trafen sich im Quentin's, und es entspann sich rasch ein angeregtes Gespräch über eine ganze Reihe von Themen. Er war ein angenehmer, unkomplizierter Gesellschafter; sie spürte, daß sie ihm gefiel. So war sie nicht auf das vorbereitet, was dann kam.
»Ich könnte dir nicht sagen, wann ich zum letzten Mal ein Essen so genossen habe«, begann er.
»Mir geht es genauso«, lächelte sie.
»Ich hoffe, wir bleiben Freunde.«

»Ja, natürlich.«
»Du bist überhaupt nicht an einer Heirat interessiert, Rosemary, aber wir können diesen Abend trotzdem als glückliche Fügung ansehen, als Beginn einer wunderbaren Freundschaft.« Sein Lächeln war warmherzig und aufrichtig.
»Wie kommst du darauf, daß ich nicht am Heiraten interessiert bin?«
»Das ist doch völlig klar. Du willst keine Kinder, kein Haus, nichts dergleichen.«
»Das denkst du von mir?«
»Das sehe ich dir an. Aber wie gesagt, es ist ein großes Glück, dich kennengelernt zu haben. Bei meiner weiteren Suche werde ich wahrscheinlich nicht mehr auf eine so bezaubernde und schöne Gesprächspartnerin treffen.«
Was er damit zum Ausdruck brachte, war, daß er sie nicht wollte. So etwas duldete Rosemary Ryan nicht bei Männern. »Du willst mir wohl vorspielen, du seist nicht so leicht zu haben, Richard«, sagte sie und warf ihm unter ihren Wimpern einen langen Blick zu.
»Nein, du bist hier diejenige, die nicht leicht zu durchschauen ist. Wahrscheinlich hast du tausend Verehrer, und trotzdem verabredest du dich zum Essen mit einem Fremden. Ich bin schlicht das, wofür ich mich ausgebe, ein Mann, der sich Ehefrau und Kinder wünscht. Du dagegen weißt nicht, was du eigentlich willst.«
Offensichtlich konnte er sich wirklich keine Beziehung mit ihr vorstellen. Rosemary war entschlossen, den Abend mit Würde durchzustehen, koste es, was es wolle. »Es macht das Leben aufregender, sich mit einem Fremden zum Essen zu verabreden, findest du nicht?« Auf keinen Fall wollte sie ihm zeigen, wie tief er sie gedemütigt hatte. Sie würde diesen Abend stilvoll zu Ende bringen.
Sie gab Brenda Brennan ein Zeichen, ihr ein Taxi zu rufen, und irgendwie schaffte sie es nach Hause.
Zitternd saß sie in ihrer kleinen Wohnung. Wie konnte er es wagen, sie so zu behandeln! Dieser verdammte Mistkerl! Gerade

war sie dabei gewesen, sich ein wenig für diesen Richard Roche zu erwärmen. Wie kam er bloß dazu, ihr ins Gesicht zu sagen, sie wolle gar nicht heiraten und Kinder bekommen?
Rosemary beschloß, in der Zeitung auf seine Verlobungsanzeige zu warten. Dann wollte sie dafür sorgen, daß alle, vor allem seine Kollegen, erfuhren, daß er seine Braut über eine Heiratsvermittlung kennengelernt hatte. Ansonsten würde sie diesen peinlichen Abend aus ihrem Gedächtnis löschen. Und sie beschloß, sich eine neue Wohnung zu suchen, in einer schicken Gegend, wo sie zur Ruhe kommen konnte. Niemand hatte das Recht, Rosemary Ryan so zu behandeln.
Ein Jahr später fand sie einen Artikel über ihn in der Klatschspalte. Er stand kurz vor der Heirat mit einer Witwe aus mondänen Kreisen, die zwei kleine Kinder hatte. Sie hatten sich offenbar bei gemeinsamen Freunden in Galway kennengelernt. Rosemary schrieb weder an seine Kollegen noch an die Hochzeitsgäste. Schon lange war ihre Wut verraucht, ihre Verletzung vernarbt. Nach dem fraglichen Abend war es zu keinen weiteren von der Heiratsvermittlung arrangierten Rendezvous mehr gekommen. Sie hatte sich voll und ganz auf die Suche nach einer neuen Wohnung konzentriert.

In Colms Restaurant lief das Geschäft zunächst eher schleppend. Er stellte die Menüs zusammen und bereitete die meisten Gerichte eigenhändig zu. Er hatte einen Hilfskoch, einen Kellner und einen Spüler eingestellt. Außerdem half seine Schwester Caroline aus. Eigentlich hatte er auf einen besseren Start gehofft, aber im Jahr 1989 wurden überall in Dublin neue Restaurants eröffnet. Rosemary tat ihr Bestes, um möglichst viele einflußreiche Leute für den ersten Abend zu gewinnen.
Ria war enttäuscht darüber, daß Danny in dieser Hinsicht keinen Finger rührte. »Du kennst doch über Barney so viele Leute«, meinte sie.
»Schatz, laß uns abwarten, bis der Laden läuft. Dann lade ich alle meine Geschäftspartner dorthin ein.«

»Aber das braucht er doch gerade jetzt! Sonst wird es kein Erfolg.«
»Ich kann mir beim besten Willen nicht vorstellen, daß Colm auf die Mildtätigkeit seiner Freunde baut. Im Gegenteil, ich glaube, er würde das sogar als gönnerhaft empfinden.«
Ria war anderer Meinung; sie fand Dannys Einstellung kleinkariert und übervorsichtig. Bloß niemals seinen Namen mit einer Sache in Verbindung bringen, die scheitern könnte, das schien seine Devise. In ihren Augen war das eine schäbige Haltung, die gar nicht zu Dannys unbeschwerter und optimistischer Lebenseinstellung paßte. Das ließ sie auch Rosemary gegenüber durchblicken.
»Urteile nicht so vorschnell. In gewissem Sinne hat er vielleicht sogar recht. Es bringt viel mehr, mit Geschäftspartnern dort zu essen, wenn der Laden erst mal läuft«, versuchte Rosemary sie zu beschwichtigen. Aber in Wahrheit wußte sie nur zu gut, warum Danny Lynch bei der Eröffnung nicht dabeisein wollte und Ria gebeten hatte, ihn an diesem Abend zu einem Geschäftsessen zu begleiten.
Danny war zu Ohren gekommen, daß Orla King im Hintergrund am Klavier sitzen und alte Schlager singen sollte. Das würde sie zwar nicht gleich zum Star machen, aber wenn das Lokal Erfolg hatte, würde das auch ihr eine Chance bieten.
Orla hatte während der vielen Proben ein züchtiges schwarzes Kleid getragen und brav an einer Cola light genippt. Aber ihre fatale Neigung, unvermittelt aus der Rolle zu fallen, hatte sie zur Genüge unter Beweis gestellt, und unberechenbaren Situationen dieser Art wollte sich Danny Lynch auf keinen Fall aussetzen. Zumal Barney McCarthys finanzielle Lage äußerst kritisch war und überall gemunkelt wurde, er versuche mit windigen Bauprojekten seine Verluste zu minimieren und aufzufangen.

Rosemary war am Eröffnungsabend bei Colm gewesen und berichtete Danny und Ria, es sei ein großer Erfolg gewesen. Viele der Gäste seien aus der Nachbarschaft gekommen, was ein gutes Zeichen war.

»Das ist eine prima Gegend hier. Ihr beide habt wirklich Glück gehabt, als ihr hierhergezogen seid«, meinte Rosemary.
Ria wäre es lieber gewesen, sie hätte sich diesen erstaunten Unterton verkniffen. Fast klang es so, als hätte sie ihnen so etwas eigentlich nicht zugetraut.
»Das war kein Glück, sondern Weitsicht«, erwiderte Danny, der wohl das gleiche herausgehört hatte.
»Ach was. Man muß nur zur rechten Zeit am rechten Ort sein, dann klappt alles«, lachte Rosemary. Anscheinend traute sie ihnen nicht mehr zu als einen Glückstreffer. »Ist es nicht schade, daß es hier in der Gegend keine anständigen Wohnungen mehr gibt? Dann könnte ich vielleicht eure Nachbarin werden!«
»Du könntest dir doch auch ein Haus hier in der Straße leisten, bei deinem Einkommen«, sagte Danny.
»Ich *brauche* aber kein ganzes Haus. Außerdem habe ich keine Lust, mich mit Mietern herumzuschlagen. Was mir aber vielleicht gefiele, das wäre ein Häuschen wie das von deiner Mutter, Ria.«
»Oh, das war eine einmalig günstige Gelegenheit«, erklärte Danny. »Holly war tatsächlich genau zur richtigen Zeit am richtigen Ort. Sie hat da eine alte Schachtel gepflegt, die im Haupthaus wohnte, und als die dann schließlich das Zeitliche gesegnet hatte, verkaufte die Familie das kleine Nebengebäude an Holly. Inzwischen ist sein Wert unglaublich gestiegen.«
»Denkt sie vielleicht daran, es einmal zu verkaufen und zu euch zu ziehen?« fragte Rosemary.
»Niemals«, meinte Ria. »Sie liebt ihre Unabhängigkeit über alles.«
»Und wir die unsere nicht weniger«, fügte Danny hinzu. »Auch wenn ich Holly gern habe – und ich mag sie wirklich –, möchte ich sie doch nicht die ganze Zeit um mich haben.«
»Also, wenn es so etwas nicht mehr gibt, dann vielleicht ein renovierungsfähiges Penthouse, etwas mit einer schönen Aussicht.«
»So etwas ist rar in einem viktorianischen Viertel wie diesem hier.«
»Aber es wird doch derzeit soviel modernisiert.« Rosemary kannte sich inzwischen auf dem Immobilienmarkt bestens aus.

»Das stimmt. Alles ziemlich teuer, aber eine sichere Geldanlage. Zwei Schlafzimmer?« Danny kam in Geschäftslaune.
»Ja, und einen großen Raum, in dem man auch mal Gäste empfangen kann. Ein Dachgarten wäre auch nicht schlecht.«
»Momentan gibt es hier nichts in dieser Art, aber etliche der Häuser, die zum Verkauf stehen, werden sowieso komplett saniert und müssen umgebaut werden«, meinte Danny.
»Schau dich mal für mich um, Danny. Es muß nicht unbedingt die Tara Road sein, aber irgend etwas in der Nähe.«
»Ich werde schon etwas für dich finden«, versprach Danny.

Drei Wochen später berichtete Danny von zwei interessanten Objekten. Die Eigentümer wollten nicht selbst bauen. Aber es wäre eine Kleinigkeit, Barney McCarthy zu überreden, eines der Häuser zu kaufen. Dann könnte die Sanierung von seinen Leuten durchgeführt werde und man brauchte nur noch die nötigen Genehmigungen zu besorgen, um eine Wohnung im Penthousestil ganz nach Rosemarys Vorstellungen zu bauen. Wenn Rosemary wollte, könnten sie sofort mit den Planungen beginnen.
Danny hatte gedacht, Rosemary würde mit Begeisterung reagieren, aber sie nahm die Nachricht sehr sachlich auf.
»Wir reden hier also über einen richtigen Verkauf, nicht nur über eine Vermietung? Und kann ich auch die Grundbucheinträge aller anderen Wohnungen einsehen?«
»Aber ja«, sagte Danny.
»Mein Architekt kann die Pläne einsehen, und ich kann jemandem damit beauftragen, alles durchrechnen zu lassen?«
»Selbstverständlich, ja.«
»Und sie dürfen auch die Baubeschreibung überprüfen und die Arbeiten überwachen?«
»Aber wieso denn nicht?«
»Wie steht es mit dem Dachgarten?«
»Die Statiker sagen, wenn nicht zuviel Erde aufgebracht wird, könnten beide Häuser die Last tragen.«

Rosemary strahlte. »Sehr schön, Danny. Zeig mir die Häuser«, sagte sie.

Ria war schockiert über Rosemarys Benehmen. »Wie sie dich ins Verhör genommen hat!« empörte sie sich.
»Ich habe es gar nicht so empfunden«, meinte Danny.
»Aber du bist doch ihr Freund! Und du riskierst etwas für sie, du willst Barney überreden, ein Haus zu kaufen.« Soviel Undankbarkeit konnte Ria einfach nicht fassen.
»Unsinn, Ria. Barney tut nie etwas aus reiner Menschenfreundlichkeit. Glaub mir, er macht schon sein Geschäft dabei.«
»Aber wie sie das gesagt hat, daß sie aber Barneys Bauausführung ganz genau überwachen wolle ... Ich wußte vor Verlegenheit gar nicht, wo ich hinschauen sollte.«
Danny lachte. »Schatz, es wäre nicht das erste Mal, daß Barney jemandem Pfusch andreht. Rosemary ist gut informiert. Sie ist bloß vorsichtig und will sich absichern. Mit dieser Einstellung ist sie ja auch bisher gut gefahren.«
Hilary rümpfte die Nase, als sie hörte, daß Rosemary demnächst in die Tara Road ziehen würde. »Da müssen wir uns aber geehrt fühlen, wenn *sie* in diese Gegend kommt«, lautete ihr Kommentar.
»Warum kannst du sie eigentlich nicht leiden, wo sie doch gar nichts gegen dich hat?« beschwerte sich Ria.
»Habe ich irgend etwas Schlechtes über sie gesagt?« fragte Hilary unschuldig.
»Nein, aber der Ton macht die Musik. Ich glaube, Rosemary ist ziemlich einsam. Uns dagegen geht es gut, du hast Martin, und ich habe die Kinder ... und Danny, wenn ich ihn mal zu Gesicht bekomme. Aber Rosemary ist immer allein.«
»Die hatte bestimmt auch ihre Chancen«, sagte Hilary.
»Ja, natürlich hatte sie die, genau wie du und ich sie hatten, als wir jung waren. Aber es waren hauptsächlich solche Idioten wie dieser Ken Murray.«
»Rosemary hätte sich auch was Besseres als diesen Ken Murray angeln können.«

»Ja, aber sie hat eben den Richtigen noch nicht gefunden. Ich finde es schön, daß sie hier auf halbem Wege zwischen Mam und uns einzieht. Jetzt brauchst nur du noch hierherzukommen, dann haben wir die Gegend im Griff.«

»Woher sollten Martin und ich das Geld nehmen, ein Haus in der Tara Road abzubezahlen?« wollte Hilary wissen.

Ria wechselte rasch das Thema. »Gerties Mutter wird in letzter Zeit immer schwieriger.«

»Alle Mütter sind schwierig.«

»Unsere ist doch ganz in Ordnung.«

»Das sagst du nur, weil sie die ganze Zeit für dich die Kinder hütet«, meinte Hilary.

»Na ja, so oft nun auch wieder nicht, sie ist doch ständig auf Achse. Aber Gerties Mutter will die Kinder überhaupt nicht mehr zu sich nehmen. Sie sagt, wenn sie in ihrem Alter noch eine Familie hätte haben wollen, dann hätte sie sich selbst eine zugelegt.«

»Und was macht Gertie jetzt?«

»Sie strampelt sich ab, wie immer. Ich habe ihr gesagt, sie könne ihre Kleinen eine Weile zu mir bringen, aber ...« Ria verstummte und biß sich auf die Lippen.

»Aber Danny ist dagegen.«

»Er fürchtet, Jack Brennan könnte hier aufkreuzen und Streit anfangen. Für Annie und Brian wäre das sicher ganz schrecklich.«

»Und wie geht es nun weiter?«

»Ich gehe öfter mal vorbei und unternehme was mit ihnen. Aber die Nächte sind das eigentliche Problem, da wäre es viel wichtiger, daß die Kinder außer Haus sind.«

»Was für traurige Verhältnisse«, seufzte Hilary. Dieses Mitgefühl war ganz untypisch für sie, die sonst nur immer neidvoll davon sprach, wieviel besser es anderen Leuten ging.

»Ihr könntet sie nicht vielleicht übers Wochenende zu euch nehmen, du und Martin, nur bis Gerties Mutter wieder einspringt oder dieser Irre mal in die Klinik kommt? Gertie wäre dir dafür bestimmt ewig dankbar.«

»Einverstanden«, sagte Hilary zu Rias Überraschung. »Was essen sie denn gerne?«
»Bohnen und Fischstäbchen, Fritten und Eiscreme.«
»Läßt sich einrichten.«
»Ich würde mich gerne selbst um sie kümmern«, entschuldigte sich Ria.
Hilary gab sich verständnisvoll. »Das glaube ich dir gerne, aber es scheint sich ja nun einmal zu bestätigen, daß ich von uns beiden den großzügigeren Mann geheiratet habe.«
Ria schwieg und wunderte sich im stillen, wie man denn bloß ihren spontanen, liebevollen Danny Lynch für weniger großzügig halten konnte als einen Pfennigfuchser wie Martin Moran. Es war schon erstaunlich, welche Illusionen sich manche Menschen über ihr eigenes Leben machten.

»Lady Ryan wird also unsere Straße mit ihrem Wohnsitz beehren«, nörgelte Nora Johnson. Sie hatte gerade die neueste Errungenschaft in ihrem Leben vorgestellt, ein Hündchen von unbestimmbarer Rasse. Sogar die Kinder, die sich sonst schnell für Tiere begeisterten, waren zunächst etwas verdutzt. Es schien zu viele Beine zu haben obgleich es natürlich nur vier waren, und sein Kopf sah größer aus als der restliche Körper, was ja eigentlich auch nicht möglich war. Erst tobte das Fellbündel ungestüm in der Küche herum, dann rannte es die Treppe hinauf, um an einem Stuhlbein im Salon das Bein zu heben. Annie berichtete kichernd davon, und auch Brian wollte sich ausschütten vor Lachen.
Ria schluckte ihren Ärger hinunter. »Hat er denn auch einen Namen, Mam?« fragte sie.
»Oh, einfach 32. Nicht so ein Phantasiename.«
»Du willst den Hund ›Zweiunddreißig‹ nennen?« Ria war perplex.
»Nein, ich rede von dem Haus, wo Lady Ryans Penthousewohnung gebaut wird. Der Hund heißt Pliers, das habe ich dir doch schon gesagt.« Das hatte sie zwar nicht, aber es war nicht weiter wichtig. »Es hat sich bereits überall herumgesprochen, daß sie demnächst in die Tara Road zieht.«

»Die Leute kennen sie sowieso schon von ihren Besuchen bei uns.«
»Nein, sie haben es in der Zeitung gelesen. Da steht über sie jetzt schon genausoviel drin wie über euren Freund Barney McCarthy.« Da Nora auch ihn nicht besonders schätzte, hatte sie hier wieder einmal eine Gelegenheit, die Nase zu rümpfen.
»Ist es denn zu fassen, unsere Rosemary ist eine richtige Berühmtheit geworden«, rief Ria aus. »Und ihre Mutter behandelt sie immer noch wie eine Dreizehnjährige und sagt, sie solle sich an mir ein Beispiel nehmen. Ausgerechnet an mir!«
Tatsächlich tauchte der Name »Rosemary Ryan« jetzt öfter im Wirtschaftsteil oder auch auf den Frauenseiten der Zeitungen auf. Mit ihrer Firma ging es steil bergauf, seitdem sie nun schon mehrfach mit ausländischen Partnern ins Geschäft gekommen war. Sie druckten Ansichtskarten von den Haupttouristenorten am Mittelmeer und hatten sich erfolgreich um verschiedene Aufträge für große Sportereignisse beworben, wodurch sich ihr Aktionsradius bis hin zur Westküste Amerikas ausgedehnt hatte. Inzwischen besaß Rosemary auch Anteile an der Firma, und es war nur eine Frage der Zeit, bis sie sie ganz übernehmen würde. Der Inhaber konnte nur noch staunen über diese souveräne, selbstbewußt auftretende Frau, die als junges Ding in seiner kleinen Druckerei angefangen und den Laden dann vollkommen umgekrempelt hatte. Mittlerweile war er aber mehr daran interessiert, sein Golfspiel zu verbessern, als im Frühzug nach Belfast zu hasten, zwei Termine und ein Geschäftsessen hinter sich zu bringen und mit einem dicken Vertrag in der Tasche wieder in den Nachmittagszug zu steigen.
Rosemary sah keinen Grund dafür, warum Nordiren nicht auch im Süden drucken lassen sollten, wenn dort professioneller Service und gute Qualität zu vernünftigen Preisen geboten wurden. Deshalb hatte sie schon vor langer Zeit durchgesetzt, den Namen der Firma, »Shamrock Printing«, in das unverfängliche, weil weltweit gleich bedeutungslose »Partners Printing« umzuändern.
Und immer noch war sie unverheiratet. Männer gab es zwar

genug, aber eben nicht den einen. Zumindest war er bislang noch nicht aufgetaucht. Das verwunderte die Leute, war sie doch eine attraktive, ja sogar verführerisch wirkende Frau. Rosemary war dem anderen Geschlecht gegenüber auch keineswegs gleichgültig, sie konnte einen Flirt oder eine kurze Affäre sehr genießen, wenngleich sie sich nur selten darauf einließ. Dabei stand sie in dem Ruf, ein weitaus abenteuerlicheres und abwechslungsreicheres Liebesleben zu führen, als dies tatsächlich der Fall war. Und Rosemary tat nichts, um dieser weitverbreiteten Ansicht entgegenzutreten.

So kam zumindest niemand auf den Gedanken, sie sei lesbisch wie ihre Schwester. »Wäre es denn so ein Drama, wenn die Leute das denken würden?« hatte Eileen einmal gefragt.

»Nein. Du brauchst gar nicht so empfindlich und spitz zu reagieren, natürlich wäre es das nicht. Da ich es aber nun einmal nicht bin, möchte ich auch nicht dauernd mit diesem Rechtfertigungszwang im Kopf herumlaufen. Bei dir und Stephanie ist das etwas anderes, es gehört zu eurem Leben.«

»Da magst du recht haben«, gab Eileen zu. »Aber ich verstehe trotzdem nicht, warum es dich so auf die Palme bringt, daß die Leute dich verheiratet sehen wollen. Die fünfziger Jahre liegen Gott sei Dank hinter uns, heute kann jeder tun und lassen, was er will.«

»Sicher. Aber es ist diese dauernde Erwartungshaltung der Leute, die mich so stört.«

»Vielleicht hast du ihn schon getroffen und es nicht gemerkt.«

»Wie meinst du das?«

»Dein Märchenprinz sitzt möglicherweise direkt vor deiner Nase, und du hast ihn nur noch nicht erkannt. Eines Nachts werdet ihr euch dann bestimmt in die Arme fallen.«

Rosemary dachte nach. »Kann schon sein.«

»Aber wer käme da in Frage? Jedenfalls keiner, der dich mal hat abblitzen lassen, denn dir kann ja sowieso keiner widerstehen, Rosemary. Vielleicht jemand, mit dem du es nie versucht hast ... Fällt dir da niemand ein?«

Rosemary hatte niemandem von dem mißglückten Rendezvous mit Richard Roche erzählt, den sie über die Partnervermittlungsagentur kennengelernt hatte. Inzwischen war er ihr bei verschiedenen Gelegenheiten über den Weg gelaufen. Es hatte sie damals zutiefst verletzt, als er ihr auf den Kopf zu sagte, daß sie nicht wirklich an einem Mann fürs Leben interessiert sei. »Ich habe mal ein bißchen für diesen Colm Barry geschwärmt, du weißt schon, diesen Restaurantbesitzer. Aber ich glaube nicht, daß er der Typ zum Heiraten ist.«
»Schwul?« fragte Eileen.
»Nein, nur ziemlich kompliziert.«
»Ich würd es an deiner Stelle ganz lassen, Rosemary, ehrlich. Kümmer dich darum, deine tolle Wohnung herzurichten und die Firma voranzubringen.«
»Ich glaube, du hast recht«, stimmte Rosemary zu.

Als Gertie wieder einmal einen »Unfall« hatte, ließ sich ihre Mutter erweichen und nahm die Kinder wieder zu sich. »Glaub ja nicht, daß ich das deinetwegen mache. Es geht mir nur um die beiden wehrlosen Kinder, die du mit diesem Trunkenbold in die Welt gesetzt hast.«
»Du hilfst mir damit nicht, Mam.«
»Und wie ich dir helfe. Ich nehme zwei Kinder aus einem Haus auf, in dem es bald noch Mord und Totschlag geben wird.«
»Ich habe noch andere Freunde, die die Kinder zu sich nehmen, wenn Jack randaliert, Mam.«
»Dein Jack randaliert doch in letzter Zeit zu jeder Tages- und Nachtzeit. Und so nett die Morans auch sind, mehr als jedes zweite Wochenende können sie dir die Kleinen auch nicht abnehmen.«
»Du bist sehr lieb, Mam, aber du verstehst das nicht.«
»Das kannst du laut sagen! Nein, ich verstehe es wirklich nicht. Die Kinder sind schon so verstört, daß sie beim kleinsten Geräusch zusammenzucken, und du unternimmst nichts, damit diesem unmöglichen Kerl das Besuchsrecht entzogen wird und er euch endlich in Ruhe läßt.«

»Du bist doch gläubig. Es war ein Schwur, in guten wie in schlechten Tagen, hieß es. In guten Tagen kann man immer leicht zu jemandem halten, in schlechten ist es eben etwas schwieriger.«
»Aber es geht hier nicht nur um dich!« Mit grimmiger Miene machte sich ihre Mutter daran, Johns und Katys Sachen zusammenzupacken. Sie waren in ihrem jungen, rastlosen Leben schon so oft zu den Großeltern übergesiedelt.

Rosemary schaute nun mehrmals in der Woche abends bei Danny und Ria vorbei. Es gab immer etwas wegen der Wohnung zu besprechen oder zu berichten. Zwar blieb sie nie lange, aber doch lange genug, um zweifelsfrei klarzumachen, daß sie am Ball bleiben und ihrem wachsamen Blick nicht die kleinste Pfuscherei entgehen würde. Auf Rias Einladung, zum Abendessen zu bleiben, erwiderte sie stets, sie habe bereits mittags so viel gegessen und könne unmöglich noch einen einzigen Bissen hinunterbringen. Ria wußte, daß das nur eine Ausrede war. Immer noch aß Rosemary einmal die Woche bei Quentin's, in der übrigen Zeit begnügte sie sich mittags mit einem fettarmen Joghurt und einem Apfel am Schreibtisch. Bei geschäftlichen Zusammenkünften, die auch eine gesellschaftliche Komponente hatten, genehmigte sie sich eine Weinschorle im Shelbourne Hotel. Auch eine Rosemary Ryan konnte nicht ohne eisernen Willen rank und schlank bleiben. Manchmal fragte sich Ria, warum in Gottes Namen Rosemary sich derart kasteite. Vor der Arbeit Gymnastik und Schwimmen, am Wochenende Joggen, dauernd auf Diät, immer früh ins Bett und regelmäßig zum Friseur – wozu das alles?
Darauf gab Rosemary normalerweise zur Antwort, sie mache das alles nur für sich selbst. Aber in Rias Ohren klang das so schrullig und eigenbrötlerisch, daß sie das Thema gar nicht mehr anschneiden wollte. Sie redeten auch nicht mehr über Sex, obwohl sie früher einmal kaum über etwas anderes gesprochen hatten. Aber das war noch in der Zeit gewesen, bevor Ria mit Danny geschlafen hatte. So behielt Ria für sich, daß ihr Liebesleben mit Danny noch immer so aufregend war wie in den ersten Tagen. Und Rosemary

berichtete nichts von ihren zahlreichen Eroberungen. Ria wußte, daß sie die Pille nahm und eine Menge Liebhaber hatte. Sie hatte die Pläne für Rosemarys Wohnung gesehen, in der es ein großes Schlafzimmer und ein luxuriös mit Jacuzzi-Whirlpool und Doppelwaschbecken ausgestattetes Badezimmer geben sollte. Dies sah nicht nach dem Badezimmer einer Frau aus, die vorhatte, ihre Nächte allzuoft allein zu verbringen. Nur zu gerne hätte Ria sie einmal danach gefragt, aber sie hielt sich stets zurück. Wenn Rosemary ihr etwas erzählen wollte, würde sie das von sich aus tun.

»Es dauert alles länger, als wir gedacht haben«, beschwerte sich Rosemary.
»Schau in den Vertrag. Es gibt da ein paar Klauseln für unvorhersehbare Umstände«, lachte Danny.
»Du bist auf Nummer Sicher gegangen, nicht wahr?« meinte sie anerkennend.
»Genau wie du.«
»Ich habe nur gegen Pfuscharbeit vorbeugen wollen.«
»Und ich gegen Regenwetter, was wir ja dann auch gehabt haben«, erwiderte er.
Ria stach zusammen mit den Kindern auf dem Küchentisch Plätzchen aus. Brian bevorzugte einfache Kreise, Annie liebte Sterne.
»Worüber reden sie denn da?« wollte Brian wissen.
»Geschäfte«, erklärte Annie. »Daddy und Rosemary reden über Geschäfte.«
»Warum reden sie denn in der Küche darüber? Die Küche ist doch zum Spielen da!« rief Brian laut.
»Recht hat er«, sagte Rosemary. »Laß uns den Papierkram mitnehmen und nach oben in den schönen Salon umziehen. Wenn ich so einen Salon hätte, dann würde ich ihn nicht klamm und modrig werden lassen wie ein altmodisches Empfangszimmer, das muß ich euch mal sagen.«
Danny trug bereitwillig die Papiere nach oben.
Ria blieb mit mehlbestäubten Händen und Tränen in den Augen

zurück. Wie konnte Rosemary es *wagen*, ihr so etwas ins Gesicht zu sagen? Noch dazu vor ihrer ganzen Familie! Sie als eine Frau hinzustellen, die ihre Wohnung verkommen ließ. Gleich ab morgen würde sie dafür sorgen, daß dieser Salon nie mehr ungenutzt leer stehen würde. Rosemary sollte keine Gelegenheit erhalten, ein zweites Mal so etwas zu äußern.
»Ist alles in Ordnung, Mam?« fragte Annie.
»Ja, sicher.«
»Und würdest du auch gerne Geschäfte machen?«
Unwillkürlich mußte Ria an Mrs. Connor denken, die Wahrsagerin, die ihr eine Karriere als erfolgreiche Geschäftsfrau prophezeit hatte. »Nicht unbedingt, mein Schatz«, sagte Ria. »Aber es ist lieb, daß du mich danach fragst.«

Am nächsten Tag kam Gertie vorbei. Sie sah sehr müde aus und hatte große dunkle Ringe unter den Augen.
»Sag bitte nichts. *Bitte,* Ria.«
»Das hatte ich gar nicht vor. Wir führen alle unser eigenes Leben.«
»Das sind ja ganz neue Töne. Es freut mich, daß du das auch endlich so siehst.«
»Gertie, ich würde gern mit dir zusammen den Salon herrichten, ihn mal kräftig durchlüften und richtig putzen.«
»Kommt jemand zu Besuch?« fragte Gertie.
»Nein«, antwortete Ria spitz. Gertie schwieg und sah sie an.
»Entschuldigung«, meinte Ria.
»Schon in Ordnung. Du bist so rücksichtsvoll, mich nicht nach meinen Angelegenheiten zu fragen, also frage ich auch nicht nach deinen.«
Sie arbeiteten schweigend. Gertie polierte das Messing des Kamingitters, Ria rieb Bienenwachs in das Holz der Stühle. Plötzlich legte sie den Lappen weg. »Ich komme mir manchmal so nutzlos und dumm vor.«
»*Du?*« fragte Gertie verblüfft.
»Ja, ich. Da haben wir so ein wunderschönes Zimmer wie dieses hier und machen nichts daraus.«

Nachdenklich schaute Gertie ihre Freundin an. Offenbar war Ria von jemandem gekränkt worden. Ihre Mutter konnte es nicht gewesen sein; bei Nora Johnsons Redestrom hatte Ria inzwischen bestimmt ihre Ohren auf Durchzug gestellt. Auch Frances Sullivan, die Mutter von Annies Freundin Kitty, schied aus; über sie konnte man sich einfach nicht ärgern. Ihre Schwester Hilary, die ja über nichts anderes redete, als was dieses gekostet hatte und wie teuer jenes gewesen sei, kam ebenfalls nicht in Frage. Also mußte es Rosemary gewesen sein. Gertie setzte zum Sprechen an, überlegte es sich dann aber anders. Aus ihrem Mund sollte Ria niemals eine abfällige Bemerkung über ihre beste Freundin hören.
»Findest du das nicht auch idiotisch?« fragte Ria.
Gertie erwiderte bedächtig: »Verglichen mit meiner Wohnung ist das ganze Haus hier ein Palast, und es wird von allen bewundert. Aber das schönste sind all diese wunderbaren Möbel, die du mit Danny zusammengetragen hast. Vielleicht hast du aber recht ... Du solltest diesen Raum wirklich mehr nutzen. Warum fängst du nicht gleich heute abend damit an?«
»Ich hätte Angst, daß die Kinder alles kaputtmachen.«
»Aber nein. Du mußt es nur zu einer Art Belohnung für sie machen, hierherzukommen. Zu einer Art Zwischenstation auf dem Weg ins Bett oder so etwas Ähnlichem. Und wenn sie sich hier brav benommen haben, dürfen sie ein bißchen länger aufbleiben. Denkst du nicht, das könnte funktionieren?« Gerties kummervolles Gesicht bekam einen lebhaften Ausdruck.
Ria hätte beinahe einen Freudenschrei ausgestoßen. »Das ist ja eine großartige Idee«, rief sie begeistert. »Also, laß uns das mal schnell in zwanzig Minuten zu Ende bringen, und dann gehen wir runter und essen was von dem warmen Rosinenstollen.«

»Barney kommt heute vor dem Abendessen auf einen Drink vorbei. Wir sind in meinem Arbeitszimmer«, kündigte Danny an.
»Warum geht ihr nicht mal in den Salon? Ich bringe euch Kaffee rauf. Gertie und ich haben ihn heute saubergemacht, er sieht jetzt

einfach phantastisch aus. Ich habe eine Menge alten Plunder weggeräumt. Auf dem Tisch ist jetzt auch Platz, da könnt ihr eure Papiere ausbreiten.«

Sie gingen zusammen nach oben, um das Zimmer anzuschauen. Die Abendsonne fiel schräg durch eines der Fenster. Auf dem Kaminsims standen Blumen.

»Manchmal denke ich, du kannst Gedanken lesen. Dies wird keine einfache Besprechung werden. Um so besser, wenn sie wenigstens in angenehmer Atmosphäre stattfindet.«

»Ist etwas nicht in Ordnung?« fragte Ria besorgt.

»Es geht wieder mal um Barneys leidiges Bargeldproblem. Zwar hält es nie lange an, aber wenn es gerade aktuell ist, kann man leicht Magengeschwüre bekommen.«

»Soll ich vielleicht besser mit den Kindern unten bleiben, damit ihr ungestört seid?«

»Das wäre toll, Schatz.« Danny wirkte müde und abgespannt.

Barney kam um sieben und ging um acht.

Annie und Brian waren schon gewaschen und bettfertig. Als die Eingangstür ins Schloß fiel, kam Ria mit ihnen die Treppe herauf, die Kinder mit leicht zögernden Schritten. Der Salon gehörte nicht zu ihrem Territorium. Sie setzten sich und begannen ein Würfelspiel. Die gediegene Atmosphäre des Raums verfehlte ihren Eindruck auf Annie und Brian nicht, und ausnahmsweise verzichteten sie darauf, sich zu streiten. Ernst und bedächtig machten sie ihre Züge, als handele es sich um ein sehr wichtiges Spiel. Als die Kinder zu Bett gingen, dieses eine Mal ohne Protest, drückte Danny seine Frau fest an sich.

»Ohne euch würde sich die ganze Mühe nicht lohnen«, sagte er mit heiserer Stimme.

Ria ermahnte die Kinder, sich auch ja die Zähne zu putzen, sie würde gleich noch einmal nach ihnen schauen. »War es schlimm?«

»Nein, überhaupt nicht. Es war mal wieder typisch Barney: Alles muß er sofort haben. Er hat sich mal wieder finanziell übernommen. Nummer 32 soll unbedingt Eindruck machen, es soll ein

Vorzeigeprojekt werden. Allerdings kostet das auch eine Kleinigkeit.«
»Und?«
»Also braucht er einen Bürgen, und er wollte unser Haus als Sicherheit angeben.«
»*Unser* Haus?«
»Ja, seine eigenen sind alle schon anderweitig verplant.«
»Und was hast du ihm geantwortet?« fragte Ria erschrocken. Barney war eine Spielernatur; wenn er pleite ging, konnten auch sie alles verlieren.
»Ich habe ihm gesagt, daß es uns beiden gehört und daß ich erst mit dir sprechen muß.«
»Da solltest du ihn besser gleich jetzt anrufen und ihm sagen, daß ich meine Zustimmung gegeben habe«, erklärte sie.
»Ist das dein Ernst?«
»Du weißt, daß wir dieses Haus ohne seine Hilfe gar nicht erst bekommen hätten; ohne ihn besäßen wir überhaupt nichts. Du hättest es mir schon früher sagen sollen. Ruf ihn gleich über sein Autotelefon an, damit er weiß, daß es für uns nichts zu diskutieren gab.«
In dieser Nacht liebten sie sich, und danach lag Ria noch lange wach. Vielleicht war es ja diesmal wirklich ernst mit Barneys Finanzproblem. Vielleicht würden sie dann ihr schönes Heim verlieren. Danny neben ihr schlief tief und fest. Von Zeit zu Zeit schaute sie zu ihm hinüber, und als die Morgendämmerung heraufzog, wußte sie, daß selbst der Verlust des Hauses nicht zählen würde, solange sie Danny nicht verlor.

»Komm, Mam, wir nehmen den Tee heute im Salon«, sagte Ria zu ihrer Mutter.
»Das ist wirklich etwas ganz anderes als die Wohnung, in der du groß geworden bist.« Nora Johnson schaute sich anerkennend in dem großen Zimmer um, das Ria nun ausgiebig nutzen wollte. Sie litt immer noch ein wenig unter Rosemarys spitzer Bemerkung, aber in gewisser Weise hatte ihre Freundin ihr einen Gefallen

erwiesen. Hier schlief Danny nicht im Sessel ein, sondern ließ den Blick mit Wohlgefallen über die Schätze schweifen, die er und Ria zusammengetragen hatten. Die Kinder lärmten weniger herum und ließen nicht überall ihre Spielsachen herumliegen, sondern verwahrten sie ordentlich in einer der Schubladen der Kommode. Gertie machte hier gerne sauber, sie sagte, sie habe stets das Gefühl, in das Titelblatt eines Hochglanzmagazins einzutreten. Hilary wiederum kommentierte den Preis jedes einzelnen Möbelstücks und meinte, sie hätten wohl groß an der Börse abgesahnt. Auch Rias Mutter schien sich hier wohl zu fühlen. Sie stellte Vergleiche mit den Salons anderer Häuser an, wo sie bügelte, und kam zu dem Ergebnis, daß es bei ihrer Tochter viel vornehmer aussehe. Für den Hund wurde dieser Raum zur Tabuzone erklärt, und so döste Pliers mürrisch in einem Korb in der Küche. Und wenn Rosemary nun vorbeikam, fand auch sie anerkennende Worte für den Salon. Vermutlich hatte sie ihre verletzende Bemerkung, er sei zu einem modrigen, nutzlos leerstehenden Empfangszimmer verkommen, schon längst vergessen. Nun lobte sie die vorteilhafte Wirkung des hohen Raums, der beiden großen Fenster und der angenehmen, warmen Farben. Es sei ein richtiges Schmuckstück geworden, erklärte sie.

Ria war früher nie klar gewesen, was für eine Befriedigung darin liegen konnte, sich mit schönen Dingen zu umgeben. Wenn man schon nicht mit einer Wespentaille, einem makellosen Make-up und schicken Kleidern aufwarten konnte, dann war es doch immerhin ein Trost, mit einem perfekt eingerichteten Salon glänzen zu können. Zum ersten Mal verstand sie die Leute, die sich in Bücher über Design, Innenausstattung oder Stilmöbel vertieften. Rosemarys Vorstellungen von der Ausstattung einer Wohnung waren interessanterweise himmelweit verschieden vom Stil des Salons in Tara Road 16, den sie so bewunderte. Das Haus Nr. 32 war vollkommen entkernt und anschließend umgebaut worden. Das neu entstandene langgestreckte Penthouse hatte einen umlaufenden Dachgarten erhalten, von dem aus der Blick bis zu den Dubliner Bergen reichte. Nachts gab die Stadt mit ihrem Lichter-

glanz ein prächtiges Panorama ab. Die Einrichtung war kühl und spärlich, an den Wänden blieb viel leerer Raum, überall gab es helle Holzfußböden, die Kücheneinrichtung war geradezu minimalistisch, und alles folgte einer strengen Raumaufteilung.
Obwohl es im Grunde das genaue Gegenteil von Rias Haus war, bemühte sie sich, Gefallen an den klaren Linien zu finden, auf die sich die Designer soviel zugute hielten. Bei ihren häufigen Besuchen auf der Baustelle hatte sie sich dennoch schwergetan, lobende Worte für eine Wohnung zu finden, die auf sie mehr den Eindruck einer Galerie für moderne Kunst machte.

Danny verbrachte viel Zeit in Nr. 32. Zuviel Zeit, wie Ria manchmal dachte. Schließlich war es ja nur eines von Barneys vielen Bauprojekten.
»Ich habe dir doch erklärt, wenn wir die richtigen Mieter hier reinbekommen, hat Barney seine Schäfchen im trockenen. Es handelt sich da um ein Prestigeobjekt, nicht um den üblichen Kinderkram. Was wir vor allem brauchen, ist eine gute Presse in den Immobilienblättern, und Rosemary kann uns dabei sehr nützlich sein. Für die anderen Wohnungen bräuchten wir noch ein paar Politiker, Leute aus dem Showgeschäft, meinetwegen auch Sportler.«
»Könnt ihr euch die Käufer etwa aussuchen?«
»Bisher nicht, aber es hat sich auch noch nicht richtig herumgesprochen. Ich habe Colm gebeten, die besserbetuchten Gäste seines Restaurants auf das Projekt aufmerksam zu machen.«
»Und hat er es getan?«
»Ja, aber unglücklicherweise war bislang sein unterbelichteter Schwager Monto Mackey der einzige, der Interesse angemeldet hat.«
»Monto und Caroline wollen eine Wohnung in der Tara Road beziehen?«
»Hat mich auch gewundert. Ich wollte erst gar nicht glauben, daß er das Geld dazu hat, aber er hat es. Er hat Bargeld gehortet, und zwar kofferweise.«

»Nein!« rief Ria verwundert aus. Colms schweigsame, schöne Schwester war mit einem unansehnlichen Autohändler verheiratet, einem feisten, rotgesichtigen Mann, der sich mehr für Pferderennen als seine Frau oder sein Geschäft interessierte. Er schien ganz und gar nicht in so eine Gegend zu passen.

»Barney war natürlich gleich Feuer und Flamme – ein Koffer voller Bargeld beeindruckt ihn immer. Aber ich habe ihn überredet, sich das noch mal durch den Kopf gehen zu lassen, denn was wir brauchen, sind Leute von Format, nicht solche Typen wie diesen Monto Mackey.«

»Und hat er auf dich gehört? Wie läuft es denn so bei ihm im Moment?« Ria mußte oft an die Bürgschaft denken, die sie für Barney geleistet hatten, aber sie äußerte sich niemals laut über ihre Sorgen.

»Mach dir keine Sorgen, Schatz, noch stehen die Gerichtsvollzieher nicht vor der Tür. Barney hält sich gut, man muß ihn nur davon abbringen, ständig am Finanzamt vorbei das schnelle Geld machen zu wollen.« Es klang, als wäre Danny eher belustigt als beeindruckt von seinem Boß. Die beiden hatten ein sehr entspanntes Verhältnis zueinander.

Als Rosemary Barney gegenüber einmal erwähnte, daß sie jetzt ja auch ein paar Gartenmöbel brauche, bot er ihr gleich die Adresse eines Freundes an. »Es ist nicht nötig, das Finanzamt auf den Plan zu rufen. Zahlen Sie einfach in bar, und alle sind zufrieden«, hatte Barney vorgeschlagen.

»Nicht alle«, hatte Rosemary kühl erwidert. »Nicht die Regierung, nicht die Leute, die ihre Mehrwertsteuer bezahlen müssen, und auch nicht mein Steuerberater.«

»Oh, entschuldigen Sie *vielmals*«, hatte Barney darauf erwidert. Keinem von beiden war dies peinlich gewesen. Jeder dachte sich sein Teil. So war das nun mal eben im Geschäftsleben.

»Gibt Lady Ryan denn eine Einweihungsparty? Vielleicht engagiert sie mich ja als Garderobenfrau.« Nora war ganz erpicht darauf, alles bis ins kleinste Detail zu erfahren.

»Mach keinen Ärger, Holly«, ermahnte Danny seine Schwiegermutter gutmütig. »Du nennst sie nur Lady Ryan, um Ria zu provozieren. Nein, ich habe bislang nichts von einer Party gehört. Zu dir hat sie doch auch nichts gesagt, oder, Schatz?«

»Sie will abwarten, bis der Dachgarten fertig ist«, erklärte Ria. »Sie meint, das Ganze sieht erst nach etwas aus, wenn sie eine anständige Beleuchtung, Blumenkübel und Spaliere hat. Sie ist so schrecklich perfektionistisch.«

»Das kann ja eine Ewigkeit dauern! Ich habe drei Jahre gebraucht, bis bei mir im Garten alles richtig gekommen ist«, gab Nora Johnson zu bedenken.

»Aber Holly, das ist nicht die Welt, in der Rosemary Ryan lebt. Der Garten wird in drei Wochen fertig sein, so steht es im Zeitplan.«

»Unmöglich«, staunte Nora.

»Doch, das ist möglich, wenn man Gärtner anheuert, die etwas von der Sache verstehen, und alles komplett fertig in Pflanzbehältern anliefern läßt.«

»Ich frage mich, ob ich vielleicht bei Rosemary putzen kann, was meinst du?« fragte Gertie Ria.

»Gertie, du hast deinen Waschsalon. Da hast du doch keine Zeit, für andere Leute zu putzen. Und du hast das auch nicht *nötig*.«

»Doch«, widersprach Gertie brüsk.

»Aber wer kümmert sich dann um die Wäscherei?«

»Ich habe dir doch gesagt, sie läuft von allein; Pliers, der Hund deiner Mutter, könnte den Laden schmeißen. Es gibt da ein paar Jugendliche, die das für mich machen. Ich verdiene beim Putzen mehr, als ich ihnen bezahle.«

»Das ist albern.«

»Hat sie denn schon eine Putzfrau?«

»Frag sie doch selbst, Gertie.«

»Nein, Ria, frag du sie für mich, bitte. Du bist doch meine Freundin, nicht wahr?« bettelte Gertie.

»Nein, ich will Gertie ganz bestimmt nicht bei mir putzen lassen. Sie sollte sich erst mal um ihren heruntergekommenen Waschsalon kümmern und dann vielleicht um ihre Kinder.«
»Sie würde das aber gern ein paar Stunden machen.«
»Dann laß sie doch bei dir putzen.«
»Das geht nicht. Danny würde sich fragen, was ich eigentlich den ganzen Tag über treibe, wenn ich Gertie noch öfter kommen lasse.«
»Verstehe.«
»Rosemary, gib deinem Herzen einen Stoß. Du brauchst doch hier jemanden, dem du vertrauen kannst.«
»Ich habe vor, einen Reinigungsservice zu beauftragen, der mir zweimal in der Woche seine Leute vorbeischickt.«
»Aber das sind doch wildfremde Menschen! Sie stehlen vielleicht oder wühlen in deinen Sachen herum.«
»Ria, ich bitte dich. Glaubst du, solche Firmen könnten überleben, wenn sie unzuverlässiges Personal einstellen? Nein, darauf kann man sich absolut verlassen. Andernfalls wären sie sofort pleite.«
Und damit war für Rosemary der Fall erledigt. Ihr Hauptinteresse galt nun der Gestaltung ihres Gartens. Das Spalierwerk wurde geliefert und sofort aufgebaut. Einige Tage später wurden schnellwachsende Kletterpflanzen in Kübeln nach oben getragen.
»Und natürlich viele Rosen«, erklärte Rosemary. »Kletterrosen – das ergibt dann ein schönes Rosa hier auf dieser Seite. Und Muscosa und Madame Pierre Oger auf der anderen Seite. Was könnte ich sonst noch hier nehmen?« fragte sie Ria, als wäre sie ernsthaft an ihrem Rat interessiert.
»Ich sehe, du hast Goldregen, der ist doch hübsch.« Ria hatte den einzigen Namen herausgepickt, der ihr geläufig war.
»Ja, aber die sind gelb. Ich dachte, ich ordne sie mehr in einheitlichen Farbblöcken an, das ergibt einen dramatischeren Effekt.«

Niemals erwähnte Rosemary, daß etwas schön, geschmackvoll oder dramatisch auf andere wirken solle, immer ging es nur um sie selbst. Dabei wollte sie doch bestimmt, daß der Garten auch ihren Besuchern gefiel, dachte Ria. Aber sie war sich nicht sicher. Manchmal war ihr Rosemary einfach ein Rätsel. Ria wußte ganz genau, daß ihre Freundin noch vor drei Monaten nicht eine Blume von der anderen hatte unterscheiden können, und nun half sie den Gärtnern beim Einpflanzen von Geißblatt, Jasmin und Glyzinen, als ob sie ihr ganzes Leben lang nichts anderes getan hätte. Es war verblüffend, wie leicht sie sich alles aneignete, sobald sie es entschlossen anpackte.
Schließlich gab es doch noch eine Einweihungsparty. Ria kannte kaum jemanden dort; selbst Danny und Barney sahen nur wenige bekannte Gesichter. Da an diesem Abend Polly an der Reihe war, mußte Ria aufpassen, sich nicht vor Mona zu verplappern. Colm hatte gehofft, den Auftrag für den Partyservice zu bekommen, aber Rosemary hatte eine Cateringfirma beauftragt.
»Ein Kunde von uns, du verstehst«, sagte sie leichthin, als ob das alles erkläre.
Gertie fragte geradeheraus, ob an dem Abend ihre Hilfe erwünscht sei, und Rosemary antwortete ihr ebenso direkt mit Nein.
»Ich kann es nicht riskieren, daß Jack hier aufkreuzt, um seine ehelichen Rechte einzufordern oder sein Abendessen oder beides«, erklärte sie.
Unter den Gästen waren auch Rosemarys Mutter und ihre Schwester Eileen, die in Begleitung von Stephanie gekommen war.
»Kennst du jemanden von diesem ganzen Volk hier?« fragte Mrs. Ryan verdrossen ihre ältere Tochter.
»Nein, Mutter. Ich kenne zur Zeit nur Rechtsanwälte und Demonstranten, und Rosemary ist eine Geschäftsfrau.«
»Ich frage mich wirklich, wo die bloß alle herkommen«, seufzte Mrs. Ryan. Rosemary ging gerade an ihnen vorüber, zwinkerte ihrer Schwester zu und formte mit den Lippen den Satz, der ihrer Mutter auf der Zunge zu liegen schien: »Nichts als Neureiche.«
Eileen und Stephanie fingen lauthals an zu lachen. »Ihr beide

fallt sowieso schon völlig aus dem Rahmen, also haltet euch ein bißchen zurück«, wies sie Mrs. Ryan zurecht.
»Wieso, wir sind doch immerhin nicht in Latzhosen gekommen, Mrs. Ryan«, sagte Stephanie, eine attraktive Frau mit gertenschlanker Figur und langem, kastanienbraunem Haar.
»Und unsere Melonen haben wir auch nicht aufgesetzt«, kicherte Eileen.
Mrs. Ryan seufzte. Niemand hatte es so schwer wie sie, wirklich niemand. Trotz Rosemarys Wohlstand und des stilvollen Ambientes ihrer Wohnung war weit und breit kein Heiratskandidat zu sehen. Dafür waren Fotografen erschienen, die sie zusammen mit einem Politiker ablichteten. Barney und Danny wurden draußen auf dem Dachgarten mit einer Schauspielerin fotografiert, vor einem Blumenbeet und mit dem Panoramablick als Hintergrund. Rosemarys Foto erschien im Wirtschaftsteil, das andere im Immobilienteil. Und schon kamen massenhaft Anfragen wegen Tara Road 32. Es war ein voller Erfolg.

Da sie nun fast Nachbarn waren, ließ sich Rosemary noch häufiger bei Danny und Ria blicken. Meist kam sie gegen sieben Uhr abends auf ein Stündchen vorbei. Dann saßen sie alle im Salon und tranken ein Glas Weinschorle. Ria servierte warme Käsehäppchen oder in Schinkenstreifen eingewickelte Mandeln und Pflaumen. Es machte nichts, daß Rosemary sie regelmäßig mit einer Handbewegung ablehnte. Danny jedenfalls schmeckte es, und später würden sie und die Kinder den Rest vertilgen. Immerhin war es eine Gelegenheit, das viktorianische Porzellan auf den Tisch zu bringen, das sie auf verschiedenen Auktionen zusammengetragen hatte.
Die Kinder blieben unten in der Küche, mit der strikten Anweisung, sich nicht zu prügeln und nichts auf dem Herd anzufassen. Ria machte für diese Gelegenheiten ihr Haar zurecht und legte etwas Make-up auf. Sie konnte einfach nicht Abend für Abend der strahlenden Rosemary gegenübersitzen, ohne auch selbst etwas für ihr Äußeres zu tun.

»Du donnerst dich auf, bloß weil Lady Ryan kommt!« schimpfte ihre Mutter.

»Du ziehst dich doch auch immer recht hübsch an, Mutter, wie uns aufgefallen ist«, gab Ria zurück.

Nora Johnson trug in letzter Zeit kleine Pillbox-Hüte nach dem Vorbild von Audrey Hepburn, die sie in Secondhandläden kaufte. Von Danny hatte sie dafür bewundernde Komplimente erhalten.

»Nun sag bloß noch einmal, Holly, daß du nicht aussiehst wie Audrey Hepburn! Du könntest glatt als ihre jüngere Schwester durchgehen.«

Auch Gertie fand an Rosemarys Besuchen etwas auszusetzen. »Du wartest ihr auf, als wärst du ihre Kammerzofe, Ria«, sagte sie.

»Stimmt doch gar nicht. Ich finde es einfach schön, diesen Salon zu haben, wo ich ein bißchen repräsentieren kann und so.«

»Natürlich.« Gertie hatte den Korb von Rosemary noch nicht verschmerzt. Es wären ein paar leichtverdiente Pfund gewesen, noch dazu ganz in der Nähe. Außerdem hätte sie zu gerne einmal das Haus, über das in allen Zeitungen geschrieben worden war, von innen gesehen. Und sei es auch nur als Putzfrau. »Ist es schön dort in Nummer 32?« fragte sie neugierig. Wenigstens aus zweiter Hand wollte sie den Kunden der Wäscherei davon berichten können.

Ria ließ Brian meistens zu Hause, wenn sie zu Rosemary ging. Mit seinen drei Jahren hätte er nur Unruhe in Tara Road 32 verbreitet, herumgelärmt und getobt, mit seinen schmutzigen Fingern dies und das angetatscht und ständig Aufmerksamkeit verlangt. Annie mochte gar nicht erst mitkommen. Bei Rosemary gab es kaum etwas Unterhaltsames, dafür aber jede Menge Tabuzonen.

»Du mußt unbedingt die Kinder mitbringen«, meinte Rosemary öfter. Aber Ria wußte, daß sie das besser nicht tat, sie liebte die beiden viel zu sehr, als daß sie sich für ihre Lebhaftigkeit, die ihr ganz natürlich schien, entschuldigen wollte. An einem Samstagnachmittag, als Danny wieder einmal arbeiten mußte, ließ Ria die

Kinder bei ihrer Mutter und spazierte allein zu Rosemary. Die Wohnung wirkte so unbenutzt und elegant, als hätte seit ihrer Präsentation bei der Einweihungsparty hier niemand ein Bett aufgeschlagen, etwas gekocht oder gewaschen. Sogar der Dachgarten machte den Eindruck, als wäre jede Blume einzeln hingepinselt worden.

Trotz des gediegenen Umfelds hatte sich Rosemary in vieler Hinsicht kaum verändert seit der Zeit, als sie mit Ria zusammen in der Immobilienfirma angefangen hatte. Sie konnte immer noch in der gleichen ansteckenden Weise über Dinge lachen, die sie schon damals erheitert hatten, zum Beispiel über Hilarys ständige Fragen, was dies und das kostete, Mrs. Ryans Abneigung gegen neureiche Leute oder Nora Johnsons Art, ihr Leben als Kinofilm zu betrachten.

Rosemary erzählte Ria auch von ihren Problemen in der Firma. Da war eine junge Frau, die in jeder Beziehung hervorragende Arbeit leistete und eine phantastische Sekretärin abgegeben hätte, aber einen so üblen Körpergeruch verbreitete, daß ihr nichts anderes übrigblieb, als sie zu entlassen. Einmal war ein Auftraggeber in letzter Minute abgesprungen und hatte einen großen Druckauftrag platzen lassen, so daß Rosemary ihn verklagen mußte. Und dann hatte sie den Fehler gemacht, kostenlos ein Flugblatt für eine Wohltätigkeitsveranstaltung zu drucken, die sich aber als Rave-Party entpuppt hatte, auf der jede Menge Ecstasy konsumiert wurde, und schließlich von der Polizei beendet worden war.

Sie saßen mit hochgelegten Beinen auf der Terrasse, eingehüllt in schweren Blütenduft.

»Wie heißt denn die hübsche grüne dort, die so betörend riecht?« Ria deutete auf eine der Pflanzen.

»Das ist Tabak«, sagte Rosemary.

»Und die große purpurfarbene, die ein bißchen wie Flieder aussieht?«

»Solanum crispum.«

»Woher weißt du das bloß alles, Rosemary, und wie kannst du dir das merken? Du mußt doch noch so viel anderes im Kopf behalten.«

»Steht alles in Büchern, Ria. Es ist doch unsinnig, sich mit Dingen zu umgeben, von denen man nichts versteht.« Rosemarys Stimme verriet leichte Ungeduld.

Ria wußte, wie sie solche Gereiztheiten zu nehmen hatte. »Du hast vollkommen recht. Ich habe zu Hause jede Menge Bücher, und das nächste Mal werde ich genauso kompetent sein wie du.«

»Schon gut«, lachte Rosemary. Die Spannung war augenblicklich gewichen.

Wenn ihr eigener Garten etwas weniger verwildert und ungepflegt wäre, dann könnten sie und Danny an einem solchen Samstagnachmittag auch einmal draußen sitzen und den Kindern beim Spielen zusehen, dachte Ria. Sie könnten sich unterhalten oder auch zusammen Zeitung lesen. Es war schon eine Ewigkeit her, daß sie das letzte Mal in ihrem Garten gesessen hatten.

»Macht es viel Arbeit, das alles hier in Schuß zu halten?«

»Nein. Einmal in der Woche kommt jemand für vier Stunden, das ist alles.«

»Und woher weißt du, was zu tun ist?«

»Das brauche ich nicht zu wissen, dafür habe ich ja eine Gärtnerei engagiert. Das ganze Geheimnis liegt darin, den Garten von vornherein so pflegeleicht wie möglich zu gestalten. Das wurde schon bei den Planungen berücksichtigt. Wenn man keine wuchernden Blumenrabatten anlegt, bei denen man sich nur einen krummen Buckel vom Jäten holt, dann ist alles halb so wild. Man nimmt einfach pflegeleichte Büsche und Stauden, die wachsen von allein.« Wenn Rosemary einem etwas erklärte, dann erschien es immer als die einfachste Sache von der Welt.

Nachdenklich spazierte Ria die Tara Road zurück. Brian war mittlerweile alt genug, so daß sie eigentlich wieder arbeiten gehen könnte, so beruhigend für mich, wenn ich weiß, daß du hier bist und dich um alles kümmerst ...«, sagte er gewöhnlich, wenn sie das Thema anschnitt. Oder er runzelte betroffen und sorgenvoll die Stirn. »Bist du denn nicht glücklich, mein Liebes? Das ist ja

schrecklich. Ich dachte, dein Leben wäre ausgefüllt, du hast doch viele Freundinnen und alles, was du brauchst ... Aber natürlich können wir mal darüber reden.«
So stellte sie sich eine Aussprache über dieses Thema aber auch nicht vor.
Jetzt im Frühsommer zeigte sich die Tara Road von ihrer schönsten Seite. Überall blühten die Kirschbäume. Die bunte Vielfalt des Lebens in dieser Straße faszinierte Ria immer von neuem. Da gab es Häuser, wo in kleinen Wohnungen und Zimmern Studenten lebten, die ihre Fahrräder ans Treppengeländer schlossen. Bis vor kurzem war das auch bei ihnen so gewesen, aber in diesem Jahr hatten es sich Danny und Ria endlich leisten können, auf Mieter zu verzichten. Wenn man von Rosemary aus nach rechts ging, kam man an ganz verschiedenen Häusern vorbei, mehrgeschossigen wie ihrem eigenen und kleineren, die halb hinter Bäumen verborgen lagen. Schließlich gelangte man zu einer kleinen Ladenwerkstatt, von wo sich größere, freistehende Häuser erhoben; dann mündete die Tara Road in eine belebte Straße ein. Gleich um die Ecke wohnte und arbeitete Gertie; die Kunden ihrer günstig gelegenen Wäscherei waren hauptsächlich Zimmermieter aus dem Viertel.
Mit den frischen Eindrücken aus Rosemarys Garten kam es Ria so vor, als ob beinahe alle Bewohner in dieser Beziehung größere Anstrengungen unternahmen als sie. Aber wo, fragte sie sich, sollte sie überhaupt anfangen? Jemand mußte sich dringend mal eine Säge schnappen und das Unterholz lichten, aber wie weiter? Ria wollte nicht eine von den Frauen werden, die sich nach einer neuen Kücheneinrichtung sehnten oder die Vorhänge wechselten, kaum daß sie die Wohnung einer Freundin verlassen hatten. Aber irgendwie war es doch schade, daß sie und Danny bisher so blind gewesen waren und nicht erkannt hatten, daß ein schöner Garten auch ein Stück mehr Lebensqualität bedeuten konnte.
Ria gestand es sich ungern ein, aber offenbar war sie es nicht mehr gewohnt, die Initiative zu ergreifen. Als sie frisch verheiratet

waren, konnte es vorkommen, daß sie kurz entschlossen zwei Dosen Politur besorgte, und wenn Danny dann zurückkam, fand er eine blitzsaubere Spülküche vor. Mittlerweile waren seine Ansprüche wahrscheinlich gestiegen. Tagtäglich kaufte und verkaufte er Häuser und sah dabei, wie reiche Leute mit Stil und Geschmack wohnten. Daher traute sich Ria nicht mehr, mit eigenen Ideen vorzupreschen. Aber wenn Danny einfach nicht wahrnahm, daß ihr Garten zu einem Schandfleck geworden war, dann war es vielleicht doch an der Zeit, daß sie selbst Bewegung in die Sache brachte.
Gerade bog Barney McCarthy in ihre völlig zugestellte Einfahrt ein. Es war kein leichtes Manöver, hier einzuparken, zwischen ihrem Wagen, Annies Fahrrad, Brians Dreirad, einer Schubkarre, die hier schon seit Wochen herumstand, und einigen Kisten, die die Müllmänner nicht mitnehmen wollten und die bislang auch sonst niemand zum Schuttplatz gebracht hatte.
»Du siehst bezaubernd aus, Ria«, sagte Barney, als er aus dem Wagen stieg. Barney war ein Kavalier, aber er machte niemals übertriebene Komplimente. Wenn er zu einer Frau sagte, daß sie gut aussah, dann meinte er das auch.
Die geschmeichelte Ria strich sich übers Haar. »Danke, Barney. Ich selbst finde mich aber gerade gar nicht so bezaubernd, eher bin ich ein bißchen unzufrieden mit mir. Ich frage mich sogar, ob ich nicht ein wenig nachlässig geworden bin.«
»Wie kommst du darauf?« fragte er erstaunt.
»Wenn man sich vorstellt, daß wir schon beinahe neun Jahre hier wohnen und der Garten immer noch ein bißchen wie eine Baustelle aussieht.«
»Aber nein, ganz und gar nicht«, murmelte Barney beschwichtigend.
»Es ist doch die Wahrheit, Barney. Und dabei bin ich die ganze Zeit zu Hause. Ich sollte mal etwas unternehmen, und das werde ich auch. Ich habe es mir fest vorgenommen. Der arme Danny kann sich ja nicht um alles kümmern. Er arbeitet sowieso schon den lieben langen Tag …«

Barney betrachtete sie mitfühlend. »Stell dir das nicht so einfach vor. Es ist hier ganz schön zugewachsen in all den Jahren.«
»Das ist mir schon klar. Sag mir doch einfach, was es kosten würde, ein paar von deinen Leuten kommen zu lassen und hier mal diesen Urwald zu lichten. Danach könnte man vielleicht mal überlegen, was man hier am besten pflanzen kann ... Also, mach mir einfach einen formlosen Kostenvoranschlag, ohne Danny damit zu belästigen. Ich werde es irgendwie aus der Haushaltskasse bezahlen.«
»Ich denke aber schon, wir sollten Danny einbeziehen und ihn fragen, was er von der Sache hält.«
»Dann sagt er nur wieder: ›Später, später‹, und nichts passiert. Erst mal geht es ja darum, diesen Urwald zu beseitigen. Dann kann man immer noch überlegen, was wir aus dem Garten machen wollen und was wir neu pflanzen.«
Barney stand da und strich sich übers Kinn. »Ich weiß nicht, Ria. Es gibt einiges zu bedenken, bevor man anfängt, hier etwas umzugraben. Was ist, wenn ihr bauen wollt? Es wäre doch schade, wenn man dann die frisch angelegten Blumenbeete gleich wieder kaputtmachen müßte.«
»*Bauen?*« Ria war völlig verblüfft. »Aber wozu sollten wir denn bauen? Das Haus hat dreieinhalb Etagen! Einige von den Zimmern, die wir früher vermietet haben, stehen immer noch leer. Vielleicht werden wir mal ein größeres Arbeitszimmer für Danny einrichten und ein Spielzimmer für die Kinder. Aber dafür ist doch mehr als genug Platz da.«
»Man kann nie wissen, was sich alles im Lauf der Jahre ändert«, meinte Barney.
Ria lief ein Schauer über den Rücken. Sie wollte keine Veränderungen, sondern nur Verbesserungen. Rasch faßte sie den Entschluß, mit Barney nicht mehr über dieses Thema zu reden. Auch wenn er ihr zugetan war und sie schätzte, sah er in ihr offenbar nur Dannys kleines Frauchen: hübsch, wahrscheinlich eine gute Mutter und Hausfrau, taktvoll und immer pünktlich mit dem richtigen Essen auf dem Tisch, gleichermaßen freundlich zu

seiner Frau wie zu seiner Geliebten. Aber offensichtlich hielt er sie nicht für eine Person, die eigenverantwortlich eine Entscheidung über das Haus treffen konnte, in dem sie lebte.
»Du hast vollkommen recht, Barney. Ich weiß auch nicht, was in mich gefahren ist«, sagte sie. »Soll ich dir und Danny eine Kleinigkeit zu essen machen? Vielleicht einen Eistee und ein Vollkornbrot mit Tomaten?«
»Großartige Idee«, sagte er.
Rias Mutter saß mit den Kindern in der Küche. »Oh, schon zurück von Lady Ryan?« Nora Johnson hatte Rosemary noch nie leiden können.
Ria hatte inzwischen vergessen, wann und bei welchem Anlaß diese Abneigung entstanden war. Sie hatte es schon lange aufgegeben, ihre Mutter von Rosemarys Qualitäten überzeugen zu wollen. »Ja, und sie läßt dich schön grüßen, Mam.«
»Pah«, schnaubte Nora Johnson. »War das Barney, mit dem du da gerade geredet hast?«
Ria beugte sich über das Bild, das Annie gerade gemalt hatte. Überall in der Küche war Wasser verspritzt. »Das bist du, Mam«, sagte Annie stolz. Ria sah ein Wesen, das einer Lumpenpuppe glich und inmitten von Töpfen und Pfannen stand.
»Hübsch«, lobte Ria. »Das ist wirklich schön, Annie. Du bist ein kluges Mädchen.«
»Und ich bin ein kluger Junge«, warf Brian ein.
»Nein, du bist ein Strohkopf«, sagte Annie.
»Annie, hör sofort auf! Brian ist auch sehr klug.«
»Das glaube ich nicht«, widersprach Annie mit ernsthaftem Gesicht. »Wenn ich ihm nicht die Farben gebe, fängt er an zu schreien, und wenn ich sie ihm gebe, kleckst er nur rum.«
»Red keinen Unsinn, Annie. Er ist halt noch klein, das ist alles. Warte, bis er so alt ist wie du jetzt, dann wird er das auch alles können.«
»Wenn du älter wirst, bist du dann auch so klug wie Oma?« fragte Annie.
»Ich hoffe doch«, lächelte Ria.

»Nie im Leben«, brummte Nora Johnson. »Willst du dem Ehebrecher da oben schon wieder mit leckeren Häppchen aufwarten?«
»Solche Ausdrücke möchte ich hier in meiner Wohnung nicht hören.« Ria funkelte ihre Mutter wütend an.
Stets begierig, neue Ausdrücke aufzuschnappen, fragte Annie sofort; »Was is 'nn ein Erecher?«
»Oh, ein Erecher ist ein Gartengerät, ein anderes Wort für Rechen«, antwortete Ria hastig.
Annie gab sich damit zufrieden und malte weiter.
»Tut mir leid«, meinte ihre Mutter kurz darauf.
Ria tätschelte ihren Arm. »Halb so schlimm. Im Grunde genommen gebe ich dir ja recht. Das muß ich schließlich auch, als Ehefrau. Kannst du mir mal die großen Gläser für den Eistee rüberreichen, Mam?«
»So was Verrücktes! Entweder trinkt man einen ordentlich gekühlten Gin Tonic oder heißen Tee, aber doch nicht umgekehrt. Das ist ja abartig.«

Abends sagte Ria zu Danny, es sei nun wirklich an der Zeit, den verwilderten Garten in Ordnung zu bringen.
»Nicht jetzt, Schatz«, lautete Dannys Antwort. Genau, wie sie es erwartet hatte.
»Ich will dir damit nicht auf die Nerven gehen. Laß *mich* das einfach machen. Ich werde Barney fragen, was es kostet.«
»Das hast du doch schon.«
»Ich wollte dir eben mal etwas abnehmen.«
»Laß das bitte, Schatz. Er macht es am Ende dann doch umsonst, und das wäre nicht nötig.«
»Aber Danny, du sagst doch immer, wir müßten dafür sorgen, daß das Grundstück seinen Wert behält.«
»Wir wissen doch im Moment gar nicht, was damit noch werden soll, Ria.«
»Was damit werden soll? Alles, was ich will, ist, daß unsere Besucher vernünftig ihren Wagen abstellen können und wir hier parken können, ohne ewig um alle möglichen Hindernisse her-

umzukurven ... Ich möchte, daß es hier nach einem richtigen Zuhause aussieht, einem Ort, wo sich eine Familie fürs Leben niedergelassen hat. Und nicht nach einer Art Durchgangslager.«
»Aber wir haben noch nicht alles richtig durchdacht ... Wer weiß, was die Zukunft bringen wird.«
»Fang jetzt bloß nicht wie Barney damit an, hier könnte ja noch gebaut werden.« Ria wurde wütend.
»Hat Barney das erwähnt?«
»Ja, und ich habe nicht die leiseste Ahnung, was er damit gemeint haben könnte.«
Danny schaute in ihr zorngerötetes Gesicht, das ihn verständnislos anblickte. »Falls hier überhaupt gebaut wird, dann ist es noch ein Weilchen hin. Du hast eigentlich recht. Wir sollten etwas unternehmen ... wir könnten wirklich mal den Garten ein bißchen aufmöbeln.«
»Aber wozu um alles in der Welt sollten wir denn hier bauen?«
»Erst mal gar nicht, wie gesagt.«
»Erst mal? Ist unser Haus denn nicht groß genug?«
»Wer kann schon in die Zukunft blicken?«
»Das ist nicht fair, Danny. Ich habe ein Recht darauf, zu erfahren, wie du dir die Zukunft vorstellst.«
»Also gut, ich sage dir, was ich damit meine. Angenommen, bloß einmal angenommen, es kämen schwere Zeiten auf uns zu, da würden wir ja sicher nicht gerne unser Haus verlieren. Wenn wir dann im Garten bauen könnten, ein kleines Projekt, zwei abgeschlossene Wohneinheiten, kleine Maisonetten, wie man das jetzt nennt, oder Stadthäuser, Platz genug hätten wir ja ...«
»Zwei Häuser in unserem Garten? Praktisch direkt vor dem Fenster?« Ria starrte ihn an, als sei er übergeschnappt.
»Wenn wir uns diese Möglichkeit vorbehalten, ist das wie eine Lebensversicherung.«
»Aber es wäre einfach nur scheußlich.«
»Besser jedenfalls, als das Haus zu verlieren, wenn das die einzige Alternative wäre. Es steht jetzt nicht an, aber stell dir einfach mal vor, dieser Fall würde eintreten.«

»Warum soll ich mir so etwas vorstellen? Du siehst doch sonst immer alles von der positiven Seite! Warum malst du nun alles in düsteren Farben und meinst, wir könnten plötzlich verarmen und müßten abscheuliche Wohnhäuser in unseren Garten stellen? Falls es da etwas gibt, was du mir nicht gesagt hast, dann sag es besser jetzt. Es ist nicht fair, daß du mich wie eine Frau behandelst, deren hübschen kleinen Kopf man nicht belasten darf.«

Danny nahm sie in seine Arme. »Ich schwöre dir, ich verberge nichts vor dir. Schau mal, in meiner Branche gibt es haufenweise Leute, die denken, daß die Zukunft nur Gutes bringen kann und daß es jedes Jahr ein bißchen aufwärtsgeht ... und dann kommt der große Knall, der Markt bricht ein, und sie verlieren alles.«

»Aber wir haben doch gar keine Wertpapiere und Aktien, oder, Danny?«

»*Wir* nicht, Schatz.«

»Was soll das heißen?«

»Barney hat welche, und unser Vermögen ist mit seinem eng verknüpft.«

»Aber du hast doch gesagt, die Sache mit der Bürgschaft sei ausgestanden und daß er aus dem Schlamassel raus sei, wenn er sein Geld mit Nummer 32 gemacht hätte.«

»Das hat er auch.« Danny versuchte sie zu beruhigen. »Und er ist jetzt etwas vorsichtiger geworden.«

»Barney war noch nie in seinem Leben vorsichtig. Er hatte schon einen Herzinfarkt, und er raucht munter weiter und trinkt Whiskey. Aber unabhängig davon – warum heißt denn das, daß *wir* vorsichtig und bedächtig sein sollten?«

»Weil eben unser Vermögen sehr eng mit seinem zusammenhängt. Das weiß er natürlich, und weil er auch an unser Glück denkt, *deshalb* behält er die Möglichkeit im Auge, hier zu bauen ... Angenommen, seine Geschäfte entwickeln sich schlecht ... dann müssen hier halt noch ein paar Steine und ein bißchen Mörtel her, das ist das einzige, was wirklich eine Wertsteigerung bringt. Verstehst du?«

»Nicht so ganz, ehrlich gesagt«, antwortete Ria. »Wenn Barneys

Laden zusammenbricht, könntest du dann nicht in irgendeinem anderen Immobilienbüro der Stadt anfangen?«
»Das denke ich schon«, antwortete Danny, wobei sich jenes strahlende Lächeln auf seinem Gesicht ausbreitete, das Ria zu fürchten gelernt hatte. Er setzte es stets auf, wenn er jemandem ein zweifelhaftes Objekt schmackhaft machen wollte, wenn er darauf bedacht war, einen bestimmten Punkt nicht zur Sprache zu bringen, wenn eine Fertigstellung bevorstand, aber kein Zahlungstermin in Sicht war, oder wenn er wegen eines Schwachpunktes bei der Finanzierung zittern mußte und fürchtete, daß alles wie ein Kartenhaus zusammenfallen könnte.
Mehr war nicht aus ihm herauszubekommen. Weitere Diskussionen waren also sinnlos. Immerhin hatten sich zwei Dinge bei diesem Gespräch ergeben: Der Garten sollte verschönert werden, und die Zukunft sah möglicherweise nicht gerade rosig aus.

Sheila Maine schrieb aus Amerika, die Zeitungen würden Wunderdinge über den wirtschaftlichen Aufschwung in Irland berichten und viele Auswanderer entschlössen sich sogar zur Rückkehr. Es interessiere sie brennend, was ihre Freundinnen davon hielten. Sie denke gerne an ihren Besuch in Dublin und die gemeinsamen Unternehmungen zurück. War es nicht ein lustiger Abend gewesen, als sie alle zu der komischen Alten gegangen waren, die in diesem Wohnwagen hauste? Sie halte ihre Zukunft in ihren eigenen Händen, hatte diese Mrs. Connor ihr prophezeit, und wenn man es recht bedachte, klang das doch eigentlich sehr vernünftig. Aus allem, was ihr begegnete, las Sheila nun eine Bestätigung dieses Ratschlags, dieses Lebensmottos heraus. Warum hatte sie dies nicht schon vor Jahren erkannt, als sie einfach so vor sich hin lebte und sich in ihrem Denken und Tun nur an den anderen orientierte?
Sheila schrieb weiter, ihr Sohn Sean, der nun acht Jahre alt sei, nehme in einer nahe gelegenen Schule an einem Kurs in irischem Volkstanz teil, und auch ihr Töchterchen Kelly, eine sehr anspruchsvolle Dreijährige, werde ab dem nächsten Jahr dort in die

Kindergruppe gehen. Sie habe beschlossen, ihren heranwachsenden Kindern ein Bewußtsein für ihre irischen Wurzeln zu geben. Der Brief ging in Kopien an ihre Schwester Gertie, an Rosemary, Ria und an Hilary, mit der sie sich während ihres Irlandbesuchs am besten verstanden hatte und die sie nun drängte, in den Schulferien einmal in die Staaten zu kommen.

»Wie soll ich das denn machen? Sie muß völlig übergeschnappt sein! Die wissen wohl da drüben nicht, was Geldprobleme sind«, meinte Hilary, als sie ihrer Schwester die Einladung zeigte.

»Ich weiß nicht, Hilary.« Ria hatte manchmal das Gefühl, ihrer Schwester ununterbrochen versichern zu müssen, daß es doch ein paar Dinge gab, die auch für sie möglich waren.

»Du könntest den Flug drei Monate im voraus buchen, dann wäre es billiger. Und Sheila schreibt doch, daß du bei ihr umsonst wohnen kannst.«

»Und was ist mit Martin?« Hilary hatte stets ein Gegenargument parat.

»Na, er kann doch einfach mitkommen. Vielleicht hat er ja auch Lust, sich mal zwei Wochen in Connecticut umzusehen. Oder er nutzt die Gelegenheit und fährt zu seinen Eltern aufs Land, wo es dich ja nicht so hinzieht.«

Hilary runzelte die Stirn. So konnte man nur daherreden, wenn man so reich war wie Ria und Danny und überhaupt keinen Begriff von finanziellen Nöten hatte. Im Spiel des Lebens waren die Karten eben ungleich verteilt, stellte sie wieder einmal fest.

Ria saß an diesem Morgen wie auf Kohlen. Mona McCarthy war vorbeigekommen und hatte gefragt, ob sie ihr heute bei einem Benefiz-Frühstück helfen könnte. Sie wollte unbedingt dort hingehen, aber das bedeutete, daß sie ganz schnell jemanden für Brian finden mußte. Ihre Mutter kam nicht in Frage. Nora Johnson war so in ihre ausufernden gesellschaftlichen und beruflichen Aktivitäten eingebunden, daß man sie über Tage im voraus buchen mußte. Für heute stand als erstes Bügeln auf ihrem Programm, dann würde sie Flugblätter für den Wohltätigkeitsbasar zugunsten des Tierheims verteilen und anschließend ihre alten

Damen im St. Rita besuchen. Dazwischen war Rias Anliegen nicht mehr unterzubringen.

Gertie hatte ihr mitgeteilt, heute könne sie Brian nicht so gut für ein paar Stunden in der Wäscherei in Obhut nehmen, weil ... nun, weil ... es sei eben ungünstig. Ihre eigenen Kinder hatte Gertie zu ihrer Mutter gebracht. Das war Erklärung genug. Und nie im Leben hätte Ria den kleinen Brian ihrer Nachbarin Frances Sullivan aufbürden wollen. Dann ginge gleich das Gerede um, sie könne auch als nichtberufstätige Frau ihr Leben nicht organisieren. Wenn nur Colms Schwester, die blasse Caroline Barry, die ihm in seinem Restaurant aushalf, nicht so begriffsstutzig gewesen wäre! Aber sie brauchte stets drei Sekunden zu lang, um zu kapieren, was man von ihr wollte, und dafür fehlte Ria heute einfach die Geduld.

Hilary saß da und drehte Sheilas Brief in ihren Händen. Ria packte die Gelegenheit entschlossen beim Schopf. »Ich möchte dich um einen Gefallen bitten, sag einfach ja oder nein. Ich muß unbedingt aus ganz bestimmten Gründen zu Mona McCarthy gehen.«

»Das kann ich mir vorstellen«, meinte Hilary schnippisch.

»Nein, nicht was du denkst, aber es wäre mir eine große Hilfe, wenn du für drei Stunden auf Brian aufpassen könntest. Wenn ich wieder zurück bin, mache ich uns ein leckeres Mittagessen. Ja oder nein?«

»Warum willst du denn dort hin?«

»Das soll wohl ›nein‹ heißen.«

»Nicht unbedingt. Wenn du mir verrätst, worum es geht, bleibe ich hier.«

»Okay, einverstanden. Ich mache mir Sorgen über die finanzielle Lage der McCarthys. Ich würde gerne etwas mehr darüber herausfinden, denn wenn sich meine Befürchtung bestätigt, dann hat das auch Auswirkungen auf Danny. Das ist die Wahrheit – glaub es oder glaub es nicht. Also, ja oder nein?«

»Meinetwegen«, stimmte Hilary mit einem Lächeln zu.

Ria rief ein Taxi, zog ihr gutes Kostüm an, warf sich ihren besten Seidenschal über, packte den frisch gebackenen Walnußkuchen ein, der in der Küche auf einem Drahtgitter abkühlte, und machte sich auf den Weg zu dem großen Haus der McCarthys, das zehn Kilometer außerhalb von Dublin lag. Die Einfahrt war mit Kleinwagen zugestellt, und als sie sich der Haustür näherte, konnte sie deutlich Frauenstimmen hören. Es war anrührend, wie sich Monas Gesicht bei ihrem Eintreten aufhellte. Ria zog gleich ihr Jackett aus und wandte sich mit dem erfahrenen Lächeln einer Frau, die schon oft an einem Benefiz-Frühstück teilgenommen hatte, den Gästen zu. Vor allem mußte man dafür sorgen, daß diese gutbetuchten, aber oft ziemlich einsamen Frauen sich gut unterhielten und mit Herzlichkeit in der Gruppe aufgenommen wurden. Die Spende von zehn Pfund, die sie entrichtet hatten, war eher eine Nebensache; es ging darum, ihnen das Gefühl zu geben, daß sie wirklich dazugehörten. Auf diese Weise ließen sie sich dann später auf Modenschauen, glänzenden Bällen oder Filmpremieren leichter überzeugen, auch größere Summen zu spenden. Eine gutgekleidete Frau wurde Ria als Margaret Murray vorgestellt. »Vielleicht kennen Sie meinen Mann Ken. Er ist auch in der Immobilienbranche«, sagte sie.

Ria war nahe daran, ihr zu erzählen, daß Ken Murray der erste Junge gewesen war, mit dem sie geknutscht hatte. Damals war sie gerade mal fünfzehneinhalb gewesen. Es war ein ziemlicher Reinfall gewesen, und er hatte zu ihr gesagt, sie sei langweilig. Ria war allerdings nicht sicher, ob Margaret Murray diese Geschichte genauso lustig finden würde wie sie. Also hielt sie lieber den Mund und kicherte nur leise vor sich hin.

»Du hast ja heute so gute Laune«, meinte Mona McCarthy lächelnd.

»Erinnere mich später daran, dir zu sagen, warum. Es läuft alles prima, oder?«

»Ich glaube, sie sind hauptsächlich aus Neugier gekommen.«

»Warum denn das?«

»Es wird viel darüber spekuliert, ob wir womöglich kurz vor der Pleite stehen. Den Gerüchten zufolge müßten wir schon im Schuldturm sitzen.« Mona äußerte dies mit erstaunlicher Gelas-

senheit, während sie die Kaffeekanne aus einer der beiden Kaffeemaschinen nachfüllte.
»Und du selbst machst dir keine Sorgen darüber?« fragte Ria.
»Nein, Ria. Würde ich mir jedesmal Sorgen machen, wenn ich etwas über Barney höre, dann könnte ich nachts kein Auge mehr zutun. Wir waren früher arm, und falls uns das noch einmal bevorstehen sollte, so denke ich, wir könnten damit leben. Aber ich glaube nicht, daß es dazu kommt. Barney versucht immer, auch das Unvorhersehbare mit einzuplanen. Ich bin sicher, daß er eine Menge Sicherungen eingebaut hat.« Mit heiterer Miene schwebte sie ins Wohnzimmer zurück, in dem all die Frauen saßen, von denen sie genau wußte, daß sie lediglich eine Frage interessierte: Wie schafften es die McCarthys nur, einen solch aufwendigen Lebensstil beizubehalten?

Colm Barry schaute vorbei, als Ria und Hilary gerade das versprochene opulente Mittagsmahl einnahmen. »Freut mich zu sehen, daß ihr es euch gutgehen laßt.« Ihre Einladung zum Mittagessen nahm er gerne an und setzte sich zu ihnen.
»Oh, Ria kann es sich leisten, sich beim Metzger immer nur die besten Stücke auszusuchen«, fiel Hilary sogleich in ihre gewohnte Rolle.
»Aber erst durch die Art, wie sie das Fleisch zubereitet, wird es so köstlich«, meinte Colm anerkennend. »Und dadurch, wie sie es serviert.«
»Es ist gar nicht so einfach, hier in der Gegend schönes und frisches Gemüse zu bekommen«, bemerkte Ria. »Im Laden hier ist es immer schon halb welk, und mit dem Kinderwagen kommt man ja sonst nirgendwohin.«
»Warum ziehst du nicht dein eigenes Gemüse?« schlug Colm vor.
»Nein, danke. Da müßte erst mal hinter dem Haus der Garten vollständig umgegraben werden, das wäre eine Heidenarbeit. Schon den Vorgarten in Ordnung zu bringen war ja eine Riesenaktion. Weder Danny noch ich sind zum Gärtnern geboren, fürchte ich.«

»Ich könnte das für dich machen, wenn du willst«, bot Colm an.
»Oh, das kann ich aber nicht annehmen«, protestierte Ria.
»Ich habe da schon meine Hintergedanken. Wenn ich einen richtigen Gemüsegarten daraus machen würde, mit allem, was ich für das Restaurant brauche, dann könnte ich dir davon was abgeben.«
»Ließe sich das denn machen?«
»Ja, natürlich, es sei denn, du willst dort lieber Zierrasen, einen Springbrunnen und eine Pergola haben.«
»Nein, ich glaube, ich kann mit Bestimmtheit sagen, daß es in dieser Richtung keine Pläne gibt«, lachte Ria.
»Schön, dann laß es uns doch versuchen.«
Ria stellte erfreut fest, daß Colm nicht davon gesprochen hatte, erst einmal Dannys Meinung einzuholen. Im Unterschied zu Barney McCarthy behandelte er sie wie eine verantwortliche, erwachsene Person, wie eine Frau, die eigenständig Entscheidungen zu treffen vermochte. »Wird es denn viel Arbeit machen, den Boden vorzubereiten?«
»Kann ich noch nicht sagen.«
»Es ist so verwildert dort hinten. Da kann alles mögliche ans Tageslicht kommen – von alten Wurzelstöcken bis zu Bauschutt.«
»Etwas Bewegung würde mir ohnehin guttun, also hat doch jeder was davon. Alle profitieren, niemand verliert etwas.«
»So was kommt nicht oft vor, glaubt mir«, bemerkte Hilary.
Von da ab ging Colm in der Tara Road 16 ein und aus. Leise trat er durch die hölzerne Tür ein, die zu dem Pfad auf der Rückseite des Grundstückes führte. Seine Gartengeräte bewahrte er in einem kleinen, behelfsmäßigen Schuppen auf. Er grub einen Streifen von der halben Breite des Hauses und der gesamten Länge des Gartens um. So blieb den Kindern noch genug Platz zum Spielen. Nach einigen Monaten errichtete er einen Zaun und ließ ihn von einer schnellwachsenden Kletterpflanze überwuchern, die er als »Russischen Wein« bezeichnete.
»Sieht eigentlich sehr hübsch aus«, bemerkte Danny eines Tages

gedankenverloren. »Und ein richtiger Gemüsegarten hinter dem Haus wäre auch ein Pluspunkt bei einem eventuellen Verkauf.«
»*Wenn* wir verkaufen würden, was wir aber nicht tun. Ich wäre dir dankbar, wenn du mich nicht dauernd mit solchem Gerede erschrecken würdest, Danny«, beschwerte sich Ria.
»Entschuldigung, Schatz, aber wenn du wie ich den ganzen Tag an nichts anderes zu denken hättest, als Häuser zu kaufen und zu verkaufen, dann würdest du dir auch so einen Maklerjargon zulegen.« Damit hatte er irgendwie recht. Viel wichtiger für Ria aber war, daß Danny in letzter Zeit sehr ausgeglichen und zufrieden wirkte. Manchmal ließ er einfach seine Arbeit liegen und eilte zu ihr nach Hause. Er müsse dauernd so intensiv an sie denken, erklärte er, und könne sich auf nichts anderes konzentrieren. Sie gingen dann nach oben und zogen die Vorhänge zu. Ein- oder zweimal fragte sich Ria, was Colm unten im Garten wohl darüber denken mochte.
Auch wenn sie mit ihren Freundinnen nur noch selten über solche Themen redete, so wußte sie doch, daß die Liebe für Gertie immer ein Alptraum war, zu dem es normalerweise nur kam, wenn Jack getrunken hatte. Bei Hilary fand in dieser Hinsicht kaum noch etwas statt. Wie sie Ria anvertraute, hatte Martin einmal ihr gegenüber geäußert, der Grund für die körperliche Begegnung zwischen Mann und Frau bestehe einzig in der Hoffnung, ein Kind zu zeugen; anders lasse sich das Bedürfnis und Verlangen danach gar nicht erklären. Gewiß, er hatte das nur ein einziges Mal gesagt, und später wollte er es nicht so gemeint haben und behauptete, er sei nur ein wenig deprimiert gewesen. Dennoch stand diese Bemerkung wie eine unüberwindliche Barriere zwischen ihnen.

Über Rosemarys Liebesleben wußte Ria nichts Genaueres. Aber sie war sich ziemlich sicher, daß ihre Freundin das perfekte Ambiente, das sie sich geschaffen hatte, auch entsprechend nutzte. Überall, wo sie mit Rosemary zusammen auftauchte, konnte sie erleben, wie die Männer auf sie flogen. Gelegentlich hatte Ria auch beobachtet, daß Rosemary eine Party in Begleitung eines Mannes verließ. Nahm sie ihre Verehrer mit nach Hause, nach oben in ihre Penthousewohnung, die schon in so vielen Zeitschriften abgebildet worden war? Das war sehr wahrscheinlich, ganz bestimmt lebte Rosemary nicht wie eine Nonne. Ria hätte es sich allerdings nicht vorstellen können, dauernd andere Männer auf diese Weise kennenzulernen. Das würde ja bedeuten, sich mehr mit den Eigenheiten und Gewohnheiten eines fremden Menschen beschäftigen zu müssen. Wenn sie mit Danny schlief, ging alles wie von selbst. Ein Grund mehr dafür, daß sie sich sehr, sehr glücklich schätzen konnte.

Barney McCarthys finanzielle Lage schien nun weniger besorgniserregend, und Danny arbeitete nicht mehr bis spät in die Nacht. Er nahm jetzt öfter Annie, seine kleine Prinzessin, auf Spaziergänge und zu Ausflügen ans Meer mit. An der Hand führte er den pausbäckigen Brian, der schon nicht mehr so oft hinfiel, sondern bereits recht tapfer mitwatschelte und gelegentlich auch schon mal vorneweg lief.
Der Garten hinter dem Haus bekam durch mühevolle Arbeit langsam ein neues Gesicht. Es war für Ria viel einfacher gewesen, Rosemary zuzuhören, wenn sie die zwanzig Namen der Pflanzen in den Kübeln auf ihrem Dachgarten aufzählte, als Colms langwierigen Erzählungen über die Beschneidung von Bäumen und schädlingssichere Barrieren zu folgen. Ria versuchte Mitgefühl zu zeigen, wenn ihm sein kompletter Rosenkohl einging, wenn der Sturm die großen Bambusstangen umknickte, an denen er Bohnen ziehen wollte, oder wenn die Erbsen, die er in Hängekörben gepflanzt hatte, nicht tragen wollten.
»Warum hast du sie denn nicht einfach in ein Beet gesetzt?« fragte Ria naiv.
»Ich wollte dir eine besondere Freude machen. Eine Reihe Hängekörbe würde sich hinten an der Gartenmauer gut machen.«
Dieser Fehlschlag war eine herbe Enttäuschung für Colm.
Ria wünschte, sie könnte seinen Enthusiasmus teilen, aber für sie

blieb die Gärtnerei eine undankbare Knochenarbeit. Gab es denn in den Geschäften nicht bergeweise ordentlich gewachsenen Rosenkohl und Erbsen zu kaufen? Colm ließ sich jedoch nicht beirren. Für die Kinder richtete er kleine Beete her, in denen sie selbst etwas pflanzen konnten. Er verstand sich prima mit Annie und Brian, denn er wußte geschickt ihren Altersunterschied zu berücksichtigen. Brian bekam eine einfache Tomatenstaude, die er nur zu wässern brauchte, während Annie ermuntert wurde, Salat und Basilikum zu ziehen. Aber meist hielt Colm sich aus ihrem Familienleben heraus und blieb auf seiner Seite des hohen, mit Russischem Wein bewachsenen Zauns.

Auf der anderen Seite gab es eine Schaukel, Gartenstühle und sogar einen selbstgemauerten Grillplatz. Vor dem Haus war die Einfahrt von Barneys Leuten frisch geteert worden, und was zunächst nur als oberflächliche Verschönerung geplant war, hatte sich zu einem ordentlichen Stück Arbeit entwickelt. Oft blieben die Passanten stehen und bewunderten das farbenprächtige Heidekraut, das in frisch angelegten Blumenbeeten wuchs.

»Ehrlich gesagt, ich weiß gar nicht, wo dieses Heidekraut herkommt«, wunderte sich Ria einmal.

»Du mußt es doch selbst eingepflanzt haben, Schatz. Sowenig ich vom Gärtnern verstehe, eins weiß ich immerhin, daß man Blumen nicht einfach herbeizaubern kann!«

Colm war zu ihnen getreten. »Das war ich, muß ich gestehen. Ich habe versehentlich einen Sack kalziumarme Erde gekauft, die besonders für Erikazeen geeignet ist.«

Sie begriffen nichts, aber sie nickten wissend. »Die mußte ich irgendwo ausbringen, also habe ich sie hier aufgeschüttet. Hoffe, das war in Ordnung.«

»Das war eine prima Idee«, meinte Danny. »Und dann hast du wahrscheinlich auch das Heidekraut gepflanzt?«

»Jemand hat es mir geschenkt. Weil auf der Speisekarte steht, daß alle Gemüse selbst gezogen sind, denken viele Gäste, ich hätte einen riesigen Garten hinter meinem Restaurant. Da schenken sie mir eben öfter Pflanzen, als Trinkgeld sozusagen.«

»Aber dafür müßten wir dir doch eigentlich etwas bezahlen«, begann Ria.
»Unsinn, Ria. Wie gesagt, ich profitiere schon so ungeheuer viel davon, wenn ich euren Garten nutzen kann, ehrlich, ich habe großen Erfolg mit dem Gemüse. Diese Woche habe ich ein paar Reihen Zucchini gepflanzt, und jetzt muß ich nur noch ein gutes Rezept dafür finden.«
»Läuft der Laden denn besser in letzter Zeit?« fragte Danny interessiert.
»Viel besser, und wir haben auch gute Kritiken bekommen. Das hat sehr geholfen.« Colm beklagte sich nie, auch wenn es mal eine Flaute gab. »Ich habe mich gerade gefragt, ob ihr euch an den Anblick eines kleinen Gewächshauses gewöhnen könntet. Ich würde es natürlich ein bißchen zuwachsen lassen, damit es nicht so auffällt, und es direkt an die Mauer bauen ...«
»Nur zu, Colm. Sollen wir uns irgendwie beteiligen?«
»Wenn ich von euch vielleicht ein wenig Strom beziehen könnte? Viel würde ich nicht brauchen.«
»Wenn doch nur alle Geschäfte so liefen!« seufzte Danny und schüttelte Colm die Hand.

Im Sommer 1995 feierte Brian seinen siebten Geburtstag. Danny und Ria planten zu diesem Anlaß ein Grillfest für ihn und seine Freunde. Sie wollten nur Würstchen, stellte Brian klar, etwas anderes käme gar nicht in Frage.
»Nicht vielleicht doch ein paar schöne Lammfilets?« schlug Danny vor. Wenn er schon mal die Gelegenheit hatte, sich mit Grillschürze und Kochmütze zu präsentieren, wollte er nicht bloß Würstchen wenden.
»Igitt«, schüttelte sich Brian.
»Oder vielleicht ein paar von Colms schönen, grünen Paprikaschoten? Wir könnten damit Schaschlikspieße machen.«
»Meine Freunde essen kein Schaschlik«, erklärte Brian.
»Deine Freunde wissen ja gar nicht, was Schaschlik ist«, mischte sich Annie ein. In drei Monaten wurde sie nun zwölf. Sie fand es

eine Zumutung, sich mit einem Kleinkind wie Brian herumplagen zu müssen. Seltsamerweise schienen jedoch sowohl ihre Mutter als auch ihr Vater von seinem Babygeplapper nicht weniger entzückt als von ihren klugen Bemerkungen.

Die Planungen für Brians Geburtstagsparty langweilten Annie. Sie hatte den Vorschlag gemacht, zwei Pfund Würstchen vorzukochen, die seine Freunde sich dann einfach auf dem Grill aufwärmen konnten. Den Unterschied würden sie sowieso nicht bemerken, Hauptsache, es gab reichlich Tomatenketchup.

»Nein, das müssen wir schon richtig machen. Deinen siebten Geburtstag haben wir auch groß gefeiert, erinnerst du dich nicht mehr?« sagte ihre Mutter.

Annie erinnerte sich nicht mehr daran; alle ihre Geburtstage waren zu einem verschmolzen. Aber zweifellos hatten ihre Eltern viel Aufhebens um diesen Tag gemacht, wie um alle Festtage. »Stimmt, es war sehr schön«, räumte sie widerwillig ein.

»Du siehst heute so hübsch aus, Annie Lynch. Du bist ein ganz entzückendes Mädchen.« Ihre Mutter drückte sie so fest an sich, daß es ihr weh tat.

»Nein, ich sehe gräßlich aus. Schau dir nur mal diese langweiligen glatten Haare an.«

»Ich habe immer meine Locken schrecklich gefunden, so lange ich denken kann«, meinte Ria. »Das gehört zu den unangenehmen Seiten im Leben von uns Frauen, daß wir mit unserem Aussehen nie richtig zufrieden sind.«

»Manche schon.«

»Höchstens die Filmstars, von denen deine Oma erzählt. Ja, solche Schönheiten vielleicht, aber nicht gewöhnliche Sterbliche wie wir.«

»Was ist mit Rosemary? Ich glaube, daß sie sich gefällt.«

Rosemary Ryan hatte es sich verbeten, von den Kindern ihrer Freundin mit »Tante« angesprochen zu werden. Sie sei auch so schon alt genug, meinte sie, das fehle ihr gerade noch. »Sie sieht wirklich klasse aus, das finde ich auch, aber dafür macht sie

dauernd diese Diät oder jene Diät. Und tief in ihrem Innern ist sie vielleicht doch nicht so zufrieden.«
»Nein, sie gefällt sich sehr. Das sieht man doch daran, wie sie sich im Spiegel betrachtet.«
»Wie bitte?«
»Sie lächelt sich immer selber an, Mam. Das mußt du doch schon mal gesehen haben. Und sie macht das nicht nur, wenn sie an einem Spiegel vorbeikommt, sondern auch bei Schaufenstern, überall, wo Glas ist.«
Ria lachte. »Du bist mir ja eine, Annie. Was du so alles mitbekommst.«
Annie mochte es nicht, wenn man sie so von oben herab lobte. »Es stimmt doch, nicht wahr, Dad?«
»Stimmt vollkommen, Prinzessin«, sagte Danny.
»Du hast ja überhaupt nicht zugehört«, protestierten Mutter und Tochter wie aus einem Munde.
»Doch, habe ich. Annie hat gesagt, daß Rosemary ihr eigenes Spiegelbild anlächelt, und das tut sie wirklich, hat sie schon immer getan. Schon damals, in unserer alten Immobilienfirma.«
Annie schaute triumphierend in die Runde, Ria war perplex. Daß ihr diese eitle Schwäche an ihrer Freundin nie aufgefallen war!
»Sie sieht einfach so gut aus. Da kann man es ihr schon durchgehen lassen, wenn sie ein bißchen in sich selbst verliebt ist«, meinte sie nach einer kleinen Pause.
»Ich weiß nicht so recht. Sie hat etwas von einem Raubvogel«, erwiderte Annie.
»Aber ein hübscher Raubvogel«, warf Danny ein.
»Mam sieht jedenfalls viel besser aus.«
»Das versteht sich von selbst«, sagte Danny und küßte sie beide auf den Scheitel.

An Brians Geburtstag herrschte strahlender Sonnenschein. Den ganzen Vormittag über hatten sie noch alle Hände voll zu tun gehabt. Nora Johnson wuselte herum, und auch Gertie war vorbeigekommen, um ihre Hilfe anzubieten. Sie sah aus, als hätte sie seit einem Monat nicht geschlafen.
»Nur, wenn du auch zur Party kommst und deine Kinder mitbringst«, sagte Ria.
»Nein, heute nicht.« Sie wirkte so angespannt, daß Ria sie voller Mitgefühl ansah.
»Was ist los, Gertie?«
»Nichts.« Es klang fast wie ein Schrei.
»Wo sind die Kinder?«
»Bei meiner Mutter.«
»Wer kümmert sich denn um den Waschsalon?«
»Ich habe da eine sechzehnjährige Schülerin, die das als Ferienjob macht. Ist das Verhör nun beendet, Ria? Kann ich dir jetzt vielleicht was helfen?«
Ria wurde ärgerlich. »Jetzt mach aber mal einen Punkt. Das hier ist kein Verhör.«
»War nicht so gemeint.«
»Ich habe nur gefragt, weil es dir nicht so gutzugehen scheint. Wozu willst du mir überhaupt helfen?«
»Warum, glaubst du wohl?«
»Gertie, ich habe keine Ahnung.«
»Bist du wirklich so schwer von Begriff, Ria? Ich brauche das Geld.«
Ria wurde bleich. »Du bist meine Freundin, um Himmels willen. Wenn du Geld brauchst, dann frag mich doch direkt, und red nicht um den heißen Brei herum. Wieviel denn?« Sie griff nach ihrer Handtasche.
»Ich will kein Geld von dir, Ria.«
»Jetzt treib mich bitte nicht zum Wahnsinn. Hast du mich nicht eben um Geld gebeten?«
»Ja, aber ich will es nicht als Almosen.«
»Okay, verstanden. Zahl es irgendwann zurück.«

»Das werde ich nicht können.«

»Das ist auch egal.«

»Das ist nicht egal. Ich will es mir verdienen. Ich will schrubben und putzen, ich fange mit dem Herd an, ich mache die ganze Küche sauber und dann die Badezimmer. Ich brauche einen Zehner.«

Ria war so schockiert, daß sie sich setzen mußte. »Du wirst doch wohl noch zehn Pfund haben! Es *kann* einfach nicht sein, daß du keine zehn Pfund hast. Herrgott, Gertie, du hast doch einen Laden!«

»Er weiß, daß ich immer Wechselgeld im Laden habe. Ich habe ihm versprochen, ihm vor dem Mittagessen zehn Pfund zu bringen. Dann kreuzt er dort nicht auf.«

»Meine Güte, Gertie, nimm doch die zehn Pfund. Glaubst du vielleicht, ich will dir zwei Stunden lang dabei zusehen, wie du dir das Geld verdienst?«

»Ich will es aber nicht einfach so nehmen.«

»Gut, dann verschwinde.«

»Wie bitte?«

Rias Augen blitzten. »Du hast mich sehr gut verstanden. Du bist meine Freundin, und ich zahle dir an einem Tag wie heute nicht fünf Pfund die Stunde dafür, daß du meine Küche schrubbst und mit einer Bürste in meinem Klo herumstocherst. Tut mit leid, aber das mache ich nicht.«

Gertie schossen Tränen in den Augen. »O Ria, sei doch nicht immer so stur. Versuch doch mal, ein bißchen Verständnis aufzubringen.«

»Ich habe sehr viel Verständnis ... Aber warum hast du denn nicht ein bißchen mehr Selbstachtung?«

»Das versuche ich doch, aber du willst sie mir ja nehmen, meine Selbstachtung.« Gertie wirkte so zerbrechlich, als könnte der kleinste Windstoß sie umwehen. »Jetzt bist du wohl ziemlich sauer.«

»Natürlich bin ich sauer. Nimm endlich diese zehn Pfund, und komm ja nicht auf den Gedanken, sie mir zurückzugeben oder hier einen Lappen anzufassen. Sonst stopf ich dir das verfluchte Geld in den Rachen.«

»Du hast keinen Grund, auf mich oder sonstwen böse zu sein, Ria. Du führst ein schönes Leben. Ich neide es dir nicht, denn du hast es verdient, und du bist immer zu jedermann nett und zuvorkommend, aber du hast auch Glück gehabt. Du könntest wenigstens mal *versuchen,* dir vorzustellen, wie das ist, wenn alles schiefläuft.«

Ria schluckte. »Heute feiert mein Sohn seinen siebten Geburtstag, und die Sonne scheint. Natürlich bin ich da glücklich. Aber ich bin nicht jeden Tag glücklich, niemand ist das. Hör zu, du bist meine Freundin. Wir beide wissen alles voneinander.«

»Wir wissen nicht alles voneinander«, sagte Gertie leise. »Wir sind keine Schulmädchen mehr, wir sind erwachsene Frauen, Mitte Dreißig. Ich dachte, wenn ich dafür arbeite, dann wären wir irgendwie gleichgestellt. Das war wohl falsch. Es tut mir auch leid, daß ich dir an Brians Geburtstag die Laune verdorben habe.« Sie wandte sich zum Gehen.

»Wenn du jetzt nicht gleich diese zehn Pfund nimmst, dann habe ich wirklich schlechte Laune.«

»Also gut. Danke, Ria.«

»Nein, nicht so lieblos. Laß dich wenigstens umarmen.« Es wurde eine steife, kurze Berührung. Gerties magerer Körper fühlte sich wie ein Brett an. »Weißt du, was schön wäre? Wenn du später mit den Kindern vorbeikommen würdest. Was hältst du davon?«

»Nein, aber trotzdem danke. Du mußt nicht denken, daß ich schmolle. Es geht einfach nicht.«

»Gut. Ist in Ordnung.«

»Nochmals danke, Ria.«

»Und noch etwas: Du besitzt Selbstachtung, das hast du oft genug bewiesen.«

»Du verdienst es, daß es dir gutgeht, und noch mehr. Ich wünsche dir einen schönen Tag.« Und damit ging Gertie.

Nora Johnson kam vom Garten in die Küche. »Ich habe gerade die Luftballons am Tor festgemacht, damit man gleich sieht, wo

die Party steigt. Und da habe ich Lady Ryan die Straße heruntertkommen sehen, in Designerklamotten. Ganz offensichtlich will sie uns helfen. Wo ist denn Gertie abgeblieben? Sie hat doch gesagt, sie wollte ein paar von den alten Backblechen für die Würstchen saubermachen.«
»Sie mußte nach Hause, Mam.«
»Also ehrlich, wenn man die Hilfe seiner Freundinnen mal wirklich braucht! Ohne Hilary und mich wärst du glatt aufgeschmissen.«
»Habe ich das jemals bestritten, Mam?«
»Und wird Annie denn auch ein bißchen für Unterhaltung sorgen, wenn Brians Freunde kommen?«
»Nein, ich kann mir kaum vorstellen, daß sie große Lust hat, sich an einem so schönen Sommernachmittag mit einem Dutzend siebenjähriger Jungs abzugeben. Aber Danny hat sich jede Menge Spiele für sie ausgedacht.«
»Ist er denn nicht in Geschäften für seinen Herrn und Meister unterwegs?« fragte Nora naserümpfend.
»Nein, Mam, ist er nicht.«
»Du siehst ein wenig blaß aus. Fühlst du dich nicht gut?«
»Mir geht es blendend.«
Erleichtert, ihrer Mutter zu entrinnen, begrüßte Ria Rosemary, die wissen wollte, wie viele Kinder kommen würden. Sie hatte eine größere Menge verschiedenfarbig verpackte Schokoladeneiscreme gekauft, die sie zu Hause in ihrer Tiefkühltruhe eingelagert hatte. »Ich komme in einer Stunde noch mal vorbei, dann brauchst du sie nicht extra bei dir im Eisfach verstauen. Gab es ein Problem mit Gertie?«
»Warum?«
»Sie kam mir auf der Straße weinend entgegengerannt, und sie hat mich nicht gesehen, einfach nicht erkannt.«
»Na, die üblichen Probleme eben.« Ria schaute finster vor sich hin.
»Hoffentlich kommt bald das Referendum zum Scheidungsrecht durch«, sagte Rosemary.

»Du glaubst doch nicht etwa, daß sich dadurch für Gertie auch nur das geringste ändern würde, oder?« fragte Ria. »Selbst wenn man sich in diesem Land ab morgen früh scheiden lassen könnte, würde sie doch bestimmt bei ihrem Jack bleiben. Ihn verlassen? Ihn aufgeben, wie alle anderen es getan haben? Das käme ihr nie in den Sinn.«

»Wozu soll man überhaupt die Möglichkeit der Scheidung im Gesetzbuch verankern, wenn es Leute gibt, die sich so verhalten?« wunderte sich Rosemary.

»Mich darfst du da nicht fragen.« Ria schien ratlos. »Wir kennen zwei Ehepaare, die davon profitieren könnten, und beide werden es nicht nutzen. Oder glaubst du vielleicht, daß Barney McCarthy sich sein hübsches kleines Arrangement zerstören ließe, wenn die Scheidung eingeführt würde?«

»Nein, das glaube ich eigentlich nicht. Aber ich hätte nicht gedacht, daß *du* diese Dinge so klar siehst.« Rosemary lachte anerkennend auf. Manchmal war Ria doch zu überraschenden Einsichten fähig, dachte sie, während sie zu Nummer 32 zurückging, um sich für den Kindergeburtstag etwas Passendes anzuziehen.

Nach und nach trudelten die kleinen Geburtstagsgäste ein. Sehr bald schon begannen sie, sich zu schubsen und zu balgen. Das war nicht böse gemeint: Jungs in diesem Alter verhielten sich eben so. Annies Freundinnen seien nicht so wild gewesen, sagte Ria zu ihrer Mutter, als sie zwei Kampfhähne trennten, kurz bevor sie in Colms Gemüsegarten stürzten.

»Wo ist denn überhaupt Annie?«

»Auf ihrem Zimmer, glaube ich. Es hat keinen Zweck, sie herunterzuholen. Sie ist einfach zu alt für die Jungs, aber noch nicht alt genug, um sie unterhaltsam zu finden. Sie wird schon auftauchen, wenn sie mitbekommt, daß die Geburtstagstorte angeschnitten wird.«

»Oder die Würstchen. Ich wette zwei zu eins, daß sie gleich angeflitzt kommt, wenn ihr der Geruch der Würstchen in die Nase steigt«, meinte Nora wissend.

Aber Annie war nicht in ihrem Zimmer. Sie war durch das hintere Tor nach draußen gegangen und schlenderte den Pfad entlang, der parallel zur Tara Road verlief. Dort hatte sie neulich ein abgemagertes, rötliches Kätzchen gesehen, das wahrscheinlich kein Zuhause hatte. Es hatte einen verängstigten Eindruck gemacht, so als ob es nicht gewohnt sei, gestreichelt zu werden. Möglicherweise war es ausgesetzt worden, und vielleicht konnte sie es behalten. Natürlich würde sie zuerst wieder ein »Nein« zu hören bekommen, wie bei allem. Aber wenn sie es ein paar Tage in ihrem Zimmer verstecken könnte, ohne daß jemand es entdeckte, und ihm ein Katzenklo und Futter besorgen würde, dann hätte bestimmt niemand mehr das Herz, das Tierchen vor die Tür zu setzen. Heute war ein günstiger Tag, es ins Haus zu schmuggeln, niemand würde darauf achten. Es wurde soviel Tamtam um Brian und seine blöden Freunde gemacht, die nichts anderes im Sinn hatten, als herumzubrüllen, sich zu boxen und im Garten herumzuschubsen. Heute konnte man sogar einen Elefanten nach oben bringen, ohne daß es jemand merken würde. Annie versuchte sich daran zu erinnern, vor welchem Garten sie das Kätzchen gesehen hatte. Es war noch vor Rosemarys Haus gewesen. Gar nicht so leicht, die Häuser von der Rückseite her zu unterscheiden.

Sie stand in ihrem blaukarierten Sommerkleidchen auf dem Pfad, blinzelte in die Nachmittagssonne und strich sich ihr blondes Haar aus den Augen. Warum nicht mal durch die Schlüssellöcher der hölzernen Türen spähen? Einige waren schon ziemlich klapprig, man konnte sowieso problemlos durch die Ritzen schauen. Eines der Gartentore war neu, seine sauber lackierten Holzlatten wiesen nicht den kleinsten Spalt auf. Annie trat einen Schritt zurück. Das mußte Nummer 32 sein, das Haus, in dem Rosemary Ryan wohnte.

Sie hatte einen todschicken Garten oben auf dem Dach, aber es gab auch nach hinten hinaus einen Garten mit einem Zierteich und einem Pavillon. Es war doch sehr gut möglich, daß das Kätzchen hierhergelaufen war, um sich einen Fisch zu fangen.

Annie kniete sich hin und blickte durch das Schlüsselloch. Nichts zu sehen von einer Katze. Aber dort in dem Pavillon waren Leute. Es sah aus, als ob sie sich stritten. Annie schaute genauer hin. Da erkannte sie Rosemary Ryan, die mit einem Mann kämpfte. Annies Herz begann heftig zu schlagen. War das ein Überfall? Sollte Annie am Tor rütteln und schreien, oder würde der Verbrecher dann vielleicht herauskommen und sie ebenfalls packen? Rosemary Ryan war der Rock bis über die Hüften hochgerutscht, und der Mann schien sie zu schubsen. Mit noch größerem Entsetzen als zuvor wurde Annie auf einmal klar, was die beiden da taten. Aber das war doch nicht möglich! Das war nicht das, worüber sie und Kitty Sullivan in der Schule immer kicherten, es sah ganz und gar nicht so aus, wie sie es im Kino und im Fernsehen gesehen hatten. Dort legten sich der Mann und die Frau hin, und dann küßten sie sich zärtlich. Diese beiden hier stießen sich und stöhnten dabei. Es konnte doch nichts mit Liebe zu tun haben, was Rosemary Ryan da mit dem Mann machte. Das konnte einfach nicht wahr sein. Völlig absurd!

Annie trat von dem Schlüsselloch zurück. Ihr Herz pochte wie wild. Sie versuchte ruhig nachzudenken. Niemand, der nicht wie sie durch das Schlüsselloch der Gartentür spähte, konnte die beiden sehen. Die Front des Pavillons zeigte nicht zum Haupthaus, sondern gegen die Gartenmauer.

Annie hatte den Mann nicht erkannt; er hatte ihr den Rücken zugekehrt. Überdeutlich hatte sie dagegen Rosemarys Gesicht wahrgenommen, es war völlig verzerrt gewesen, sie hatte böse und aufgeregt ausgesehen. Gar nicht träumerisch wie im Kino. Vielleicht hatte sie es ja völlig falsch aufgefaßt, und die beiden hatten etwas ganz anderes getan. Annie schaute noch einmal durch das Schlüsselloch.

Rosemary hatte ihre Arme um den Hals des Mannes geschlungen, ihre Augen waren geschlossen, sie stieß ihn nicht von sich, sie zog ihn fest an ihren Körper. »Ja, komm, komm doch, ja, ja, ja!« stöhnte sie.

Annie richtete sich entsetzt auf. Es war einfach nicht zu glauben,

was sie da gesehen hatte. Hals über Kopf rannte sie davon. Als sie zur Nummer 16 kam, hörte sie das Rufen und Kreischen von Brians Geburtstagsgästen. Aber sie blieb nicht stehen. Sie konnte jetzt nicht dort hineingehen, wo alle sich ganz normal verhielten und das sicherlich auch von ihr erwarten würden. Ihre ganze Welt war mit einem Schlag zusammengebrochen, und nie würde sie mit jemandem darüber reden können. Atemlos lief sie weiter, halb blind vor Tränen, bis sie zur Hauptstraße kam und plötzlich unsanft aus ihren Gedanken gerissen wurde. Fast kam es ihr vor, als wäre sie gar nicht hingefallen, sondern als wäre ihr die ganze Erde entgegengesprungen und hätte sie gepackt.
Annie lag völlig verrenkt da und schnappte nach Luft. Als sie sich mühsam aufrappelte, spürte sie, daß sie sich beide Knie blutig geschlagen hatte und auch am Arm verletzt war. Sie lehnte sich gegen die Mauer und heulte los, als ob ihr das Herz brechen wollte.
Colm hatte etwas gehört und kam aus seinem Restaurant. »Aber Annie, was ist denn passiert?« Sie konnte ihm nicht antworten. Ihre Schultern bebten heftig. »Annie, ich laufe schnell los und hole deine Mutter.«
»Nein. Bitte nicht. Bitte nicht, Colm.«
Colm gehörte nicht zu den Erwachsenen, die immer glaubten, sie wüßten schon, was das beste für ein Kind war. »In Ordnung, aber laß dich mal anschauen ... Du bist ja ganz furchtbar gestürzt, zeig mal her.« Vorsichtig betastete er ihren Arm. »Nein, nur eine Schürfwunde. Wie steht's mit deinen Knien? Schau nicht hin, ich untersuche sie ganz behutsam, ohne sie anzufassen, und sage dir dann, was los ist.«
Annie stand still, während er sich hinkniete und ihre zerschundenen Knie eingehend betrachtete. Schließlich sagte er: »Ziemlich viel Blut, aber ich glaube nicht, daß es genäht werden muß. Ich bringe dich nach Hause, Annie.«
Sie schüttelte den Kopf. »Nein. Brian feiert da gerade seinen Geburtstag. Ich will jetzt nicht nach Hause.«
Colm respektierte ihren Wunsch. »Wenn du willst, kannst du zu

mir reinkommen und dir im Bad deine Knie ein wenig saubermachen. Ich bin solange im Restaurant und werde dich nicht stören, aber wenn du mich brauchst, kannst du mich rufen. Und danach mache ich dir dann eine schöne Limonade oder was du sonst gerne magst.« Er lächelte ihr aufmunternd zu.
Das war ein Argument. »Ja, das wäre prima, Colm.«
Sie gingen beide ins Haus, und er zeigte ihr das Bad. »Da ist ein Waschlappen, und du kannst auch ein bißchen von dem Desinfektionsmittel nehmen ...« Sie sah ihn hilflos an, als wüßte sie nicht recht, wo sie anfangen sollte. »Soll ich dir vielleicht die Knie abtupfen und die kleinen Steinchen rausmachen?«
»Weiß nicht ...«
»Du hast recht, es gibt Dinge, die macht man besser selbst. Soll ich mich solange hier auf diesen Stuhl setzen und aufpassen, daß du keins übersiehst?«
Sie lächelte zum erstenmal. »Das wäre nett.« Er sah ihr zu, wie sie vorsichtig ihre Knie mit dem verdünnten Desinfektionsmittel betupfte und die Steinchen und den Dreck wegwischte. Es waren nur ein paar oberflächliche Kratzer, die auch kaum noch bluteten. »An meinen Ellbogen komme ich nicht ran. Kannst du das für mich machen, Colm?«
Er säuberte vorsichtig ihren Arm und reichte ihr ein großes, weiches Handtuch.
»Nun kannst du dich abtrocknen.«
»Aber dann wird das Handtuch ja blutig«, meinte sie verlegen.
»Na und? Dann bekommt Gerties Waschsalon halt ein bißchen mehr Arbeit«, antwortete er lächelnd.
Sie betraten die kühle, dunkle Bar des Restaurants. Er bot ihr einen der Barhocker vor dem Tresen an. »Nun, Miss Lynch, was darf es denn sein?« fragte er.
»Was schmeckt denn gut, Colm?«
»Also, nach so einem Schock kann eine größere Menge Zucker nicht schaden. Daher empfiehlt man hier gewöhnlich einen heißen, stark gesüßten Tee.«
»Igitt.« Annie verzog das Gesicht.

»Ganz meine Meinung. Ich hab da eine bessere Idee ... Mein Lieblingsgetränk ist St. Clement. Eine Mischung aus Orangen- und Zitronensaft. Was hältst du davon?«
»Prima. Das würde ich gerne probieren«, sagte Annie. »Stimmt es, daß du nie was mit Alkohol trinkst, Colm?«
»Ja, weil es mir nicht bekommt, weißt du. Muß irgendwas mit meiner Persönlichkeit oder meinem Stoffwechsel zu tun haben. Wie auch immer ... keiner weiß genau, woran es liegt, aber ich vertrage es einfach nicht.«
»Wie hast du das denn gemerkt, daß du es nicht verträgst?«
»Nun, da gab es schon ein paar kleine Anzeichen. Zum Beispiel konnte ich nicht mehr aufhören, wenn ich mal angefangen hatte«, meinte er mit einem schiefen Lächeln.
»Ist das wie mit Drogen?« fragte Annie gespannt.
»Genau wie mit Drogen, ja. Also mußte ich eben ganz damit aufhören.«
»Und fehlt dir was, wenn du nichts Richtiges trinken kannst, auf Partys und so?« Annie schien das Thema sehr zu interessieren.
»Ob mir was fehlt? Nein. Ich vermisse es keineswegs, nicht mehr so zu sein, wie ich war, ohne Selbstkontrolle ... Nein, ich bin heilfroh, daß das jetzt anders ist. Aber ich wünschte mir, mal so zu sein wie andere Leute, die sich abends ein oder zwei Gläser guten Wein gönnen. Oder auch ein Bierchen, im Sommer, wenn es heiß ist. Aber ich kann dann nicht mehr aufhören, also lasse ich die Finger davon.« Annie betrachtete ihn mitfühlend. »Aber da bleiben immer noch eine ganze Menge andere Dinge übrig, wo ich den anderen was vorausehabe«, sagte Colm munter. »Ich kann zum Beispiel prima Saucen machen oder einen Nachtisch, wo dir beim bloßen Anblick das Wasser im Mund zusammenläuft.«
»Brians doofe Freunde mögen in Silberpapier abgepacktes Eis! Stell dir das vor!« Annie schnaubte verächtlich.
»O ja. Richtig eklig!« meinte Colm, und beide lachten. Annie klang etwas hysterisch.
»Hat dich was erschreckt, daß du so hingefallen bist?« erkundigte sich Colm.

Das Kind schaute ihn argwöhnisch an. »Nein. Wieso?«
»Nur so. Also, soll ich jetzt mit dir nach Hause gehen?«
»Ich bin schon wieder in Ordnung, Colm.«
»Natürlich, das weiß ich doch. Aber ich muß sowieso meinen täglichen Spaziergang machen. Das müssen alle Köche, das ist so eine Art Regel, damit sie nicht einen dicken Bauch bekommen, der dann am Ende in die Pfanne hängt.«
Annie lachte. Colm Barry mit einem dicken Bauch, das konnte sie sich nicht vorstellen. Er war ja fast so schlank wie ihr Dad. Sie gingen los. Gerade als sie am Gartentor ankamen, sahen sie, wie Rosemary Ryan die Kühltasche mit der Eiscreme aus dem Kofferraum ihres Autos hob. Annie erstarrte. Colm bemerkte es, sagte aber nichts dazu.
»Meine Güte, Annie, das sieht ja schlimm aus! Bist du hingefallen?«
»Ja.«
»Sie ist schon wieder in Ordnung«, meinte Colm.
»Sieht ja böse aus. Wo ist das denn passiert?«
»Auf der Straße vor Colms Restaurant.« Annies Antwort kam wie aus der Pistole geschossen.
Colm war überrascht.
»Und unser Colm ist dir zu Hilfe geeilt!« Rosemary bedachte ihn mit einem gewinnenden Lächeln, das bei ihm noch nie verfangen hatte.
»So war es. Ich kann schließlich die Leute nicht vor meinem Lokal liegen lassen. Macht keinen guten Eindruck«, scherzte er.
»Da hast du ja Glück gehabt, daß du nicht auf die Fahrbahn gestürzt bist.« Rosemary hatte bereits das Interesse an dem Vorfall verloren und hob die Kühlbox mit dem Eis aus dem Wagen. Das Gequietsche von Brians Freunden im Garten hinterm Haus war bis zur Straße zu hören. »Die Meute wartet auf mich und das Eis«, lachte Rosemary. »Und es kann kaum ein Zweifel daran bestehen, was sie sehnlicher erwarten.«
Mit diesen Worten trat sie ins Haus, um durch die Diele nach hinten in den Garten zu gehen.

»Ich danke dir, Colm.«

»Nicht der Rede wert.«

»Es ist nur, weil ... es geht ja niemanden was an, wo ich wirklich hingefallen bin, oder?«

»Wirklich nicht?«

Sie spürte, daß sie ihm irgendeine Erklärung schuldig war. »Ich habe eine Katze gesucht, weißt du. Ich dachte, wenn ich vielleicht eine Katze fangen und sie eine Weile in der Wohnung verstecken könnte ... verstehst du?«

»Verstehe.« Colm sah sie ernst an.

»Also, nochmals danke für das St. Clement und alles andere.«

»Schau mal wieder vorbei, Annie.«

Oma war einfach wunderbar, sie hatte Würstchen für Annie aufgehoben. »Ich konnte dich nicht finden, da habe ich sie in den Backofen gestellt, damit sie warm bleiben.«

»Du bist wirklich prima. Wo sind denn die anderen?«

»Sie sind gerade dabei, die Torte anzuschneiden. Und Lady Ryan hat für sie ein Tischfeuerwerk arrangiert.«

»Mam kann es nicht leiden, wenn du sie so nennst.« Annie mußte kichern und fing gleich darauf an zu wimmern, weil ihr Ellbogen wieder schmerzte.

Ihre Großmutter blickte sie mit besorgter Miene an. »Komm, ich mach dir das mal sauber.«

»Alles in Ordnung, Oma, schon erledigt, mit Desinfektionsmittel und allem. Schau dir mal Tante Hilary mit all diesen gräßlichen Jungs an.«

»Es macht ihr großen Spaß. Sie hat ein großes Wurfspiel mitgebracht, so was mit Ringen. Jetzt legen sich alle mächtig ins Zeug.«

»Was gibt's denn zu gewinnen?«

»Irgend so ein Computerspiel. Hilary weiß doch von der Schule, was Jungs in diesem Alter mögen.«

»Warum hat denn Tante Hilary keine Kinder, Großmutter?«

»Gott hat ihr halt keine geschenkt, deshalb.«

»Gott verschenkt keine Kinder, Großmutter. Das weißt du doch so gut wie ich.«

»Vielleicht nicht so direkt, aber indirekt schon. Und bei deiner Tante Hilary hat er es eben nicht gemacht.«
»Vielleicht hat sie keine Lust, sich zu paaren«, sagte Annie gedankenvoll.
»Wie bitte?« Nora Johnson verschlug es die Sprache, und das kam bei ihr nur selten vor.
»Vielleicht wollte sie ja nicht alles das mitmachen, um welche zu bekommen – ich meine, was die Katzen machen oder die Kaninchen und so. Es gibt doch sicher auch Leute, denen das keinen Spaß macht.«
»Nur wenige«, meinte ihre Großmutter trocken.
»Ich wette, bei ihr ist das so. Frag sie doch mal.«
»Annie, so was fragt man nicht, ich bitte dich.«
»Ich weiß doch, Oma, daß man so was nicht fragen kann. Über manche Dinge spricht man eben nicht, die behält man einfach für sich. Stimmt doch, oder?«
»Da hast du vollkommen recht«, antwortete ihre Großmutter sehr erleichtert.
Später kamen die Eltern von Brians Freunden, um ihre Sprößlinge einzusammeln. Sie standen noch eine Weile im Garten von Tara Road, genossen den warmen Sommerabend und sahen zu, wie ihre Jungs sich die nötige Bettschwere holten, indem sie umhertollten und sich gegenseitig mit den Fäusten traktierten. Annie beobachtete ihren Vater und ihre Mutter, die den Mittelpunkt der Gruppe bildeten und ein Tablett mit Weingläsern und Lachsbrötchen herumreichten. Dad hatte die meiste Zeit über seinen Arm um Mams Schulter gelegt. Annie hatte von ihren Schulkameradinnen gehört, daß auch Eltern noch zusammenliegen und miteinander schlafen und all das, selbst wenn sie gar keine Kinder mehr haben wollen. Aber es erschien ihr einfach unvorstellbar, daß man zu so etwas Lust haben könnte. Der bloße Gedanke war bereits abstoßend.
Wegen ihrer blessierten Knie wurde sie gebührend bedauert. Und als sie schon im Bett lag, kam ihre Mutter noch einmal herein. Sie räumte die Plüschtiere von Annies großem Sessel und setzte sich.

»Du bist den ganzen Nachmittag über und heute abend so still gewesen, Annie. Tun dir deine Knie noch weh?«
»Geht schon wieder, Mam. Nerv mich bitte nicht.«
»Ich will dich nicht nerven, ich will nur wissen, wie es deinen armen kleinen Knien und deinen Ellbogen geht. Das würdest du mich doch auch fragen, wenn ich hingefallen wäre.«
»Schon gut, Mam. War nicht so gemeint. Du hast mich nicht genervt, aber mir geht's gut.«
»Wie ist das eigentlich passiert?«
»Ich bin gerannt, das habe ich dir doch schon erzählt.«
»Es paßt gar nicht zu dir, so einfach hinzufallen. Du weißt dich doch immer so graziös zu bewegen. Als Hilary und ich in deinem Alter waren, lagen wir ständig auf der Nase, aber dir passiert so was ja nie. Ich denke manchmal, das liegt daran, daß dein Dad dich immer ›Prinzessin‹ nennt. Deshalb hast du dir angewöhnt, dich wie eine zu verhalten.«
Der Blick ihrer Mutter war so warmherzig und liebevoll, daß Annie spontan nach ihrer Hand griff. »Danke, Mam«, sagte sie mit Tränen in den Augen.
»Es war so anstrengend heute im Garten, Annie, mit all diesen wilden Jungs. Ehrlich, sie sind wie kleine Kälber, die sich gegenseitig die Schädel einrennen, nicht wie Kinder. Wenn ich dran denke, wie nett es immer war, wenn deine Freundinnen hier waren! Aber Brian ist eben ein Junge, und du bist ein Mädchen. Willst du vielleicht was Heißes trinken? Würde dir sicher guttun, nach dem Schock heute nachmittag.«
»Was meinst du damit?« Annie musterte sie mißtrauisch.
»Ich rede von deinem Sturz. So etwas bringt doch auch in deinem Alter schon den ganzen Kreislauf durcheinander.«
»Ach, das meinst du. Nein, nein, mir geht's prima.« Ria küßte ihre Tochter, die ganz rot geworden war, auf die Wange und schloß die Tür hinter sich.
Ria hatte die Wahrheit gesprochen, es *war* ein furchtbar anstrengender Tag gewesen. Aber ging es ihr nicht trotzdem gut, im Vergleich zu allen anderen? Ihre Mutter war jetzt auf dem Heim-

weg, allein mit diesem unmöglichen kleinen Hund. Hilary durchquerte die Stadt, eine große Tragetasche mit ihrem Wurfspiel in der Hand, unterwegs zu einem Mann, der sie nicht mehr in seinen Armen halten würde, weil sie keine Kinder bekommen konnten. Gertie würde wer weiß was für eine Horrorszene in ihrer Wohnung über dem Waschsalon vorfinden. Und Rosemary strebte ihrem einsamen, kalten Marmorpalast zu.
Wohingegen sie, Ria, alles besaß, wovon sie je geträumt hatte.

KAPITEL DREI

Hin und wieder sah Ria in Geschäften andere Mütter mit ihren Töchtern, die ganz normal miteinander sprachen, prüfend einen Rock oder ein Kleid hochhielten und dabei nickten oder die Stirn runzelten, aber immer mit echtem Interesse. Wie Freundinnen eben. Während die eine in der Kabine verschwand, um etwas anzuprobieren, wartete die andere draußen und hielt vier weitere Kombinationen bereit. Aber vielleicht waren das keine echten Kunden, überlegte Ria. Womöglich handelte es sich um Schauspielerinnen oder Darstellerinnen für einen Werbespot. Wenn man nämlich nach dem knappen Dutzend Auseinandersetzungen urteilte, die sie selbst in nur eineinhalb Stunden mit ihrer Tochter gehabt hatte, schien es schwer vorstellbar, daß ein vierzehnjähriges Mädchen und seine Mutter freiwillig zusammen zum Einkaufen gingen. All diese anderen spielten bestimmt nur »glückliche Familie«, oder etwa nicht?
Annie hatte diesen Geschenkgutschein von ihrer Großmutter bekommen. Noch nie hatte sie eine solche Summe für Kleidung ausgegeben, denn bisher hatte Annie sich nur Schuhe, Jeans und T-Shirts selbst gekauft. Doch diesmal war es anders, es sollte etwas sein, das sie den ganzen Sommer über auf allen Partys tragen konnte. Und für Ria war es eine Selbstverständlichkeit gewesen, mitzukommen und ihr beim Aussuchen zu helfen. Sie hatte sich sogar darauf gefreut. Aber das war vor ein paar Stunden gewesen. Jetzt erschien es ihr als die dümmste Idee ihres Lebens.
Als Annie sich etwas mit Leder und Ketten näher ansah, hatte Ria nach Luft geschnappt. »Ich habe mir doch gedacht, daß du so reagieren würdest, ich hab es gewußt«, schrie Annie wütend.

»Nein, ich meine, es ist nur ... ich dachte ...« Ria fehlten die Worte.
»Was hast du denn gedacht, Mam? Komm, rück endlich damit raus, anstatt nur stumm dazustehen und zu schlucken.« Annies Gesicht war rot vor Zorn.
Aber Ria wollte nicht aussprechen, was sie wirklich dachte, nämlich daß das Kleid gut als Illustration zu einem Zeitschriftenartikel über Sado-Maso-Zubehör gepaßt hätte. Statt dessen meinte sie matt: »Warum probierst du es nicht mal an?«
»Du glaubst doch nicht etwa, ich möchte es jetzt noch haben? Nicht, nachdem ich dein Gesicht gesehen habe. Du willst dich nur über mich lustig machen ...«
»Annie, ich mache mich überhaupt nicht lustig über dich. Aber bevor du es nicht anziehst, wissen wir nicht, wie es an dir wirkt. Vielleicht ist es ja ganz ...«
»Ach Mam, hör um Himmels willen auf.«
»Ich meine es wirklich so. Und schließlich ist es dein Gutschein.«
»Genau. Oma hat mir dieses Geschenk gemacht, damit ich mir was kaufe, was mir gefällt. Also nicht irgend so ein häßliches Etwas mit einer karierten Männerweste, in dem du mich gerne sehen würdest.«
»Aber nein. Sei doch vernünftig, Annie. Ich habe dich zu nichts gedrängt, oder?«
»Na, warum bist du dann eigentlich mitgekommen, Mam? Sag mir das. Wenn du keine Vorschläge hast, was machst du dann hier? Was tun wir hier zusammen?«
»Nun, ich dachte, wir sehen uns ...«
»Aber du siehst dir ja gar nichts an. Du kriegst nicht einmal mit, wie die Leute um dich herum aussehen. Sonst würdest du nicht in solchen Kleidern herumlaufen.«
»Hör mal, ich weiß, daß wir nicht den gleichen Geschmack haben.«
»Was du trägst, gefällt niemandem, Mam, ehrlich. Ich meine, hast du darüber vielleicht schon mal 'ne Minute nachgedacht?«
Ria blickte in einen der vielen Spiegel. Sie sah einen Teenager mit

zorngerötetem Gesicht, schlanker Figur und glattem blonden Haar, der einen Fummel in der Hand hielt, welcher starke Ähnlichkeit mit einer Domina-Ausrüstung besaß. Neben dem Mädchen stand eine müde wirkende Frau, deren krause Haarmähne ihr bis auf die Schultern fiel und die einen schwarzen Samtpulli mit V-Ausschnitt zu einem wallenden schwarzweißen Rock trug. Eigens für den Einkaufsbummel hatte sie bequeme flache Schuhe angezogen. Dabei hatte Ria an diesem Tag das Haus nicht hastig und gedankenlos verlassen, sondern sehr wohl bedacht, daß überall in den Bekleidungsgeschäften Spiegel hingen. Vorsorglich hatte sie sich deshalb sorgfältig frisiert, Make-up aufgelegt und sogar ihre Schuhe und Handtasche mit Schuhcreme aufpoliert. Zu Hause vor ihrem Spiegel in der Diele war sie sich eigentlich ganz hübsch vorgekommen, aber hier in dieser Umgebung machte sie nicht gerade eine gute Figur.
»Ich meine, du bist doch noch gar nicht so alt«, fuhr ihre Tochter Annie fort. »Die meisten Leute in deinem Alter haben sich noch nicht aufgegeben.«
Ria mußte an sich halten, um ihre Tochter nicht an den Haaren aus dem Geschäft zu zerren. Statt dessen sah sie noch einmal nachdenklich in den Spiegel. Sie war jetzt siebenunddreißig. Und wie alt mochte sie wirken? Wie fünfunddreißig? Ja, höchstens. Ihre Locken ließen sie jünger erscheinen, sie sah noch keineswegs aus wie an die Vierzig. Aber konnte sie das selbst wirklich beurteilen?
»O Mam, hör bloß damit auf, deine Backen einzuziehen und dämliche Grimassen zu schneiden. Du siehst einfach lächerlich aus.« Wann war es passiert? Was hatte Annie dazu gebracht, sie derart zu hassen, zu verachten? Früher waren sie so gut miteinander ausgekommen.
Ria riß sich noch einmal zusammen, obwohl es sie beinahe übermenschliche Anstrengung kostete. »Also, wir müssen hier nicht über mich reden, schließlich ist es dein Geschenk. Deine Oma möchte, daß du dir etwas Nettes, Passendes kaufst.«
»Nein, Mam, das möchte sie nicht. Hörst du eigentlich nie zu? Sie

hat gesagt, ich soll mir kaufen, was mir gefällt. Kein Wort davon, daß es etwas Passendes sein soll.«
»Ich dachte ...«
»Du dachtest an etwas, das einem Pudel auf einer Hundeausstellung prima stehen würde.« Mit Tränen in den Augen wandte sich Annie ab.
Ein paar Schritte weiter sah eine Frau mit ihrer Tochter ein Regal mit Blusen durch. »Sie müssen doch eine zitronengelbe haben«, sagte das Mädchen aufgeregt. »Komm, wir fragen die Verkäuferin. Zitronengelb steht dir fabelhaft. Und danach gehen wir einen Kaffee trinken.«
Es handelte sich offenbar um eine ganz normale Mutter mit ihrer Tochter und nicht um ein paar Schauspieler, die eine Agentur hierhergeschickt hatte, um die wirklichen Menschen in Depressionen zu stürzen. Ria wandte sich ab, damit niemand sah, wie ihr Tränen des Neids in die Augen schossen.

Danny hatte die Schleifmaschine für elf Uhr bestellt, und Ria wollte zu Hause sein, wenn sie geliefert wurde. Was für eine merkwürdige Idee, die Teppichböden herauszureißen, damit die Holzböden zur Geltung kommen konnten. Ria fand sie nicht gerade ansehnlich; schließlich waren sie gespickt mit Nägeln und voller Flecken. Aber Danny kannte sich in diesen Dingen aus, und sie akzeptierte das. Schließlich war es sein Beruf, Häuser an Leute zu verkaufen, die über alles ganz genau Bescheid wußten, und diese Leute waren nun mal der Ansicht, daß freigelegte Holzböden und sorgfältig ausgewählte Teppiche gut waren, während Teppichböden in dem Ruf standen, verrottete Fußböden zu verbergen. Aber man konnte sich ja Gott sei Dank übers Wochenende eine Schleifmaschine ausleihen und sie über die Böden rumpeln lassen, um so die schlimmsten Verunreinigungen von den Holzdielen abzuschmirgeln. Das stand ihnen heute und morgen bevor.
Ob Annie wohl denken würde, sie sei beleidigt, wenn sie jetzt allein nach Hause fuhr? Oder würde ihre Tochter erleichtert

aufatmen? »Annie, du weißt doch, daß dein Vater diese Schleifmaschine für heute bestellt hat«, begann sie vorsichtig.
»Mam, ich habe nicht vor, das ganze Wochenende lang mitzuhelfen. Das ist nicht fair.«
»Nein, nein, natürlich nicht. Das wollte ich gar nicht sagen. Ich finde nur, ich sollte besser heimgehen, damit ich da bin, wenn die Männer kommen. Aber ich möchte dich auch nicht allein hier zurücklassen.« Annie starrte sie wortlos an. »Ich bin doch auch keine große Hilfe. Wenn ich so viele Kleider auf einem Haufen sehe, verwirrt mich das nur«, fügte Ria hinzu.
Annies Miene hellte sich auf. Völlig unerwartet umarmte sie ihre Mutter. »Du bist gar nicht so übel, Mam«, meinte sie gnädig. Und aus Annies Mund war das in diesen Tagen ein dickes, dickes Lob.
Als Ria nach Hause ging, war ihr leichter ums Herz.

Kaum hatte sie die Tür zu ihrem Haus in der Tara Road hinter sich geschlossen, hörte sie schon das Gartentor quietschen und das vertraute »Riii-a, Riii-a«. Jeder in der Gegend kannte diesen Ruf, der so regelmäßig erklang wie das Angelusläuten oder die Klingel des Eiswagens. Es war ihre Mutter mit ihrem Hund, dem mißratenen, nervösen Pliers, der sich in Rias und Dannys Haus in der Tara Road nie so richtig wohl fühlte, aber aufgrund der Umstände gezwungen war, einen Großteil seines unruhigen Lebens dort zu verbringen. Denn Rias Mutter war ständig an Orten unterwegs, an denen Hunde nicht erlaubt waren, und Pliers verging vor Gram, wenn man ihn allein zu Hause ließ.
Rias Mutter kam niemals unangekündigt oder uneingeladen. Auf diese Feststellung legte sie großen Wert, und zwar schon seit sie in das Häuschen ganz in der Nähe eingezogen war. Man kann nicht automatisch davon ausgehen, daß man bei seinen Kindern jederzeit willkommen ist, war ihre häufig geäußerte Devise. Tatsache aber war, daß sie tagtäglich unangekündigt und uneingeladen bei Ria und Danny hereinschneite. Daß sie sich am Gartentor durch lautes Rufen ankündigte, war Vorwarnung genug, fand sie.

Dieses Mal fühlte Ria sich an ihre Schulzeit erinnert: Wenn ihre Mutter auf den Spielplatz oder in den Park gekommen war, wo Ria sich mit ihren Freundinnen getroffen hatte, hatte sie jedesmal schon von weitem dieses *Riii-a* gerufen. Ihre Schulkameradinnen hatten sie häufig mit diesem Ruf geneckt. Mittlerweile war Ria eine erwachsene, nicht mehr ganz junge Frau, und nichts schien sich geändert zu haben. Ihre Mutter stieß ihren Namen immer noch wie einen Kriegsschrei hervor.

»Komm rein, Mam«, sagte sie und versuchte, erfreut zu klingen. Der Hund würde sich bestimmt vor der Schleifmaschine fürchten und sie anbellen, um dann so herzzerreißend zu jaulen, als hätte er sich die Pfote darunter eingeklemmt. Ein denkbar ungünstiger Tag, um Pliers in Obhut zu nehmen.

Nora Johnson wirbelte herein, wie immer in dem festen Glauben, willkommen zu sein. Hatte sie sich nicht schon am Tor angekündigt? »Dieser junge Schnösel im Bus hat mich doch tatsächlich nach meiner Seniorenkarte gefragt. Ich hab ihn gebeten, nicht beleidigend zu werden.«

»Was war so schlimm daran, daß er dich danach gefragt hat?«

»Wie kommt er darauf, mich für so alt zu halten, daß ich eine Seniorenkarte habe? Wenn er seine Augen aufgemacht hätte, wäre er kaum auf die Idee gekommen, mich für eine Rentnerin zu halten.« Natürlich sah Rias Mutter mit ihrem scharlachroten Leinenkostüm und dem schwarzen, getupften Schal keinen Tag älter aus, als sie tatsächlich war, und der junge Busfahrer war vermutlich nur ein bißchen gedankenlos gewesen. In seinem Alter hielt man eben jeden über vierzig für einen Greis. Aber so etwas konnte man ihrer Mutter nicht begreiflich machen. Ria holte das Buttergebäck, das sie am Abend zuvor gebacken hatte. Die Kaffeebecher standen bereit. Bald würden eine Menge Leute die Küche füllen: die Männer mit der Schleifmaschine, Danny, der sich erklären lassen wollte, wie sie funktionierte, Brian mit ein paar Schulfreunden, die anders als bei sich zu Hause in der Küche der Lynchs immer etwas Eßbares vorfanden. Und Annie mußte demnächst eintrudeln, sicher mit einen umwerfenden Kleid und in

Begleitung von Kitty Sullivan, die sie in der Einkaufspassage getroffen hatte.

Samstags schaute normalerweise auch Rosemary vorbei, und manchmal flüchtete Gertie aus ihrer Wohnung über der Wäscherei zu Ria. Gertie putzte zweimal die Woche bei den Lynchs, so war es vereinbart. Aber am Samstag kam sie meist ganz privat, ein Anlaß dafür fand sich immer. Entweder war sie mit einer Arbeit nicht fertig geworden, oder sie wollte noch abklären, an welchen Tagen sie in der nächsten Woche kommen sollte.

Manchmal erschien auch Colm Barry und brachte Gemüse. Jeden Samstag schleppte er ganze Armladungen davon an. Gelegentlich schrubbte er in Rias Küche sogar erdverkrustete Pastinaken und Mohrrüben ab oder verlas den Spinat. Ria bereitete Suppen und Eintöpfe aus gartenfrischen Produkten, die nur wenige Schritte von ihrer Küche entfernt ganz ohne Mühe gezogen wurden.

Leute kamen und gingen, denn in Ria Lynchs Küche fühlte sich jedermann wohl. Was für ein Unterschied zu Rias Kindheit: Kaum jemals waren Gäste in die düstere, unfreundliche Küche mit dem abgetretenen Linoleumboden gebeten worden. Im Grunde wollte ihre Mutter überhaupt keinen Besuch im Haus haben. Rias Mutter und, soweit sie sich erinnerte, auch ihr Vater kamen nie so richtig zur Ruhe, sie wußten sich nicht zu entspannen und besaßen keinerlei Verständnis dafür, daß andere dieses Bedürfnis verspüren könnten.

Auch wenn Rias Mutter sie hier in der Tara Road besuchte, machte sie es sich nicht bequem, sondern klimperte unentwegt mit den Schlüsseln, zog ihren Mantel entweder aus oder an, war gerade gekommen oder schon wieder im Begriff zu gehen. Sie konnte sich dem Zauber dieses gemütlichen, einladenden Hauses nicht hingeben.

In Dannys Familie war es das gleiche gewesen. Seine Eltern hatten ewig zusammen in ihrer nüchternen, zweckmäßigen Küche gesessen und Tee getrunken. Sie wollten nicht gestört werden. Ihre Söhne hatten sich meistens draußen oder in ihren Zimmern aufgehalten und ihr eigenes Leben gelebt. Daran hatte sich bis zum heutigen Tag nichts geändert: Dannys Eltern besuchten weder Nachbarn noch Freunde und hielten auch keine Familientreffen ab. Stolz sah sich Ria in ihrer großen, einladenden Küche um, in der es immer lebendig und gesellig zuging.

Danny fiel es nicht einmal auf, daß Nora Johnson ständig mit den Schlüsseln klimperte. Auch daß sie sich schon am Gartentor lauthals ankündigte, störte ihn nicht. Als er in die Küche kam, schien er sich zu freuen, seine Schwiegermutter zu sehen, und umarmte sie herzlich. Er trug ein leuchtendrotes Sporthemd, das er sich neulich in London gekauft hatte. So etwas hätte Ria ihm nie im Leben ausgesucht. Dennoch mußte sie zugeben, daß er darin unglaublich jung wirkte, wie ein hübscher Schuljunge. Vielleicht hatte sie wirklich keine glückliche Hand, wenn es um die Auswahl von Kleidung ging. Unsicher zupfte sie an ihrem schlabbrigen Samtoberteil herum, über das sich Annie so mokiert hatte.

»Holly, ich weiß schon, warum du gekommen bist: Du willst uns beim Abziehen der Dielen helfen«, sagte Danny. »Nicht nur, daß du unserer Tochter ein kleines Vermögen in Form eines Kleidergutscheins schenkst, jetzt hilfst du uns auch noch bei den Böden.«

»Ganz im Gegenteil, Daniel. Ich möchte eigentlich nur den armen Pliers hier für eine Stunde abgeben. Im St. Rita sind sie so furchtbar intolerant, da lassen sie keinen Hund über die Schwelle. Dabei hätten gerade die alten Leute die Gesellschaft von Vierbeinern so nötig! Aber die Ärzte, diese jungen Schnösel, behaupten, es sei unhygienisch, oder befürchten, daß die Leute über die Tiere stolpern könnten. Typisch.«

»Wir freuen uns doch, wenn wir Pliers hier bei uns haben dürfen. Hallo, alter Freund.« Konnte Danny diesen schrecklichen Hund, der jeden Moment das Maul aufmachen und ein ohrenbetäubendes Gejaule ausstoßen würde, wirklich gern haben? Pliers' Zähne waren gelb und fleckig, Schaum tropfte von seinem Maul. Und Danny sah ihn mit einem Ausdruck an, den man nicht anders als liebevoll bezeichnen konnte. Aber in Dannys Beruf hing so viel davon ab, potentiellen Käufern oder Verkäufern von Immobilien freundlich zu begegnen, daß man schwer sagen konnte, ob seine Begeisterung echt oder nur gespielt war. In der Welt, in der er sich bewegte, behielt man seine Gedanken besser für sich.

Rias Mutter hatte hastig ihren Kaffee getrunken und war dann wieder gegangen. Sie verbrachte neuerdings viel Zeit im St. Rita, dem Seniorenheim an der Tara Road 68. Hilary war überzeugt davon, daß ihre Mutter sich bald selbst dort anmelden würde. Nora hatte ihrer Enkelin Annie Bridge beigebracht, und manchmal nahm sie das Mädchen mit, um im St. Rita eine Partie mitzuspielen. Annie fand es furchtbar lustig und meinte, bei den alten Leuten gehe es genauso laut zu wie in der Schule und unter ihnen gebe es die gleichen Fehden und Streitigkeiten. Wie Annie berichtete, schätzte man Großmutter in dem Heim sehr. Verglichen mit den meisten Bewohnern war sie natürlich noch sehr jung.

Nora fand es nur vernünftig, sich darüber zu informieren, welche Möglichkeiten es im Alter gab. Nicht selten ließ sie eine Bemerkung fallen, daß es Ria auch nicht schaden würde; eines Tages sei sie alt und allein, und dann täte es ihr leid, daß sie den älteren Jahrgängen früher nicht mehr Aufmerksamkeit gewidmet habe. Da sie nicht zur Arbeit ging wie andere Leute, habe sie außerdem auch jede Menge Zeit dafür.

»Die alten Kerle im St. Rita sind bestimmt hingerissen, wenn du, ein junges Küken ganz in Rot, hereinschneist und ihnen den Kopf verdrehst«, meinte Danny.

»Hör schon auf mit deinen Schmeicheleien, Danny«, protestierte Nora Johnson. Dabei konnte sie nicht genug davon bekommen.

»Das ist mein völliger Ernst, Holly. Du blendest sie einfach mit deiner Erscheinung«, lächelte Danny. Zufrieden strich sich seine Schwiegermutter übers Haar und rauschte davon, adrett und gepflegt in ihrem roten Kostüm. »Deine Mutter hat sich gut gehalten«, sagte Danny zu Ria. »Wir können uns glücklich schätzen, wenn wir in ihrem Alter noch so fit sind.«

»Warum sollten wir das nicht sein? Du gleichst doch immer noch mehr einem Jungen als einem Mann, der auf die Vierzig zugeht«, lachte sie. Doch Danny stimmte nicht in ihr Lachen ein. Jetzt war sie in ein Fettnäpfchen getreten. Schließlich war er erst siebenunddreißig. Wie dumm von mir, ihn mit einem solchen Scherz zu verstimmen, dachte Ria. Sie tat, als hätte sie ihren Fauxpas gar nicht bemerkt. »Und sieh mich an – hast du nicht gesagt, du hättest nach unserem Kennenlernen erst einmal meine Mutter gründlich unter die Lupe genommen, bevor du dich ernsthaft in mich verliebt hast? Frauen kommen nach ihren Müttern, das waren deine Worte.« Ria plapperte einfach so vor sich hin, sie wollte, daß der angespannte Ausdruck auf seinem Gesicht verschwand.

»Das soll ich gesagt haben?« Er klang überrascht.

»Aber ja. Erinnerst du dich nicht?«

»Nein.«

Ria wünschte, sie hätte nicht davon angefangen. Er wirkte irritiert und schien von ihren Erinnerungen alles andere als geschmeichelt. »Ich muß Rosemary anrufen«, wechselte sie das Thema.

»Warum?«

Der eigentliche Grund dafür war, daß sie nicht hier allein mit ihm in der Küche stehen wollte, erfüllt von dem bohrenden Gefühl, daß sie ihn langweilte, ja, ihm sogar auf die Nerven ging. »Fragen, ob sie rüberkommt«, erwiderte Ria munter.

»Sie kommt auch so dauernd«, meinte Danny. »Wie halb Dublin.«

Sein ungeduldiger Ton war nur aufgesetzt, das wußte Ria, denn er liebte das alles doch, das geschäftige Treiben und fröhliche Lachen in ihrer Küche in der Tara Road. Es hob sich wohltuend ab von der lieblosen Atmosphäre in dem Haus auf dem Land, in dem er aufgewachsen war, begleitet von dem heiseren Krächzen der Krähen draußen auf den Bäumen.

Danny war hier genauso glücklich wie sie, sie hatten ihre Träume wahr gemacht. Nur schade, daß sie meist zu müde und abgehetzt waren, um sich noch ebensooft zu lieben wie früher. Aber das lag nur daran, daß im Moment soviel los war. Schon bald würde alles wieder beim alten sein.

Rosemary wollte sofort wissen, wie der Einkaufsbummel gewesen war. »Ist es nicht schön, ihnen dabei zuzusehen, wie sie langsam groß und selbständig werden?« sagte sie. »Endlich wissen sie, was sie wollen, entwickeln ihren eigenen Stil.« Anstatt sich zu setzen, streifte sie durch die Küche, nahm im Vorbeigehen eine Keramik in die Hand und besah sich die Signatur auf dem Boden, strich über die Zwiebelbündel an der Wand, las das an den Kühlschrank geklebte Rezept. Erfüllt von einer vagen Bewunderung unterzog sie alles einer genauen Prüfung.
Sie umklammerte ihren Becher mit schwarzem Kaffee so dankbar, als hätte ihr noch nie jemand welchen angeboten. Natürlich wollte sie kein Buttergebäck, sie habe gerade ein schrecklich üppiges Frühstück genossen, auch wenn das angesichts ihrer schlanken Hüften und ihrer mädchenhaften Figur kaum der Wahrheit entsprechen konnte. Rosemary trug schicke, gutgeschnittene Jeans und eine weiße Seidenbluse, ihre Wochenendkleidung, wie sie es nannte. Ihr Haar war frisch gemacht, Woche für Woche war sie jeden Samstagmorgen die erste Kundin beim Friseur. Wie gut hatten es doch die Leute, die an jedem beliebigen Tag der Woche gehen konnten, stöhnte Rosemary immer wieder voller Neid, Leute wie Ria, die sich so glücklich schätzen konnten, nicht zu arbeiten.
Rosemary war mittlerweile Eigentümerin der Druckerei. Sie hatte einen »Preis für erfolgreiches Unternehmertum« bekommen. Wenn sie nicht ihre älteste und beste Freundin gewesen wäre, hätte Ria sie erwürgen können. Sie schien der lebende Beweis dafür zu sein, daß eine Frau alles schaffen und dabei noch umwerfend aussehen konnte. Aber sie und Rosemary hatten schon vieles zusammen erlebt. Immerhin war sie sogar dabeigewesen, als Ria Danny kennengelernt hatte. All die Jahre hatte sie sich Rias

Kümmernisse angehört, ebenso wie Ria ihr zugehört hatte. Sie wußten beinahe alles übereinander.
Eigentlich war Gertie das einzige Thema, bei dem ihre Meinungen auseinandergingen.
»Du ermutigst sie noch in dem Glauben, daß ihr Leben normal abläuft, wenn du ihr immer wieder einen Zehner zusteckst, den sie ja doch nur an diesen Säufer weitergibt.«
»Sie wird ihn nie verlassen. Du könntest ihr bestimmt jede Menge Arbeit beschaffen. Warum hilfst du ihr nicht?« bettelte Ria.
»Nein, Ria, merkst du denn nicht, wie du alles nur noch schlimmer machst? So hat Gertie das Gefühl, man würde es akzeptieren, wenn sie grün und blau geschlagen herumläuft und ihre verstörten Kinder bei ihrer Mutter abliefert. Du trägst nur dazu bei, daß das nie ein Ende nimmt. Statt dessen solltest du einmal klar Position beziehen und sagen: ›Bis hierher und nicht weiter.‹ Dann käme sie sehr schnell zur Besinnung, und es würde ihr auch Mut machen.«
»Nein, sicherlich nicht. Sie würde nur denken, daß sie nun auch noch ihre letzte Freundin verloren hat.«
In solchen Momenten seufzte Rosemary tief. Sie waren sonst fast immer einer Meinung: darüber, daß Mütter einfach unmöglich und Schwestern manchmal ziemlich schwierig waren und daß es sich in der von Bäumen gesäumten Tara Road ganz gut leben ließ. Und Rosemary hatte Ria stets den Rücken gestärkt, in allem. Wie oft mußte sich Ria von anderen Frauen anhören, daß sie ohne Beruf und eigenes Geld durchdrehen würden. Rosemary hatte noch nie dergleichen angedeutet, ebensowenig wie sie Ria jemals gefragt hatte: »Sag mal, was machst du eigentlich den ganzen Tag?« Andere berufstätige Frauen stellten häufig diese Frage, besonders, wenn Danny dabei war.
Seit fünf Jahren brauchten Annie und Brian sie freilich immer weniger. Dennoch hatte sie nie ernsthaft überlegt, sich eine Arbeit zu suchen. Und wenn man realistisch darüber nachdachte, welche Art von Tätigkeit sollte das auch sein? Schließlich konnte sie nicht auf eine Ausbildung oder einen Abschluß zurückgreifen. Da

schien es weitaus vernünftiger, den Betrieb hier zu Hause am Laufen zu halten. Ria hatte nur selten das Gefühl, sich wegen ihres Hausfrauendaseins rechtfertigen zu müssen. Und eigentlich konnte ihr Leben auch nicht so furchtbar schlimm sein, wenn sogar Rosemary, die alles hatte, was man im Leben erstreben konnte, sie beneidete.
»Nun sag schon, Ria, was hat sie sich gekauft?« Rosemary glaubte doch tatsächlich, der Einkaufsbummel habe Spaß gemacht und Ria und Annie hätten sich auf etwas einigen können.
»Ich bin ein hoffnungsloser Fall beim Kleiderkauf. Ich weiß einfach nie, was ich ihr zeigen soll«, sagte Ria und biß sich auf die Unterlippe.
Einen Augenblick lang glaubte sie in Rosemarys Blick Ungeduld aufflackern zu sehen. »Das kann nicht sein. Du hast doch alle Zeit der Welt, dich in Geschäften umzusehen.«
Da kam der Lieferwagen mit der Schleifmaschine, und Ria bot den beiden Männern, die die Maschine lieferten, Kaffee an. Der zehnjährige Brian schlurfte mit einem Gesicht in die Küche, als hätte man ihn zur Kinderarbeit auf einer Baustelle verdammt; dabei war er doch gerade erst aufgestanden. Er hatte zwei noch griesgrämigere Freunde im Schlepptau. Sie schnappten sich ein paar Dosen Cola und einen Teil des Buttergebäcks und verschwanden damit nach oben. Gertie mit ihren großen, ängstlichen Augen kam angeschlichen und brachte eine fahrige Erklärung vor, warum sie gestern die große Kupferpfanne nicht mehr saubergemacht hatte. Dann begann sie, am Boden der Pfanne herumzuschrubben. Im Klartext bedeutete das, daß sie sich mindestens fünf Pfund borgen wollte.
Pliers jaulte, und im selben Augenblick kehrte Rias Mutter unerwartet aus dem St. Rita zurück. Man hatte ihr mitzuteilen vergessen, daß an diesem Morgen eine Beerdigung stattfand und man sie nicht benötigte. Colm Barry klopfte ans Fenster und zeigte Ria einen großen Korb Gemüse, den er für sie gerichtet hatte. Sie winkte ihn herein und empfand wie oft in solchen Situationen Stolz darüber, daß sie der Dreh- und Angelpunkt eines so fröhli-

chen Haushalts war. Danny stand an der Küchentür und nahm alles in sich auf. Wie attraktiv und jungenhaft er aussah! Warum hatte sie vorhin nur diese dumme Bemerkung gemacht, er gehe auf die Vierzig zu?
Aber er war anscheinend darüber hinweggekommen. Der bekümmerte Ausdruck war aus seinem Gesicht verschwunden, er stand einfach nur da und blickte in die Runde, als sehe er das alles zum ersten Mal.

Sie wechselten sich bei der Bearbeitung der Böden ab. Es war schwieriger als gedacht. Man konnte nicht einfach hinter der Maschine herlaufen, die ihren eigenen Willen zu haben schien, sondern man mußte sie steuern und ausrichten und an Ecken und unverrückbaren Gegenständen eine Weile herumtüfteln. Danny führte voller Begeisterung die Aufsicht. Das Haus bekomme ein völlig neues Gesicht, sagte er. Ria zuckte zusammen. Das Haus war perfekt, warum wollte er etwas daran ändern?

Rias Mutter wollte nicht zum Essen bleiben. »Es ist mir ganz egal, wie viele Tonnen Gemüse dieser Colm wieder gebracht hat. Es kommt nichts Gutes dabei heraus, wenn man anderen Leuten zu oft auf der Pelle sitzt. Dann kannst du dich ganz deiner Familie und deinem Ehemann widmen. Es ist sowieso ein Wunder, daß er dir noch nicht weggelaufen ist. Wenn man es richtig bedenkt, hast du wirklich unverschämtes Glück gehabt, einen Mann wie Danny Lynch abzubekommen.«
»Hör auf, Holly, sonst bilde ich mir noch etwas darauf ein. Ich bin manchmal ein recht zweifelhafter Segen, das kann ich dir sagen. Aber bitte, wenn du wirklich nicht zum Essen bleiben möchtest, gebe ich dir wenigstens ein paar von Colms Tomaten mit. Ich sehe dich förmlich vor mir, wie du deinen Herrenbesuch am Nachmittag mit hauchzarten Tomatensandwiches und Wodka-Martinis verwöhnst.«
Nora Johnson bog sich vor Lachen. »Oh, das wären schöne Aussichten. Aber ich nehme ein paar davon mit, dann seid ihr sie los.«

Rias Mutter konnte keine Geschenke annehmen, wenn sie dabei nicht das Gefühl hatte, daß sie einem einen Gefallen damit erwies.

Rosemary war enttäuscht, weil es keine neuen Kleider zu bestaunen gab. Ob sie das umwerfende knallrote Ensemble in dem Laden an der Ecke schon gesehen hätten? Nein? Einfach himmlisch, allerdings sei es für Frauen in ihrem Alter völlig ungeeignet, fügte Rosemary hinzu und strich sich dabei über den flachen Bauch. So etwas könne nur jemand mit einer Traumfigur tragen, jemand wie Annie, der nicht allmählich in die Breite ging. Bemerkte Rosemary denn nicht, daß sie selbst kein bißchen in die Breite ging? Das konnte ihr doch wohl nicht entgangen sein.

Brian und seine Freunde Dekko und Myles hatten ein Problem. Sie hatten sich bei Dekko zu Hause im Fernsehen ein Spiel ansehen wollen, aber nun ging es nicht, weil Dekko vor kurzem ein kleines Geschwisterchen bekommen hatte und fernsehen seitdem verboten war.
»Könnt ihr das Spiel nicht bei uns ansehen?« hatte Ria gefragt.
Brian sah sie betreten an. »Nein. Bist du schwer von Begriff? Hier können wir es nicht ansehen.«
»Aber sicher könnt ihr das. Du bist hier genauso zu Hause wie Dad und ich. Du kannst dir ein Tablett mit ins Wohnzimmer nehmen.«
Während Brian um eine Erklärung rang, färbte sich sein Gesicht dunkelrot. »*Hier bei uns geht es aber nun mal nicht, Mam,* wir haben nämlich kein Kabelfernsehen wie Dekko.«
Da fiel es Ria wieder ein. Vor einigen Monaten hatten sie eine lange Auseinandersetzung deswegen gehabt. Sie und Danny waren zu dem Schluß gekommen, daß die Kinder auch so schon zuviel vor dem Fernseher saßen.
»Nicht, daß uns das jetzt noch viel nützen würde«, warf Dekko düster ein. »Jetzt, wo wir dieses schreckliche Baby haben und das Gerät sowieso nicht mehr anmachen dürfen.«
»Komm schon, Dekko, ein kleines Brüderchen kann doch nicht so schrecklich sein«, meinte Ria.

»Doch, Mrs. Lynch. Er ist gräßlich. Und außerdem ist es einfach peinlich. Wozu um Himmels willen brauchten sie nach so vielen Jahren noch ein Baby? Du liebe Zeit, ich bin schon zehn!« Kopfschüttelnd erörterten die Jungen die Möglichkeit, das Problem mit Hilfe eines Verlängerungskabels doch noch zu lösen. Wenn sie das Gerät vielleicht drei bis vier Meter vom Haus entfernt aufstellten und den Ton leise drehten, würde das gehen? Dekko hatte seine Zweifel. Seine Mutter verstand keinen Spaß, wenn es um dieses schreckliche Baby ging.
Das war nicht gerade Balsam auf Rias Seele. Sie dachte schon seit einiger Zeit ernsthaft darüber nach, selbst noch einmal ein Baby zu bekommen. Die Immobilienfirma florierte mittlerweile prächtig, Danny war als »Makler des Jahres« ausgezeichnet worden. Und sie waren beide immer noch jung und hatten ein großes Haus. Nichts sprach gegen ein drittes Kind.

Die Kupferpfanne blitzte. Stolz präsentierte Gertie Ria ihr Werk. »Du kannst dich darin ansehen, Ria, besser als in einem Spiegel.« Ria dachte, daß wohl niemand auf den Gedanken käme, eine schwere Pfanne hochzuheben, nur um sich darin anzusehen, aber sie verkniff sich die Bemerkung. Sie übersah auch den blauen Fleck auf Gerties Gesicht, den sie mit ihrem Haar zu verdecken versuchte. »Du liebe Zeit, die glänzt ja wie Gold. Es ist wirklich lieb von dir, daß du dir am Samstag die Mühe machst, Gertie.« Nun war es an Ria, Gertie eine Entlohnung für ihre Arbeit anzubieten, die Gertie zunächst ablehnen, schließlich aber doch annehmen würde. Die Ehre verlangte es, daß sie nach diesem Ritual vorgingen, und es hatte sich zwischen ihnen so eingebürgert.
Heute allerdings kam es anders. »Du weißt, warum ich hier bin.«
»Nun, trotzdem ist es sehr lieb von dir«, erwiderte Ria und griff nach ihrer Handtasche, erstaunt über Gerties Direktheit.
»Ria, wir wissen beide, daß ich in einer Notlage bin. Kann ich bitte zehn Pfund haben? Nächste Woche arbeite ich alles ab.«
»Aber gib es nicht ihm, Gertie.«
Da strich sich Gertie das Haar aus dem Gesicht, und Ria sah

die lange rote Narbe, die von einem Schnitt stammte. »Bitte, Ria!«
»Er wird es immer wieder tun. Verlaß ihn, das ist das einzig richtige.«
»Und wo soll ich dann hingehen, kannst du mir das sagen? Wer würde mich mit zwei Kindern aufnehmen?«
»Dann wechsle eben das Türschloß aus und sorge dafür, daß er Besuchsverbot bekommt.«
»Ria, bitte. Er wartet draußen auf mich.«
Ria gab ihr die zehn Pfund.
Vom Flur her hörte Ria, wie sich Annie mit ihrer Freundin Kitty unterhielt. »Nein, natürlich haben wir nichts bekommen, was denkst du denn? Sie ist nur dagestanden und hat gestöhnt und mit den Augen gerollt: ›So kannst du doch unmöglich herumlaufen, das kannst du nicht tragen ...‹ Nein, gesagt hat sie es eigentlich gar nicht, aber man konnte es an ihrem Gesicht ablesen ... Es war fürchterlich, das kannst du mir glauben. Jetzt kaufe ich mir überhaupt nichts. Das ist am einfachsten, glaub mir. Es ist das ganze Theater einfach nicht wert. Allerdings weiß ich nicht, wie ich es Oma beibringen soll. Sie war so großzügig, und *ihr* ist es völlig egal, was ich trage.«
Ria machte sich auf die Suche nach Danny. Nur ein paar Augenblicke mit ihm, und sie würde sich besser fühlen. Seine Gegenwart würde sie aufrichten, ihr wieder Selbstvertrauen geben, denn sie fühlte sich auf einmal ganz leer und kraftlos. Er stand leicht gebeugt hinter der Schleifmaschine und wurde gründlich durchgeschüttelt, während sie sich rumpelnd über den Boden bewegte und das schöne Holz freilegte. Obwohl er ganz in seine Arbeit vertieft war, winkte er sie zu sich.
Unbewußt legte Ria die Hand an den Hals und fragte sich, ob sie vielleicht die Grippe bekam. Es war ein herrlicher Samstagvormittag zu Hause in der Tara Road. Warum reagierte sie nur auf alles so empfindlich? Ob sie sich wohl einmal an eine Kummerkastentante wenden sollte? Oder an einen Psychologen? Und würde man ihr dort raten, sich eine Arbeit zu suchen? Ja, das wäre eine

naheliegende Antwort. Ein objektiver Beobachter wäre sicher der Ansicht, daß sie dann weniger Zeit zum Grübeln hätte und sich unabhängiger und selbstbewußter fühlen würde. Der Einwand, daß das gerade keine Lösung war, erschien müßig. Sie hatte doch eine Arbeit. Sollte sie jeden Morgen das Haus verlassen, nur um sich etwas zu beweisen? Außerdem hatte Danny oft genug gewarnt, daß er viel mehr Steuern zahlen müßte, wenn sie mitverdiente. Und dann waren da auch noch die Kinder, die sie in diesem Alter mehr denn je brauchten.

Jeden Tag kam zudem ihre Mutter vorbei; da mußte sie zu Hause sein. Und auch Gertie brauchte sie, nicht nur wegen der paar Pfund, die sie sich beim Putzen verdiente, sondern auch weil sie moralische Unterstützung nötig hatte. Außerdem, wer sollte all ihre ehrenamtlichen Aufgaben übernehmen, wenn Ria ganztags zur Arbeit ging? Und das waren nicht diese noblen Wohltätigkeitsfeste, bei denen Spenden gesammelt wurden, eine Beschäftigung, mit der manche Frauen aus der Mittelschicht ihr halbes Leben verbrachten. Ria arbeitete richtig, sie bediente in einem Geschäft, ging in Krankenhäuser und kümmerte sich um kleine Kinder, deren Mütter Brustkrebs hatten. Sie sammelte alte Kleider, bewahrte sie in der Garage auf und ließ sie reinigen; sie machte Chutneys und Saucen und organisierte sich Gläser dafür; sie stand mit einer Sammelbüchse stundenlang vor dem Supermarkt.

Auch das Haus bedurfte ihrer Pflege. Danny hatte sie schon so oft für ihren unermüdlichen Einsatz im Kampf gegen Holzwürmer, Feuchtigkeit und Moder gelobt. Und angenommen, nur einmal angenommen, eine Stelle wäre tatsächlich die Lösung – welche Arbeit sollte das eigentlich sein? Wenn nur jemand das Wort »Internet« erwähnte, überlief es sie kalt. Sie würde sich erst einmal grundlegende Computerkenntnisse aneignen und den Umgang mit modernen Bürogeräten lernen müssen, bevor sie auch nur daran denken konnte, sich etwa um eine Stelle als Empfangsdame zu bewerben.

Vielleicht verschwanden ihre Ängste und das Gefühl der Leere bald von allein. War denn eine Arbeit außer Haus die einzig mögliche Antwort? Schließlich gab es noch eine uralte, ganz natürliche Lösung. Vielleicht fühlte sie tief in sich den Wunsch nach einem Kind.

Sie wollte noch ein Baby, das sein kleines Köpfchen an ihre Brust schmiegte und sie mit seinen Äuglein vertrauensvoll anblickte, dazu Danny an ihrer Seite. Das war nicht nur eine momentane Laune, es war genau das, was sie brauchte. Auch wenn Brian und seine Freunde es verrückt fanden und sich darüber lustig machten, es war der richtige Zeitpunkt für ein Baby.

Sie waren zum Abendessen bei Rosemary eingeladen. Es war keine große Gesellschaft, nur sie drei. Ria wußte schon vorher, was es geben würde: eine kalte Suppe, gegrillten Fisch mit Salat. Danach Obst und Käse, serviert vor dem riesigen Panoramafenster, durch das man auf die geräumige, hell erleuchtete Dachterrasse blickte. Die Wohnung in der Tara Road 32 war mittlerweile ein kleines Vermögen wert, wie Danny betonte, und natürlich bestens gepflegt. Rosemarys Einkommen war mit dem Erfolg ihrer Firma gewachsen, und auch wenn sie nicht halb so gut kochen konnte wie Ria, brachte sie scheinbar ohne die geringste Mühe immer ein exzellentes Essen auf den Tisch.

Ria wußte selbstverständlich, wieviel davon schon fertig aus dem Feinkostladen stammte, wenn es auch sonst niemandem aufgefallen wäre. Erging sich jemand in Lobeshymnen über das köstliche dunkle Brot, lächelte Rosemary nur in sich hinein. Und alles war immer so bezaubernd arrangiert. Trauben und Feigen lagen bunt durcheinander in einer avantgardistischen Schale von strenger Schlichtheit, daneben ein mächtiger blauer Glaskrug mit Eiswasser, weiße Tulpen in einer schwarzen Vase. Stilvoll bis ins letzte Detail. Im Hintergrund lief leise Modern Jazz, und Rosemary war herausgeputzt, als handle es sich um eine Theaterpremiere. Ria wunderte sich immer wieder über Rosemarys Energie und ihre hohen Ansprüche.

Sie schlenderte mit Danny die Tara Road entlang. Manchmal wünschte sie, er würde nicht ständig den Verkaufswert der Häuser schätzen. Aber schließlich war das sein Beruf. Es war nur natürlich.

Schon oft hatten sie darüber geredet, wie einzigartig die Tara Road in ganz Dublin war. Jede andere Straße war entweder sehr exklusiv oder sehr heruntergekommen, nur die Tara Road bildete da eine Ausnahme. Hier gab es alles mögliche: Luxusanwesen, die für ein Vermögen den Besitzer wechselten. Daneben standen heruntergekommene Häuserzeilen, in denen es eine Vielzahl möbliert vermieteter Unterkünfte gab, worauf schon die Unzahl von Mülltonnen und Fahrrädern deutlich hinwies. Dann waren da noch die roten Backsteinhäuser der Mittelschicht, in denen schon seit Generationen Beamte und Bankangestellte lebten. Und schließlich gab es ehemals hochherrschaftliche Gebäude wie ihres, von denen immer mehr ihren früheren Glanz zurückgewannen.
Bei der Wäscherei an der Ecke, wo Gertie wohnte, fand man eine Reihe von Geschäften, die im Laufe der Jahre immer schicker geworden waren. Dort lag auch Colm Barrys vornehmes Restaurant. Und schließlich gab es noch bescheidene Häuser wie das ihrer Mutter.
Jedesmal wenn Ria durch das Tor von Nummer 32 ging, bewunderte sie aufs neue die elegante Vorderfront des Hauses. Und wie schon so oft wünschte sie sich, ihr eigenes Haus hätte auch so einen großzügigen und kunstvoll gestalteten Vorplatz, auf dem mehrere Autos parken konnten. Niedrigwachsende Blumensorten wurden von langstieligen abgelöst und gingen schließlich kurz vor den Granitstufen am Eingang in Büsche über, wodurch das Gebäude beinahe wie ein Tempel wirkte. Ihr eigenes Haus strahlte nicht eine solche vertrauenerweckende Beständigkeit aus. Zwar hatte Danny vor ein paar Jahren eingewilligt, einen kleinen Steingarten anzulegen und einen Teil der Fläche zu asphaltieren, aber das war alles kein Vergleich mit Nummer 32.
Es war hier nicht denkbar, daß vor dem Haus einmal ein Gebäude mit Wohnungen oder etwas dergleichen gebaut würde, was bei dem Anwesen der Lynchs, wie es momentan aussah, sehr gut der Fall sein konnte. Aber Danny hatte schon mehrmals versichert, daß es den Wert ihres Anwesens steigern würde, wenn es etwas

versteckt läge. Ria hatte eingewandt, der finanzielle Wert eines Hauses sei nur im Fall seines Verkaufs von Bedeutung. Eigentlich aber liege der Wert für seine Besitzer doch darin, daß sie sich in ihm wohl fühlten. Hin und wieder sprachen sie auch darüber, aber es war eines der wenigen Themen, bei denen Ria das Gefühl hatte, sie könne ihren Standpunkt nicht deutlich genug zum Ausdruck bringen. Sie wollte den Vorplatz ihres Hauses so umgestalten, daß es aussah, als hätte sich hier jemand auf Dauer niedergelassen. Doch dieser Wunsch konnte leicht mißverstanden werden: so als wäre sie nur neidisch auf das, was andere Leute hatten, und würde deshalb ständig herumnörgeln.

Ria behauptete gern von sich, sie könne zwischen Wichtigem und Unwichtigem unterscheiden. Zum Beispiel wollte sie ihre ganze Überzeugungskunst aufwenden, um Danny zu einem weiteren Kind zu überreden. Ein Vorgarten rangierte auf ihrer Prioritätenliste viel weiter unten, und so wollte sie ihm damit nicht ständig in den Ohren liegen. Danny sah in letzter Zeit ohnehin häufig blaß und abgespannt aus. Er arbeitete einfach zuviel.

Während Rosemary die Drinks zubereitete, sah sich Ria um. Dies war wirklich der perfekte Rahmen für ihre Freundin. Niemand wäre darauf gekommen, daß die Bewohnerin eine mit allen Wassern gewaschene Geschäftsfrau war. Ihre Akten ließ Rosemary in der Firma, Tara Road diente ausschließlich der Erholung. Und die Wohnung sah immer noch so makellos aus wie an dem Tag, an dem sie eingezogen war. Es gab keine Kratzer an der Wand, und die Möbel waren nicht dem Verschleiß durch Kinder ausgesetzt. Rias Blick fiel auf Kunstbücher und Magazine, die auf einem Tischchen arrangiert waren. In ihrem Haus würde das nicht lange so bleiben, im Nu lägen darauf Schulhefte, eine Jacke, Tennisschuhe oder die Abendzeitung. Trotzdem, in Rosemarys Wohnung fühlte man sich nie so richtig zu Hause, fand Ria. Alles sah dort immer so aus, als sollte es für eine Zeitschrift fotografiert werden.

Sie war im Begriff, Danny darauf anzusprechen, während sie so zusammen die Tara Road entlang nach Hause spazierten und dabei im Vorbeigehen in die Fenster anderer Häuser spähten. Wie schon so oft gratulierten sie sich dazu, sich in dieser Gegend ein Haus gekauft zu haben, als sie jung und entschlußfreudig gewesen waren. Aber Danny kam ihr zuvor. »Ich fühle mich wohl bei Rosemary«, sagte er unvermittelt. »Dort ist es so ruhig und friedlich, es gibt keinerlei Verpflichtungen.«

Ria musterte ihn, wie er so im lauen Frühlingswind dahinschlenderte, die Jacke halb über die Schulter geworfen. Das Haar fiel ihm wie immer in die Stirn, kein Friseur hatte es je zähmen können. Warum gefiel ihm die Atmosphäre von Rosemarys Wohnung? Das entsprach doch gar nicht Dannys Geschmack. Viel zu spartanisch. Wahrscheinlich lag es nur daran, daß die Wohnung so viel wert war. Wenn man den ganzen Tag mit Immobilienpreisen zu tun hatte, dachte man zwangsläufig in diesen Kategorien. Aber tief im Innern wollte Danny ein Haus, das in warmen Farbtönen gehalten war und in dem es stets von Menschen wimmelte.

Wäre Rosemary heute bei ihnen gewesen, hätten sicher sieben oder acht Leute um den Küchentisch herum gesessen. Die Kinder wären ständig mit ihren Freunden ein und aus gegangen. Gertie wäre vielleicht gekommen, um beim Servieren zu helfen, und hätte sich schließlich zu ihnen an den Tisch gesetzt. Im Hintergrund wäre das Radio gelaufen, dazwischen hätte das Telefon geschrillt, und Clement, der neugierige Kater, wäre hereingekommen, um die Gästeliste zu inspizieren. Alle hätten laut geredet und wären einander ständig ins Wort gefallen. An jedem Ende der Tafel hätten große, bereits entkorkte Flaschen Wein gestanden. Als Vorspeise hätte es eine große Schüssel Fischsuppe mit Muscheln und Riesengarnelen gegeben, dazu dicke Scheiben Brot. Als Hauptgang einen Braten, danach mindestens zwei Desserts. Eine von Rias Spezialitäten war ein herrlicher Sirupkuchen, dem keiner widerstehen konnte. Das war ein Abend, wie er ihnen allen gefiel. Und nicht so eine steife Angelegenheit wie aus einem dieser niveauvollen französischen Filme.

Aber es wäre albern gewesen, sich darüber zu streiten, und Ria wollte sich auch nicht selbst loben. Deshalb nahm sie wie so häufig Dannys Standpunkt ein. Sie hakte sich bei ihm unter und sagte, da habe er recht. Es sei angenehm gewesen, in so entspannter Atmosphäre zusammenzusitzen und sich zu unterhalten. Kein Wort davon, daß sich Rosemary ihrer Meinung nach herausgeputzt hatte, als ginge sie zu einem Fernsehinterview und hätte nicht Danny und Ria zu Gast, die beiden Menschen, die ihr wahrscheinlich am nächsten standen.

»Wir haben wirklich Glück, so gute Freunde und Nachbarn zu haben«, sagte sie mit einem zufriedenen Seufzer. Und das meinte sie auch so. Als sie durchs Gartentor gingen, sahen sie in ihrem Wohnzimmer Licht brennen.

»Sie sind noch auf.« Danny klang erfreut.

»Das hoffe ich nicht. Es ist beinahe eins.«

»Na, wenn es nicht die Kinder sind, dann haben wir Einbrecher im Haus.« Danny schien kein bißchen beunruhigt. Einbrecher warteten normalerweise nicht vor dem Fernseher, bis die Hausbesitzer heimkamen.

Ria ärgerte sich. Sie hatte gehofft, sie könnte sich noch ein bißchen mit Danny in die Küche setzen, etwas trinken und dabei über das Baby sprechen. Sie hatte sich auch schon Argumente zurechtgelegt, falls er sich dagegen sträuben sollte. Heute abend waren sie sich sehr nahe, zumindest körperlich, auch wenn Ria nicht begreifen konnte, was ihm an Rosemarys kühler, abweisend wirkender Wohnung gefiel. Warum mußten die Kinder ausgerechnet heute nacht noch aufsein?

Natürlich war es Annie mit ihrer Freundin Kitty. Sie hatte nicht einmal Bescheid gesagt, daß Kitty kommen würde, geschweige denn gefragt, ob sie Rias Nagellack nehmen durften, um sich damit die Fußnägel zu lackieren, oder ihr Gymnastikvideo ansehen, das gerade aus dem Fernseher dröhnte. Die Mädchen wirkten ungehalten darüber, daß Annies Eltern in ihr eigenes Haus zurückkamen.

»Hallo, Mr. Lynch«, sagte Kitty, die Frauen meist ignorierte, jeden Mann jedoch, dessen sie ansichtig wurde, mit einem strah-

lenden Lächeln bedachte. Kitty sah aus, als sei sie einer Fernsehdokumentation über die Gefahren der Großstadt entsprungen. Sie war mager wie ein Straßenkind und hatte dunkle Ringe unter den Augen, die von ihren ausgedehnten Discobesuchen herrührten. Annie haderte damit, daß ihr diese Freiheit verwehrt blieb. Danny hielt Kitty für ein lustiges kleines Ding und für eine richtige Persönlichkeit. »Hallo, Kitty, hallo, Annie! Ihr habt euch ja jeden Zehennagel in einer anderen Farbe lackiert. Toll!«
Die Mädchen lächelten ihn erfreut an. »Natürlich haben wir hier nicht gerade eine große Auswahl«, meinte Annie entschuldigend. »Kein Blau oder Schwarz. Nur Rot- und Rosatöne.« Kitty runzelte mißbilligend die Stirn.
»Oh, das tut mir aber wirklich leid«, warf Ria ein, doch was spöttisch gemeint war, klang scharf und bitter. Es war einfach zu ungerecht.
Schließlich war es *ihr* Kosmetikschrank, den die beiden ohne Erlaubnis geplündert hatten. Gleichzeitig rieben sie ihr unter die Nase, daß sie völlig unfähig war, weil sie ihnen keine ausreichende Farbpalette bieten konnte. Achselzuckend blickten die Mädchen auf Danny und erwarteten Unterstützung von ihm. »Brian schon im Bett?« fragte Ria knapp, bevor Danny etwas sagen konnte, was die Sache nur noch schlimmer machen würde.
»Nein, er ist mit dem Auto weggefahren. Er macht mit Myles und Dekko eine Discotour.«
»Annie, bitte.«
»Ach, Mam, was erwartest du eigentlich? Glaubst du, wir hätten nichts Besseres zu tun, als uns um Brian zu kümmern? Oder daß es uns auch nur im geringsten interessiert, wo er steckt?«
Kitty beschloß, die Situation zu retten. »Mrs. Lynch, Sie müssen sich keine Sorgen machen, er ist um neun Uhr ins Bett gegangen. Er schläft wie ein Murmeltier. Ehrlich.« Sie schaffte es, Ria wie ein überängstliches Mütterchen wirken zu lassen, das schon leicht paranoid war.
»Sicher tut er das, Ria.« Danny glaubte offenbar ebenfalls, sie beruhigen zu müssen.

»Hattest du einen schönen Abend?« fragte Annie ihren Vater. Nicht etwa, weil es sie interessierte, sondern weil sie ihrer Mutter eins auswischen wollte.
»Es war wundervoll. Keine Aufregung, kein Trubel.«
»Hm.« Sogar in ihrer derzeitigen Stimmung, in der sie alles unternommen hätte, um ihre Mutter zu ärgern, konnte Annie daran nichts Erfreuliches finden.
Ria nahm sich vor, Annies Unmut, den sie in letzter Zeit häufig zu spüren bekam, zu ignorieren. Wie bei so vielem anderen ging sie einfach darüber hinweg. »Nun, ich denke, ihr beide wollt jetzt wohl ins Bett gehen. Bleibt Kitty über Nacht hier?«
»Es ist Samstag, Mam. Ist dir vielleicht entgangen, daß morgen keine Schule ist?«
»Wir müssen nur noch ein paar Sit-ups machen«, bettelte Kitty. Sie klang so unterwürfig, als erwartete sie, Mrs. Lynch würde ihr gleich eine Ohrfeige verpassen.
»Ihr Mädchen habt keine Sit-ups nötig.« Dannys bewunderndes Lächeln war absolut unpassend. Schließlich war er ein fürsorglicher, nicht mehr ganz junger Familienvater.
»Aber Dad, und ob.«
»Na, dann wollen wir doch mal sehen.«
Ria stand eisig lächelnd daneben und sah ihrem Mann dabei zu, wie er zusammen mit zwei Teenagern eine alberne Übung absolvierte, die seinen ohnehin flachen Bauch trainieren sollte. Sie bogen sich vor Lachen, als sie der Reihe nach umfielen. Ria wollte nicht mitmachen, aber sie konnte sich auch nicht losreißen. Was wahrscheinlich kaum länger als zehn Minuten dauerte, erschien ihr wie zwei Stunden. So kam es nicht mehr zu einem einträchtigen Gespräch in der Küche, ebensowenig wie zu der anschließenden Liebesnacht. Danny verkündete, er müsse unter die Dusche. In letzter Zeit mangle es ihm an Kondition, er sei völlig außer Übung. Die wenigen Minuten leichten Trainings hätten ihn völlig erschöpft. »Ich entwickle mich allmählich zu einem alternden Fettsack«, sagte er.
»Nein, du bist ein Bild von einem Mann«, erwiderte Ria aufrichtig,

als er sich auszog. Sie sehnte sich danach, daß er gleich zu ihr ins Bett schlüpfen würde. Doch er ging unter die Dusche und kam im Schlafanzug zurück; heute nacht würde nichts laufen. Kurz bevor sie einschlief, überlegte Ria, wann sie sich das letzte Mal geliebt hatten. Aber darüber wollte sie sich nicht auch noch Gedanken machen. Sie waren eben sehr beschäftigt. Das komme bei den meisten Paaren irgendwann mal vor, hieß es doch, und gebe sich dann von selbst wieder.
Am Sonntag war Danny den ganzen Tag außer Haus, weil er Kaufinteressenten Wohnungen zeigen mußte. Bei diesem Projekt ging es um eine völlig neue Zielgruppe, junge, beruflich erfolgreiche Leute. Der Bauträger hatte erklärt, daß ein Fitneßcenter mit angeschlossenem Café keinen Sinn mache, wenn die jungen Bewohner dort keine Gleichgesinnten trafen. Und Danny mußte das ganze Procedere überwachen. Nein, zum Mittagessen würde er bestimmt nicht zurück sein.
Brian besuchte Dekko zu Hause; dort fand heute die Taufe statt. Dekko wollte daran überhaupt nicht teilnehmen, aber seine Großmutter und Arbeitskollegen seiner Eltern wollten kommen, und aus unerfindlichen Gründen war seine Anwesenheit dabei unerläßlich. Immerhin war abgemacht worden, daß Myles und Brian und er je fünf Pfund bekommen sollten, wenn sie ein sauberes Hemd anziehen und Häppchen herumreichen würden.
»Eine Menge Geld«, meinte Dekko ernst. »Sie müssen verrückt sein, fünfzehn Pfund auszugeben, nur damit wir alle dabei sind.«
»Ich hätte eigentlich gedacht, normale Leute würden uns fünfzehn Pfund dafür zahlen, wenn wir *nicht* kommen«, sagte Brian.
»In einem Haus mit einem kleinen Baby spinnen sie alle«, hatte Dekko weise erwidert, und dann hatten die drei tief geseufzt.
Annie erklärte, sie wolle mit Kitty zur Berufsberatung ihrer Schule gehen, das habe sie doch schon vor einer Ewigkeit angekündigt, und nicht nur einmal. Aber ihr höre einfach nie jemand zu.
»Zu den anderen Terminen bist du auch nicht gegangen«, wandte ihre Mutter ein.

»Da ging es nur um Banken, Versicherungen, Rechtsanwälte und solchen Quatsch.«
»Und worum geht es diesmal, daß du unbedingt hingehen mußt?«
»Na, um richtige Sachen, mit Musik und Mode und so.«
»Und wo ißt du zu Mittag, Annie? Ich habe eine Lammkeule aufgetaut, und jetzt ist anscheinend niemand zu Hause.«
»Ach Mam, so eine blöde Lammkeule ist für dich natürlich wichtiger als meine Zukunft.« Wutentbrannt knallte Annie die Tür hinter sich zu.
Ria rief ihre Mutter an.
»Sei nicht albern, Ria. Warum soll ich hier alles stehen- und liegenlassen, nur um mit dir eine Unmenge Fleisch zu essen? Warum hast du die Keule überhaupt aufgetaut, bevor du wußtest, wer zum Essen da ist? Das ist mal wieder typisch, Ria. Du denkst nie nach, bevor du etwas tust.«
Ria versuchte es bei Gertie. Jack war am Telefon. »Was ist?«
»Oh ... ähm ... Jack, hier spricht Ria Lynch.«
»Was willst du? Aber ich kann's mir schon vorstellen.«
»Nun, ich würde gern Gertie sprechen.«
»Ja, ja. Und sie wieder mit feministischem Zeug vollquatschen, nehme ich an.«
»Nein, zufälligerweise wollte ich sie einfach nur zum Essen einladen.«
»Wir haben keine Zeit.«
»Vielleicht könnte Gertie es doch einrichten ...«
»Nein, du Emanze.«
»Vielleicht könnte ich sie selbst mal sprechen, Jack.«
»Vielleicht könntest du dich zum ...« Dann hörte man Geräusche, die nach einem kleinen Handgemenge klangen.
»Ria, hier spricht Gertie ... Ich kann leider nicht kommen.«
»Du kannst nicht wohin kommen?«
»Wozu immer du mich einlädst ... danke, aber ich kann nicht.«
»Es handelt sich nur um ein Mittagessen, Gertie. Nur um eine blöde Lammkeule.«
Am anderen Ende der Leitung hörte Ria ein Schluchzen. »Wenn

es nur um eine blöde Lammkeule geht, warum hast du mich dann angerufen und mir solche Scherereien bereitet?«

»Hier ist der automatische Anrufbeantworter von Martin und Hilary. Bitte hinterlassen Sie nach dem Pfeifton eine Nachricht.«
»Es ist nichts Wichtiges, Hilary, hier spricht Ria. Wenn du am Sonntag morgen um zehn nicht zu Hause bist, wirst du wahrscheinlich auch mittags nicht dasein ... ähm, na ja, ich melde mich wieder.«

Ria rief Colm Barry im Restaurant an. Sonntags war er häufig dort anzutreffen. Wie er ihr einmal erzählt hatte, nutzte er den sonntäglichen Frieden, um in Ruhe die Buchführung und andere Büroarbeiten zu erledigen.
»Hallo.« Colms Schwester Caroline sprach immer so leise, daß man die Ohren spitzen mußte, um sie zu verstehen. Colm sei nicht da, erklärte sie, er müsse etwas erledigen. Sie sagte es so zögernd, daß Ria sich fragte, ob Colm nicht gerade neben ihr stand und ihr zu verstehen gab, daß er nicht zu sprechen sei.
»Das macht nichts. Ich wollte nur fragen, ob er Lust hat, zum Essen zu kommen.«
»Zum Essen? Heute?« fragte Caroline ungläubig.
»Nun, ja.«
»Bei euch zu Hause?«
»Ja, hier.«
»Du hast ihn also eingeladen? Ich meine, hat er es vergessen?«
»Nein, es war nur ein ganz spontaner Gedanke. Natürlich gilt die Einladung auch für dich, falls du Zeit hast.«
Offenbar konnte Caroline mit spontanen Gedanken nichts anfangen.
»Zum Essen? Heute?«
Ria verspürte das starke Verlangen, ihr eine Ohrfeige zu gegeben.
»Vergiß es, Caroline. Es war nur so eine Idee.«
»Ich bin sicher, Colm wird es sehr bedauern, daß er deine Einladung nicht annehmen konnte. Er ist so gerne bei euch. Es ist nur so, daß er ... nun, er ist ... er ist nicht da.«

»Ja, ich weiß, er muß etwas erledigen. Das sagtest du bereits.« Ria hatte den Eindruck, daß man ihr ihre wachsende Ungeduld anhörte. »Und du selbst, Caroline, hast du keine Zeit? Du und Monto?« Ria hoffte inbrünstig, daß die beiden schon etwas vorhatten. Und das Glück war auf ihrer Seite.
»Nein, tut mir wirklich leid, Ria. Ich kann dir nicht sagen, wie leid es mir tut, aber heute geht es nicht. An jedem anderen Tag, aber nicht heute.«
»Ist schon in Ordnung, Caroline. Es war ja auch sehr kurzfristig, wie ich schon sagte.« Ria legte auf.

Das Telefon klingelte, und Ria nahm hoffnungsvoll den Hörer ab.
»Ria? Hier spricht Barney McCarthy.«
»Oh, er ist schon auf dem Weg zu dir, Barney.«
»Ach ja?«
»Ja, an der neuen Baustelle mit den teuren Wohnungen.«
»Oh, natürlich, ja.«
»Bist du denn nicht dort?«
»Nein, ich wurde aufgehalten. Wenn er anruft, sag ihm bitte Bescheid. Ich komme gleich nach.«
»In Ordnung.«
»Und geht es dir gut, Ria?«
»Bestens«, log sie.
Sollte sie die Keule nun braten und sie dann kalt mit Salat auftischen, wenn alle zu Hause waren? Gertie behauptete, man könne alles wieder einfrieren, sofern es noch nicht ganz aufgetaut war. Aber hatte Gertie wirklich Ahnung davon? Colm wußte es bestimmt, aber der hatte laut Auskunft seiner beschränkten Schwester ja etwas zu erledigen. Auch Rosemary wußte sicher Bescheid darüber, aber Ria hatte keine Lust, sie zu fragen. War sie wirklich auf dem besten Weg, eine richtige Langweilerin zu werden, wie Annie ihr vorgeworfen hatte? Ria verstand nun, warum Menschen, die allein lebten, die Sonntage als sehr lang und sehr einsam empfanden. Aber wenn sie erst das Baby hatte,

würde sich alles ändern ... sie wüßte nicht mehr ein noch aus vor lauter Arbeit.

Brian war auf der Taufe schlecht geworden. Er fühlte sich nicht in der Lage, zur Schule zu gehen. Und er war ziemlich sicher, daß Myles und Dekko nettere, verständnisvollere Eltern hatten, die sie nicht todkrank aus dem Haus jagten. Annie meinte, das sei nur die gerechte Strafe, denn offensichtlich hätten sie alle Sekt getrunken und davon einen Kater. Brian hatte mit zorngeröteten Wangen erwidert, daß sie dafür keinerlei Beweise habe. Sie wolle lediglich die Aufmerksamkeit von sich ablenken, weil sie und Kitty gestern so lange weg gewesen waren und alle sich Sorgen gemacht hatten.
»Ich habe mich mit meinen Berufsaussichten, mit meiner Zukunft und solchen Dingen beschäftigt. Aber ein Säufer wie du hat sowieso keine Zukunft«, entgegnete sie kühl.
Ria versuchte zu schlichten und blickte hilfesuchend auf Danny, aber der hatte sich in Broschüren und Pressemitteilungen über die neue Wohnanlage vertieft. Letzte Nacht war er müde nach Hause gekommen. Zu müde, um ihre Zärtlichkeiten zu erwidern, als sie zu ihm hinüberlangte. Es sei ein langer Tag gewesen, hatte er erklärt. Auch für Ria war es ein langer Tag gewesen, ein langer, einsamer Tag, den sie hinter der schweren Schleifmaschine verbracht hatte, aber sie hatte sich nicht beklagt. Nun war wieder Normalität eingekehrt; sie saßen zusammen um den großen Frühstückstisch und redeten alle durcheinander. Sie waren eine richtige Familie, für die in dieser geräumigen, hellen Küche die neue Woche begann.
Und als die Zeit zum Aufbruch kam, hatte sich die Lage weitgehend beruhigt. Brian glaubte nun doch, zur Schule gehen zu können; die frische Luft würde ihm vielleicht guttun. Annie gab zu, sie hätte vielleicht anrufen und Bescheid geben sollen, daß es länger dauerte, aber sie hätte einfach nicht gedacht, daß jemand auf sie warten würde. Ehrlich.
Danny riß sich von seinen Broschüren los. »Eine Wohnung mit

Teppichboden läßt sich heute nicht mehr verkaufen«, meinte er, »Ohne federnde Eichenböden geht heutzutage gar nichts mehr. Woher haben plötzlich alle in diesem Land soviel Geld? Sag es mir, dann kann ich als glücklicher Mann sterben.«
»Aber bitte jetzt noch nicht. Ich habe nämlich noch Großes mit dir vor«, lachte Ria.
»Ach ja? Nun, ich hoffe, nicht heute abend«, sagte er. »Ein Essen mit Investoren. Da muß ich dabeisein.«
»O nein, nicht schon wieder!«
»O ja, leider schon wieder. Und noch viele Male, bis wir mit diesem Projekt fertig sind. Wenn wir Makler uns bei solchen Werbeveranstaltungen nicht blicken lassen, werden wir nicht ernst genommen.«
Sie zog ein Gesicht. »Ich weiß, ich weiß. Und schließlich wird es ja nicht ewig so weitergehen.«
»Was meinst du damit?«
»Nun, irgendwann sind die Wohnungen verkauft, oder? Darum geht es doch.«
»Diese Phase ... diese Phase ist nur der erste Schritt. Weißt du noch, wie wir am Samstag mit Barney darüber gesprochen haben?«
»Hat Barney dich gestern erreicht?«
»Nein, warum?«
»Er wurde aufgehalten, und ich habe ihm gesagt, er findet dich auf der Baustelle.«
»Ich hatte den ganzen Tag Termine. Jemand wird die Nachricht angenommen haben. Wenn ich im Büro bin, rufe ich ihn zurück.«
»Du arbeitest zuviel, Danny.«
»Du auch.« Er lächelte mitfühlend. »Sieh mal, ich habe diese Schleifmaschine angeschleppt, und jetzt hast du die meiste Arbeit gemacht.«
»Na ja, wenn es dir so besser gefällt«, meinte Ria zweifelnd.
»Schatz, das ist gar keine Frage. Das steigert den Verkaufswert unseres Hauses um etliche tausend Pfund. Und das ist das Ergebnis von einem einzigen Wochenende Arbeit. Warte nur, bis wir

auch die Kinder an diese Sklavenarbeit gewöhnt haben, dann machen wir im ersten Stock weiter. Dieses Haus wird ein Vermögen wert sein.«

»Aber wir wollen es doch gar nicht verkaufen«, meinte Ria beunruhigt.

»Ja, ich weiß. Aber eines Tages, wenn wir alt und grau sind, möchten wir vielleicht ein nettes Apartment am Meer oder auf dem Mars oder etwas anderes ...« Er zauste ihr das Haar und brach auf.

Ria lächelte. Alles schien wieder beim alten.

»Riii-a?«

»Hallo, Mam. Wo ist Pliers?«

»Ich verstehe. Deine eigene Mutter interessiert dich gar nicht mehr, du willst nur den Hund sehen.«

»Aber nein, ich dachte nur, er wäre bei dir.«

»Nein, zufällig nicht. Deine Freundin Gertie macht einen netten kleinen Morgenspaziergang mit ihm. Sie hat ihn zum Kanal mitgenommen.«

»Gertie?«

»Ja. Sie hat angeblich gehört, daß man mit Hunden wie Pliers hin und wieder mal richtig laufen muß, das bringt sie auf Trab. Auch wenn ich noch einigermaßen fit bin, kann ich natürlich mit Pliers nicht mehr mithalten. Also habe ich Gerties Angebot angenommen.«

Ria war verblüfft. Gertie war sonst nicht so sportlich und ging kaum spazieren. Aber Rias Mutter war mit ihren Gedanken schon ganz woanders. »Ich bin sowieso nur hier, weil ich Annie Bescheid geben wollte, daß es heute abend um sieben Uhr losgeht.«

»Was denn?«

»Annie und ihre Freundin Kitty kommen mit mir ins St. Rita. Wir bringen Kitty Bridge bei.«

In Ria arbeitete es. »Aber da essen wir gerade.«

»Ich denke, die beiden wissen schon, was wichtig für sie ist. Das sind nämlich nette, normale Mädchen, die gerne mit anderen Menschen zusammen sind«, erwiderte Rias Mutter. Sie saß am

Tisch ihrer Tochter und wartete darauf, daß ihr der Kaffee serviert wurde. Ihre vorwurfsvolle Miene verriet, daß sie Ria weder für nett noch für normal hielt.

Die Waschmaschine fing gerade wummernd an zu schleudern, als Rosemary anrief. »Ach je, Ria, wie ich dich beneide. Du kannst gemütlich zu Hause sitzen, während unsereins in Arbeit erstickt.«

»So liegen die Dinge nun mal.« Ria wußte, daß ihre Stimme ein wenig schrill klang. In letzter Zeit reagierte sie häufig etwas brüsk auf andere Menschen, und das scheinbar ohne Anlaß. Sie beeilte sich, eine versöhnliche Bemerkung zu machen. »Man denkt doch immer, daß das Gras auf der Wiese des Nachbarn viel grüner ist. Wie oft beneide ich dich darum, daß du außer Haus arbeiten kannst.«

»Nein, das tust du nicht.«

»Was meinst du damit?«

»Daß du dir eine Stelle suchen würdest, wenn dir zu Hause wirklich die Decke auf den Kopf fallen würde. Das habe ich dir schon oft genug gesagt. Aber warum ich eigentlich anrufe: Jack wurde heute morgen wegen irgendeinem Vorfall vor einem Pub verhaftet. Ich dachte, das würde dich interessieren. Wenn du nichts Dringendes vorhast, kannst du ja nachsehen, wie es Gertie geht.«

»Mit Gertie ist alles in Ordnung. Sie geht mit dem Hund meiner Mutter spazieren.«

»Das ist nicht dein Ernst. Es geschehen immer wieder Wunder.« Rosemary schien sich über diese überraschende Neuigkeit zu freuen. »Sie hat aber nichts dafür verlangt, oder?«

»Nein, das glaube ich nicht. Meine Mutter hätte es mir bestimmt erzählt.«

»Oh, dann ist es gut. Sie macht es also nicht, um sich ein paar Pfund zu verdienen und ihm was zu trinken zu kaufen, wenn die Bullen ihn wieder laufenlassen.«

»Mrs. Lynch?«
»Ja, bitte?« Den ganzen Tag über passierten schon die merkwürdigsten Dinge.
»Mrs. Danny Lynch?«
»Ja?«
»Oh, Entschuldigung, ich glaube, ich habe mich verwählt.«
»Nein, Sie sind schon richtig. Ich bin Ria Lynch.« Am anderen Ende der Leitung wurde aufgelegt.
Gleich darauf rief ihre Schwester Hilary an. »Du klangst auf dem Anrufbeantworter so niedergeschlagen.«
»Nein, das stimmt nicht. Ich habe dir nur mitgeteilt, daß es keinen besonderen Anlaß für meinen Anruf gab. Wir sind doch beide der Ansicht, daß man die Leute, die einfach wieder auflegen, lynchen sollte.«
»Dieses Gerät ist reine Geldverschwendung, das habe ich schon immer gesagt. Wer ruft schon an? Und will man die Nachrichten, die hinterlassen werden, wirklich hören?«
»Vielen Dank, Hilary.«
Hilary fehlte jeder Sinn für Ironie. »Worüber wolltest du mit mir sprechen? Über Mam, nehme ich an.«
»Nein, das war es nicht.«
»Sie wird allmählich ein bißchen wunderlich, weißt du. Das ist dir nur noch nicht aufgefallen, weil du es nicht sehen willst. Du willst dich in dem Glauben wiegen, daß alles in bester Ordnung ist, daß es auf der Welt weder Hungersnöte noch Kriege gibt, daß die Politiker ehrenwerte Menschen sind, die nur das Beste wollen, und daß es keine Klimakatastrophe geben wird.«
»Hilary, rufst du an, um einen Rundumschlag zu machen, oder wolltest du etwas Bestimmtes an mir kritisieren?«
»Sehr komisch. Aber zurück zu Mam. Ich mache mir Sorgen um sie.«
»Aber warum denn? Sie ist gesund und gut in Form, hat jede Menge zu tun und ist völlig zufrieden.«
»Nun sie sollte das Gefühl haben, daß ihre Familie sie braucht.«
»Hilary, sie wird von ihrer Familie gebraucht. Sie kommt jeden

Tag zu uns, manchmal sogar zweimal täglich. Ich bitte sie, zum Essen zu bleiben, lade sie ein, hier zu übernachten. Sie unternimmt mehr mit Brian und Annie als ich ...«
»Damit willst du wohl andeuten, daß ich mich nicht genug um sie kümmere.«
»Ich will gar nichts sagen. Sie schwärmt unablässig davon, wie gut du und Martin zu ihr seid.«
»Das kann schon sein.«
»Also, was bedrückt dich wirklich?«
»Sie will ihr Haus verkaufen.«
Ria schwieg betroffen. »Nein, Hilary, das kann nicht sein. Sie hätte mit Danny darüber gesprochen«, meinte sie dann.
»Nur, wenn sie es über ihn verkaufen will.«
»Wohin sollte sie ziehen? Nein, Hilary, da hast du etwas falsch verstanden.«
»Wir werden ja sehen«, erwiderte Hilary und legte auf.

»Schatz?«
»Ja, Danny?«
»Wollte mich jemand zu Hause sprechen, eine ziemlich merkwürdige Person?«
»Nein, niemand. Warum?«
»Ach, da ist so eine Verrückte, die ruft ständig wegen einer Wohnung an und behauptet, man habe sie als Käuferin abgelehnt ... Sie leidet wohl unter Verfolgungswahn. Und sie belästigt auch alle zu Hause.«
»Es hat tatsächlich eine Frau hier angerufen, aber sie hat keine Nachricht hinterlassen. Das könnte sie gewesen sein ...«
»Was hat sie gesagt?«
»Nichts. Sie hat bloß mehrmals gefragt, wer ich bin.«
»Und was hast du geantwortet?«
Plötzlich riß Ria der Geduldsfaden. Sie hatte ein anstrengendes Wochenende hinter sich, und ständig passierten seltsame Dinge, auf die sie sich keinen Reim machen konnte. »Ich habe ihr erzählt, ich wäre eine Serienmörderin und rein zufällig hier. Meine Güte,

Danny, was denkst du eigentlich? Sie fragte mich, ob ich Ria Lynch sei, und ich habe ja gesagt. Dann meinte sie, sie habe sich verwählt, und legte auf.«
»Ich werde Anzeige erstatten. Das ist Belästigung.«
»Und du hast gesagt, daß sie auch im Büro ... daß du weißt, wer sie ist?«
»Hör mal, Liebes, es wird spät heute abend. Das habe ich bereits angekündigt.«
»Ja, ein Essen, ich weiß.«
»Ich muß los, Schatz.«
Er nannte einfach jedermann Schatz. Da war nichts Besonderes daran. Es war geradezu lächerlich, aber sie mußte tatsächlich mit ihrem eigenen Ehemann einen Termin ausmachen, um mit ihm über das Baby zu reden, und dann noch einen Termin, um die nötigen Schritte einzuleiten, *falls* er einverstanden war.

Um sieben machte Ria sich zum Abendessen einen Teller Suppe und aß eine Scheibe Toast dazu. Sie saß ganz allein in ihrer riesigen Küche. Der stürmische Aprilwind zerrte an der Wäsche auf der Leine, aber sie nahm sie nicht ab. Brian war zu Dekko gegangen, um Schulaufgaben zu machen. Annie wollte nach dem Besuch im St. Rita mit Oma eine Pizza essen, was ihr offensichtlich sehr viel lieber war, als auch nur das kleinste bißchen Zeit mit ihrer Mutter zu verbringen. Und Brian schien es verlockender, die Anwesenheit eines lästigen Babys zu ertragen, als zu Hause zu sein. Colm Barry hatte ihr vom Gemüsegarten aus zugewinkt, bevor er zu seinem Restaurant gegangen war. Ihre Freundin Rosemary bereitete in ihrer Penthousewohnung wahrscheinlich gerade eines ihre kargen Gerichte zu. Gertie, Rias andere Freundin, war ihrem ständig betrunkenen Ehemann entflohen, indem sie den ganzen Tag diesen lächerlichen Hund spazierenführte. Das behauptete zumindest Rias Mutter. Wie war es nur dazu gekommen ... daß auf einmal alle ausgeflogen waren? Daß sie ganz allein zu Hause saß?
Und dann plötzlich kamen alle auf einmal zurück. Annie und ihre

Großmutter kicherten zusammen wie zwei Gleichaltrige. Obwohl mehr als ein halbes Jahrhundert zwischen ihnen lag, verstanden sie sich prächtig miteinander. Annie erzählte, bei den alten Damen sei es sehr lustig gewesen. Sie wollten ihr Originalkleider aus den Fünfzigern leihen, sogar einen dieser komischen Kunstpelze. Einige waren in die Pizzeria mitgekommen.
»Dürfen die das denn?« fragte Ria überrascht.
»Das ist kein Gefängnis, Ria, sondern ein Seniorenheim. Und wer dort einen Platz bekommt, weiß es sehr zu schätzen.«
»Aber was willst du denn dort? Du bist noch viel zu jung für dieses Heim.«
»Das war nur allgemein gesprochen«, sagte ihre Mutter von oben herab.
»Du willst also nicht selbst dort einziehen?«
Ihre Mutter wirkte höchst erstaunt. »Soll das ein Verhör werden?« fragte sie.
»O Mam, um Himmels willen, mußt du immer zu streiten anfangen?« stöhnte Annie.
Da kam Brian herein. Er schien erfreut, wenn auch nicht überrascht, seine Großmutter anzutreffen. »Ich habe gesehen, daß Pliers am Gartentor angebunden ist, und da wußte ich, wo du bist.«
»Pliers? Am Tor angebunden?« Rias Mutter war außer sich. »Mein armes Hundchen, mein lieber Pliers! Hat sie dich einfach ausgesetzt?«
Sie hörten ein Auto. Danny war gekommen, unerwartet früh.
»Dad, Dad, weißt du, wo wir die Farben der Fahnen von Italien, Ungarn und Indien nachsehen können? Dekkos Vater weiß es nicht. Es wäre toll, wenn du uns helfen könntest, Dad.«
»Diese Freundin von dir ist noch schusseliger als du, Ria.« Nora Johnson konnte nicht fassen, was man ihrem Hund angetan hatte. »Stell dir vor, Gertie hat den armen Pliers am Gartentor angebunden. Er kann schon seit Stunden dort sein.«
»Vor ein paar Minuten, als wir gekommen sind, war er noch nicht da, Oma«, versicherte Annie ihr.

»Nein, ich habe Gertie die Tara Road entlanglaufen sehen. Das war gerade eben«, meinte Danny beschwichtigend. »He, wo bleibt eigentlich das Abendessen?«
»Es war ja niemand zu Hause.« Ria klang müde und resigniert.
»Du hast gesagt, du hättest ein Geschäftsessen.«
»Hab ich abgesagt«, erwiderte er eifrig wie ein Kind.
Ria kam eine Idee. »Warum essen wir nicht in Colms Restaurant, nur wir beide?«
»Ach, ich weiß nicht, eine Kleinigkeit würde mir eigentlich genügen ...«
»Nein, komm schon, ich habe wirklich Lust darauf. Das haben wir uns verdient.«
»Wer würde nicht gerne bei Colm essen«, meinte Annie eingeschnappt. »Das ist jedenfalls besser als eine Pizza.«
»Oder Würstchen bei Dekko«, grummelte Brian.
»Ich wünschte, ich hätte auch immer in ein Vier-Sterne-Restaurant gehen können, wenn mir mal nicht nach Kochen zumute war«, sagte ihre Mutter.
»Ich rufe an und lass uns einen Tisch reservieren.« Ria war schon aufgesprungen.
»Ehrlich, Schatz, ein Happen würde mir genügen ... ein Steak oder ein Omelett ...«
»Nein, das ist doch nichts. Auch du hast zur Abwechslung etwas Besonderes verdient.«
»Ich esse so oft auswärts. Für mich ist eine Mahlzeit zu Hause etwas Besonderes«, wandte er ein.
Aber sie hatte den Hörer bereits in der Hand und ließ einen Tisch reservieren. Dann lief sie leichtfüßig nach oben und zog ihr schwarzes Kleid an, dazu ihre goldene Kette. Wie gerne hätte Ria davor noch ein Bad genommen und sich richtig schöngemacht, aber sie wußte, daß sie die Gelegenheit beim Schopf packen mußte. Es war eine einmalige Chance, sich mit ihrem Mann über ihre Pläne zu unterhalten. Ria durfte keine Sekunde verlieren, damit ihre Mutter und ihre Tochter ihr nicht doch noch einen

Strich durch die Rechnung machen konnten, indem sie Danny Würstchen mit Bohnen vorsetzten.

Einträchtig spazierten sie die Tara Road entlang bis zur Ecke. Durch die Fenster von Colms Restaurant schimmerte warmes, einladendes Licht. Offenbar war das Lokal gut besucht, dachte Ria zufrieden, und das an einem Montagabend. Wie deprimierend, die Tische mit glänzendem Kristall und Silber zu decken und den ganzen Abend lang zu kochen, wenn niemand kam.
»Es sind nicht gerade viele Autos da«, unterbrach Danny sie in ihren Gedanken. »Ich frage mich, wie er über die Runden kommt.«
»Er kocht einfach gerne«, entgegnete Ria.
»Na, dann ist es ja gut, denn nach der Anzahl der Autos zu schließen, kann er nicht allzuviel damit verdienen.« Ria haßte es, wenn Danny alles auf den Profit reduzierte. In letzter Zeit schien das sein einziger Maßstab zu sein.
Caroline nahm ihnen die Mäntel ab. Sie trug ein elegantes schwarzes Kleid mit langen Ärmeln und einen schwarzen Turban dazu. Das sah nur bei einer Frau mit sehr ebenmäßigen Gesichtszügen gut aus, dachte Ria, bei anderen würde es zu streng wirken.
»Sehr apart«, meinte sie, »der Turban gibt dir etwas Geheimnisvolles.«
»Ja, ich dachte, vielleicht ...« Caroline beendete ihren Satz nicht. Da Caroline gestern am Telefon so merkwürdig gewesen war, fragte sich Ria allmählich, ob mit ihr wirklich alles in Ordnung war. Auch heute wirkte sie irgendwie angespannt, trotz des freundlichen Lächelns, mit dem sie Ria und Danny zu ihrem Tisch führte. Sie waren schon ein seltsames Geschwisterpaar. Caroline mit ihrem vierschrötigen Mann Monto Mackey, der stets einen exquisiten Anzug trug und eine dicken Schlitten fuhr. Und daneben Colm mit seiner diskreten Affäre. Seit einer Weile war er mit der Ehefrau eines bekannten Geschäftsmannes liiert, aber darüber verlor nie jemand ein Wort. Colm und Caroline schie-

nen aufeinander aufzupassen, als ob die ganze Welt gegen sie stünde.
Ria wünschte, sie hätte eine ebenso enge Verbindung zu ihrer Schwester. Aber Hilarys Verhältnis zu ihr war alles andere als einfach. Manchmal war Hilary neidisch und nörgelte nur an Ria herum, dann wieder wirkte sie erstaunlich verständnisvoll. Aber nie bildeten sie eine so verschworene Gemeinschaft, wie das bei Colm und Caroline Barry der Fall war.
»Du bist mit deinen Gedanken meilenweit weg«, sagte Danny zu ihr.
Sie musterte ihn über den Tisch hinweg, während er die Speisekarte studierte. Ein gutaussehender, müde wirkender, immer noch jungenhafter Mann. Er überlegte wohl gerade, ob er die knusprige Ente nehmen oder lieber an seine Gesundheit denken und sich statt dessen für eine gegrillte Seezunge entscheiden sollte. Sie konnte in seinem Gesicht lesen wie in einem Buch. »Ich dachte gerade an meine Schwester Hilary«, sagte sie.
»Was hat sie jetzt wieder verbrochen?«
»Nichts, nur versteht sie wie üblich alles verkehrt. Sie hat mir alles mögliche über dich und Mam erzählt. Angeblich will Mam das Haus verkaufen.«
»Das hat sie dir gesagt?«
»Du kennst doch Hilary, sie hört immer nur mit halbem Ohr zu.«
»Und was hat sie über mich gesagt?«
»Daß Mam dich nicht einmal gefragt hat und das Haus selbst verkaufen will.«
»Das kapiere ich nicht.«
»Wie auch! Das Ganze ist Unsinn.«
»Ach, es geht um das Haus eurer Mutter! Jetzt verstehe ich.«
»Nun, dann verstehst du mehr als ich. Das ist alles völlig verrückt.«
Colm kam an ihren Tisch, um sie zu begrüßen. Er legte großen Wert darauf, die Zeit seiner Gäste nicht länger als nötig in Anspruch zu nehmen und sie dennoch zuvorkommend zu begrüßen und bestens zu informieren. »Wir haben herrliches Lamm aus Wicklow, und heute morgen im Hafen habe ich frischen Fisch

eingekauft. Wie ihr wißt, kommt das Gemüse aus dem blühendsten Garten des Landes. Ich würde Zucchini empfehlen, falls ihr sie nicht schon satt habt. Möchtet ihr zur Begrüßung ein Glas Champagner? Dann bin ich schon wieder weg, damit ihr den Abend in Ruhe genießen könnt.«

Ria entschied sich für das Lamm, während Danny den gegrillten Fisch wählte – nur mit Zitronensaft und ohne Sahnesoße, denn er habe in letzter Zeit ziemlich zugelegt. »Du bist nicht dick, Danny, du bist ein schöner Mann. Das weißt du doch, ich habe es dir erst neulich gesagt«, meinte Ria.

Er wirkte peinlich berührt. »Ein Mann ist nicht schön, Schatz«, erwiderte er verlegen.

»Doch, und ob. Du bist es.« Sie streichelte ihm über die Hand. Danny blickte unruhig um sich. »Das ist schon in Ordnung, wir dürfen Händchen halten, wir sind verheiratet. Die beiden dort drüben sollten sich allerdings besser nicht erwischen lassen.« Dabei lächelte sie zum Nebentisch hinüber, wo ein Mann mit einer sehr viel jüngeren Begleiterin schäkerte.

»Ria?« begann Danny.

»Hör mal, laß mich bitte zuerst etwas sagen. Ich bin so froh, daß dein Essen heute ausgefallen ist, wirklich. Ich wollte nämlich allein mit dir sein, und in unserer Küche ist doch ständig die halbe Stadt dabei.«

»Aber so magst du es doch«, wandte er ein.

»Ja, meistens schon, aber heute nicht, denn ich möchte mit dir über etwas sprechen. Wir hatten in letzter Zeit kaum noch Gelegenheit dazu. Wir haben eigentlich für nichts mehr Zeit, nicht einmal, um miteinander zu schlafen.«

»Also, Ria!«

»Schon gut. Ich gebe keinem von uns die Schuld daran, es ist eben so, aber was ich dir sagen wollte ... und dafür brauchte ich ein wenig Zeit und einen ruhigen Ort ... was ich besprechen wollte ...« Sie hielt inne, da sie nicht genau wußte, wie sie es ihm beibringen sollte. Danny sah sie verständnislos an. »Weißt du, als ich dir sagte, daß du jung aussiehst, habe ich das völlig ernst gemeint. Du *bist* jung, du *bist* wie ein junger Mann, man könnte dich leicht für Mitte Zwanzig halten. Als Annie noch ein Baby war, hast du nicht anders ausgesehen. Auch damals fiel dir das Haar in die Stirn, und du konntest nicht glauben, daß du Vater wirst. Und genauso wirkst du auch jetzt.«

»Was redest du da? Was um Himmels willen redest du?«

»Ich meine es ehrlich, Danny, ich spüre so etwas. Die Zeit ist reif für ein Baby. Für einen neuen Anfang. Du hast es jetzt beruflich geschafft und möchtest noch einmal miterleben, wie dein Sohn oder deine Tochter groß wird.« Ein Kellner näherte sich mit Feigen und Parmaschinken, aber als er sah, wie vertieft sie in ihr Gespräch waren, ging er unverrichteterdinge wieder weg. Das waren kalte Vorspeisen, die konnten warten. »Jetzt ist für dich die richtige Zeit, noch ein Baby zu haben, noch einmal Vater zu werden. Dabei denke ich nicht nur an mich, sondern auch an dich. Das war's schon, was ich dir sagen wollte«, meinte Ria mit einem Lächeln, während Danny sie völlig entgeistert anstarrte.

»Warum sagst du das so?« Seine Stimme war kaum mehr als ein Flüstern, sein Gesicht kreidebleich. Fand er die Vorstellung denn so abwegig? Sie hatte es doch all die Jahre immer wieder zur Sprache gebracht. Nur hatte sie diesmal seine Rolle als Vater in den Vordergrund gestellt und nicht argumentiert, daß sie selbst gerne noch ein Kind hätte oder sie beide mit einem Baby einen Neuanfang machen könnten.

»Danny, laß es mich erklären ...«

»Ich kann nicht glauben, was du da gesagt hast. Warum? Warum auf diese Art?«

»Aber ich meine doch nur, daß jetzt der richtige Zeitpunkt wäre. Das ist alles. Ich denke nur an dich und deine Zukunft, dein Leben.«

»Wie ruhig du dabei bleibst ... Das kann doch nicht sein.« Er schüttelte den Kopf, als wollte er dadurch Klarheit gewinnen.

»Natürlich möchte ich es auch, aber in erster Linie denke ich an dich. Ein Baby ist genau das, was du jetzt brauchst. Es wird alles

wieder in die richtigen Bahnen lenken, und du wirst nicht mehr hierhin und dorthin hetzen und dir über Bauprojekte und Marktanteile Gedanken machen, nicht mit einem Baby.«
»Wie lange weißt du es schon?« fragte er.
Was für eine merkwürdige Frage! »Nun, ich habe immer gewußt, daß der Tag kommen würde. Annie und Brian werden ja bald groß sein.«
»Sie werden immer etwas Besonderes für mich sein, daran wird sich nie etwas ändern«, sagte er mit gepreßter Stimme.
»Nun ja, natürlich nicht.« Ria, die sich während des Gesprächs über den Tisch gebeugt hatte, lehnte sich zurück. Dies nutzte der Kellner, um kommentarlos die Vorspeisen zu servieren. Ria griff nach ihrer Gabel, aber Danny machte keine Anstalten dazu.
»Ich verstehe nicht, wie du so ruhig bleiben kannst, so verdammt ruhig«, sagte er. Seine Stimme zitterte, er brachte die Worte nur mit Mühe heraus.
Erstaunt sah Ria ihren Mann an. »Ich bin überhaupt nicht ruhig, Danny, mein Liebling. Ich habe dir gerade gesagt, daß ich gerne noch ein Baby hätte, und du scheinst einverstanden zu sein ... Deshalb bin ich sehr aufgeregt.«
»*Was*, bitte, hast du mir gesagt?«
»Danny, nicht so laut. Es soll ja nicht das ganze Lokal mithören.«
Sein Gesichtsausdruck beunruhigte sie ein wenig.
»O mein Gott«, sagte er. »O Gott, ich kann es nicht glauben.«
»Was ist denn?« Ihre Unruhe steigerte sich. Er hatte das Gesicht in den Händen vergraben. »Danny, was ist denn los? Hör auf zu stöhnen, bitte.«
»Du hast gesagt, daß du es verstehst, daß du über mich und meine Zukunft nachgedacht hast. Und jetzt erzählst du mir, daß *du* noch ein Baby willst. Du hast die ganze Zeit von *dir* gesprochen.« Sein Gesicht war völlig verzerrt.
Ria wollte gerade erwidern, daß normalerweise eben die Frau das Baby bekam, aber etwas hielt sie davon ab. Wie aus weiter Ferne hörte sie sich selbst jene Frage stellen, die ihr Leben verändern sollte: »Worüber genau hast *du* gesprochen, Danny?«

»Ich dachte, du wüßtest es, und einen verrückten Augenblick lang glaubte ich, du würdest es billigen.«
»Was denn?« fragte sie mit erstaunlich fester Stimme.
»Du weißt es doch, Ria. Du mußt geahnt haben, daß ich mich mit jemandem treffe, und nun hat sich herausgestellt, daß sie schwanger ist. Ich werde wieder Vater. Sie wird ein Baby bekommen, und wir sind sehr glücklich darüber. Eigentlich wollte ich es dir erst nächstes Wochenende sagen. Aber dann war mir plötzlich, als wüßtest du es schon.«
Die Geräusche im Lokal veränderten sich. Das Besteck schlug laut scheppernd auf den Tellern auf. Die Gläser klirrten so schrill, als würden sie gleich zerspringen. Stimmen schwappten dröhnend auf sie zu und entfernten sich wieder. Das Lachen von den Nebentischen klang rauh. Wie aus weiter Ferne hörte sie ihn sprechen. »Ria, hör mir zu. Riii-a.« Sie reagierte nicht darauf. »Ich wollte nicht, daß das passiert, es war nicht geplant. Ich wollte, daß wir ... Ich habe es nicht darauf angelegt ...«
Ja, er sah jungenhaft aus, hilflos wie ein kleiner Bub. Das war zuviel für sie. Es war nicht fair, daß ihr so etwas zugemutet wurde. »Sag mir, daß das nicht wahr ist«, sagte sie.
»Du weißt, daß es wahr ist, Ria, Schatz. Wir haben uns auseinandergelebt. Zwischen uns war nicht mehr viel, das ist dir doch auch klar.«
»Ich glaube das alles nicht. Ich kann es einfach nicht glauben.«
»Auch ich hätte es nie für möglich gehalten. Ich habe immer gedacht, wir würden zusammen alt werden, wie das früher üblich war.«
»Das gibt es auch heute noch«, sagte sie.
»Ja, manchmal. Aber wir sind nicht mehr das gleiche Paar, das vor vielen Jahren geheiratet hat. Unsere Bedürfnisse haben sich gewandelt.«
»Wie alt ist sie?«
»Ria, es hat nichts damit zu tun, daß ...«
»Wie alt?«

»Zweiundzwanzig, aber das Alter ist unwichtig ... Das hat gar nichts damit zu tun.«
»Natürlich nicht«, sagte sie dumpf.
»Ich wollte es dir schon lange erzählen. Vielleicht ist es besser, daß es jetzt heraus ist.« Es trat Schweigen ein. »Wir müssen darüber reden, Ria.« Immer noch schwieg sie. »Sag doch was, bitte«, flehte er sie an.
»Acht Jahre älter als deine Tochter.«
»Schatz, glaub mir doch, es hat nichts mit dem Alter zu tun.«
»Nein?«
»Ich möchte dich nicht verletzen.« Schweigen. »Nicht mehr, als ich es bereits getan habe. Können wir nicht versuchen, es anders zu machen, als es normalerweise läuft? Uns nicht gegenseitig zerfleischen, wie das so üblich ist?«
»Was?«
»Wir lieben doch beide Annie und Brian. Für sie wird es die Hölle sein. Wir sollten es ihnen nicht noch schwerer machen. Bitte sag mir, daß das auch dein Wunsch ist.«
»Wie bitte?«
»Was?«
»Ich sagte ›Wie bitte‹. Ich begreife überhaupt nichts.«
»Schatz ...«
Ria stand auf. Sie mußte sich am Tisch festhalten, denn sie zitterte am ganzen Leib. Mit leiser Stimme begann sie zu sprechen, wobei sie jedes Wort betonte: »Wenn du mich noch einmal ... ein einziges Mal im Leben Schatz nennst, nehme ich eine Gabel, so eine wie die hier, und steche dir die Augen damit aus.« Dann ging sie mit unsicheren Schritten zum Ausgang, während Danny hilflos am Tisch stand und ihr nachsah. Aber ihr versagten die Beine, sie begann zu taumeln. Bis zur Tür würde sie es nicht schaffen. Hastig stellte Colm Barry zwei Teller ab und stürzte zu ihr hin. Er fing sie gerade noch auf und schob sie sanft in die Küche.
Danny war ihnen gefolgt und stand nun unschlüssig da, während Caroline Rias Gesicht und Handgelenke mit kaltem Wasser abwusch.

»Hängt es mit dir zusammen, Danny? Geht es um dich?« wollte Colm wissen.

»Ja, in gewisser Weise schon.«

»Dann solltest du jetzt besser gehen«, forderte Colm ihn höflich, aber bestimmt auf.

»Was soll das heißen …?«

»Ich bringe sie dann nach Hause. Sofern sie dazu in der Lage ist und es möchte.«

»Wohin sollte sie sonst gehen?«

»Bitte, Danny«, sagte Colm mit Nachdruck. Dies war seine Küche, sein Territorium.

Darauf räumte Danny das Feld. Er betrat sein Haus durch die Vordertür. In der Küche saßen Dannys Schwiegermutter, ihr Hund und die Kinder und sahen fern. Einige Augenblicke blieb er im Flur und überlegte, welche Erklärung er ihnen geben sollte. Doch eigentlich wollte er das Ria überlassen. Sie sollte entscheiden, was sie ihnen erzählen wollte und wie. Leise ging er die Treppen hinauf. Im Schlafzimmer geriet er erneut ins Grübeln. Vielleicht wollte sie ihn ja nicht sehen, wenn sie heimkam. Aber wenn er nun anderswo übernachtete, wäre das nicht ein noch schlimmerer Schlag für sie? Also schrieb er eine kurze Nachricht und legte sie auf ihr Kopfkissen:

> *Ria, ich bin bereit, mit Dir zu reden, wann immer Du es möchtest. Da ich mir vorstellen kann, daß Du mich hier nicht sehen willst, nehme ich mir eine Decke mit ins Arbeitszimmer. Du kannst mich jederzeit wecken. Glaub mir, das tut mir alles schrecklich leid, mehr, als Du Dir vorstellen kannst. Du wirst mir immer sehr, sehr viel bedeuten, und ich möchte nur das Beste für Dich.*
>
> *Danny*

Dann griff er zum Telefon.

»Hallo, Caroline, hier spricht Danny Lynch. Kann ich bitte Colm sprechen?«

»Ich weiß nicht.«

»Nun, dann soll er Ria bitte ausrichten, daß ich den Kindern nichts gesagt habe und im Arbeitszimmer übernachte. Nicht im Schlafzimmer, sondern im Arbeitszimmer, falls sie mit mir sprechen möchte. Vielen Dank, Caroline.«
Nun wählte er eine weitere Nummer. »Hallo, Schatz, ich bin es ... Ja, ich hab es ihr gesagt ... Nicht so besonders ... Ja, sicher, auch von dem Baby ... Ich weiß nicht ... Nein, sie ist nicht da ... Nein, es geht jetzt nicht, ich muß warten, bis sie zurückkommt ... Schatz, wenn du glaubst, ich würde jetzt noch einen Rückzieher machen ... Ich liebe dich auch, mein Herz.«

In der Küche von Colms Restaurant ging das emsige Treiben weiter, Gerichte wurden zubereitet und auf den Tellern arrangiert. Colm flößte Ria Brandy ein, den sie mit versteinerter Miene in kleinen Schlucken trank. Er stellte ihr keine Fragen.
»Ich muß jetzt gehen«, sagte sie von Zeit zu Zeit.
»Nur keine Eile«, erwiderte Colm.
Schließlich klang ihre Stimme wieder fester. »Die Kinder machen sich bestimmt schon Sorgen«, erklärte sie.
»Ich hole deinen Mantel.«
Schweigend gingen sie nebeneinanderher. Am Gartentor hielt sie inne und sah ihn an. »Es kommt mir vor, als wäre gar nichts geschehen«, sagte sie. »Als ob es jemand anderem passiert wäre.«
»Das kann ich verstehen.«
»Wirklich, Colm?«
»Ja, das kommt daher, weil der Schmerz zu groß ist. Da denkt man immer am Anfang, daß es jemand anderem passiert ist.«
»Und später?«
»Ich nehme an, irgendwann stellt man fest, daß es nicht so ist«, erwiderte er.
»Das dachte ich mir«, sagte Ria.
Sie hätten sich ebensogut über das Gemüse unterhalten können oder darüber, wann die Obstbäume am besten gespritzt wurden. Es gab keine kameradschaftliche Umarmung, sie sagten sich nicht

einmal gute Nacht. Colm ging zurück in sein Restaurant und Ria nach Hause.

Sie setzte sich in die Küche. Der Tisch war voller Krümel, auf einem Teller lagen Apfelbutzen. Jemand hatte vergessen, eine Tüte Milch zurück in den Kühlschrank zu stellen. Auf den Stühlen lagen Zeitungen und Zeitschriften. Ria sah alles sehr deutlich, aber nicht von ihrem Stuhl aus, sondern wie von weit oben. Es war ihr, als schwebe sie am Himmel und sehe hinunter. Da saß sie, eine winzige Gestalt in einer unaufgeräumten Küche. Das Haus war in Dunkelheit gehüllt, alle schliefen. Stunde um Stunde hörte sie die Uhr schlagen. Sie dachte nicht darüber nach, was sie jetzt tun sollte. Es war, als hätte sie noch nicht begriffen, was geschehen war.

»Mam, heute ist Schülerappell«, sagte Annie.
»Ach ja?«
»Wo ist das Frühstück, Mam?«
»Ich weiß nicht.«
»O Mam, nicht ausgerechnet heute. Ich brauche eine weiße Bluse, es ist keine frisch gebügelte da.«
»Nein?«
»Warst du denn heute schon beim Einkaufen?«
»Warum?«
»Weil du deinen Mantel anhast. Na, ich denke, ich kann mir auch selbst eine bügeln.«
»Ja.«
»Ist Dad schon weg?«
»Ich weiß nicht. Ist sein Auto noch da?«
»He, Mam, wo bleibt das Frühstück?« wollte Brian wissen.
Annie fuhr ihn an: »Du wirst schon nicht verhungern, Brian. Außerdem, kannst du dir denn nicht ein einziges Mal selbst Frühstück machen, oder bist du zu betrunken dazu?«
»Ich bin nicht betrunken.«
»Gestern warst du's, das konnte man riechen.« Erwartungsvoll blickten die beiden zu Ria, damit diese den Streit schlichtete. Aber

sie schwieg. »Setz Wasser auf, Brian, du nichtsnutziger Kerl«, befahl Annie.
»Du versuchst dich ja nur bei Mam einzuschmeicheln, weil du etwas von ihr willst. Sie soll dir Brote schmieren, dich irgendwohin fahren, etwas für dich bügeln. Du bist nie nett zu Mam.«
»Und ob ich nett zu ihr bin. Stimmt's, Mam?«
»Was?« kam es von Ria.
»Himmel, wo ist denn nur das Bügeleisen?« fragte Annie verzweifelt.
»Warum hast du deinen Mantel an, Mam?« erkundigte sich Brian.
»Hol die Corn-flakes und halt die Klappe, Brian«, herrschte Annie ihn an. Ria wollte weder Tee noch Kaffee. »Sie hat gefrühstückt, bevor sie ausgegangen ist«, erklärte Annie.
»Wo ist sie denn hingegangen?« Brian, der sich gerade damit abmühte, eine Scheibe Brot abzuschneiden, wirkte verwirrt.
»Das braucht sie dir nicht zu erzählen«, erwiderte Annie. Sie schien mit ihren Gedanken weit weg zu sein.
»Tschüs Mam.«
»Was?«
»Ich habe gesagt, auf Wiedersehen, Mam.« Brian sah Annie hilfesuchend an.
»Oh, auf Wiedersehen, mein Liebling, auf Wiedersehen, Annie.« Sie gingen ums Haus und holten ihre Fahrräder. Normalerweise vermieden sie es, gemeinsam aufzubrechen, aber heute war das anders.
»Was hat sie nur?« fragte Brian.
Unbekümmert erwiderte Annie: »Es könnte sein, daß sie noch nicht ganz nüchtern ist. Gestern waren sie doch in Colms Restaurant beim Essen. Vielleicht haben sie dort zu tief ins Glas geschaut. Dad ist auch noch nicht aufgestanden, weißt du.«
»Das wird's wohl sein«, nickte Brian altklug.

Danny kam in die Küche. »Ich habe gewartet, bis die Kinder weg sind«, sagte er.
»Was?«
»Ich wußte nicht, was du ihnen erzählen willst. Verstehst du? Ich dachte, es wäre besser, erst mit dir zu reden.« Er wirkte nervös. Sein Haar war zerzaust, das Gesicht bleich und unrasiert. Er hatte in seinen Kleidern geschlafen. Immer noch hatte Ria das merkwürdige Gefühl, gar nicht wirklich dazusein, das alles nur als Zuschauerin zu erleben. In all den Stunden, die sie schlaflos in der Küche gesessen hatte, war dieses Gefühl nicht gewichen. Sie erwiderte nichts, sondern sah ihn nur abwartend an.
»Ria, ist alles in Ordnung mit dir? Warum hast du deinen Mantel an?«
»Ich glaube, ich habe ihn gar nicht ausgezogen«, sagte sie.
»Was? Nicht einmal im Bett?«
»Ich habe nicht geschlafen. Du etwa?«
»Zieh den Mantel aus, Schatz ...«
»Was?«
»Oh, Entschuldigung, das sollte nichts heißen, so nenne ich dich eben immer. Ich meinte, zieh den Mantel aus, Ria.«
Plötzlich hob sich der Schleier, ihr wurde alles mit schmerzhafter Deutlichkeit klar. Sie waren nicht länger streichholzgroße Figuren, denen sie von weit oben zusah. Jetzt saß sie im Mantel in dieser unaufgeräumten Küche und trug noch immer ihr schickes schwarzes Abendkleid. Danny, ihr Ehemann, der einzige Mann, den sie je geliebt hatte, hatte irgendeine Zweiundzwanzigjährige geschwängert und wollte sein Zuhause verlassen, um eine neue Familie zu gründen. In ihrem eigenen Haus forderte er sie immer wieder auf, den Mantel auszuziehen. Sie fröstelte innerlich. »Geh jetzt, Danny, bitte. Verlaß das Haus und geh zur Arbeit.«
»Du kannst mich nicht einfach hinauswerfen, Ria, nicht auf diese Art ... Wir müssen miteinander reden. Wir müssen uns überlegen, was wir jetzt tun und was wir den anderen sagen wollen.«
»Es wäre mir angenehm, dich nicht mehr hier zu sehen, bis ich bereit bin, mit dir zu sprechen.« In ihren Ohren klang ihre

Stimme ganz normal. Vielleicht machte sie auch auf ihn diesen Eindruck.
Erleichtert nickte er. »Wann wird das sein? Wann bist du bereit ... zum Reden?«
»Ich weiß nicht. Ich sage dir Bescheid.«
»Heißt das, noch heute? Heute abend oder ... ähm ... später?«
»Ich bin mir noch nicht sicher.«
»Aber Ria, hör mal, Scha... Ria, es gibt Dinge, die du wissen mußt. Ich muß dir doch erzählen, was passiert ist.«
»Ich denke, das hast du bereits.«
»Nein, nein. Nein, du sollst wissen, wie es dazu kam, und wir müssen gemeinsam überlegen, was wir jetzt tun.«
»Ich kann mir gut vorstellen, wie das passiert ist.«
»Aber ich würde es gerne erklären ...«
»Geh jetzt.« Er schien unentschlossen. »Jetzt sofort«, wiederholte sie.
Danny ging in den ersten Stock, und sie hörte, wie er sich kurz wusch und dann Schubladen öffnete, um frische Wäsche herauszunehmen. Er war unrasiert und wirkte zerknirscht und ratlos.
»Wirst du klarkommen?« fragte er. Sie warf ihm einen vernichtenden Blick zu. »Ja, ich weiß, daß das jetzt albern klingt ... aber ich mache mir wirklich Sorgen um dich, und du hörst mir nicht einmal zu. Du willst überhaupt nicht wissen, wie es passiert ist und so.«
Langsam sagte sie: »Nur ihren Namen.«
»Bernadette«, erwiderte er.
»Bernadette«, wiederholte sie langsam. Einige Augenblicke herrschte Schweigen, dann richtete Ria ihren Blick auf die Tür, und Danny ging hinaus, setzte sich in sein Auto und fuhr weg.
Als er fort war, bemerkte Ria, wie hungrig sie war. Schon seit gestern mittag hatte sie nichts mehr gegessen. Die Feigen mit Parmaschinken in Colms Restaurant hatte sie nicht angerührt. Rasch räumte sie den Tisch ab und machte sich ein Tablett zurecht. Für das, was nun vor ihr lag, würde sie all ihre Kraft brauchen, es war nicht der richtige Zeitpunkt, an Diäten und

Kalorien zu denken. Sie schnitt sich zwei Scheiben Vollkornbrot ab und schälte eine Banane. Dazu brühte sie starken Kaffee auf. Was immer jetzt passieren mochte, sie würde jede Menge Energie brauchen, um es durchzustehen.
Kaum hatte sie zu essen angefangen, klopfte es an der Hintertür. Es war Rosemary, die ein gelbes Kleid über dem Arm trug. Erst kürzlich hatte sie darüber gesprochen. War es wirklich erst Samstag abend gewesen? Vor weniger als drei Tagen? Rosemary machte sich für die Arbeit immer zurecht wie für einen Fernsehauftritt zur Hauptsendezeit. Das kurze glatte Haar war so akkurat geschnitten, als käme sie frisch vom Friseur. Das Kleid, das sie Ria mitbrachte, war ein Fehlkauf gewesen, sie hatte es kaum getragen. Es passe nicht zu ihrem Typ, hatte sie gemeint, einer Dunkelhaarigen würde es besser stehen.
Rosemary präsentierte das Kleid wie eine Boutiqueverkäuferin, die eine unentschlossene Kundin zum Kauf überreden möchte. »Du mußt es einfach anprobieren. Es ist genau das richtige für diesen Empfang bei der Übergabe der Wohnanlage.« Ria sah sie wortlos an. »Nein, nicht diesen Blick, bitte. Du findest es zu fade, aber ehrlich, bei deinem dunklen Haar und vielleicht mit einem schwarzen Schal …« Plötzlich hielt Rosemary inne und musterte Ria eingehend. Sie war bleich und trug ein schwarzsamtenes Abendkleid, dazu eine Goldkette. In dieser Aufmachung aß sie um acht Uhr dreißig morgens ein dickes Bananensandwich. »Was ist passiert?« Rosemarys Stimme war nur mehr ein Flüstern.
»Nichts, warum?«
»Ria, was ist los? Was tust du da?«
»Ich frühstücke.«
»Irgend etwas ist doch passiert. Dein Kleid …?«
»Du bist nicht die einzige, die schon am frühen Morgen wie aus dem Ei gepellt aussehen kann«, entgegnete Ria. Ihre Lippen zitterten, ihr Ton war trotzig wie bei einer Fünfjährigen. Rosemary starrte sie entgeistert an. Auf einmal war alles zuviel für sie. »O Gott, Rosemary, er hat eine andere, und sie ist schwanger. Ein zweiundzwanzigjähriges Mädchen bekommt ein Kind von ihm.«

»Nein!« Rosemary ließ das Kleid fallen und trat auf sie zu, um sie in den Arm zu nehmen.
»Doch. Es ist wahr. Sie heißt Bernadette.« Rias Stimme klang hysterisch. »Bernadette! Stell dir das vor! Ich wußte nicht, daß man heute mit zweiundzwanzig noch so heißen kann. Er hat mich verlassen, er wird mit ihr zusammenleben. Es ist alles vorbei. Danny ist fort. Herrgott, Rosemary, was soll ich denn nur tun? Ich liebe ihn doch so sehr. Was soll ich tun?«
Rosemary hielt ihre Freundin fest im Arm und murmelte in ihr dunkles, lockiges Haar: »Ruhig, ganz ruhig, es kann nicht vorbei sein. Es wird wieder gut, alles wird wieder gut.«
Ria machte sich von ihr los. »Nichts wird gut. Er hat mich verlassen. Wegen ihr. Wegen Bernadette.«
»Und willst du ihn wiederhaben?« Rosemary dachte stets sehr praktisch.
»Natürlich. Das weißt du doch«, schluchzte Ria.
»Dann mußt du ihn dir zurückerobern«, erwiderte Rosemary, nahm eine Stoffserviette und trocknete Ria wie einem Baby das tränenüberströmte Gesicht.

»Gertie, kann ich hereinkommen?«
»Ach, Rosemary, jetzt paßt es gerade nicht. Vielleicht kommst du lieber ein andermal ... Es ist nur ...« Rosemary schob sich an Gertie vorbei in die Wohnung. Dort herrschte ein einziges Durcheinander. Das war nicht ungewöhnlich, aber diesmal schienen sogar Möbel zu Bruch gegangen zu sein. Eine Lampe sah ziemlich ramponiert aus, ein kleiner Tisch lag in drei Teile zerlegt in einer Ecke. Zerbrochenes Glas und Porzellan war auf einer Seite des Raumes zusammengefegt worden. Ein Fleck von verschüttetem Kaffee oder etwas anderem prangte mitten auf dem Teppich.
»Es tut mir leid, weißt du ...«, fing Gertie an.
»Gertie, ich bin nicht um neun Uhr morgens hierhergekommen, um dir Noten für deine Haushaltsführung zu geben. Ich brauche deine Hilfe.«
»Was ist los?« Verständlicherweise war Gertie beunruhigt. Was

konnte Rosemary Ryan, die in ihrem Leben nichts dem Zufall überließ, aussah wie ein Model, eine Wohnung wie aus einem Hochglanzmagazin und einen gutbezahlten Posten hatte, von ihr wollen? Es mußte wirklich etwas Schreckliches passiert sein, wenn sie Gertie um Hilfe bat.
»Du wirst in Rias Haus gebraucht. Ich fahre dich hin. Komm, hol deinen Mantel.«
»Ich kann nicht. Nicht heute.«
»Du mußt, Gertie. Ganz einfach deshalb, weil Ria dich braucht. Denk einmal kurz nach, sie ist immer für dich da, wenn du Probleme hast.«
»Nein, jetzt geht es nicht. Du siehst ja, gestern nacht hat es hier Ärger gegeben.«
»Na, öfter mal was Neues.« Mit spöttischer Miene ließ Rosemary ihren Blick im Raum umherschweifen.
»Aber wir haben uns wieder versöhnt, und ich habe Jack versprochen, daß ich nicht mehr ständig zu euch renne.« Gertie senkte die Stimme. »Er hat nämlich behauptet, es wären meine Freundinnen, die zwischen uns stehen ... daß ihr der Grund für unsere Probleme seid.«
»Quatsch«, meinte Rosemary.
»Pst, er schläft. Weck ihn nicht auf.«
»Es ist mir egal, ob er aufwacht oder nicht. Deine Freundin, die dich noch nie um einen Gefallen gebeten hat, möchte, daß du zu ihr kommst, und das wirst du verdammt noch mal tun.«
»Heute geht's nicht. Sag ihr, daß es mir leid tut. Sie wird es verstehen. Ria weiß, welche Probleme ich hier habe. Sie wird es mir nachsehen, wenn ich dieses eine Mal nicht komme.«
»Sie vielleicht, ich nicht. Niemals.«
»Aber Freunde sind nicht nachtragend und versuchen einander zu verstehen. Ria ist meine Freundin, und du auch.«
»Darf ich daraus schließen, daß dieser ungehobelte Schlägertyp, der gerade seinen Rausch ausschläft, kein Freund ist? Willst du das damit sagen? Komm zur Vernunft, Gertie, was kann er schlimmstenfalls tun? Dir noch ein paar Zähne ausschlagen?

Vielleicht solltest du dir gleich alle ziehen lassen, wenn du das nächste Mal bei Jimmy Sullivan bist. Das würde manches vereinfachen. Wenn dich dein Geliebter dann wieder einmal schief anschaut, mußt du nur dein Gebiß herausnehmen.«
»Du bist eine harte, grausame Frau, Rosemary«, sagte Gertie.
»Ach, wirklich? Noch vor einer Sekunde war ich eine mitfühlende, verständnisvolle Freundin. Aber ich sage dir jetzt, was du bist, Gertie. Du bist ein schwaches, egoistisches, weinerliches Wesen, das ideale Opfer, und du verdienst es nicht anders, als daß man dich grün und blau schlägt. Man sollte dich noch viel mehr durchprügeln, weil du nämlich kein Fünkchen Güte oder Anstand besitzt. Jeder andere wäre wie der Blitz zur Stelle gewesen, wenn Ria Lynch ihn brauchte. Aber nicht du, Gertie, du natürlich nicht.«
Rosemary war in ihrem ganzen Leben noch nie so wütend gewesen. Ohne Gertie auch nur eines Blickes zu würdigen, stapfte sie zur Tür. Doch noch bevor sie ihren Wagen erreicht hatte, hörte sie Schritte hinter sich. Im hellen Tageslicht bemerkte sie die Blessuren in Gerties Gesicht, die in der düsteren Wohnung nicht zu sehen gewesen waren. Die beiden Frauen blickten einander schweigend an.
»Er hat sie verlassen. Das Schwein.«
»Danny? Das kann nicht sein. Das würde er niemals tun.«
»Er hat es getan«, gab Rosemary trocken zurück und ließ den Wagen an.

Ria trug immer noch ihr Abendkleid. Das verdeutlichte mehr als alles andere den Ernst der Lage. »Ich habe Gertie nicht mehr erzählt, als daß er dich angeblich verläßt. Mehr weiß ich nicht, und mehr müssen und wollen wir auch nicht erfahren. Wir wollen dir nur helfen, den heutigen Tag zu überstehen.« Rosemary hatte alles im Griff.
»Es ist wirklich lieb von dir, daß du gekommen bist, Gertie.« Ria klang kleinlaut.
»Das ist doch selbstverständlich. Nach allem, was du für mich

getan hast.« Gertie sah zu Boden, bemüht, Rosemarys Blick auszuweichen. »Wo sollen wir anfangen?«
»Keine Ahnung.« Die sonst so selbstsichere Ria wußte nicht weiter. »Es ist nur so, daß ich es nicht ertragen würde, heute mit irgend jemandem außer euch beiden zu reden.«
»Nun, wer könnte hereinschneien? Colm?«
»Nein, der bleibt hinten im Garten. Außerdem weiß er Bescheid. Ich bin gestern in seinem Restaurant umgekippt.«
Rosemary und Gertie wechselten einen Blick. »Also, wer sonst?« fragte Rosemary, und sofort antworteten sie und Gertie wie aus einem Mund: »Deine Mutter!«
»Ach herrje, meine Mutter kann ich heute unmöglich ertragen«, meinte Ria.
»Klar«, sagte Gertie. »Sollen wir sie abfangen? Das könnte ich übernehmen. Ich könnte sie besuchen und mich dafür bedanken, daß sie mir den Hund geliehen hat. Und mich bei der Gelegenheit dafür entschuldigen, daß ich ihn am Tor angebunden habe.«
»Wofür hast du ihn eigentlich gebraucht?« fragte Ria.
Dies war nicht der richtige Moment für Ausflüchte. »Zum Schutz. Jack fürchtet sich ein bißchen vor Hunden. Und gestern war er sehr aufgebracht, weil ihn doch die Polizei verhaftet hat.«
»Leider haben sie ihn wieder laufenlassen«, meinte Rosemary.
»Ja, aber wie viele Gefängnisse würde man brauchen, wenn man jeden Betrunkenen einsperren wollte?« meinte Gertie abgeklärt. »Ich könnte deiner Mutter weismachen, du hättest die Grippe oder so.«
Rosemary schüttelte den Kopf. »Nein, das wäre grundverkehrt. Sie würde nur Krankenschwester spielen wollen und all ihre Hausmittel anschleppen. Wahrscheinlich würde sie sogar versuchen, Ria in diesem Seniorenheim unterzubringen. Wir könnten behaupten, daß du einen Einkaufsbummel machst und niemand zu Hause ist. Oder wäre das zu ungewöhnlich?«
Ria wirkte unschlüssig. »Sie kommt vielleicht, um sich anzusehen, was ich gekauft habe.«
»Kannst du nicht sagen, daß du dich mit jemandem treffen willst?«

»Mit wem denn?« gab Ria zurück. Sie schwiegen.
Da hatte Rosemary eine Idee. »Wir sagen, daß wir einen Gutschein fürs Quentin's haben und daß du und ich heute eigentlich hingehen wollten. Aber es ist uns etwas dazwischengekommen, und weil er nur für heute gilt, soll deine Mutter mit Hilary hingehen. Was haltet ihr davon?« Wie in der Arbeit tat Rosemary ihren Vorschlag in knappen Worten und entschiedenem Ton kund und blickte dann erwartungsvoll in die Runde.
»Du weißt ja nicht, wie schwerfällig sie sind«, wandte Ria ein. »So etwas Spontanes würden sie nie tun.«
»Hilary läßt sich so eine günstige Gelegenheit bestimmt nicht entgehen. Sie würde den Gedanken nicht ertragen, daß ein wertvoller Gutschein verfällt. Und deine Mutter liebt ein nobles Ambiente. Die beiden gehen garantiert hin. Ich lasse einen Tisch für sie reservieren.«
Gertie war der gleichen Meinung. »Niemand sagt nein, wenn er die Gelegenheit bekommt, sich aufzudonnern und ins Quentin's zu gehen. Selbst ich würde mich aufrappeln, und das will etwas heißen.« Auf ihrem geschundenen Gesicht erschien ein schwaches Lächeln.
Ria hatte einen Kloß im Hals. »Natürlich werden sie gehen«, nickte sie.
»Ich hole Annie und Brian von der Schule ab und nehme sie mit zu mir. Da können sie was essen und danach ein Video ansehen.« Als Rosemary Rias zweifelnde Miene bemerkte, beeilte sie sich hinzuzufügen: »Das Video, das ich aussuche, wird ihnen bestimmt gefallen, und außerdem lade ich noch diese schreckliche Kitty ein.« Ria lächelte. So würde es klappen. »Und ich mache auch gleich einen Termin bei meinem Friseur für dich aus, Ria. Er ist wirklich sehr gut.«
»Eine neue Frisur und Make-up können mir jetzt auch nicht mehr helfen, Rosemary. Über das Stadium sind wir längst hinaus. Nein, das bringe ich nicht über mich, es erscheint mir so sinnlos.«
»Und wie willst du sonst den ganzen Tag rumbringen, bis er

heimkommt?« fragte Rosemary. Sie erhielt keine Antwort. Also tätigte sie zwei Telefonate, kurz und knapp, wie es bei vielbeschäftigten Berufstätigen üblich ist. Sie verlor keine Zeit mit langatmigen, weitschweifigen Erklärungen. Brenda im Quentin's teilte sie mit, daß eine gewisse Mrs. Johnson und eine Mrs. Moran als ihre Gäste dort speisen würden, sie sollten als Gewinner eines Gutscheins königlich behandelt werden, man solle ihnen jeden Wunsch von den Augen ablesen. Im Friseursalon meldete sie eine Mrs. Lynch für Schneiden, Waschen und Maniküre an.

»Sonst bin ich nicht so schlapp, aber heute bringe ich nicht die Kraft auf, Mutter und Hilary das mit dem Gutschein fürs Quentin's zu erklären«, meinte Ria.

»Das brauchst du auch gar nicht. Ich übernehme das schon«, versprach Rosemary.

»Und hier im Haus sieht es fürchterlich aus.«

»Bis du zurückkommst, ist alles blitzblank«, verkündete Gertie.

»Ich kann nicht glauben, daß das alles Wirklichkeit ist«, sagte Ria langsam.

»Das ist ganz normal. Die Natur hat es so eingerichtet, damit man den Alltag trotzdem bewältigt«, erläuterte Gertie, die wußte, wovon sie sprach.

»Es ist wie unter Narkose. Man muß eine Weile den Autopiloten einschalten«, bemerkte Rosemary, die immer für alles eine Erklärung parat hatte, aber nicht die geringste Ahnung, wie sich echte Verzweiflung anfühlte.

An den Friseurbesuch erinnerte sich Ria später nur mehr verschwommen. Sie erzählte dort, daß sie die ganze Nacht nicht geschlafen habe und sehr müde sei, man möge es ihr also nachsehen, wenn sie ein wenig abwesend wirke. Immerhin versuchte sie Interesse für die warme Ölpackung speziell für lockiges Haar aufzubringen und traf eine Entscheidung bezüglich der Farbe und Form ihrer Nägel. Aber im großen und ganzen ließ sie alles mit sich geschehen, und als sie bezahlen wollte, hieß es, das gehe auf Mrs. Ryans Rechnung.

Ria sah auf die Uhr. Es war Essenszeit. Wenn alles nach Plan gelaufen war, saßen ihre Mutter und ihre Schwester jetzt in einem der vornehmsten Restaurants von Dublin und labten sich an einem Essen, das sie für gratis hielten. Doch dies war nur eine groteske Episode dieses völlig surrealen Tages.

Nach dem Essen bot man Hilary und ihrer Mutter einen Irish Coffee an. »Glaubst du, daß das im Gutschein inbegriffen ist?« zischelte Mrs. Johnson ihrer Tochter zu. Durch den Genuß des ausgezeichneten italienischen Weines kühn geworden, nickte Hilary. »Und ob ich das glaube. In so einem Lokal ist man mit kleinen Extras nicht knauserig.« Es stellte sich heraus, daß der Irish Coffee sehr wohl inbegriffen war, wie ihnen die elegante Geschäftsführerin versicherte. Man brachte unaufgefordert sogar noch einen zweiten.
Während sie auf das Taxi warteten, bat man sie um einen Gefallen. Man erwäge, einen neuen Likör auf die Speisekarte zu setzen, sei sich aber noch nicht sicher. Daher wolle man die Meinung geschätzter Gäste einholen, ehe man sich endgültig entscheide. An die Taxifahrt nach Hause konnte sich Nora Johnson nur noch vage erinnern. Sie war erleichtert, daß diese despotische Rosemary ihr gesagt hatte, Ria sei nicht zu Hause. Sonst hätte sie sich verpflichtet gefühlt, noch bei ihr vorbeizuschauen und zu berichten, wie es gewesen war. Statt dessen wollte sie lieber anrufen, wenn sie sich ein wenig ausgeruht hatte.

Noch zwei Stunden, bis Danny heimkam. Ria hatte nicht gewußt, daß sich Minuten so endlos hinziehen konnten. Ziellos irrte sie im Haus umher und strich über das eine oder andere Möbelstück, wie etwa das Tischchen in der Diele, auf das Danny immer seinen Schlüsselbund legte. Sie ließ ihre Hand über die Lehne des Sessels gleiten, auf dem er abends gewöhnlich saß und mit Unterlagen aus der Arbeit auf dem Schoß auch häufig einschlief. Sie hob den Glaskrug hoch, den er ihr zum Geburtstag geschenkt hatte. »Ria« stand darauf. Noch letzten November hatte er genug für sie empfunden, um ihren Namen auf einem Krug eingravieren zu

lassen. Doch im April war eine andere Frau von ihm schwanger. Sie konnte es einfach nicht fassen.
Ria betrachtete das Kissen, das sie für ihn gemacht hatte. »Danny« hatte sie darauf eingestickt, in wochenlanger, mühevoller Arbeit. Sie sah noch sein Gesicht vor sich, als sie es ihm überreicht hatte. »Du mußt mich beinahe ebensosehr lieben wie ich dich, wenn du mir so ein Geschenk machst«, hatte er gesagt. Beinahe ebensosehr!
Ihr Blick wanderte zu der neuen Stereoanlage. Erst letzte Weihnachten, vor weniger als einem halben Jahr, hatte er Stunden damit zugebracht auszuprobieren, wo die Lautsprecher am besten plaziert waren. Er hatte ihr Unmengen von CDs gekauft, alles von Ella Fitzgerald, die sie so mochte, und sie hatte für ihn die Dorsey Brothers und Glenn Miller besorgt, denn er liebte Big-Band-Musik. Die Kinder hatten über ihren Geschmack die Nase gerümpft. Vielleicht legte die junge Bernadette auch die merkwürdige Musik auf, für die Annie und Kitty schwärmten. Und vielleicht tat Danny Lynch so, als gefalle sie ihm. Bald würde er heimkommen und ihr solche Dinge erzählen.
Ria sah Colm Barry im Garten. Er war mit Umgraben beschäftigt, schien aber nur mit halbem Herzen bei der Sache zu sein. Man hatte den Eindruck, als hielte er sich nur im Garten auf, um ihr notfalls beistehen zu können.

Um sieben Uhr meldete sich Gertie bei Rosemary. »Ich rufe nur an, weil ... ach, ich weiß nicht, warum ich anrufe.«
»Du weißt schon, warum. Weil es nämlich sieben Uhr ist und wir uns beide solche Sorgen machen.«
»Sind die Kinder bei dir?«
»Ja, das hat geklappt. Ich mußte mich beinahe prostituieren, um an dieses Video zu kommen, aber ich habe es gekriegt.«
»Damit sind sie eine Weile beschäftigt. Glaubst du, daß sich die beiden wieder zusammenraufen?«
»Das müssen sie«, sagte Rosemary. »Sie haben beide viel zuviel zu verlieren.«

»Aber was ist mit dem Baby? Das Mädchen ist immerhin schwanger.«
»Darüber unterhalten sie sich wahrscheinlich gerade eben.«
»Betest du eigentlich manchmal, Rosemary?«
»Nein, schon lange nicht mehr. Und du?«
»Nein, man muß es wohl eher als Kuhhandel bezeichnen. Zum Beispiel verspreche ich dem lieben Gott, daß ich etwas Bestimmtes tue, wenn Jack mit dem Trinken aufhört.«
Rosemary biß sich auf die Unterlippe. Dieses Eingeständnis mußte Gertie große Überwindung gekostet haben. »Und, klappt es?«
»Na, was denkst du?«
»Hmmh, zumindest nicht immer«, erwiderte Rosemary diplomatisch.
»Heute habe ich jedenfalls wieder einen Handel geschlossen. Ich habe zu Gott gesagt, wenn Danny wieder zu Ria zurückkehrt, dann ... nun, dann mache ich etwas, was ich eigentlich schon vor langer Zeit versprochen habe.«
»Hoffentlich nicht, daß du auch die andere Backe hinhalten willst oder etwas in der Art«, rutschte es Rosemary heraus.
»Nein, wie es der Zufall will, war es gerade das Gegenteil«, sagte Gertie und legte auf.

Um sieben Uhr stellte Ria den Anrufbeantworter leise. Sie wollte nicht mehr durch die seltsamen Nachrichten ihrer Mutter und Schwester gestört werden, die sich in dem Restaurant offenbar heillos betrunken hatten. Auch andere Leute hatten angerufen. Ihr Schwager Martin wollte wissen, wo Hilary steckte. Dekkos Mutter gab Bescheid, daß Brian nächstes Wochenende bei ihnen übernachten könne. Die Firma, bei der sie die Schleifmaschine ausgeliehen hatten, bestätigte die Reservierung für das nächste Wochenende. Eine Frau, die ein Klassentreffen organisierte, wollte wissen, ob sie die Adressen anderer ehemaliger Mitschülerinnen hatte.
Ria wäre heute nicht fähig gewesen, auch nur mit einem von ihnen zu sprechen. Was machten nur die Leute, die *keinen* Anrufbeant-

worter hatten? Sie erinnerte sich noch an den Tag, als sie ihn angeschlossen hatten. Wie sie über Dannys Versuche gelacht hatten, eine überzeugende Ansage daraufzusprechen. »Wir müssen der Wahrheit ins Auge sehen, ich bin nun einmal kein Schauspieler«, hatte er gesagt. Aber er war doch einer gewesen, ein sehr erfolgreicher sogar, und das monatelang. Vielleicht sogar schon seit Jahren.
Sie setzte sich und wartete darauf, daß Danny Lynch in ihr Haus in der Tara Road zurückkam.

Er kündigte sich nicht mit lautem Rufen an wie sonst. Da war kein »Hu-hu, Schatz, ich bin wieder da«. Er legte seinen Schlüsselbund auch nicht draußen auf das Dielentischchen. Bleich und angespannt kam er herein. Unter normalen Umständen hätte sie sich Sorgen gemacht, sich gefragt, ob er sich wohl erkältet hatte, ihn gedrängt, öfter einmal freizunehmen und mal auszuspannen. Aber weil nichts mehr normal war, sah sie ihn einfach nur an und wartete darauf, daß er den Anfang machte.
»Es ist sehr still hier«, sagte er schließlich.
»Ja, nicht wahr?«
Sie hätten Fremde sein können, die sich eben zum erstenmal sahen. Danny setzte sich und vergrub den Kopf in den Händen. Ria schwieg. »Wie stellst du dir das jetzt vor?« begann er.
»*Du* hast gesagt, daß wir miteinander reden müssen, Danny. Also fang schon an.«
»Du machst es mir sehr schwer.«
»Entschuldige, hast du gerade gesagt, daß *ich* es dir schwermache? Habe ich richtig gehört?«
»Bitte, ich versuche, so ehrlich wie möglich zu sein. Es wird keine Lügen und Versteckspiele mehr geben. Auch wenn ich nicht gerade stolz bin auf das, was ich getan habe, solltest du mich trotzdem nicht mit deinem Sarkasmus in die Enge treiben. Das macht es nur noch schlimmer.« Wortlos blickte sie ihn an. »Ria, ich bitte dich inständig. Wir kennen einander zu gut. Jedes Wort des anderen, sogar jedes Schweigen wissen wir richtig zu deuten.«

Ria legte sich ihre Antwort sorgfältig zurecht. »Nein«, sprach sie langsam. »Ich kenne dich überhaupt nicht. Du sagst, daß es keine Lügen und Versteckspiele mehr geben wird. Weißt du, ich hatte keine Ahnung, daß es so etwas überhaupt gab. Ich war die ganze Zeit der Meinung, zwischen uns wäre alles in Ordnung.«
»Nein, warst du nicht. Das kann nicht sein. Sei ehrlich.«
»Aber ja, Danny. Ich bin so ehrlich wie eh und je. Wenn du mich so gut kennst, wie du behauptest, mußt du das doch wissen.«
»Du hast geglaubt, daß alles noch wie früher ist?«
»Ja.«
»Und du hattest nie das Gefühl, daß wir uns verändert haben? Du dachtest, daß zwischen uns alles genauso ist wie zu Beginn unserer Ehe?« Er schien verblüfft.
»Im Prinzip ja. Wir sind älter geworden, sicher, und haben mehr um die Ohren. Wir sind öfter mal erschöpft, aber im großen und ganzen immer noch dieselben.«
»Aber ...« Er brach ab.
»Aber was?«
»Aber wir haben uns nichts mehr zu sagen, Ria. Wir treffen Abmachungen bezüglich des Haushalts, wir mieten eine Schleifmaschine, wir holen etwas aus der Gefriertruhe, erstellen Listen. Das hat mit Leben nichts zu tun. Das ist kein echtes Leben.«
»Du hast die Schleifmaschine gemietet«, sagte sie. »Ich wollte sie nie.«
»Auf dieser Ebene spielen sich seit einiger Zeit alle unsere Gespräche ab, Schatz. Das weißt du selbst, du willst es nur nicht zugeben.«
»Du wirst mich verlassen, du ziehst aus und läßt mich und Annie und Brian zurück ... ja?«
»Es ist eben nicht mehr wie früher. Das weißt auch du.«
»Das weiß ich nicht. Ich hatte keine Ahnung.«
»Du willst mir doch nicht erzählen, daß für dich alles in bester Ordnung ist?«
»Nun, es gibt da schon ein paar Dinge, die mich stören, zum Beispiel, daß du zuviel arbeitest. Du bist zu selten zu Hause, zuviel

unterwegs, wenn auch wahrscheinlich nicht immer aus beruflichen Gründen, wie ich immer dachte.«
»Meistens schon«, meinte er zerknirscht.
»Aber abgesehen davon war ich der Meinung, alles wäre in Ordnung. Ich hatte keine Ahnung davon, daß du mit uns hier nicht glücklich bist.«
»Das ist es nicht.«
Sie beugte sich vor und sah ihm in die Augen. »Aber was dann, Danny? Sag mir das bitte. Schau, du wolltest reden, und das tun wir jetzt. Du wolltest, daß ich ruhig bleibe, und ich bin ruhig. Ich bin genauso aufrichtig wie du. Was ist der Grund? Wenn du sagst, du warst nicht unglücklich, warum verläßt du uns dann? Erklär es mir, Danny, damit ich es verstehe. Sag schon.«
»Da ist nichts mehr zwischen uns, Ria. Niemand ist schuld daran, das kommt bei vielen Paaren vor.«
»Bei mir ist das nicht so«, erwiderte sie schlicht.
»Doch, du willst es nur nicht wahrhaben. Du willst weitermachen mit der Heuchelei.«
»Ich habe mich nie verstellt, nicht eine Minute.«
»Ich meinte das nicht als Vorwurf. Ich wollte nur sagen, du spielst die ganze Zeit ›glückliche Familie‹.«
»Aber das *sind* wir doch, Danny.«
»Nein, Schatz, es muß im Leben mehr geben als das. Für uns beide. Schließlich sind wir keine alten Leute, wir müssen einander nicht das Leben schwermachen und uns damit abfinden, wie es ist.«
»Aber es ist doch gut so. Haben wir nicht phantastische Kinder und ein wunderschönes Haus? Was willst du denn noch mehr, sag mir das.«
»O Ria, Ria. Ich möchte eine Zukunft haben, von etwas träumen können. Ich möchte noch einmal von vorn anfangen und alles richtig machen.«
»Mit einem Baby?«
»Das gehört auch dazu. Ja, es ist ein Neuanfang.«
»Erzählst du mir etwas von ihr, von Bernadette? Was kann sie dir

bieten, das du bei mir nicht findest? Damit meine ich natürlich nicht großartigen Sex. Ich mag ja gelassen sein, aber nicht gelassen genug, um mir so etwas anzuhören.«
»Ich bitte dich inständig, komm mir nicht mit diesem verbitterten, anklagenden Ton.«
»Und ich bitte *dich*, darüber nachzudenken, was du sagst. Ich möchte nur wissen, was an deinem neuen Leben soviel besser ist. Entschuldigung, daß ich Sex erwähnt habe, aber immerhin bekommt Bernadette offenbar ein Kind von dir. Ohne Sex geht das wohl nicht.«
»Ich kann es nicht ausstehen, wenn du so sarkastisch bist. Ich kenne dich sehr gut, und du kennst mich. Wir sollten diesen Ton vermeiden. Wirklich.«
»Danny, war es nur ein Fehltritt, der eben passiert ist und mit dem wir, wie viele andere Paare vor uns, irgendwie fertig werden können?«
»Nein, so ist es nicht.«
»Deine Gefühle können doch nicht wie weggeblasen sein. Du hast ein Verhältnis mit einer Jüngeren, fühlst dich verständlicherweise geschmeichelt. Natürlich bin ich deswegen wütend und traurig, aber ich werde darüber hinwegkommen, so etwas passiert nun einmal. Das muß nicht das Ende bedeuten.«
»Den ganzen Tag habe ich gebetet ... bitte mach, daß Ria ruhig bleibt. Ich erwarte nicht, daß sie mir verzeiht, aber gib, daß sie ruhig bleibt, damit wir darüber reden und überlegen können, was für die Kinder am besten ist. Du bist tatsächlich ruhig, gefaßter, als ich es verdiene, aber nicht so, wie ich es mir vorgestellt habe. Du denkst, es ist nur eine Affäre.«
»Eine Affäre?«
»Ja, weißt du nicht mehr, wir haben doch oft die verschiedenen Stadien einer Beziehung durchgespielt: erst nur ein Flirt, dann eine Affäre, eine Romanze, eine Beziehung, und dann die große Liebe.« Er lächelte tatsächlich, als er das sagte, und sah seine Frau zärtlich an.
Ria rang um Fassung. »Und?«

»Es ist keine Affäre, es ist die große Liebe. Ich liebe Bernadette und möchte den Rest meines Lebens mit ihr verbringen, und sie mit mir.«
Ria nickte, als wäre es naheliegend, daß der Mann, den sie liebte, so etwas sagte. Sie wählte ihre Worte mit Bedacht, als sie antwortete. »Als du den ganzen Tag gebetet hast, ich möge ruhig bleiben, was hast du da sonst noch gedacht? Wie sollte dieses Gespräch deiner Meinung nach im günstigsten Fall enden?«
»O Ria, bitte. Nicht diese Spielchen.«
»Mir war noch nie so wenig nach Spielen zumute. Ich meine es völlig ernst: Wie sollte es enden?«
»Mit Anstand, nehme ich an. Mit gegenseitiger Achtung.«
»Was?«
»Nun, du wolltest es doch wissen. Du hast mich gefragt, was ich mir erhofft habe. Ich habe gehofft, du bist mit mir einer Meinung darüber, daß wir eine wundervolle Zeit miteinander hatten, aber daß es jetzt zu Ende ist und daß ... nun, daß wir darüber reden können, wie wir Annie und Brian am wenigsten weh tun.«
»Ich habe nichts getan, um sie zu verletzen.«
»Ich weiß.«
»Und du hast nicht gedacht, daß wir alles wieder ins Lot bringen könnten, wenn wir darüber reden? Daß es zwischen uns wieder so werden könnte wie früher?«
»Nein, mein Liebes, es ist aus und vorbei. Endgültig.«
»Als du unbedingt mit mir reden wolltest, ging es dir also nicht um uns, sondern nur darum, wie ich mich gegenüber den Kindern verhalten soll, wenn du fort bist, stimmt's?«
»Wie wir beide uns verhalten sollen. Es ist ja nicht ihre Schuld, Annie und Brian haben das nicht verdient.«
»Nein. Verdiene ich es denn?«
»Das ist etwas anderes, Ria. Du und ich, wir lieben uns nicht mehr.«
»Ich dich schon.«
»Nein, du willst es dir nur nicht eingestehen.«

»Das stimmt nicht. Und ich werde nicht so tun, nur damit du dich besser fühlst.«
»Bitte.«
»Nein, ich liebe dich noch immer. Ich liebe es, wie du aussiehst, wie du lächelst, ich liebe dein Gesicht und möchte, daß du mich in die Arme nimmst und mir sagst, daß alles nur ein böser Traum war.«
»Aber das stimmt nicht, Ria. Das war einmal.«
»Du liebst mich also nicht mehr?«
»Ich werde dich immer bewundern.«
»Ich will nicht bewundert werden, sondern ich möchte, daß du mich liebst!«
»Das bildest du dir nur ein ... tief im Innern weißt du das.«
»Tu mir das nicht an, Danny. Versuch nicht, mir in den Mund zu legen, daß auch ich alles satt habe.«
»Man kann eben nicht alles bekommen, was man sich wünscht.«
»Na, du versuchst allerdings schon, es dir zu holen.«
»Benehmen wir uns doch wie zivilisierte Menschen. Überlegen wir, wo wir alle wohnen werden ...«
»Was meinst du damit?«
»Bevor wir es den Kindern sagen, sollten wir geklärt haben, wie ihre Zukunft aussehen wird.«
»Ich sage den Kindern gar nichts, was hätte ich ihnen denn zu berichten? Du kannst ihnen sagen, was du willst.«
»Aber es geht doch darum, es ihnen möglichst leicht zu machen ...«
»Dann bleib zu Hause, hier bei uns, und gib diese andere auf ... Das ist der einzige Weg, ihnen Kummer zu ersparen.«
»Das kann ich nicht, Ria«, sagt Danny. »Ich habe mich entschieden.«
Erst in diesem Moment begriff sie, daß dies alles wirklich geschah. Bis jetzt waren es nur Worte gewesen, ein einziger Alptraum. Aber jetzt wußte sie es, und sie war plötzlich sehr, sehr müde. »Gut«, sagte sie. »Du hast dich entschieden.«
Er schien erleichtert über ihren Stimmungswandel. In einem

hatte er recht gehabt, sie kannten einander wirklich sehr gut. Er sah ihr an, daß sie die Sache jetzt akzeptiert hatte. Ihr Gespräch würde nun auf einem anderen Niveau fortgesetzt werden, so wie er es von Anfang an gewollt hatte. Sie würden die Einzelheiten besprechen, überlegen, wer wo wohnen würde. »Mit dem Ausziehen eilt es nicht. Man muß ja nichts überstürzen, so mitten im Schuljahr. Aber vielleicht zum Ende des Sommers?«
»Was vielleicht zum Ende des Sommers?« fragte Ria.
»Bis dahin sollten wir uns entschieden haben, wie und wo wir künftig leben werden.«
»Ich werde hier leben, oder nicht?« erwiderte Ria überrascht.
»Nun, Schatz, wir werden das Haus verkaufen müssen. Ich meine, es wäre auch viel zu groß für ...«
»Tara Road verkaufen?« fragte sie entgeistert.
»Irgendwann schon, natürlich, weil ...«
»Aber Danny, das ist unser Zuhause. Hier leben wir. Wir können es nicht verkaufen.«
»Das werden wir aber müssen. Wie sonst sollten ... nun ... alle versorgt werden?«
»Ich werde hier nicht ausziehen, nur damit du eine Zweiundzwanzigjährige versorgen kannst.«
»Bitte, Ria. Wir müssen uns überlegen, was wir Annie und Brian erzählen.«
»Nein, *du* mußt es dir überlegen. Ich habe dir bereits gesagt, daß ich ihnen nichts erzählen werde. Und ich werde auch nicht aus meinem Haus ausziehen.«
Eine Weile herrschte Schweigen.
»Willst du es ihnen auf diese Art beibringen?« sagte er nach einer Weile. »Daddy, der böse, gemeine Daddy verläßt euch, und die arme, gute, heilige Mummy bleibt hier ...«
»Nun, mehr oder weniger ist es so, Danny.«
Jetzt wurde er wütend. »Nein, das stimmt nicht. Und wir sollten uns lieber überlegen, wie wir es ihnen möglichst leicht machen.«
»Gut, warten wir hier, bis sie heimkommen. Dann sehe ich mir gerne an, wie du es ihnen leichtmachst.«

»Wo sind sie überhaupt?«
»Bei Rosemary. Sie sehen sich ein Video an.«
»Weiß Rosemary Bescheid?«
»Ja.«
»Und wann kommen sie zurück?«
Ria zuckte mit den Schultern. »Gegen neun oder zehn, denke ich.«
»Kannst du nicht anrufen, daß sie früher kommen sollen?«
»Du meinst, du kannst nicht einmal ein paar Stunden in deinem eigenen Haus auf sie warten?«
»Das ist es nicht, aber wenn du so eine feindselige Haltung einnimmst ... Ich befürchte eben, daß das die Situation nur verschlimmert.«
»Ich werde nicht feindselig sein. Ich werde hier sitzen und lesen oder so.«
Er sah sich nachdenklich um. »Weißt du, es war noch nie so friedlich hier. Ich habe dich nie dasitzen und lesen gesehen. Sonst geht es hier immer zu wie in einem Taubenschlag, ständig strömen Leute herein, es gibt Kaffee und Essen für alle. Wie in einem Biergarten mit Stammgästen: deine Mutter, der Hund, Gertie und Rosemary und die ganzen Freunde der Kinder. Ausgerechnet heute kann man in diesem Haus zum erstenmal in Ruhe nachdenken.«
»Ich dachte immer, es gefällt dir, wenn ein bißchen Trubel herrscht.«
»Ria, man kam einfach nie zur Besinnung. Es ging immer zu wie auf einem Bahnhof.«
»Ich kann es nicht fassen. Im nachhinein verdrehst du einfach alles!« Empört stand sie vom Tisch auf und setzte sich in den großen Sessel. Immer noch fühlte sie diese bleierne Müdigkeit. Als sie die Augen schloß, hätte sie sofort einschlafen können, mitten in einem Gespräch, das für ihre Ehe und ihr bisheriges Leben das Ende bedeutete. Die Augenlider wurden ihr schwer.
»Es tut mir leid, Ria«, sagte er. Sie schwieg. »Soll ich nach oben gehen und packen, was meinst du?«

»Ich weiß es nicht, Danny. Tu, was du für richtig hältst.«
»Ich würde gerne hier bei dir sitzen und mit dir reden.«
Immer noch hatte sie die Augen geschlossen. »Dann mach das doch.«
»Aber es gibt nichts mehr zu sagen«, meinte er traurig. »Ich kann ja nicht unentwegt beteuern, daß mir das, was passiert ist, furchtbar leid tut. Ich kann mich nicht ständig wiederholen.«
»Nein. Nein, das kannst du nicht«, pflichtete sie ihm bei.
»Dann ist es vielleicht wirklich besser, wenn ich nach oben gehe und packe.«
»Kann sein.«
»Ria?«
»Ja?«
»Ach, nichts.«
Noch eine Weile hörte sie, wie er im ersten Stock zwischen Arbeitszimmer und Schlafzimmer hin und her ging. Dann schlief sie im Sessel ein.

Stimmen in der Küche weckten sie auf.
»Normalerweise sitzt Dad da und schläft«, sagte Brian.
»Hattet ihr einen schönen Tag?« fragte Ria.
»Der Film kommt überhaupt erst in drei Wochen ins Kino«, erzählte Brian mit glänzenden Augen.
»Und wie hat er dir gefallen, Annie?«
»Er war ganz in Ordnung. Kann Kitty hier übernachten?«
»Nein, heute nicht.«
»Aber Mam, warum nicht? Warum mußt du immer allen das Leben zur Hölle machen? Wir haben Kittys Mutter schon gesagt, daß sie hierbleibt.«
»Heute abend geht es nun einmal nicht. Dein Vater und ich wollen mit dir und Brian etwas besprechen.«
»Da kann Kitty doch dabeisein.«
»Du hast gehört, was ich gesagt habe, Annie.« In Rias Stimme lag ein Ton, der keinen Widerspruch duldete. Ein neuer Ton. Murrend begleitete Annie ihre Freundin zur Tür. Ria hörte, wie sie

leise schimpfte, daß manche Erwachsenen einem einfach alles verderben mußten.

Danny war nach unten gekommen, immer noch bleich und angespannt.

»Wir möchten mit euch reden, eure Mutter und ich«, begann er. »Hauptsächlich ich, es geht nämlich ... Nun, eigentlich ist es meine Aufgabe, das alles zu erklären.« Während die Kinder beunruhigt dastanden, sah er sie abwechselnd an. Ria saß immer noch im Sessel. »Ich weiß nicht, wie ich anfangen soll. Wenn ihr es also nicht für allzu sentimental und kitschig haltet, möchte ich euch zuerst sagen, daß wir euch sehr, sehr liebhaben. Ihr seid zwei großartige Kinder ...«

»Bist du krank oder so, Daddy?« unterbrach ihn Annie.

»Nein, nein, nichts dergleichen.«

»Oder mußt du ins Gefängnis? Du klingst so komisch.«

»Nein, mein Schatz. Aber es wird gewisse Veränderungen geben, und ich möchte euch sagen ...«

»Jetzt weiß ich, was es ist.« Auf Brians Gesicht malte sich Entsetzen. »Ich hab's. Bei Dekko war es genauso, als sie es ihm erzählt haben. Als erstes haben sie ihm gesagt, daß sie ihn liebhaben. Wir bekommen ein Baby. Ist es das?«

Annie sah angewidert drein. »Du bist ekelhaft, Brian.«

Aber beide blickten fragend zu ihrer Mutter hinüber. Bekamen sie vielleicht doch ein Baby? Ria lachte gequält auf. »Wir nicht, Daddy schon«, antwortete sie.

»Ria!« Danny sah aus, als hätte sie ihn geschlagen. Sein Gesicht war aschfahl. »Ria, wie konntest du nur?«

»Ich habe lediglich eine Frage beantwortet. Du hast doch immer gesagt, daß wir ihre Fragen beantworten sollen.«

»Was ist los, Daddy? Was willst du uns erzählen?« Annies Blick wanderte von einem zum anderen.

»Ich möchte euch sagen, daß ich eine Zeitlang nicht mehr hier wohnen werde ... Nun, eigentlich werde ich hier nie mehr wohnen. Und irgendwann werden wir wahrscheinlich alle hier ausziehen, aber ihr werdet immer sowohl bei Mummy als auch bei mir einen Platz haben, immer, solange ihr wollt. Also wird sich, was euch betrifft, nichts ändern.«

»Laßt ihr euch scheiden?« wollte Brian wissen.

»Irgendwann schon, ja. Aber das ist noch lange hin. Jetzt geht es erst einmal darum, daß jeder genau Bescheid weiß, daß es keine Geheimnisse gibt und niemand verletzt wird.«

»So möchte es euer Vater gerne haben«, warf Ria ein.

»Ria, bitte ...« Er wirkte gekränkt.

»Hat Mam sich das ausgedacht, daß du Vater wirst? Das stimmt doch nicht etwa, oder, Dad?«

Aufgebracht sah Danny zu Ria hinüber. »Das ist im Moment nicht das Entscheidende. Ihr seid meine Kinder, und daran wird sich nie etwas ändern, nie. Du bist meine Tochter und du mein Sohn.«

»Also ist es wahr!« sagte Annie entsetzt.

»Bloß kein Baby!« rief Brian.

»Halt die Klappe, Brian, hier wird es kein Baby geben. Daddy geht von uns fort und wohnt bei seinem Baby. So ist es doch, oder?«

Danny erwiderte nichts, er musterte nur mit kläglicher Miene die bangen Gesichter der beiden Kinder. »Nun sag schon, Dad. Du verläßt uns wegen einer anderen?«

»Ich könnte dich nie verlassen, Annie. Du bist meine Tochter, wir werden immer füreinander dasein.«

»Aber du ziehst hier aus und wirst mit jemand zusammenleben, die ein Baby von dir bekommt?«

»Deine Mutter und ich sind der Ansicht, daß wir uns auseinandergelebt haben ... Wir haben jetzt andere Bedürfnisse ...«

Ria entfuhr ein ersticktes Lachen.

»Wer ist sie, Daddy? Kennen wir sie?«

»Nein, Annie, noch nicht.«

»Macht dir das denn gar nichts aus, Mam? Willst du ihn nicht aufhalten? Sag ihm, daß du nicht willst, daß er geht.« Annie kochte vor Wut.

Am liebsten wäre Ria aufgesprungen und hätte ihre völlig aufgewühlte Tochter an sich gedrückt und ihr gesagt, wie schrecklich und absurd das alles war. Statt dessen erwiderte sie: »Nein, Annie. Das weiß dein Vater bereits, aber er hat seine Entscheidung getroffen.«

»Ach, Ria, du hast mir doch versprochen, daß es keine Schlammschlacht werden würde.«

»Eine solche Vereinbarung gibt es nicht, ich habe dir gar nichts versprochen. Und ich werde meinen Kindern nicht weismachen, daß ich plötzlich ›andere Bedürfnisse‹ hätte, weil das einfach nicht stimmt. Ich brauche dich und möchte, daß du hierbleibst.«

»O Mam, es ist alles aus, Mam.« Brian war kalkweiß. Zum erstenmal mußte er erleben, wie seine Mutter, die sonst immer alles im Griff hatte, offen eingestand, daß sie nicht mehr weiterwußte.

»Brian, es ist alles in Ordnung. Das versuche ich euch doch die ganze Zeit zu erklären. Es wird sich nichts ändern. Ich bin und bleibe euer Dad, der gleiche Dad wie eh und je.«

»Du darfst Mam nicht verlassen, Dad. Du darfst nicht mit einer anderen abhauen und uns und Mam zurücklassen.« Brian war den Tränen nahe.

Da mischte sich Annie ein. »Das ist ihr doch ganz egal. Mam interessiert es nicht die Bohne. Sie läßt ihn einfach gehen. Sie versucht nicht einmal, ihn aufzuhalten.«

»Vielen Dank, Ria, das hast du wirklich großartig gemacht.« Auch Danny war nun den Tränen nahe.

Ria fand die Sprache wieder. »Ich werde den Kindern nicht erzählen, daß es mir nichts ausmacht und alles in Ordnung ist. Es ist nämlich überhaupt nichts mehr in Ordnung, Danny.«

»Du hast versprochen ...«, begann er.

»Ich habe gar nichts versprochen.«

»Wir waren uns einig, daß wir den Kindern nicht weh tun wollten.«

»Ich bin es doch nicht, die sie verläßt. Nicht ich habe davon gesprochen, das Haus über ihre Köpfe hinweg zu verkaufen. Womit tue ich ihnen denn weh? Ich habe von deinen Plänen schließlich erst gestern abend erfahren, und da soll ich heute so tun, als herrsche eitel Sonnenschein. Ich soll behaupten, es wäre für uns alle am besten so; daß wir jetzt andere Bedürfnisse hätten.

Ich bin aber die gleiche wie immer, meine Bedürfnisse haben sich nicht verändert. Ich brauche dich hier bei uns.«
»Ria, bewahre dir einen Rest an Würde, bitte«, schrie er sie an.
Da erst schienen sie zu bemerken, daß die Kinder schon eine ganze Weile nichts mehr gesagt hatten. In ihren bleichen Gesichtern spiegelte sich völlige Fassungslosigkeit, und Tränen strömten ihnen über die Wangen. Sie begriffen soeben, daß ihr Leben in der Tara Road vorbei war. Nichts würde je wieder so sein wie früher. Eine beklemmende Stille senkte sich über den Raum. Scheu blickten sie einander an. Sonst war es immer Ria, die das Schweigen brach, den ersten Schritt machte und alle aufmunterte. Aber nicht heute abend. Offenbar war sie von allen am meisten erschüttert.
Dann ergriff Danny das Wort. »Ich weiß nicht, was jetzt am besten ist«, gestand er hilflos. »Ich hätte es euch lieber schonender beigebracht, aber vielleicht geht das gar nicht.« Sie schwiegen. »Was wollt ihr, daß ich jetzt tue? Soll ich heute im Arbeitszimmer übernachten, damit alles irgendwie normal ist, oder soll ich gehen und morgen wiederkommen? Ich mache es, wie ihr wollt.«
Es war offensichtlich, daß Ria sich nicht dazu äußern würde.
Also sah er die Kinder an. »Geh«, sagte Brian. »Bleib«, kam es gleichzeitig von Annie. »Nein, wenn du sowieso weggehst, dann geh gleich«, widersprach Brian. Alle blickten auf Annie. Sie zuckte mit den Schultern. »Warum eigentlich nicht?« meinte sie bedrückt und gekränkt. »Wenn du morgen ohnehin auszieht, hat es nicht viel Sinn, hier noch lange rumzuhängen.«
»Es ist kein Abschied für immer, Schatz ...«, begann Danny. »Kannst du das verstehen?«
»Nein, Daddy, ehrlich gesagt kann ich das nicht«, antwortete sie, nahm ihre Schultasche und ging, ohne sich noch einmal umzudrehen, aus der Küche und nach oben.
Brian wartete, bis sie weg war. »Was wird jetzt aus uns allen?« fragte er.
»Wir werden es überleben«, sagte Danny. »Wie schon viele vor uns.«

»Mam?« Rias Sohn blickte ihr ins Gesicht.
»Wie dein Dad sagt ... viele vor uns haben es geschafft, da werden wir es auch schaffen.« Danny schenkte ihr einen dankbaren Blick, aber das war ihr egal. Sie wollte keine Dankbarkeit. »Die Kinder haben gesagt, daß du gehen sollst. Darf ich dich jetzt also bitten, Danny?«
Stumm verließ er sie, und sie hörten, wie er den Wagen anließ und wegfuhr.

Zum Frühstück hatte Ria eine kleine Ansprache parat.
»Ich war gestern abend keine große Hilfe«, begann sie.
»Wird das alles wirklich passieren? Können wir gar nichts dagegen tun?« fragte Brian mit hoffnungsvoller Miene.
»Wie es aussieht, ist es schon passiert, aber ich wollte euch sagen, daß es gar nicht so furchtbar schlimm und traurig ist, wie es gestern abend den Anschein hatte.«
»Was soll das denn heißen?« meinte Annie geringschätzig.
»Damit meine ich, daß euer Vater ganz recht hatte. Wir lieben euch beide von ganzem Herzen und werden bei euch oder zumindest in erreichbarer Nähe sein, solange ihr uns braucht. Bis ihr uns satt habt und euer eigenes Leben führen wollt. Doch bis es soweit ist, werde ich euren Vater nicht mehr anschreien, und er wird mich nicht mehr lächerlich machen. Und wenn ihr bei ihm sein wollt, sagen wir, übers Wochenende, dann könnt ihr das von mir aus jederzeit. Wollt ihr hingegen bei mir sein, dann bin ich hier oder wo auch immer für euch da, und ich werde mich stets darüber freuen, daß ihr mich bei euch haben wollt. Das ist ein Versprechen.« Die Kinder gaben offenbar nicht viel auf ihr Versprechen. »Deshalb würde ich vorschlagen, daß ihr euren Dad im Büro anruft und ihn fragt, wo er sich heute abend mit euch treffen will. Dann kann er mit euch reden und euch alles erklären.«
»Kannst du das denn nicht übernehmen, Mam?« bettelte Brian.
»Nein, Brian, wirklich nicht. Ich weiß nichts Genaues und würde

nur alles verdrehen. Laßt es ihn erzählen, dann müßt ihr euch keine Gedanken machen und alles mögliche vermuten.«
»Aber was, wenn er uns etwas erzählt und du etwas anderes?« wollte Annie wissen.
»Wir werden uns bemühen, daß das nicht mehr vorkommt.«
»Wissen es eigentlich schon alle?«
»Nein, ich glaube nicht, daß schon viele davon wissen ...«
»Was heißt denn das? Ist es nun bekannt oder nicht?« fiel Annie ihr grob ins Wort. »Ich meine, wissen es Oma und Tante Hilary, die McCarthys, solche Leute?«
»Oma und Hilary wissen es nicht, aber ich nehme an, daß Mr. McCarthy Bescheid weiß. Ich habe mir noch keine Gedanken darüber gemacht, aber ich kann mir gut vorstellen, daß er im Bilde ist.« Ihr Gesicht war wie versteinert.
»Und dürfen wir es weitererzählen? Kann ich es Kitty sagen, oder ist alles schrecklich geheim?«
»Kitty ist deine Freundin. Du kannst ihr erzählen, was du möchtest, Annie.«
»Dekko und Myles sollten es lieber nicht erfahren. Sie würden es gleich in der ganzen Klasse ausposaunen«, überlegte Brian.
»Na, dann sagst du ihnen eben nichts davon, du lieber Himmel«, meinte Annie ungeduldig.
»Wer bekommt eigentlich das Sorgerecht für uns, Mam, du oder Dad?«
»Ich habe euch bereits gesagt, daß wir uns nicht um euch streiten werden. Ihr seid uns beiden immer willkommen. Aber ich denke, während des Schuljahrs werdet ihr unter der Woche wahrscheinlich bei mir leben.«
»Weil uns die andere nicht haben will, so ist es doch«, vermutete Annie argwöhnisch.
»Aber nein. Sie weiß ja, daß euer Vater zwei Kinder hat. Ihr müßt ihr also willkommen sein.«
»Aber sie hat bald ihr eigenes«, brummte Brian.
»Wie heißt sie eigentlich?« erkundigte sich Annie.
»Ich weiß es nicht«, log Ria.

»Das mußt du wissen. Natürlich weißt du das.« Annie ließ nicht locker.
»Nein. Frag deinen Vater.«
»Warum verrätst du es uns denn nicht?« Annie gab nicht nach.
»Laß Mam doch in Ruhe. Warum denkst du, daß sie es weiß?«
»Weil es das erste ist, was ich fragen würde, was jeder fragen würde«, erwiderte Annie.

Danny pflegte sich stets darüber lustig zu machen, daß Ria Listen der Dinge erstellte, die sie noch erledigen mußte. Und da man alte Gewohnheiten nicht so leicht ablegt, schrieb sie auch diesmal mit großen Buchstaben *Liste* auf ein leeres Blatt. Sie saß am Küchentisch; die Kinder waren in die Schule gegangen, nachdem sie sie unbeholfen umarmt hatten. Aber wenigstens war jetzt wieder ein wenig Normalität eingekehrt. Die Tränen des gestrigen Abends waren versiegt, das Schweigen war gebrochen. Auf ihrer Liste standen viele Telefonate.
Zuerst mußte sie ihre Mutter anrufen und sie davon abhalten, sich dem Haus auch nur zu nähern. Dann Hilary, und um zehn Uhr, wenn der Wohltätigkeitsladen öffnete, mußte sie dort Bescheid geben, daß sie heute nicht kommen konnte. Danach würde sie Rosemary in ihrer Firma und Gertie in der Wäscherei anrufen, schließlich noch Colm, um ihm zu danken, daß er sich um sie gekümmert hatte.
Zuallerletzt war Danny an der Reihe. Neben Dannys Namen schrieb sie dick unterstrichen: *Entschuldige dich nicht.*

Nora Johnson setzte zu einer Schilderung ihrer Erlebnisse im Quentin's an. »Was die Rechnung betrifft, ist vielleicht einiges unklar. Man hat uns dort zwar versichert, daß wir drei Irish Coffee nehmen könnten. Eigentlich haben sie sogar mehr oder weniger darauf bestanden, Ria. Aber wenn es diesbezüglich eine Nachfrage geben sollte ...«
»Mam, könntest du jetzt bitte mal den Mund halten.«

»Was ist das für ein Ton gegenüber deiner Mutter?«
»Bitte hör mir zu, Mam. Heute ist kein guter Tag für mich. Danny und ich trennen uns auf Probe. Gestern abend haben wir es den Kindern erzählt. Es war nicht besonders.«
»Und ist er schon ausgezogen?« Ihre Mutter nahm diese Nachricht mit großer Fassung auf.
»Ja. Wir haben uns noch nicht entschieden, was mit dem Haus passieren soll, aber ab sofort wohnt er nicht mehr hier.«
»Das Haus mußt du behalten«, sagte ihre Mutter in einem Ton, der keinen Widerspruch zuließ.
»Nun, darüber müssen wir uns noch unterhalten. Wenn es dir nichts ausmacht, würde ich jetzt lieber nicht darüber reden.«
»In Ordnung. Aber sprich mit einem Anwalt und sichere dir dieses Anwesen.«
»Ach, Mam, darum geht es mir doch nicht. Danny verläßt mich, verstehst du. Tue ich dir denn gar nicht leid? Machst du dir keine Sorgen um mich?«
»Ich glaube, ich habe es immer kommen sehen.«
»Nein, das kann nicht sein.«
»Er hat sehr kleine Augen«, meinte Rias Mutter.

»Kann ich bitte Mrs. Hilary Moran sprechen?«
»Ria! Sei froh, daß du diesen Gutschein nicht selbst eingelöst hast. Ich habe einen ausgewachsenen Kater.«
»Hör mal, kannst du reden?«
»Natürlich kann ich nicht reden. Ich kann auch nicht denken, und in dieser Schule mit all den kreischenden Kindern halte ich es kaum aus, aber hier bin ich nun mal, und hier muß ich auch bis halb fünf bleiben. Herrgott, du weißt gar nicht, wie gut du es hast, daß du den ganzen Tag in diesem hochherrschaftlichen Haus ...«
»Hilary, halt endlich die Klappe und hör mir zu ...«
»Wie bitte?«
»Danny hat eine andere. Er hat ein Mädchen geschwängert.«
»Das glaube ich nicht.«

»Es ist die Wahrheit. Ich wollte es dir nur gleich sagen, damit mir Mam nicht zuvorkommt. Sie versucht wahrscheinlich gerade, dich anzurufen.« Rias Stimme zitterte ein wenig.
»Das tut mir sehr leid, Ria. Ich kann dir gar nicht sagen, wie leid.«
»Ich weiß.«
»Und was geschieht jetzt?«
»Ich denke, wir werden das Haus verkaufen, und jeder geht seiner Wege. Ach, ich habe keine Ahnung, was jetzt geschieht.«
»Und die Kinder?«
»Die sind natürlich fix und fertig, genau wie ich.«
»Hast du denn nie etwas geahnt oder vermutet?«
»Nein, und wenn du mir jetzt wie Mam damit kommst, daß er kleine Augen hat, fahre ich auf der Stelle zu dir und bringe dich um.«
Sie kicherten. Inmitten der ganzen Misere konnten sie sich wenigstens über ihre Mutter amüsieren.
»Ich könnte mich krank melden und zu dir kommen«, überlegte Hilary, aber in ihrer Stimme schwangen Zweifel mit.
»Nein, wirklich nicht. Ich habe tausend Dinge zu erledigen.«
»Ich hoffe, dazu gehört auch, daß du dir dieses Haus unter den Nagel reißt«, sagte Hilary noch, bevor sie auflegte.

Frances Sullivan, die mit dem Zahnarzt der Familie, Jimmy Sullivan, verheiratet war, führte den Wohltätigkeitsladen. »Ria ... natürlich ... wir finden für heute vormittag Ersatz, mach dir deswegen keine Gedanken. Hast du etwas Schönes vor?«
»Nein, ich stecke mitten in einer Art Familienkrise. Es gibt da einiges zu regeln.«
»Ja, mach das nur. Ist es wegen Annie und meiner Kitty?«
»Nein, wie kommst du darauf?« In Rias Kopf schrillten Alarmglocken.
»Ach, nur so«, wiegelte Frances ab.
»Komm schon, Frances, ich würde es dir auch sagen, wenn ich etwas wüßte.«
»Wahrscheinlich ist gar nichts. Es ist nur so, daß Kitty angekündigt

hat, sie und Annie würden nächsten Samstag zu einem Bikertreffen gehen. Und ich habe mich gefragt, ob du etwas davon erfahren hast.«
»Sicher nicht nächsten Samstag. Da ist wieder so eine Berufsberatung.«
»Nein, ich glaube nicht«, sagte Frances Sullivan. »Aber ich habe nichts gesagt, okay?«

Rosemarys Sekretärin stellte sie sofort durch. »Paßt es gerade, Rosemary?«
»Gibt er sie auf?« fragte Rosemary.
»Nein, keine Chance.«
»Und die Kinder?«
»Die hat es natürlich ziemlich getroffen. Danny und ich haben es auch ganz schön vermasselt.«
»Und du? Ist bei dir alles in Ordnung, Ria?«
»Im Moment schon, ich habe den Autopiloten eingeschaltet. Ach ja – vielen, vielen Dank für alles.«
»Wofür?«
»Den Friseur, das Essen für Mam und Hilary – sie haben sich dort übrigens ziemlich vollaufen lassen, die Rechnung dürfte etwas höher ausfallen, als wir gedacht hatten.«
»Ach, hör schon auf, Ria.«
»Und daß du sofort gekommen bist und mir beigestanden hast.«
»Du und er, ihr kommt wieder zusammen.«
»Nein, das ist ziemlich unwahrscheinlich.«
»Aber du bleibst doch in der Tara Road, oder?«
»Ja, zumindest noch eine Weile.«
»Zieh dort nicht weg, Ria. Dieses Haus wird er niemals aufgeben.«

»Gertie, es hat wirklich gutgetan, daß du gestern gekommen bist. Ich weiß, es war nicht der beste Tag für dich.«
»Und, hast du es wieder einrenken können?«
»Nein, ich fürchte nicht.«

»Hör mal, was Familienstreitigkeiten betrifft, bin ich Expertin. Es wird ihm schon bald alles furchtbar leid tun, und dann bringt er die Sache wieder in Ordnung. Er wird dem Mädchen, wer immer sie ist, den Laufpaß geben, ob sie nun ihr Baby bekommt oder es abtreiben läßt oder was auch immer. Denn du und er ... nun, ich weiß, das Beispiel gefällt dir nicht, ihr seid wie Jack und ich. Manche Menschen sind einfach füreinander geschaffen.«
»Du willst mir Mut machen, Gertie, aber ...«
»Kannst du dir allen Ernstes vorstellen, daß einer von euch woanders wohnt als in der Tara Road? Ihr allein paßt in dieses Haus, und das ist Garantie genug, daß alles wieder gut wird.«

»Colm? Hier spricht Ria Lynch.«
»Ach, hallo, Ria.«
»Du warst sehr nett zu mir. Ich habe mich noch gar nicht bedankt.«
»Unter Freunden muß man sich nicht groß bedanken, da ist das doch eine Selbstverständlichkeit.«
»Ja, aber gute Freunde sind keine Selbstverständlichkeit.«
»Nein, aber so gehst du auch nicht mit ihnen um.«
»Wie du meinst. Ich bin irgendwie nicht ganz bei mir, ich weiß gar nichts mehr.«
»Das kommt bei jedem hin und wieder vor.«
»Danke, daß du nicht fragst, ob wieder alles im Lot ist.«
»Diese Dinge brauchen Zeit.« Es war so angenehm, daß er sie nicht mit Fragen bestürmte. Nach all den anderen Telefongesprächen war das eine richtige Erholung.

»Danny?«
»Es war grauenhaft«, sagte er. »Es tut mir so leid.«
Ria sah auf ihren kleinen Zettel. *Entschuldige dich nicht*, stand da. Sie hätte am liebsten geweint und ihm gesagt, wie leid es ihr tue und daß sie doch nicht zu den Leuten gehörten, die sich so anschnauzten. Sie wollte, daß er heimkam und sie in den Arm

nahm. *Entschuldige dich nicht,* las sie, und sie wußte, wie gut sie daran getan hatte, sich das aufzuschreiben. Danny würde nicht zu ihr heimkommen. Nie wieder.
»Es wäre auf jede Art grauenhaft gewesen«, meinte sie in sachlichem Ton. »Nun laß uns überlegen, was wir noch retten können. Ich habe den Kindern gesagt, sie sollen dich heute anrufen, damit ihr euch abends auf neutralem Boden treffen könnt. Erzähl ihnen, wie es passiert ist und wie es weitergehen soll. In den Sommerferien und so.«
»Aber das steht doch noch gar nicht fest. Du und ich müssen erst ...«
»Nein, es ist deine Sache, ihnen zu sagen, was sie erwarten können. Ob du in der Lage bist, ihnen ein Essen zu kochen und sie übers Wochenende aufzunehmen. Daß sie hier bei mir willkommen sind, wissen sie, aber sie haben keine Ahnung, was du ihnen bieten kannst.«
»Aber du wirst sie doch nicht ...«
»Danny, sie sind zehn und vierzehn. Glaubst du denn, ich werde ihnen in diesem Alter noch vorschreiben, ob und wann sie ihren Vater besuchen dürfen oder nicht? Das würde ich auch gar nicht wollen.«
»Du klingst sehr gefaßt.« Danny war beeindruckt.
»Natürlich bin ich nicht gefaßt. Aber du wirst ihnen klar zu verstehen geben, daß sie bei dir immer willkommen sind, wo du auch sein magst, ja? Sie sollen nicht nur Phrasen zu hören bekommen. Welche Pläne hast du also?«
»Pläne?«
»Nun, du hast offensichtlich eine Bleibe, oder?«
»Ja, sicher.«
»Und ist dort auch Platz für sie? Können sie da übernachten?«
»Übernachten?«
»Ja, wenn sie dich besuchen kommen.«
»Im Moment habe ich nur eine sehr kleine Wohnung.«
»Und ist das in der Nähe von hier?« Sie bemühte sich, nur oberflächliches Interesse anklingen zu lassen.

»Es ist in Bantry Court, weißt du, die Wohnanlage ... die wir ... die Barney vor ein paar Jahren gebaut hat.«
»Ich erinnere mich«, sagte Ria. »Wie günstig, daß du dort gleich eine Wohnung bekommen konntest.« Sie hoffte, daß man ihr ihre Verbitterung nicht allzu deutlich anhörte.
»Nein, die Wohnung gehört nicht mir, sie gehört Bernadette. Sie hat sie von ihrem Vater zum achtzehnten Geburtstag bekommen. Es war eine Kapitalanlage, weißt du.«
»Das war es zweifellos«, meinte Ria grimmig.
»Er ist inzwischen gestorben«, sagte Danny.
»Oh, ich verstehe.«
»Und ihre Mutter macht sich wegen der ganzen Situation große Sorgen.«
»Das kann ich mir vorstellen.«
»Sie hat dich mal angerufen. Die Frau, die ihren Namen nicht nennen wollte, weißt du noch? Wahrscheinlich hat sie mir damals nachspioniert.«
»Aber sie wußte bereits, daß du verheiratet bist?«
»Ja«, erwiderte er kleinlaut.
»Und ihr wollt bald in ein Haus ziehen, nehme ich an?«
»Ja, genau, ein Haus. Für alle.«
»Für alle. Aha.«
Es trat eine Pause ein. Dann sprach er weiter. »Es wird allerdings eine Weile dauern, bis alles unter Dach und Fach ist.«
»Ich denke, sie würden sich freuen, wenn du ihnen schon jetzt Möglichkeiten aufzeigst, dich zu sehen und mit dir zusammenzusein. Damit sie wissen, daß sie dich nicht verloren haben.«
»Aber wirst du nicht ...«
»Ich habe sie oft genug. Und vergiß nicht die Ferien. Sag ihnen, wie viele Wochen du mit ihnen verreisen kannst. Weißt du noch, daß du ihnen mal versprochen hast, ein Kabinenboot auf dem Shannon zu mieten?«
»Glaubst du denn, das würde ihnen gefallen? Ich meine, ohne dich?«
»Ohne mich? Aber sie müssen doch lernen, daß ich von nun an

nie mehr dabeisein werde, wenn sie etwas mit dir unternehmen. Wir alle müssen das lernen. Mach es ihnen so bald wie möglich klar, noch bevor sie in Panik geraten, weil sie denken, daß du sie im Stich gelassen hast.«

Mit keinem Wort erwähnte Ria Bernadette oder das Kind, das sie unter dem Herzen trug. Sie wollte ganz einfach dafür sorgen, daß man Annie und Brian in Dannys neuem Heim willkommen hieß.

»Noch etwas. Wissen deine Eltern von ... von der Geschichte?«

»Himmel, nein«, sagte er, erschreckt bei dem bloßen Gedanken daran.

»Mach dir deshalb keine Sorgen. Ich werde es ihnen beizeiten erklären«, bot sie an.

»Ähm, ich weiß nicht, was ich sagen soll ...«, fing er an.

»Oh, und Barney, Mona und Polly und so weiter ... wissen die Bescheid?«

»Mona nicht«, sagte Danny Lynch hastig.

»Aber Barney ist auf dem laufenden?«

»Ja, weißt du, er ist uns dabei behilflich, ein Haus zu finden.«

»Wie er uns ja auch zu diesem verholfen hat«, sagte Ria und ärgerte sich über Barney McCarthy. Eigentlich hatte sie ihn nie leiden können, fiel ihr auf. Seine beiden Frauen hatte sie gemocht, aber nicht ihn. Wie merkwürdig, daß ihr das früher nie bewußt geworden war! Sie beschloß, das Thema zu wechseln. Es wäre wirklich gut, wenn du mit den Kindern bald Ferienpläne schmiedest. Das bringt sie auf andere Gedanken.«

»Aber was machst du denn dann? Wenn wir alle wegfahren?«

»Vielleicht fahre ich auch in Ferien.«

»Aber Schatz ... wo willst du hinfahren ...?«

»Danny, dürfte ich dich bitten, mich nicht mehr so zu nennen?«

»Entschuldige. Du hast mich ja schon einmal darum gebeten, aber, weißt du, es bedeutet gar nichts.«

»Jetzt ist mir auch klar, daß es nichts bedeutet. Aber das war nicht immer so.«

»Bitte, Ria.«

»Schon gut, Danny. Wir sollten das Gespräch jetzt beenden.«

»Aber wo soll ich mit ihnen hingehen? McDonald's, Planet Hollywood?«
»Ich weiß es nicht. In solchen Lokalen kann man sich vielleicht nicht so besonders gut unterhalten. Aber das müßt ihr drei entscheiden.«
Sie legten auf.
Es war nicht annähernd so schlimm gewesen, wie sie befürchtet hatte. Komisch, wie sehr sie sich über Barneys Kumpanei ärgerte. Schließlich hatten ja auch sie und Danny all die Jahre Barneys Geheimnis bewahrt. Sie hatten Mona McCarthy nie erzählt, wo ihr Mann wirklich gewesen war in jener Nacht, als die kleine Annie Lynch zur Welt kam.

KAPITEL VIER

Ria verlor jegliches Zeitgefühl. Manchmal glaubte sie beim Aufwachen, es sei bereits früher Morgen, bevor sie bemerkte, daß sie nur eine halbe Stunde geschlafen hatte. Die leere Bettseite neben ihr erschien ihr riesengroß. Dann stellte sie sich mit vor der Brust verschränkten Armen ans Fenster, als könne das ihren Schmerz lindern. Es war kurz nach Mitternacht, und er schlief in irgendeinem Wohnblock und hielt dieses Mädchen in den Armen. Vielleicht wurde es ja irgendwann zuviel für sie, und sie verlor den Verstand? So etwas gab es. Während sie stundenlang aus dem Fenster starrte, die Sterne verblaßten und die Morgendämmerung anbrach, überlegte Ria, ob sie nicht schon verrückt geworden war, ohne es zu merken. Doch am hellichten Tag schien sie ganz die alte zu sein. Das Haus war geputzt, die Mahlzeiten standen zu den gewohnten Zeiten auf dem Tisch, Leute kamen und gingen. Und sie hatte den Eindruck, daß sie ganz normal mit ihnen redete.

Dabei war nichts mehr normal. Und sie konnte sich an nichts mehr erinnern, was auch nur vierundzwanzig Stunden zurücklag. War es heute oder gestern gewesen, daß Myles und Dekko drei Frösche angeschleppt hatten, die in der Badewanne planschen sollten – oder etwa schon vorige Woche? Wann hatte sie mit Annie diesen heftigen Streit wegen Kitty gehabt? Und warum eigentlich? War Hilary tatsächlich mit sechs Pastinaken aufgekreuzt, damit Ria eine Suppe daraus kochte, die sie mit heimnehmen konnte, oder hatte Ria das geträumt?

Natürlich würde er wieder zu ihr zurückkommen, das war gar keine Frage. Aber wann? Wie lange würde diese kränkende, schmerzliche Wartezeit noch dauern, bis er endlich wieder seine

Schlüssel auf das Tischchen in der Diele warf und rief: *Schatz, ich bin zurück. Jeder schlägt mal über die Stränge, aber ich bin nun wieder zur Vernunft gekommen. Verzeihst du mir, oder muß ich erst auf Knien vor dir herumrutschen?*

Sie würde ihm auf der Stelle verzeihen. Eine zärtliche Umarmung, vielleicht ein gemeinsamer Urlaub. Der Name Bernadette würde einige Zeit tabu sein, bis man irgendwann einen Scherz damit wagte.

Doch wann würde sich endlich alles zum Guten wenden? Manchmal hielt Ria im Lauf des Tages plötzlich bestürzt inne, wenn ihr bei irgendeiner Tätigkeit wieder einmal schmerzlich bewußt wurde, daß auch dieses oder jenes eine Lüge gewesen war. Das farbenfrohe Hemd aus London beispielsweise. Dieses Mädchen hatte es für ihn gekauft, oder etwa nicht? Bernadette war mit ihm in London gewesen. Als Ria das klar wurde, mußte sie sich erst einmal setzen. Und dann die Gebührenabrechnung für das Handy. Beinahe jeder Anruf darauf war an *sie* gegangen, an die Nummer, die Danny ihr jetzt für Notfälle hinterlassen hatte. Das zollfrei eingekaufte Parfüm hatte er Ria nur mitgebracht, weil er ein schlechtes Gewissen hatte, nachdem er mit Bernadette verreist war. Und dann der Tag, als die ganze Familie im Zoo gewesen war. Gerade als sie ins Raubtierhaus gehen wollten, hatte Danny einen Anruf bekommen, der ihn zurück ins Büro beorderte. Da hatte er nicht ins Büro fahren müssen, sondern zu Bernadette. So viele Kleinigkeiten, und Ria hatte nie Verdacht geschöpft. Was für eine blöde Gans, was für ein vertrauensseliges Dummchen sie gewesen war! Doch dann wieder verteidigte sie ihre Gutgläubigkeit. Wer wollte seinen Ehemann denn schon auf Schritt und Tritt bewachen? Wenn man jemanden liebte, vertraute man ihm. So einfach war das.

Und natürlich hatten es alle gewußt. Wenn sie ihn in der Arbeit anrief, hatten wahrscheinlich alle dort mitleidig oder auch ärgerlich die Augen verdreht. Schon wieder das brave Hausmütterchen, das nicht ahnte, daß ihr Ehemann eine andere hatte. Sogar Trudy hatte das Spiel mitgemacht; die Empfangsdame mußte

Bernadettes Anrufe ebensooft durchgestellt haben wie ihre. Möglicherweise kannte auch Bernadette sie mit Namen und erkundigte sich nach dem Stand ihrer Diät, womit man bei Trudy Pluspunkte sammelte.
Selbstverständlich war Barney McCarthy eingeweiht gewesen, der hier im Haus verkehrte und überschwenglich Rias Kochkünste lobte. Wie oft war er wohl schon mit Danny und Bernadette essen gewesen? Im Quentin's, wohin Ria einmal im Jahr zu ihrem Hochzeitstag eingeladen wurde. Diese nette Brenda Brennan, die das Restaurant führte, hatte sicher auch Bescheid gewußt. Wahrscheinlich hatte sie Ria bedauert, diese arglose mausgraue Hausfrau, die einmal im Jahr groß ausgeführt wurde.
Zweifelsfrei hatte es auch Polly gewußt und abfällig die Augenbrauen hochgezogen. Sie hatte Ria sicherlich nicht bemitleidet, denn schließlich befand diese sich in der gleichen Lage wie Mona. Und was war mit Mona? Wußte sie es auch? Ria hatte Pollys Existenz so viele Jahre vor Mona verheimlicht, vielleicht hatte es Mona mit Bernadette ebenso gemacht.
Hätte man nicht bittere Tränen darüber vergießen können, es wäre zum Lachen gewesen. Und wenn man es recht bedachte, wie viele Leute von diesem Verhältnis gewußt hatten, konnte eigentlich auch Rosemary nicht ahnungslos gewesen sein. Sie war doch immer über alles im Bilde, was in Dublin vor sich ging. Aber nein, Ria mußte einfach an dem Glauben festhalten, daß ihr die Freundin nichts vorgemacht hatte. Wenn Rosemary oder Gertie davon gewußt hätten, hätten sie Ria reinen Wein eingeschenkt und nicht zugelassen, daß ihre Welt auf einen Schlag einstürzte. Allerdings fragte sich Ria hin und wieder, ob Rosemary sie nicht vielleicht sogar diskret gewarnt hatte. Warum sonst hatte sie ihr immer wieder Ratschläge zu ihrer Garderobe gegeben und ihr zugeredet, sich eine Stellung zu suchen?
Daß die Sullivans Bescheid gewußt hatten, war offenkundig. Frances hatte sie mit munteren Warten getröstet: »Das ist sicher nur eine flüchtige Affäre, Ria. Männer, die auf die Vierzig zugehen, haben die merkwürdigsten Marotten. Wenn du die

Sache aussitzen kannst, wird sich bestimmt alles wieder einrenken.«

»Hast du es gewußt?« hatte Ria sie geradeheraus gefragt.

Die Antwort war ziemlich weitschweifig ausgefallen: »Diese Stadt ist die reinste Gerüchteküche. Man würde ja ganz wirr im Kopf, wenn man sich immer den ganzen Tratsch anhören wollte. Und ich habe schon alle Hände voll damit zu tun, Kitty im Zaum zu halten.«

Colm Barry hingegen hatte wahrscheinlich nichts geahnt. Danny war wohl nicht so leichtsinnig gewesen, mit diesem halben Kind in ein Restaurant zu gehen, das nur ein paar Schritte von seinem Haus entfernt lag. Aber so viele andere hatten Bescheid gewußt. Allein daß es so viele waren, kränkte sie zutiefst. Taxifahrer, der Mann an der Tankstelle, Larry in der Bank. Vielleicht hatte Bernadette wegen Danny sogar ihr Konto in Larrys Zweigstelle verlegt?

Der Fensterputzer erkundigte sich nach Danny, als Ria gerade Lust zu reden hatte. »Wo ist denn der Herr des Hauses?« hatte er gefragt.

»Er ist fort. Wie es der Zufall will, hat er mich wegen einer Jüngeren verlassen.«

»Na, Ihr Mann war ja immer hinter jedem Weiberrock her. Seien Sie froh, daß Sie ihn los sind«, meinte der Fensterputzer. Wieso sagte er so etwas? *Warum nur?*

Und warum drückten ihr die Leute im Wohltätigkeitsladen mitfühlend die Hand und versicherten ihr, was für eine großartige Frau sie sei? Wer hatte es ihnen erzählt? Hatten sie es schon länger gewußt? Oh, wie gern hätte sie ihnen allen den Rücken gekehrt, diesen Menschen, die sie bedauerten, sie streichelten und über sie tratschten. Ria wußte, daß sie damit aufhören würden, sobald er Bernadette verließ und wieder nach Hause kam, aber wie lange würde sie noch darauf warten müssen? Indessen lächelten all diese Menschen nachsichtig, als hätte Danny eine Grippe.

Außerdem mußte Ria natürlich die Launen ihrer Kinder ertragen. Annie schwankte zwischen Schuldzuweisungen an ihre Mut-

ter und heftigen Selbstvorwürfen. »Weißt du, Mam, wenn du nur ein bißchen normaler gewesen wärst, wenn du nicht laufend nur gequasselt und ständig gekocht hättest, wäre er nicht fort.« Am nächsten Tag jammerte sie dann: »Es ist ganz allein meine Schuld ... Er hat mich immer seine Prinzessin genannt, aber ich hatte nie Zeit für ihn, immer war ich bei Kitty. Dabei brauchte er meine Liebe. Deshalb ist er los und hat sich eine andere gesucht, die kaum älter ist als ich.«
Einmal fragte sie Ria, ob sie Dad nicht schreiben sollten, wie einsam sie ohne ihn wären. »Ich glaube, das weiß er gar nicht«, heulte Annie.
»Er weiß es«, antwortete Ria ungerührt.
»Warum kommt er dann nicht zurück?«
»Das wird er, aber es dauert eben seine Zeit. Ehrlich, Annie, ich glaube, das können wir nicht beschleunigen.« Ria sah, wie Annie nickte, als sei sie – o Wunder! – dieses eine Mal mit ihrer Mutter einer Meinung.
Auch Brian legte sich Erklärungen zurecht. »Wahrscheinlich bin ich schuld, Mam. Ich habe mich wirklich nicht oft genug gewaschen.«
»O Brian, ich glaube nicht, daß es daran lag.«
»Doch, das könnte schon der Grund gewesen sein. Du weißt doch, wie oft sich Dad gewaschen hat. Und er hat jeden Tag ein frisches Hemd angezogen.«
»Das tun Erwachsene nun einmal.«
»Hmmh. Könnten wir ihm nicht sagen, daß ich mich jetzt öfter wasche? Das werde ich, versprochen.«
»Wenn Dad wirklich gegangen wäre, weil du ihm zu schmutzig warst, wäre er schon vor Ewigkeiten abgehauen. Du warst doch schon immer ein Ferkel«, meinte Annie ungnädig.
Doch dann kam Brian zu dem Schluß, daß der Sex an allem schuld sei. »Zumindest behaupten das Myles und Dekko. Sie sagen, daß er zu ihr gezogen ist, weil sie es Tag und Nacht machen will.«
»Ich glaube nicht, daß das stimmt«, widersprach Ria.

»Es könnte doch zum Teil daran liegen. Kannst du ihn nicht anrufen und sagen, daß du es auch Tag und Nacht willst?« Dabei wirkte er ein bißchen verlegen, ganz offensichtlich fiel es ihm schwer, mit seiner Mutter über solche Dinge zu sprechen. Aber scheinbar hielt er es für unvermeidlich.
»Nein, das will ich eigentlich nicht Brian.« Ria war froh, daß Annie nicht im Zimmer war.
Allerdings war Annie dabei, als Brian seinen Trumpf ausspielte.
»Mam, jetzt weiß ich, wie wir Dad zurückbekommen.«
»Ach, wie interessant«, meinte Annie.
»Du und er sollten ein Baby haben.« Ein beklemmendes Schweigen trat ein. »Das ginge schon«, fuhr Brian fort. »Und es würde mir auch gar nichts ausmachen. Ich habe mit Myles und Dekko darüber gesprochen. Sie sagen, es ist gar nicht so schlimm, wie man zuerst denkt. Und wir würden sogar auf das Baby aufpassen, Myles, Dekko und ich. Es wäre eine prima Möglichkeit, unser Taschengeld aufzubessern.« Als Brian die betroffene Miene seiner Mutter sah, lenkte er ein: »Hör mal, Mam, wenn Dad zurückkommt, mache ich es sogar umsonst. Wirklich, ich würde gar nichts dafür verlangen.«

Wäre es nicht einfach wundervoll, wenn sie meilenweit weg sein könnte? überlegte Ria. Dann müßte sie nicht aller Welt vormachen, daß es ihr prachtvoll ging und alles zum besten stand, wo es doch kaum noch schlimmer kommen konnte. Sie verkroch sich im Haus, weil sie keine Leute sehen wollte; aber sie wußte, daß es auf Dauer nicht gut war, die vereinsamte betrogene Ehefrau zu spielen.
Als sie ein Geräusch an der Eingangstür hörte, machte ihr Herz einen Sprung. Manchmal war Danny mitten am Tag heimgekommen. »Du hast mir gefehlt, Schatz. Na, wie wär's mit einer Umarmung für einen hart arbeitenden Mann?« Und immer hatte sie ihn in die Arme geschlossen. Wann hatte das aufgehört? Warum war ihr das nicht aufgefallen? Wie konnte sie beim Klappern des Briefschlitzes, durch den ein Flugblatt geschoben wurde, ernst-

haft annehmen, Danny wäre zurückgekommen? Sie mußte sich heute gehörig zusammennehmen, um sich nicht in Träumereien zu verlieren. Beim Angelusläuten schaute sie automatisch auf die Uhr. Jeder machte das, als wollte man kontrollieren, ob die Kirchenuhr richtig ging. Im gleichen Augenblick klingelte das Telefon.

Es war eine Frau mit amerikanischem Akzent. »Entschuldigen Sie, daß ich Sie zu Hause belästige. Aber ich habe keinen anderen Eintrag für Mr. Danny Lynch gefunden. Er steht nicht unter den Grundstücks- und Immobilienmaklern im Branchenbuch.«

»Sie wünschen?« fragte Ria kühl.

»Kurz gesagt, mein Name ist Marilyn Vine. Als wir vor fünfzehn Jahren in Irland waren, haben wir Mr. Danny Lynch kennengelernt. Er hat uns damals einige Immobilien gezeigt ...«

»Dürfte ich Ihnen seine Büronummer geben? Er ist hier augenblicklich nicht zu erreichen ...«

»Danke, aber hätten Sie noch eine Minute Zeit? Ich möchte nämlich gerne wissen, ob er so etwas Ihrer Meinung nach überhaupt machen würde. Denn eigentlich gibt es für ihn nichts dabei zu verdienen ...«

»Oh, dann glaube ich kaum«, erwiderte Ria.

»Wie bitte?«

»Ich will damit sagen, daß er sich heutzutage nur noch dafür interessiert, was dieses wert ist oder jenes einbringt – aber ich bin momentan nicht gut auf ihn zu sprechen.«

»Entschuldigung, habe ich zu einem ungünstigen Zeitpunkt angerufen?«

»Einen günstigeren wird es wohl in nächster Zeit nicht geben. Was genau war es, was Danny umsonst für Sie tun sollte?«

»Nun, es geht nicht direkt um einen Auftrag. Aber er war damals so nett und entgegenkommend, und da dachte ich mir, ich frage ihn, ob er nicht jemanden kennt, der an einem Haustausch in diesem Sommer interessiert wäre. Ich habe ein komfortables und, wie ich finde, hübsches Haus mit Swimmingpool in Westville anzubieten, das ist ein Universitätsstädtchen in Con-

necticut – und ich suche etwas, das möglichst nur ein paar Gehminuten von der Innenstadt entfernt ist, aber unbedingt mit Garten ...«
»Diesen Sommer?« fragte Ria nach.
»Ja, im Juli und August. Ich weiß, das ist nicht mehr lange hin ... Aber gestern abend wurde mir klar, daß ich diese Monate gern in Dublin verbringen möchte. Ich konnte die ganze Nacht nicht schlafen, und so sagte ich mir, ruf doch einfach mal an, es könnte ja klappen.«
»Und wie sind Sie ausgerechnet auf Danny gekommen?« fragte Ria betont gleichmütig.
»Er wußte damals so gut über alles Bescheid, und außerdem kenne ich sonst niemanden bei Ihnen drüben. Ich war mir sicher, daß er mir einen Ansprechpartner empfehlen würde, falls er selbst keine zeitweiligen Vermittlungen übernimmt.«
»Suchen Sie ein größeres oder ein kleineres Haus?«
»Das wäre mir egal. Ich habe keine Angst, mich in einem großen Haus zu verlaufen, und hier in Westville gibt es reichlich Platz für vier oder fünf Personen. Ich würde selbstverständlich auch mein Auto zur Verfügung stellen. Man kann hier nämlich eine Menge unternehmen.«
»Gibt es für so etwas denn nicht spezielle Agenturen ... Tauschbörsen?«
»Ja, schon. Und ich könnte auch im Internet suchen ... Aber wenn man mal jemanden persönlich kennengelernt hat und mit dem Namen ein freundliches Gesicht verbindet, ist es irgendwie einfacher, auch wenn die Begegnung schon Jahre zurückliegt. Bestimmt wird er sich gar nicht mehr an mich ... an uns erinnern. Aber im Moment ist mir einfach nicht danach, mit fremden Leuten zu reden oder gar zu verhandeln. Das klingt jetzt wahrscheinlich ein bißchen verschroben.«
»Nein, im Gegenteil. Ich kann es Ihnen sehr gut nachfühlen.«
»Spreche ich mit Mrs. Lynch?«
»Das weiß ich nicht so genau.«

»Wie bitte?«
»Wir leben getrennt, stehen kurz vor der Scheidung. Man kann sich in Irland jetzt scheiden lassen, wußten Sie das?«
»Dann war das wirklich ein sehr unpassender Augenblick anzurufen. Ich kann Ihnen gar nicht sagen, wie leid es mir tut.«
»Oh, ganz im Gegenteil, der Zeitpunkt war phantastisch. Wir machen es.«
»Was meinen Sie damit?«
»Ich ziehe in Ihr Haus und Sie in meines. Im Juli und August. Abgemacht?«
»Ähm, ich nehme an, wir sollten zuerst ...«
»Natürlich, keine Frage. Ich schicke Ihnen ein Foto und eine genaue Beschreibung. Das Haus ist wunderschön, es wird Ihnen gefallen. Es liegt in der Tara Road, wir haben einen Garten mit allen möglichen Bäumen, Parkettböden ... und ein paar antike Buntglasfenster, dazu Stuck an den Decken ... und ...« Dann brach sie in Tränen aus. Am anderen Ende der Leitung herrschte Totenstille. Ria riß sich zusammen. »Entschuldigung, Marion, nicht wahr?«
»Nein, Marilyn. Marilyn Vine.«
»Ich heiße Ria Lynch und würde im Moment nichts lieber tun, als einige Zeit von hier zu verschwinden und an einem beschaulichen Ort mit Swimmingpool und Ausflugsmöglichkeiten zu leben. Ich könnte einen Monat mit meinen Kindern dort verbringen und mir in aller Ruhe Gedanken über meine Zukunft machen. Deshalb war ich gleich so hingerissen von der Idee.«
»Ihr Haus scheint genau das zu sein, was ich suche, Ria. Wir machen es, okay?«

Man hörte es Marilyns Stimme nicht an, daß auch ihr die Tränen über die Wangen liefen, während sie in ihrer Küche stand und aus dem Fenster ihres weißen Holzhauses schaute. Schließlich stellte Marilyn Vine das Telefon auf der Küchentheke ab und ging mit ihrer Tasse Kaffee hinaus in den Garten. Dort setzte sie sich neben den Swimmingpool, in dem sie vorher geschwommen war. Sie schwamm jeden Morgen und jeden Nachmittag fünfzehn Bahnen, das war ihr inzwischen in Fleisch und Blut übergegangen wie das Zähneputzen. Jetzt war es zehn Minuten nach sieben, also noch früh am Morgen. Sie hatte soeben mit einer außerordentlich aufgewühlten Frau, die gerade in einer Krise steckte, einen Haustausch vereinbart. Mit einer Frau, die beinahe fünftausend Kilometer entfernt lebte und die sie noch nie gesehen hatte. Mit einer Frau, die nach der herrschenden Rechtslage womöglich gar nicht befugt war, Marilyn das Haus zu überlassen, da sie in Scheidung lebte und ihr Zuhause wahrscheinlich zum gemeinsamen Vermögen zählte.

Marilyn wußte, wie töricht es war, am frühen Morgen spontane Entscheidungen zu treffen. Es sah ihr so gar nicht ähnlich, um diese Uhrzeit einen solchen Telefonanruf zu tätigen. Und noch weniger hätte man ihr zugetraut, daß sie in die Vorschläge einer hysterischen Frau am anderen Ende der Leitung einwilligte. Nie wieder würde sie so etwas Verrücktes tun. Doch jetzt stellte sich erst einmal die Frage, ob sie noch einmal anrufen und das ganze leichtfertig getroffene Arrangement absagen sollte oder ob es reichte, einen Brief zu schreiben.

Wenn sie sofort anrief, war das die sauberste Lösung. Sie konnte sagen, daß dieser Haustausch für sie leider nicht mehr möglich war, da sie daheim familiäre Verpflichtungen hätte. Bei dem Gedanken, daß ausgerechnet sie familiäre Verpflichtungen haben sollte, lächelte sie bitter. Aber diese Ria in Irland kannte Marilyn ja nicht. Einfacher wäre es allerdings, eine E-Mail zu schreiben, dann müßte sie nicht die Enttäuschung in der Stimme dieser Frau hören. Aber sie nahm nicht an, daß in der Tara Road ein Computer stand, und Ria Lynch hatte bestimmt keinen Zutritt zu den Büroräumen ihres Gatten, wo die nötige Technik vermutlich vorhanden war.

Die Frau hatte lebhaft und unternehmungslustig geklungen, wenngleich sie ein bißchen verstört wirkte. Marilyn überlegte, wie alt sie wohl sein mochte. Dieser gutaussehende junge Immobilienmakler mußte jetzt so um die Vierzig sein, vermutlich war die

Frau ebenso alt. Sie hatte eine vierzehnjährige Tochter und einen fast zehnjährigen Sohn erwähnt. Marilyns Züge verhärteten sich. Ihre Ehe war also am Ende, und ganz offensichtlich haßte sie ihren Mann – immerhin äußerte sie sich einer völlig Fremden gegenüber recht abfällig über ihn. Nun, wahrscheinlich war sie ohne ihn sehr viel besser dran.

Marilyn verscheuchte diese Gedanken. Denn sie mußte in Kürze zur Arbeit. Sie würde mit dem Auto zur Universität fahren und es dort auf ihrem Parkplatz abstellen. Dann würde sie diesen und jenen begrüßen und, gelassen und selbstsicher in ihrem flotten weiß-gelben Kostüm in ihr Büro gehen, das den Freundeskreis der Universität betreute.

Man würde sie interessiert mustern. Wie seltsam, daß sie ihren Mann nicht nach Hawaii begleitet hatte. Greg Vine hielt dort Gastvorlesungen, und man war davon ausgegangen, daß diese Reise genau das richtige für sie beide war. Aber Marilyn hatte hartnäckig darauf bestanden hierzubleiben und sich ebenso starrsinnig geweigert, ihren Freunden oder Kollegen zu erklären, warum. Inzwischen hatten diese aufgehört, nach dem Grund zu fragen oder sie zu drängen, Greg doch nachzureisen. Aber sie wußte, daß alle sich weiterhin fragten, was denn nur in sie gefahren sei. Wie konnte sie es ausschlagen, einen liebenden Ehemann auf eine sonnige Insel zu begleiten? Und das, obwohl die Universität sich bereit erklärt hatte, ihr die Stelle bis zu ihrer Rückkehr freizuhalten?

Was würden all diese Leute sagen, wenn sie wüßten, was für eine absonderliche Alternative sie erwogen hatte? Daß sie ihr Haus für zwei Monate mit einer Frau hatte tauschen wollen, die – angeblich – ein großes viktorianisches Haus in Dublin ihr eigen nannte. Man wäre sich allgemein einig, daß dies eine völlig abwegige Idee war.

Marilyn trank ihren Kaffee aus, straffte die Schultern und ließ sich noch einmal durch den Kopf gehen, was sie gerade vereinbart hatte. Immerhin war sie eine erwachsene Frau, mittlerweile sogar sehr erwachsen, denn am 1. August dieses Jahres wurde sie vierzig

Jahre alt. Sie konnte jede Entscheidung treffen, die ihr beliebte. Keiner hatte ihr da dreinzureden.
Sie nickte bekräftigend in Richtung des Telefons. Dann warf sie einen Blick in den Spiegel in ihrer Diele: kastanienbraunes Haar, kurz geschnitten, nach dem Schwimmen an der Luft zu trocknen; ängstliche grüne Augen und verspannte Schultern, aber sonst vollkommen normal. Sie wirkte ganz und gar nicht wie eine Frau, die solch unausgegorene Entschlüsse faßte.
Marilyn nahm den Schlüsselbund und fuhr zur Arbeit.

Ria setzte sich und hielt sich an der Tischplatte fest. Seit ihrer Teenagerzeit war sie nicht mehr allein im Ausland gewesen. Und mit Danny auch nur sehr selten. Nun, zumindest besaß sie einen gültigen Reisepaß, und sie hatte ja noch ein paar Wochen Zeit, alles vorzubereiten.
Marilyn hatte gesagt, es mache ihr überhaupt nichts aus, Annies Katze zu versorgen. Die Kinder waren bestimmt begeistert von einer Reise in die USA – und dann auch noch ein Haus mit Swimmingpool! Es sei ganz einfach, im Rechtsverkehr fahren zu lernen, hatte Marilyn sie ermutigt, auf den Straßen von Westville sei nicht viel los. Ria hatte Marilyn allerdings davor gewarnt, dieselbe Unbekümmertheit in Dublin an den Tag zu legen, wo es von unberechenbaren Fahrern nur so wimmelte und man ständig auf der Hut sein mußte.
Sie gehe sowieso lieber zu Fuß, hatte Marilyn erwidert.
Rein aus Gewohnheit nahm Ria ein Blatt Papier, schrieb *Liste* darauf und unterstrich das Wort. Doch während sie notierte, was sie noch erledigen mußte, wurde ihr plötzlich bang ums Herz. War sie denn vollkommen verrückt geworden? Sie wußte nichts über diese Frau, rein gar nichts. Wenn man näher darüber nachdachte, war es dann nicht sehr merkwürdig, einen Haustausch auf diese Art und Weise zu arrangieren? Schließlich gab es Agenturen, Firmen, die auf solche Dinge spezialisiert waren. Und dann das Internet mit seinen immensen Möglichkeiten, die idealen Tauschpartner zusammenzubringen.

Was war das für eine Frau, die sich nach Jahren an Dannys freundliches Gesicht erinnerte und seinen Namen im Telefonbuch suchte? Vielleicht war sie ja damals hinter ihm hergewesen, er war schließlich ein ausgesprochen gutaussehender Mann. Oder sie kannte ihn näher, als sie zugab, vielleicht hatte sie mit ihm geflirtet oder eine leidenschaftliche Affäre gehabt? Dieser Vorschlag mit dem Haustausch konnte eine Masche, ein billiger Trick sein, sich in sein Leben einzuschleusen.

Ria hatte genug Filme gesehen, in denen sich Geistesgestörte als normal ausgaben und vertrauensselige, leichtgläubige Menschen dazu brachten, sie bereitwillig an ihrem Leben teilhaben zu lassen. Es war gut möglich, daß dies der Beginn eines Alptraums war, an dem sie alle zugrunde gehen konnten. Deshalb mußte sie sich zuerst einmal in Ruhe über ihre eigenen Motive klarwerden. Warum kam ihr dieser Haustausch so verlockend vor? Wollte sie lediglich Hilary, ihrer Mutter, Frances und Gertie den Rücken kehren, weil sie diese mitleidigen Blicke satt hatte? Was bewog sie sonst noch, eine Reise nach Übersee zu planen?

Vielleicht konnte sie ihn dort ein bißchen vergessen, sagte sich Ria. Zumindest würde sie nicht überall sein Gesicht vor sich sehen. In einem fremden Bett in den USA würde sie bestimmt nicht um vier Uhr morgens aufwachen und sich schlaftrunken fragen, warum er denn noch nicht nach Hause gekommen war und ob er vielleicht einen Unfall gehabt hatte – bis ihr mit Erschrecken klar wurde, daß er überhaupt nicht mehr kommen würde.

Und dann der gräßliche Verdacht, daß es vielleicht schon andere Bernadettes gegeben hatte. Es hieß doch immer, daß ein Mann seine Familie nicht gleich bei der ersten Affäre verließ. Möglicherweise hatte sie sogar in diesem Haus hier Frauen bewirtet, die mit ihrem Mann geschlafen hatten. War es da nicht eine wundervolle Aussicht, an einen Ort zu fahren, wo niemand je von Danny gehört, ihn kennengelernt oder gar mit ihm geschlafen hatte?

Doch es war trotzdem eine ziemlich überstürzte Entscheidung gewesen. Sie hatte einer wildfremden Frau angeboten, in der Tara Road zu wohnen. Unter normalen Umständen hätte sie nie und nimmer etwas derartig Unvorsichtiges getan. Aber die Umstände waren eben alles andere als normal. In ihrer jetzigen Situation konnten zwei Monate in den USA genau das richtige sein. Und es war idiotisch anzunehmen, daß diese Marilyn eine Massenmörderin sein sollte.

Ria fiel wieder ein, daß Marilyn zuerst gar nicht an ihrem Haus interessiert gewesen war. Ria hatte ihr die Tara Road 16 regelrecht aufgedrängt. Ja, Marilyn hatte sich mehrmals entschuldigt und das Gespräch zu beenden versucht, aber Ria hatte nicht lockergelassen, bis Marilyn schließlich angeboten hatte, ihr Fotos und eine Bankauskunft zu schicken, und ob Ria bitte das gleiche tun wollte? Selbstverständlich war diese Frau grundehrlich und völlig normal. Sie wollte einige Zeit raus aus ihrem Trott und Zeit für sich haben, also mit anderen Worten genau dasselbe, was Ria wollte. So ein unerhörter Zufall war es nun auch wieder nicht, daß zwei Menschen mit den gleichen Bedürfnissen zum richtigen Zeitpunkt miteinander redeten.

Warum will ich es denn unbedingt? fragte sich Ria jetzt. Als ich heute morgen aufgewacht bin, dachte ich schließlich nicht im Traum daran, den Sommer in einem Haus an der amerikanischen Ostküste zu verbringen. Will ich den Kindern etwas bieten, was dem Vergleich mit der Bootsfahrt auf dem Shannon standhält? Möchte ich einfach irgendwo sein, wo Danny Lynch nicht den Mittelpunkt der Welt bildet und wir anderen nur darauf warten, was der Herr als nächstes zu tun gedenkt, damit wir darauf reagieren können?

Es war wohl irgendwie alles zusammen, aber sie war sich nicht sicher, ob sie genügend Kraft aufbringen würde, um dieses Unternehmen auch wirklich in die Tat umzusetzen. Sollte sie vielleicht mit Rosemary darüber reden? Rosemary bewahrte immer einen kühlen Kopf und verzettelte sich nicht in Nebensächlichkeiten.

Doch dann strafften sich Rias Schultern. Sie war doch selbst eine tatkräftige Person, auch wenn es im Moment nicht diesen Anschein hatte. Und sie würde nicht zulassen, daß die widrigen

Umstände sie zu einem dieser kopflosen Weibchen machten, auf die sie immer verächtlich herabgesehen hatte, wenn diese sich im Wohltätigkeitsladen mal wieder nicht zwischen einer blauen und einer gelben Tischdecke entscheiden konnten und sich zuerst mit einem Ehemann, einer Tochter und einer Nachbarin besprechen mußten, bevor sie wiederkamen und die enorme Ausgabe von drei Pfund tätigten.
Ihr hatte Marilyns Stimme gefallen. Diese Frau war keine wahnsinnige Mörderin, die nach Irland kam, um die Einwohnerschaft der Tara Road auszulöschen. Nein, sie war einfach jemand, der im richtigen Augenblick angerufen hatte. Mit grimmiger Entschlossenheit wandte sich Ria wieder ihrer Liste zu.

Das Essen mit Annie und Brian war eine mittlere Katastrophe. Danny hatte sie ins Quentin's eingeladen, um ihnen etwas Besonderes zu bieten, aber diese Wahl stellte sich als großer Fehler heraus. Zum einen waren sie unpassend angezogen. Alle anderen jungen Leute, die mit ihren Eltern und Großeltern dort ein frühes Abendessen einnahmen, waren elegant herausgeputzt. Brian hingegen trug schmuddelige Jeans und ein verdrecktes T-Shirt. Auf seiner Jacke mit Reißverschluß standen mit Kugelschreiber und Filzstift hingeschmiert die Namen von Fußballspielern und toten Popstars; er sah aus wie einer der jungen Rowdies, die in der Grafton Street Touristen belästigen. Auch Annie trug Jeans, die in Dannys Augen viel zu eng waren. Und ihr blondes Haar war nicht frisch gewaschen und glänzend, sie hatte die fettigen Strähnen einfach kunstlos hinters Ohr geklemmt. Das alte Paillettenjäckchen, an dem ihr ganzes Herz hing, hatte irgendeiner alten Dame aus dem St. Rita gehört und war ein sogenanntes originales Fünfziger-Jahre-Stück – mehr ließ sich darüber beim besten Willen nicht sagen.
»Wow, was das hier alles kostet!« staunte Brian. »Allein, was sie für eine Nierenpastete verlangen! Zu Hause macht Mam die umsonst.«
»Quatsch, da kostet das auch etwas«, entgegnete Annie. »Sie muß

schließlich das Fleisch kaufen und das Mehl und die Butter für den Teig.«
»Aber das ist doch schon alles da«, widersprach Brian.
»Nein, ist es nicht, du Idiot. Das Zeug wächst schließlich nicht in der Küche. Typisch Mann! Sie muß die Sachen in Läden einkaufen und dafür bezahlen. Und dann kostet es auch noch ihre Arbeitskraft, das darf man nicht vergessen.«
Danny begriff, daß Annie in gewisser Weise den Preis des kostspieligen Essens zu rechtfertigen versuchte, mit dem er seine Kinder verwöhnen wollte, aber diese Unterhaltung führte in eine Sackgasse. »Nun, habt ihr schon etwas gefunden, was ihr mögt?« fragte er und schaute die beiden erwartungsvoll an.
»Was sind *porcini*, sind das Schweinekoteletts?« fragte Brian.
»Nein, Pilze«, erklärte sein Vater.
»Schwachkopf«, sagte Annie zu ihrem Bruder, obwohl sie es auch nicht gewußt hätte.
»Ich hätte am liebsten einen Hamburger, aber ich finde keinen auf der Speisekarte«, murrte Brian.
Danny versuchte sich seinen Ärger nicht anmerken zu lassen. »Schau hier«, er zeigte in die Speisekarte, »da steht *Hackbällchen mit Tomate an Basilikumsalsa,* das ist ungefähr das gleiche.«
»Warum nennen sie es dann nicht einfach Hamburger wie in einem normalen Lokal?« brummte Brian.
»Weil sie erwarten, daß die Leute lesen können, die hierherkommen«, meinte Annie ungnädig. »Gibt es hier auch vegetarische Gerichte, Dad?«
Endlich war die Wahl getroffen, und Brenda Brennan, die zuvorkommende Geschäftsführerin, kam und nahm höchstpersönlich ihre Bestellung auf.
»Es freut mich, Ihre Familie kennenzulernen, Mr. Lynch«, sagte sie und schien nicht im mindesten Anstoß daran zu nehmen, daß die Kinder wie Landstreicher gekleidet waren.
Dankbar lächelte Danny sie an.
»Ist sie das?« flüsterte Brian, nachdem Brenda Brennan gegangen war.

»Wer?« fragte Danny verwirrt.
»Na die, die jetzt das Baby kriegt. Die, mit der du zusammenziehst.«
»Sei doch nicht *albern*, Brian.« Annie war jetzt mit ihrer Geduld am Ende. »Die ist doch genauso alt wie Mam. Natürlich ist sie es nicht.«
Danny fand, daß es nun an der Zeit war, zum Thema zu kommen.
»Eure Mutter und ich hatten ein sehr gutes und vernünftiges Gespräch, es war wirklich angenhm. Nicht eine von diesen unsäglichen Streitereien, die jeden nur traurig machen, vor allem natürlich euch.«
»Na, das ist ja mal eine Neuigkeit«, brummelte Annie.
»Ja, wirklich, es wird jetzt anders. Wir vier haben eine schlimme Zeit hinter uns, aber jetzt wird alles besser und wir können wieder miteinander reden.«
»Kommst du zurück?« fragte Brian hoffnungsvoll.
»Genau darüber haben deine Mutter und ich gesprochen, Brian. Denn es geht auch darum, wie man es bezeichnet. Ich bin nicht weggegangen, ich habe euch beide nicht verlassen, natürlich nicht. Ich wohne jetzt lediglich woanders, das ist alles.«
»Und wo?« frage Annie.
»Nun, im Augenblick ist es nur eine Wohnung, aber schon sehr bald wird es ein Haus sein, und ihr könnt sooft kommen und solange bleiben, wie ihr wollt. Das Haus wird einen herrlichen Garten haben, und es wird auch euer Zuhause sein.«
»Wir haben bereits einen herrlichen Garten in der Tara Road«, erwiderte Annie.
»Ja, nun ... dann habt ihr zwei.« Danny strahlte über das ganze Gesicht.
Die beiden sahen ihn mißtrauisch an.
»Werden wir jeder ein eigenes Zimmer haben?« erkundigte sich Annie.
»Ja, natürlich. Allerdings nicht sofort, wenn wir einziehen. Wir müssen erst einiges umbauen. Aber Mr. McCarthys Handwerker werden ein Zimmer für euch teilen. Bis dahin kann ja einer

von euch auf der Couch im Wohnzimmer schlafen, wenn ihr kommt.«

»Das klingt nicht gerade nach einem zweiten Zuhause, wenn man auf dem Sofa schlafen muß«, meinte Annie.

»Aber das ist doch nur vorübergehend. Später hat dann jeder sein Zimmer.« Noch immer lächelte er seine Kinder an.

»Und wie lange dürfen wir dort bleiben, in dem Haus mit dem geteilten Zimmer?« fragte Brian.

»Solange ihr wollt. Genau darüber haben deine Mutter und ich geredet. Wenn du nach Hause kommst und mit ihr sprichst, wirst du auch von ihr hören, daß ihr beide die wichtigsten Menschen für uns seid, daß es vor allem um euch geht ...«

Annie unterbrach ihn. »Und kann einer von uns bei einem von euch sein und der andere beim anderen? Ich meine, ich bin doch wohl hoffentlich nicht auf Gedeih und Verderb an Brian gefesselt?«

»Nein, nein, natürlich geht das.«

Das brachte Annies Gesicht zum Leuchten.

»Und wenn das Baby kommt und uns mit seinem Geplärre auf die Nerven geht, können wir dann wieder zurück in die Tara Road?« fragte Brian.

»Ja, klar.«

»Dann ist es ja gut.« Brian wirkte jetzt ebenfalls zufrieden.

»Und wird sie sein wie Mam und uns laufend sagen, daß wir unsere Zimmer aufräumen sollen und auf keinen Fall erst um diese Uhrzeit heimkommen können?«

»Bernadette möchte, daß ihr euch bei uns wohl fühlt. Sie freut sich schon so darauf, euch kennenzulernen. Wann, meint ihr, sollte das sein?«

»Du hast noch nicht gesagt, ob sie uns Vorschriften machen wird und es tausend Regeln gibt«, hakte Annie nach.

»Ihr solltet in diesem neuen Zuhause so höflich und hilfsbereit sein wie in der Tara Road auch. Mehr wird von euch nicht erwartet.«

»Aber in der Tara Road sind wir doch gar nicht hilfsbereit«,

entgegnete Brian, als habe sein Vater da etwas nicht richtig mitbekommen.
Danny seufzte. »Sollen wir nicht gleich ausmachen, wann und wo ihr Bernadette mal kennenlernt?«
»Hat sie einen dicken Bauch? Sieht sie schon richtig schwanger aus?« wollte Annie wissen.
»Nein, nicht besonders. Warum fragst du?«
Annie zuckte die Achseln. »Ist es nicht egal, wo wir sie treffen?«
Danny verlor langsam die Geduld. Der Abend verlief bei weitem nicht so glatt und harmonisch, wie er gedacht hatte.
»Müssen wir sie denn unbedingt kennenlernen?« fragte Annie weiter. »Wäre es nicht besser zu warten, bis das Baby auf der Welt ist und so?«
»Natürlich müßt ihr euch kennenlernen!« schrie Danny sie an. »Wir machen schließlich alle zusammen einen Bootsurlaub auf dem Shannon, da sollten wir uns vorher schon einigermaßen kennen.«
Sie starrten ihn sprachlos an.
»Auf dem Shannon?« fragte Annie.
»Wir alle?« erkundigte sich Brian.
»Kann Kitty auch mitkommen?« fragte Annie schnell. »Aber wage ja nicht, Myles und Dekko anzuschleppen, Brian, ich warne dich.«
»Ich glaube nicht, daß Mam das gefallen wird, ein Urlaub zusammen mit ... na ja, mit ihr«, stotterte Brian.
Annie und ihr Vater wechselten einen Blick. Ein kurzer Augenblick des Einverständnisses bei einem Essen, das ansonsten ein einziger Alptraum gewesen war. Zumindest ahnte seine Tochter, welche Probleme sich vor ihnen auftürmten. Ausnahmsweise nannte Annie ihren Bruder jetzt nicht einen Schwachkopf. Statt dessen erklärten Vater und Tochter gemeinsam dem Jungen, der schließlich erst zehn Jahre alt war, daß seine Mutter sie nicht bei dieser Urlaubsreise begleiten würde.

In Marilyns Büro drehte sich alles um das alljährliche Freundeskreis-Picknick im August. Sie mußten eine Liste mit Unterbringungsmöglichkeiten für die ehemaligen Studenten zusammenstellen: Hotels, Gästehäuser, Wohnheime und Privatadressen. Für viele von ihnen war dieses Wochenende der Höhepunkt des Jahres. Und die Universität gewann dadurch Förderer, auf die sie finanziell angewiesen war, denn der enge Kontakt zwischen gegenwärtigen und ehemaligen Studenten schlug eine Brücke zwischen Vergangenheit und Gegenwart.

Es war seit jeher Tradition, daß die Universitätsangestellten aus dem Freundeskreis-Büro Gastquartiere in ihren Häusern zur Verfügung stellten. Marilyn und Greg hatten am Tudor Drive 1024 schon viele Familien beherbergt. Alles sehr nette Leute, die in den heißen Augusttagen stets froh über den Swimmingpool gewesen waren. Mit etlichen standen die Vines noch nach Jahren in Verbindung, und sie hatten Gegeneinladungen aus Boston, New York City und Washington D. C. erhalten.

Inzwischen galt es, das Picknick zu planen, die Einladungen und Anzeigen zu formulieren, die Steuervorteile der Spenden für die Studentenbibliothek oder die Kunstsammlung publik zu machen. Daneben mußte man sich über das Unterhaltungsprogramm Gedanken machen, die Anzahl der Redner festlegen sowie selbige dezent ermahnen, sich doch bitte noch kürzer zu fassen als in den vergangenen Jahren. Gleich würden die Aufgaben verteilt werden. Marilyn war klar, daß sie unbedingt vorher etwas klarstellen mußte. Sie konnte nicht irgendwelche Sachen übernehmen und sie dann nicht erledigen.

Also räusperte sie sich und wandte sich an den Pädagogikprofessor, der die Besprechung leitete. »Geehrter Vorsitzender, leider muß ich Ihnen mitteilen, daß ich im Juli und August nicht hier sein werde. Ich habe mich entschlossen, die mir so großzügig gewährte Absenzregelung in Anspruch zu nehmen und von Ende Juni bis zum Labor Day zu verreisen. Darf ich also darum bitten, mir möglichst viel Arbeit zuzuteilen, die sich bereits im Vorfeld erledigen läßt, da ich bei dem Picknick selbst nicht anwesend sein werde?«

Auf mehreren Gesichtern malte sich ein Lächeln. Das war eine gute Neuigkeit. Marilyn Vine gab endlich nach. Letztlich fuhr sie doch noch zu ihrem Ehemann Greg nach Hawaii.

Noch beinahe zwei Monate bis zur Abreise. Damit hatte Ria genug Zeit zur Vorbereitung. Und sie würde niemandem ein Sterbenswörtchen verraten, bis nicht alles fix und fertig war. Die Liste erwies sich als unschätzbare Hilfe. Sie konnte gar nicht verstehen, warum Danny sie deswegen immer ausgelacht hatte, während er ihr durchs Haar zauste. Schließlich war es ein ganz normales Hilfsmittel, das Tausende von Menschen benutzten, verflixt noch mal. Na schön, wenn sie in einem Büro arbeiteten, nahmen sie vielleicht Computer, Terminkalender, ihr Filofax zur Hilfe. Aber im Grunde lief es damit auch nicht anders: Man schrieb auf, was zu erledigen war, und hakte es der Reihe nach ab. Auf diese Weise vergaß man nichts.

Es würde mindestens eine Woche dauern, bis sie die Unterlagen von Marilyn bekommen hatte. Ria wollte über ihr Vorhaben Stillschweigen bewahren, solange sie nichts in der Hand hatte, womit sie belegen konnte, daß das Ganze wirklich eine gute Idee war. Inzwischen hatte auch sie eine kleine Mappe zusammengestellt, die sie heute oder morgen an Marilyn schicken würde. Sie enthielt Fotos vom Haus, sowohl Außen- wie auch Innenansichten, dazu Ausschnitte aus dem Immobilienteil der *Irish Times*, damit Marilyn die Lage der Tara Road einschätzen konnte. Außerdem legte sie einen Stadtplan von Dublin bei, einen aktuellen Reiseführer, einen Restaurantführer und eine Literaturliste, falls Marilyn zur Einstimmung etwas lesen wollte. Sie nannte ihr auch die Adresse ihrer Bank sowie Namen, Telefon- und Faxnummer ihres zuständigen Beraters. Eine knappe, sachliche Notiz setzte Marilyn davon in Kenntnis, daß das Haus ihr und Danny Lynch gemeinsam gehörte und ihre Miteigentümerschaft unumstritten war. Er würde sich im Juli um die Kinder kümmern, und gern würde sie Marilyn später noch eine Liste mit Namen von Freunden und Bekannten schicken, die ihr bei Bedarf behilflich sein konnten.

Vielleicht war eine Woche zu optimistisch gerechnet, eventuell mußte sie ihr Geheimnis noch ein bißchen länger für sich behalten. Auf mindestens zehn Tage mußte sie sich schon einstellen. Aber Ria hatte nicht mit dem Tempo der Amerikaner gerechnet und vergessen, daß es Kurierdienste gab. Bereits am nächsten Tag fuhr ein Fed-Ex-Transporter bei ihr vor und überreichte ihr Marilyns Unterlagen. Sie wagte kaum zu atmen, als sie die Bilder von dem weißen Bungalow mit den Blumen auf der Veranda und vom Swimmingpool betrachtete. Dann studierte sie die Karte der Umgebung, blätterte die örtliche Zeitung durch und las die Beschreibung des Autos sowie die Auflistung der Einkaufsmöglichkeiten. Die Mitgliedschaft im Fitneßcenter könne für die Dauer ihres Aufenthalts auf Ria übertragen werden, schrieb Marilyn. Außerdem habe sie in der Nähe die Gelegenheit, Golf, Tennis und Bowling zu spielen. Überdies wollte Marilyn ihr noch eine Liste mit Telefonnummern für alle Fälle hinterlassen.

Ebenso knapp und nüchtern wie Ria erläuterte Marilyn, daß sie einen Ortswechsel brauche, um über ihre Zukunft nachzudenken. Weil sie sich über verschiedene Dinge klarwerden müsse, habe sie ihren Ehemann nicht nach Hawaii begleitet, wo dieser Gastvorlesungen halte. Neben ihrer Bankverbindung teilte sie Ria auch mit, daß ihr Ehemann noch nichts von dem vereinbarten Haustausch wisse, doch sie werde das binnen vierundzwanzig Stunden regeln. Sie habe ihn nicht damit überfallen wollen. Manche Dinge bedurften nun einmal etwas diplomatischen Geschicks, das würde Ria bestimmt verstehen.

Ria verstand völlig. Auch sie mußte es Danny noch sagen. Ob wohl alle in seinem Büro Bescheid wußten, überlegte sie zum wiederholten Mal, während sie seine Nummer wählte und bat, sie durchzustellen. Es fiel ihr immer schwerer, dort anzurufen. Als Dannys Ehefrau hatte sie irgendwie automatisch das Recht dazu gehabt, doch was war jetzt? Leicht ließ sich Mitleid, Irritation oder Verlegenheit aus der Stimme der Empfangsdame heraushören, aber vielleicht bildete sich Ria das alles auch nur ein.

»Könntest du demnächst vorbeikommen und deine Sachen abholen, Danny? Ich möchte hier ein bißchen umräumen.«
»Kein Grund zur Eile, oder?«
»Nun, nicht von mir aus, aber wegen der Kinder ... sie sollten sich daran gewöhnen, daß deine Sachen dort sind, wo du wohnst.«
»Na ja, du weißt ja, was ich über meine augenblickliche Wohnung gesagt habe. Sie ist ziemlich klein.«
»Hast du nicht erwähnt, daß Barney dir ein Haus besorgt hat?«
»Ich habe gesagt, daß er uns bei der Suche behilflich war, Ria, nicht, daß er es uns finanziert.«
»Ja, das ist mir klar, aber das Haus gibt es doch wohl schon?«
»Es ist noch nicht bewohnbar.«
»Sicherlich ist es in einem Zustand, daß du dort deine Golfschläger, deine Bücher und deine restliche Kleidung verstauen kannst ... und die Stereoanlage, die dir gehört.«
»Nein, Scha... die gehört nicht mir, sondern *uns*. Wir sind nicht noch nicht soweit, daß wir unsere Habseligkeiten Stück für Stück auseinandersortieren.«
»Eines Tages werden wir es tun müssen.«
»Aber doch nicht ... doch nicht sofort.«
»Komm bitte heute, wenn es irgendwie geht, und nimm den Wagen. Da gibt es nämlich ein paar Dinge, die ich mit dir besprechen will. Und richte es so ein, daß du wieder weg bist, bevor die Kinder zurück sind, ja?«
»Ich würde sie aber gerne sehen.«
»Das kannst du natürlich jederzeit, aber bitte nicht hier.«
»Ria, fang jetzt bloß nicht an, Vorschriften zu machen.«
»Wir waren uns einig, daß wir sie nicht verwirren wollen. Sie sind bei jedem von uns gern gesehen. Aber ich werde nicht zu dir kommen, wenn sie bei dir sind, und es ist nur sinnvoll, wenn für dich das gleiche gilt.«
Am anderen Ende der Leitung herrschte Schweigen.
»Das ist doch wohl ein kleiner Unterschied.«
»Nein, ist es nicht. In Bernadettes Haus wird es keine Spuren von mir geben, keine Schminktöpfchen von mir, keine Kleider, auch

nicht meine Nähmaschine. Warum also sollten deine Sachen hier sein?«
»Ich komme«, willigte Danny ein.

Heidi Franks konnte es kaum erwarten, daß die Besprechung über das Freundeskreis-Picknick zu Ende ging und sie mit Marilyn reden konnte. Es machte sie überglücklich, daß die Frau endlich Vernunft angenommen hatte. Nur zu gern wollte sie ihr anbieten, sich um ihren Garten zu kümmern. Heidi Franks wußte, daß Marilyns Herz an ihren Pflanzen hing und ihre Nachbarn kein Händchen dafür hatten.
Seltsam, wie nüchtern und sachlich Marilyn ihre Kollegen bei der Besprechung davon in Kenntnis gesetzt hatte, obwohl sie doch wußte, daß alle großen Anteil an ihren Plänen nahmen.
»Ich komme gern ab und zu vorbei und stelle deine Sprinkleranlage an«, bot sie Marilyn an, sobald sich die Gelegenheit dazu ergab.
»Wie lieb von dir, Heidi, aber das geht von ganz allein. Die Anlage stellt sich automatisch an und ab.«
»Nun, dann schaue ich eben hin und wieder, ob sich Läuse oder Käfer an deinen hübschen Blumenrabatten zu schaffen machen.«
»Vielen Dank, aber es wohnt in der Zeit jemand dort. Deshalb konnte ich auch kein Gastquartier für das Picknick zur Verfügung stellen.«
»Du hast jemanden, der das Haus hütet? Was für eine gute Idee! Wer ist es denn?«
»Oh, du kennst sie nicht, sie kommt aus Irland ... Ria Lynch.«
»Aus *Irland*?« wunderte sich Heidi.
»Ja, ich weiß. Wahrscheinlich dauert es eine Weile, bis sie sich hier zurechtfindet. Aber jetzt muß ich rennen, Heidi, ich muß das hier noch einwerfen. Sobald ich etwas Zeit habe, erzähle ich dir Genaueres darüber.« Sie eilte aus dem Büro.
Mit einem liebevollen Lächeln blickte Heidi ihr nach. Greg würde sich so freuen. Er war völlig vor den Kopf gestoßen gewesen, weil Marilyn ihn nicht begleiten wollte. Schließlich hatte er Himmel

und Hölle in Bewegung gesetzt, um diese Gastprofessur in Hawaii zu bekommen, da konnte er schlecht zurücktreten. Doch nun würde alles gut werden. Marilyn flog zu ihm.

Ria hatte noch nie einen Kurierdienst beauftragt. Aber es war eigentlich ganz einfach. Sie schickten jemanden vorbei, der das Kuvert abholte. Wie dumm von ihr anzunehmen, daß die Leute bei wichtigen Unterlagen immer noch den normalen Postweg benutzten. Sie mußte noch viel lernen. Und in diesem Sommer würde sie damit anfangen.
Sie sah, wie Kater Clement aus schläfrigen Augen Colm bei der Gartenarbeit beobachtete. Colm hatte ihn Annie geschenkt, als er noch ein winziges Kätzchen gewesen war. Der Mann arbeitete so schwer und war dabei immer ausgeglichen und fröhlich. Zu gern hätte sie ihn auf einen Kaffee hereingebeten und ihm von ihren Plänen erzählt.
Aber das durfte sie erst, wenn sie mit Danny gesprochen hatte. Danny würde bestimmt in die Luft gehen, wenn er erfuhr, was sie im Sommer vorhatte. Ganz offensichtlich war der Abend mit den Kindern im Quentin's ein Desaster gewesen … Was für eine idiotische Idee, sie in dieses schicke Restaurant einzuladen. Zwar hatten ihr die Kinder nicht gesagt, daß es furchtbar gewesen war, aber sie konnte es ihnen an den Gesichtern ablesen.

Das Telefon auf Marilyns Schreibtisch klingelte, und Heidi hob ab.
»Apparat Marilyn Vine, guten Tag, mein Name ist Heidi Franks … Oh, Greg, wie schön, von dir zu hören. Nein, schade, du hast sie gerade verpaßt. Aber sie wird in zehn Minuten wieder dasein. Soll ich ihr etwas ausrichten? Ja sicher, ich sage es ihr. Und, Greg, wir sind alle begeistert, daß sie jetzt doch zu dir fliegt, die einzig richtige Entscheidung. Heute. Bei der Sitzung. Ja, im Juli und August. Nein? Du weißt nichts davon? Hätte es vielleicht eine Überraschung sein sollen? Oh, verflixt, tut mir leid, daß ich es ausgeplaudert habe. Nein, ich glaube nicht, daß ich da etwas

falsch verstanden habe, Greg. Sie hat gesagt, eine Irin hütet euer Haus, während sie bei dir ist. Hör mal, es ist wohl besser, wenn sie dir alles selbst erzählt. Ich weiß, Greg. Da gerät häufig etwas durcheinander.« Langsam legte Heidi den Hörer wieder auf die Gabel und drehte sich um.
Im Türrahmen stand mit kalkweißem Gesicht Marilyn, sie hatte die ganze Zeit zugehört. Warum bloß hatte sie die Fakultät informiert, ehe sie mit Greg darüber gesprochen hatte? Sie war ja so ein Dummkopf! Zum Teil lag es natürlich am Zeitunterschied zwischen hier und Hawaii, zum anderen daran, daß sie nicht gewußt hatte, wie sie es ihm sagen sollte. Jetzt würde es noch schwieriger werden.

Danny würdigte die Bilder, Broschüren und Karten in dem großen Umschlag keines Blicks. Fassungslos schaute er Ria an.
»Das kommt gar nicht in Frage. Diese Idee ist derart verrückt, daß ich es einfach nicht fassen kann.«
Ria blieb ganz ruhig. Auf ihrer Liste stand: *Bettle nicht, flehe ihn nicht an*. Und es wirkte, sie tat nichts dergleichen.
»Es kostet uns nur den Flug, und ich war schon im Reisebüro. So teuer ist das gar nicht.«
»Und was genau heißt ›nicht so teuer‹, wenn ich fragen darf?« Seine Stimme triefte vor Sarkasmus.
»Ungefähr soviel wie ein Abendessen im Quentin's für zwei Kinder, die eigentlich nur einen Hamburger und eine Pizza wollten«, erwiderte sie.
»Na klar. Ich wußte doch, daß du mir das noch vorhalten würdest. Ich wußte es einfach«, triumphierte er.
»Wie schön ist es doch, wenn man am Ende recht behält«, meinte Ria.
»Ich bitte dich, behandle mich nicht so von oben herab. Ich gebe mir der Kinder wegen alle Mühe, verdammt noch mal, wir wollten sie doch nicht zum Spielball machen. Am Telefon hast du noch ganz normal geklungen. Was ist jetzt plötzlich in dich gefahren?«
»Ich bin immer noch ganz normal, daran hat sich nichts geändert.

Und auch mir geht es um das Wohl der Kinder. Du kannst es dir leisten, ein schickes Boot auf dem Shannon für sie zu chartern, dazu fehlen mir die Mittel. Ja, ich weiß nicht einmal, wieviel Geld ich künftig haben werde, und deshalb habe ich einen tollen Urlaub in einem Haus mit Swimmingpool für sie arrangiert, der uns keinen Pfennig mehr kostet als den Flug dorthin. Ich werde dort im Lebensmittelgeschäft einkaufen und kochen wie zu Hause. Ich dachte, du wärst hoch erfreut über eine solche Lösung.«
»Hoch erfreut? Du hast geglaubt, ich wäre hoch erfreut, wenn du eine Verrückte, die keiner von uns kennt, in mein Haus läßt...«
»In unser Haus.«
»Kommt nicht in Frage, Ria, das schwöre ich dir.«
»Es ist alles schon abgemacht.«
»Dann mußt du es rückgängig machen.«
»Bringst du dann den Kindern bei, daß aus einem gemeinsamen Urlaub mit mir nichts wird und daß sie nicht in die Vereinigten Staaten reisen dürfen? Paßt du zwei Monate auf sie auf anstatt einen? Tust du das, Danny? Denn das ist die Alternative.«
»Nein, ist es nicht. Das ist schlicht und einfach Erpressung!«
»Im Gegenteil. Ich bemühe mich, so gut ich kann, zu kitten, was du zerbrochen hast. Von mir aus hätte es hier ewig so weitergehen können mit uns. Doch du wolltest es anders. Also trag jetzt die Konsequenzen.« Inzwischen hatten sich beide in Rage geredet.
Als er jedoch antwortete, war seine Stimme wieder ruhiger, und ihr fiel auf, daß er sie nicht mehr ständig »Schatz« nannte, soviel zumindest hatte er begriffen. »Hör mal, Ria, selbst einmal angenommen, daß es eine gute Idee wäre, wir wissen schließlich nichts über diese Frau. Wobei weglaufen niemals eine gute Idee ist.« Da legte sie den Kopf schief und sah ihn spöttisch an. »Ich bin nicht weggelaufen, ich habe eine Entscheidung über mein Leben getroffen und dich ehrlich und ohne Umschweife davon in Kenntnis gesetzt«, wehrte er sich gegen den unausgesprochenen Vorwurf.
»Oh, ich vergaß. Natürlich hast du das.« Ria war jetzt die Ruhe selbst.
»Weißt du, wir können doch irgendwann, vielleicht in zwei, drei

Jahren, noch mal darüber reden, ob du so etwas machst, so einen Haustausch mit jemandem aus den USA. Dafür gibt es ja einen großen Markt, und es ist auf alle Fälle günstiger als Timesharing in einer Ferienwohnanlage. Erst neulich hat Barney gesagt ...«
»Ich fliege am ersten Juli. Am gleichen Tag trifft sie hier ein. Die Kinder können dann am ersten August nachkommen. Nach den Flügen habe ich mich schon erkundigt, es gibt noch freie Plätze, aber wir müssen bald buchen.« Ria sprach sehr bestimmt, sie schien sich ihrer Sache sicher zu sein.
Danny griff unwillkürlich nach Marilyn Vines Kuvert und sah sich den Inhalt an. In diesem Augenblick wußte Ria, daß sie gewonnen hatte. Die Reise würde stattfinden.

Marilyn schickte eine knappe E-Mail an Gregs Universitätsadresse in Hawaii.

Tut mir leid, daß ich noch nicht mit Dir aber meine Pläne für den Sommer gesprochen habe. Ruf mich doch bitte heute abend zu Hause an, ganz egal, wie spät es wird, und ich werde Dir alles erklären.
Liebe Grüße, und es tut mir wirklich leid,
Marilyn.

Er rief um acht Uhr abends an. Sie hatte schon neben dem Telefon gewartet und hob sofort ab.
»Bei dir muß es jetzt gegen drei Uhr nachmittags sein«, meinte Marilyn.
»Marilyn, ich habe dich nicht angerufen, um mit dir über die Zeitverschiebung zu plaudern. Was hast du vor?«
»Es tut mir unendlich leid, und Heidi ist wirklich untröstlich, wie du dir ja denken kannst. Eine Stunde später, und du hättest meine E-Mail gehabt, daß du mich bitte anrufen sollst.«
»Nun, jetzt rufe ich an.«
»Ich möchte weg von hier. Ich habe das Gefühl zu ersticken.«
»Ja, das kann ich dir nachfühlen, mir ging es ja genauso. Deshalb hatte ich auch diesen Aufenthalt hier für uns beide arrangiert.«

Greg klang noch immer gekränkt. Er war ganz selbstverständlich davon ausgegangen, daß sie ihn nach Hawaii begleiten würde. Daher war ihre Weigerung ein ziemlicher Schlag für ihn gewesen.
»Greg, das haben wir bereits durchgekaut.«
»Nein, eben nicht. Ich sitze hier fast zehntausend Kilometer von dir entfernt und habe nicht die leiseste Ahnung, warum du nicht mitgekommen bist.«
»Bitte, Greg?«
»Du kannst nicht einfach ›Bitte, Greg?‹ murmeln und meinen, daß es mir dann wie Schuppen von den Augen fällt. Und was sind nun bitte schön deine Pläne für den Sommer, wie du es auszudrücken beliebst? Werde ich aus deinem Mund davon erfahren, oder muß ich mich weiterhin mit Nachrichten von Universitätsangestellten begnügen, die mal so und mal anders lauten?«
»Ich weiß gar nicht, wie ich das wiedergutmachen soll.«
»Wo fährst du hin, Marilyn?« Seine Stimme klang kalt und abweisend.
»Ich fliege am 1. Juli nach Irland.«
»Nach *Irland*?«
Sie hatte sein sonnenverbranntes, faltiges Gesicht vor Augen, und wie er die Brille in die Stirn geschoben hatte, wo sich sein Haar inzwischen zu lichten begann. Bestimmt trug er ein Paar ausgewaschene Chinos und vielleicht eines dieser knallbunten Hemden, die in der gleißenden Hitze auf den Inseln ganz gut aussahen, doch überall sonst das Auge beleidigten und den Touristen verrieten.
»Wir waren vor Jahren einmal zusammen dort. Erinnerst du dich daran?«
»Natürlich erinnere ich mich daran. Wir haben dort drei Tage lang eine Konferenz besucht und waren anschließend drei Tage im Westen unterwegs, wo es unentwegt geregnet hat.«
»Ich fahre nicht wegen dem Wetter hin, ich will dort etwas Frieden finden.«
»Marilyn, in deinem Gemütszustand ist es sicherlich nicht gut, wenn du dich in einer einsamen Berghütte verkriechst.«

»Das habe ich auch gar nicht vor. Ganz im Gegenteil, ich werde in einem großen viktorianischen Haus in einem noblen Viertel von Dublin wohnen. Es sieht zauberhaft aus, hat drei Stockwerke und einen riesigen Garten. Ich werde mich dort sehr wohl fühlen.«
»Das meinst du doch nicht im Ernst?«
»O doch. Ich habe mit der Besitzerin dieses Hauses einen Tausch vereinbart. Sie wohnt in der Zeit hier am Tudor Drive.«
»Du überläßt unser Haus einer wildfremden Frau?«
»Ich habe ihr schon gesagt, daß du eventuell zurückkommst, es sei zwar nicht sehr wahrscheinlich, aber möglicherweise würde es deine Arbeit erfordern. Darüber ist sie sich also vollkommen im klaren.«
»Oh, wie großzügig von ihr. Kommt ihr Mann auch ab und zu nach Hause und besucht dich, während du dort bist?«
»Nein, sie leben getrennt.«
»Wie wir auch, würde ich sagen. Trotz all der euphemistischen Umschreibungen tun wir nichts anderes, Marilyn, oder? Wir leben getrennt.« Gregs Stimme klang dumpf.
»Nicht in meinen Augen, nein. Wir verbringen in diesem Jahr lediglich einige Zeit an verschiedenen Orten, das haben wir doch schon hundertmal besprochen. Möchtest du etwas über Ria wissen?«
»Über wen?«
»Ria Lynch, die Frau, die hier wohnen wird.«
»Nein, danke.« Greg legte auf.

Heidi Franks war todunglücklich, weil sie Greg Vine gegenüber nicht den Mund gehalten hatte. Sie war so durcheinander, daß sie sich auf die Toilette zurückzog, um dort ein bißchen über ihre eigene Dummheit zu heulen. Offensichtlich war durch ihre Schuld eine peinliche Situation entstanden. Aber wie hätte sie auch ahnen können, daß der eigene Ehemann nichts von den Plänen seiner Gattin wußte?
Die beiden waren ein Traumpaar, und keiner hätte auch nur im

entferntesten angenommen, daß diese momentane Trennung während Gregs Hawaiireise eine Ehekrise bemäntelte. Zum einen schickte Greg regelmäßig E-Mails und rief häufig an, zum anderen zeigten Bemerkungen auf den Ansichtskarten, die er verschiedenen Fakultätsmitgliedern schickte, daß Marilyn ihn auf dem laufenden hielt. Im Grunde konnte man ihr wirklich keinen Vorwurf machen, weil sie davon ausgegangen war, daß Greg über die Pläne seiner Frau Bescheid wußte.

Trotzdem war es natürlich sehr unangenehm, und Heidi würde lange nicht vergessen können, wie aschfahl und versteinert Marilyns Gesicht gewesen war, als sie Heidi am Telefon alles ausplaudern hörte. Heidi betupfte sich die Augen. Ihre Gesichtshaut war rissig und fleckig, ihre Frisur vollkommen aufgelöst. Ach, was für ein Jammer, daß man sich bei Marilyn nicht einfach entschuldigen konnte, und damit war die Sache aus der Welt. Und es war gar nicht daran zu denken, daß man mit Marilyn zusammen ein paar Tränen verdrückte und sie einem anschließend unter dem Siegel der Verschwiegenheit ihr Geheimnis anvertraute. Marilyn war eben verschlossen und unnahbar. Unsinn, hatte sie nur gemeint, sprich nicht mehr davon, es war einfach der falsche Zeitpunkt. Und damit war die Sache für sie erledigt gewesen.

Heidi fühlte sich erbärmlich. Zu allem Überfluß gab es heute abend in der mathematischen Fakultät auch noch eine Cocktailparty zur Verabschiedung eines Dozenten, und Henry hatte gesagt, daß er es gern sähe, wenn sie mitkäme. Bei diesen Gelegenheiten takelten sich die anderen Ehefrauen immer unglaublich auf. Mit Unbehagen musterte Heidi ihre schuppige Haut und ihr wirres Haar. Diesmal war es mit ein paar kalten Augenkompressen zur Beruhigung der geschwollenen roten Lider nicht getan, das allein machte sie noch nicht zu einer eleganten Erscheinung. In einer seltenen Anwandlung von Spontaneität entschloß sie sich, den Nachmittag ausnahmsweise einmal freizunehmen und Carlotta's Schönheitssalon in Westville einen Besuch abzustatten. Denn Carlotta war auf die »Behandlung der reiferen Haut« spezialisiert.

Es war herrlich, sich einfach zurückzulehnen und Carlotta die Restaurierungsarbeiten zu überlassen. Heidi fühlte sich gleich besser, und die Anspannung wich. Mit ihren großen dunklen Augen wirkte die überaus gepflegte Carlotta zugleich attraktiv und mütterlich, sie war ein perfektes Aushängeschild für ihr Geschäft. Seit sie vor über zehn Jahren aus Kalifornien nach Westville gekommen war, führte sie erfolgreich diesen sehr eleganten Schönheitssalon, in dem sie sechs Frauen aus dem Ort beschäftigte.

In ihrer Jugend sei sie verheiratet gewesen, hieß es, Gerüchte sprachen von mindestens drei Ehen. Von Kindern war allerdings nie die Rede. Und gegenwärtig war auch kein Ehemann in Sicht. Allerdings wußte jeder, daß Carlotta sofort einen aus dem Hut hätte zaubern können, wenn sie nur gewollt hätte. Auch wenn dieser bereits in festen Händen gewesen wäre. Schließlich war Carlotta eine überaus charmante und zudem finanziell abgesicherte Frau mit exotischer Ausstrahlung. Ob sie nun unter oder über vierzig war – eine in Westville häufig diskutierte Frage –, Carlotta hätte sich problemlos einen Ehemann Nr. 4 angeln können.

Sie empfahl Heidi eine Kräutermaske und eine Kopfhautmassage. Nichts Überkandideltes oder übermäßig Teures. Heidi schwor sich, diesen Hort der Entspannung künftig regelmäßig aufzusuchen. Das war sie sich schuldig. Henry spielte Golf, da war es nur recht und billig, wenn auch sie etwas für ihr Wohlbefinden tat. Während Carlottas geübte Hände mit festem Griff ihre Halsmuskulatur lockerten, verblaßte vor Heidis Augen allmählich das angespannte, traurige Gesicht von Marilyn Vine, die zwei Monate irgendwohin verreisen wollte, ohne daß ihr Ehemann davon wußte.

»Und wie geht es Marilyn so?« fragte da unvermutet Carlotta.

Marilyn Vine war ihre Nachbarin, das hatte Heidi völlig vergessen. Aber sie würde sich nicht zweimal am gleichen Tag den Mund verbrennen. Diesmal würde ihr nichts über Marilyns Pläne und Absichten entschlüpfen. »Ich sehe sie zwar hin und wieder im

Büro, aber ich weiß eigentlich nicht, wie es ihr geht. Sie kapselt sich immer ziemlich ab. Vermutlich kennen Sie Marilyn sehr viel besser als ich, Carlotta, wo Sie neben ihr wohnen. Treffen Sie sie häufig?«
Carlotta plauderte zwar über jedermann, aber ohne je wirklich etwas preiszugeben. Sie beschränkte sich auf freundliche Gemeinplätze. Die Vines seien wunderbare Nachbarn, schwärmte sie, man könne sich keine besseren wünschen. Und sie hielten ihren Garten und ihr Haus so gut in Schuß. Seit Marilyn gezeigt hatte, was möglich war, strengten sich alle am Tudor Drive an, mehr aus ihren Anwesen zu machen. Ach, sie liebe diese Bäume und Blumen einfach, seufzte Carlotta.
»Gehört sie auch zu Ihren Kundinnen?« fragte Heidi.
»Nein, sie interessiert sich nicht sehr für Kosmetik.«
»Dabei würde es auch ihr so guttun«, meinte Heidi.
»Freut mich, daß Sie es genießen«, erwiderte Carlotta zufrieden.
»Aber wahrscheinlich hat sie im Moment auch gar keine Zeit für so etwas, wo sie doch diese Reise plant.«
»Eine Reise?«
»Hat sie Ihnen nicht davon erzählt? Sie fährt für zwei Monate nach Irland. Anscheinend hat sie eine Freundin dort, mit der sie das Haus tauscht.«
»*Wann* hat sie Ihnen das gesagt?«
»Heute morgen, als wir den Müll rausgebracht haben. Da hatte sie es gerade festgemacht. Sie war hellauf begeistert. Es war das längste Gespräch, das ich je mit ihr geführt habe.«
»Irland ...«, überlegte Heidi laut. »Was um alles in der Welt will sie in Irland?«

»Amerika!« rief Rosemary. »Ich glaube, ich träume.«
»Ja, so geht es mir auch«, gab Ria zu.
»Und was sagen die anderen dazu?« erkundigte sich Rosemary.
»Du meinst, was Danny dazu sagt?«
»Ehrlich gesagt, ja. Ich wollte nur nicht so direkt fragen.«
»Er ist natürlich entsetzt. Hauptsächlich allerdings von dem Ge-

danken, die Kinder einen Monat am Hals zu haben, denke ich. Die passen so gar nicht in sein süßes kleines Liebesnest.«
»Wie gedenkt er das zu regeln?«
»Das überlasse ich ihm. Ich hole die Kinder am 1. August am Kennedy Airport ab. Der Juli ist sein Bier.« Ria klang wieder viel selbstbewußter, ja sogar ein wenig pfiffig.
Bewundernd sah Rosemary sie an. »Du hast das wirklich sorgfältig ausgeklügelt. Bis die Kinder ankommen, kennst du die Stadt in- und auswendig, du weißt, wohin ihr fahren und was ihr vor Ort unternehmen könnt. Um das alles herauszufinden, brauchst du diesen Monat.«
»Ich brauche diesen Monat, um zu mir selbst zu finden. Dieser Monat gehört mir, mir ganz allein. Sie werden schon genug Beschäftigungsmöglichkeiten finden, wenn sie erst da sind. Hier, sieh dir mal die Bilder von dem Haus an.«
Rosemary war von der Veränderung ihrer Freundin mindestens ebenso begeistert wie von den Bildern, auf denen ein Haus mit wunderschönem Garten und Swimmingpool in einem Städtchen an der amerikanischen Ostküste zu sehen war. Vielleicht war es ja fehlgeleitete Energie, aber jedenfalls wirkte Ria endlich wieder wach und lebendig. Bisher hatte sie Rosemary eher an eine Schlafwandlerin erinnert.

»Ich fahre nicht«, erklärte Annie.
»In Ordnung«, erwiderte ihre Mutter.
Annie war völlig verblüfft. Sie hatte fest damit gerechnet, daß Ria versuchen würde, ihr das Ganze irgendwie schmackhaft zu machen. Hier änderte sich in der Tat so einiges.
Brian sah sich die Fotos an. »Schau mal, sie haben einen Basketballkorb neben der Garage. Ob es da wohl einen Ball gibt, oder müssen wir einen mitbringen?«
»Na klar haben die einen Ball«, antwortete Annie von oben herab.
»Und der Swimmingpool! Beinahe wie in einem Hotel.«
Annie griff noch einmal nach den Fotos. Ihren Schmollmund

behielt sie aber bei. »Es ist einfach Blödsinn, dorthin zu fahren«, maulte sie.

Ria erwiderte nichts, sondern deckte einfach weiter den Tisch für das Frühstück. Der große, mit Schnitzereien verzierte Sessel, in dem Danny immer gesessen hatte, stand längst woanders, Ria hatte ihn ohne großes Aufhebens in eine Ecke geschoben und einen Stapel Zeitungen und Zeitschriften daraufgelegt. Und sie selbst saß jetzt beim Essen auf einem anderen Platz, um die gähnende Lücke, die der Vater ihrer Kinder hinterlassen hatte, bestmöglich zu füllen.

Doch zu ihrem eigenen Erstaunen glaubte sie auch jetzt immer, er werde gleich durch die Tür treten und sagen: »Schatz, ich habe einen fürchterlichen Tag hinter mir. Wie schön, endlich zu Hause zu sein.« Hatte er das auch an den Tagen gesagt, an denen er zuvor mit Bernadette geschlafen hatte? Bei solchen Gedanken liefen ihr eiskalte Schauer über den Rücken. Wie wenig sie ihn und seine Bedürfnisse doch gekannt hatte! Zeitweise schwirrte ihr der Kopf von diesen quälenden Vorstellungen, und es war ihr beinahe unmöglich, sich auf die Reise in die USA zu konzentrieren. Wenn Danny Überstunden gemacht hatte, hatte sie immer Verständnis gezeigt und Gerichte gekocht, die man problemlos aufwärmen konnte. Und all die Abende, an denen er erschöpft in dem großen Sessel eingeschlafen war! Vielleicht hatte ihn ja nur das stürmische Liebesleben mit dieser jungen Göre so mitgenommen.

Wie oft war sie in den letzten Wochen um vier Uhr morgens aufgeschreckt und hatte sich angesichts des leeren Bettes neben sich gefragt, wann sie eigentlich das letzte Mal miteinander geschlafen hatten und was ihn eigentlich dazu bewogen hatte, sie zu verlassen und zu einer anderen zu ziehen.

Wenn sie allein gelebt hätte, wäre sie schon längst durchgedreht, dessen war sich Ria ziemlich sicher. Aber ihren Kindern zuliebe spielte sie Theater, und das hatte sie davor bewahrt, völlig den Verstand zu verlieren. Sie betrachtete die beiden am Tisch: Brian, der die Fotos von dem großen Basketballkorb an der Mauer und

dem gekachelten Swimmingpool bestaunte, während Annie lustlos die Zeitungsausschnitte und Fotos vor sich herumschob. Plötzlich empfand sie Mitleid mit ihnen. Denn ihre Kinder mußten diesen Sommer ganz anders verbringen, als sie es mit Fug und Recht hatten erwarten dürfen. Ria würde sehr behutsam mit ihnen umgehen.
Und deshalb antwortete sie Annie mit wohlüberlegten Worten.
»Sicher, zunächst einmal klingt diese Idee absurd. Aber es spricht auch eine Menge dafür. Wir würden Amerika kennenlernen und bräuchten nichts für die Übernachtung in Hotels zu bezahlen. Außerdem wäre jemand hier, der unser Haus hütet. Das ist natürlich auch ein wichtiger Gesichtspunkt.«
»Aber wer ist sie?« nörgelte Annie.
»Das steht alles in dem Brief, Liebes. Ich habe ihn euch hingelegt, damit ihr es selbst lesen könnt.«
»Da steht so gut wie nichts drin«, widersprach Annie.
In gewisser Weise hatte sie recht. Marilyn erwähnte weder, warum sie ihr Paradies verlassen und nach Dublin kommen wollte, noch ob sie mit oder ohne Ehemann anreisen würde. Auch hatte sie keinerlei Freunde, Verwandte oder Bekannte in Westville als Ansprechpartner genannt; auf der Liste der Telefonnummern für alle Fälle standen nur Schlüsseldienst, Klempner, Elektriker und Gärtner.
Da war Rias Liste bei weitem persönlicher gehalten. Doch da sowieso nichts Annies Unmut würde besänftigen können, war das unerheblich. Ihre Tochter schob weiterhin mit mürrischer Miene die Unterlagen auf dem Küchentisch hin und her.
»Hat euer Dad die Bootsfahrt auf dem Shannon inzwischen gebucht?« fragte Ria.
Die beiden blickten einander schuldbewußt an, als hätten sie etwas zu verbergen.
»Er hat gesagt, daß die Boote schon alle vergeben wären«, antwortete Brian schließlich.
»Das ist doch nicht möglich!«
»Na ja, er sagt es zumindest«, meinte Annie.

»Da muß dieses Jahr aber eine große Nachfrage geherrscht haben.« Ria überhörte absichtlich den zweifelnden Ton ihrer Tochter.
»Vielleicht ist das aber auch nur eine Ausrede«, meinte Brian.
»Nein, bestimmt nicht, Brian. Euer Dad würde nichts lieber tun, als den Shannon entlangzuschippern.«
»Sie aber schon«, behauptete Annie.
»Das wissen wir nicht.« Ria gab sich große Mühe, gerecht zu bleiben.
»Doch, Mam.«
»Hat sie euch das ins Gesicht gesagt?«
»Nein, wir haben sie ja noch nie gesehen«, antwortete Brian.
»Na dann ...«
»Wir lernen sie heute kennen«, murmelte Annie. »Nach der Schule.«
»Das ist gut«, sagte Ria matt.
»Warum ist das gut?« Annie war heute ziemlich unleidlich.
»Es ist gut, weil ihr sie schon ein bißchen kennen solltet, wenn ihr den ganzen Juli mit ihr verbringt. Je früher ihr Bernadette deshalb kennenlernt, desto besser.«
»Ich will sie aber nicht kennenlernen«, trotzte Annie.
»Ich auch nicht.« Ein seltener Moment der Einigkeit zwischen den beiden Geschwistern.
»Wo trefft ihr sie?«
»In ihrer Wohnung«, antwortete Annie. »Offenbar zum Tee.« Aus ihrem Mund klang es, als sei dies am hellichten Nachmittag ein höchst ungewöhnliches, ja anrüchiges Getränk.
Ein bißchen freute sich Ria über den Widerwillen, den ihre Kinder gegen die Frau empfanden, die ihnen den Vater weggenommen hatte. Andererseits wußte sie, daß ihr nur dann etwas Frieden vergönnt war, wenn sich die Kinder kooperativ zeigten. »Es wäre nett, wenn ...« Sie hatte gerade vorschlagen wollen, daß sie eine kleine Topfpflanze oder ein anderes Geschenk mitbringen sollten. Das würde das Eis brechen und auch Danny gefallen. Aber dann hielt sie inne. Es war einfach grotesk. Warum sollte ausge-

rechnet sie ihren Kindern und der schwangeren Geliebten ihres Vaters das Kennenlernen erleichtern? Das war ganz allein Dannys Aufgabe. Sollte er doch sehen, wie er das anstellte.
»Was wäre nett?« Annie war Rias Sinneswandel nicht entgangen.
»Wenn all das nicht passiert wäre. Aber es ist nun einmal geschehen, also müssen wir uns damit abfinden.« Rias Stimme klang forsch.
Sie sammelte den Inhalt von Marilyns Kuvert ein.
»Räumst du das weg?« fragte Annie.
»Ja. Brian hat es gesehen, du kommst nicht mit, also hebe ich es bei meinen Sachen auf, okay?«
»Was soll ich hier machen, während ihr dort seid?«
»Keine Ahnung, Annie, wahrscheinlich bei Dad und Bernadette wohnen. Du wirst dir schon etwas einfallen lassen.« Ria wußte, daß sie gemein war. Aber sie würde jetzt nicht anfangen, zu bitten und zu betteln.
Sie alle wußten, daß Annie nach Westville mitkommen würde, wenn es erst soweit war.

Bernadette wohnte in Bantry Court, einer Wohnanlage, die Barney vor etwa fünf Jahren gebaut hatte. Die meisten Wohnungen dort hatte Danny verkauft. Hatte er Bernadette bei dieser Gelegenheit kennengelernt? Ria wußte es nicht. Es gab so viele Fragen, die sie ihm nicht gestellt hatte. Zum Beispiel, wie Bernadette aussah. Worüber sie redeten? Was sie für ihn kochte? Ob sie ihn in die Arme nahm und ihm über die Stirn strich, wenn er mit Herzrasen aus einem Alptraum erwachte?
Es war Ria gelungen, den Alltag zu meistern, indem sie all diese Fragen verdrängte. Doch heute waren ihre Tochter und ihr Sohn in der Wohnung dieser Frau zum Tee eingeladen. Und irgendwie schien es ihr plötzlich sehr wichtig, daß sie Bernadette vor ihren Kindern zu Gesicht bekam.
Also stieg Ria, kaum daß die Kinder zur Schule gegangen waren, in ihr Auto und fuhr zu Bernadettes Wohnung. Sie stellte fest, daß es fünfzehn Minuten dauerte. In den vielen Nächten, in denen

Danny erst spätabends nach Hause gekommen war, mußte er dieselbe Strecke gefahren sein. War es ihm zuwider gewesen, immer in die Tara Road zurückkehren zu müssen, oder hatte ihm dieses Doppelleben vielleicht sogar gefallen? Wäre es etwa ewig so weitergegangen, wenn dieses Mädchen nicht schwanger geworden wäre? Hier Bantry Court, dort Tara Road, zwei völlig getrennte Lebensbereiche?

Ria parkte vor dem Haus und ließ den Blick über die Fensterreihen gleiten. Hinter einer dieser Scheiben saß Bernadette, die heute nachmittag Dannys Kinder kennenlernen und bewirten würde. Sie würde ihnen von dem neuen Halbbrüderchen oder -schwesterchen erzählen, das bald auf die Welt kam. Ob sie Danny wohl »Liebling« oder sogar »Schatz« nannte? Würde sie vor den Kindern den Arm um ihn legen?

Wie sie es auch anstellen mochte, die Kinder würden sie auf keinen Fall mögen. Da konnte sie sich auf den Kopf stellen. Was Annie und Brian wollten, konnten sie deshalb nicht kriegen, weil Bernadette in das Leben ihres Vaters getreten war. Denn die Kinder wollten, daß alles wieder wie früher war.

Sie hieß Bernadette Dunne, soviel wußte Ria von Annie und Brian. Der Name hatte sich in ihr Gedächtnis regelrecht eingebrannt.

Ria überflog die Namen an den Klingelknöpfen. Hier stand es. Dunne, Nummer 12, ganz oben. Sollte sie den Knopf drücken? Wie würde Bernadette reagieren? Selbst wenn sie ihren ungebetenen Gast über die Schwelle ließ, woran Ria erhebliche Zweifel hegte – was um alles in der Welt sollte sie dann zu ihr sagen? Ria verwarf diesen Gedanken.

Während sie noch dastand und überlegte, trat eine Frau auf das Haus zu und drückte einen Klingelknopf – die Nummer 12.

»Hallo?« fragte eine Stimme. Ein junges, zartes Stimmchen.

»Ich bin's, Ber. Mummy«, antwortete die Frau.

»Oh, gut.« Offenbar hatte sie den Türöffner gedrückt, denn die Haustür schnappte auf.

Ria schrak zurück.

»Wollen Sie auch rein?« fragte die Frau freundlich und ein

bißchen verwundert, weil Ria so zögerlich und unentschlossen wirkte.
»Wie bitte? O nein, vielen Dank, ich habe es mir anders überlegt.«
Ria machte kehrt und ging zu ihrem Auto zurück, doch zuerst musterte sie Dannys neue Schwiegermutter noch mit einem scharfen Blick. Die Frau war zierlich und wirkte ziemlich elegant: beigefarbenes Kostüm mit weißer Bluse, eine große braune Handtasche aus Leder und kupferfarbene hochhackige Pumps. Das kurzgeschnittene braune Haar verriet einen guten Friseur. Sie mochte zwischen vierzig und fünfundvierzig sein, war also kaum älter als Ria oder Danny. Und sie war Bernadettes Mutter.
Ria setzte sich in den Wagen. Wie töricht von ihr, hierherzukommen und sich so zu quälen. Was für ein Teufel hatte sie nur geritten? Jetzt zitterten ihre Hände so stark, daß sie nicht einmal mehr fahren konnte. Sie mußte hier in ihrem Auto sitzen bleiben, bis sie sich wieder beruhigt hatte. Nun hatte sie sich selbst davon überzeugen können, daß Mrs. Dunne, die ihre schwangere Tochter besuchte, eine Frau ihres Alters war und nicht eine Seniorin wie ihre oder Dannys Mutter.
Wie kam Danny wohl damit zurecht? Oder war er so vernarrt in dieses halbe Kind, daß ihm das bisher gar nicht aufgefallen war? Ria war noch mitten in diesen Überlegungen, als sie Mrs. Dunne durch die große gläserne Eingangstür von Bantry Court kommen sah. Dieses Mal war ihre Tochter bei ihr. Ria beugte sich vor, um besser sehen zu können. Das Mädchen hatte glattes langes Haar, seidig und glänzend wie aus einer Shampoo-Reklame. Unwillkürlich griff sich Ria in die wirren Locken.
Dunkle Augen in einem blassen, herzförmigen Gesicht, das man sich leicht auf dem CD-Cover einer Folksängerin vorstellen konnte, so sensibel wirkte es. Sie trug einen langen schwarzen Nickipullover und einen pinkfarbenen Minirock, die kindlichen schwarzen Schuhe hatte sie mit pinkfarbenen Schnürsenkeln gebunden. Ria wußte, daß Bernadette knapp dreiundzwanzig Jahre alt und Musiklehrerin war. Aber sie sah aus wie eine Siebzehnjährige, die beim Schwänzen erwischt worden war und jetzt

von ihrer Mutter persönlich zur Schule gebracht wird. Als sie in den schicken neuen Toyota Starlet eingestiegen waren, rangierte Bernadettes Mutter den Wagen gekonnt aus der Lücke.
Ria fand ihre Fassung gleichzeitig mit dem Zündschlüssel wieder und folgte ihnen. Sie mußte einfach wissen, wohin die beiden fuhren, das schien ihr im Augenblick das Wichtigste überhaupt zu sein. Die beiden Wagen bahnten sich langsam ihren Weg durch den morgendlichen Stoßverkehr, bis der vordere blinkte und anhielt. Bernadette sprang heraus und winkte kurz ihrer Mutter zu, die sich auf die Suche nach einem Parkplatz machte. Das Mädchen sah überhaupt noch nicht schwanger aus, aber wahrscheinlich kaschierte der locker fallende, übergroße Pullover einen Bauch. Und da sah Ria auch, wohin sie ging. Bernadette betrat ein großes, bekanntes Feinkostgeschäft. Sie wollte für ihre Stiefkinder Abendessen einkaufen. Bernadette Dunne würde Annie und Brian Lynch heute ein Festmahl auftischen.
Zu gern hätte Ria ihren Wagen einfach auf dem Gehweg abgestellt, die Warnblinkanlage angeschaltet und wäre in den Laden gerannt. Dann hätte sie auf die vegetarische Pâté zeigen können, die Annie so liebte, auf die Chorizowurst, Brians augenblickliche Lieblingsspeise, und auf den leckeren, vollreifen Brie, den Danny gern mit Vollkornkräckern aß. Oder sie hätte sich einfach neben das Mädchen stellen und eine ungezwungene Unterhaltung mit ihr anknüpfen können, wie das ja beim Einkaufen gang und gäbe war.
Aber beides war heikel. Möglicherweise hatte Bernadette schon einmal ein Bild von ihr gesehen und wußte, wie Ria aussah. Außerdem würde ihre Mutter in Kürze wiederauftauchen und ihr bei der Auswahl helfen. Sie würde Ria als die verschreckte Frau wiedererkennen, die vor Bantry Court herumgelungert hatte. Was für eine Mutter war das überhaupt, die ihre Tochter ermutigte, ein Kind von einem verheirateten Mann zu bekommen und damit die Familie dieses Mannes zu zerstören? Sie mußte dieser Bernadette ja ein schönes Vorbild gewesen sein.
Doch da wurde Ria klar, daß diese Frau ihrer Tochter bestimmt

etwas anderes gewünscht hatte. Vielleicht war sie sogar entsetzt gewesen, so wie Ria es wäre, sollte Annie sich mit einem älteren, verheirateten Mann einlassen. Womöglich hatte man der Mutter anfangs auch verheimlicht, daß Danny verheiratet war, und sie hatte es erst nach einer ganzen Weile herausgefunden.

Plötzlich fiel Ria die Frau ein, die sie einmal angerufen hatte und wissen wollte, ob sie Mrs. Danny Lynch sei. Das war diese Frau gewesen. Danny hatte ihr damals irgendein Ammenmärchen aufgetischt, es später aber zugegeben. Nun, Ria hätte das gleiche getan, wenn Annie sich in einen verheirateten Mann verliebt hätte; auch sie hätte bei ihm zu Hause angerufen, um festzustellen, ob eine Ehefrau existierte. Wahrscheinlich liebte auch diese Frau ihre Tochter über alles und hatte ihr einen Freund gewünscht, der jung und ledig war. Aber Töchter hatten eben ihren eigenen Kopf.

War es nun gut gewesen, daß sie Bernadette einmal selbst gesehen hatte? Ria biß sich auf die Unterlippe. Wahrscheinlich war es besser so. Denn nun mußte sie sich nichts mehr ausmalen, sich nicht mehr mit Phantasievorstellungen quälen. Obwohl es ihr die Jugend des Mädchens nicht gerade leichter machte.

Da klopfte es an ihrem Seitenfenster, und Ria fuhr erschreckt zusammen. Einen verrückten Augenblick lang fürchtete sie, daß Bernadette und ihre Mutter sie zur Rede stellen wollten. Aber dann blickte sie in das mißmutige Gesicht einer Politesse. »Wollen Sie hier etwa parken?« fragte sie.

»Nein, ich war nur gerade in Gedanken – über Männer und Frauen, und daß sie immer verschiedene Dinge wollen.«

»Na, dafür haben Sie sich aber einen ungünstigen Platz ausgesucht.« Die Politesse zückte bereits ihren Block, um einen Strafzettel auszuschreiben.

»Ja, da haben Sie recht«, gab Ria zu. ›Doch solche Gedanken überkommen einen ganz plötzlich. Aber ich bin praktisch schon weg.«

»Klug von Ihnen.« Mit einem bedauernden Blick steckte die Politesse ihren Block wieder ein.

Mittags rief Ria bei Marilyn an.
»Es ist doch nichts dazwischengekommen?« erkundigte sich Marilyn besorgt.
»Nein, nein. Ich wollte nur nachfragen, ob auch deinerseits alles klappt wie geplant. Entschuldigung, rufe ich zu früh an? Ich hatte einfach angenommen, du wärst schon auf.«
»Kein Problem, ich war bereits schwimmen. Diese Uhrzeit paßt mir prima. Du schmiedest also schon eifrig Pläne?«
»Ja, das tue ich.« Doch Ria klang niedergeschlagen.
»Es hat sich nichts geändert, oder?«
»Nein, mich bedrückt etwas ganz anderes. Ich habe heute die Frau gesehen, derentwegen mich mein Mann verläßt. Sie ist noch ein Kind, das hat mich etwas mitgenommen.«
»Oh, das tut mir leid.«
»Danke. Ich mußte es einfach jemandem sagen.«
»Das kann ich verstehen.«
Rias Augen füllten sich mit Tränen. Diese Frau schien sie tatsächlich zu verstehen. Sie mußte ihr zeigen, daß sie nicht vorhatte, ihr mit ihren Problemen zur Last zu fallen. »Ich bin nicht am Zusammenbrechen«, begann Ria. »Diesen Eindruck möchte ich unbedingt vermeiden. Aber ich mußte mich irgendwie vergewissern, daß das alles tatsächlich passiert, daß ich wirklich nach Westville fahre. Ich brauchte dringend etwas, auf das ich mich freuen kann.«
»Aber ja, natürlich wird das alles stattfinden«, versicherte ihr Marilyn. »Denn andernfalls breche ich zusammen. Ich hatte ein fürchterliches Telefonat mit meinem Mann, voller Kälte und Bitterkeit ... und ich wollte es hier niemandem erzählen, damit man mir nicht einfach die Wange tätschelt und sagt, das sei doch nicht so schlimm. Es war nämlich schlimm.«
»Ja, natürlich ist so etwas schrecklich. Wie hat das Gespräch geendet?«
»Er hat aufgelegt.«
»Und du konntest ihn nicht zurückrufen, weil es im gleichen Stil weitergegangen wäre?«

»Genau«, bestätigte Marilyn.
Nun schwiegen die beiden Frauen. Keine sprach der anderen Trost zu.
»Was für einen Tag hast du heute vor dir?« erkundigte sich Ria schließ- lich.
»Ich habe ziemlich viel um die Ohren. Im Moment gönne ich mir keine freie Minute. Das mag zwar ungesund sein, aber eine andere Möglichkeit sehe ich nicht. Und du?«
»Eigentlich geht es mir genauso. Es hat für mich keinen Sinn, die Hände in den Schoß zu legen. Da überfallen einen nur die Erinnerungen.«
»Ja, das finde ich auch«, stimmte Marilyn zu.
Mehr gab es nicht zu sagen. Die beiden Frauen verabschiedeten sich wie zwei alte Freundinnen, die sich auch ohne große Worte verstanden.
Ria bemühte sich tatsächlich darum, ihren Tag restlos auszufüllen. Zuerst wollte sie die Schränke auswischen; Marilyns Besuch war der ideale Ansporn für solch körperlich anstrengende Tätigkeit. Da bald eine Fremde in ihrem Haus wohnen würde, wollte sie all die immer wieder aufgeschobenen Aufräumarbeiten anpacken. Die meisten seiner Sachen hatte Danny zwar inzwischen abgeholt, doch jetzt würde Ria auch noch den letzten Rest entsorgen – ohne sentimentale Pausen, in denen sie von besseren Zeiten träumte. Nein, sie würde wie die Angestellte einer Entrümpelungsfirma zu Werke gehen.
Ria fing mit dem großen Trockenschrank im Badezimmer an, wo noch immer Pyjamas, Socken und alte T-Shirts von ihm lagen. Das alles wollte sie hier in Zukunft nicht mehr sehen, sollte doch Bernadette Platz für seine Klamotten finden. Sie verstaute die Sachen ordentlich zusammengelegt in einer der Reisetaschen, die sie eigens gekauft hatte. Danny sollte ihr nicht vorwerfen können, sie hätte seine Habseligkeiten in einen Müllsack gestopft. Nein, sie packte die Tasche so sorgfältig wie für eine Reise. Obendrauf legte sie noch seine alten Badetücher, einen Wintermorgenmantel, einen zerschlissenen Trainingsanzug und mehrere Bade-

hosen, die schon seit Jahren aus der Mode waren. Dafür würde er sich zwar kaum bedanken, aber er konnte ihr deswegen auch keinen Vorwurf machen.
Dann rief sie ihre Mutter an und lud sie zum Mittagessen ein.
»Hast du diese verrückte Idee, in die USA auszuwandern, endlich aufgegeben?« erkundigte sich Nora Johnson.
»Mam, zwei Monate Urlaub – eine Ruhepause und ein Ortswechsel – ist genau, was ich brauche. Es wird mir ungeheuer guttun.«
»Na ja, es muntert dich anscheinend wirklich auf«, räumte ihre Mutter widerstrebend ein.
»Komm zu mir rüber, Mam, ich brauche deine Hilfe. Denn ich will die Küchenschränke saubermachen, und das kann man nur zu zweit.«
»Du spinnst, Ria, weißt du das? Wie kann man in solchen Zeiten an Hausputz denken!«
»Was soll ich denn deiner Meinung nach sonst tun? Danny einlochen lassen, weil er mich nicht mehr liebt? Mich aufs Sofa legen und heulen?«
»Nein.«
»Also gut. Ich koche uns eine nahrhafte Suppe, die wir uns nach eineinhalb Stunden Putzen als Belohnung gönnen werden.« So schlug Ria zwei Fliegen mit einer Klappe. Denn ihre Mutter würde sich schon an den Gedanken gewöhnen, daß diese Reise kein völlig verrücktes Unterfangen war, wenn sie ihr dies nur beharrlich genug klarmachte. Wie nützlich, diese Überzeugungsarbeit mit einem Küchenputz zu verbinden.
Allerdings war Ria danach fix und fertig. Doch immerhin hatte sie ihre Mutter beschwichtigen und für ihre Pläne erwärmen können. Mehr noch, Ria hatte sie herzlich eingeladen, sie doch in Westville zu besuchen. Und auch die Küchenschränke blitzten.
Aber das genügte Ria noch nicht. Sie wollte sich restlos verausgaben, damit sie sich nicht schlaflos in dem großen Bett hin und her wälzte und an Danny und dieses junge Ding in Bantry Court dachte. Nein, sie wollte erschöpft in einen traumlosen Schlaf

sinken, kaum daß sie sich hingelegt hatte. Und so rief sie Gertie an, nachdem ihre Mutter gegangen war. Denn auch ihrer Freundin mußte sie das Ganze von Angesicht zu Angesicht erklären, und das ließ sich beim gemeinsamen Arbeiten am leichtesten bewerkstelligen. »Gertie, ich weiß, daß es wie aus dem *Tagebuch einer verrückten Hausfrau* klingt, aber ich könnte dich wohl nicht überreden, heute nachmittag für zwei Stunden zu mir zu kommen, ich meine, falls du dich freimachen kannst? Das wäre mir wirklich eine große Hilfe. Denn ich möchte das ganze Silber putzen, einpacken und zur Bank bringen. Marilyn will sicher nicht die Verantwortung für Wertsachen tragen, wenn sie hierherkommt. Und außerdem werde ich es sowieso bald zwischen Danny und mir aufteilen müssen. Also schadet es nichts, wenn die Sachen schon mal außer Haus sind.«

»Aber gerne. Ich wollte sowieso mit dir etwas besprechen. Und im Moment ist hier kaum Betrieb. Ich könnte sofort kommen, falls dir das recht wäre.«

»Großartig. Und hör mal, Gertie, ich zahle dir zwanzig Pfund. Das ist mir die Sache wert, ehrlich.«

»Aber das brauchst du doch nicht ...«

»Doch, es ist eine geschäftliche Abmachung. Du erbringst eine Dienstleistung für mich.«

Als Gertie kam, war sie blaß wie immer. Ängstlich blickte sie um sich. »Wir sind doch allein, oder?«

»Ja, ich bin allein im Haus.«

»Weißt du, ich habe im Atlas nachgeschlagen, wo du hinfährst. Die Stadt ist kaum fünfzig Kilometer von Sheilas Wohnort entfernt.«

»Von deiner Schwester? Das ist ja großartig!« Ria war entzückt. »Dann werde ich sie bestimmt besuchen.«

Doch Gertie schaute unglücklich drein. »Du wirst ihr doch nichts erzählen, Ria? Nicht, daß dir irgend etwas herausrutscht?«

»Worüber?«

»Über mich und Jack. Na, du weißt schon, über unsere Situation.« Gerties Blick war bedrückt.

Das Mitleid schnürte Ria die Kehle zu. »Natürlich erzähle ich nichts darüber, Gertie, das weißt du doch.«
»Es ist ja nur, weil du doch dort ganz allein bist und vielleicht ein bißchen niedergeschlagen nach allem, was du durchgemacht hast, Da fängt man schon mal an, sich jemandem anzuvertrauen, du weißt ja, wie die Leute …«
»Nein, Gertie, versprochen. Ich werde nichts verraten.«
»Es fällt mir schwer, das einzugestehen, Ria, aber irgendwie hält es mich aufrecht, daß Sheila mich beneidet. Immerhin ist sie die einzige, die das tut. Es hält mich über Wasser, daß meine schlaue Schwester, die in die Staaten ausgewandert ist, glaubt, ich würde hier ein großartiges Leben führen – mit einem attraktiven Ehemann, einer wundervollen Familie, prima Freundinnen und so.«
»Aber im Prinzip stimmt das doch auch, Gertie«, erwiderte Ria und wurde dafür mit einem Lächeln belohnt, das sie von früher her kannte – so hatte Gertie immer gelächelt, als sie noch bei Polly's gearbeitet hatte.
»Ja«, nickte sie, »du hast recht. Es kommt eben nur auf den Blickwinkel an, aus dem man mein Leben betrachtet.«
In trauter Eintracht polierten sie das Silber und vermieden es, von Dingen zu sprechen, die schmerzlich für eine von ihnen sein konnten. Danach gab Ria ihr ein Kuvert.
»Ich hasse es, das anzunehmen, weil es mir so viel Spaß gemacht hat. In diesem Haus fühlt man sich immer so wohl. Dieser Mann hat sie nicht mehr alle. Was kann sie ihm schon bieten, das er hier nicht hätte haben können?«
»Das Gefühl, wieder jung zu sein, schätze ich«, erwiderte Ria. »Das ist der einzige Grund, den ich mir vorstellen kann.«
»Du bist müde, Ria. Willst du dich nicht etwas hinlegen, bis die Kinder nach Hause kommen?«
»Nein, ich bin nicht müde. Und außerdem sind sie heute abend mit ihrem Vater zusammen.«
»Führt er sie wieder ins Quentin's aus?«
»Nein, nein. Heute lernen sie ihre neue Stiefmutter kennen.« Ria klang verdächtig gefaßt.

»Das wird sie niemals werden, denk an meine Worte. Bald ist diese Affäre vorbei und keine Rede mehr von Heirat, Scheidungsmöglichkeit hin oder her.«
»Hör auf damit, Gertie, das tröstet mich nicht«, bat Ria.
»Ich will dich gar nicht damit trösten. Es wird nur einfach so kommen. Polly hat sie anscheinend kennengelernt, und sie sagt, sie gibt ihnen drei Monate.«
Es gefiel Ria nicht, daß Polly über sie redete. Noch weniger behagte ihr allerdings der Gedanke, daß Barney und Polly mit dieser Bernadette verkehrten. Wahrscheinlich hatte man schon oft zu viert etwas unternommen. Ria verlangte es plötzlich danach, eine richtig schwere Arbeit zu verrichten, damit sie zu müde wurde, um überhaupt noch zu denken. Sollte sie den Küchenboden schrubben, wenn Gertie gegangen war, oder übertrieb sie damit endgültig?
Zunächst einmal ging sie in den Salon und setzte sich an den runden Tisch. Sie sah sich um. Was würde die Amerikanerin von diesem altmodischen Zimmer halten? Ihr Haus wirkte so modern und offen; vielleicht kam ihr der Salon mit den Bildern in den breiten Rahmen und der antiken Anrichte dagegen muffig vor? Doch all diese Einrichtungsgegenstände waren im Lauf der Jahre sorgsam und liebevoll ausgesucht und bei Auktionen erstanden worden. Sie erinnerte sich noch bei jedem Stück an den Tag, an dem es durch die Tür manövriert worden war. Alles hier war regelmäßig von Gertie geputzt und gewienert worden, wenn sie sich ein Zubrot verdiente, damit Jack sich betrinken konnte. Bestimmt fand Marilyn Gefallen daran und fühlte sich in dem Zimmer wohl.
Ria zog die Schubladen der Anrichte auf. Es war eine interessante Frage, wofür sie eigentlich gedacht waren. Wahrscheinlich sollten hier die Stoffservietten liegen, der Korkenzieher und das Salatbesteck. Aber weil sie seit jeher in der Küche aßen, hatte es unsinnig gewirkt, Dinge an einem Ort aufzubewahren, wo sie nicht gebraucht wurden. Und so war Ria neugierig, was sich tatsächlich in den Schubladen befand.

Sie entdeckte ein buntes Sammelsurium von Dingen, die nun überhaupt nicht hierhergehörten: Kinderzeichnungen, eine kaputte Armbanduhr, Bleistifte, ein alter Kalender, eine von ihrer Mutter gestrickte Baskenmütze, altes Klebeband, eine Taschenlampe ohne Batterien, ein Restaurantführer, eine Kassette mit Songs von Bob Marley, billiges Plastikspielzeug aus Weihnachtsknallbonbons, ein altes Tagebuch von Annie, etliche Quittungen und ein Bild von Ria und Hilary im Alter von etwa vierzehn Jahren. Ria räumte alles auf ein Tablett und wischte die Schubladen mit einem feuchten Lappen aus. Doch sie legte nichts wieder hinein, nichts von alledem gehörte hierher.

Unschlüssig nahm sie Annies Tagebuch zur Hand, die unverwechselbare schräge Schrift ihrer Tochter war ganz klein und gedrängt, damit mehr auf die Seiten paßte. Ria lächelte, als sie die Listen mit ihren Lieblingshits überflog, die Top ten, die Namen und Geburtsdaten verschiedener Sänger. Ein paar Passagen betrafen die Schule und die Tatsache, daß Annie von Kitty weggesetzt worden war, weil sie zuviel miteinander geschwatzt hatten. Einige Lehrer waren unausstehlich, andere gar nicht so übel, aber bemitleidenswert. Genau solche Dinge hatte einst auch Ria aufgeschrieben. Sie überlegte, wo wohl ihre alten Tagebücher waren und ob ihre Mutter sie je gelesen hatte.

Dann kam sie an eine Stelle, an der es um Brians Geburtstagsparty ging, um diese Grillparty damals. Die Schrift wurde winzig und beinahe unleserlich, jedes Wort schien wichtig und unverzichtbar zu sein. Die Sätze waren ebenso schwer zu verstehen wie zu entziffern.

Ria hatte überhaupt kein schlechtes Gewissen dabei, ein fremdes Tagebuch zu lesen. Sie wollte wissen, was an jenem Tag vorgefallen war und von Annie so verworren umschrieben wurde. Denn damals auf dem Weg hinter dem Haus mußte etwas ganz Schlimmes geschehen sein. Annie schrieb, daß es ganz bestimmt nicht ihre Schuld gewesen sei. Sie hätte nur nach dem Kätzchen gesucht. Das war schließlich kein Verbrechen.

Mir ist es gleich, wenn Kitty davon schwärmt, wie toll es ist, ich will gar nicht wissen, wie man sich dabei fühlt. Außerdem glaube ich ihr nicht. Denn ihr Gesicht war so verzerrt, als ob sie sehr böse gewesen wäre. Aber ich werde Kitty nichts davon sagen, weil sie mich auslachen würde, und natürlich kann ich es auch Mam nicht erzählen, weil sie mir nicht glauben oder eine blöde Bemerkung machen würde. Colm hätte ich es beinahe erzählt. Er ist so nett, und er hat gleich gewußt, daß etwas nicht stimmt. Aber ich konnte es ihm nicht sagen. Er hat sowieso schon genug um die Ohren, und außerdem kann man das niemand erzählen, man kann es einfach nicht beschreiben. Ich wünschte, ich hätte es nie gesehen. Aber es ist passiert, und man kann es nicht rückgängig machen. Ich habe nicht gewußt, daß man es so macht, ich dachte immer, man macht es im Liegen. Und dann ausgerechnet sie! Ich habe diese Frau noch nie leiden können, und jetzt kann ich sie noch weniger ausstehen. Ich finde sie ekelhaft. Irgendwie würde ich sie gern wissen lassen, daß ich es gesehen habe, und sie damit in Verlegenheit bringen, aber das wäre auch verkehrt. Sie würde nur lachen und von oben herab tun wie bei allem.

Ria hielt den Atem an. Was konnte Annie gesehen haben? Wen? Und wo? Kitty konnte es nicht gewesen sein, die Freundin wurde in einem anderen Zusammenhang erwähnt. Ria dachte scharf nach und rief sich Brians Geburtstag in Erinnerung. Annie war damals heimgekommen, nachdem sie vor Colms Restaurant hingefallen war. Konnte sie Colm Barry und die Wirtsfrau miteinander gesehen haben? Nein, sie schrieb, daß Colm ein netter Mensch sei. Aber »diese Frau« sei eine überhebliche, hochnäsige Person. Vielleicht meinte sie Caroline damit? Konnte Annie über die seltsam introvertierte Schwester von Colm und ihren beleibten, ungehobelten Ehemann gestolpert sein? Oder gar über Caroline und einen anderen? Gab es vielleicht noch einen Hinweis?
Ria las weiter.

Mir ist es piepegal, wie wundervoll die Liebe angeblich sein soll, ich werde mich jedenfalls nicht darauf einlassen. Wenn Daddy doch endlich aufhören würde, immer zu sagen, daß eines Tages ein Mann kommen und seine kleine Prinzessin mit sich fortnehmen würde! Das wird nämlich nicht passieren. Manchmal wäre es mir lieber, ich wäre erst gar nicht geboren worden.

Abrupt setzte sich Ria an den Tisch, der mit dem Gerümpel aus der Anrichte übersät war. Sie würde alles wieder hineinräumen müssen. Annie mußte das Tagebuch irgendwann einmal hastig in die Schublade gesteckt haben, um es später wieder an sich zu nehmen. Ihre Tochter durfte niemals erfahren, daß sie dieses Tagebuch gelesen hatte.

Marilyn sah sich mit dem Auge eines neutralen Betrachters in ihrem Haus um. Wie würde ihr Heim auf jemanden wirken, der in über hundert Jahre alten Mauern lebte? Auf den Bildern sah jedes Möbelstück in Rias Haus aus wie eine kostbare Antiquität. Dieser Danny Lynch mußte sich als Makler eine goldene Nase verdient haben. Marilyns Haus war Anfang der siebziger Jahre gebaut worden, als man am Tudor Drive ein Wohngebiet für die zunehmende Zahl von Akademikern und Geschäftsleuten auswies, die einen ruhigen, bewußt schlichten Lebensstil bevorzugten. Zu jedem Haus gehörte ein eigenes Grundstück, doch die Rasenflächen und Vorgärten wurden von der Gemeinde gepflegt. Es handelte sich um eine wohlhabende Siedlung, und mit den kleinen weißen Holzkirchen hie und da sah die Gegend aus wie ein Reklameposter für die amerikanische Ostküste. Doch für jemanden aus Europa mußte das alles gesichts- und geschichtslos wirken.
In einem der Bücher über Dublin hatte Marilyn die Empfehlung gelesen, doch einen Ausflug an einen hübschen See südlich der Stadt zu unternehmen, wo der heilige Kevin im Jahre sechshundertirgendwas das Leben eines Einsiedlers geführt hatte. Nicht sechzehnhundert..., nein, tatsächlich im siebten Jahrhundert nach Christus. Und das war praktisch vor Rias Haustür. Marilyn hoffte, daß Ria und ihre Kinder nicht schon nach einer halben

Stunde meinten, alles Wesentliche von Westville gesehen zu haben, und sich den Rest der Zeit langweilten.

Inzwischen hatte Marilyn die Nase voll davon, ihre Schränke auszuräumen, damit die neuen Bewohner alles ordentlich vorfanden. Sie würden ohnehin reichlich Platz haben. Ria konnte in ihrem Schlafzimmer übernachten, und es gab noch drei weitere Zimmer mit eingebauten Schränken und Betten. Der Architekt hatte wohl eine gesellig ere und gastfreundlichere Familie als die Vines vor Augen gehabt, als er dieses Haus entwarf.

Denn die Gästezimmer waren kaum je benutzt worden. Greg und sie waren sich beide immer genug gewesen, und so hatten sie nur selten jemanden eingeladen. Ihre Verwandten kamen alljährlich an Thanksgiving, und anläßlich des Freundeskreis-Picknicks im August brachten sie ehemalige Studenten bei sich unter, aber das war es dann auch schon. Nun würden zwei irische Kinder in diesen Zimmern schlafen und draußen im Garten spielen. Der Junge war zehn. Hoffentlich würde er beim Ballspielen nicht ihre Blumenbeete ruinieren. Andererseits ließ sich das kaum unterbinden, denn wenn sie Ria bat, darauf zu achten, klang das, als halte sie ihren Sohn für einen unerzogenen Bengel. Lieber setzte man ein tadelloses Benehmen voraus, als es durch Vorschriften einzufordern.

Vor einer Tür hielt Marilyn inne. Sollte sie dieses Zimmer abschließen? Ja, natürlich. Schließlich wollte sie nicht, daß fremde Leute es zu Gesicht bekämen, und diese wiederum würden dankbar dafür sein, nicht mit ihren sehr persönlichen Erinnerungen behelligt zu werden. Niemand würde sich deswegen ausgesperrt fühlen. Aber seltsam war es trotzdem, ein Zimmer in einem Haus abzuschließen, das diesen Menschen eine Zeitlang ein Zuhause sein sollte.

Gerne hätte Marilyn jemanden um Rat gefragt, wie sie es halten sollte. Aber wen? Greg kam nicht in Frage, er war ihr gegenüber immer noch sehr kühl und offensichtlich verletzt. Weder begriff er, warum sie nach Irland fuhr, noch konnte er sich damit abfinden, daß Ria am Tudor Drive wohnen sollte.

Aber er war kein Mensch, der über seine Empfindungen sprach.
Auch ihre Nachbarin kam nicht in Frage. Carlotta wäre sicher gern öfter mal auf einen nachbarlichen Plausch vorbeigekommen. Es hatte Marilyn viel Zeit und Fingerspitzengefühl gekostet, ein gutnachbarschaftliches Verhältnis zu schaffen, bei dem der Abstand gewahrt blieb. Das konnte sie jetzt nicht aufs Spiel setzen, indem sie Carlotta in einer so persönlichen Angelegenheit um Rat fragte.
Auch Heidi aus dem Büro kam nicht in Frage. Schon jetzt lud diese Frau sie unentwegt zu allen möglichen Anlässen ein: Bridge für Anfänger; ein Feng-Shui-Kurs; ein Stickkränzchen. Heidi und Henry waren so liebenswürdige Menschen; sie hätten Marilyn buchstäblich jeden Abend am Tudor Drive abgeholt und irgendwohin mitgeschleppt, wenn sie das zugelassen hätte. Dabei ahnten sie nicht, wie es war, so eine Unruhe in sich zu spüren. Sie waren beide schon einmal verheiratet gewesen und hatten nun in einer reiferen zweiten Ehe Erfüllung gefunden. Ständig luden sie Leute zu sich nach Hause ein oder gingen zu Feiern in der Universität. Daß jemand allein sein wollte, konnten sie nicht verstehen.
Marilyn überlegte, das Zimmer abzuschließen, den Schlüssel aber irgendwo liegen zu lassen, damit Ria sich nicht ausgesperrt fühlte. Doch endgültig entscheiden würde sie das erst am Morgen ihrer Abreise.

Die Zeit verging wie im Flug. In der Tara Road und am Tudor Drive brach der Sommer an. Ria instruierte ihre Hilfstruppen bereits weit im voraus, Marilyn herzlichst willkommen zu heißen und sie auch zu sich nach Hause einzuladen. So etwas gefiel den Amerikanern, sie besuchten Leute gerne daheim.
»Aber mich doch nicht«, meinte Hilary zögerlich.
»Gerade dich. Ich möchte, daß Marilyn meine Schwester kennenlernt.«
»Kriegt sie denn noch nicht genug geboten? Hast du eigentlich

eine Ahnung, was jemand dafür zahlen würde, so ein elegantes Haus zwei Monate lang bewohnen zu dürfen? Martin und ich haben neulich darüber gesprochen, daß du schon ein kleines Vermögen verdienen würdest, wenn du es lediglich in der Pferdeschau-Woche vermietest.«
»Ja sicher, Hilary. Willst du nicht doch kommen und mich dort besuchen? Wir könnten uns mit Sheila Maine treffen und uns prächtig amüsieren.«
»Millionäre können sich eben ein schönes Leben machen«, entgegnete Hilary.
Das überhörte Ria. »Du wirst doch ab und zu nach Marilyn schauen, bitte?«
»Klar, das weißt du doch.«
Auch alle anderen hatten ihr das versprochen. Rias Mutter wollte Marilyn mit ins St. Rita nehmen, vielleicht hörte sie gerne zu, wie die älteren Iren in Erinnerungen schwelgten. Frances Sullivan würde sie zum Tee und höchstwahrscheinlich zu einem Theaterbesuch einladen. Rosemary gab eine Sommerparty und hatte Marilyn auf ihrer Gästeliste stehen.
Überraschend meldete sich auch Polly Callaghan. »Ich habe gehört, daß demnächst eine Amerikanerin bei dir wohnt. Wenn sie am Wochenende ein bißchen durch die Gegend kutschiert werden will, soll sie sich bei mir melden.«
»Woher weißt du davon?« fragte Ria.
»Danny hat's mir erzählt.«
»Danny ist nicht gerade begeistert.«
Polly zuckte die Achseln. »Er kann eben nicht alles haben.«
»Im großen und ganzen schafft er das aber.«
»Bernadette wird nicht das Rennen machen, Ria«, sagte Polly.
Rias Herz schlug höher. Genau das hatte sie hören wollen. Aus dem Munde von jemandem, der sie alle kannte und sich ein Urteil darüber erlauben konnte, wer letzten Endes den Sieg davontragen würde. Von jemandem wie Polly, die ihr aus dem Feindeslager Bericht erstattete. Ria wollte sie schon fragen, was sie denn für einen Eindruck von dem Paar hatte. Stimmte es, daß Bernadette

nie den Mund aufmachte, sondern nur stumm dasaß, während ihr ständig das Haar ins Gesicht fiel? Wie gerne hätte sie gehört, daß Danny traurig und verloren wirkte, eben wie ein Mann, der einen großen Fehler gemacht hatte.
Aber sie mußte sich zurückhalten. Immerhin war Polly die Geliebte von Barney McCarthy, genau betrachtet zählte auch sie zum gegnerischen Lager. Ria durfte sich nicht von ihrem Verlangen überwältigen lassen, dieser Frau ihr Herz auszuschütten. »Wer kann schon sagen, was heutzutage von Dauer ist? Und es ist ja auch egal. Er will sie, wir sind ihm nicht genug, also bitte.«
»Alle Männer wollen mehr, als sie kriegen können. Wer wüßte das besser als ich?«
»Na, du hast das Rennen doch schon längst für dich entschieden, Polly. Deine Beziehung zu Barney ist nun wirklich was Dauerhaftes, oder nicht?« Zum erstenmal sprach Ria sie direkt auf ihr Verhältnis zu Barney an, und ihr war dabei nicht ganz wohl in ihrer Haut.
»Ja, das stimmt, aber doch nur inoffiziell. Ich meine, ich bin die Frau im Hintergrund, und mehr werde ich auch nie sein. Vor dem Gesetz ist Mona seine Gattin, die rechtlich angetraute Ehefrau.«
»Das sehe ich anders. Ich begreife Mona nicht«, erwiderte Ria. »Wenn er nun einmal dich liebt, hätte sie ihn freigeben sollen.«
Polly lachte. »Hör schon auf, du weißt es besser. Er wollte sie nie verlassen, er wollte uns beide haben. Genau wie Danny wahrscheinlich euch beide haben wollte, dich und das Mädchen.«
Ria dachte immer wieder über dieses Gespräch nach, aber sie konnte Polly nicht zustimmen. Danny war ganz wild darauf gewesen, sie zu verlassen und noch einmal von vorn anzufangen. Und natürlich hatten sich die Zeiten sehr geändert, seit Barney McCarthy und Polly Callaghan sich ineinander verliebt hatten.
Dann rief zu ihrer Überraschung sogar noch Mona an, die ihr alles Gute in den Staaten wünschte und sie fragte, ob sie ihr vielleicht ein paar Koffer leihen solle. »Du hast eine Menge Mut, Ria«, sagte die ältere Frau. »Ich bewundere dich sehr.«
»Nein, Mona, das glaube ich dir nicht. Du denkst bestimmt, daß

ich fortlaufe, weil ich nicht mehr ein noch aus weiß. Die meisten von Dannys Freunden denken das.«

»Nun, ich hoffe, daß ich auch deine Freundin bin, Ria. Übrigens wußte ich nichts von dieser anderen Frau. Ich habe dir nichts vorgemacht.«

»Ja, das glaube ich dir, Mona.« Ria hatte Gewissensbisse. Denn schließlich hatte sie jahrelang dabei mitgeholfen, Barneys Verhältnis zu vertuschen.

»Und Ria ... meiner Meinung nach hast du völlig recht damit, daß du dir nichts gefallen läßt. Ich bedaure wirklich, daß ich das damals, vor vielen Jahren, nicht auch getan habe.«

Ria traute ihren Ohren kaum. Nach all der langen Zeit wurden plötzlich sämtliche Tabus gebrochen, die Polly und Mona betrafen. »Du hast damals das Richtige getan«, meinte sie.

»Nein, ich wollte einfach einen Skandal vermeiden. Das war nicht unbedingt das Richtige«, erwiderte Mona. »Dir jedenfalls alles Gute auf deiner Reise. Und wenn ich deiner amerikanischen Freundin irgendwas zeigen kann, soll sie mich einfach anrufen.«

Ja, alle waren bereit, sich um Marilyn zu kümmern, sobald sie angekommen war. Gertie würde bei ihr putzen, und Colm versprach, sie in sein Restaurant einzuladen und sie ein paar Leuten vorzustellen.

»Colm, darf ich dir eine seltsame Frage stellen?«

»Frag, was du willst.«

»Es ist schon Ewigkeiten her, da ist Annie mal vor deinem Restaurant hingefallen. Es war an Brians Geburtstag, und du hast ihr das aufgeschlagene Knie gesäubert.«

»Ja, ich erinnere mich.«

»Und du hast ihr einen tollen Drink spendiert, der St. Clements hieß. Deshalb hat sie denn den Kater Clement genannt.«

»Ach ja?« Colm runzelte die Stirn.

»Es ist nur ... na ja, meinst du, daß Annie an diesem Tag noch wegen irgend etwas anderem durcheinander war, nicht nur wegen dem Sturz? Könnte irgend etwas vorgefallen sein?«

»Warum fragst du das, Ria?«

»Das ist schwer zu beantworten. Ich habe sozusagen auf Umwegen etwas erfahren und mich gefragt, ob du vielleicht Licht in die Angelegenheit bringen könntest.«
»Kannst du nicht Annie selbst fragen?«
»Nein.« Darauf herrschte Schweigen. »Ich habe durch ihr Tagebuch davon erfahren«, gab Ria zu.
»Ach.«
»Jetzt bist du schockiert«, stellte sie fest.
»Nein. Jedenfalls nicht sehr. Ein bißchen vielleicht.«
»Jede Mutter liest das Tagebuch ihrer Tochter, glaub mir.«
»Da hast du wohl recht. Aber was hast du denn erfahren?«
»Sie hat etwas gesehen, was sie ziemlich mitgenommen hat. Mehr stand nicht drin.«
»Annie hat mir nichts erzählt. Du denkst doch hoffentlich nicht, daß ich etwas damit zu tun hatte?« Colms Miene verfinsterte sich.
»Um Himmels willen, nein. Da habe ich ja was Schönes angerichtet. Nein, natürlich glaube ich nichts dergleichen. Sie schreibt in ihrem Tagebuch ja sogar, daß sie es dir beinahe erzählt hätte, weil du so nett und hilfsbereit warst. Nein, ich habe mich nur gefragt, ob sie hier etwas beobachtet haben könnte.«
»Hier?«
»Na ja, sie ist vor deinem Restaurant hingefallen, oder nicht?«
Colm entsann sich, daß Annie nicht vor dem Restaurant, sondern auf dem Weg hinter den Häusern gestürzt war. Aber das war ihrer beider Geheimnis gewesen; er hatte es niemandem verraten, und sie hatte es offenbar bis heute nur ihrem Tagebuch anvertraut.
»Nein«, meinte Colm nachdenklich, »sie kann hier nichts gesehen haben, was sie verstört hat. Ganz sicher nicht.«
Ria riß sich zusammen. »Ich fühle mich jetzt ganz erbärmlich, aber du mußt das verstehen. Heute abend verabschiede ich mich für einen Monat von meinen Kindern, und das geht mir ganz schön an die Nieren.«
»Sie scheinen ziemlich gut damit fertig zu werden, wie du auch.« Er musterte sie bewundernd.

»Ach, keiner kann in die Menschen hineinsehen«, erwiderte Ria. »Als mein Vater vor vielen Jahren gestorben ist, habe ich das Haus immer wieder von oben bis unten durchsucht, ob er uns nicht irgendwo einen Schatz hinterlassen hat, nur damit meine Mutter endlich aufhört, über ihn herzuziehen und zu jammern, wie schlecht er für uns gesorgt hat. Doch alle anderen dachten, ich wäre prima darüber hinweggekommen.«
»Ich verstehe, was du meinst«, sagte Colm mitfühlend. »Caroline und ich hatten einen Alkoholiker zum Vater. Und ich wünschte mir immer, irgendein Zaubertrank würde ihn dazu bringen, mit dem Trinken aufzuhören, und einen richtigen Vater aus ihm machen. Aber so einen Zaubertrank gibt es nicht.«
Über dieses Kapitel seiner Kindheit hatte Ria nichts gewußt. »Wir Eltern lassen unsere Kinder ganz schön hängen. Wir lesen ihre Tagebücher, lassen ihre Väter gehen ... einfach schrecklich. Und da will ich für sie alles in Ordnung bringen, indem ich heute abend im Garten mit ihnen zusammen grille.« Sie lachte bitter auf.
»Nein, das ist schon gut so. Ich lasse Annie etwas Gemüse da. Sie ist immer noch Vegetarierin, oder?«
»Ja, Colm. Und vielen Dank. Du bist die ganze Zeit ein wirklicher Freund gewesen.«
»Du wirst mir fehlen.«
»Vielleicht ist Marilyn ja eine Traumfrau, und ihr beide seid ein Paar, wenn ich wiederkomme.«
»Ich lass es dich wissen«, versprach Colm.
Und Ria ging nach Hause, um dort den letzten Abend mit ihren Kindern zu verbringen.
Sie hatten nur wenig über ihr Treffen mit Bernadette erzählt. Dabei hätte Ria am liebsten noch die kleinste Einzelheit erfahren, aber sie hütete sich nachzufragen. Die Kinder durften nicht den Eindruck gewinnen, daß sie jeweils aus dem anderen Lager Bericht erstatten mußten. Und so hatte sie nur sachliche Informationen erhalten: Die Flußfahrt auf dem Shannon sollte jetzt doch stattfinden, und das neue Haus war in Windeseile renoviert wor-

den. Barney McCarthys Männer hatten Tag und Nacht gearbeitet, und jetzt war es bezugsfertig, auch wenn es noch nach Farbe roch. Sie würden ab morgen abend dort schlafen.

In Annies Zimmer stünden zwei Betten, während für Brian in einem Anbau, wo später einmal Geräte stehen würden, ein Stockbett aufgebaut war. Was für Geräte, hatte Brian nicht gewußt, und er war enttäuscht gewesen, als Ria meinte, der Raum sei wohl für Waschmaschine, Trockner und ähnliches vorgesehen. Brian hatte auf wissenschaftliche Apparaturen gehofft.

Die Kinder hatten auch Bernadettes Mutter kennengelernt. Sie war offenbar ziemlich in Ordnung und würde sie regelmäßig zu einem Schwimmbad fahren, wo sie zu einem sechsstündigen Kurs angemeldet waren, damit sie in den Staaten auch etwas von dem Swimmingpool hätten. Ria hatte das Gefühl, daß sie alles erfahren hatte und dennoch nicht wußte, was für ein Leben ihre Kinder während ihrer Abwesenheit führen würden. Es war irgendwie unheimlich – als sei sie gestorben und schwebe nun wie ein Geist über allem, ohne eingreifen zu können, weil sie keinen Körper mehr besaß.

Abendbrot gab es im Garten. Sie grillten Spieße, für Brian mit Würstchen und für Annie mit Gemüse, von dem Colm ihr eine Auswahl in einem Korb dagelassen hatte. Clement schien zu ahnen, daß sie fortgingen, er kam vorbei und bedachte alle mit einem vorwurfsvollen Blick.

»Ich hoffe, sie spielt ab und zu mit ihm, damit er sich nicht langweilt«, meinte Annie. »Clement darf nicht zuviel sich selbst überlassen bleiben, sonst brütet er vor sich hin, und das bekommt ihm nicht.«

»Du könntest Marilyn doch mal besuchen und ihr von seinen Eigenheiten erzählen«, schlug Ria vor.

»Wenn du morgen früh fortgefahren bist, ist das nicht mehr unser Haus«, erwiderte Annie.

»Das stimmt, aber es wohnt jemand darin, in dessen Haus du demnächst zu Besuch sein wirst. Da wäre es doch nicht schlecht, wenn du dich mal vorstellst.«

»Müssen wir?« Brian graute vor ermüdenden Gesprächen, wie man sie oft mit Erwachsenen erlebte.

»Nein, natürlich nicht. Aber es wäre nett, wenn ihr es tätet.«

»Zumindest wird Colm ein bißchen auf Clement aufpassen. Er liebt ihn genauso wie ich.« Annies Miene hellte sich auf.

Ria wußte, daß Annie sich ihr niemals anvertrauen würde. Und niemals, nicht in hunderttausend Jahren, durfte ihr herausrutschen, was sie gelesen hatte. Denn damit würde sie jegliche Vertrauensbasis zerstören.

Unbeschwert plauderten sie in der lauen Abendluft über ihre Pläne.

Rosemary hatte sich erboten, Annie und Brian am nächsten Morgen zu Danny zu fahren, damit Ria sich in aller Ruhe fertigmachen konnte. Die meisten Sachen der Kinder waren bereits in Dannys neuem Haus. Ria hatte ihnen Listen geschrieben, welche Kleidungsstücke sie für die Bootsfahrt einpacken sollten, und diese in ihre Koffer geklebt. Die Kinder sollten sich genau daran halten.

»Sie hat gesagt, du kannst gut organisieren«, erzählte Brian.

»Bernadette hat das gesagt?« Ria bemühte sich, nicht zu interessiert zu klingen.

»Ja, als sie in die Koffer geguckt hat. Und Dad hat daraufhin gesagt, du wärst die Listen-Königin.« Erwartungsvoll sah Brian zu ihr auf, in der Hoffnung, daß sie sich darüber freuen würde. Annie hingegen, die schon erwachsener war, wußte, daß ihre Mutter so etwas nicht gern hörte.

»Das bin ich auch, dein Dad hat recht«, erwiderte Ria mit gespielter Munterkeit. Oh, wie ihr der Gedanke zuwider war, daß Danny sich mit dieser Bernadette über ihre Listen lustig machte!

»Dad kommt nachher noch hier vorbei, um auf Wiedersehen zu sagen, oder?« Ria konnte Brian am Gesicht ablesen, wie sehr er sich nach einer Bestätigung sehnte, daß seine Welt nicht völlig aus den Fugen geraten war.

»Ja, wenn ihr schon schlaft. Es gibt ein paar Dinge, die wir vor meiner Abreise noch besprechen müssen.«

»Ihr werdet euch doch nicht wieder streiten?« wollte Annie wissen.
»Nein, das tun wir schon längst nicht mehr. Das weißt du doch.«
»Nicht wenn wir dabei sind, nein. Aber ihr bringt euch immer noch gegenseitig auf die Palme«, meinte Annie.
»Das sehe ich anders, doch jeder hat nun mal seine eigene Einschätzung vom Leben anderer Leute. Ich zum Beispiel denke oft, daß eure Oma verrückt ist, weil sie so viel Zeit mit diesen Alten im St. Rita zu verbringt anstatt mit Gleichaltrigen. Aber sie fühlt sich dort anscheinend pudelwohl.«
»Weil sie dort gebraucht wird. Die Leute sind auf sie angewiesen«, erklärte Annie.
Ria versprach, sie jeden Samstag anzurufen. Die Kinder könnten es bei ihr jederzeit probieren, meinte sie, weil es in dem Haus einen Anrufbeantworter gebe. Aber sie sollten die Gespräche nicht allzulange ausdehnen, um Dads und Bernadettes Geldbeutel nicht übermäßig zu strapazieren.
»Ich glaube nicht, daß sie Geld hat«, überlegte Brian. »Es ist wohl hauptsächlich das von Dad.«
»Brian, du hast ein Spatzenhirn«, meinte Annie.

Danny kam um zehn Uhr. Mit einem leichten Schreck merkte Ria, wie überaus anziehend sie ihn immer noch fand und wohl immer finden würde. Daran hatte sich seit jenem ersten Tag nicht viel geändert, als sie ihn in der Immobilienfirma kennengelernt und entzückt festgestellt hatte, daß seine Aufmerksamkeit ihr und nicht Rosemary galt. Seine Gesichtszüge hatten etwas an sich, was den Wunsch in ihr weckte, ihm über die Wange zu streicheln. Sie mußte sich beherrschen, nicht unwillkürlich zu ihm hinüberzulangen. Bleib ganz ruhig, schärfte sie sich ein. Danny durfte nicht wissen, wieviel Macht er noch über sie besaß.
»Laß uns in den Garten gehen, dort ist es so friedlich. Aber sag zuerst, was du trinken möchtest. Tee oder etwas Alkoholisches?«
»Hast du ein Bier?«

»Tut mir leid, nein. Bist du auf den Geschmack gekommen?«
»Dann einen Tee.«
»Bringen wir uns gegenseitig auf die Palme?« fragte Ria kumpelhaft, während sie Wasser aufstellte.
»Nein, das finde ich nicht. Warum fragst du?«
»Die Kinder glauben das.«
»Was wissen die schon?« grinste er.
»Sie sagen, dein neues Haus sei sehr schön.«
»Ja? Gut, daß es ihnen gefällt.«
»Darf ich dich bitten, ein wachsames Auge auf diese Kitty zu haben? Okay, ich habe sie noch nie leiden können, aber sie ist wirklich ein Biest und könnte Annie auf Abwege bringen.«
»Kein Problem. Sonst noch etwas?«
»Brian ist ein wirkliches Ferkel, manchmal starrt er vor Dreck. Du lachst jetzt vielleicht darüber, aber auf so engem Raum wie in einem Boot kann das sehr unangenehm werden. Am besten bestehst du ohne Wenn und Aber darauf, daß er jeden Tag frische Sachen anzieht, sonst läuft er den ganzen Monat in den gleichen Klamotten rum.«
Danny grinste. »Ich werd's mir merken.«
»Und soll ich auf irgendwas achten, wenn sie nach Westville kommen? Gibt es etwas, was sie deiner Meinung nach unbedingt tun oder lassen sollen?«
Er schien überrascht, daß er gefragt wurde. Und wirkte sichtlich erfreut. »Keine Ahnung. Der Verkehr vielleicht. Schärfe ihnen ein, daß die Autos von der anderen Seite kommen, wenn sie die Straße überqueren.«
»Sehr vernünftig. Ich werde ihnen das einimpfen.«
»Und vielleicht könnten sie dort ab und zu etwas Lehrreiches unternehmen, Museen besuchen oder so. Etwas, das ihnen in der Schule nützt.«
»Klar doch, Danny.«
Sie gingen mit ihren Teegläsern in den Garten hinaus und setzten sich auf die steinerne Bank.
»Wegen dem Geld«, sagte er nach längerem Schweigen.

»Nun, ich habe mein Ticket bezahlt und du ihre. Sonst ist es genauso wie hier, oder? Ich habe dort die gleichen Haushaltungskosten.«
»Ja.« Seine Stimme klang etwas matt.
»Das ist doch in Ordnung, oder?«
»Ja, natürlich.«
»Strom, Wasser, Telefon und so weiter werden normal vom Konto abgebucht ...«
»Ja«, sagte er wieder.
»Also ist die finanzielle Seite geregelt?«
»Ich denke schon.«
»Na, dann wünsche ich euch allen viel Spaß auf dem Shannon. Schippert ihr nach Norden oder nach Süden?«
»Nach Süden zum Lough Derg. Da gibt es eine Menge zauberhafter Anlegestellen. Wenn das Wetter mitspielt, wird es bestimmt großartig.«
Sie unterhielten sich wie zwei entfernte Bekannte.
»Ihr habt sicher Glück. Die Wettervorhersage ist jedenfalls blendend«, meinte Ria munter.
Dann schwiegen beide.
»Ich hoffe, du hast da drüben auch eine schöne Zeit«, meinte Danny schließlich.
»Bestimmt, Danny. Danke, daß du mir keine Steine in den Weg gelegt hast. Das weiß ich zu schätzen.«
»Aber das war doch nur fair«, sagte er.
»Ich habe Marilyn deine Telefonnummer hingelegt.«
»Ja, gut.«
»Und vielleicht kommst du ja mal mit den Kindern hier vorbei, damit sie sie kennenlernen?«
»Wie? Ja, sicher.«
»Ruf aber lieber vorher an.«
»Ja, klar.«
Mehr gab es nicht zu sagen. Sie gingen die Stufen hinauf und standen verlegen in der Diele, die einst mit Kartons, Kisten und Fahrrädern vollgestellt gewesen war – damals, als sie sich geschwo-

ren hatten, sich hier für immer niederzulassen und sich ein wunderbares Heim zu schaffen.

Und jetzt lagen kostbare Teppiche auf dem Parkett, das die Abendsonne im warmen Glanz erstrahlen ließ. Durch die offene Salontür sah man auf dem Tisch eine Vase mit Rosen stehen, die Colm zur Begrüßung der Amerikanerin geschnitten hatte. Der Strauß spiegelte sich auf der Oberfläche des Holzes, die Uhr auf dem Kaminsims tickte, eine Brise blähte die schweren Vorhänge. Danny ging hinein und sah sich um. Bestimmt bedauerte er nicht nur den Verlust all dieser Dinge, er trauerte wohl auch der Liebe und Begeisterung nach, mit der sie zusammengetragen worden waren. Schweigend nahm er alles in Augenschein. Jene hektische Betriebsamkeit, die ihm sonst zu eigen war, fiel von ihm ab, er wirkte wie ein Standbild seiner selbst.

Nie würde Ria den Anblick vergessen, wie Danny hier auf eine Stuhllehne gestützt stand. Es war, als überlege er, womit man dem Zimmer den allerletzten Schliff geben könne. Vielleicht mit einer Standuhr? Oder fehlte noch ein Spiegel, um das Licht von draußen einzufangen? Jedenfalls erweckte er nicht den Eindruck eines Mannes, der gerade allem, was er hier geschaffen hatte, den Rücken kehrte, um mit einem schwangeren Mädchen namens Bernadette zusammenzuleben. Nein, eher hätte man vermutet, daß er jetzt gleich die Autoschlüssel hinlegen und sagen würde, hier sei er zu Hause. Natürlich wäre es inzwischen zu spät, um Marilyn abzusagen, aber dann würden sie eben eine andere Unterkunft für sie auftreiben, und alles würde wieder sein wie früher. Allerdings würden sie nicht gleich die Kinder aufwecken, um es ihnen zu sagen, sollten sie es morgen früh selbst entdecken. Ja, all das las sie in Dannys Zügen.

Ria stand mit angehaltenem Atem da und wartete darauf, daß er den Traum Wirklichkeit werden ließ. Es war jetzt sehr wichtig, nichts Falsches zu sagen. Bisher hatte sie sich an diesem Abend glänzend gehalten, sie war ruhig und sachlich geblieben, was Danny sehr wohl zu schätzen wußte. Sein Lächeln wirkte nicht angestrengt, sondern warmherzig, und er hatte schallend gelacht,

als sie ihm erzählt hatte, was für ein Dreckspatz sein Sohn war. Auf der Treppe hatte sein Arm den ihren gestreift, ohne daß er zurückgezuckt wäre, wie das bei ihren gereizten Auseinandersetzungen stets der Fall gewesen war.
Wie festgebannt stand Danny lange Zeit im Salon, Ria hätte später nicht sagen können, wie lange das andauerte. Das Zimmer entfaltete seinen eigenen Zauber. Gleich würde er sprechen und ihr sagen, daß er verrückt gewesen sei, daß er den Verstand verloren habe, daß es ihm leid tue, so viele Menschen verletzt zu haben. Und sie würde ihm verzeihen, ihm beruhigend und zärtlich über die Wange streicheln, und er würde wissen, daß er nach Hause gekommen war, wo er hingehörte.
Aber warum dauerte es so lange, bis er die richtigen Worte fand? Sollte sie ihm helfen, ihm einen Wink geben? Doch da sah er sie an, er biß sich auf die Unterlippe, ja, er mühte sich richtiggehend ab, etwas Bedeutungsschweres über die Lippen zu bringen. Wie konnte sie ihn wissen lassen, auf wieviel Großmut und Verständnis er bei ihr stoßen würde, daß sie einfach alles tun würde, damit er wieder zu ihr zurückkehrte?
Worte waren in der Vergangenheit ihr Verhängnis gewesen. Hatte Danny sie nicht immer für ein Plappermäulchen gehalten? Alles nur banale Floskeln, hatte er geschimpft, wenn sie geglaubt hatte, sie würden tiefsinnige Gespräche führen. Deshalb wußte sie, daß sie nichts sagen durfte, so groß die Versuchung auch sein mochte. Ihre ganze Zukunft hing davon ab.
Aber sie machte einen kleinen Schritt auf ihn zu, nur einen einzigen, und das genügte. Er kam zu ihr und nahm sie in die Arme, dabei lehnte er den Kopf an ihre Schulter. Zwar weinte er nicht wirklich, doch sein Körper wurde von einem Schluchzen geschüttelt.
»Ria, ach Ria, was für ein Schlamassel. Es ist wirklich eine verdammte Schande.«
»Das muß nicht so bleiben«, flüsterte sie ihm zärtlich ins Ohr.
»O Gott, ich wünschte, es wäre nicht so gekommen. Was würde ich darum geben, wenn es anders wäre!« murmelte er in ihr Haar.

»Alles läßt sich ändern. Es liegt in unserer Hand«, erwiderte sie. Langsam, Ria, ermahnte sie sich. Keine Gemeinplätze. Und erschrecke ihn nicht mit einer endlosen Liste von Versprechungen und Forderungen und Bitten. Überlaß ihm das Fragen, sag einfach nur ja. Streichle ihm über die Stirn und versichere ihm, daß alles gut wird, denn das will er hören. Er drehte den Kopf ihrem Gesicht zu, als wollte er sie küssen.

Jetzt galt es, leidenschaftlich zu reagieren, wie seine Ria es immer getan hatte. Und so nahm sie die Hände von seinen bebenden Schultern und klammerte sich an seinen Hals. Ihre Lippen suchten seinen Mund in einem fordernden Kuß. Wie gut es tat, ihn wieder zu umarmen. Eine Woge der Leidenschaft trug sie davon, deshalb merkte sie zuerst nicht, daß er versuchte, ihre Hände von seinem Nacken zu lösen.

»Ria, was tust du denn da? Hör auf damit!« Danny schien regelrecht entsetzt.

Verwundert ließ sie ihn los. Er hatte sie umarmt, er hatte den Kopf in ihre Halsbeuge gelegt und gesagt, daß es eine Schande wäre. Hatte er nicht auch gesagt, daß er es ungeschehen machen wollte? Warum schaute er sie dann so an?

»Es kommt alles wieder ins Lot«, stammelte sie zwar verwirrt, aber immer noch überzeugt davon, daß sie ihm die Rückkehr so leicht wie nur möglich machen müsse. »Ich verspreche dir, Danny, alles wird wieder gut. Denn du gehörst hierher.«

»Ria!« rief er entgeistert.

»Das ist dein Zimmer, du hast es geschaffen. Es gehört zu dir wie wir, wir sind deine Familie, und das weißt du.«

»Ich bitte dich, Ria ...«

»Und ich bitte *dich* ... Komm zurück. Wir müssen jetzt gar nicht darüber reden, bleib einfach da, und alles wird sein wie früher. Ich verstehe ja, daß du Bernadette gegenüber Verpflichtungen hast, und auch, daß du sie magst ...«

»Hör auf ...«

»Sie wird darüber hinwegkommen, Danny, sie ist ja noch ein Kind und hat das ganze Leben vor sich. Eines Tages findet sie jemanden

in ihrem Alter, und du wirst eine liebe Erinnerung für sie sein, eine Jugendtorheit ... und für uns ist es eben einfach passiert, und damit basta.«
»Das ist doch nicht möglich ... daß du ... du bist plötzlich eine ganz andere.« Danny schien wirklich bestürzt.
Das war doch zum Verrücktwerden. Schließlich hatte er sie in die Arme geschlossen und nicht umgekehrt. »Du hast mich umarmt. Du hast zu mir gesagt, es wäre eine Schande, ein Schlamassel, ein Fehler, und es täte dir leid.«
»So habe ich es nicht gemeint, Ria. Ich habe nur bedauert, daß so viele Menschen verletzt worden sind, Alles andere hast du dir eingebildet.«
»Du hast gesagt, du gäbest etwas darum, wenn es anders wäre. Nun, ich sage, komm einfach zurück. Ich werde dich nicht fragen, wo du warst, wenn du abends erst spät nach Hause kommst, ich schwöre dir, Danny, daß ich nicht nörgeln werde. Bitte, Danny.« Jetzt liefen ihr Tränen über die Wangen. »Danny, ich liebe dich so sehr, ich würde dir alles verzeihen, egal, was du getan hast. Und ich würde alles tun, um dich wiederzubekommen.« Jetzt schluckte sie schwer und streckte ihm die Arme entgegen.
Danny nahm ihre Hände in seine. »Hör mal, Liebes, ich gehe jetzt. Jetzt sofort. Du meinst das alles nicht wirklich, kein Wort davon. Vorhin im Garten hast du ganz anders gesprochen. Du wünschst uns einen schönen Urlaub auf dem Shannon. Und auch ich wünsche dir von Herzen alles Gute in den Staaten.« Dabei sah er sie erwartungsvoll an, in der Hoffnung, diese freundlichen, sachlichen Worte würden ihren Tränenfluß versiegen lassen und sie davon abhalten, sich ihm noch einmal an den Hals zu werfen.
»Ich werde immer hier sein und auf deine Rückkehr warten.«
»Nein, das wirst du nicht. Du wirst in Amerika sein und dich großartig amüsieren«, versuchte er zu scherzen. »Eine fremde Frau wird hier sein und versuchen, sich einen Reim auf unsere merkwürdigen Gebräuche zu machen.«
»Ich werde dasein, und dies wird immer dein Zimmer bleiben.«

»Nein, Ria, so läuft es nicht im Leben. Ich gehe jetzt, aber ich wollte dir noch sagen, wie ...«
»Wie was?«
»Wie großzügig dein Angebot gewesen wäre, hätte es jemals zur Debatte gestanden. Das wäre wirklich sehr selbstlos von dir gewesen.«
Erstaunt sah sie ihn an. Wußte er denn nicht, daß es weder selbstlos noch großzügig gewesen wäre, sondern nur das, was sie sich von ganzem Herzen ersehnte? Nein, das würde er niemals verstehen, und jetzt hatte sie sich zu allem Überfluß auch noch völlig zum Narren gemacht.
All diese Wochen verzweifelten Bemühens, in denen sie sich das Hirn zermartert und um Selbstbeherrschung gerungen hatte, waren umsonst gewesen. Warum waren Danny und sie überhaupt in den Salon gegangen? Wenn sie nicht diesen Ausdruck auf seinem Gesicht gesehen hätte, wäre sie gar nicht erst auf die Idee gekommen, daß er vielleicht zurückkommen wollte. Aber sie hatte es ihm angesehen, das hatte sie sich nicht eingebildet. Daran würde sie sich immer klammern.
»Ja, es ist spät geworden, natürlich mußt du gehen«, sagte sie. Ihre Tränen waren inzwischen versiegt. Aber sie war nicht mehr die gelassene Ria, die vorher mit ihm in der Küche gestanden hatte; ihr Gesicht war völlig verheult. Doch sie hatte sich wieder in der Gewalt und spürte seine Erleichterung.
»Gute Reise«, wünschte er ihr vor der Haustür.
»Danke. Es wird schon alles gutgehen.«
»Wir haben hieraus wirklich ein wunderschönes Haus gemacht, Ria, es ist ein Traum.« Dabei sah er an ihr vorbei in die Diele.
»Ja, das stimmt. Und wir haben zwei prächtige Kinder«, erwiderte sie.
Auf der Treppe zu dem Haus, dem Werk vieler Jahre, küßten sich Danny und Ria vorsichtig auf die Wangen. Dann stieg Danny in seinen Wagen und fuhr davon, während Ria ins Haus zurückging, sich an den runden Tisch setzte und lange Zeit blicklos vor sich hin starrte.

KAPITEL FÜNF

»Sie haben sich nicht gestritten«, meinte Annie, als sie Brian half, seinen Koffer zuzudrücken.
»Woher weißt du das?«
»Ich habe ein bißchen am Badezimmerfenster gehorcht. Sie haben über die Ferien geredet.«
»Na, dann ist's ja gut.«
»Aber sie hat zu Dad gesagt, er soll aufpassen, daß du dich richtig wäschst.«
Brian schaute sie ungläubig an. »Nein, hat sie nicht«, meinte er verblüfft, »so was würde sie nie über mich sagen. Wie käme sie auch darauf?« Er sah verunsichert an sich hinab.
»Vergiß es, ich habe bloß Spaß gemacht«, schwindelte Annie, die Mitleid mit ihm bekam.
»Wußte ich doch.« Augenblicklich war Brians Vertrauen in seine Mutter wiederhergestellt.
»Ach, würde sie nur hierbleiben«, seufzte Annie.
»Ja, das möchte ich auch.«
Es kam höchst selten vor, daß die Geschwister sich einmal einig waren. Verstört blickten sie einander an. Es waren wirklich komische Zeiten.

Rosemary kam früher als erwartet. Ria bot ihr eine Tasse Kaffee an.
»Du siehst blendend aus«, bemerkte Rosemary anerkennend.
»Hmhm«, machte Ria abwesend.
»Ich bin extra ein bißchen früher gekommen, damit keine Zeit für einen tränenreichen Abschied bleibt. Wo stecken denn die zwei?«

»Sie sind noch am Packen.« Ria klang bedrückt.
»Sie werden schon zurechtkommen.«
»Klar doch.«
Rosemary musterte ihre Freundin prüfend. »Ist denn alles gut gelaufen gestern abend mit dir und Danny?«
»Wie? Ja, doch, war halb so schlimm.« Nie, nicht in hundert Jahren, würde jemand von ihr erfahren, was an diesem Abend vorgefallen war. Nicht einmal in ihrem eigenen Herzen wollte Ria diese Dinge erörtern.
»Na, dann ist es ja gut.« Es trat ein kurzes Schweigen ein. »Ria?«
»Ja?«
»Du weißt, daß Bernadette für sie nie etwas anderes sein wird als ... als das, was sie ist.«
»Natürlich weiß ich das.«
»Die Kinder werden sich ganz bestimmt nicht mit ihr verbünden. Und versuch dir einmal vorzustellen, was das für sie heißt, dich einen ganzen Monat lang ersetzen zu müssen! Keine leichte Aufgabe, und schon gar nicht für ein junges Ding wie sie.« Da Ria nichts erwiderte, sprach Rosemary einfach weiter. »Du weißt ja, daß ich diese Amerikareise erst für eine Schnapsidee gehalten habe, aber mittlerweile denke ich, etwas Besseres hättest du dir gar nicht einfallen lassen können. Du bist wirklich viel klüger, als man dir normalerweise zutraut. Schau, da kommen die Kinder. Wie soll der Abschied sein, lang und quälend oder kurz und schmerzlos?«
»Kurz und schmerzlos, und übrigens ... du bist einfach fabelhaft«, sagte Ria dankbar.
Minuten später stand Ria am Straßenrand und winkte, während Rosemary die Kinder zu einem fremden Haus chauffierte, wo sie den ganzen Juli verbringen sollten. Wer hätte je gedacht, daß es soweit kommen würde? Aber noch viel unglaublicher war, daß Rosemary doch tatsächlich der Ansicht war, sie, Ria, hätte die Situation irgendwie geschickt gemeistert.

Bernadettes Mutter saß in der Küche des neuen Hauses. »Sie ist doch eine richtige Rabenmutter, reist einfach in die Staaten und überläßt dir ihre Kinder.«
»Mag sein, Mam, aber in gewissem Sinn ist es doch das beste so.«
»Wieso denn das?« Finola Dunne konnte der Sache keine gute Seite abgewinnen.
»Ohne sie ist Tara Road nicht mehr so der Mittelpunkt für ihn, weißt du.«
»Mittelpunkt, daß ich nicht lache! Der hat sich doch schon ewig kaum mehr dort blicken lassen, wenn man bedenkt, wieviel Zeit er immer mit dir verbracht hat.« Bernadettes Mutter brachte stets das Kunststück fertig, ihre Mißbilligung über die Affäre ihrer Tochter mit einem verheirateten Mann zum Ausdruck zu bringen und gleichzeitig ihre Befriedigung über den günstigen Verlauf der Liaison durchblicken zu lassen.
»Tara Road war immerhin sechzehn Jahre lang sein Zuhause, es hat immer noch große Bedeutung für ihn.«
»Er wird auch dieses Haus bald ins Herz schließen, mein Kind. Warte nur, bis ihr euch hier richtig eingelebt habt.« Finola Dunne schaute sich in der luxuriös ausgestatteten Küche um, die Barney McCarthys Leute in Rekordzeit eingebaut hatten. Es war ein stattliches Haus in einer besseren Gegend im Süden von Dublin und hatte sicherlich ein hübsches Sümmchen gekostet. Die Straße war sehr ruhig und damit bestens geeignet, ein Kind großzuziehen. Außerdem gab es in der Nachbarschaft zahlreiche andere junge Paare.
Finola Dunne wußte, daß Danny Lynch ein mit allen Wassern gewaschener Immobilienmakler war. Dennoch war sie der Ansicht, er solle das Haus in der Tara Road lieber heute als morgen verkaufen, seinen Anteil einstreichen und ein kleineres, passenderes Haus für seine erste Frau finden. Obwohl sie ihm zugute hielt, daß er wirklich hart arbeitete und Bernadette zweifellos liebte, würde er sich noch körperlich zugrunde richten, wenn er nicht endlich seine Finanzen auf die Reihe brachte. Heute mor-

gen war er schon wieder um sechs Uhr früh zu einem Termin losgefahren, um den Verkehrsstaus zu entgehen.
»Hat er irgend etwas davon gesagt, daß er das Haus in der Tara Road verkaufen will?« fragte sie ihre Tochter.
»Nein, und ich möchte ihn auch nicht darauf ansprechen. Ich glaube, er hängt mehr an dem Haus, als er je an irgendeiner Frau gehangen hat. Manchmal ist mir das richtig unheimlich«, gestand Bernadette.
»Papperlapapp, jetzt ist keine Zeit, trüben Gedanken nachzuhängen. Die Kinder können jede Minute hier sein, und sie müssen den ganzen lieben langen Sommer unterhalten werden.«
»Es sind nur dreißig Tage, und man kann doch ganz gut mit ihnen auskommen«, grinste Bernadette.

Brian und Annie saßen schweigsam in Rosemarys Wagen.
»Und wißt ihr schon, was ihr dort machen wollt?« fragte Rosemary munter.
»Keine Ahnung.« Annie zuckte mit den Schultern.
»Sie haben nicht mal Kabelanschluß«, grummelte Brian.
»Vielleicht machen sie ja Ausflüge mit euch?« Rosemary versuchte Optimismus zu verbreiten.
»Ach weißt du, sie ist nicht sehr unternehmungslustig«, entgegnete Brian.
»Ist sie denn nett, ich meine, kann man sich mit ihr unterhalten?«
»Nicht besonders«, antwortete Brian.
»Sie ist schon ganz in Ordnung. Man weiß nur nicht so recht, über was man mit ihr reden soll«, meinte Annie.
»Ihre Mutter mag ich lieber«, bemerkte Brian. »Mit der würdest du auch gut auskommen, Rosemary. Man kann sich prima mit ihr unterhalten, und sie ist ungefähr so alt wie du.«
»Äh, kann schon sein«, stotterte Rosemary Ryan, die zwar in jedem Sitzungssaal und in jeder Fernsehdiskussion eine glänzende Figur machte, aber mit diesem Thema ihre Schwierigkeiten hatte.

Am Flughafen von Dublin stand Ria ein bißchen verloren zwischen den vielen Menschen, die es in alle Himmelsrichtungen zog. Ob es noch andere Reisende gab, die sich ähnlich orientierungslos fühlten wie sie? In der Schlange neben ihr stand ein gutaussehender Mann, der den Kragen seines Regenmantels hochgeschlagen hatte. Blondes Haar fiel ihm in die Stirn. Ria starrte wie gebannt zu ihm hinüber: Einen Augenblick hatte sie doch tatsächlich gedacht, Danny sei herbeigeeilt, um sie zurückzuhalten und sie in letzter Minute anzuflehen, es sich anders zu überlegen. Als sie sich klarmachte, daß er so etwas um nichts in der Welt tun würde, war das wie eine kalte Dusche. Immer noch spürte sie, wie er sich unsanft von ihr losgemacht hatte, als sie ihm in verzweifelter Sehnsucht um den Hals gefallen war. Bei dem Gedanken daran errötete sie vor Scham.

Unschlüssig schlenderte sie durch den Duty-Free-Shop und überlegte, was sie kaufen sollte. Es wäre doch zu schade, diese seltene Gelegenheit für einen billigen Einkauf ungenutzt zu lassen. Aber sie rauchte nicht, sie trank nur selten Alkohol, und ganz bestimmt brauchte sie keine Elektrogeräte, von denen es bei Marilyn wahrscheinlich mehr als genug gab. Schließlich blieb sie vor den Parfümregalen stehen.

»Ich hätte gerne etwas ganz Neues, etwas, was ich noch nie gerochen habe, das mich an nichts erinnern kann.«

Der Verkäuferin schienen solche Wünsche vertraut. Sie gingen zusammen die neuen Düfte durch, und schließlich fiel die Wahl auf ein leichtes, blumiges Parfüm. Es sollte 40 Pfund kosten.

»Ist das nicht ein bißchen teuer?« meinte Ria zweifelnd.

»Einerseits ja, aber es ist seinen Preis wert. Möchten Sie nun ein gutes Parfüm oder nicht?« Die Verkäuferin wollte sich offensichtlich nicht auf lange Diskussionen einlassen.

»Ich weiß gar nicht, ob ich mir das leisten kann. Ist das nicht merkwürdig?« meinte Ria überrascht. »Ich habe tatsächlich keine Ahnung über meine finanzielle Lage! Bis zu diesem Moment habe ich mir überhaupt keine Gedanken darüber gemacht. Vielleicht kann ich mir das Parfüm leisten, oder sogar noch weit mehr, vielleicht werde ich mir aber nie wieder etwas so Luxuriöses kaufen können.«

»Dann würde ich an Ihrer Stelle aber zugreifen«, ermunterte sie die Verkäuferin, entschlossen, diesem ins Philosophische abgleitenden Selbstgespräch ein Ende zu setzen.

»Sie haben recht, ich nehme es«, entschied Ria.

Im Flugzeug schlief sie ein und träumte, Marilyn habe ihr Haus am Tudor Drive gar nicht verlassen, sondern säße in ihrem Garten und warte auf sie. In ihrem Traum hatte Marilyn braunes Haar, sie trug kupferfarbene Schuhe und ein beiges Kostüm, genau wie Bernadettes Mutter. Als sie Ria erblickte, begann sie bösartig zu kichern: »Ich bin nicht Marilyn, du dummes Weibsstück, ich bin Dannys neue Schwiegermutter. Ich habe dich hierhergelockt, damit sie sich in aller Ruhe in der Tara Road einnisten können. Reingelegt, ätsch, reingelegt.« Schweißgebadet wachte Ria auf. Ihr Herz raste. Wie merkwürdig, sie schwebte etliche tausend Meter über dem Erdboden, und um sie herum beschäftigten sich die Leute ungerührt mit ihrem Essen.

Die Stewardeß beugte sich besorgt über sie. »Ist alles in Ordnung? Sie sind plötzlich so blaß geworden.«

»Ja schon gut ... ich habe nur schlecht geträumt«, erwiderte Ria mit einem dankbaren Lächeln.

»Werden Sie am Kennedy Airport abgeholt?«

»Nein, aber ich weiß, welchen Bus ich nehmen muß. Ich werde schon zurechtkommen.«

»Sie machen eine Urlaubsreise, nicht wahr?«

»Ja, ich glaube, man kann es so nennen. Auf jeden Fall werde ich mich erholen, denke ich.« Ria bemerkte das befremdete Lächeln des netten Mädchens in der Stewardessenuniform. Sie mußte es sich unbedingt abgewöhnen, dauernd darüber zu grübeln, was sie tat. Aber selbst die harmlosesten Fragen trafen sie ganz unvorbereitet.

Sie lehnte sich zurück und schloß die Augen. Wie lächerlich von ihrem Unterbewußtsein, Marilyn und Bernadettes Mutter durcheinanderzubringen, wo doch beide in Wahrheit völlig verschieden aussahen! Plötzlich riß Ria erschreckt die Augen auf. Sie hatte ja nicht die geringste Ahnung, wie Marilyn eigentlich aussah! Zwar kannte sie die Maße ihres Swimmingpools, wußte über die Netzspannung in Amerika Bescheid und war darüber informiert, wieviel Wäsche man in den Trockner tun konnte, wann in Westville die Gottesdienste stattfanden und an welchen Tagen die Müllabfuhr kam. Außerdem hatte sie die Adressen und Telefonnummern einer gewissen Carlotta und einer Heidi. Sie hatte Fotos vom Steingarten, dem großen Schlafzimmer, dem Swimmingpool und dem überdachten Parkplatz gesehen.

Sie wußte außerdem, daß Marilyns vierzigster Geburtstag in die Zeit ihres Aufenthalts in Irland fallen würde, aber sie hatte nicht die geringste Ahnung, ob sie blond oder dunkelhaarig, groß oder klein, schlank oder füllig war. Wie seltsam, eine ihr völlig unbekannte Frau hatte sich gestern abend auf den Weg in die Tara Road gemacht, und weder sie noch sonstjemand dort wußte, wie sie aussah!

Marilyn wollte für ihren Nachtflug nach Dublin den Zubringerdienst zum Kennedy Airport nutzen und hatte Heidis Angebot angenommen, sie zum Busbahnhof in der nächstgelegenen Stadt zu fahren. Nun schloß sie die Tür hinter sich und ließ die Schlüssel und einen Umschlag mit letzten Erläuterungen bei Carlotta zurück, wo Ria sich nach ihrer Ankunft am Nachmittag als erstes melden sollte. Ihr Haushalt war in bester Ordnung. Alles war blitzblank, Bettwäsche und Handtücher kamen frisch aus der Wäscherei, der Kühlschrank war gut gefüllt, und auf dem Tisch im Wohnzimmer und auf der Frühstücksbar in der Küche standen Blumen. Erst als sie Heidis Wagen vorfahren hörte, entschied sie die Frage, wie sie mit dem Zimmer verfahren sollte. Sie machte die Tür zu, schloß aber nicht ab. Ria würde das schon richtig deuten und damit umzugehen wissen. Wahrscheinlich würde sie hier hin und wieder Staub wischen und während der zwei Monate auch einmal lüften. Manches verstand sich von selbst, man mußte ja nicht jede Kleinigkeit aufschreiben.

Auf dem Weg zum Busbahnhof plapperte Heidi munter vor sich hin und stellte unentwegt Fragen. Ob Ria vielleicht Bridge spielte? Hatte Marilyn vor, in Dublin Kurse am Trinity College zu belegen? Wie wohl das Wetter werden würde? Und ganz beiläufig ließ sie auch die Frage einfließen, ob Greg denn nachkommen werde. Oder würde er die vorlesungsfreie Zeit in Westville verbringen? Auf keine dieser Fragen erhielt sie eine zufriedenstellende Antwort. Aber bevor Marilyn in den Bus einstieg, umarmte sie Heidi wie eine Freundin.
»Du hast so ein großes Herz. Ich hoffe, daß ich mich eines Tages revanchieren kann, wenn sich das Dunkel mal gelichtet hat.«
Mit feuchten Augen sah Heidi dem Bus nach. Kerzengerade saß Marilyn da und las einen Brief. Schon lange hatte sie sich nicht mehr so von ihren Gefühlen überwältigen lassen.
Wieder und wieder las Marilyn ihren Brief an Greg.
Sie hatte versucht, soviel wie möglich von sich preiszugeben, doch nun hatte sie den Eindruck, als ob es noch eine Menge zu sagen gäbe. Es war, als ob sie irgend etwas daran hinderte, sich wirklich zu öffnen. Vielleicht gab es da ja auch gar nichts mehr zu erklären. War es denn nicht gut möglich, daß sie die Fähigkeit zu lieben verloren hatte und nun für den Rest ihres Lebens im Zustand der Gefühllosigkeit verharren mußte?
Sie zog das kleine Fotomäppchen hervor, das Ria ihr geschickt hatte. Auf allen Bildern waren Leute zu sehen, und auf der Rückseite standen Kommentare. »Annie bei den Hausaufgaben im Salon.« »Brian in der Küche, mit einem Stück Pizza in der Hand.« »Meine Mutter und meine Schwester Hilary.« »Ich mit meiner Freundin Gertie, die mir beim Saubermachen hilft.« »Unsere Freundin Rosemary, die auch in der Tara Road wohnt.« »Colm Barry, dem das Restaurant an der Ecke gehört, im Gemüsegarten hinter unserem Haus.« Auf einem besonders schönen Foto des Hauses war eine vierköpfige Familie zu sehen, die in die Sonne blinzelte. Auf die Rückseite hatte Ria geschrieben: »Aus glücklicheren Tagen.«
Besonders Danny Lynch schaute sich Marilyn noch einmal genau

an. Ohne Zweifel ein gutaussehender Mann, und er schien sich kaum verändert zu haben seit der Zeit, in der sie ihn als jungenhaft enthusiastischen Immobilienmakler kennengelernt hatte. Die kleine, dunkelhaarige Ria strahlte auf jedem Schnappschuß in die Kamera, als wolle sie zeigen, wie gut es ihr doch ging. Am Telefon dagegen hatte ihre Stimme stets angespannt und ein bißchen unsicher geklungen. Immer war sie krampfhaft bemüht gewesen, Marilyn alles recht zu machen, und sie schien voller Zweifel, ob das Haus in der Tara Road wirklich ihren Ansprüchen genügen würde. Und immer wieder hatte sie Marilyn versichert, daß ihre Kinder in Westville keine Probleme machen würden.

Eine ihrer Hauptsorgen schien zu sein, ob Marilyn auch rasch Anschluß an die weitläufige Gruppe von Freunden und Bekannten der Familie finden würde. Natürlich konnte sie nicht wissen, wie unwahrscheinlich gerade das war. Ausgerechnet Marilyn Vine, die sich von ihren Arbeitskollegen, ihrer Familie, ihren Freunden und Nachbarn abkapselte und überall als verschlossen galt. Marilyn Vine, die nicht einmal mit ihrem eigenen Ehemann darüber reden konnte, warum sie diese merkwürdige Reise unternahm. Selbstverständlich würde sie diesen Leuten mit Höflichkeit begegnen, aber auf keinen Fall wollte sie näher mit ihnen zu tun haben.

»Darf ich Kitty bitte zum Essen mitbringen, Bernadette?« fragte Annie.
Bernadette hob den Blick von ihrem Buch. »Nein, tut mir leid, dein Vater will das nicht.«
»Aber sie hat mich immer zu Hause besucht. Als Dad noch bei uns gewohnt hat, mochte er sie.«
»Nun, vielleicht hat er ja inzwischen die Nase voll von ihr.« Bernadette schien die Frage ziemlich gleichgültig zu sein.
»Ob Mam schon in Amerika angekommen ist?« fragte Brian.
»Fang nicht mit Mam an«, zischte ihm Annie zu.
»Ist schon in Ordnung«, meinte Bernadette achselzuckend. Sie war schon wieder in ihre Lektüre vertieft.

»Also, ist sie schon da oder nicht?« Brian war hartnäckig. Bernadette blickte die beiden über ihr Buch hinweg ohne irgendein Anzeichen von Ungeduld an, aber beide Kinder spürten, daß sie lieber in Ruhe weitergelesen hätte. »Laß mich mal rechnen. Der Flug dauert ungefähr fünf oder sechs Stunden. Ja, ich würde sagen, sie ist jetzt angekommen, wahrscheinlich sitzt sie gerade in einem Bus, der sie nach ... an ihren Zielort bringt.«
»Nach Westville«, ergänzte Annie.
»Ja, genau.« Bernadette las weiter.
Mehr gab es anscheinend nicht zu bereden. Dad würde nicht vor acht Uhr nach Hause kommen. Es sah nach einem langen, langweiligen Abend aus. Aus schierer Verzweiflung zog Annie *Farm der Tiere* heraus, eines jener Bücher, das ihre Mutter für sie eingepackt hatte. »Ich glaube nicht, daß mir so was gefällt«, hatte Annie gemurrt, aber nun begann sie die Geschichte doch zu fesseln. Brian vertiefte sich in sein Buch über Fußballstars.
Als Danny müde und mit sorgenvollem Gesicht nach Hause kam, saßen alle drei friedlich in ihren Sesseln und lasen. Annie schaute auf und sah, wie sich das Gesicht ihres Vaters aufhellte. Es war hier so ganz anders als in der Tara Road. »Auch er muß doch etwas vermissen«, dachte sie, »selbst wenn er Mam nicht mehr liebt und jetzt lieber mit Bernadette zusammenlebt.« Hier gab es keine geschäftigen Vorbereitungen für das Abendessen; Bernadette stellte normalerweise einfach zwei Tiefkühlgerichte in die Mikrowelle. Kein Vergleich auch mit dem Durchgangsverkehr, wie er stets in der Küche von Tara Road herrschte, wo Gertie kam und ging, Rosemary unangekündigt hereinplatzte und wieder verschwand, ihre Freundin Kitty zu Besuch war, Myles und Dekko, Brians gräßliche Freunde, herumlungerten, Nora Johnson mit Pliers hereinspazierte oder Colm einen vollen Gemüsekorb aus dem Garten hereintrug. Irgendwie mußte Dad das alles doch fehlen.
Aber plötzlich wurde Annie klar, daß es ihrem Vater viel besser gefiel, so wie es jetzt war. Er legte seine Schlüssel in eine ovale Schale und rief: »Ich bin da!«, worauf alle aufsprangen, um ihn

zu begrüßen. In der Tara Road war stets so viel Betrieb gewesen, daß kaum jemand von seiner Ankunft Notiz genommen hatte.

Alles klappte wie am Schnürchen. Ria fand gleich die richtige Bushaltestelle, und der Preis der Fahrkarte stimmte exakt mit dem angegebenen überein. Das Wetter war warm und sonnig, viel sommerlicher als daheim in Dublin. Der Lärm und das bunte Gewimmel auf den Straßen waren ungewohnt für Ria. Aber mit den ausgezeichneten Instruktionen, die sie von Marilyn erhalten hatte, gelang es ihr mühelos, sich zurechtzufinden. Alles war perfekt organisiert.

Sie mußte einmal umsteigen, und der Busfahrer erklärte ihr, wo sie den Anschlußbus nach Westville finden würde. Als sie endlich das Ortsschild von Westville sah, holte Ria tief Luft. Dies hier sollte also nun ihr Zuhause sein. Ria wollte sich erst einmal in aller Ruhe umschauen, daher nahm sie ihre beiden Koffer und setzte sich in eine Eisdiele. Die Eiskarte kam ihr sehr exotisch vor. Unwahrscheinlich, daß Marilyn in Dublin eine vergleichbare Auswahl an Milchshakes, Eiscreme-Sodas und Spezialbechern finden würde. Aber sie war ja nicht nach Irland geflogen, um Eis zu essen. Ria beobachtete die Menschen, die ein und aus gingen. Viele schienen sich zu kennen. Besonders beeindruckte sie die Frau hinter der Theke, die locker mit ihren Kunden scherzte, wie man es aus Fernsehserien kannte.

»Du bist jetzt in Amerika«, sagte sich Ria, »du darfst nicht ständig alles mit dem vergleichen, was du von zu Hause her kennst.« Sie wollte von jetzt an auch nur in Dollar denken und nicht immer alles in Pfund umrechnen. Von ihrem Fensterplatz in der Eisdiele konnte Ria Carlotta's Schönheitssalon sehen. Die schweren cremefarbenen Vorhänge und die Goldbuchstaben, die auf der Frontscheibe prangten, verliehen ihm eine elegante Note. Sicherlich ein verschwiegener Ort, an dem eine Frau, die den Alterungsprozeß hinauszögern und ihren Mann an sich binden wollte, Rat und Hilfe finden konnte. Ria, die von Marilyn nicht ein einziges Foto von irgendeinem Bekannten oder einem

Familienmitglied erhalten hatte, versuchte sich Carlotta vorzustellen.

Schließlich hatte sie sich so weit gesammelt, daß sie aufstand und die Straße überquerte. Sie hatte das Gefühl, daß alle Augen auf ihrem dunkelgrünen Rock mit Strickjacke und ihren beiden Koffern ruhten. Die Menschen hier trugen Bermudashorts oder leichte Baumwollkleider. Und sie sahen alle so aus, als kämen sie gerade aus einem Schönheitssalon. Ria dagegen fühlte sich erschöpft von der Reise und sehnte sich nach einer Dusche. Sie stieß die Tür auf und trat ein. Carlotta war offensichtlich die große, vollbusige, irgendwie mexikanisch aussehende Frau an der Kasse. Sogleich entschuldigte sie sich bei der Kundin, mit der sie gerade geredet hatte, und kam auf Ria zu.

»Guten Tag, Ria, willkommen in den Vereinigten Staaten. Ich hoffe, du wirst dich bei uns in Westville wohl fühlen. Wir freuen uns schon alle auf dich.« Ihre Worte klangen so warmherzig und natürlich und kamen für Ria so vollkommen unerwartet, daß ihr Tränen in die Augen stiegen. Carlotta musterte sie mit fachkundigem Blick. »Ich habe den ganzen Nachmittag auf die Busse geachtet, sie kommen alle zwanzig Minuten, aber einen muß ich wohl übersehen haben.«

»Ich bin erst noch drüben in der Eisdiele gewesen«, gestand Ria. Sie hatte etwas Freundliches sagen wollen, und angesichts der herzlichen Begrüßung kam ihr diese Antwort etwas brüsk vor. Im Vergleich zu Marilyn, die am Telefon manchmal ein wenig kurz angebunden wirkte, war Carlotta von einer geradezu überschwenglichen Liebenswürdigkeit. Ria war es peinlich, daß sie nicht mit der gleichen Unbefangenheit auf sie zugehen konnte. »Du mußt entschuldigen, aber ich bin noch nicht ganz angekommen. Solche langen Flüge bin ich nicht gewohnt … und außerdem …«

»Weißt du was, ich mache dir einen Vorschlag, Ria. Ruh dich doch einfach hier aus, nimm in aller Ruhe eine Dusche, und dann macht dir Katie hier eine entspannende Massage mit Aromatherapie, sie hat sowieso keine Kundin im Moment. Danach legst du

dich in unserem Ruheraum ein, zwei Stündchen hin, ich wecke dich später und fahre dich zu deinem neuen Zuhause. Oder möchtest du lieber gleich hin? Mir ist beides recht.«
Ria fand die Vorstellung, erst einmal eine Weile hierzubleiben, sehr verlockend.
Katie versuchte nicht, ein Gespräch mit ihr anzuknüpfen, und stellte auch keine Fragen. Im Spiegel sah Ria ihre abgespannte, vernachlässigte Haut und die Ringe unter ihren Augen. Selbst ihr Kinn schien ihr schlaffer ais üblich. Katie rieb ihr Schläfen, Schultern und Kopfhaut mit wohltuenden Ölen ein und massierte die verspannten Stellen sanft, aber mit Nachdruck. Es war ein herrliches Gefühl. Auf Einladung von Rosemary hatte Ria schon einmal eine solche Aromatherapie mitgemacht, und damals hatte sie sich fest vorgenommen, sich das in Zukunft einmal im Monat zu gönnen. Aber es war einfach zu teuer gewesen, ständig brauchten die Kinder dies und jenes, oder es war eine Anschaffung für das Haus fällig. Wieder schoß ihr die Frage durch den Kopf, was sie sich in Zukunft überhaupt noch würde leisten können, aber sie verscheuchte den Gedanken. Hier an diesem dunklen, kühlen Ort, wo es so intensiv und angenehm nach Ölen duftete und sie so wohltuend massiert wurde, war es leicht, alle Sorgen hinter sich zu lassen und tief und fest einzuschlafen.
»Ich wecke dich nur ungern.« Carlotta reichte ihr ein Glas Fruchtsaft. »Aber du mußt aufpassen, daß dein Schlafrhythmus nicht völlig durcheinandergerät.«
Ria hatte sich nun wieder gefangen. In dem pinkfarbenen Bademantel, den man ihr geliehen hatte, erhob sie sich von der Liege und drückte Carlotta die Hand. »Ich weiß gar nicht, wie ich dir für diese wundervolle Begrüßung danken soll. Es war genau das, was mir gefehlt hat. Du hättest mir gar nichts Angenehmeres bieten können.«
Carlotta war von Rias Dankbarkeit gerührt. »Zieh dich an, Ria, dann fahren wir nach Hause. Du wirst hier einen wundervollen Sommer verbringen, das verspreche ich dir.«
Ria wollte sich gerade zum Gehen wenden, als Katie ihr einen

Zettel reichte. Zuerst dachte sie, es sei eine Empfehlung für ihre Hautpflege, und wollte ihn schon einstecken, um ihn später zu lesen; dann warf sie aber doch einen Blick darauf. Es war eine Rechnung, und zwar über eine Summe, die Ria nie im Leben in einem Schönheitssalon ausgegeben hätte. Und sie hatte geglaubt, es sei eine Gratisbehandlung gewesen. Wie peinlich! Sie mußte sich zusammennehmen, um ihre Überraschung zu verbergen.
»Ach ja, natürlich«, sagte sie.
»Carlotta hat Ihnen fünfzehn Prozent Nachlaß gegeben, das ist schon berücksichtigt, Bedienung im Preis enthalten«, erklärte Katie.
Ria gab ihr das Geld mit dem unangenehmen Gefühl, sich äußerst dumm benommen zu haben. Wie hatte sie bloß auf die Idee kommen können, diese Frau wolle ihr etwas schenken? Hier gehörten Schönheitssalons offensichtlich zum Alltag. Hätte sie diese Einrichtung früher ebenfalls mit Selbstverständlichkeit genutzt, wäre vielleicht alles ganz anders gekommen.

Gertie hatte Ria versprochen, Marilyn in der Tara Road zu empfangen. Es sei wichtig, daß ihr jemand die Tür aufmache, hatte Ria betont.
»Falls es irgendwelche unvorhergesehenen Probleme gibt, sorge doch bitte dafür, daß meine Mutter an deiner Stelle da ist, ja?«
»Probleme?« hatte Gertie gefragt, als ob dies in ihrem Leben ein Fremdwort sei.
»Nun, du weißt schon, es kann ja immer etwas Unvorhergesehenes passieren.«
»Verlaß dich auf mich, es wird jemand dasein, der sie begrüßt«, hatte Gertie ihr versichert. Aber gerade als sie zu Rias Wohnung gehen wollte, erhielt sie einen Anruf aus einer Klinik. Jack war in der Nacht zuvor irgendwo in eine Schlägerei verwickelt worden und erst jetzt wieder zu sich gekommen. So schnell sie konnte, rannte Gertie zu dem kleinen Haus, in dem Nora Johnson wohnte, aber die war nicht zu Hause. Wahrscheinlich sei sie im St. Rita, mehr wußten ihre Nachbarn auch nicht. Gertie wünschte Danny

Lynch zur Hölle. Wenn er nicht seine Frau wegen dieser Göre verlassen hätte, dachte sie voller Zorn, wäre sie jetzt nicht in dieser blöden Situation. Dann müßte sie nicht von Haus zu Haus laufen, um jemanden aufzutreiben, der bei Ria die Tür öffnete, um eine wildfremde Amerikanerin willkommen zu heißen. Auch bei den Sullivans hatte sie kein Glück. Frances sei im Wohltätigkeitsladen, erfuhr sie, und könne dort jetzt nicht weg.
Gertie rannte weiter zum Restaurant. »Bitte, bitte, hoffentlich ist Colm nicht auf den Markt oder sonstwohin gegangen. Bitte, lieber Gott, wenn es dich gibt, und ich weiß, daß du da oben bist, mach, daß Colm Barry zu Hause ist. Er hält große Stücke auf die Lynchs, er wird mir helfen. Und er ist bestimmt auch nett zu dieser Frau. Bitte, bitte.«
Noch nie hatte Gertie Gott angefleht, aus ihrem Jack einen normalen Mann zu machen. Es gab Dinge, die sie sogar dem Allmächtigen nicht zutraute. Aber etwas Einfaches, wie daß Colm zu Hause war, das konnte man von ihm verlangen. Und tatsächlich traf sie ihn an. »Ich fahre dich erst zum Krankenhaus, Gertie. Sie wird frühestens in einer halben Stunde dasein.«
»Nein, nein, ich habe es Ria versprochen.«
»Aber es war doch ausgemacht, daß sie erst mal in die Stadt fährt, sich ein paar Stunden umsieht und dann um zwölf hier vorbeikommt.«
»Aber vielleicht kommt sie doch früher. Und ich kann problemlos den Bus nehmen.«
»Ich fahre dich hin. Welches Krankenhaus ist es?«
Schweigend saßen sie nebeneinander im Wagen, und Gertie knetete nervös ein Taschentuch. »Danke, daß du jetzt keine Fragen stellst, Colm, wie es jeder andere tun würde.«
»Was gibt es denn da zu fragen?«
»Zum Beispiel, warum Jack so etwas macht.«
»Was sollte dabei herauskommen? Ich war lange genug so wie er, und wahrscheinlich haben sich die Leute auch dauernd solche Fragen über mich gestellt, ohne daß es je was gebracht hätte.« Er strahlte Ruhe aus, und das war genau das, was Gertie jetzt brauch-

te. Schließlich hörte sie auf, an ihrem Taschentuch herumzuzupfen.
»Wahrscheinlich fragen sich die Leute auch, warum ich trotzdem zu ihm halte.«
»Oh, das ist ganz einfach zu beantworten. Er hat eben Glück.«
»Wie meinst du das?«
»Ich hatte niemanden, der bei mir geblieben ist, der versucht hat, mich aufzufangen. Also mußte ich mich endlich meinen Problemen stellen und mir eingestehen, was für ein lausiges Leben es war, das ich da führte.«
»Heißt das, es hat dich stark gemacht, daß du ganz auf dich allein gestellt warst?« fragte Gertie. »Das gleiche sagt meine Mutter auch immer. Laß ihn auf die Schnauze fallen, meint sie, nur dann kommt er endlich zur Besinnung.«
Colm zuckte die Achseln. »Das könnte was bringen, wer kann das schon sagen? Eines weiß ich jedenfalls, ein Spaß war es für mich nicht, wieder zur Vernunft zu kommen, denn alles, was ich vorfand, war ein sinnloses, leeres Leben.« Er setzte sie am Eingang der Klinik ab und fuhr zurück, um Rias Besuch aus Amerika in Empfang zu nehmen.

Marilyn konnte bald feststellen, daß Ria ihr ausgezeichnete Anleitungen für ihre ersten Schritte in Dublin an die Hand gegeben hatte. Beide waren übereingekommen, sich nicht zu treffen, denn zwischen Rias Abflug und Marilyns Ankunft hätte die Zeit nur für eine hastige, flüchtige Begegnung gereicht. Marilyns Flugzeug sollte um sieben Uhr morgens landen, und Ria hatte ihr geraten, erst einmal mit dem Bus in die Stadt zu fahren, ihr Gepäck zur Aufbewahrung zu geben und in einem der Cafés in der Grafton Street zu frühstücken. Auf dem Weg dorthin würde sie über die O'Connell-Bridge die Liffey überqueren und am Trinity College vorbeikommen. Dort konnte sie auch gleich die zahlreichen Buch- und Souvenirläden in Augenschein nehmen, die sie später sicher noch erkunden würde. Nach dem Frühstück empfahl sich ein Spaziergang im St. Stephens Green. Weiter standen einige

Denkmäler und andere Sehenswürdigkeiten auf der Liste, und schließlich führte sie die vorgeschlagene Route zu einem Taxistand. Sie brauchte dann nur noch ihr Gepäck abzuholen und sich zur Tara Road chauffieren zu lassen. Dort würde sie eine der brieflich genannten Personen willkommen heißen und ihr alles zeigen.

Das alles hatte bis jetzt wunderbar geklappt. Langsam formte sich in Marilyns Kopf wieder ein deutliches Bild von der Stadt und ersetzte die ungenaue Vorstellung, die ihr von dem lange zurückliegenden Besuch geblieben war. Es hatte sich offenbar einiges verändert, vor allem in ökonomischer Hinsicht. Der Verkehr war viel dichter, die Autos waren größer, die Leute besser gekleidet. Ausländische Wortfetzen in den verschiedensten Sprachen schlugen an ihr Ohr. Offenbar kamen die Touristen, die sich in den Kunsthandwerksläden drängten, nicht mehr nur aus Amerika, sondern aus allen Teilen Europas.

Gegen halb zwölf wurden Marilyn die Beine schwer. Nun war Ria vermutlich gerade beim Einchecken. Es wurde langsam Zeit, daß sie ihr neues Zuhause aufsuchte. Der Taxifahrer beklagte sich wortreich darüber, daß zu viele Lizenzen vergeben würden, wodurch die einzelnen Fahrer nicht mehr genug Fahrgäste bekämen. Aber die meisten Iren lebten ja in der ganzen Welt verstreut, er bedaure, nicht auch nach Amerika ausgewandert zu sein, wie sein Bruder, der nun ein Toupet trage und eine deutsche Frau geheiratet habe. Tara Road, meinte er, sei derzeit die gefragteste Gegend in Dublin. Eine wahre Goldgrube.

»Wenn das Haus Ihren Freunden tatsächlich gehört, Ma'am, dann sitzen sie da gut und gerne auf einer halben Million«, bemerkte er fachmännisch, als er in die Auffahrt einbog und vor der Eingangstreppe hielt.

Ein dunkelhaariger, gutaussehender Mann Anfang Vierzig öffnete die Tür, kam die Treppe herunter und reichte ihr die Hand. »Im Namen von Ria möchte ich dich in der Tara Road herzlichst willkommen heißen.« Krampfhaft versuchte Marilyn, ihn in die Personenliste einzuordnen, die ihr Ria geschickt hatte. War nicht

abgemacht gewesen, daß Rias Schwester Hilary oder eine ihrer beiden Freundinnen sie in Empfang nehmen würde? »Ich bin Colm Barry, ein Nachbar und Freund der Familie. Ich bewirtschafte auch den Garten hinter dem Haus, aber ich benutze den Hintereingang, und so wirst du nicht viel von mir mitbekommen.«
Marilyn schenke ihm einen dankbaren Blick. Er wollte sie offenbar wirklich nur mit den nötigen Informationen versorgen und legte eine unaufdringliche Freundlichkeit an den Tag, die sie sehr zu schätzen wußte. »Aha, du bist also der Restaurantbesitzer«, gelang es ihr endlich, ihn zu identifizieren.
»Genau der«, bestätigte er und trug ihre Koffer die Granitstufen hinauf.
Rias Fotos hatten nicht zuviel versprochen. Die Diele machte mit seinem dunkel schimmernden Holzfußboden und dem eleganten Tisch einen prachtvollen Eindruck. Colm stieß die Tür zum Salon weiter auf. »Dies wäre mein Lieblingszimmer, wenn ich hier wohnen würde«, sagte er schlicht. »Der Salon geht über die ganze Länge des Hauses und hat Fenster nach vorne und hinten. Es ist der schönste Raum.« Auf dem Tisch stand ein großer Rosenstrauß. »Eine Aufmerksamkeit von Ria«, erklärte Colm.
Marilyn mußte schlucken, bevor sie ihm danken konnte. Das Haus war einfach wundervoll, und die prächtigen rosaroten Rosen auf dem schönen Tisch waren das I-Tüpfelchen.
Colm trug ihre Tasche nach oben und zeigte ihr das große Schlafzimmer. »Ich vermute, daß du hier schlafen willst. Alles andere ist dir bestimmt schon ausführlich beschrieben worden. Ria hat schon vor Wochen angefangen, alles für deinen Besuch vorzubereiten.«
Das konnte Marilyn deutlich sehen. Ihr Blick wanderte über die blitzsaubere, brandneue Bettdecke, die wahrscheinlich heute morgen erst aufgelegt worden war, über die ordentlich gefalteten Handtücher und die frisch geputzten Fenster hin zum leeren Schrank. Ria hatte offensichtlich keine Mühe gescheut, um ihr das Haus von seiner schönsten Seite präsentieren zu können. Marilyn hoffte inständig, daß ihr eigenes mithalten konnte. Als sie

in die Küche hinunterkamen, ging die Katzenklappe auf, und ein großer, rötlich brauner Kater kam herein.
»Das ist Clement.« Colm stellte die Katze vor, als handle es sich um ein Familienmitglied. »Ein prachtvoller Kater. Er hat nur die kleine Schwäche, daß er von Zeit zu Zeit einfach so aus Spaß ein unschuldiges kleines Vögelchen tötet und es einem als Trophäe vor die Füße legt.«
»Ich weiß, ich muß dann sagen: ›Gut gemacht, Clement, braver Kater‹«, meinte Marilyn mit einem Lächeln.
»Aha, du weißt also Bescheid. Aber Clement ist zum Glück nicht sehr sportlich, meistens blinzelt er nur, wenn er einen Vogel zwitschern hört, und schläft dann weiter.« Colm öffnete den Kühlschrank. »Wie ich sehe, hat Ria für das Nötigste gesorgt. Es gibt auch eine Gemüsesuppe, alles frisch aus dem Garten. Soll ich sie dir rausstellen, damit du sie dir warm machen kannst? Du hast eine lange Reise hinter dir, du willst dich sicherlich erst einmal ausruhen.« Und weg war er.
Was für ein ruhiger, angenehmer Mensch, dachte Marilyn, die Leute wie Colm als Nachbarn besonders schätzte. Es würde nicht schwer sein, ihn auf Distanz zu halten. Er war so ganz anders als etwa Carlotta, die stets hinter dem Zaun auf eine Gelegenheit lauerte, sich in ihr Leben einzumischen. Wie taktvoll er sich zurückgezogen hatte, damit sie sich erst einmal allein umschauen konnte. Marilyn war froh, daß sie von diesem Mann begrüßt worden war und nicht von einer der Frauen, wie sie eigentlich erwartet hatte. Er schien ähnlich wie sie zu denken, es war beinahe Seelenverwandtschaft.
Langsam schlenderte sie durch das Haus, das bis September ihr Heim sein sollte. Die Kinderzimmer wirkten aufgeräumt, bei Brian hingen Poster von Fußballspielern an den Wänden, bei Annie Popstars. Auf dem Fensterbrett im Zimmer des Jungen standen Actionfiguren, bei dem Mädchen dagegen Plüschtiere. Es gab zwei schöne Badezimmer, eines davon hatte anscheinend eine original viktorianische Ausstattung. Und dann war da noch ein kahles, ungenutztes Zimmer mit einer Menge leerer Regal-

bretter an den Wänden. Dies war wohl in jenen Tagen, die Ria die »glücklicheren« nannte, Dannys Arbeitszimmer gewesen.

Im Souterrain gab es eine anheimelnde, beinahe etwas vollgestellte Küche mit Regalen voller Kochbücher und Schränken, in denen sich die verschiedensten Pfannen, Töpfe und Backformen stapelten. Man sah, daß hier nicht nur gekocht und gegessen, sondern auch gelebt wurde. Das ganze Haus war voller wunderbarer Dinge, aber zuerst und vor allem war es ein Zuhause. Wo immer an den Wänden Platz dafür war, hingen Familienfotos, die meist die Kinder zeigten, auf einigen war aber auch der gutaussehende Danny Lynch zu erkennen. Die Bilder von ihm waren nicht aus dem Haus verbannt worden, nur weil er die Familie verlassen hatte. Wieder musterte Marilyn sein Gesicht. Eines war ihr beim Gang durch dieses Haus klargeworden: Er mußte diese neue Frau entweder sehr lieben oder in seiner Ehe mit Ria sehr unglücklich gewesen sein. Sonst hätte er dieses wundervolle Heim nicht aufgeben können.

»Ob ich wohl mal bei ihr vorbeischauen sollte?« fragte Nora Johnson ihre Tochter Hilary.
»Ach, was soll ihr denn schon fehlen. Kann sie sich denn nicht den ganzen Sommer in einem prachtvolles Haus breitmachen, das ein Vermögen wert ist, und das alles umsonst?« schnaubte Hilary.
»Na ja, aber vielleicht fühlt sie sich ein bißchen einsam, und Ria hat doch gesagt ...«
»Ria hat gesagt, Ria hat gesagt ... also, meiner Meinung nach wären da noch andere Leute gewesen, denen sie das Haus hätte überlassen können.«
Nora warf ihrer älteren Tochter einen ungeduldigen Blick zu.
»Hör mal, Hilary, du willst doch damit nicht sagen, du hättest das Haus für Ria hüten und diese döselige Katze versorgen wollen ...«
»Genau. Natürlich hätte sie auch dich fragen können, Mam. Sie hätte nicht wegfahren und alles einer wildfremden Amerikanerin überlassen müssen.«

»Aber Hilary, rede doch nicht so dumm daher. Der eigentliche Grund ist doch, daß Ria nach Amerika wollte. Ich glaube kaum, daß es ihr genügt hätte, ihre Wohnung mit mir hier in derselben Straße zu tauschen oder mit dir am anderen Ende der Stadt.«
Hilary schämte sich ein wenig. Irgendwie war ihr diese Tatsache im Eifer des Gefechts glatt entfallen. »Vielleicht sollten wir sie heute abend und morgen noch in Ruhe lassen und uns dann mal bei ihr melden«, meinte sie schließlich.
»Sie soll aber nicht denken, sie sei hier nicht willkommen«, sagte Rias Mutter. Hilary wollte schon die Nase rümpfen, beherrschte sich dann aber.

Auf dem Weg zum Tudor Drive bemühte sich Carlotta, Ria auf alle Annehmlichkeiten aufmerksam zu machen, die der Ort zu bieten hatte.
Ria bestaunte die Häuser, die eine gemeinsame Rasenfläche verband. »Es gibt ja gar keine Zäune«, wunderte sie sich.
»Nun, das läßt auf gute Nachbarschaft schließen«, meinte Carlotta.
»Sieht es am Tudor Drive genauso aus?«
»Nicht in unserem Teil. Bei uns ist jeder mehr für sich.«
Carlotta nannte die Namen der Straßen und Wege, die Ria in den nächsten Tagen und Wochen vertraut werden sollten. Sie zeigte ihr die beiden Hotels, den Club und die Bibliothek, die bessere Tankstelle, deren Pächter leider ein Kotzbrocken war, die beiden Antiquitätengeschäfte, den Blumenladen, ein Lebensmittelgeschäft, das ganz in Ordnung war, und einen wirklich fabelhaften Feinkostladen. Mit besonderem Nachdruck wies Carlotta auf das Gartencenter hin.
»Danke, aber das ist nichts für mich. Ich kann Blumen kaum von Unkraut unterscheiden.«
Carlotta schien verwundert. »Ich dachte, Gärtnern sei deine Leidenschaft. Habt ihr euch nicht über dieses Hobby kennengelernt?«

»Das kann man nun wirklich nicht behaupten, nein, eher im Gegenteil.«
»Na ja, macht nichts. Da sieht man mal wieder, wie leicht Mißverständnisse aufkommen. Marilyn interessiert sich ja kaum für etwas anderes, da habe ich einfach angenommen ...«
Sie waren so gut wie da.
»Eigentlich wollte ich dich auf einen Happen bei mir einladen, aber du bist ja den ganzen Sommer hier und willst dich bestimmt erst mal in Ruhe umsehen.« Carlotta kramte den Umschlag mit den Schlüsseln heraus und schickte sich an, ihn Ria zu übergeben.
»Aber willst du denn nicht mit mir reinkommen?« fragte Ria überrascht.
»Ach, eigentlich nicht. Das ist schließlich dein Haus beziehungsweise das von Marilyn und Greg.«
»Unsinn, komm doch mit rein. Du könntest mir alles zeigen.«
Carlotta nagte unschlüssig an ihrer Unterlippe. »Ich weiß eigentlich nicht recht, wo alles so ist ...«, fing sie an.
»Ach bitte, Carlotta. Ich würde mich viel schneller zu Hause fühlen, wenn du es mir erklärst. Und Marilyn hat gesagt, im Kühlschrank würde ich eine Flasche Wein finden. Bei mir zu Hause steht auch eine für sie. Damit könnten wir auf meinen Aufenthalt hier anstoßen.«
»Ich möchte nicht, daß sie vielleicht denkt ...«
Aber weiteres Sträuben war nutzlos. Ria war schon aus dem Wagen gestiegen und nahm ihr neues Heim in Augenschein. »Gehen wir hier durch das kleine Tor oder um den Parkplatz herum?«
»Ich weiß es nicht genau.« Die eben noch so gewandte und selbstsichere Carlotta wirkte mit einem Mal ziemlich unsicher.
»Aber wo ist denn die Eingangstür?«
»Ich bin noch nie in diesem Haus gewesen, Ria«, gestand Carlotta endlich.
Ria stutzte kurz und meinte dann: »Na schön, dann ist es eben für uns beide eine Entdeckungsreise.«

Beide nahmen sich einen Koffer und gingen zusammen hinein, um Tudor Drive Nummer 1024 zu erkunden, das Heim der Vines.

»Heidi? Hier ist Greg Vine.«
»Hallo, Greg. Wie geht es dir?« Heidi war ungeheuer erleichtert, daß er nach der Indiskretion, die sie sich bei ihrem Telefongespräch vor einigen Wochen geleistet hatte, überhaupt noch mit ihr sprach. Und so fragte sie sich nicht einmal, wozu er sie überhaupt anrief.
»Mir geht es ganz gut, Heidi, ich bin nur ein bißchen durcheinander. Du hast doch Marilyn zum Flughafen gebracht, oder? Ich meine, ist sie wirklich abgereist?«
»Ja, ja, natürlich. Hast du denn nicht ihre Nummer in Irland? Sie hat gesagt, sie hätte sie dir gegeben.« Heidi klang etwas besorgt.
»Natürlich, die habe ich, samt Adresse. Ich frage mich nur gerade, ob diese ... ob diese Frau schon in Westville angekommen ist. Du weißt schon, die, die in unserem Haus wohnen soll.«
»Ich bin nicht so genau informiert, aber ich denke, sie müßte dort vor ein, zwei Stunden eingetroffen sein, Greg.« Heidi wollte nicht zugeben, daß es ihr nur mit Mühe gelungen war, Marilyn Einzelheiten über Rias Ankunft zu entlocken.
»Aha.«
»Kann ich dir sonst noch irgendwie helfen?«
»Nein, eigentlich nicht.« Er klang ziemlich niedergeschlagen, beinahe verzweifelt.
Die mitleidige Heidi gab sich die größte Mühe, zu erraten, was er denn eigentlich wollte. »Du möchtest sicher gerne wissen, ob sie gut angekommen ist, oder?«
»Irgendwie schon«, sagte er.
»Soll ich vielleicht mal vorbeifahren und nach ihr sehen?«
»Ich hätte nur gerne, daß unsere Ansage auf dem Anrufbeantworter noch eine Woche so bleibt, wie sie ist. Wenn diese ... diese Frau sie danach ändern will, dann soll sie es meinetwegen tun.« Er klang bitter und verletzt.

»Du möchtest gerne wissen, ob sie schon angekommen ist und wie sie denn so ist, was man von ihr halten soll, Greg? Ist es *das*?«
»Na ja, wahrscheinlich schon«, räumte er mit einem gequälten Lachen ein.
»Ich weiß nicht, ob ich jetzt gleich da hinfahren kann, sie schläft vielleicht. Aber wenn ich anrufe und nur den Anrufbeantworter erwische ...?«
»Schau einfach mal vorbei, Heidi, wenn du es einrichten kannst. Ich fühle mich hier völlig hilflos, so weit weg vom Schuß. Mir gehen die seltsamsten Dinge durch den Kopf.«
»Ja, das kann ich gut verstehen.« Er tat ihr wirklich leid.
»Nein, das glaube ich nicht. Du und Henry, ihr könnt über alles reden, und früher war das bei Marilyn und mir auch so. Aber jetzt können wir über gar nichts mehr reden, ohne uns zu streiten ...« Er verstummte.
»Das wird schon wieder, Greg.«
»Tut mir leid, gleich fange ich noch an zu heulen, wie diese Leute in den Fernsehshows.«
»Wäre das denn so schlimm?«
»Nein, aber es ist eigentlich gar nicht meine Art. Hör mal, Heidi, ich will mich auf keinen Fall zwischen dich und Marilyn drängen, eure Freundschaft soll meinetwegen keinen Knacks bekommen.«
»Da kann man nicht viel kaputtmachen. Gib mir einfach deine Nummer, und ich melde mich bei dir, sobald ich etwas zu berichten habe.«
»Melde ein R-Gespräch an, Heidi.«
»Ach was. Du kannst mir ja vielleicht so ein hübsches, buntes Gewand mitbringen von Hawaii, ein Muu-muu, das ziehe ich dann auf dem Studentenpicknick an.«
»Ach du liebe Zeit, das habe ich ja ganz vergessen.«
»Dann bist du doch hoffentlich wieder da, Greg. Du hast noch nie gefehlt. Wir rechnen alle fest mit der Teilnahme der historischen Fakultät!«
»Aber wo soll ich denn wohnen, angenommen, ich käme zurück?« Er hörte sich völlig verstört an.

»Bis dahin sind ja noch Wochen. Laß mich erst mal am Tudor Drive das Terrain sondieren, bevor du irgendeine Entscheidung triffst.«
»Du bist eine echte Freundin, Heidi.«
»Das waren wir alle vier, und wir werden es auch wieder sein eines Tages, glaube mir«, sagte sie, ohne daß es besonders überzeugend klang.

Carlotta und Marilyn machten einen Rundgang durch das Haus.
»Alles hier ist tipptopp. Das kann sie doch nicht allein geschafft haben, sie muß eine Reinigungsfirma beauftragt haben«, rief Carlotta bewundernd aus.
Zuerst betraten sie das großzügige, weiträumige Wohnzimmer. Auf dem Boden lagen farbenprächtige Teppiche, und um den offenen Kamin waren drei weiße Ledersofas gruppiert. In der großen Küche gab es eine Frühstücksbar und einen Eßtisch. In Gregs Arbeitszimmer reichten die Bücherregale an drei Wänden bis zur Decke, der Schreibtisch war mit rotem Leder bezogen, und an einem der Fenster stand ein großer schwarzer Drehstuhl. Hier gab es keinen Platz für Bilder, aber auf drei Tischchen waren Figuren, Nippes und persönliche Erinnerungsstücke gruppiert.
»Ein schönes Zimmer«, sagte Ria. »Wenn du jetzt dagegen das Arbeitszimmer meines Mannes sehen könntest ... da ist jetzt gar nichts mehr.«
»Wie kommt das?« fragte Carlotta behutsam.
Ria schwieg einen Moment und schaute ihr in die Augen. »Entschuldige bitte, genaugenommen spreche ich von meinem Exmann. Er ist erst vor kurzem ausgezogen, sein Arbeitszimmer steht jetzt leer. Aber es war trotzdem nie so schön wie dieses hier, auch nicht in unseren besten Tagen. Sollen wir auch mal einen Blick in den Garten werfen?«
»Der Garten hat Zeit bis morgen«, meinte Carlotta.
»Dann laß uns die Flasche Chardonnay entkorken, die Marilyn für uns dagelassen hat«, schlug Ria vor.
»Nachdem die Aromatherapie sich bei dir als Wundermittel ge-

gen Jetlag entpuppt hat, stehen uns ja vielleicht noch weitere Entdeckungen bevor!« scherzte Carlotta, als sie in die Küche gingen.
In diesem Moment klopfte es an der Tür. Carlotta und Ria wechselten einen Blick, dann gingen beide hin und öffneten. Vor ihnen stand eine etwa vierzigjährige Frau, die eine in Geschenkpapier eingewickelte Flasche in der Hand hielt.
»Ich bin Heidi Franks, eine Arbeitskollegin von Marilyn, und ich wollte dich willkommen heißen ... Ach, hallo, Carlotta, was für eine Überraschung, dich hier zu treffen ...«
»Ria hat darauf bestanden, daß ich mit reinkomme.«
Carlotta schien das Bedürfnis zu haben, sich zu rechtfertigen, so als wäre sie beim Herumspionieren ertappt worden.
»Komm doch rein, Heidi«, sagte Ria. »Du kommst genau richtig, wir wollten gerade eine Flasche Wein aufmachen.«
»Also, ich möchte wirklich nicht ...«
Ria wunderte sich sehr, daß die beiden sich so bitten ließen, bevor sie dieses Haus betraten. Hieß es nicht immer, Amerikaner seien ausgesprochen gastfreundlich und ungezwungen? Carlotta und Heidi schienen jedenfalls die ganze Zeit auf der Hut zu sein, so als fürchteten sie, es könne irgendwo der Geist von Marilyn Vine auftauchen und sie in die Flucht schlagen.
Dann aber schob Ria diesen befremdlichen Gedanken beiseite und führte die beiden in die Küche.

Marilyn packte ihre Sachen aus und aß einen Teller von der Suppe, wozu sie ein Glas von dem hervorragenden französischen Wein trank, den Ria ihr in den Kühlschrank gestellt hatte. Dann legte sie sich oben in die Badewanne mit den Löwenfüßen, bis die Anspannung der langen Reise und des anschließenden mehrstündigen Spaziergangs durch Dublin von ihr abgefallen war.
Sie hätte gerne etwas geschlafen, aber den ganzen langen Nachmittag fand sie keine Ruhe. Mit offenen Augen lag sie da, während ihr unablässig Gedanken im Kopf herumschwirrten. Warum war sie in dieses Haus gekommen? Dies war ja ein viktorianisches

Haus, und auch wenn Marilyn nicht genau wußte, wann es gebaut worden war, so hatten hier doch vielleicht schon Leute gewohnt, als in Amerika der Bürgerkrieg tobte und bei Gettysburg gekämpft wurde!

Und dieses Haus strahlte so viel Hoffnung aus, ein Gefühl, das sich am Tudor Drive 1024 nie mehr einstellen würde. In jedem Zimmer hier lachten einen von Fotos zwei Kindergesichter an: ein Junge, der über beide Ohren grinste, und ein Mädchen, das etwa so alt war wie Dale. Dieses Haus barg soviel Reichtum, und als Marilyn schließlich unter der weißen Bettdecke lag, dachte sie über ihr eigenes Leben nach, das ihr dagegen so leer vorkam.

Sie hörte ein leises Geräusch und sah gleich darauf den großen roten Kater vorsichtig zur Tür hereinschleichen. Mit einem Satz landete er auf der Bettdecke und legte sich neben sie. Sein Schnurren erinnerte sie an die kleinen Boote, die auf den Seen im Staate New York herumtuckerten. Marilyn hatte keine besondere Vorliebe für Katzen, mochte jedoch alle Tiere mehr oder weniger. Clement indes war ein ausgesprochen kluger Kater. Er schien gleich zu verstehen, daß sie unglücklich war, rollte sich neben ihr zusammen und schnurrte immer lauter. Das wirkte wie ein Schlaflied oder ein Mantra, und als Marilyn wieder aufwachte, war es bereits Mitternacht.

In Westville mußte es jetzt sieben Uhr abends sein – die richtige Zeit, um Ria anzurufen und ihr für alles danken, vor allem für den Frieden, den ihr dieses Haus bescherte. Sie hatten ausgemacht, daß Ria nur abheben würde, wenn sie in der Stimmung war, einen Anruf entgegenzunehmen. Marilyn wählte die Nummer, und nach dreimaligem Klingeln hörte sie ihre eigene Stimme. »Hier ist Marilyn«, sprach sie aufs Band, nachdem die Ansage geendet hatte. »Es ist Mitternacht, und alles hier ist einfach wundervoll. Ich wollte mich nur bei dir bedanken.«

Da hörte sie plötzlich Rias Stimme. »Hier ist es noch ganz hell, und es ist wunderschön. Ebenfalls vielen, vielen Dank.«

»Hast du den Chardonnay gefunden?« fragte Marilyn.

»Ja, ich habe ihn bereits ausgetrunken. Und hast du dir ein Glas von dem Chablis gegönnt?«
»Ja, natürlich. Es ist allerdings noch etwas übrig davon, aber bestimmt nicht mehr lange.«
»Hat Gertie dich nett in Empfang genommen?«
»Es hat alles prima geklappt, und ich fühle mich sehr wohl hier. Das Haus ist wunderschön. Hat Carlotta dir die Schlüssel gegeben und alles erklärt?«
»Hat sie, und es ist ein Traumhaus. Du hast in deinen Schilderungen wirklich untertrieben.«
Es trat eine kurze Pause ein, dann wünschten sie sich gegenseitig gute Nacht. Marilyn wußte selbst nicht, warum sie Ria vorgemacht hatte, sie sei von Gertie begrüßt worden. Genausowenig hätte Ria sagen können, warum sie Marilyn verschwiegen hatte, daß sie zusammen mit ihren Freundinnen Carlotta und Heidi gerade die dritte Flasche Wein entkorkte. Beide wären in große Verlegenheit geraten, wenn jemand sie um eine Erklärung gebeten hätte.

»Ich gehe heute zu Oma, Bernadette.«
»Fein.«
»Das heißt, ich weiß nicht so genau, wann ich wieder zurück bin.«
»Ja, ist gut.« Annie schnappte sich ihre Sporttasche, in der sich unter anderem auch ein ziemlich knapper Stretch-Minirock und ein rückenfreies Oberteil befanden. »Aber bevor du gehst, ruf bitte noch deinen Dad im Büro an, ja?«
»Warum denn das?«
»Weil du beim Frühstück vergessen hast, ihm zu sagen, daß du zu deiner Oma gehst.«
»Ach, er will sicher nicht mit solchem Kleinkram behelligt werden.«
»Doch, ich glaube schon.«
»Ich erzähl's ihm heute abend.«
»Ist es dir vielleicht lieber, wenn ich ihn anrufe?« In Bernadettes Stimme lag nicht einmal der Unterton einer Drohung. Dennoch konnte kein Zweifel bestehen, daß sie ihre Frage ernst meinte.

»Es ist absolut überflüssig, daß du hier die Aufseherin spielst, Bernadette.«
»Ebenso überflüssig wie deine Schwindelei, Annie. Du willst mir doch nicht weismachen, daß du dieses ganze Zeug hier zu deiner Großmutter mitschleppst. Du und Kitty, ihr habt doch etwas ganz anderes vor.«
»Und wenn schon, was geht es dich an?«
»Gar nichts, und es interessiert mich auch nicht die Bohne, wo du hingehst und was du treibst. Aber deinem Vater würde es bestimmt nicht gefallen, und deshalb geht es mich doch etwas an.«
Es war der längste Satz, den Annie je von Bernadette gehört hatte. Sie ließ ihn eine Weile auf sich wirken und startete dann einen Versuchsballon: »Wenn er nichts davon erfährt, wird er sich auch nicht aufregen.«
»Richtig gedacht und trotzdem falsch«, entgegnete Bernadette.
»Ich muß Kitty anrufen«, meinte Annie resigniert.
Bernadette nickte zum Telefon hinüber. »Nur zu«, meinte sie und vertiefte sich wieder in ihr Buch.
Annie schaute einige Male zu Bernadette hinüber, während sie telefonierte, aber nichts ließ darauf schließen, daß sie ihr zuhörte.
»Nein, ich kann das jetzt nicht erklären«, sagte Annie störrisch. »Natürlich habe ich es versucht. Glaubst du mir etwa nicht? Na, dreimal darfst du raten, wer. Ja. Genau. Tausendmal schlimmer als Mam, sage ich dir.«
Mit bekümmertem Gesicht legte sie auf. Bernadette saß mit hochgelegten Beinen im Sessel, und Annie glaubte den Anflug eines Lächelns zu bemerken. Aber sie konnte sich auch getäuscht haben.

»Wie ist sie denn so?« wollten Myles und Dekko wissen.
»Na ja, ganz in Ordnung«, gab Brian mürrisch zur Antwort.
»Und treiben sie's denn laufend miteinander?«
»Nee, natürlich nicht.«
»Aber wieso ist er dann mit ihr zusammengezogen und hat ihr ein Kind gemacht?« fragte Dekko.

»Das ist ja schon eine Weile her. Ich glaube nicht, daß sie's immer noch machen.« Brian war das Thema sichtlich unangenehm.
»Damit hören sie doch nie auf.« Myles hatte den Schock über das Baby immer noch nicht verwunden. »Immer wieder, und noch mal, und noch mal, bis sie irgendwann tot aus dem Bett fallen.«
»Echt?« fragte Dekko interessiert.
»Ich weiß, wovon ich spreche.« Myles galt unter den Jungs als Experte in solchen Fragen. »Aber bei euch in dem neuen Haus müssen sie es doch von morgens bis abends machen. Dafür sind sie doch extra zusammengezogen.«
»Ich verstehe schon, was du meinst.« Brian dachte angestrengt nach.
»Hörst du sie denn nicht manchmal stöhnen und keuchen?«
»Nein.« Brian schüttelte den Kopf. »Nicht, wenn wir dabei sind, jedenfalls.«
»Natürlich nicht, wenn ihr dabei seid, du Trottel. Ich meine doch natürlich abends, wenn sie im Bett liegen.«
»Nein, sie flüstern nur ständig irgendwas über Geld.«
»Woher weißt du das denn?«
»Annie und ich haben gelauscht. Wir wollten herauskriegen, ob sie auch über Mam reden, aber sie haben sie nie erwähnt, nicht ein einziges Mal.«
»Was reden sie denn da, wenn es um Geld geht?«
»Irgendwelches öde Zeug über ›Zweithypotheken‹. Endloses Gelaber«, meinte Brian.

»Wie sind sie denn nun, die kleinen Monster?« wollte Finola Dunne von ihrer Tochter am Telefon wissen.
Bernadette lachte. »So schlimm sind sie gar nicht, nur ziemlich lebhaft natürlich.«
»Da kannst du mal sehen, was noch alles auf dich zukommt«, sagte ihre Mutter wissend.
»Ja, schon gut.«
»Aber heute ist ja der Schwimmkurs, da kann ich sie selbst mal

näher unter die Lupe nehmen. Mit dem Jungen komme ich sicher gut zurecht, er hat Humor.«
»Annie steckt das alles nicht so leicht weg«, meinte Bernadette mitfühlend.
»Ja, man muß sie im Auge behalten.«
»Das war immer dein Prinzip, Mam.«
»Und es hat ja auch was gebracht, wie man an dir sieht!« Bernadettes Mutter legte auf.

Annie schien baß erstaunt, als sie im Schwimmbad unvermutet auf ihre Freundin Kitty traf.
»Was für ein Zufall!« sagte sie gleich viermal hintereinander.
Kitty wirkte ebenso überrascht. »Wer hätte das gedacht?« fragte sie und blickte sich um.
»Das ist meine Freundin Mary, Mrs. Dunne«, stellte Annie vor. »Sie füttert meinen Kater Clement. Kann ich nach der Schwimmstunde mit ihr in die Tara Road gehen, um nach Clement zu sehen?«
»Von mir aus«, antwortete Finola Dunne. Es gab eine direkte Busverbindung zwischen Dannys neuem Haus und der Tara Road 16. Mary sah nett aus, fand Finola, genau wie sie sich ein Mädchen vorstellte, das sich um fremde Katzen kümmert.
»Warum sagst du denn ›Mary‹ zu ihr?« wollte Brian wissen.
»Weil sie so heißt, du Trottel«, zischte Annie ihm zu.
»Früher hieß sie aber anders«, widersprach Brian.
»Dann heißt sie eben jetzt so. Kannst du vielleicht ausnahmsweise mal die Klappe halten?«
Die Trillerpfeife des Schwimmlehrers schrillte zum Zeichen, daß es losging.
»Bis später dann, Kitty«, rief Annie.
»Oh, ich habe wohl ihren Namen nicht richtig mitbekommen, ich dachte, sie heißt Mary«, wunderte sich Finola Dunne.
»Äh, das ist, weil … sie hat einen Doppelnamen.« Annie lief rot an.
Brian grinste schadenfroh.

Während der Schwimmstunde suchte Finola Dunne eine Telefonzelle auf, und als sie danach gingen, wirkte sie sehr entschlossen.
»Sag Mary, daß die Amerikanerin in der Tara Road die Katze bestens versorgt und daß ihr nicht nach ihr schauen müßt.«
Annie ließ den Kopf hängen. »Hast du Bernadette angerufen?« fragte sie schließlich.
»Ja, und ich soll dir was von ihr ausrichten.«
»Was denn?« wollte Annie beunruhigt wissen.
»Nicht schlecht, dein zweiter Versuch, meinte sie. Zu einem dritten hätte sicher auch dein Vater einen Kommentar abzugeben.«

Sowohl Heidi als auch Carlotta beteuerten, sie hätten noch nie in ihrem Leben eine ganze Flasche Wein ausgetrunken. Sie waren über sich selbst verblüfft und sahen einander erstaunt an. Kichernd schoben sie die Verantwortung für diesen Exzeß auf ihre neue irische Freundin. Ria versicherte ihnen, daß sie zu Hause noch nie so über die Stränge geschlagen habe und eigentlich dafür verschrien sei, sich einen ganzen Abend lang an einem einzigen Glas festzuhalten.
»Aber wir sind hier in den Staaten«, jammerte Carlotta. »Hier wird jedes Glas gezählt und jede Kalorie. Wir kennen doch schließlich genug Leute, die auf Entzug oder Entgiftung sind, die Hälfte meiner Kundinnen schlägt sich mit solchen Problemen herum, grob geschätzt.«
»Und ich als Akademikerfrau im mittleren Alter. Die greifen doch reihenweise zur Flasche, wie man überall hört. Und gehen daran zugrunde. Unsere Ehemänner verdienen nicht das nötige Kleingeld, uns einen Aufenthalt in der Betty-Ford-Klinik zu spendieren.«
»Na, aber ich erst, ich bin doch überhaupt der hoffnungsloseste Fall«, lachte Ria. »Eine abgelegte Ehefrau aus Irland, die einen Abstecher nach Amerika macht, um wieder Ordnung in ihren Kopf zu bringen, und was tue ich? Schon am Tag der Ankunft treffe ich auf zwei Schnapsdrosseln und lasse mich vollaufen.«

Sie hatten viel voneinander erfahren. Freimütig hatte Carlotta von dem Geld erzählt, das sie von ihren drei geschiedenen Ehemännern jeweils in einer großen, einvernehmlich ausgehandelten Abschlagszahlung erhalten hatte, auch darüber, wie gut sie es angelegt hatte. Dann war Heidis erste Ehe zur Sprache gekommen. Der Mann war so unmöglich gewesen, daß er nur noch mit der ersten Frau ihres jetzigen Mannes Henry verglichen werden konnte. Der himmlischen Gerechtigkeit nach hätten diese beiden sich finden und heiraten müssen, aber nein, sie mußten andere Menschen heiraten und ins Unglück stürzen. Natürlich wurde auch Danny Lynch in Westville ausführlich vorgestellt. Ria erzählte, wie sie ihn am Vorabend ihres zweiundzwanzigsten Geburtstags kennengelernt hatte, berichtete von dem Nachmittag, als sie in der Tara Road zum ersten Mal mit ihm geschlafen hatte, und von dem Abend im Restaurant, als er ihr offenbarte, daß er wieder Vater werden wolle, aber mit einer anderen Frau.
»Laßt uns mal nachschauen, was Marilyn noch so alles im Kühlschrank hat«, schlug Heidi vor.
Sie hätten ewig so weiterreden können. Doch nachdem sie die Spinatquiche, die sie im Kühlschrank gefunden hatten, aufgegessen und je zwei Tassen Kaffee getrunken hatten, trat eine gewisse Ernüchterung ein. Ria kam es so vor, als ob die Offenherzigkeit bei den beiden Frauen peinliche Schuldgefühle ausgelöst hätte. Sie schienen jedoch weniger ihre Freimütigkeit an sich zu bedauern, als daß dies an einem unpassenden Ort geschehen war. Als Ria spürte, wie die Herzlichkeit abkühlte, war sie enttäuscht. Anfangs hatte sie gedacht, sie hätte bereits am ersten Tag zwei wundervolle neue Freundinnen gefunden. Vielleicht war dem aber gar nicht so. Sie mußte lernen, sich etwas langsamer auf die Menschen einzulassen und nicht gleich immer Zuwendung und Wärme zu vermuten, wo es sie vielleicht gar nicht gab. Und so ließ sie den Abend ausklingen, ohne zu fragen, wann sie sich wiedersehen würden. Das schien Heidi und Carlotta recht zu sein. Und es war ihnen offenbar sehr recht gewesen, daß sie Marilyn nichts von der kleinen Party am Tudor Drive erzählt hatte. Trotz aller

Vertraulichkeit und all dem Klatsch und Tratsch, der an diesem Abend ausgebreitet wurde, war der Name der Frau, die normalerweise hier lebte, nicht ein einziges Mal gefallen.

Als Heidi und Carlotta um zehn Uhr gingen, machte Ria noch eine Runde ums Haus. In Irland war es jetzt drei Uhr nachts. Dort schlief Danny, ihr Mann, jetzt neben diesem jungen Ding, das ein Kind von ihm erwartete. Ihr Sohn Brian lag sicher bei eingeschaltetem Licht auf dem Rücken, die verdrehte Bettdecke bis ans Fußende verrutscht. Annie hatte wahrscheinlich ihrem Tagebuch neue phantastische Pläne für eine gemeinsame Flucht mit Kitty anvertraut. Ihre Mutter schlief bestimmt ebenfalls. Umgeben von lauter Heiligenbildchen träumte sie bestimmt vom Verkauf ihres Häuschens und ihrer endgültigen Übersiedlung ins St. Rita.

Auch an Hilary und Martin mußte Ria denken, die jetzt in ihrem bedrückend engen Haus in einem Bett lagen, das sie bei einem Räumungsverkauf erstanden hatten und in dem sie sich nicht mehr liebten, weil Martin der Meinung war, das habe keinen Sinn, wenn man keine Kinder bekommen könne. Ihr wuchtiger, roter Wecker war auf sechs Uhr dreißig gestellt. Auch jetzt, während der Schulferien, mußte Hilary morgens aufstehen und zur Schule fahren, wo sie Büroarbeit erledigte. Martin stand ebenfalls auf, um sich durch die Korrektur von Prüfungsarbeiten ein Zubrot zu verdienen, ohne das sie nicht über die Runden zu kommen schienen. Rosemary schlief sicher schon seit vier Stunden. Anscheinend hatte Gertie einen ruhigen Tag gehabt, dachte Ria, denn sie hatte ja Marilyn in der Tara Road empfangen können. Also schlief auch sie jetzt wahrscheinlich, an der Seite dieses ungeschlachten, stets betrunkenen Wirrkopfs, den sie für einen so wertvollen, zerbrechlichen Menschen hielt, daß sie es sich zur Lebensaufgabe gemacht hatte, ihn zu umsorgen.

Clement hatte sich bestimmt auf einem der Küchenstühle zusammengerollt, von denen er sich jeden Abend bedächtig und gekränkt einen anderen als Ruheplatz aussuchte. Die Schlafzimmer oben waren für ihn tabu, auch wenn er immer wieder versucht

hatte, sich einzuschleichen und Annie ständig bettelte, ihn mit ins Bett nehmen zu dürfen.
Ob auch Marilyn schon schlief? Vielleicht lag sie ja noch wach und dachte an sie. Ria trat noch einmal in jenes Zimmer, in das sie vorher nur einen flüchtigen Blick geworfen hatte, bevor sie es aus irgendeinem Instinkt heraus vor Carlotta geschlossen hatte. Sie schaltete das Licht ein. Die Wände hingen voller Poster, die schwere Motorräder, Harley Davidsons und Hondas, zeigten.
Auf dem Bett lagen nachlässig hingeworfen die Kleider eines Teenagers verstreut, Jacken, Jeans, klobige Turnschuhe ... Es sah aus, als wäre gerade ein Fünfzehnjähriger hereingestürmt und hätte auf der Suche nach einem bestimmten Kleidungsstück alles durchwühlt. Im Schrank hingen die Sachen ordentlich auf Bügeln, die Hemden, Shorts und Socken waren sauber aufgestapelt. Auf dem Schreibtisch am Fenster lagen Schulsachen, Zeitschriften und Bücher. Es gab auch Fotos, die einen gutaussehenden Teenager zeigten, der eine Punkfrisur hatte und dessen Lachen trotz seiner Zahnspange fröhlich wirkte. Sie zeigten ihn inmitten einer Clique beim Basketball, beim Schwimmen, auf Skiern und kostümiert für eine Schultheateraufführung.
Ria betrachtete sie eingehend. Sie wurde irgendwie den Eindruck nicht los, daß jemand sie absichtlich so arrangiert hatte, als wären sie zufällig verstreut worden. Sie spürte das Verlangen, mehr über diese Frau zu erfahren, die jetzt in ihrem Bett in der Tara Road schlief. Irgendwo im Haus mußte es doch ein Foto von Marilyn Vine geben. Schließlich fand sie eines. Es war mit Klebeband an der Innenseite der Sporttasche des Jungen befestigt. Das Bild war wohl im Sommer gemacht worden. Ein Teenager in Tenniskleidung legte lachend seinen Arm um die Schultern eines Mannes in einem karierten, offenstehenden Hemd, dessen Haar schon etwas spärlich geworden war. Die großgewachsene, schlanke Frau mit den hohen Wangenknochen neben ihnen trug einen gelben Trainingsanzug und hatte sich ihre Sonnenbrille in die dunklen, kurzgeschnittenen Haare geschoben. Eine dynamische, sportliche Familie, wie man sie in der Werbung vorgeführt bekam.

Im Briefkasten lag eine Nachricht von Rosemary.

Liebe Marilyn,
herzlich willkommen in Dublin. Wahrscheinlich bist Du heute morgen noch ziemlich müde und willst erst einmal von Deinen neugierigen Nachbarn verschont bleiben. Aber vielleicht hast Du ja später einmal Lust, auf einen Drink vorbeizukommen oder mit mir ins Quentin's zu gehen, wo man hervorragend essen kann. Du kannst mich jederzeit anrufen.
Ich möchte Dich ganz bestimmt nicht mit Einladungen und Aufforderungen bestürmen, aber Du sollst wissen, daß ich, als Rias älteste und vielleicht auch beste Freundin, Dich hier herzlich willkommen heiße und Dir einen schönen Aufenthalt wünsche. Sie ist sehr gespannt auf Dein Haus, wie sie mir erzählt hat.
Liebe Grüße,
Rosemary Ryan

Noch bevor Rosemary wieder in ihrem Wagen saß, den sie vor der Einfahrt auf der Straße geparkt hatte, las Marilyn bereits ihre Nachricht. Nach ihrem nächtlichen Telefongespräch mit Ria war sie wieder hellwach gewesen, und da sie gleich gemerkt hatte, daß sie so schnell nicht wieder einschlafen würde, auch wenn Clement sie liebevoll und zutraulich umschnurrte, war sie nach unten gegangen. Um nicht allein zu sein, war ihr Clement unwillig gefolgt und hatte sich auf einen der Stühle in dem schönen, alten Salon gelegt. Durchs Fenster sah Marilyn jetzt der großen, blonden Frau nach, die ein sehr gut geschnittenes Kostüm trug und auch sonst einen ausgesprochen eleganten Eindruck machte. Als sie in ihren schwarzen BMW stieg, blitzten für einen Moment ihre Beine in den anthrazitfarbenen Strümpfen auf, und Marilyn sah, daß sie Schuhe mit hohen Absätzen trug. Das war also die Frau, die Ria in ihren Briefen als ihre beste Freundin bezeichnet hatte, eine äußerst erfolgreiche Geschäftsfrau, die Perfektion in Person, dazu noch sehr gutaussehend.
Marilyn gefiel der Brief. Er klang einladend, setzte sie aber nicht

unter Druck. Diese Rosemary Ryan fing morgens um halb sieben zu arbeiten an, sie leitete eine Firma, sah aus wie ein Filmstar und fuhr einen BMW. Marilyn überflog ihre Zeilen ein zweites Mal. Sie verspürte keine Lust, sich mit dieser Frau zu treffen. Egal, wie wichtig diese Leute in Rias Leben waren, für ihres hatten sie keine Bedeutung. Sie würde den Brief unbeantwortet lassen, und falls Rosemary sich noch einmal melden sollte, dann konnte sie sich ja in Gottes Namen auf ein kurzes Treffen einlassen.
Marilyn war nicht nach Irland gekommen, um oberflächliche Bekanntschaften zu schließen.

»Ich habe heute nacht von dir geträumt, Colm«, sagte Orla King, als sie das Restaurant betrat.
»Ach komm, das glaube ich dir nicht. Du willst mich doch ganz bestimmt fragen, ob du hier am Samstag singen kannst, und hast nach einem Vorwand gesucht, um hier hereinzuschneien«, meinte er lächelnd.
Orla grinste. »Natürlich will ich hier am Samstag singen, und natürlich auch im August während der Pferdeschau-Woche, dann ist es hier bestimmt rappelvoll. Aber ich habe wirklich von dir geträumt.«
»War ich wenigstens ein erfolgreicher Restaurantbesitzer in deinem Traum?«
»Nein, du bist zu lebenslangem Zuchthaus verknackt worden, weil du deinen Schwager Monto um die Ecke gebracht hast.«
»Du hast eine blühende Phantasie, Orla«, erwiderte Colm, aber der erschreckte Ausdruck seiner Augen strafte sein Lächeln Lügen.
»Kann schon sein, aber man sucht sich seine Träume ja nicht aus, sie kommen einfach«, erwiderte Orla achselzuckend. »Es wird schon seine Bedeutung haben.«
»Ich glaub kaum, daß ich meinen Schwager ermordet habe«, sagte Colm, als versuche er sich an etwas zu erinnern. »Nein, ganz sicher nicht. Er war gestern abend noch hier, mit seiner ganzen Bande, frisch von der Rennbahn.«

»Findest du denn nicht auch, daß er ein Scheißkerl ist?« meinte Orla.
»Ich stehe zwar nicht gerade auf ihn, aber deshalb muß ich ihn ja nicht gleich umbringen.« Colm schien es schwerzufallen, die Unterhaltung im Plauderton fortzuführen.
»Na, ich weiß doch, er erfreut sich bester Gesundheit. Er hat mich heute angerufen und gefragt, ob ich mit ihm zu einem Junggesellenabschied mitgehe. Um dort zu singen, wie er sagte. Aber man weiß ja, was er unter Singen auf einem Junggesellenabschied versteht.«
»Was denn?«
»Zeig uns deine Titten, Orla, soll das heißen.«
»Widerlich«, meinte Colm.
»Manche Männer sind da anderer Meinung.«
»Nein, ich meine, es ist widerlich vom Ehemann meiner Schwester, eine professionelle Sängerin zu fragen, ob sie so etwas auf einem Junggesellenabend macht. Du hast mich völlig mißverstanden. Ich möchte nicht in Zweifel ziehen, daß dein Busen ein angenehmer Anblick ist, aber doch nicht unter solchen Umständen.«
»Also weißt du, Colm, manchmal redest du so geschwollen daher wie ein Rechtsverdreher.«
»Wenn deine Träume wahr werden, habe ich ja bald einen nötig.« Colm klang ein wenig heiser.
»Monto hat mir gesagt ... Also, er meinte ...« Orla verstummte.
»Was denn?«
»Er hat irgendwie angedeutet, er hätte da gewisse Probleme mit deiner Schwester Caroline.«
»Ich glaube auch, er hat da ein Problem, nämlich sich zu merken, daß er ein verheirateter Mann ist.«
»Er meinte etwas anderes. Er redete irgend etwas von einem dunklen Geheimnis.«
»O ja, man nennt so was einen Mißgriff. Den Mann, den Caroline geheiratet hat, hast du ganz treffend als Scheißkerl beschrieben. Ein sehr dunkles Geheimnis ist das eigentlich nicht, aber wenn du

es so nennen willst, bitte schön. Aber wie auch immer, willst du nun am Samstag singen? Ich gebe dir ein paar Tips. Du singst im Hintergrund, nicht zu laut. Die Leute wollen sich unterhalten können, während sie der Musik zuhören. Du verstehst, was ich meine?«
»In Ordnung, Boß.«
»Und sing mehr von Ella Fitzgerald und nicht soviel von Lloyd Webber. Einverstanden?«
»Finde ich zwar nicht so gut, aber du bist der Boß.«
»Und vor allem: Halte dich bitte von Danny Lynch fern. Er hat für diesen Abend einen Tisch reserviert und kommt mit seinen Kindern, seiner neuen Frau und deren Mutter.«
»Sie ist nicht seine neue Frau, es ist nur seine schwangere Freundin, also mach nicht so ein Tamtam, Colm.«
»Finger weg von ihm, sage ich dir. Versprich's mir, sonst wirst du hier nie mehr singen und auch nirgendwo sonst.«
»Versprochen, Boß.«
Hinterher fragte sich Colm, warum er eigentlich Orla so eindringlich ermahnt hatte. Für Ria in Amerika wäre es doch eher eine kleine Genugtuung gewesen, zu erfahren, daß die traute Zweisamkeit nicht so idyllisch war, wie alle glaubten. Aber Geschäft war Geschäft, und welcher Restaurantbesitzer konnte sich schon einen Skandal leisten, noch dazu an einem Samstagabend?

»Am Samstag abend gehen wir mit Mrs. Dunne essen«, eröffnete Danny seinen Kindern.
»Aber da will doch Mam anrufen«, wandte Brian ein.
»Außerdem, sie hat gesagt, wir sollen sie Finola nennen, nicht Mrs. Dunne«, warf Annie ein.
»Sie hat zu *mir* gesagt, ich könne sie Finola nennen, nicht zu euch.«
»Hat sie doch.«
»Nein, Annie, das hat sie nicht. Sie gehört nun mal zu einer anderen Generation.«

»Wir sagen doch auch Rosemary zu Rosemary, oder etwa nicht?«
»Ja, aber sie ist auch eine emanzipierte Frau.«
»Finola ist doch auch emanzipiert, hat sie jedenfalls behauptet«, beharrte Annie.
»Okay, also gut, nennt sie Finola. Meinetwegen. Aber was anderes, ich dachte eigentlich, wir gehen ins Quentin's, doch nun hat sich herausgestellt, daß sie ... Finola, meine ich ... lieber zu Colm gehen würde.«
»Sehr vernünftig!« meinte Annie. »Colm hat wenigstens anständige fleischlose Gerichte auf seiner Speisekarte und nicht nur dieses angeberische Zeug, das sie einem bei Quentin's als ›vegetarisch‹ andrehen und das mehr kostet, als eine arme Familie für den ganzen Monat hat.«
»Aber was ist, wenn Mam anruft?« fragte Brian.
»Der Anrufbeantworter ist eingeschaltet, und wenn wir ihren Anruf verpassen, rufen wir sie eben zurück.« Danny sah darin kein großes Problem.
»Aber vielleicht hat sie sich ja darauf gefreut, mit uns zu telefonieren«, jammerte Brian.
»Wir können doch die Ansage ändern, damit sie weiß, daß wir bei Colm sind«, schlug Annie vor.
»Nein, die Ansage bleibt, wie sie ist«, entschied Danny.
»Aber das geht doch ganz einfach, Dad.«
»Es gibt schließlich auch Leute, die für Bernadette anrufen. Und die brauchen ja nicht über jedes kleine Detail unseres Familienlebens informiert zu werden.«
»Es ist kein kleines Detail, wenn wir Mam wissen lassen, daß wir ihren Anruf nicht vergessen haben«, meinte Annie.
»Also gut, ruft sie eben jetzt an! Sagt ihr, daß wir ausgehen.«
»Ich dachte, wir können es uns nicht leisten, sie anzurufen«, wandte Brian ein.
»Ich habe euch doch gerade gesagt, ihr könnt sie anrufen. Aber macht es kurz, ja?«
»Und was ist mir der Zweithypothek und den Schulden und so?« wollte Brian wissen.

»Wie meinst du das?« fragte sein Vater betroffen.
Annie kam ihrem Bruder geistesgegenwärtig zu Hilfe. »Du stöhnst doch immer, alles sei so teuer und vielleicht müßten wir eine zweite Hypothek aufnehmen. Brian kapiert einfach nicht, daß es nicht die Welt kostet, eine halbe Minute zu telefonieren.«
»Gar nichts habe ich gesagt von ...«
»Dad, wir wollen uns doch nur einen schönen Abend bei Colm machen, und auch Finola wird es gefallen und dir genauso. Hör einfach nicht auf Brian, er ist nun mal ein Schwachkopf. Vergiß es einfach.«
»Du bist ein prima Mädchen, Prinzessin«, sagte Danny. »Wenn ich durch Dublin fahre, frage ich mich immer, welcher von den vielen hübschen jungen Männern dich wohl eines Tages entführen wird.«
»Ich bitte dich, Dad, willst du mich auf den Arm nehmen? Du triffst doch nirgends Jungs in meinem Alter.«
»Nein, ein bißchen älter sind sie schon, aber du wirst doch auch nicht mit einem halben Kind durchbrennen, oder, Prinzessin?«
»So wie du, meinst du wohl.«
Betretenes Schweigen.
»Wen werde ich wohl heiraten?« wollte Brian wissen.
»Eine Frau ohne Sinn und Verstand, vor allem aber ohne Geruchssinn«, gab Annie zur Antwort.
»Das ist nicht wahr, Dad, oder?«
»Natürlich nicht, Brian. Deine Schwester will dich nur aufziehen. Du wirst schon die Richtige finden, wenn es soweit ist.«
»Eine Ringkämpferin wahrscheinlich«, stichelte Annie.
Brian hörte gar nicht hin. »Woher weiß man denn, welche die Richtige ist, Dad?«
»Das wirst du dann schon merken«, meinte sein Vater zuversichtlich.
»Aber du hast es doch auch nicht gewußt. Du hast gedacht, Mam sei die Richtige, und dann war sie es doch nicht.«
»Sie war die Richtige zu der Zeit, Brian.«

»Und wie lange dauert so eine Zeit, Dad?« wollte Brian wissen.
»Ungefähr fünfzehn Jahre, so wie's aussieht«, bemerkte Annie trocken.
»Es gibt was zu essen, ich habe leckere Fish 'n' Chips gekauft«, rief Bernadette aus der Küche.

Marilyn hatte sich einen Stuhl und einen Kaffee auf den Treppenabsatz vor dem Haus mitgenommen, wo sie nun in der Sonne saß und in den Vorgarten hinausschaute.
Man hätte so viel daraus machen können. Schade nur, daß sich um den Garten niemand mit ebensolcher Liebe und Sorgfalt gekümmert hatte wie um das Haus. Immerhin gab es ein paar schöne Bäume, und irgendwann hatte jemand, der etwas von der Sache verstand, Heidekraut gepflanzt. Aber es war nicht geschnitten und in Form gehalten worden, man hatte es verwildern lassen. Inzwischen war es schon so verholzt, daß es wohl kaum mehr zu retten war. Eine Palme, die zerrupft und mitgenommen aussah, verschwand beinahe zwischen dem Buschwerk, das um sie herum in die Höhe geschossen war.
Vor dem Gartentor bemerkte Marilyn eine etwa sechzigjährige Frau mit einem häßlichen Hund, die neugierig zu ihr hinüberäugte.
»Guten Morgen«, grüßte Marilyn freundlich.
»Ihnen auch einen guten Morgen. Ich vermute, Sie sind der Besuch aus Amerika.«
»Ja, mein Name ist Marilyn Vine. Sind Sie eine Nachbarin?«
»Ich bin Nora, Rias Mutter, und das hier ist Pliers.«
»Sehr erfreut, Sie kennenzulernen.«
»Ria hat uns ausdrücklich eingeschärft, nicht unangemeldet vorbeizukommen.« Nora war die paar Stufen hinaufgestiegen, um die Unterhaltung fortzusetzen, schaute sich dabei aber unschlüssig um. Pliers, der anscheinend einen langweiligen Austausch von Höflichkeitsfloskeln befürchtete, stimmte ein langgezogenes, unangenehmes Winseln an. Marilyn hatte die Frau auf einem der Fotos gesehen, sie wußte, daß sie in der Nähe wohnte. »Eines kann

ich Ihnen jedenfalls sagen, in einem solchen Haus mit lauter Antiquitäten ist Ria nicht aufgewachsen.«

Marilyn entging nicht, daß in den Worten dir Frau eine gewisse Verbitterung mitschwang. »Tatsächlich, Mrs. Johnson?«

Mit einem erschrockenen Aufschrei sah Nora plötzlich auf ihre Uhr. Sie komme zu spät ins St.-Rita-Stift, meinte sie. »Da müssen Sie die Tage mal mitkommen ... Es ist ein Seniorenheim, lauter alte Leute, ein echtes Erlebnis.«

»Das ist sehr freundlich von Ihnen, aber ich wüßte eigentlich nicht ...«, meinte Marilyn etwas erstaunt.

»Ach, sie freuen sich doch über jede Abwechslung. Manchmal gehe ich auch mit meinen Enkeln dorthin, und einmal habe ich sogar einen Jongleur mitgenommen, den ich in der Grafton Street aufgegabelt habe. Sie mögen auch Pliers, meinen Hund hier, und ich bin mir sicher, sie würden gerne auch mal eine Amerikanerin kennenlernen, es wäre mal was anderes.«

»Besten Dank. Vielleicht ein andermal.«

»Hat sich Lady Ryan schon blicken lassen?«

»Wer bitte?«

»Ich meine Rias Freundin Rosemary.«

»Nein, aber sie hat mir eine Nachricht in den Briefkasten gesteckt. Die Leute hier sind alle so nett.«

»Na ja, sie möchten halt wissen, mit wem sie es zu tun haben, das ist doch ganz normal.« Und schon war Nora Johnson verschwunden, ohne auch nur das geringste über Marilyn Vine herauszufinden.

Marilyn zog noch einmal das kleine Fotomäppchen hervor, das sie von Ria bekommen hatte. Sie wollte wissen, wer all diese Leute waren, die da so unvermittelt auftauchten, und als schließlich Gertie mit etwas zögerlichen Schritten auf sie zukam, wußte sie gleich, wen sie vor sich hatte.

»Ich will nicht lange drum herumreden«, fing Gertie sofort an. »Ria hat dir bestimmt erzählt, wie dringend ich immer ein paar Pfund nebenher gebrauchen kann, aber es ist wohl nicht fair, von dir zu erwarten, daß du dafür dein Urlaubsgeld verschwendest ...«

»Ach, das ist schon in Ordnung. Mir liegt sehr daran, daß dieses schöne Haus hier in dem gepflegten Zustand bleibt, in dem ich es vorgefunden habe.«
Gertie schaute sich um. »Aber du hast alles so ordentlich übernommen, alles ist, wie es sein soll. Ich komme mir fast vor, als würde ich die Hand ausstrecken und um eine milde Gabe bitten.«
»Nein, so sehe ich das nicht.«
»Ich weiß nicht, ob Ria erklärt hat ...«, druckste Gertie herum.
»Doch, hat sie. Du bist so nett und kommst zweimal die Woche vorbei und hilfst, das Haus in Schuß zu halten.«
»Ja, aber ist dir das auch wirklich recht?« Gertie hatte große dunkle Ringe unter den Augen. Marilyn wußte, daß Gertie nicht nur Rias Freundin, sondern auch ihre Putzfrau war und in gewissem Sinne ein Abhängigkeitsverhältnis zwischen ihnen bestand. Aber das konnte ihr im Grunde egal sein. »Soll ich uns vielleicht einen Kaffee kochen?« fragte Gertie vorsichtig.
»Nein danke.«
»Nun, dann mache ich mich wohl am besten gleich an die Arbeit?«
»Ich bin sicher, du kennst dich hier bestens aus. Mach es so, wie du denkst ...«
»Ria legt großen Wert darauf, daß im Salon immer alles blitzblank ist.«
»Gut, einverstanden.«
»Kann ich vielleicht auch etwas für dich tun, bügeln zum Beispiel?«
»Ja, das wäre nett. Bügeln finde ich nämlich furchtbar. Ich gehe jetzt in die Stadt, wir sehen uns dann beim nächsten Mal.«
»In Ordnung, und übrigens, herzlich willkommen hier, Marilyn.«
»Danke«, antwortete Marilyn. Sie steckte die Schlüssel ein und spazierte die Tara Road hinunter. Meine Güte, dieses Haus war ja der reinste Taubenschlag! Ob sie hier wirklich die Ruhe finden würde, nach der sie sich so sehr sehnte?
Für eine Frau, die vorgab, nicht gerne zu bügeln, waren Marilyns Kleider sehr ordentlich und erstaunlich faltenfrei, dachte Gertie.

Und immerhin hatte diese Frau auch schon Zeit gefunden, Rias Bügeleisen aus dem Schrank zu nehmen. Aber darüber wollte sich Gertie nicht den Kopf zerbrechen. Marilyn hatte eine Art, die sie sehr schätzte: Sie schien gar nicht wissen zu wollen, warum sie, Gertie, die doch einen Waschsalon betrieb, auf kleine Nebenjobs angewiesen war. Und sie schien auch nicht besonders darauf erpicht zu sein, etwas von sich selbst zu erzählen. Da ständig alle möglichen Leute versuchten, sich in Gerties Leben einzumischen und ihr gute Ratschläge zu geben, empfand sie diese zurückhaltende Art als durchaus angenehm.

»Und, was ist drauf?« fragte Brian.
»Irgendeine Amerikanerin, die sagt, daß sie selbst nicht da ist und man eine Nachricht für die Leute hinterlassen soll, die da sind«, antwortete Annie.
»Was für Leute denn ... da ist doch niemand außer Mam.«
»Halt die Klappe, Brian. Hallo, Mam, hier sind Annie und Brian, alles okay bei uns, wir wollen dir nur sagen, daß wir mit Dad und ... also, wir gehen am Samstag essen, zu Colm, kann sein, daß wir erst gegen elf Uhr wieder zurück sind. Das war's schon, Mam. Brian geht es gut.«
»Laß mich selber sagen, daß es mir gutgeht«, schrie Brian.
»Du vermasselst bloß wieder alles, Mam weiß schon, daß es dir gutgeht.«
Brian schnappte sich den Hörer. »Mir geht's prima, Mam, und ich komme gut voran beim Schwimmen. Finola hat gesagt, der Schwimmlehrer hat gesagt, daß ich große Fortschritte mache. Ach so, Finola, das ist die Mutter von Bernadette, hab ich vergessen. Sie geht auch zum Essen mit uns.«
Annie riß ihm den Hörer aus der Hand und legte auf. »Du bist ja wohl von allen guten Geistern verlassen, Finola zu erwähnen! Wohl vollkommen plemplem?« fauchte sie ihn an.
»Das wollte ich nicht.« Brian war geknickt. »Tut mir leid, ich habe nicht nachgedacht. Ich wollte nur auch was für Mam aufs Band sprechen.«

Er schien so am Boden zerstört, daß selbst die ungnädige Annie Lynch Mitleid bekam. »Na ja, ist ja kein Weltuntergang«, sagte sie schroff. »Mam wird es dir schon nicht übelnehmen.«

Ria kam vom Swimmingpool ins Haus, eingehüllt in einen von Marilyns flauschigen Bademänteln. In den ersten Tagen hatte sie nur im kühlen Wasser herumgeplanscht und die schönen Blumen und den liebevoll gepflegten Garten um sich herum bewundert. Aber dann hatte sie angefangen, in Dales Sportaufzeichnungen zu lesen, die so sorgsam ausgebreitet in seinem Zimmer lagen. Dabei stieß sie auch auf Notizen über das Schwimmtraining, das er und seine Freunde absolvierten. Ein Eintrag lautete: »Mam will auch nicht mehr wie ein Hund umherplanschen, sondern endlich richtig schwimmen lernen. Sie schwimmt jetzt immer vier Bahnen, nicht gerade viel, aber sie will sich langsam steigern.«
In Dales letzten Aufzeichnungen war Marilyn Vine bei dreißig Bahnen angelangt. Ria empfand das als Aufforderung. Wenn ihre Kinder nachkamen, würde sie auch nicht mehr wie ein Hund umherplanschen, sondern sie mit ihrer Sportlichkeit überraschen. Heute hatte sie schon sechs Bahnen geschafft, aber jetzt war sie völlig erschöpft und sehnte sich nach einer Tasse Tee und etwas Ruhe.
Als sie das kleine rote Lämpchen am Telefon blinken sah, spulte sie sogleich die Nachricht zurück. Sie saß an der Frühstücksbar und lauschte den Stimmen ihrer Kinder, die Tausende von Kilometern entfernt waren. Tränen strömten über ihr Gesicht. Was wollte sie denn eigentlich hier, und wozu diese albernen Anstrengungen im Swimmingpool? Warum war sie nicht zu Hause bei ihren Kindern geblieben, anstatt zuzulassen, daß sie sich mit Bernadettes schrecklicher Mutter anfreundeten? Und wie konnte Danny so grausam und gefühllos sein und mit ihnen in das Restaurant gehen, wo er ihr an jenem Abend die Sache mit Bernadette gebeichtet hatte? Konnte es denn sein, daß Colm sie wie immer bevorzugt bediente und ihnen, so als ob sich gar nichts geändert hätte, ein Getränk auf Kosten des Hauses anbot?

Die Familie Lynch machte sich einen schönen Abend, nur ein paar unwesentliche Details hatten sich geändert. Die Frauen zum Beispiel. Die bisherige war abgelegt und durch ein jüngeres Modell ersetzt worden. Auch die Schwiegermütter waren ausgetauscht worden: statt Nora Johnson jetzt Mrs. Dunne mit ihren glänzenden, kupferfarbenen Schuhen und ihrem schicken Kostüm. So als würde sie einen schmerzenden Zahn befühlen, spielte Ria die Nachricht wieder und wieder ab. Nicht einmal der Streit zwischen den Kindern konnte ihr ein Lächeln entlocken. Sie wußte, daß Annie sofort nach dem Auflegen Brian für seine Taktlosigkeit ausgeschimpft hatte. Wahrscheinlich stritten sich die beiden genau in diesem Moment ganz fürchterlich. Und Bernadette? Würde sie eingreifen oder einfach so tun, als ob sie nichts bemerkte?
Ria war es egal. Was auch immer, sie konnte nur das Falsche tun. Vielleicht hatte ja auch diese Frau, die für ihre Kinder schon »Finola« geworden war und die Bernadette noch »Mummy« nannte, bereits einen bedeutsamen Platz in Annies und Brians Leben eingenommen. Herrgott, jetzt gingen sie ja schon tatsächlich am Samstag abend mit ihr aus! Das schmerzte mehr als alles andere. Es war einfach zuviel für Ria. Sie ließ ihren Kopf auf die Frühstücksbar der sonnenbeschienenen Küche sinken und weinte bitterlich. So bemerkte sie nicht den Mann, der zögernd vor der Glastür stand und nicht zu klopfen wagte. Dieser wiederum erblickte eine Frau, die anscheinend gerade von Kummer überwältigt wurde, auch wenn er ihr Schluchzen und ihre gestammelten Worte nicht hören konnte. Schließlich nahm er seine Leinentasche auf und entfernte sich lautlos. Es schien ihm nicht der rechte Zeitpunkt, sich ihr als Greg Vines Bruder vorzustellen, der auf der Durchreise seine Schwägerin Marilyn besuchen wollte. Er stieg wieder in seinen Mietwagen und fuhr in ein Motel.
Seit dem Unfall lag so viel Tragik über diesem Haus, daß es ihm schwergefallen war, dort vorbeizuschauen. Und nun hatte er dort eine ihm fremde Frau in einem Bademantel vorgefunden, die völlig verzweifelt wirkte. Aber er hatte seinem Bruder fest verspro-

chen, nach Marilyn zu sehen, wenn er mal wieder beruflich an der Ostküste zu tun hatte. Dummerweise hatte er geglaubt, es sei besser, ohne Ankündigung hereinzuschneien, damit Marilyn keine Gelegenheit hatte, ihn mit einer Ausrede abzuwimmeln.
Im Motel nahm er eine Dusche, trank ein kühles Bier und rief dann im Haus seines Bruders an. Der Anrufbeantworter gab ihm die Auskunft, Marilyn und Greg seien nicht da, aber er könne eine Nachricht für die Leute hinterlassen, die im Haus wohnten. Spontan begann er aufs Band zu sprechen.
»Mein Name ist Andy Vine. Ich bin Gregs Bruder, ich bin gerade auf der Durchreise hier in Westville, und ich wohne ... Augenblick ...« Er kramte nach dem Namen und der Telefonnummer des Motels. »Daß Greg in Hawaii ist, weiß ich, aber vielleicht wären Sie so freundlich, mich kurz anzurufen und mir zu sagen, wo Marilyn ist? Vielen Dank im voraus.«

Ria saß neben dem Telefon, als er anrief, aber sie hob nicht ab. Marilyn hatte ihr nichts von einem Schwager erzählt. Vielleicht hatten sie ja wenig Kontakt miteinander. Aber wenn er der Bruder von Greg Vine war, mußte er doch wissen, daß dessen Frau in Dublin war. Und wenn er angenommen hatte, Marilyn sei zu Hause, wieso war er dann nicht einfach vorbeigekommen? Oder fing sie nun an, übertrieben mißtrauisch zu werden? Ob es wohl unselbständig und kleinkariert wirken würde, wenn sie Marilyn in Irland anrief, um die Sache zu überprüfen? Immerhin konnte das auch den Eindruck erwecken, sie wolle sich in Marilyns Angelegenheiten einmischen. Sie konnte auch nicht bei Carlotta oder Heidi nachfragen, denn die beiden schienen nicht sonderlich gut über das Privatleben ihrer Freundin Marilyn informiert zu sein.
Also rief sie kurz entschlossen Greg Vine auf Hawaii an.
Sie wurde sofort zu ihm durchgestellt. Er hörte sich jünger und entspannter an, als er auf den Fotos wirkte.
»Ach ja, guten Tag«, sagte er, als sie ihren Namen nannte.
»Als erstes sollen Sie wissen, daß hier in Ihrem wundervollen Haus alles in bester Ordnung ist«, begann sie.

»Da bin ich sehr froh. Ich dachte schon, Sie wollten mir mitteilen, der Abfluß sei verstopft.«

»Nein, nichts dergleichen, ich wollte mich nur mal gewissermaßen bei Ihnen vorstellen, schließlich wohne ich ja in Ihrem Haus ... aber ich möchte nicht Ihre Telefonrechnung strapazieren.«

»Das ist sehr nett von Ihnen. Ich hoffe, Sie finden alles, was Sie brauchen.« Seine Stimme klang höflich, aber distanziert.

Ria erzählte ihm von dem Anruf aus dem Motel. Greg bestätigte ihr, daß er tatsächlich einen durchaus respektablen Bruder namens Andy hatte, der in Los Angeles arbeitete, aber gelegentlich auch beruflich nach Boston oder New York fuhr.

»Aha, dann rufe ich ihn zurück. Ich hielt es einfach für besser, nachzufragen. Anscheinend wußte er nämlich gar nichts von Marilyns Reise.«

»Das ist sehr umsichtig von Ihnen. Aber Marilyn ist nun einmal, um es vorsichtig auszudrücken, ein bißchen zurückhaltend, wenn es darum geht, andere in ihre Pläne einzuweihen.«

Ria ging nicht auf seinen bitteren Ton ein. »Es wird Sie sicher interessieren, daß sie gut angekommen ist und sich auch schon eingelebt hat, genauso wie ich hier am Tudor Drive. Es wäre schön, wenn Sie auch in Dublin vorbeischauen könnten.«

»Das wird sich wohl nicht einrichten lassen«, erwiderte er kühl.

»Als ich Marilyn gefragt habe, ob Sie auch kommen würden, da meinte sie, das stehe noch nicht fest.«

»Ach so? Und was ist mit Ihrem Mann, kommt er denn zu Ihnen nach Westville?« fragte er.

Ria holte tief Luft. Marilyn hatte sich offenbar bei ihren Erklärungen auf das Allernotwendigste beschränkt. »Nein, und genaugenommen ist Danny ja auch mein Exehemann. Er lebt jetzt mit einer viel jüngeren Frau namens Bernadette zusammen. Das ist auch der Grund, warum ich überhaupt zu Ihnen gekommen bin. Aber mein Sohn und meine Tochter werden mich nächsten Monat besuchen. Hat Marilyn Ihnen denn gar nichts von mir erzählt?«

Er schwieg einen Moment und antwortete dann: »Doch, das hat sie, ich muß mich wohl für meinen unhöflichen Ton entschuldigen. Es ärgert mich eben ein bißchen, daß Marilyn nicht hierherkommen wollte.«
»Ist schon in Ordnung. Ich denke, sie wollte einfach mal etwas ganz Neues kennenlernen.«
»Sicher.«
Wieder trat eine kleine Pause ein.
»Und Ihr Sohn?«
»Ja?«
»Gefällt es ihm auf Hawaii?«
»Wie bitte?«
»Wahrscheinlich gefällt es allen jungen Leuten dort.« Aus irgendeinem unerfindlichen Grund fühlte sich Ria plötzlich verunsichert.
»Ach so. Natürlich.«
»Vermutlich fehlt ihm seine Mutter.«
»Wie bitte?«
»Sie wollen es nie zugeben, sie können es auch nicht richtig ausdrücken, aber es ist trotzdem so.« Ria merkte, daß sie im Begriff war, gedankenlos draufloszuplappern. »So sind Jungs nun mal …«, meinte sie und schluckte.
»Ja, da ist was dran.« Er schien das Gespräch rasch beenden zu wollen.
»Ich will Sie nicht länger aufhalten«, sagte sie. »In letzter Zeit habe ich manchmal Schwierigkeiten, alles, was um mich herum passiert, richtig zu begreifen. Aber ich kann Ihnen versichern, daß Ihr Haus gut versorgt wird. Es war mir wichtig, Ihnen das persönlich zu sagen.«
»Ja, natürlich. Und hilft Ihnen die Ortsveränderung jetzt so, wie Sie sich das erhofft haben?«
»Anfangs hat es mir wirklich gutgetan«, meinte Ria aufrichtig. »Es hat mir sehr geholfen, bis gerade eben, als ich eine Nachricht von meinen Kindern auf dem Anrufbeantworter abgehört habe.«
»Ihre Kinder vermissen Sie wohl sehr? Ist das Ihr Problem?«

»Nein, Greg. Sie vermissen mich eben überhaupt nicht, *das* ist das Problem.«

»Hallo Marilyn? Hier ist Rosemary Ryan.«
»Ach, hallo, danke für deine Nachricht.«
Rosemary kam gleich zur Sache. »Ich wollte dich fragen, ob du nicht vielleicht Lust hast, mit mir und Gertie am Samstag in Colms Restaurant zu gehen. Er hat verschiedene Fischgerichte auf der Speisekarte, ich kann es dir wärmstens empfehlen.«
»Ich möchte mich aber nicht aufdrängen, mach bitte keine Umstände.«
»Es soll nur ein zwangloser Abend unter Frauen werden. Gertie geht sonst fast nie aus. Sag doch einfach ja.«
»Vielen Dank für die Einladung, Rosemary, ich komme sehr gerne mit«, antwortete Marilyn Vine.

Ria rief Andy Vine im Motel an und erklärte ihm, wer sie war und wohin Marilyn verreist war.
»Wir hatten beide dringend einen Tapetenwechsel nötig und dachten, das sei die ideale Lösung.«
Er war mit dieser Erklärung vollauf zufrieden.
»Würden Sie denn normalerweise hier am Tudor Drive wohnen, ich meine, wenn Marilyn zu Hause wäre?«
»Vermutlich schon«, antwortete er.
»Dann ist es aber nicht richtig, daß Sie sich jetzt ein Zimmer in einem Motel nehmen müssen. Wo Sie doch damit gerechnet haben, hier bei Ihrem Bruder übernachten zu können.« Ria war bemüht, Entgegenkommen zeigen.
»Nett von Ihnen, Maria. Aber Sie müssen sich meinetwegen keine Gedanken machen. Es ist jetzt Ihr Haus, so wie das in Irland Marilyns Zuhause ist.«
»Irgendwie ist mir das aber unangenehm. Wie lange werden Sie denn in Westville bleiben?«
»Ursprünglich wollte ich heute und morgen hier übernachten – vorausgesetzt, es wäre Marilyn recht gewesen – und dann am

Sonntag nach Boston weiterfahren. Meine Konferenz beginnt am Montag morgen.«
»Zu dumm, daß sie Ihnen nicht Bescheid gesagt hat. Es ging alles ein bißchen hopplahopp«, entschuldigte sich Ria.
War das wirklich dieselbe Frau, die am Morgen noch so herzzerreißend geweint hatte? »Ich wollte Marilyn in ein neueröffnetes thailändisches Restaurant ausführen..«
»Vielleicht klappt es ja beim nächsten Mal«, meinte Ria optimistisch.
»Hätten *Sie* vielleicht Lust, mit mir thailändisch essen zu gehen, Maria?« fragte er.
Im ersten Moment verschlug es ihr glatt die Sprache. Sie hätte niemals gedacht, daß ihr so etwas gerade in Amerika passieren würde: Ein Mann, der sie noch nie zuvor gesehen hatte, lud sie ein, mit ihm auszugehen, und das schon in der ersten Woche. Aber warum nicht, schließlich war ja Wochenende. Zu Hause in Irland würden ihre Kinder morgen mit einem Haufen fremder Leute in Colms Restaurant gehen. »Ich danke dir sehr, Andy, ich freue mich und nehme deine Einladung gerne an«, erwiderte Ria Lynch.

»Monto wollte sich für heute abend mit seinen Kumpels ankündigen«, sagte Colm.
»Was hast du ihm geantwortet?« fragte Caroline ängstlich.
»Daß schon alle Tische reserviert seien.«
»Oh.«
»Seine Antwort war, ich solle mal mit dir reden. Er würde später noch mal anrufen und nachfragen, ob nicht doch rein zufällig jemand abgesagt hätte und ein Tisch für sechs Personen freigeworden wäre.«
»Sag ihm zu, Colm.«
»Aber warum? Du kannst es doch auch nicht leiden, wenn sie hier herumhängen. Auf das Geschäft, das wir mit diesen Typen machen, können wir verzichten – sechs halbverbrutzelte Steaks und eine Runde Gin nach der anderen.«

»Ich bitte dich, Colm ...«
»Ich kann es nicht mit ansehen, wenn du solche Angst vor ihm hast.« Voller Mitgefühl schaute er in ihre großen, traurigen Augen, in denen bereits Tränen standen. »Also gut, wenn es sein muß. An welchem Tisch werden sie denn am wenigsten auffallen, was meinst du?«
Sie lächelte ihn mit tränenverschleiertem Blick an. »Glaubst du, ich würde mir das gefallen lassen, wenn es eine andere Lösung gäbe?«
»Aber es *gibt* doch eine Lösung.«
»Das haben wir schon tausendmal durchgekaut.«
»Tut mir leid, Caroline.« Er nahm seine Schwester in die Arme, und sie legte den Kopf an seine Schulter.
»Du brauchst dich nicht zu entschuldigen. Du hast für mich alles getan, was in deiner Macht stand, du hast mir sogar das Leben gerettet.«
Tröstend strich er ihr über den Rücken, als er hinter sich die fröhliche Stimme von Orla King vernahm.
»Hallöchen, ihr zwei Turteltäubchen! Ich wollte früh genug kommen, um dir noch mein Programm vorzustellen, Colm, aber jetzt bin ich anscheinend ein bißchen zu früh reingeplatzt.«

Bernadettes Mutter versuchte Brian für das Schachspiel zu begeistern.
»Ist das nicht furchtbar kompliziert?« fragte Brian zweifelnd.
»Ach wo, die Grundregeln sind ganz einfach, schwierig ist es nur, richtig gut zu werden. In einer halben Stunde hast du das Wesentliche begriffen, und dann kannst du es für den Rest deines Lebens.«
»Na gut, einverstanden«, stimmte Brian zu.
»Und du, Annie?«
»Nein, danke, Finola, sei mir nicht böse.«
»Ist völlig in Ordnung.« Sie hatte gleich gewußt, daß Annie nichts zusammen mit ihrem kleinen Bruder machen würde, und vielleicht fürchtete sie auch, ihre Mutter zu verraten. Bernadette

hatte recht: Annie war ein schwieriges Kind, und vierzehneinhalb war ein ziemlich schwieriges Alter.

Danny, Bernadette und Barney McCarthy waren bei einem Arbeitsessen mit Geschäftsleuten gewesen, die sie als potentielle Investoren für ein neues Projekt gewinnen wollten. Das Gespräch war nicht sonderlich gut gelaufen, es waren allzu viele bohrende Fragen über die Rendite früherer Projekte und die Details des Bebauungsplans gestellt worden. Bernadette hatte sich die ganze Zeit über dezent zurückgehalten, interessiert von einem zum anderen geschaut, aber in Wahrheit kein Wort verstanden. Ria hätte es in einer solchen Situation vermocht, eine zündende Bemerkung einzuwerfen und so die Stimmung herumzureißen.
Danny fühlte sich danach wie erschlagen. »Gehen wir heute abend ins Quentin's?« schlug Barney vor.
»Nein. Ich führe meine Familie aus, das ist schon seit langem geplant.«
»Na, macht nichts. Ich hatte mir nur gerade vorgestellt, wie angenehm es wäre, kurz in die Tara Road zu fahren, einen kleinen Drink und eine Dusche zu nehmen und danach noch einmal loszuziehen, nur wir beide, und mal alle Geldsorgen hinter uns zu lassen.«
»Würde mir auch gefallen«, meinte Danny.
Plötzlich blickten sie einander erschrocken an – sie hatten doch tatsächlich beide vergessen, daß Danny gar nicht mehr in der Tara Road wohnte.
Wahrscheinlich war dieses Gespräch der Grund, warum Danny auf der Rückfahrt einen kleinen Umweg machte. Vor dem Haus, das einmal sein Heim gewesen war, erblickte er eine hochgewachsene Frau in dunklen Jeans und weißem Hemd, die einen recht sportlichen Eindruck machte. Energisch bearbeitete sie das Unterholz des Vorgartens mit einer Hacke. Auf einer Plastikplane, die in der Einfahrt ausgebreitet lag, hatte sie bereits einen großen Stapel Äste und Wurzeln aufgeschichtet.

»Was zum Teufel macht die denn da?« schrie Danny auf und trat unvermittelt auf die Bremse.
»Fahr weiter, Danny.« Bernadettes Stimme klang ruhig, aber bestimmt.
»Nein, ich halte an. Die ruiniert mir ja meinen Garten.«
»Halt wenigstens ein Stückchen weiter hinten, damit sie uns nicht sehen kann.«
»Soll sie mich doch sehen, verdammt noch mal! Der werde ich was erzählen.«
Aber er fuhr doch weiter und blieb erst vor Rosemarys Haus stehen.
»Geh nicht rein, du bist zu aufgeregt.«
»Aber sie wird mir noch das ganze Haus ruinieren«, protestierte er.
»Laß sie in Ruhe. Sonst packt sie ihre Koffer und rauscht wieder nach Amerika ab.«
»Das wäre auch das beste.«
»Aber dann ist es Essig mit den Ferien der Kinder«, wandte Bernadette ein.
»Sie machen nächste Woche mit uns Bootsurlaub auf dem Shannon, reicht das etwa nicht?« Aber schließlich folgte er ihrem Rat und fuhr nach Hause – zu seinem neuen Zuhause.

»Ein Martini für euch, zu Ehren unseres amerikanischen Gastes«, verkündete Colm. Marilyn, Rosemary und Gertie waren entzückt. Marilyn erzählte, wie erfüllt ihr Tag gewesen war. Wenn sie sich in Gartenarbeit stürzte, ging es ihr immer gut. Weder Rosemary noch Gertie wandten ein, sie hätte zuvor Ria fragen sollen. Sie konnten ja schließlich auch nicht wissen, ob sie es vielleicht getan hatte. Gertie berichtete von einem Mann, der jeden Samstag mit einer ganzen Tasche voller schwarzer Spitzenunterwäsche in den Waschsalon kam. Wenn er fertig war, legte er völlig unbeeindruckt von den Blicken der Umstehenden jedes einzelne Stück sorgfältig zusammen. Gertie hätte sich auch gerne einmal mit Jack darüber amüsiert, aber man konnte leider nie wissen, wie er

reagierte, und möglicherweise wäre er in den Waschsalon gestürmt und hätte den Mann als perverses Schwein beschimpft.
Als eine attraktive Blondine *Someone To Watch Over Me* zu singen begann, wurde Marilyn aufgeklärt, daß es sich um eine der schlimmsten Skandalnudeln von Dublin handle, die schon mehrfach für beträchtliches Aufsehen gesorgt habe.
»Aber eine gute Stimme hat sie«, ließ Marilyn der Gerechtigkeit halber einfließen und schaute zu der Frau hinüber, die da am Klavier saß und mit großer Inbrunst sang.
»Sie ist ein Sicherheitsrisiko. Das habe ich Colm schon tausendmal gesagt, aber er hört ja nicht auf mich«, bemerkte Rosemary in einem Ton, der durchklingen ließ, daß jedermann sonst auf ihre Ratschläge hörte und auch gut daran tat.
»Vielleicht will er ihr ja nur eine Chance geben. Colm ist doch dafür bekannt, daß er allen Gestrauchelten und Gestrandeten hilft, die in Schwierigkeiten stecken«, meinte Gertie.
»Also, auf mich macht sie nicht den Eindruck, als ob sie Hilfe nötig hätte«, erlaubte sich Marilyn ausnahmsweise zu widersprechen. In diesem Augenblick betrat Danny Lynch mit seinem Anhang das Lokal und wurde an einen Tisch am anderen Ende des Raums geführt. Marilyn erkannte ihn und die Kinder sogleich – sie hatte genügend Fotos von ihnen gesehen. »Ist das nicht Rias Mann?« fragte sie sehr direkt, worauf die beiden anderen Frauen düster nickten.
Bis zu diesem Augenblick war das Gespräch noch nicht auf Ria gekommen. Nun aber drängte sich das Thema förmlich auf. Eine elegante, gutgeschminkte Frau in einem schwarzen, paillettenbestickten Jäckchen bildete den Mittelpunkt der Gruppe.
»Sie sieht aber nicht wie zweiundzwanzig aus, sondern scheint mir eher mein Alter zu haben«, flüsterte Marilyn.
»Du wirst es vielleicht nicht glauben, Marilyn, aber das ist die Mutter der Zweiundzwanzigjährigen«, gab Rosemary leise zurück.
»Ihre Mutter!« stieß Marilyn ungläubig hervor.
Da sah sie neben den beiden lebhaften Kindern, die sie von den Fotos her kannte, ein drittes Kind, das einen schlabberigen blauen

Pullover und einen Rock trug. Ein blasses Mädchen mit langen, glatten Haaren, das man leicht für Annies ältere Schwester hätte halten können. Der Gedanke, daß Ria Lynch das hatte ertragen müssen, versetzte Marilyn einen heftigen Stich. Danny Lynch war immer noch ganz der hübsche Junge von damals, als sie ihn kennengelernt hatte. Und Ria liebte ihn immer noch über alles. Welche Frau hätte es verwinden können, ihren Mann an ein so unreifes, junges Ding zu verlieren? Kein Wunder, daß Ria über Tausende von Kilometern geflohen war, um diesen Kummer zu vergessen.

Orla begann *The Man In Love* zu singen. Colm zog die Brauen zusammen. Als sie gleich darauf *They're Singing Songs Of Love But Not For Me* anstimmte, schaute er noch finsterer drein. »Reiß dich zusammen, Orla«, sagte er, als er mit den Steaks für Montos Tisch an ihr vorbeikam.

»Alles von Gershwin, genau, wie du es verlangt hast. Jetzt kommt *Nice Work If You Can Get It*. Da wird es an dem einen oder anderen Tisch ein bißchen Herzklopfen geben, denkst du nicht?«

»Du hast eine hübsche Stimme, aber ich warne dich, deine Karriere könnte bald beendet sein. Wenn du nicht gleich aufhörst, kannst du die Pferdeschau-Woche nächsten Monat vergessen.«

»Reg dich ab, Colm. Du selbst wolltest doch Cole Porter und Gershwin, und es hat den Leuten gefallen. Mit George bin ich jetzt durch, jetzt komme ich zu Cole. *I Get A Kick Outa You,* dann *I've Got You Under My Skin* und nicht zu vergessen *The Lady Is A Tramp*. Was kann ich dafür, wenn es hier Leute gibt, die die Titel auf sich beziehen? Ich habe die Lieder nicht geschrieben, ich singe sie nur, so, wie du es gewollt hast.«

»Spiel hier nicht verrückt, Orla, bitte.«

»He, was glaubst du denn, wer du bist, mir zu sagen, ich solle nicht verrückt spielen? Ein Kerl, der in seine eigene Schwester verknallt ist. Mach hier bloß keinen auf moralisch!«

»Ich warne dich, das wird dir morgen noch verdammt leid tun. Ich werde dann immer noch mein Restaurant haben, aber du bist deinen Job los und wirst auch in ganz Dublin keinen mehr finden.«

»Erinnerst du dich noch an den Song *One Day At A Time*? Tja, und heute ist eben mein Tag!« In ihren Augen lag ein gefährliches Flackern.

»Laß das, Orla.«

»Mich hat er sitzenlassen, um sich an so eine alte Paillettenschachtel ranzumachen.«

»Das ist doch gar nicht Dannys Neue.«

»Er hat doch seine Hand auf ihrem Arm. Mit wem soll er denn sonst zusammensein? Ich sehe außer ihr nur Kinder.«

»Es ist das Mädchen in dem blauen Pullover. Die mit dem schwarzen Jäckchen ist die Schwiegermutter.«

Verblüfft schaute Orla noch einmal hin. »Du willst mich wohl auf den Arm nehmen!«

»Nein. Aber du wirst keine Gelegenheit bekommen, es nachzuprüfen.«

»Die ist doch noch minderjährig, das ist ja illegal. Das ist ja genauso verboten wie das, was du mit Caroline treibst.« Sie war aufgestanden und machte Anstalten, zu Danny Lynchs Tisch hinüberzugehen.

»Orla, setz dich wieder ans Klavier, sofort. Spiel. Ohne zu singen. Spiel *Smoke Gets In Your Eyes*.«

»Ja, ja, das ist dieser kitschige Kram, an dem du dich hochziehst.«

»Spiel es, Orla, oder du fliegst raus. Und zwar auf der Stelle.«

»Da mußt du dir aber erst mal ein paar starke Männer besorgen.«

»Die habe ich.« Er sah zu dem Tisch hinüber, an dem die sechs Schlägertypen saßen, die er so verachtete.

»Sie mögen mich. Warum sollten sie mich rausschmeißen?«

»Weil ich sie höflich darum bitte.«

»Dann erzähle ich Monto, daß du mit seiner Frau vögelst.«

»Wer würde dir das abkaufen, Orla? Jeder weiß doch, daß du säufst und dummes Zeug daherredest.«

»He, wo bleibt denn heute abend deine Solidarität?«

»Wo hast du das Zeug? Den Schnaps, meine ich. Was hast du

getrunken? Ich habe dich doch die ganze Zeit im Auge behalten und alles kontrolliert, sogar deinen Grapefruitsaft.«
Sie warf ihren Kopf in den Nacken und lachte. »In der Blumenvase, du Dummerchen. Direkt vor meiner Nase. Die Nelken stehen in einer halben Flasche Wodka.«
Sofort griff er nach der Vase und leerte ihren Inhalt in einen leeren Weinkühler, den er einem Kellner übergab.
»Was soll ich damit machen, Mr. Barry?«
»Wegschütten. Und die Blumen stellen Sie wieder in Wasser, spülen Sie aber vorher die Stengel ab.«
»Du hast es mir tatsächlich geglaubt.« Angstvoll und zugleich triumphierend sah sie ihn an.
»Erst in dem Moment, als ich die Vase ausgeleert und deinen Blick gesehen habe. Da wußte ich, daß wirklich was drin war.«
»Selbstgerechter Pisser«, zischte sie.
»Hey, Colm, willst du den ganzen Abend da stehen bleiben und der Sängerin auf die Titten glotzen, oder wird das noch was mit unseren Steaks?« rief Monto über die Tische hinweg.
Einige Leute lachten nervös. Andere taten, als ob sie nichts gehört hätten.
Da erhob sich Orla und begann mit dem Mikrofon in der Hand durchs Restaurant zu wandern. »An einem besonderen Abend wie diesem gehe ich auch gerne auf die Wünsche der Gäste ein. Aber oft wissen die Leute nicht so recht, was sie hören wollen. Also werde ich heute einmal selbst die Lieder für unsere verehrten Gäste auswählen, für jeden etwas, das zu ihm paßt. Ich gehe einfach herum und singe an jedem Tisch ein paar Takte.«
Man hörte Lachen und anfeuernde Zurufe. Die Gäste, die Orla King nicht kannten, dachten, die attraktive Sängerin wolle dem Abend durch eine kleine Showeinlage einen persönlicheren Touch geben. Aber andere, die sie schon früher erlebt hatten, erschraken ein wenig und folgten ihr mit besorgten Blicken.
Zuerst kam Orla an Rosemarys Tisch. »Hier haben wir drei äußerst reizende Damen«, sagte sie. »Ohne Zweifel Feministinnen, vielleicht sogar Lesben. Jedenfalls ohne Männerbegleitung! Meine

Großmutter sang immer ein Lied, das hieß *There Were Three Lovely Lassies From Bannion*. Aber das ist sogar für diesen Tisch hier zu altmodisch. Vielleicht könnte ich ja *Sisters* für sie singen ...?«
»Was habe ich dir eigentlich getan? Habe ich dir nicht schon mehr als einmal geholfen?« fragte Rosemary mit einem eisigen Lächeln.
»Du hattest deine Gründe«, gab Orla zur Antwort. Nach ein paar Takten ging sie zu Montos Tisch hinüber. »Hier haben wir sechs Männer, starke Männer, mit gutgefüllten Brieftaschen. Und beileibe keine Schlappschwänze, ich kann das beurteilen.« Sie blickte mit einem strahlenden Lächeln in die Runde. »Welches Lied würde wohl für sie passen? Ach, ich weiß schon, mir fällt da eins ein, das haben sie auf diesem Junggesellenabschied gesungen, wo ich für sie aufgetreten bin, und ich kann Ihnen versichern, die Jungs sind auf ihre Kosten gekommen. Nein, es war nicht *Eskimo Nell*, das kennt jeder. Es war *The Ball Of Kirrimuir*. ›Vierundzwanzig Jungfrauen, die kamen von weit her, und als der Ball zu Ende war, da war'n sie es nicht mehr.‹ Sie lächelte und nahm sich dann Danny Lynchs Tisch vor.
In diesem Moment trat Colm Barry an Montos Tisch und redete leise, aber eindringlich auf ihn ein. »Was haben wir denn hier für eine nette Familie? Laßt euch mal anschauen.« Sie ließ sie eine Weile wie Fische an der Angel zappeln. »Was würdet ihr denn gerne hören?«
Nur Brian hielt das für eine ernst gemeinte Frage und wünschte sich einen Song von den Spice Girls. »Kennst du *Whaddya Want, Whaddya Really Want?*« fragte er begierig.
Sein unschuldiges Gesicht schien Orla einen Moment zu verunsichern. Aber nur eine Sekunde, nicht lange genug, um sie wirklich aus dem Konzept zu bringen. »Wie wär's denn mit *Love And Marriage*? Oder nein, das ist inzwischen auch etwas aus der Mode gekommen. Vielleicht *She Was Only Sixteen*? Nein, ein bißchen älter sieht sie schon aus. Das da ist doch deine neue Flamme, nicht wahr, Danny?« Sie wollte sich gerade Finola zuwenden, als sie von Monto und einem seiner Handlanger gepackt und zur Tür geschleppt wurde. »Glaub ja nicht, es wüßte keiner was davon,

Danny. Es ist ein offenes Geheimnis, daß wir was miteinander hatten, genau wie sie wissen, mit wem es deine Frau getrieben hat, Monto ... und immer noch treibt ...«
Der Rest ihrer Worte ging unter, sie war schon draußen. Wenn Colm gehofft hatte, seine Freunde würden ihm über die peinliche Situation hinweghelfen, so erlebte er nun eine herbe Enttäuschung. Die Stille, die sich über das Restaurant herabgesenkt hatte, schien nicht enden zu wollen. Rosemary, die normalerweise nichts aus der Fassung bringen konnte, saß kreidebleich und zornig da. Marilyn neben ihr wirkte völlig verstört. Und Gertie, die nun wieder einmal erlebt hatte, was der Alkohol aus einem Menschen machen konnte, war der Schreck in alle Glieder gefahren.
Nur an Montos Tisch, wo man die betrunkene Orla imitierte, ging es hoch her.
Auch Jimmy und Frances Sullivan, die ihren Besuch aus Cork zum Essen ausführten, waren peinlich berührt von der Wendung, die der Abend genommen hatte. Nicht anders erging es zwei Colm gut bekannten Restaurantbesitzern, die sich ausgerechnet an diesem Abend sein Lokal ansehen wollten. An einem Tisch saßen zwei Familien, die sich angesichts einer bevorstehenden Hochzeit näher kennenlernen wollten. Colms Schwester Caroline stand da wie vom Donner gerührt. Und zu Danny Lynchs Tisch wagte er gar nicht erst hinüberzublicken. Dieses kleine Luder Orla King hatte doch tatsächlich allen seinen Gästen den Abend verdorben. Warum hatte sie das bloß gemacht? Weil sie unglücklich war.
Aber wir sind alle irgendwie unglücklich, sagte er sich. Warum sollte gerade sie sich das Recht herausnehmen dürfen, eine Szene zu machen und alle Welt vor den Kopf zu stoßen? Er spürte, daß seine Gäste ein klärendes Wort von ihm erwarteten. Seit Orlas unfreiwilligem Abgang konnten nur Sekunden vergangen sein, aber es schien ihm, als sei eine Ewigkeit verstrichen. Sein Körper straffte sich, er wies zu einem Tisch hinüber, wo abgeräumt werden mußte, und zu einem anderen, wo der Weinkühler nicht am richtigen Platz stand. Dann tippte er Caroline auf die Schulter

und bedeutete ihr, in die Küche zu gehen, worauf sie wie in Trance hinausstakste.
Schließlich schritt er zu Rosemary Ryans Tisch hinüber. »Na ja«, sagte er und sah dabei Marilyn Vine in die Augen. »Zumindest kannst du nicht behaupten, daß wir dir Dublin von seiner langweiligen Seite präsentieren.«
»Nein, wirklich nicht.« Ihr Gesicht verriet keine Regung. Colm hätte sich gewünscht, daß sie nicht ganz so distanziert reagiert hätte. Schließlich war sie zu Besuch hier in Dublin, sie hätte durchaus etwas Freundliches sagen oder durch eine scherzhafte Bemerkung zeigen können, daß sie die Sache mit Humor nahm. Aber diesen Gefallen tat sie ihm nicht.
»Es tut mir leid, daß gleich bei deinem ersten Besuch in meinem Restaurant so etwas passieren mußte.« Marilyn antwortete auf seine Entschuldigung lediglich mit einem kurzen Kopfnicken. Diese herablassende Geste ließ plötzlich Ärger in ihm aufsteigen.
»Sie wird nie mehr einen Job bekommen, Colm«, bemerkte Rosemary. Auch sie brachte ihm nicht die Solidarität entgegen, die er jetzt gebraucht hätte. Vielmehr klang es so, als wolle sie ihm sagen, daß er mit so etwas hätte rechnen müssen. Daß es zumindest teilweise seine Schuld gewesen sei.
»Es war fast ein bißchen wie Kabarett«, versuchte Gertie ungeschickt die Situation zu retten.
Auch die Gesellschaft am Tisch von Danny Lynch stand noch unter Schock. »Ich entschuldige mich für diesen unschönen Auftritt.« Colm versuchte die Angelegenheit ein wenig herunterzuspielen, er wollte nicht vor all diesen Leuten zu Kreuze kriechen.
»Hat sie vielleicht was gegessen, was ihr nicht bekommen ist?« fragte Brian Lynch neugierig.
»Als Besitzer des Restaurants möchte ich das doch nicht hoffen«, antwortete Colm mit gezwungenem Lächeln.
»Wahrscheinlich hast du ihr eher das Falsche zu trinken gegeben«, bemerkte Danny Lynch kühl.

»Nein, Danny, du weißt genau, daß ich das nie tun würde. Leute wie Orla und ich können nun mal nicht mit Alkohol umgehen. Irgend etwas hat sie wohl aus der Fassung gebracht, und da hat sie sich heimlich Wodka in die Blumenvase gegossen.«
Bernadette preßte sich die Hand vor den Mund, um nicht laut loszuprusten. »Sie hat aus der Blumenvase getrunken? Das muß ja widerlich geschmeckt haben«, kicherte sie.
»Hoffentlich«, erwiderte Colm dem Mädchen und lächelte. Eigentlich hatte er ja vorgehabt, sie diskret zu ignorieren. Tatsächlich schien sie noch beinahe ein Kind zu sein und sah eher wie eine Freundin von Annie als wie die Geliebte ihres Vaters aus. Für Ria mußte das ein schwerer Schock gewesen sein.
»Nun, leider müßt ihr jetzt auf Musik verzichten, aber so kann man sich ja besser unterhalten«, meinte er.
»Das macht gar nichts«, versuchte ihm Annie zu Hilfe zu kommen. »Musik kann man überall hören.«
»Ja, wir haben gerade mit Bernadette diskutiert, ob das Baby in ihrem Bauch Flossen oder Beine hat«, platzte Brian heraus. »Und ist das dahinten diese Frau aus Amerika, Mams Freundin Mrs. Vine?«
»Ja, das ist Marilyn Vine«, antwortete Colm.
»Dann hat sie ja gleich einen günstigen Eindruck von unserer Stadt bekommen«, sagte Danny trocken.
»Das habe ich ihr auch gesagt, aber sie fand es eigentlich ziemlich witzig«, log Colm und ging weiter zum nächsten Tisch, um auch dort die Gemüter zu beruhigen.
Als Monto und sein Kumpel schließlich zurückkamen, waren die Gäste schon gegangen.
»Wo habt ihr sie hingebracht?« fragte Colm, dem es stets unangenehm war, mit Carolines Mann zu reden.
»Wir hatten eine Menge prima Ideen, aber schließlich haben wir sie doch in der Ausnüchterungszelle eines Krankenhauses abgelegt«, erklärte Monto mit einem anzüglichen Grinsen.
»Sie wird bestimmt abhauen und gleich wieder hier aufkreuzen. Wir sollten die Tür abschließen.«

»Nicht nötig. Wir haben da jemandem ein paar Scheinchen zugesteckt, damit dafür gesorgt wird, daß sie noch ein bißchen dableibt.«
»Danke, Monto, ich bin dir für heute abend was schuldig.«
»Du bist mir einiges schuldig, Colm, nicht nur für den heutigen Abend, wie du sehr wohl weißt. Also komm mir bitte nicht noch einmal mit der Nummer, daß für mich und meine Leute kein Tisch mehr frei ist.«
»Nein, natürlich nicht. Das war bloß ein Mißverständnis.«
»Ich sehe, wir haben uns verstanden.«
Danny hatte gerade bezahlt, und alle erhoben sich, um zu gehen.
»Den Wein habe ich euch nicht mitberechnet, der geht als kleine Entschädigung für die Unannehmlichkeiten auf Kosten des Hauses«, sagte Colm zu ihm.
»Danke«, antwortete Danny kühl.
»Es war nicht Colms Schuld, Dad«, meinte Annie.
»Natürlich nicht«, erwiderte Danny.
»Euer Vater konnte auch nichts dafür, daß sich Orla ausgerechnet ihn als Opfer herausgepickt hat«, bemerkte Colm nun ebenso eisig.
»Nein, wirklich nicht. Und vielen Dank noch mal für den Wein, das war eine sehr großzügige Geste von dir«, erwiderte Danny unvermittelt in einem so freundlichen Ton, daß alle nur staunten.

»Na, wie war denn der Abend?« erkundigte sich Ria bei ihrer Tochter.
»Ein echtes Erlebnis, Mam. Die Sängerin war besoffen oder hatte was geschluckt oder auch beides. Du hättest sie sehen müssen! Der Busen ist ihr fast aus dem Kleid gehüpft, als sie von Tisch zu Tisch gewankt ist und die Gäste beleidigt hat. Am Ende ist sie buchstäblich rausgetragen worden. Mrs. Vine war auch da, und die Sängerin ist zu ihr gegangen und hat gesagt, sie seien alle Lesben an ihrem Tisch! Stell dir das mal vor, zu Mrs. Vine, Gertie und Rosemary.«

Ria faßte sich an den Kopf. »Nun mach mal langsam, Annie. Wer, hast du gesagt? Gertie, und Rosemary ... das kann doch nicht wahr sein.«
»Der einzige Zeuge, den ich dir präsentieren kann, ist unser Superhirn Brian, der darauf brennt, selbst mit dir zu reden.«
»Tut mir leid, Annie, natürlich glaube ich dir, Liebling. Es hört sich nur so verrückt an. Und hat es Bernadette und dieser ... äh ... Finola denn auch gefallen?«
»Es hat ihnen ziemlich die Sprache verschlagen.«
»Ich liebe dich, Annie«, sagte Ria unvermittelt.
»Nicht doch, Mam. Ich gebe dir jetzt Brian.«
»Hallo, Brian, wie war der Abend?«
»Einfach irre, Mam. Das kannst du dir nicht vorstellen. Mam, was sind denn Lebsen? Keiner will es mir erklären.«
»Du meinst wohl Lesben.«
»Lebsen oder Lesben, egal.«
»Das sind Frauen, die andere Frauen lieber mögen als Männer.«
»Na und, was ist denn dabei?«
»Eigentlich nichts. Erzähl mir doch von eurem Abend im Restaurant.«
»Kennst du denn Lebsen?«
»Ja, ein paar.«
»Und muß man Angst vor ihnen haben?«
»Nein, überhaupt nicht.«
»Warum flüstern dann die Leute immer, wenn sie von ihnen reden?«
»Aber das tut doch niemand.«
»Doch, Mam, alle, heute, den ganzen Abend. Glaub mir.«
»Das hast du wahrscheinlich falsch verstanden.«
»Bestimmt nicht. Willst du Finola gute Nacht sagen? Sie will gerade gehen.« Deutlich konnte Ria Annies Aufschrei hören.
»Brian, du Schwachkopf!«
»Ja, natürlich würde ich gerne auch Finola gute Nacht sagen«, hörte Ria sich sagen.
Am anderen Ende der Leitung wurde kurz getuschelt, dann

meldete sich eine Frauenstimme. »Hallo, ich wollte nur sagen, daß es mit Ihren Kindern recht nett war«, meinte Finola steif.
»Vielen Dank. Sie scheinen sich mit Ihnen auch sehr wohl gefühlt zu haben«, brachte Ria heraus. »Wie ich höre, hat der Abend eine unerwartete Wendung genommen?«
Finola schwieg einen Moment. »Wenn jemand so etwas in einem Roman schreiben würde, würde man sagen, daß er übertrieben hat.«
Beide vermieden es, einander beim Namen zu nennen. Vielleicht würde sich das zu einer bleibenden Gewohnheit in ihrem Verhältnis entwickeln. »Na, dann alles Gute«, sagte Ria.
»Ihnen ebenfalls«, antwortete Bernadettes Mutter.
Ria legte auf. Noch zwei Stunden Zeit bis zu ihrer Verabredung mit dem Bruder von Greg, der bei einem Technikverlag in Los Angeles arbeitete und auf der Durchreise nach Boston war. Gerade eben hatte sie mit der Mutter der Geliebten ihres Mannes Höflichkeiten ausgetauscht. Und die scheinbar etwas depressive Frau, mit der sie ihr Haus getauscht hatte, vergnügte sich abends in Colms Restaurant. Die Welt schien irgendwie aus den Fugen geraten.

Als Andy schließlich kam, saßen sie noch einen Moment am Pool und tranken einen Zitronensaft. Sie war froh, in Hawaii angerufen zu haben, denn er hatte überhaupt keine Ähnlichkeit mit seinem Bruder. Er mochte ungefähr in ihrem Alter oder auch etwas jünger sein, war schlank und machte einen intellektuellen Eindruck. Offenbar hielt er auch sie zunächst für eine Akademikerin. »Verzeih mir, da habe ich wohl voreilige Schlußfolgerungen gezogen«, entschuldigte er sich, als er merkte, daß sie sich weder im irischen noch amerikanischen Universitätssystem auskannte. »Ich dachte, du und Marilyn hättet euch über die Uni kennengelernt.«
»Nein, ganz und gar nicht. Und auch nicht über das Hobby der Gärtnerei, wie eine von Marilyns Freundinnen neulich dachte. Dafür habe ich nämlich überhaupt kein Händchen«, erwiderte Ria und strahlte ihn an. Sie trug ihr blauweißes Sommerkleid, das

sie bisher nur einmal, für eine Hochzeit im vorigen Jahr, angezogen hatte. Dabei stand es ihr hervorragend, besonders in Kombination mit dem Hut, den ihr Polly Callaghan damals geliehen hatte. Doch seitdem hatte sich irgendwie keine passende Gelegenheit mehr ergeben. Und wieder einmal fragte sie sich, ob alles anders gekommen wäre, wenn sie mehr auf ihr Äußeres geachtet hätte.
»Warst du schon einmal thailändisch essen?« wollte er wissen.
»Auch in Irland gibt es mittlerweile thailändische Restaurants. Dublin ist eine Weltstadt geworden. Aber ich war erst zweimal in so einem Lokal und kann mich kaum daran erinnern. Es wäre nett, wenn du mir beim Bestellen hilfst.«
Der Abend fing vielversprechend an. Anscheinend war es leichter, Männer für sich zu interessieren, wenn man schon etwas in die Jahre gekommen war und es im Grunde nicht mehr so darauf ankam.
Im Restaurant entwickelte sich rasch eine angeregte Unterhaltung. Andy erzählte von den technischen Publikationen, die sein Verlag herausbrachte. Es handelte sich dabei ausnahmslos um Bücher, die nur für Fachleute von Interesse waren. Und auch sie kauften sie nur, um sich auf dem laufenden zu halten. Computer und CD-ROM hätten die Branche vollständig verändert, berichtete er. Sein Großvater sei noch von Tür zu Tür gezogen und habe versucht, den Leuten tonnenschwere Enzyklopädien aufzuschwatzen. Er würde aus dem Staunen nicht herauskommen, wenn er sehen könnte, wie winzig so eine Enzyklopädie heutzutage sei und wie sie vertrieben würde. Andy hatte eine Wohnung in Los Angeles. Er war verheiratet gewesen, aber die kinderlos gebliebene Ehe war inzwischen geschieden worden.
»Hast du sie verlassen oder sie dich?« fragte Ria.
»So einfach ist das in den seltensten Fällen«, seufzte er.
»Doch, meistens schon«, beharrte sie.
»Na gut, ich hatte eine Affäre, sie ist dahintergekommen und hat mich rausgeschmissen.«
Ria nickte. »Also hast du sie im Grunde verlassen.«

»Das sagst du, und sie hat das auch so gesehen. Ich hätte mich nicht scheiden lassen, aber sie wollte nichts mehr von mir wissen.«
»Hättest du ihr denn vergeben, wenn sie eine Affäre gehabt hätte?«
»Selbstverständlich.«
»Du hättest einfach so getan, als ob nichts geschehen wäre?«
»Hör zu, Maria, Frauen und Männer haben sich zu allen Zeiten betrogen. Wir leben nun mal nicht in einer perfekten Welt, wo jeder seine Versprechen hält. Eine Ehe kann einen Seitensprung aushalten, wenn sie eine Basis hat. Ich glaubte, bei uns sei das der Fall, aber ich habe mich geirrt.«
»Und wenn du eine zweite Chance hättest?« fragte sie gespannt.
»Man kann die Zeit nicht zurückdrehen. Ich habe keine Ahnung, was ich dann tun würde. Und du, bist du auch geschieden?«
»Ich glaube ja«, brachte Ria zögernd hervor, worauf er sie verwundert anschaute. »Das ist nicht so unsinnig, wie es sich vielleicht anhört. In Irland kann man sich nämlich erst seit kurzem scheiden lassen. Ich habe mich noch nicht ganz an den Gedanken gewöhnt, daß es jetzt diese Möglichkeit gibt. Aber die Antwort ist natürlich ja, ich bin im Begriff, mich scheiden zu lassen.«
»Hast du ihn verlassen oder ...«
»Nein, er hat mich verlassen.«
»Und du kannst ihm nicht verzeihen?«
»Er gibt mir keine Gelegenheit dazu.« Es trat eine Pause ein.
»Andy, kannst du mir was über Dale erzählen?«
»Was willst du denn wissen?«
»Weißt du, als ich mit Greg telefoniert habe, hatte ich irgendwie das Gefühl, ich hätte vielleicht was Falsches gesagt. Er war plötzlich so komisch, beinahe schon verärgert.«
»Was hast du denn zu ihm gesagt?«
»Ich weiß nicht mehr. Das Übliche eben, alles Gute und solche Sachen.«
Andy schüttelte den Kopf. »Die Menschen reagieren halt sehr verschieden. Marilyn hat es nie richtig akzeptiert, und das ist ihre Art, damit fertig zu werden.«

»Können denn Greg und sie nicht darüber reden?«
»Greg möchte schon, aber sie anscheinend nicht.«
»Die Menschen machen sich das Leben unnötig schwer«, dachte Ria. Da war Dale weit weg auf Hawaii, seine Mutter vermißte ihn offensichtlich, und trotzdem kam keine Bewegung in die Sache. Auch sie und Danny hatten es natürlich nicht geschafft, alles von den Kindern fernzuhalten, aber sie hatten es wenigstens versucht. Und zwar sie beide, soviel mußte sie Danny zugute halten. Diese Geschichte mit Dale war doch einfach zu dumm. »Greg muß sich doch nur mit ihr aussprechen, das ist doch alles.«
»Das wollte er ja, aber da ist sie einfach nach Irland abgereist.«
»Wann wird er denn ihrer Meinung nach zurückkommen?«
»Im Herbst.«
»Das ist aber noch eine lange Zeit. Und bis dahin will sie das Zimmer so lassen, wie es ist?« fragte Ria verwundert.
»Was hat sie dir denn von der Geschichte erzählt?« fragte Andy.
»Überhaupt nichts. Sie hat nicht mit einem Wort erwähnt, daß sie überhaupt einen Sohn hat.«
Andy warf ihr einen erstaunten Blick zu, und nach einem kurzen, verlegenen Schweigen wechselten sie das Thema. Er erzählte ihr von seiner Kindheit in Pennsylvania, sie von der Leidenschaft ihrer Mutter fürs Kino. Ria erfuhr, daß er ein begeisterter Baseballfan war, und sie erklärte ihm, was man in Irland unter »Hurling«* verstand, und schilderte ihm das großen Finale, das alljährlich im Croke Park stattfand. Dann verriet er ihr, wie man einen guten Salat Cäsar zubereitet, wofür sie sich mit einem Rezept für Kartoffelpuffer revanchierte. Es wir ein sehr gelungener Abend.
Als er sie zum Tudor Drive zurückbrachte, saßen sie einen Moment lang beklommen nebeneinander im Wagen. Sie wollte ihn nicht hereinbitten, um kein Mißverständnis aufkommen zu lassen. Dann fingen sie gleichzeitig an zu sprechen.
»Solltest du jemals geschäftlich in Irland zu tun haben ...«, wollte Ria sagen.

* Ein altes irisches Schlagballspiel (A. d. Ü.)

»Die Konferenz ist am Mittwoch um die Mittagszeit zu Ende ...«, meinte Andy.
»Sprich weiter ...«, bat sie.
»Ich habe mir gerade gedacht, ich könnte doch auf demselben Weg zurückkreisen und dir einen Salat Cäsar machen. Und du zeigst mir dann, wie diese Kartoffelpuffer gehen?« fuhr er fort.
»Abgemacht«, rief Ria mit einem strahlenden Lächeln und stieg aus dem Wagen.
Wenn sie früher mit Jungs ausgegangen waren, hatte die wichtigste Frage immer gelautet: »Wann siehst du ihn wieder?« Und nun war ihr das doch tatsächlich noch einmal passiert. Ein Mann hatte sie um ein zweites Rendezvous gebeten. Mit allem, was dazugehörte.
Ria stand im Schlafzimmer und sah in den wundervollen Garten hinaus, den diese ihr immer noch rätselhafte Marilyn angelegt hatte. Nach allem, was sie gehört hatte, verbrachte Marilyn Vine jede freie Minute damit, Unkraut zu jäten, hier etwas umzupflanzen oder dort ein Beet umzugraben. Nicht unwahrscheinlich, daß sie mit ihren Blumen und Kletterpflanzen sogar redete.
Ria fühlte sich nicht wohl in diesem Haus in Westville. Die Beziehung zu Carlotta und Heidi hatte sich nach diesem vielversprechenden Beginn nicht weiterentwickelt. Den beiden Frauen schien der Überschwang jenes ersten Abends peinlich zu sein, und sie hatten keine Anstalten gemacht, sich ein weiteres Mal mit ihr zu verabreden. Gewiß, Andy Vine schien ihr ein wenig den Hof zu machen, aber was bedeutete das schon? Im Grunde war auch er nur ein Fremder, der aus einer völlig anderen Welt kam. Zugegeben, Westville mit seinen vielen Bäumen und dem Flüßchen war ein friedlicher und malerischer Ort, wo man einen unbeschwerten Lebensstil mit viel oberflächlicher Herzlichkeit und unverbindlicher Freundlichkeit pflegte. Aber ein Zuhause war es nicht. Daheim in Dublin hatten ihre Kinder einen lustigen Abend im Kreise ihrer neuen Familie verbracht. Nur ein paar Tische weiter hatte Marilyn Vine mit Rosemary und Gertie gesessen. Während sie hier ganz allein gewesen war. Wieder strömten

Tränen über Rias Gesicht. Es war eine verrückte Idee gewesen, hierherzukommen. Völlig verrückt.

Vor den Fenstern der Tara Road zog der Morgen herauf. Marilyn hatte nicht gut geschlafen. Was war das doch für eine häßliche Szene gewesen, gestern abend im Restaurant! Alles war plötzlich außer Kontrolle geraten. Diese Leute hatten auf sie wie Schauspieler in einem Stück gewirkt, das allerdings nicht ihr Mitgefühl weckte. Rosemary und Gertie hatten ihr einiges über die Hintergründe von Rias gescheiterter Ehe erzählt, von der neuen Frau im Leben von Danny, der verstörten Reaktion der Kinder, der notorischen Unberechenbarkeit der betrunkenen Sängerin und den mutmaßlichen kriminellen Verbindungen der vierschrötigen Männer, die sie schließlich hinausgeschafft hatten. Jeder in dieser Stadt schien über seine Mitmenschen bestens informiert zu sein und gab sein Wissen freimütig weiter. Würde, Diskretion und Achtung vor der Privatsphäre anderer schienen hier Fremdworte zu sein.

Rosemary hatte gemeint, es sei verständlich, wenn die Leute sie für lesbisch hielten, denn sie sei unverheiratet und habe eine Schwester, die in aller Öffentlichkeit mit einer Frau zusammenlebe. Gertie hatte von den Problemen mit ihrem Mann erzählt, von seiner Trunksucht und Gewalttätigkeit. Aus ihrem Munde hatte sich das angehört, als ob Jack dazu neige, im Winter einen kleinen Schnupfen zu bekommen. Dann war Colm an ihren Tisch gekommen und hatte eine ziemlich beiläufige Entschuldigung für eine Szene vorgebracht, die schlichtweg der Gipfel der Peinlichkeit gewesen war. Die beiden Frauen erzählten ihr auch, sie hätten es anfangs für eine völlig verrückte Idee gehalten, daß Ria nach Amerika reiste und die Kinder in Irland zurückließ, aber nun hofften sie, alles würde sich zum Guten wenden.

Marilyn empfand dieses Interesse am Schicksal von Freunden und Bekannten lediglich als aufdringlich und indiskret. Hemmungslos hatten Rosemary und Gertie ihr, die doch nur aufgrund eines Wohnungstausches nach Dublin gekommen war und für sie im

Grunde eine wildfremde Person war, die geheimsten Gedanken und intimsten Sorgen ihrer Freundin Ria enthüllt. Trotz ihrer Sympathie für Ria, die soviel hatte durchmachen müssen, ging Marilyn das alles ziemlich gegen den Strich.

Warum hatte sie nicht ihre gewohnte Zurückhaltung bewahren können und sich all diese Leute vom Leibe gehalten? Die einzige Möglichkeit, mit Kummer und Schmerz zurechtzukommen, bestand doch darin, ihn schlicht zu ignorieren, vor allem aber nicht herauszuposaunen. Man mußte ihn einfach nicht zur Kenntnis nehmen, dann konnte man hoffen, ihn zu überstehen. Marilyn erhob sich und ließ den Blick über den verwahrlosten Vorgarten und die großen roten Ziegelsteinhäuser der Nachbarschaft schweifen. Sie fühlte sich sehr unwohl hier, inmitten all dieser schwatzsüchtigen Menschen, deren Neugier keine Grenzen kannte und die völlig selbstverständlich davon ausgingen, man sei auch an ihrem Leben interessiert.

Sie sehnte sich nach dem kühlen Haus und ihrem schönen Garten in Westville. Wäre sie jetzt dort, könnte sie in den Pool springen und ein paar Runden schwimmen, in dem sicheren Bewußtsein, daß niemand unangemeldet vorbeikommen und sie auf den gestrigen Abend ansprechen würde. Clement, der wie bisher jede Nacht auf ihrem Bett geschlafen hatte, erhob sich ebenfalls, machte einen Buckel und kam erwartungsvoll schnurrend auf sie zu. Ein neuer Tag zog herauf, und er freute sich auf ein Spiel und eine Schüssel Milch.

Marilyn musterte ihn traurig. »Normalerweise spreche ich ja nicht mit Tieren, Clement, aber bei dir mache ich eine Ausnahme. Es war eine Schnapsidee, hierherzukommen. Es war das Dümmste, was ich je in meinem Leben gemacht habe.«

KAPITEL SECHS

»Meinst du, wir sollten zu Oma jetzt Nora sagen?« überlegte Brian.
»Was?« Annie sah von ihrem Buch auf.
»Na ja, ich meine, wenn wir Bernadettes Mutter beim Vornamen nennen, warum dann nicht auch Oma?« Brian besaß Gerechtigkeitssinn.
»Nein, Brian, und jetzt halt die Klappe«, gab Annie zurück.
»Du sagst immer nur ›halt die Klappe‹. Nie sagst du mal was Nettes zu mir. Nie!«
»Sei mal ehrlich, Brian: Wer könnte zu *dir* schon was Nettes sagen?«
»Da gibt es einige.«
»Wen denn, außer Mam und Dad? Und denen bleibt ja nichts anderes übrig, denn du bist nun mal leider Gottes ihr Kind.«
»Finola ist schon nett zu mir.«
»So? Dann nenn mir nur mal ein Beispiel, was sie heute Nettes zu dir gesagt hat.«
»Sie hat mich gelobt, weil ich noch gewußt habe, daß man mit den Springern die Felder in der Mitte beherrschen muß.«
»Das hast du dir tatsächlich gemerkt?« Annie sträubte sich immer noch dagegen, Schach zu lernen. Andererseits konnte sie es auch nicht ertragen, daß Brian inzwischen ein recht guter Spieler geworden war.
»Na ja, eigentlich war es eher zufällig. Ich habe sie einfach nur so dorthin gestellt, und Finola war gleich ganz begeistert.« Brian lächelte triumphierend.
Manchmal, dachte Annie, war er gar nicht mal so nervig, sondern einfach nur ein armer kleiner Wicht, mit dem man Nachsicht

haben mußte. Daß sich ihrer aller Leben nun grundlegend ändern würde, hatte er wohl noch immer nicht kapiert. Er glaubte, nach diesem Sommer würde die ganze Familie wieder in der Tara Road zusammenwohnen. Ja, er hatte Bernadettes Mutter sogar gefragt, ob sie im Herbst, wenn sie aus Amerika zurückkehrten, weiterhin Schach miteinander spielen könnten. Finola hatte erwidert, wenn Brian seinen Vater besuchte und sie zufällig gerade da sei, könnten sie natürlich gerne wieder die eine oder andere Partie spielen. Und da war der blöde Brian völlig verdutzt gewesen. Anscheinend glaubte er wirklich, Dad würde auch wieder heimkommen. Es war ihm überhaupt nicht klar, daß sein Dad auch künftig mit Bernadette zusammenleben würde.
Nach Kittys Ansicht war es ziemlich clever von Bernadette gewesen, sich Annies Vater zu angeln. Trotz des Verbots trafen sich Annie und Kitty weiterhin, und zwar in der Bücherei. Da Annie inzwischen viel las – was anderes könne man hier ja nicht tun, maulte sie unentwegt –, gestattete man ihr gnädigerweise, die Bücherei zu besuchen. Dabei begleitete Kitty sie und erzählte ihr vom richtigen Leben, von Motorradrennen, Discos und den tollen Leuten, die man in Bars traf. Wehmütig hörte sich Annie die Geschichten von der großen Freiheit an.
Kitty jedoch war mehr an dem sexuellen Aspekt von Dannys neuer Beziehung interessiert. Bernadette war ihr ein völliges Rätsel. »Sie sieht so doof und so trantütig aus, ich hätte ihr das gar nicht zugetraut. Irgendwie muß sie doch was von einer dieser Kurtisanen haben, die genau wissen, wie sie ihre Reize einsetzen müssen. Das soll es ja tatsächlich geben, daß Frauen ihre Männer zu Sexsklaven machen. Ich wüßte zu gern, wie sie das im einzelnen anstellen.«
»Das wird sie mir kaum auf die Nase binden«, meinte Annie trocken.
»Aber ihr kommt doch alle so gut miteinander aus«, wunderte sich Kitty. »Obwohl ich eigentlich gedacht hätte, du würdest ihr übelnehmen, daß sie sich aufspielt, als wäre sie deine Mutter.«
»Nein, das tut sie nicht. Sie kümmert sich eigentlich gar nicht um

uns. Sie macht mir keine Vorschriften, außer was dich betrifft. Anscheinend hat Dad ihr eingeschärft, daß du kein akzeptabler Umgang für mich bist«, meinte sie grinsend.
Kitty war erstaunt. »Dabei habe ich immer gedacht, er mag mich. Ich habe mir sogar eingebildet, daß er ein bißchen für mich schwärmt und ich gewisse Chancen bei ihm hätte. Das hat auch deine Mutter spitzgekriegt – und deshalb wollte *sie* mich nicht in der Nähe haben.«
Annie starrte sie entsetzt an. »Aber Kitty, du hättest doch nicht ...«
»Keine Angst, ich hätte nicht deine Stiefmutter werden wollen. Ich dachte nur daran, ein bißchen in Clubs auszugehen, in tolle Lokale ...« Sie wackelte mit den Hüften. »Ein bißchen, du weißt schon ... Er ist ein echt scharfer Typ, dein Dad.«
Annie betrachtete sie mit einem flauen Gefühl im Magen. Kitty hatte schon mit Männern geschlafen, und sie behauptete, fast immer sei es ganz toll. Manchmal sei es auch langweilig, aber meistens klasse. Annie sollte es doch erst mal selbst ausprobieren, ehe sie darüber urteilte. Aber Annie wußte, daß sie sich nie auf so etwas einlassen würde, auf so ein erschreckend wildes, zügelloses, angsteinflößendes Treiben. Sie erinnerte sich an das, was sie damals im Garten hinter Rosemarys Haus gesehen hatte. Und an diese Orla King, die Sängerin, die in Colms Restaurant eine fürchterliche Szene gemacht hatte mit all diesen sexuellen Anspielungen. Es war etwas Entsetzliches, Verwirrendes und Beklemmendes. Vor einigen Jahren hatte ihre Mutter sie aufgeklärt und gesagt, es sei etwas sehr Schönes, wenn man jemanden liebe, weil man dann eine ganz besondere Nähe und Zuneigung zu diesem Menschen empfinde.
Was hatte Mam nun diese Nähe und Zuneigung gebracht? Und in ihrem Alter würde sie diese Gefühle wohl kaum noch einmal für jemanden empfinden. So wie Dad. Der hatte ja offenbar keine Probleme damit.

Ria beschloß, vor ihrer Verabredung mit Andy am Mittwoch abend zum Friseur zu gehen. Aber nicht zu Carlotta. Sie sollte nicht den Eindruck bekommen, daß Ria sich aufdrängte oder auf sie angewiesen war.

Schließlich gab es genug andere Schönheitssalons in und um Westville. Neulich, erinnerte sie sich, hatte sie einen in einem Einkaufszentrum gesehen. Ja, den wollte sie mal ausprobieren. Gekonnt manövrierte sie Marilyn Vines Wagen rückwärts aus dem Stellplatz, als ihr Carlotta zuwinkte, die gerade ihren Briefkasten leerte.

Ihre Begrüßung war herzlich. »Hallo! Na, das trifft sich ja gut, ich hatte nämlich gehofft, dich zu sehen.«

»Tja, da bin ich«, entgegnete Ria mit aufgesetztem Lächeln.

Was meinte diese Frau eigentlich mit der Bemerkung, sie habe gehofft, sie zu sehen? Meine Güte, sie wohnte gleich nebenan. »Ja, nun, ich wollte dich nicht schon wieder belästigen. Ich weiß, daß Marilyn großen Wert auf ihre Privatsphäre legt ...«

»Ich bin aber nicht Marilyn«, erwiderte Ria spitz, »sondern Ria.« Sofort bedauerte sie ihre kindische Trotzreaktion, die bis vor ein paar Jahren noch typisch für Brian gewesen wäre. Sie mußte sich etwas mehr zusammenreißen.

Falls Carlotta sich darüber wunderte, ließ sie es sich zumindest nicht anmerken. »Ja, natürlich. Was ich sagen wollte: Am Dienstag abend kommen Vertreter einer Firma für Haarpflegemittel in unseren Salon, um bei uns ihr Warensortiment zu präsentieren. Bei dieser Gelegenheit bieten sie vier oder fünf unserer Stammkundinnen eine kostenlose Behandlung an, die ganze Palette, waschen, tönen, legen, mit Kurpackung und allem Drum und Dran ... Wenn wir dann mit dem Ergebnis zufrieden sind, kaufen wir Artikel aus ihrem Sortiment. Solche Abende veranstalten wir mehrmals im Jahr mit verschiedenen Firmen. Hast du nicht vielleicht Lust, daran teilzunehmen? Keine Angst, du mußt nicht Versuchskaninchen spielen, sie werden dir die Haare nicht lila färben!«

Ria war verblüfft. »Aber du hast doch bestimmt bessere Kundinnen als mich.«

»Ach, komm doch«, bat Carlotta.

»Nun ja, gern. Wann denn?« Sie vereinbarten eine Uhrzeit und klärten die Einzelheiten. Als Ria dann allein war, wünschte sie sich, sie könnte sich mehr freuen.

Offenbar war Carlotta doch nicht so kühl und reserviert, wie sie angenommen hatte, und es war sicher auch nicht verkehrt, ein paar Leute aus der Nachbarschaft kennenzulernen. Doch im Grunde bedeutete ihr das nicht viel. Die Enttäuschung vom Samstag abend wirkte noch immer nach. Sie war hier in der Fremde, nicht zu Hause. Und es war albern, sich der Hoffnung hinzugeben, sie könnte hier tatsächlich Anschluß finden.

Eigentlich hatte sie Marilyn in Irland anrufen wollen, aber sie wußte nicht, was sie ihr hätte sagen sollen. Immerhin, dachte sie bei sich, war es besser als nichts. Um mit Hilarys Worten zu sprechen: Einem geschenkten Gaul schaut man nicht ins Maul.

Als Gertie erschien, machte Marilyn sich schon auf eine endlose Debatte über den Vorfall im Restaurant gefaßt. Doch die Frau wirkte fahrig und verängstigt und war alles andere als gesprächig. Möglicherweise hatte Jack den Damenabend nicht gutgeheißen und seinen Unmut auf jene Weise ausgedrückt, auf die er sich am besten verstand. Gertie schien ausnahmsweise erleichtert darüber, daß Marilyn sie allein ließ, als sie Wäsche bügelte und auf den Knien rutschend die Beine des prächtigen Salontischs polierte.

Also arbeitete Marilyn einstweilen im Vorgarten weiter. Das Geld für Gertie steckte sie wie immer zusammen mit einer Dankeskarte in einen Umschlag, den sie auf das Dielentischchen legte. Colm war im Garten hinter dem Haus beschäftigt, also kam sie mit ihm auch nicht ins Gespräch. Rosemary war vorbeigefahren und hatte es offenbar nicht für notwendig erachtet, hereinzuschauen. Und Rias Mutter mit dem verrückten Hund war seit zwei Tagen nicht mehr dagewesen.

Marilyn hielt inne und massierte ihre Schultern, die sich allmählich verspannten. Vielleicht hatte sie all diesen Leuten hier endlich klarmachen können, daß sie ihren Sommer nicht wie in

einem großen Ferienlager mit ihnen gemeinsam verbringen wollte.
Als Gertie sich verabschiedete, schaute sie sich im Garten um und lobte Marilyns Bemühungen. »Du hast ganz schön viel Energie, Marilyn«, meinte sie.
»Danke.«
»Ich hoffe, es wird leichter für dich, was immer dich bedrücken mag«, fügte sie hinzu und ging.
Marilyn lief knallrot an. Wie kamen diese Leute dazu anzunehmen, daß irgend etwas sie bedrückte? Sie hatte nichts dergleichen durchblicken lassen und war auf all die Fragen dieser überaus neugierigen Menschen nur vage und sehr allgemein eingegangen. Mit welchem Recht kamen sie so ganz selbstverständlich zu dem Schluß, daß irgend etwas mit ihr nicht stimmte? Beim allerersten Gespräch mit Ria war sie versucht gewesen, ihr Herz auszuschütten, doch jetzt war sie heilfroh, daß sie es nicht getan hatte. Wenn Ria Lynch, die anscheinend die Schaltstelle für sämtliche Neuigkeiten und Kümmernisse in dieser Stadt war, davon gewußt hätte, würde Marilyns Lebensgeschichte inzwischen wohl schon in der Zeitung stehen.
Sie hatte vorgehabt, Ria in Westville anzurufen, ließ es dann aber doch bleiben. Es gab nichts zu sagen.

Als Ria gerade in der sonnigen Küche saß und eine Liste schrieb, was sie vor der Ankunft der Kinder noch erledigen mußte, klingelte das Telefon.
»Hi, Ria, hier ist Heidi! Es gibt da einen Einführungskurs fürs Internet. Was meinst du, sollen wir uns dafür anmelden?«
»Tut mir leid, Heidi, aber ich bin ein schrecklicher Feigling. Ich habe Angst, daß ich nichts kapiere und nicht mithalten kann.«
»Aber der Kurs ist doch gerade für Leute wie uns, die wenig Ahnung haben, nicht für die Computer-Kids. Man muß nur ein bißchen tippen können, das kannst du ja bestimmt.«
»Ach, das habe ich auch schon fast verlernt.«
»Unsinn, und es sind auch nur fünf Unterrichtsstunden.«

»Ist es denn nicht teuer, Heidi? Weißt du, ich möchte nicht wie meine Schwester und mein Schwager klingen, deren Sparsamkeit schon krankhaft ist, aber ich muß meine Dollars zusammenhalten, damit ich noch welche habe, wenn die Kinder kommen.«

»Aber nein, es ist überhaupt nicht teuer, und ich wollte dich sowieso dazu einladen. Wir bekommen über die Uni einen Vorzugspreis. Außerdem möchte ich nicht allein hingehen.«

»Wann findet er denn statt?«

»Diese Woche Mittwoch und Freitag und nächste Woche noch dreimal. Und dann sind wir im World Wide Web.«

»Hmm, ich weiß noch nicht genau wegen Mittwoch ...«, fing Ria an.

»Komm schon, Ria, du hast doch nicht schon was anderes vor, oder?«

»Nein, nein ... es ist nur ...«

»Ich würde mich unheimlich freuen, wenn du mitkommst. Es dauert auch nur jeweils eine Stunde – sie gehen nämlich zu Recht davon aus, daß wir uns ohnehin nicht länger konzentrieren können ... immer von zwölf bis eins.«

»Ach, es ist *tagsüber*«, sagte Ria erleichtert. »Dann gehe ich natürlich gerne mit, Heidi. Sag mir doch, wo es stattfindet.«

Greg rief Marilyn aus Hawaii an.
»Danke für deinen Brief«, sagte er.
»Er klang immer noch ziemlich unbeholfen. Ich wollte eigentlich mehr sagen.«
»Immerhin reden wir miteinander und schreiben uns. Das ist gut. Oder zumindest ein Fortschritt.«
Marilyn hatte keine Lust auf ein Beziehungsgespräch. »Und wie geht es dir, Greg?«
»Ganz okay ... Sommerkurse, Jugendliche, die völlig unbedarft sind und trotzdem ihren Abschluß machen ... aber auch solche, die das Studium glänzend abgeschlossen haben und keine Chance auf eine Stelle haben. Viel zu viele wirklich aufgeweckte junge

Leute, die nie einen Job bekommen werden. Das alte Lied im Uni-Betrieb.« Er klang entspannt. Schon lange waren sie einem richtigen Gespräch nicht mehr so nahe gekommen wie jetzt.
»Ich wünschte, ich könnte hier eine E-Mail absenden«, meinte Marilyn.
»Du hättest doch deinen Laptop mitnehmen können, oder nicht?«
»Ja, aber daran habe ich nicht gedacht.«
»Ich habe übrigens neulich mit Ria Lynch telefoniert. Sie hat mich hier angerufen, es scheint ihr recht gut zu gefallen.«
»War irgendwas nicht in Ordnung?«
»Doch, doch, sie wollte sich nur vergewissern, ob Andy wirklich mein Bruder ist. Er war gerade in Westville auf der Durchreise und wollte bei dir vorbeischauen.«
»Das ist nett von Andy. Und hat Ria ihn gesehen?«
»Nein, sie hat ihn nur im Motel angerufen.«
»Hoffentlich kommt sie gut zurecht. Ich möchte sie dort nicht allzuoft anrufen, sonst kriegt sie am Ende noch den Eindruck, als wollte ich sie kontrollieren«, sagte Marilyn.
»Ja, das kann ich verstehen«, erwiderte Greg. »Und was denkst du jetzt über sie? Wie ist es bei ihr zu Hause?«
»Wie meinst du das?«
»Erscheint sie dir nicht ein bißchen seltsam?«
»Warum fragst du?« Marilyn klang nun etwas kühler. »Ich dachte, du hast selbst mit ihr geredet?«
»Ja, natürlich. Ich hatte einfach nur den Eindruck, sie sei sehr gläubig, esoterisch oder so.«
»So kam sie mir gar nicht vor«, erwiderte Marilyn verwundert. »Sicher, hier in Irland gibt es jede Menge Kirchen, ständig hört man Glocken läuten, und überall stehen Heiligenstatuen, aber ich hatte nicht das Gefühl, daß sie so fromm ist.«
»Na, vielleicht habe ich das auch falsch aufgefaßt. Sie hat nur so etwas gesagt ...«
»Was denn genau?«
»Ach, wahrscheinlich war es ganz unwichtig. Ich habe das wohl

wirklich falsch verstanden. Wie ist denn das Haus so, in dem du jetzt wohnst?«
»Es ist wunderschön. Alles antik. Die Leute sind anders, dauernd kommt jemand vorbei, aber sie bleiben nicht lange. Ach ja, es gibt hier auch eine Katze, einen riesigen rotgelben Kater namens Clement.«
»Klingt ja ganz gut. Und was unternimmst du so?«
»Ich arbeite viel im Garten, mache lange Spaziergänge und ... es ist alles bestens, Greg.«
»Es freut mich, daß du glücklich bist«, sagte er.
»Ja. Hmm.«
»Es geht dir doch gut, oder nicht?« Er klang besorgt.
»Natürlich, Greg. Alles in Ordnung«, antwortete Marilyn.
Danach ging sie zurück in den Garten und machte sich mit frischer Kraft wieder ans Umgraben. Sie wollte Greg nicht fragen, warum ihm Ria so seltsam vorgekommen war. Es war unwichtig. Alles, was zählte, war, daß sie hier ganz für sich war und die Dinge einfach auf sich zukommen lassen konnte.
Ein Schatten fiel auf sie. Sie beschirmte die Augen mit der Hand und blinzelte zu Colm hinauf, der neben ihr stand.
»Hallo«, begrüßte er sie.
»Hi«, erwiderte Marilyn.
»Ich halte nicht viel von wortreichen Entschuldigungen, deshalb habe ich dir lieber ein paar Blumen gebracht.«
»Du konntest doch nichts dafür.«
»Aber es ist in meinem Lokal passiert. Na ja, jetzt ist's ja vorbei. Gott im Himmel, gib, daß es wirklich vorbei ist! Als Restaurantbesitzer hat man ja ziemlich lebhafte Alpträume, aber so eine Szene war nie dabei.«
Unwillkürlich mußte Marilyn lächeln. »Wie du schon sagtest, es ist vorbei. Danke für die Blumen. Du mußt mir übrigens einen Tip geben, wo ich Erde und Dünger herbekomme, wenn ich mit dem Ausholzen fertig bin.«
»Ja, gern«, sagte Colm und betrachtete staunend ihr Werk. Sie hatte eine beträchtliche Arbeit geleistet und den Vorgarten von

all dem Wildwuchs und den alten Wurzelstöcken befreit. Bald würde man ihn neu bepflanzen können.
»Danny Lynch wird dir bestimmt sehr dankbar sein!«
»Wofür denn?« fragte sie ehrlich überrascht.
»Na, weil dadurch der Wert seines Grundstücks steigt. Er denkt vor allem in finanziellen Kategorien.«
»Du magst ihn wohl nicht besonders?«
»Es gefällt mir nicht, wie er sich gegenüber Ria benommen hat. Ob ich ihn vorher gemocht habe, weiß ich heute nicht mehr. Ich glaube schon.« Colm runzelte nachdenklich die Stirn.
»Ich tue das aber nicht für ihn, sondern für Ria und das Haus«, stellte Marilyn fest.
»Nun, das läuft auf das gleiche hinaus. Über kurz oder lang werden sie es verkaufen müssen.«
»Nein!« Marilyn war entsetzt.
»Na, wie soll er denn für zwei Familien aufkommen und dazu noch dieses Haus unterhalten? Aber reden wir nicht mehr von Danny Lynch, der auf Schritt und Tritt nur Unheil anrichtet.«
»War er die Ursache des Problems mit diesem blonden Zwitschervögelchen, wie mein Dad sie genannt hätte?«
»Zwitschervögelchen? Das trifft es ganz gut. Ja, er war *eine* Ursache ihres Problems, die andere war eine mit Wodka gefüllte Nelkenvase.« Sie starrte ihn mit offenem Mund an. »Tja, Marilyn, komm nach Irland, und du erlebst all die Abgründe des menschlichen Daseins. Willst du heute abend mit mir essen gehen? Ich möchte mal die Konkurrenz unter die Lupe nehmen. Es würde mich freuen, wenn du mitgehst.«
»Vielen Dank«, sagte Marilyn Vine.
Allerdings verlor sie kein Wort darüber, als Gertie später zum Putzen und Bügeln kam. Auch in der Dankeskarte, die sie zu Rosemarys eleganter Wohnung hinüberbrachte, erwähnte sie nichts davon. Man mußte den Leuten ja nicht alles auf die Nase binden.

»Sag mal, Oma, hast du was dagegen, wenn ich dich Nora nenne?«
»Bist du jetzt komplett verrückt geworden, Brian?« gab seine Großmutter zurück.
»Ich hab's dir ja gleich gesagt, aber du hörst ja nicht auf mich«, triumphierte Annie.
»Was soll das eigentlich?« Argwöhnisch schaute Nora Johnson die beiden an.
»Es ist nur ein weiterer Beweis dafür, daß man ihn in eine Zwangsjacke stecken sollte«, sagte Annie.
»Nun, ich weiß ja, daß du ziemlich alt bist, Oma, aber so alt doch auch wieder nicht, oder? Und ich dachte, das wäre dann mehr wie unter Freunden, unter Gleichgestellten.«
Annie rollte mit den Augäpfeln. »Willst du dann Dad auch ›Danny‹ nennen, wenn wir heute abend zum Shannon fahren? Und hast du ein paar von diesen Peinlichkeiten auch für deine Freundin ›Ria‹ parat, wenn sie das nächste Mal aus Amerika anruft?«
Nora Johnson betrachtete ihren Enkel mit besorgter Miene. »Weißt du was, Brian? Wenn ich es mir recht überlege, wäre mir Nora tatsächlich lieber. So sagen auch die Leute im St. Rita zu mir.«
»Aber die sind doch alt wie Methusalem!« eiferte sich Annie. »Das ist doch klar, daß sie dich Nora nennen.«
»Und Pliers natürlich auch«, fügte ihre Großmutter hinzu.
»Was?« Annie sah sie erschrocken an. »Der Hund nennt dich Nora, Oma?«
»In seinen Gedanken schon. Für Pliers bin ich doch nicht Mrs. Johnson. Ja, Brian, von heute an kannst du Nora zu mir sagen.«
»Danke, Oma, ich wußte, daß es eine gute Idee war«, freute sich Brian.
Annie kam zu dem Schluß, daß offenbar die ganze Familie durchdrehte. Und jetzt mußte sie auch noch in die Tara Road gehen und diese Mrs. Vine begrüßen, ehe sie zu dem Bootstrip auf dem Shannon aufbrachen. Mam wollte es so. Es wäre eine freundliche

Geste, eine Frage der Höflichkeit, meinte sie. Im Grunde genommen lebte Mam tatsächlich in einer anderen Welt.

Mrs. Vine hatte einen Teller mit widerlichen Ingwerkeksen hingestellt, an denen man sich schier die Zähne ausbiß, und ein paar Schinkenbrote gemacht.
»Für mich nichts, danke«, lehnte Annie höflich ab.
»Aber greif doch bitte zu, es ist extra für euch.«
»Tut mir wirklich leid, Mrs. Vine, aber ich esse keine toten Tiere, und die Kekse sind mir ein bißchen zu hart. Wenn es Ihnen recht ist, trinke ich nur eine Tasse Tee.«
»Natürlich. Laßt mich mal überlegen ... ich habe noch einen tiefgefrorenen Käsekuchen, den könnte ich euch auftauen, das dauert gar nicht lang.«
»Ich esse die Schinkenbrote«, verkündete Brian. »Die schaffe ich schon, wäre doch schade, wenn sie verkommen. Ich meine, nur wenn Sie keine wollen.« Er griff nach dem Teller. »Wir könnten sie uns teilen.«
Annie brauchte gar nichts zu sagen, ihr Gesichtsausdruck sprach Bände.
»Oder vielleicht lassen wir sie erst mal stehen und essen sie später, wenn wir mehr Appetit haben«, meinte er kleinlaut.
Marilyn spürte, daß das erste Kennenlernen gründlich mißlungen war. »Ich hoffe, es gefällt euch beiden in Westville«, begann sie.
»Gibt es dort anständige Kekse?« wollte Brian wissen.
»Ja, in großer Auswahl«, versicherte ihm Marilyn.
Er nickte erleichtert.
»Es wird bestimmt ganz schön, Mam hat schon richtig davon geschwärmt. Wir haben am Samstag abend mit ihr gesprochen.«
Annie bemühte sich sehr um Höflichkeit, nachdem sie Marilyns gastfreundliche Angebote zweimal ausgeschlagen hatte. »Ich glaube, sie macht sich auch schon mit der Umgebung vertraut. Sie wollte nämlich gerade essen gehen, in ein thailändisches Restaurant.«
Das überraschte Marilyn. Wer könnte Ria in dieses neue Lokal

eingeladen haben, das erst vor ein paar Monaten eröffnet worden war? Oder ging sie allein dorthin?« »Ißt eure Mutter gern exotische Gerichte?«
»Sie kocht eigentlich immer selbst.«
Brian sah sich in der Küche der Tara Road 16 um. In den sonst mit Teegebäck, verschiedenen Brotsorten und Kuchen gefüllten Drahtkörben herrschte gähnende Leere. »Sie kochen wohl nicht viel, Mrs. Vine?« stellte er mit leicht tadelndem Unterton fest.
»Daddys Freundin Bernadette kocht auch nicht gern. Ihre Mutter Finola schon, aber nur bei sich zu Hause. Obwohl ich mir vorstellen kann, daß sie auf dem Boot kochen wird ... Meinst du nicht, Annie?«
»Darüber habe ich mir noch keine Gedanken gemacht«, preßte Annie zwischen zusammengebissenen Zähnen hervor. »Aber ich glaube nicht, daß das Mrs. Vine sonderlich interessiert.«
»Wenn es euch recht ist, würde ich vorschlagen, daß ihr Marilyn zu mir sagt«, platzte sie unvermittelt heraus. Das ständige »Mrs. Vine« ging ihr allmählich auf die Nerven. Irgendwie schien ihr das Mädchen übelzunehmen, daß sie im Haus ihrer Mutter wohnte. Vielleicht war sie aber auch auf ihre Mutter böse, weil sie fortgegangen war.
Brian griff ihren Vorschlag begeistert auf. »Ja, wenn ihr mich fragt, ich finde das viel besser.«
»Gräbt Colm den Garten um ... äh ... Marilyn?« fragte Annie. »Wir haben da draußen eine Menge Zeug liegen gesehen.«
»Nun, in erster Linie mache ich es, aber Colm wird mir helfen, wenn wir frische Erde ausbringen und Pflanzen setzen, die dann auch genügend Licht bekommen. Wollt ihr euch vielleicht ein paar Pflanzen aussuchen?« fragte Marilyn ohne große Hoffnung. In diesem Augenblick klingelte das Telefon. Über den Anrufbeantworter hörten sie die Stimme ihrer Mutter. »Hallo, Marilyn, hier ist Ria. Ich wollte nur anrufen und sagen ...«
»Das ist Mam!« rief Brian und rannte zum Telefon.
»Brian, warte!« versuchte Annie ihn zurückzuhalten.
»Nein, bitte, geh nur dran«, forderte Marilyn ihn auf.

»Mam, Mam, ich bin's, Brian! Woher hast du gewußt, daß wir hier sind?«
Marilyn und Annie wechselten einen Blick. Und in diesem Moment spürte Marilyn, wie die Feindseligkeit des Mädchens schwand. Es war, als würden sich zwei Erwachsene mit stummen Blicken über den kleinen Brian verständigen, der baß erstaunt war und bei seiner Mutter hellseherische Kräfte vermutete.
»Ja, es geht ihr gut, sie hat fast den ganzen Vorgarten abgeholzt.«
Annie seufzte. »Auf so was muß man bei Brian dauernd gefaßt sein«, erklärte sie Marilyn. »Er schafft es garantiert immer, das Falsche zu sagen. Ich kläre das mal eben.«
Und das tat sie tatsächlich, wie man ihr zugute halten mußte.
»Hallo, Mam. Hier ist Annie. Ja, wir sind gerade zum Tee da. Ja, es ist wirklich sehr schön. Ich lese viel ... Bei Dad ist es so langweilig, daß einem gar nichts anderes übrigbleibt. *Catch-22* und *Die Dornenvögel*. Ja, sie hat uns angeboten, Marilyn zu ihr zu sagen. Nein, das ist ausnahmsweise mal kein Hirngespinst von Brian, aber mach dir keine Sorgen wegen dem Garten, sie jätet nur Unkraut. Außerdem hilft ihr Colm dabei, also kein Grund zur Panik. Heute abend fahren wir los, aber wir rufen dich am nächsten Sonntag gleich an.«
Als Marilyn schließlich selbst den Hörer in die Hand bekam, bat Ria vielmals um Entschuldigung.
»Tut mir leid, ich wollte eigentlich nicht, daß es in ein Familienpalaver ausartet.«
»Es hat sich eben gerade gut getroffen. Ist alles in Ordnung?«
»O ja, es geht mir prächtig. Und dir?«
»Könnte nicht besser sein.«
»Ich habe gehört, du warst in Colms Restaurant.«
»Ja, die Sängerin dort hat Wodka aus der Blumenvase getrunken. Wie ich gehört habe, warst du in dem neuen thailändischen Lokal in Westville essen. Hat es dir gefallen?«
»Ja, es war klasse, ich hatte ein köstliches Shrimps-Curry.« Allerdings verschwieg Ria, daß sie mit Marilyns Schwager dort gewesen war.

»Eigentlich ist es doch dumm, daß wir jetzt telefonieren. Willst du mich nicht abends von meinem Apparat aus anrufen?«
»Ich gehe heute abend aus.«
»Oh, schön, wohin denn?«
»Ins Kino. Da läuft ein Film, den ich mir gern anschauen möchte«, flunkerte Marilyn, weil sie nicht sagen wollte, daß sie mit Colm zum Essen verabredet war.
Sie kamen überein, im Lauf der Woche noch mal miteinander zu telefonieren.

»Bernadette ist bestimmt schon vollauf mit Packen beschäftigt, oder?« fragte Barney.
»Nein, ganz und gar nicht.« Danny war immer wieder aufs neue überrascht, mit welcher Gemütsruhe Bernadette durchs Leben wandelte. Weder machte sie Listen oder Pläne, noch kümmerte sie sich darum, den Kühlschrank auszuräumen, Termine abzusagen oder ihren Bekannten Bescheid zu geben. Zwanzig Minuten vor der Abreise steckte sie einfach nur ein paar Sachen in eine Tasche. Danny packte seinen Koffer selbst, und in die Koffer der Kinder hatte Ria Zettel geklebt, auf denen stand, was sie mitnehmen sollten. »Nein, sie ist wirklich ein Phänomen, Barney. Ich weiß nicht, woher sie diese Gelassenheit nimmt, die sich sogar auf andere überträgt. Ganz im Ernst, sie kann einen richtig damit anstecken. Manchmal, wenn ich im Streß bin, brauche ich nur zehn Minuten in ihrer Nähe zu sein, und schon geht es mir wieder gut.«
»Was hast du denn für Ärger, Danny?«
»Ach, alles mögliche. Wegen dem Geld und der Arbeit, wegen dieser verrückten Amerikanerin, die in meinem Haus wohnt und den ganzen Vorgarten verwüstet, wegen Ria, die einfach nicht begreifen will, daß die Dinge nun mal so sind, wie sie sind.«
»He, ist es wirklich so schlimm?«
»Ich bin sonst nicht der Typ, der jammert, aber wenn du schon fragst ... Heute ist einfach nicht mein Tag. Es liegt eine lange Autofahrt vor uns, dann sind wir sieben Tage lang auf einem Boot

zusammengepfercht, obwohl ich es mir eigentlich gar nicht leisten kann, die Arbeit so lange liegenzulassen. Bernadettes Mutter glaubt, daß ich in Geld schwimme, und die Kinder tanzen uns ständig auf der Nase herum.«
»Und mit Orla King hat es am Samstag abend auch Ärger gegeben, stimmt's?«
»Himmel, dir bleibt aber auch gar nichts verborgen! Woher weißt du das?«
»In Montos Clique war ein Freund von Polly. Er sagte, der Besitzer sei zu ihnen gestürmt und habe sie gebeten, Orla sofort aus dem Lokal zu schaffen, bevor sie an deinen Tisch kommt. Aber da war es schon zu spät.«
»Ja, ein paar Sekunden.«
»Du solltest auf der Hut sein, Danny.«
»Was du nicht sagst! Ich bin dermaßen auf der Hut, daß ich kaum noch zum Atmen komme.«

Am Shannon herrschte Hochbetrieb. Zahllose Familien beeilten sich, an Bord ihrer Kabinenboote zu gelangen.
Bernadettes Mutter hatte in einem Geschäft vor Ort eine Lebensmittelkiste zusammenstellen lassen. »Ich habe sie telefonisch vorbestellt«, erklärte sie Danny.
»Prima, Finola.« Er schien erleichtert zu sein.
Die Autofahrt hatte sich ziemlich hingezogen. Am Anfang, als sie noch im spätnachmittäglichen Dubliner Berufsverkehr steckten, war er ziemlich angespannt gewesen. Seine Schultern waren verkrampft, tausend Sorgen plagten ihn, und das Gespräch mit Barney hatte ihn auch nicht gerade aufgebaut. Zweimal hatte er nicht aufgepaßt und die Spur gewechselt, ohne in den Rückspiegel zu schauen. Finola wies dezent darauf hin, daß sie ebenfalls fahren könne, und nach einer Weile kam er auf ihr Angebot zurück.
Bernadette saß auf dem Beifahrersitz und legte Kassetten ein, die sie eigens für diesen Urlaub aufgenommen hatte. Es war eine wohltuende Mischung, sanfte irische Harfen- und Dudelsack-

musik, unaufdringliche griechische Busukiklänge, Nocturnes von Chopin, schwere, gefühlvolle französische Chansons, deren Texte sie nicht verstanden, Panflötenweisen und Violinkonzerte, die niemand von ihnen kannte. Danny saß auf dem Rücksitz zwischen seiner Tochter und seinem Sohn und nickte immer wieder ein, während Finola Dunne den Wagen in Richtung Norden steuerte. Er träumte, daß Ria sie am Boot erwartete. »Willst du nicht nach Hause fahren?« fragte sie Bernadette im Traum. Daraufhin zuckte Bernadette nur mit den Achseln und sagte: »Wenn du meinst.« Danny wollte hinter ihr herlaufen, doch seine Beine waren wie angewurzelt. Dieser Traum hing ihm noch immer nach, als sie den Shannon erreichten und sich auf ihrem Boot einrichteten.
»Also, was ist jetzt?« wandte sich Finola an ihn.
»Äh ... worum geht's?« Danny schreckte aus seinen Gedanken auf.
»Willst du dem Mann nicht das Geld für die Lebensmittel geben?«
»Was? Ja, natürlich.« Als er seine Kreditkarte herauszog, schüttelte der Mann den Kopf, also zückte er sein Scheckheft. Dabei las er den Eintrag für den zuletzt ausgestellten Scheck. Es war eine Rate für ihre Hypothek bei der Bausparkasse. Die Rechnung für die Lebensmittel war immens hoch. Dazu die Kosten für das Boot, die über seine Kreditkarte abgebucht wurden. Doch daran wollte Danny jetzt nicht denken.
Aber er wußte, eines nicht mehr allzu fernen Tages würde er ziemlich unsanft damit konfrontiert werden.

Colm führte Marilyn ins Quentin's aus. Er sagte, er wolle ihr Dublin von seiner besten Seite zeigen. Außerdem kannte er die Brennans, die Besitzer des Restaurants.
»Ziemlich voll für einen Montag. Da sieht man mal, wie unsere Wirtschaft boomt«, meinte er anerkennend, während er den Blick über die vielen besetzten Tische schweifen ließ.
»Unsinn, Colm. Du solltest Mrs. Vine vielmehr sagen, daß das an unserem vorzüglichen Essen liegt«, erwiderte Brenda Brennan.
»Das glaube ich Ihnen gern«, murmelte Marilyn höflich.

»Wie ich sehe, ist auch Barney McCarthy mit ein paar Leuten da«, stellte Colm fest.
Über Brendas Gesicht flog ein Schatten. »Ja, das stimmt«, erwiderte sie. Colm hob fragend die Augenbrauen. »Ich bringe gleich die Speisekarten«, fügte Brenda Brennan hastig hinzu und entfernte sich.
»Hat sie etwas gegen diese Leute?« fragte Marilyn, der Brendas Irritation nicht entgangen war.
»Nein, das ist nicht der Punkt. Aber es könnte sein, daß sie vor demselben Problem steht wie ich.«
»Und das wäre?«
»Ein ungedeckter Scheck über einen sehr hohen Betrag.«
»Tatsächlich?« Marilyn setzte ihre Brille auf und äugte zu der Gruppe am Fenster hinüber. »Dabei sehen sie recht solide aus, gar nicht wie Leute, die ungedeckte Schecks ausstellen.«
»Ja, und es ist auch früher noch nie vorgekommen. Das eigentliche Problem ist, daß sie ziemlich hohe Tiere sind. Einflußreiche Leute, die Gott und die Welt kennen und mit denen man es sich besser nicht verscherzt. Und gerechterweise muß ich auch sagen, daß sie mir früher glänzende Umsätze beschert haben. Das Ganze ist also eine etwas heikle Angelegenheit.« Auch er schaute nun zu dem korpulenten Mann hinüber, der neun andere Gäste großzügig bewirtete. Neben ihm saß eine elegante, wesentlich jüngere Frau und lachte.
»Ist das seine Ehefrau?«
»Nein, das ist Polly. Seine Frau ist daheim in ihrer Villa.«
»Hast du vor, ihn zu verklagen?«
»Nein. Wenn er das nächste Mal reservieren will, sage ich ihm einfach, daß nichts mehr frei ist. Es lohnt sich nicht, wegen der Rechnung für ein Essen vor Gericht zu ziehen.«
Marilyn nickte zustimmend. »Da hast du vollkommen recht. Wir in den Staaten sind viel zu prozeßsüchtig. Es ist gescheiter, wenn man so etwas als einen einmaligen Verlust abhakt und sich keine Gedanken mehr darüber macht.«
»Ich mache mir aber Gedanken. Danny Lynch ist mehr oder

weniger von Barney McCarthy abhängig. Wenn es mit Barney bergab geht, dann auch mit Danny. Und was wird dann aus Ria?«

Rosemary war bekannt dafür, daß sie die wöchentliche Mitarbeiterbesprechung ausgesprochen flott durchzog. Am frühen Vormittag setzte man sich am Konferenztisch zusammen, wo eine große Schale mit Obst und eine Kanne starker Kaffee bereitstanden, und wandte sich sofort der äußerst straff gefaßten Tagesordnung zu. Der Buchhalter, der Büroleiter, der Marketing-Direktor und die Chefsekretärin waren darauf getrimmt, ihre Berichte und Einschätzungen kurz und knapp vorzutragen. Zügig gingen sie die Punkte »Bilanzen«, »Neue Geschäfte«, »Überstundenvergütung« und »Konkurrenzbeobachtung« durch, ehe sie zu den »Problemen« gelangten.

»Die Bank hat einen ziemlich hohen Scheck zurückgeschickt, der nicht gedeckt war«, berichtete der Buchhalter.

»Wieviel? Und von wem?«

»Elftausend Pfund, von Barney McCarthy.«

»Es kann sich nur um einen Irrtum der Bank handeln«, entschied Rosemary und wollte schon zum nächsten Punkt übergehen.

»Ich habe heute in der Zeitung gelesen, daß das Polly's, der Verleih für Gesellschaftskleidung, zum Verkauf steht«, bemerkte der Buchhalter lakonisch.

»Danke. Dann ist es doch kein Irrtum. Ich werde die Bank anrufen.«

»Sie verweigern aber jegliche Auskunft.«

»*Mir* bestimmt nicht«, erwiderte Rosemary.

Nach der Besprechung rief sie Danny Lynch unter seiner Handy-Nummer an, doch er ging nicht ran. »Das lasse ich mir von dir nicht bieten, Danny, du kleiner Scheißer. Du hast schon genug Schaden angerichtet, aber eines sage ich dir: Mit mir nicht! Nicht nach all dem, was zwischen uns war.« Doch das sagte sie nur zu sich selbst, nicht zu Danny, denn dieser weilte gerade auf dem Shannon und ahnte nichts Böses.

Hilary sagte, sie wolle Marilyn zum Schwimmen am Forty Foot einladen. Mit der Schnellbahn wären sie ja im Nu dort.
»Wie bist du denn auf so eine ausgefallene Idee gekommen?« wunderte sich ihre Mutter.
»Es war Martins Vorschlag. Er meinte, so würden wir uns das Geld für ein Essen sparen.«
»Das stimmt«, räumte Nora Johnson ein.
»Und wir würden ihr trotzdem was bieten.«
»Hmm …«
Nora Johnson stieß einen tiefen Seufzer aus. Was hatte sie bloß falsch gemacht, daß ihre ältere Tochter immer nur ans Sparen dachte? Als Kind war Hilary nicht so gewesen, nein, ganz und gar nicht. Mit dem Geld, das Nora in der chemischen Reinigung verdient hatte, hatten sie zwar nie große Sprünge machen können, und sie und ihre beiden Töchter hatten manchmal wehmütig davon geträumt, was sie sich alles leisten würden, wenn sie reich wären. Aber bei ihnen war der Gedanke an Geld nie zu einer fixen Idee geworden. Das konnte nur Martins Einfluß sein. Na ja, zumindest hatte er sie nicht wegen einer mageren Halbwüchsigen verlassen. Abermals seufzte Nora. Man hatte es nicht leicht im Leben.
Mit besorgter Miene sah Hilary sie an. Es gefiel ihr nicht, wenn ihre Mutter soviel seufzte. »Mam, meinst du nicht, es wäre an der Zeit, daß du zu Ria in die Tara Road 16 ziehst?«
»Was?«
»Natürlich nicht, solange Marilyn noch dort wohnt, aber danach.«
»Warum sollte ich?«
»Damit du Gesellschaft hast und Ria ein bißchen Miete einnimmt.«
»Ich brauche keine Gesellschaft.«
»Das finde ich schon, Mam. Aber abgesehen davon braucht Ria unbedingt jemand, der ihr etwas Geld zuschießt, wenn Danny seine großartigen Zukunftspläne in die Tat umsetzt.«
»Das ist doch nicht dein Ernst.«
»Doch. Zieh zu Ria, Mam, bevor sie sich jemand anderen sucht.«

»Hilary, hast du es noch immer nicht kapiert? Die arme Ria wird noch vor Weihnachten aus diesem Haus draußen sein.«
»*Was!*«
»Barney McCarthy ist absolut pleite. Heute habe ich in der Zeitung gelesen, daß Polly Callaghans Geschäft zum Verkauf steht. Wenn er sogar schon den Kleiderverleih von diesem Flittchen verscherbelt, muß ihm das Wasser wirklich bis zum Hals stehen. Und wenn es ihm an den Kragen geht, ist unser guter Danny auch dran. Noch bevor Ria zurückkommt, wird er eins von seinen ›Zu-verkaufen‹-Schildern vor dem Haus aufgestellt haben.«

Alle durften reihum das Steuer des Bootes übernehmen. Es war einfach, solange sie auf dem Fluß waren, doch als sie auf einen See kamen, wurde es etwas komplizierter. Man mußte immer zwischen den schwarzen Bojen auf der einen Seite und den roten auf der anderen Seite hindurchschippern. Unterwegs winkten sie Deutschen und Holländern zu, mit denen sie bereits Bekanntschaft geschlossen hatten und die sich beim An- und Ablegen viel geschickter anstellten als sie. Wenn sie an den kleinen Orten am Ufer ihr Boot vertäut hatten, gingen sie in eine Eisdiele oder spielten Darts in einem Pub.
»Wenn Mam das sehen könnte!« rief Brian aus, als ein Vogelschwarm aus dem Schilf aufflog und über sie hinwegzog. Das darauffolgende Schweigen war schlimmer, als wenn ihn alle angefahren hätten, er solle gefälligst die Klappe halten.
»'tschuldigung«, murmelte er.
»Kein Problem, Brian«, sagte Bernadette verträumt, »es ist doch ganz natürlich, wenn du mal von deiner Mutter sprichst. Und vielleicht machst du eines Tages ja auch einmal so eine Bootsfahrt mit ihr.«
Annie und Brian sahen, wie Danny dankbar ihr Gesicht streichelte. Dabei zeichnete er gewissermaßen ihre Konturen mit dem Finger nach und strich ihr das Haar aus der Stirn. In dieser Geste lagen so viel Liebe und Zärtlichkeit, daß es beinahe peinlich war, dabei zuzusehen.

Hubie, der den Kurs »Keine Angst vor dem Internet« leitete, sah aus wie sechzehn und war tatsächlich auch kaum älter. Dies sei sein erster Job, sagte er, und er wolle alles tun, um seine Kunden zufriedenzustellen. Wenn also jemand etwas nicht verstanden habe, dann habe er, Hubie, seine Aufgabe nicht erfüllt.
Wider Erwarten begriff Ria beinahe alles auf Anhieb. Diese Welt war nicht etwa nur Leuten wie Rosemary vorbehalten, sondern jedermann zugänglich, es war schlicht eine Form der Kommunikation. Schon bald merkte sie, welche Faszination davon ausging und daß man leicht den ganzen Tag im Netz herumsurfen konnte, wo man die erstaunlichsten Dinge erfuhr oder sich zwanglos mit fremden Leuten am Bildschirm austauschte.
Als sie anschließend mit Heidi beim Mittagessen saß, gingen sie noch einmal durch, was sie gelernt hatten und was sie bis zur nächsten Stunde am Freitag üben sollten. Hubie hatte die Teilnehmer gebeten, ihm Nachrichten per E-Mail zu schicken, die er dann beantworten würde. Für Heidi war das kein Problem, sie hatte Computer mit der notwendigen Software in ihrem Büro an der Uni. Aber was sollte Ria machen?
»Marilyn besitzt einen Laptop, ich glaube, sie hat ihn nicht mitgenommen. Den kannst du doch benutzen.«
»Ich weiß nicht, womöglich mache ich ihn kaputt.«
»Aber nein. Wenn du das nächste Mal mit ihr telefonierst, sag ihr, daß du ihn benutzen möchtest. Ich richte ihn dir dann ein.«
»Meinst du nicht, daß das eine Einmischung in ihre Privatsphäre wäre?«
»Ach was, es ist doch bloß eine Maschine. Aber hör mal, Ria ... du solltest besser nicht erwähnen, daß der Kurs von Hubie geleitet wird.«
»Warum denn nicht?«
»Nun, er war ein Freund von Dale, du verstehst?«
»Was ist daran so schlimm?«
»Du weißt schon ...«
»Nein, ich weiß gar nichts. Nur, daß Dale in Hawaii ist ...«

»Was?«

»Na, bei seinem Vater. Stimmt das etwa nicht?«

Heidi gab keine Antwort.

»Wo ist er denn sonst, Heidi? Er ist nicht hier, er ist nicht in Irland. Und hier wartet sein Zimmer auf ihn.«

»Dale ist tot«, sagte Heidi.

»Nein, das kann nicht sein. Du müßtest sein Zimmer sehen, das ist nicht das Zimmer von jemandem, der gestorben ist.«

»Das ist es ja gerade. Marilyn kommt einfach nicht darüber hinweg.«

Ria war zutiefst erschüttert. »Aber warum hat sie mir nichts davon gesagt?«

»Sie kann nicht darüber sprechen. Mit niemandem. Nicht einmal mit Greg. Deshalb ist er jetzt auf Hawaii.«

»Hat er sie verlassen?«

»Nein, er hatte gedacht, sie würde mitkommen, was sie aber offenbar nicht getan hat. Sie waren einmal mit Dale dort gewesen.«

»Wie alt war Dale?«

»Knapp sechzehn.«

O Gott, dachte Ria, kaum älter als ihre Annie. »Wie ist er denn gestorben?«

»Bei einem Motorradunfall.«

»Aber zum Motorradfahren war er doch noch zu jung ...«

»Ganz genau.«

»Warum um Himmels willen hat sie mir bloß nie etwas davon erzählt?« Ria schüttelte den Kopf. »Schließlich wußte sie doch, daß ich in ihrem Haus wohnen würde, daß ich das Zimmer sehen würde. Lieber Himmel, ich mache dort sogar sauber.«

»Sie bringt es einfach nicht fertig, darüber zu reden«, meinte Heidi sanft.

»Wann ist es passiert?«

»Im März letzten Jahres. Im August haben sie dann die Apparate abgeschaltet.«

»Welche Apparate?«

»Die ihn am Leben hielten. Er lag im Koma.«
»Die arme Marilyn! Wie schrecklich, so eine Entscheidung treffen zu müssen.«
»Sie glaubt eben, daß es die falsche Entscheidung war, und das läßt ihr keine Ruhe.«
»Na, aber wenn sie keine Ruhe hat, dann frage ich mich wirklich, ob sie die in der Tara Road finden wird«, sagte Ria.

Marilyn lag in der Badewanne, und Clement saß neben ihr auf einem Stuhl, als ob er sie bewachen wollte. Zuvor hatte Gertie sie darauf hingewiesen, daß Clement normalerweise nicht nach oben dürfe.
»Na ja, jetzt darf er es«, hatte Marilyn erwidert.
»Ich meine nur, wenn Ria zurückkommt, dann wird es schwer sein, ihm das wieder abzugewöhnen«, hatte Gertie taktvoll zu bedenken gegeben.
»Ich bin mir sicher, daß Ria in meinem Haus ebenfalls Dinge tut, die ich nicht gutheiße. Aber wir haben uns darauf geeinigt, daß wir das für die Dauer dieses Sommers hinnehmen wollen«, stellte Marilyn klipp und klar fest.
»Aber in deinem Haus ist doch kein ... äh ... lebendes Inventar, oder?«
»Nein«, hatte Marilyn geantwortet.
Als Marilyn noch etwas heißes Wasser in die Wanne laufen ließ, gähnte Clement herzhaft.
»He, ich habe mich mächtig für dich ins Zeug gelegt, Clement, also gähn mich gefälligst nicht so an«, sagte sie.
Daraufhin schloß Clement das Maul und rollte sich zusammen. Und Marilyn sann über all das lebende Inventar nach, das Ria ihr hinterlassen hatte.

Andy erschien mit einer Kühltasche voller Lebensmittel. Auch eine Flasche Wein hatte er mitgebracht. »Du siehst blendend aus«, meinte er bewundernd. »Einfach hinreißend.«
»Danke.« Es war schon so lange her, daß ihr jemand ein Kompli-

ment gemacht hatte. *Du siehst gut aus, Schatz* war seit Ewigkeiten das Äußerste gewesen, wozu Danny sich hatte hinreißen lassen. Und in den letzten Jahren hatte Annie kaum etwas anderes verlauten lassen als: *Diese Farbe steht dir aber wirklich gar nicht.* Rosemary hatte hie und da gemeint, sie sehe gut aus, wenn sie sich ein wenig zurechtmache, womit sie aber nur andeutete, daß das viel zu selten vorkam. *Kleider machen Leute* war Hilarys Standardspruch gewesen. Ihre Mutter pflegte zu sagen, es gehe doch nichts über ein anständiges dunkelblaues Kostüm und eine weiße Bluse und sie verstehe gar nicht, warum Ria, die sich doch Besseres leisten könne, immer so schäbige Sachen trage, für die sich sogar die Landfahrer schämen würden.

Deshalb war es für sie etwas Ungewöhnliches, daß sich ein Mann bewundernd über sie äußerte.

Dann begannen sie mit der Zubereitung des Essens. Als erstes rieben sie die Schüssel für den Salat Cäsar mit Knoblauch ein. Andy machte viel Aufhebens darum, aber der Salat schmeckte wirklich sehr lecker. Anschließend machten sie die Kartoffelpuffer.

»Ach, das sind ja Latkes«, meinte Andy etwas enttäuscht, weil er sich auf ein ganz neues, unbekanntes Gericht gefreut hatte.

»Nennt man das so bei euch?« Nun war auch Ria enttäuscht.

»Ja. Aber ich mag sie sehr gern. Und das sind ja irische Latkes und somit etwas Besonderes.«

Darüber mußten sie lachen, und auch über manches andere. Er erzählte ihr von der Konferenz und der verrückten Organisatorin, die ungeheuer nervös gewesen sei. Die Sitzordnung für das Konferenzdinner, im Grunde eine völlig unwichtige Sache, habe sie erst festlegen können, nachdem sie ein starkes Beruhigungsmittel geschluckt hatte.

»Und wie ist es dann gelaufen, das Dinner?« fragte Ria.

»Keine Ahnung, es findet gerade eben statt.«

»Und du wolltest nicht daran teilnehmen?«

»Ich dachte mir, hier ist es bestimmt netter. Und ich habe mich nicht getäuscht.«

Zum Nachtisch aßen sie Erdbeertörtchen, die Ria, wie sie stolz erzählte, selbst gemacht hatte, und tranken Kaffee.
»Heißt das, du hast diesen Nachtisch nicht in einem Feinkostladen gekauft?«
»Nein, das ist meiner Hände Werk«, antwortete sie lachend und zeigte ihm ihre frisch manikürten Finger.
»Aber den Mürbeteig hast du doch bestimmt gekauft?«
»Von wegen! So einen Teig mache ich doch ganz fix.« Andy war schwer beeindruckt, und sie fühlte sich auf eine kindliche Weise geschmeichelt. Dann erzählte sie ihm von dem Internet-Kurs und fragte, ob Marilyn wohl etwas dagegen hätte, wenn sie ihren Laptop benutzte.
»Nicht im geringsten. Ich richte ihn dir gleich ein.«
»Aber ich sollte Marilyn vorher fragen.«
»Schau, das ist doch nichts anderes, als wenn man bei jemandem das Telefon benutzt oder sich den Staubsauger ausleiht ... Es handelt sich nicht um einen feingestimmten Konzertflügel oder so etwas.«
»Aber wenn ...«
»Ach, zerbrich dir nicht den Kopf darüber. Wo hat sie ihn denn?«
»Im Arbeitszimmer.«
So begaben sie sich in den freundlichen Raum mit den Bücherregalen ringsum, und Andy klappte den Laptop auf dem Schreibtisch auf. »Ich zeige dir, wie man ihn startet, dann kannst du es das nächste Mal selbst.« Noch während er sprach, begann das Telefon zu läuten, und Ria ging an den Apparat.
»Ja?« meldete sie sich ganz formlos, als wäre sie zu Hause in Dublin.
»Ria? Hier ist Greg Vine.«
»Oh, hallo, Greg. Wie geht's?« Dabei schaute sie zu Andy, der ihren Blick erwiderte. Normalerweise hätte sie in einer alltäglichen Situation wie dieser gesagt: »Du wirst es nicht glauben, aber dein Bruder ist gerade hier.« Das wäre die zu erwartende Reaktion gewesen. Aber dann hätte sie vielleicht zu weitschweifigen, gänzlich überflüssigen Erklärungen ausholen müssen. Woraus Greg

möglicherweise voreilige Schlüsse gezogen hätte. Also verlor sie kein Wort über Andy, der nur einen guten Meter von ihr entfernt saß und sie mit einem Lächeln betrachtete.

Ria hörte, wie Greg sie unter zahlreichen Entschuldigungen bat, ein Karteiblatt für ihn herauszusuchen, das sich im Arbeitszimmer befinde. »Da bin ich momentan sowieso gerade«, sagte Ria.

»Oh, das trifft sich gut«, erwiderte er, anscheinend erfreut. »Die Bücherschränke haben leider nicht viel zu bieten außer einer Menge Fachliteratur und Uni-Unterlagen. Aber genau von denen bräuchte ich eine ganz bestimmte. Ich beschreibe dir jetzt, wo du sie findest, ja?«

»Okay.«

Von Hawaii aus dirigierte Greg Vine sie zu dem Regal, an dem »Studentenkartei« stand, dann nannte er ihr den Jahrgang, den Namen und das Fach. Jedesmal wiederholte Ria seine Angaben, woraufhin Andy sich in Bewegung setzte und schließlich das gewünschte Dokument fand.

»Wir brauchen nur die erste Seite mit dem Titel der Publikation, die dieser Student geschrieben hat, und zwar noch heute.«

»Heute?«

»Ja, ich wollte Heidi und Henry bitten, ob sie so liebenswürdig wären, die Unterlagen nachher noch bei dir abzuholen und mir per E-Mail zu schicken.«

»… ob Heidi und Henry so liebenswürdig wären, die Unterlagen hier abzuholen und dir heute noch per E-Mail zu schicken?« wiederholte Ria, als ob sie etwas schwer von Begriff wäre, aber sie wollte, daß Andy alles mitbekam. Und er begriff sofort. Er deutete auf das Blatt Papier, dann auf den Laptop und schließlich auf sich selbst. »Wenn ich Marilyns Laptop benutzen darf, kann ich dir das auch per E-Mail schicken.«

»Kennst du dich denn mit E-Mail aus?« fragte er freudig überrascht.

»Nun ja, wie es der Zufall will, habe ich das gerade heute vormittag mit Heidi in einem Kurs gelernt.«

»Na, so ein Glück aber auch! Dann brauche ich Heidi und Henry nicht damit zu belästigen.«

Andy hatte auf einen Zettel geschrieben: »Brauche Paßwort und seine E-Mail-Adresse.« Wenige Augenblicke später hatte er die Daten eingegeben und die Nachricht abgeschickt.

»Jetzt habe ich die Angaben auf dem Monitor. Ich weiß gar nicht, wie ich dir danken soll. Wer leitet eigentlich diesen Kurs, in dem du das so schnell gelernt hast?«

Da Ria wußte, daß Hubie mit dem verstorbenen Dale befreundet gewesen war, sagte sie vorsichtig: »Ach, ein junger Mann ... ich habe seinen Namen nicht verstanden.«

»Ist auch nicht so wichtig. Er hat uns jedenfalls heute abend einigen Aufwand erspart.«

Als Ria aufgelegt hatte, wechselte sie einen Blick mit Andy. Durch diesen unerwarteten Zwischenfall waren sie sich ein Stückchen nähergekommen.

»Nun, nachdem es sich bis Hawaii herumgesprochen hat, daß du ein Computercrack bist, wollen wir doch dafür sorgen, daß du wirklich einer wirst«, sagte er.

Saß er nicht ein kleines bißchen zu dicht neben ihr? fragte sich Ria. »Ich brauche noch meine Notizen.« Sie sprang auf und holte das Arbeitspapier, das Hubie ihnen ausgehändigt hatte.

Andys Blick fiel auf das Blatt. »Mein Gott, Hubie Green! Der war doch auch dabei in der Nacht, als Dale verunglückte.«

Ria blickte ihn durchdringend an. »Warum hast du mir eigentlich nicht erzählt, daß Dale tot ist?«

»Aber das mußt du doch gewußt haben ... oder etwa nicht?« fragte er erschrocken.

»Nein das wußte ich keineswegs. Ich habe es erst heute von Heidi erfahren.«

»Aber du hast doch von seinem Zimmer gesprochen, in dem alles noch so aussieht wie früher.«

»Ja, ich dachte, er sei auf Hawaii. Ich habe dich gefragt, wann er zurückkommt, und du hast gesagt, im Herbst.«

»Ach du meine Güte, ich dachte, du meinst Greg!«

Es trat Stille ein, während beide sich zu vergegenwärtigen versuchten, wie es zu diesem Mißverständnis gekommen war.
»Tja, es hat sie so mitgenommen, daß sie nicht mal darüber sprechen können. Wenn du erwähnen würdest, daß du Hubie Green kennst, würden die alten Wunden wieder aufbrechen.«
»Ich weiß«, erwiderte Ria. »Deshalb habe ich ja so getan, als könnte ich mich nicht an den Namen erinnern.«
»Das war sehr umsichtig von dir«, lobte er sie.
»Weißt du, was komisch ist? Zu Hause bin ich immer so ehrlich und aufrichtig, und seit ich hier bin, komme ich aus dem Flunkern gar nicht mehr heraus, noch dazu völlig ohne Grund.«
»Ach, es gibt immer irgendeinen Grund«, meinte Andy lächelnd.
»Falsch verstandene Höflichkeit, würde ich sagen«, entgegnete sie bedrückt.
»Okay, aber jetzt ist da nur noch eine Sache, die wir vortäuschen müssen, nämlich daß du dir diese ganzen Internet-Kenntnisse in Null Komma nichts selbst beigebracht hast. Danach brauchen wir uns nicht mehr zu verstellen. Einverstanden?«
»Einverstanden«, antwortete sie, auch wenn es ein bißchen bange klang.
Für ein freundschaftliches Verhältnis saß er eindeutig zu dicht neben ihr. »Wen kennen wir denn mit E-Mail-Adresse?« fragte er.
»Hubie! Er hat gesagt, wir können ihm jederzeit Nachrichten schicken.«
»Hubie. Hm.«
»Stimmt was nicht mit ihm? Er ist doch ein ganz netter Junge, findest du nicht?«
»Doch, natürlich.«
»Komm, sag es mir. Ich weiß nichts von dem, was damals vorgefallen ist. Nicht das geringste. Na ja, und ich habe eben das Gefühl, daß Marilyn großen Wert auf ihre Privatsphäre legt und daß es ihr nicht recht wäre, wenn ich andere Leute über sie ausfragen würde. Sie hat mir nur soviel erzählt, wie sie für richtig hielt, und das war ziemlich wenig.«
»Ärgert dich das?«

»Ich finde, sie hätte mir erzählen sollen, daß ihr Sohn gestorben ist«, meinte Ria. »Na ja, offenbar löchert sie meine Freunde auch nicht mit Fragen über mich, und deshalb sollte ich es bei ihren Freunden vielleicht genauso halten. Es ist nur alles so ... ich weiß nicht ...«

»Wie, Maria?« Er benutzte nie die Kurzform ihres Namens, und irgendwie gefiel es ihr, daß er sie anders nannte. Es verlieh ihrer Beziehung, wie auch immer sie sich entwickeln mochte, etwas Besonderes.

»Diese ganze Geschichte kommt mir so geheimnisvoll vor. In meinem Fall ist alles ganz offensichtlich. Die alte Leier: Mann heiratet Frau, Mann lernt neue, jüngere Frau kennen, Mann trennt sich von der Ehefrau. Man könnte sich lediglich darüber wundern, daß es nicht noch öfter geschieht.«

»Das klingt aber sehr verbittert, Maria.«

»Wie, soll ich etwa in einen Freudentaumel ausbrechen? Zumindest liegen in meinem Fall die Dinge klar auf der Hand. Aber hier ist das anders, völlig anders – beinahe wie eine Verschwörung des Schweigens. Dieses Zimmer kommt mir vor wie ein Schrein für den Jungen. Und keiner verliert auch nur ein Wort über diesen Unfall.«

»Aber du mußt doch verstehen ...«

»Nein, ehrlich, ich verstehe das alles überhaupt nicht. Weißt du, was ich zu deinem Bruder Greg gesagt habe, als ich mit ihm telefonierte? Ich habe ihn gefragt, wie es Dale auf Hawaii gefällt. Wenn ich mir vorstelle, was er jetzt wohl von mir denken mag, würde ich am liebsten in den Erdboden versinken!«

»Das ist doch nicht so schlimm«, versuchte Andy sie zu beruhigen. »Er wird sich denken können, daß Marilyn dich nicht eingeweiht hat.«

»Weißt du, es tut mir so schrecklich leid, was da passiert ist. Ich bin danach in dieses Zimmer gegangen und habe um diesen Jungen geweint, von dem ich geglaubt hatte, er wäre gerade beim Surfen in Hawaii. Ich habe geheult bei dem Gedanken, daß er tot und begraben ist. Trotzdem sollten wir imstande sein, darüber zu

sprechen. Nicht von morgens bis abends, wie man es angeblich bei uns zu Hause in Irland tut, aber man sollte einfach der Tatsache ins Auge sehen. Marilyn jedoch hat mir dieses Zimmer so hinterlassen, als wäre es noch bewohnt, ohne mich über die Hintergründe aufzuklären. Das ist wirklich nicht normal, Andy. Und sogar du zuckst zusammen, wenn ich nur Hubies Namen erwähne. Wenn ich von niemandem anderen etwas darüber erfahre, sollte ich vielleicht mal mit Hubie reden.«
»Tu das nicht.«
»Nein, natürlich nicht. Ich möchte damit nur zum Ausdruck bringen, daß ich das alles ziemlich seltsam finde.«
»Glaubst du etwa, daß es allen anderen nicht genauso geht?«
»Was meinst du damit?«
»Weißt du, wenn es auf dieser Welt ein einziges glückliches Ehepaar gab, dann waren es Greg und Marilyn. Aber seit diesem Unfall können sie nicht mehr normal miteinander umgehen.«
»Machen sie sich gegenseitig Vorwürfe oder so etwas?«
»Nein, dazu hatten sie auch nicht den geringsten Grund. Hubie, Dale und die beiden anderen Jungs waren ganz vernarrt in Motorräder, aber sie waren noch zu jung, und ihre Eltern hätten Motorräder ebensowenig geduldet wie Heroin. An Hubies Geburtstag trafen sich die vier und wollten angeblich zu einem Picknick ins Grüne fahren. Ich weiß das, weil ich damals gerade hier war.« Andy erhob sich und ging im Arbeitszimmer auf und ab. »Sie hatten schon einige Biere getrunken, als sie diese beiden Motorräder fanden, die für sie ein Geschenk des Himmels waren.«
»Sie haben sie *gefunden*?«
»Na ja, man könnte auch sagen, sie haben sie geklaut, vor einem Restaurant. Hubie und Johnny, der andere Junge, der ums Leben kam, waren ziemlich wilde Kerle, nicht gerade kriminell, aber es ging in diese Richtung. Und auch schon etwas älter, wenn auch nicht viel. In diesem Alter machen ja schon ein paar Monate viel aus.«
»Ich weiß.« Ria mußte plötzlich an Kitty denken, die nur ein Jahr älter war als Annie und ihr immer um Jahre voraus zu sein schien.

»Dann machten sie eine ›Spritztour‹, wie es im Untersuchungsbericht hieß. In einer Kurve wurde eines der beiden Motorräder von einem LKW erfaßt. Was kein Wunder war, denn das Motorrad, auf dem Johnny mit Dale als Sozius saß, fuhr auf der falschen Straßenseite. Johnny war auf der Stelle tot. Und Dale lag sechs Monate lang auf der Intensivstation im Koma, ehe sie beschlossen, die Apparate abzuschalten.«

Schweigend saßen sie da und dachten über die Tragödie nach, die über dieses Haus hereingebrochen war.

»Marilyn sagte, das würde sie den Burschen ihr Leben lang nicht verzeihen, während Greg meinte, sie würden erst ihren Frieden finden, wenn sie gelernt hätten zu vergeben.«

Ria traten Tränen in die Augen. »Und darüber haben sie sich dann entzweit?«

»Ich vermute es. Greg spricht nicht viel darüber. Du weißt ja, wir Männer sind ziemliche Versager, wenn es darum geht, über Gefühle zu reden.«

»Nun, da bist du aber eine erfreuliche Ausnahme. Du hast diese Geschichte mit viel Einfühlungsvermögen erzählt. Und bei mir war es ja auch nicht nur reine Neugier.«

»Ich weiß«, erwiderte er.

»Verstehst du, warum ich Carlotta und Heidi nicht über Marilyn ausfragen wollte?«

»Natürlich, und du verstehst jetzt sicher auch, warum es nicht gut wäre, Hubie auf die Sache anzusprechen. Der Junge hat es schon schwer genug: Es ist an *seinem* Geburtstag passiert, *er* hat die anderen zum Trinken animiert, *seine* Freunde Johnny und Dale verunglücken mit einem gestohlenen Motorrad, und *er* und ein anderer Junge kommen mit dem Leben davon. Um so imponierender finde ich es, daß er jetzt diesen Kurs veranstaltet, um sein College-Studium zu finanzieren.«

»Ja, aber ich kann es auch verstehen, wenn ihr mit Bitterkeit an ihn denkt«, sagte Ria.

»Er kann nichts dafür; daß Dale stirbt, das hat er ja nicht gewollt«, meinte Andy versöhnlich.

»Es ist mir schrecklich unangenehm, daß ich mich in all das eingemischt habe.«
»Das hat doch nichts mit dir zu tun. Aber nun ist es Zeit für deine Hausaufgaben, Maria, machen wir uns an die Arbeit.«
Sie schickten Hubie eine E-Mail, und er schrieb zurück: *Mein Glückwunsch, Mrs. Lynch, Sie sind ein Naturtalent.* Danach sandten sie eine Nachricht an Heidi.
»Sie wird Bauklötze staunen, wenn sie morgen in ihr Büro kommt und eine Nachricht von mir im Computer findet!« Bei dieser Vorstellung mußte Ria herzlich lachen.
»Kennen wir denn nicht noch jemanden, dem wir eine E-Mail schicken könnten?« überlegte sie.
»Na, schicken wir doch eine an meinen Laptop im Motel«, schlug er vor.
»Und dann rufst du mich noch heute abend an und sagst mir, ob sie angekommen ist«, meinte Ria.
»Oder morgen?« fragte er vorsichtig. Ria brauchte einen Moment, ehe sie die Anspielung verstand. »Es ist so nett hier, und es tut so gut, in diesem Haus mal wieder Lachen zu hören«, sagte er. »Du und ich, wir sind beide ungebunden, wir müssen auf niemanden Rücksicht nehmen. Wäre es nicht wunderbar, den Rest des Abends zusammen zu verbringen?« Sanft legte er seine Hand unter ihr Kinn und hob ihren Kopf ein wenig an.
Ria schluckte, um Worte verlegen. Und diesen Augenblick des Schweigens nutzte er, um sie zu küssen. Zärtlich, aber fest. Dann legte er den Arm um ihre Schulter.
Erschrocken wich sie zurück. Ria Lynch würde in diesem Jahr achtunddreißig werden, im November, am Todestag von Clark Gable. Seit ihrem dreiundzwanzigsten Lebensjahr hatte niemand sie geküßt außer jenem Mann, der ihrer überdrüssig geworden war und eine angeblich glückliche Ehe zerstört hatte.
»Wir müssen etwas klarstellen«, fing sie an.
»Müssen wir das wirklich?«
»Ja. Es war ein ganz reizender Abend, aber weißt du, ich bin mir nicht sicher ...«

»Ich weiß, ich weiß«, murmelte er, während er ihr zarte Küsse aufs Ohr hauchte, was sie als sehr angenehm empfand.
»Andy, du mußt mir verzeihen, wenn ich falsche Hoffnungen in dir geweckt habe. Der Abend hätte nicht schöner sein können, wirklich, ganz im Ernst. Aber ich möchte nicht weiter gehen. Es ist nicht so, daß ich irgendein Spielchen mit dir treibe, das habe ich noch nie getan, auch früher nicht, wenn ich als junges Mädchen mit Jungs ausgegangen bin. Aber trotzdem ist es oft zu Mißverständnissen gekommen, und wenn du das falsch verstanden hast, dann liegt das allein an mir. Ich bin einfach ein bißchen unerfahren in diesen Dingen.«
»Ja, ich habe mir tatsächlich Hoffnungen gemacht, weil du meinem Bruder verschwiegen hast, daß ich hier bin«, meinte er.
»Ich weiß.« Seine Schlußfolgerung schien ihr durchaus berechtigt zu sein.
»Aber ich bin ganz deiner Meinung, daß es ein entzückender Abend war. Er *muß* nicht im Bett enden, obwohl ich das viel schöner fände. Aber wenn nicht, dann wollen wir einfach die angenehmen Seiten dieses Abends in Erinnerung behalten.«
»Es gab nur angenehme Seiten.« Ria lächelte ihn an, dankbar dafür, daß er ihr die Zurückweisung nicht übelnahm.
»Deine irischen Kartoffelpuffer, diese leckeren jüdischen Latkes, waren ein Gedicht«, schwärmte er.
»Der Salat Cäsar hat seinem Namen wirklich alle Ehre gemacht«, sagte sie.
»Und erst die Erdbeertörtchen, hausgemacht wie bei Muttern!«
»Und der edle Wein, genau richtig temperiert!«
»Hey, der Abend hatte wirklich eine Menge schöner Seiten«, stellte Andy fest. Und als er sich verabschiedete, meinte er noch: »Schau heute abend noch mal in deinen Computer, es könnte gut sein, daß du eine Nachricht vorfindest.«
Ria räumte den Tisch ab und ging dann ins Arbeitszimmer, um nachzusehen, ob eine E-Mail angekommen war. Tatsächlich hatte sie sogar zwei erhalten. Eine war von Hubie: *Nur ein Test, Mrs. Lynch, um zu sehen, ob Sie Nachrichten ebenso gut empfangen wie*

verschicken können! Hubie Green. Die zweite stammte von Andy: *Vielen Dank für das Essen. So einen schönen Abend habe ich seit Jahren nicht mehr erlebt. An dem Wochenende, an dem das Freundeskreis-Picknick stattfindet, werde ich mit Sicherheit wieder hier sein. Greg wird auch kommen, aber ich würde mich sehr freuen, wenn wir uns schon vorher treffen könnten. Dein neuer Freund Andy Vine.*
Wie erstaunlich! Die langweilige alte Ria Lynch, die arme verlassene Ehefrau, das öde, uninteressante Hausmütterchen, hatte in Andy Vine einen neuen Freund gewonnen. Und hätte sie sich nicht entschieden dagegen verwehrt, wäre er nun vielleicht sogar ihr Liebhaber! Während sie sich im Garderobenspiegel betrachtete, fragte sie sich, wie das wohl gewesen wäre. Sie hatte nie mit einem anderen Mann als Danny geschlafen. Danny, der ihren Körper so gut kannte und ihr solche Wonnen bereitet hatte.
Es wäre peinlich gewesen, sich vor diesem Mann auszuziehen. Wie schafften es andere Frauen nur, auf Anhieb so intim mit jemandem umzugehen, den sie kaum kannten? Frauen wie Rosemary zum Beispiel. Aber Rosemary war ja auch entsprechend attraktiv, sie hatte nahezu eine Traumfigur. Ria hingegen fand, daß ihr Po zu schwabbelig war und ihr Körper etwas schlaff wirkte, wenn man ihn so nackt betrachtete. In gewisser Hinsicht war es eine Erleichterung, nicht die verschiedenen Stadien des körperlichen Kennenlernens durchexerzieren und dabei kritisch taxiert werden zu müssen. Andererseits wäre es schon schön gewesen, wieder in den Armen eines Mannes zu liegen, der sie begehrte.
Ria seufzte und ging in Dales Zimmer. Dort blätterte sie Dale Vines Sammelalbum durch, in das er Fotos und Reklamebilder von Motorrädern und Zeitungsausschnitte über berühmte Motorradfahrer eingeklebt hatte. Daß Marilyn dieses Album aufbewahrt hatte, obwohl es sie stets daran gemahnen mußte, unter welchen Umständen ihr einziges Kind gestorben war, zeugte von innerer Stärke. Trotzdem hatte sie es nicht fertiggebracht, der Frau, die nun in ihrem Haus wohnte, zu sagen, daß ihr Sohn tot war. Sie mußte wirklich ein sehr schwieriger Mensch sein.

Marilyn hatte so viele Einladungen abgelehnt, daß sie befürchtete, allmählich würden sich alle vor den Kopf gestoßen fühlen. Vielleicht sollte sie besser den Ausflug mitmachen, den Rias nörgelige, nicht sonderlich sympathische Schwester Hilary ihr vorgeschlagen hatte. Mehrmals hatte sie Marilyn ziemlich hartnäckig gedrängt, sie doch zu einem Picknick ans Meer zu begleiten. Warum auch nicht, immerhin wäre es eine Gelegenheit, mal wieder ein bißchen zu schwimmen, sagte sich Marilyn, und mit diesen penetranten Iren würde sie schon fertig werden. Man mußte ihnen nur vage Antworten geben und sie statt dessen über ihr eigenes Leben erzählen lassen, und schon hatte man seine Ruhe, konnte sich entspannt zurücklehnen und einfach nur zuhören.
Als Hilary ankam, sprühte sie vor Tatendrang. »Wenn wir uns beeilen, schaffen wir es noch, bevor sich die ganzen Berufstätigen im Zug drängeln«, sagte sie.
»Gut. Meinetwegen können wir gleich los.«
»Meine Güte, Ria wird ja aus allen Wolken fallen, wenn sie den Garten sieht! Gräbst du nach einem Schatz oder so was?«
»Ich lichte nur das Gestrüpp ein bißchen aus. Wenn sie zurückkommt, wird alles in bester Ordnung sein. Deine Schwester hat wirklich ein wundervolles Haus, nicht wahr?« meinte Marilyn.
»Also, wenn du mich fragst: Meiner Meinung nach sind Ria und Danny allzu leicht zu Geld gekommen, und so etwas kann sich bitter rächen.«
»Das verstehe ich nicht ganz. Möchtest du noch einen Kaffee trinken, oder sollen wir uns gleich auf den Weg zum Zug machen?«
»Na, ein Täßchen könnte nichts schaden. Aber sag mal, hast du gar nichts gekocht oder gebacken?« Mit einem ebenso mißbilligenden Blick wie damals Brian sah sich Hilary in der Küche um, als vermisse sie etwas.
»Äh, nein. Aber wir bleiben doch sowieso nicht hier, oder?« Marilyn war verdutzt.
»Ich dachte mir, wir könnten am Meer ein Picknick machen.«

»Ja, das ist eine prima Idee. Wir kommen doch unterwegs bestimmt an einem Laden vorbei, wo wir uns für das Picknick mit frischen Salaten und Sandwiches eindecken können.«
Hilary schaute sie entgeistert an. »Aber so ein Picknick zum Mitnehmen kostet genausoviel, als wenn man da draußen irgendwo essen geht. Ich hatte eigentlich mehr an belegte Brote gedacht.«
Schon jetzt bereute Marilyn, daß sie sich überhaupt auf den Ausflug eingelassen hatte. Aber für einen Rückzieher war es zu spät. »Wir könnten uns zwei Eier kochen und ein paar Tomaten und Schinkenbrote mitnehmen, das müßte doch reichen, oder?«
Hilary fand sogleich ihre gute Laune wieder. Die beiden richteten ihr ziemlich frugales Picknick her und nahmen dann den Bus zum Bahnhof, wo sie in die Schnellbahn nach Dun Laoghaire umstiegen. Während sie entlang der Küste in Richtung Süden fuhren, machte Hilary sie auf die Besonderheiten der Umgebung aufmerksam.
»Martin und ich haben uns gleich gedacht, daß dir das gefallen würde«, meinte Hilary vergnügt.
»Erzähl doch mal, wie du Martin kennengelernt hast«, bat Marilyn. Sie lauschte Hilarys seltsamer, deprimierender und dennoch mit großem Stolz vorgetragener Geschichte, erfuhr von dem Haus, an dem sie lange abbezahlt hatten, von ihren verschiedenen Kapitalanlagen, heimlichen Rücklagen und ihrer sparsamen Haushaltsführung. Schließlich stiegen sie aus und gingen die Küste entlang zu dem Platz, wo sie schwimmen wollten. Und während sie an dem funkelnden, aber offenbar ziemlich kalten Meer entlangschlenderten, erzählte Hilary von den Immobilienpreisen, von dem kleinen Bauernhof im Westen, den Martins Brüder erben würden, und von der schwangeren Vierzehnjährigen an der Schule, am der Martin unterrichtete und sie im Sekretariat arbeitete.
Als sie das Strandbad erreichten, rief Marilyn entzückt aus: »Schau, das ist ja der Martello-Turm und das Joyce-Museum! Jetzt

455

weiß ich, wo wir sind. Hier spielt der Anfang von *Ulysses*. Genau hier!«
»Ja, stimmt.« Hilary interessierte sich nicht sonderlich für James Joyce.
Sie deutete auf das oft fotografierte Schild, auf dem stand: »Forty Foot – Gentlemen Only«. Ihre Mutter, sagte sie, habe ihr oft erzählt, wie einst eine Gruppe von Frauenrechtlerinnen dort eingedrungen sei, um den Badeort auch der anderen Hälfte der Menschheit wieder zugänglich zu machen.
»Aber das kann doch nicht zu Zeiten deiner Mutter gewesen sein, oder?«
»Wahrscheinlich ist es sogar erst zu *meiner* Zeit passiert! Ich werde dieses Jahr vierzig«, meinte Hilary düster.
»Ich auch«, sagte Marilyn.
Es war die erste kleine Gemeinsamkeit zwischen den beiden so grundverschiedenen Frauen. Sie schwammen eine Runde, wobei Marilyn wie ein junger Hund fror, und ließen sich dann ihr improvisiertes Picknick schmecken. Die meiste Zeit über redete Hilary.
»Erzähl mir von Rias Ehe«, schlug Marilyn vor.
Also sprachen sie über Ria, und Hilary erzählte freimütig alles, was sie wußte. Dannys Offenbarung aus heiterem Himmel, sein Auszug praktisch über Nacht, wie dumm das von ihm sei und daß die wohlverdiente Strafe nicht lange auf sich warten lassen würde. Inzwischen werde auch nicht mehr alles zu Gold, was Barney McCarthy anfasse, nachdem einige seiner einflußreichen politischen Freunde in die Opposition geschickt worden waren. Deshalb sehe es nun für Mr. Danny Lynch ebenfalls nicht mehr rosig aus.
»Hast du ihn gemocht?«
»Ich hatte schon zu Anfang ein ungutes Gefühl bei ihm. Er war zu charmant, zu gutaussehend für Ria. Das habe ich ihr auch immer gesagt, und am Ende hat sich gezeigt, daß ich recht hatte. Allerdings wäre es mir lieber gewesen, wenn ich nicht recht gehabt hätte, wenn sie ebenso glücklich verheiratet gewesen wäre wie ich.

Führt ihr eine glückliche Ehe, du und dein Mann?« fragte sie unvermittelt.

»Ich weiß nicht so recht«, antwortete Marilyn.

»Aber so was muß man doch wissen.«

»Nein, ich nicht.«

»Und wie sieht das dein Mann?«

»Er denkt, daß wir eine glückliche Ehe führen. Wir haben uns nichts mehr zu sagen, und trotzdem möchte er so weitermachen wie bisher.«

»Mit Sex, meinst du?« wollte Hilary wissen.

»Ja. Früher war es etwas Schönes, aber wozu wäre es heute noch gut? Ich mußte mir vor zwei Jahren die Gebärmutter entfernen lassen und kann keine Kinder mehr bekommen.«

»Ich denke, du solltest froh sein, daß dein Mann dich noch sexuell begehrt. Ich bin unfruchtbar, und deswegen meint Martin, wir sollten das mit dem Sex gleich bleibenlassen. Also lassen wir es.«

»Das kann ich nicht glauben«, staunte Marilyn.

»Es ist aber so.«

»Wie lange denn schon?«

»Wir sind jetzt sechzehn Jahre verheiratet ... Ungefähr seit acht Jahren, würde ich sagen, seit er weiß, daß wir keine Kinder bekommen können.«

»Hast du es davor schon gewußt?«

»Schon von Anfang an. Weißt du, ich war mal bei einer Wahrsagerin, und die hat es mir gesagt.«

»Hast du ihr das denn geglaubt?«

»Absolut. Alles, was sie den anderen prophezeit hat, ist auch eingetroffen.« Hilary sammelte die Essensreste zusammen und steckte sie in eine Papiertüte.

»Ist sie medial veranlagt? Ich meine, kann sie mit Toten in Verbindung treten?« fragte Marilyn.

»Das glaube ich nicht«, erwiderte Hilary. »Aber danach habe ich sie nicht gefragt. Ich wollte etwas über mein weiteres Leben wissen.«

»Und was hat sie dir noch gesagt?«
»Daß ich glücklich verheiratet sein werde, womit sie recht hatte, und daß ich in einem von Bäumen umstandenen Haus wohnen würde. Das hat sich aber noch nicht bewahrheitet.«
Marilyn hielt inne und dachte darüber nach, wie diese Frau ihre Ehe für glücklich halten konnte, wenn sie mit einem Mann verheiratet war, den nur Zinssätze interessierten und für den Sex ausschließlich ein Mittel zur Fortpflanzung war.
»Wohnt die noch irgendwo hier, diese Hellseherin?« fragte Marilyn.

Sie hatten die ganze Woche über das schönste Juliwetter, das man sich nur wünschen konnte, da waren sich alle einig. Die Kinder waren braungebrannt und hellauf begeistert.
»Dürfen wir eine Runde mit dem Ruderboot drehen, Dad?« bettelte Annie.
»Nein, das ist zu gefährlich.«
»Warum haben sie es uns denn dann mitgegeben?«
»Sie haben es uns Erwachsenen gegeben, Prinzessin.«
»Laß sie doch, Danny«, meinte Bernadette.
»Nein, Schatz, sie können nicht mit einem Boot umgehen.«
»Aber wie sollen sie es dann jemals lernen?« gab Bernadette zurück. »Vielleicht könnten sie ja zuerst einmal in Sichtweite bleiben?« Der Kompromißvorschlag wurde angenommen, und Danny beobachtete stolz, wie sein Sohn und seine Tochter in dem kleinen Boot am Ufer entlangruderten.
»Du kommst wirklich prima mit ihnen zurecht, aber du bist auch keine überängstliche Glucke. Ria wäre in so einem Fall am liebsten neben ihnen hergeschwommen.«
»Kindern muß man Freiräume lassen«, erwiderte Bernadette. »Sonst fangen sie an, einen zu hassen.«
»Du hast recht. Aber ob du wohl auch noch so denkst, wenn unser Baby erst da ist?« Danny legte ihr die Hand auf den Bauch und dachte an das Kind – ein richtiger kleiner Mensch! –, das spätestens Weihnachten bei ihnen sein würde.

»Natürlich!« Überrascht sah sie ihn an. »Du kannst doch den freien Geist von Kindern nicht in ein Korsett aus Regeln und Zwängen stecken.«

Genau das hatten er und Ria getan, dachte Danny. Und deshalb war wohl auch er ausgebrochen. Er legte den Kopf in Bernadettes Schoß und schloß die Augen. »Schlaf nur«, murmelte sie, »ich behalte das Boot im Auge.«

»Ist denn das zu fassen?« Finola Dunne blätterte in der Zeitung.

»Was denn?« fragte Danny, der immer noch im Gras lag, während Bernadette Kränze aus Gänseblümchen flocht und auf ihm ausbreitete, als wollte sie ihn damit in die Natur einbinden.

»Polly's steht zum Verkauf! Dabei ist das seit Jahren der führende Verleih für Gesellschaftskleidung in Dublin.«

»Nein, das kann nicht sein!« Abrupt setzte sich Danny auf.

»Doch, hier steht es. Lies selbst.«

Er griff nach der Zeitung, um sich mit eigenen Augen zu überzeugen. »Ich muß sofort telefonieren«, sagte er dann. »Wo stecken denn die verdammten Kinder mit dem Boot? Wohin zum Teufel hast du sie rudern lassen?«

»Danny, sie haben das Ruderboot festgemacht, als du geschlafen hast. Jetzt holen sie sich gerade ein Eis. Bitte, Danny, bleib ruhig. Du weißt doch gar nicht, was los ist.«

»Es bedeutet jedenfalls nichts Gutes.«

»Was meinst du damit? Glaubst du, daß Barney pleite ist, wenn er Polly's verkauft?«

»Mein Gott, wie kannst du das so ruhig sagen und dabei Gänseblümchen pflücken?«

»Das ist allemal besser, als einen Herzinfarkt zu kriegen.«

»Liebe, liebe Bernadette, vielleicht stürzt gerade die Welt über uns ein. Aber das verstehst du nicht, du bist eben noch ein Kind.«

»Fang jetzt bitte nicht mit meinem Alter an. Du hast von Anfang an gewußt, wie jung ich bin.«

»Jedenfalls muß ich sofort mit Barney sprechen und herausfinden, was los ist.« Dannys Gesicht war kalkweiß.

»Ich an deiner Stelle würde warten, bis ich mich etwas beruhigt hätte. In deinem Zustand bekommst du sowieso nichts mit.«
»Ich kann mich nicht beruhigen, ehe ich nicht Näheres weiß. Und vielleicht auch dann nicht. Nicht zu fassen, daß er mir nichts davon gesagt hat! Wir sind Freunde, Herrgott noch mal, er hat immer wieder beteuert, daß ich wie ein Sohn für ihn bin.«
»Dann konnte er es dir vielleicht als allerletztem sagen, wenn er wirklich in Schwierigkeiten steckt«, meinte Bernadette.
»Hast du keine Angst? Machst du dir keine Sorgen?«
»Worüber denn?«
»Über unsere Zukunft.«
»Du meinst, daß wir arm sein könnten? Nein, natürlich nicht. Du bist schon einmal arm gewesen und hast es überstanden, Danny.«
»Das ist aber lange her.«
»Jetzt hast du viel mehr, für das es sich zu kämpfen lohnt.«
Danny nahm ihre Hände in seine. »Ich möchte dir soviel schenken. Für dich und unser Baby werde ich Sonne, Mond und Sterne vom Himmel holen.«
Bernadette lächelte ihn an, und wie immer wurden ihm bei ihrem sinnlichen Lächeln die Knie weich. Und sie sagte nichts mehr, weshalb er sich sogleich groß und stark fühlte.
Dieses Mädchen zerbrach sich nicht den Kopf darüber, welches Vorgehen am geschicktesten wäre. Nachdem sie ihn dazu gebracht hatte, sich zu beruhigen, hielt sie sich aus allem heraus und überließ die Klärung ganz ihm.

»Wo ist Dad? Wir haben ihm ein Schokoladeneis mitgebracht«, sagte Annie.
»Er ist telefonieren gegangen«, erklärte Bernadette.
»Wird er lange brauchen? Sollen wir es lieber selbst aufessen?« wollte Brian wissen.
»Ja, das ist wohl das beste«, entschied Bernadette.

»Ich bin's, Danny.«
»Hast du es mit dem Wetter nicht fabelhaft getroffen? Ich wette,

es ist einfach herrlich bei euch.« Barney schien es Danny wirklich von Herzen zu gönnen.
»Barney, was ist los?«
»Du bist ja noch schlimmer als ich. Ich kann im Urlaub auch nie abschalten.«
»Hast du versucht, mich zu erreichen? Der Akku von meinem Handy ist leer, ich rufe von einem Pub aus an.«
»Nein, ich wollte dich ungestört deine wohlverdienten Ferien genießen lassen.« Barney klang sehr gelassen.
»Ich habe gerade Zeitung gelesen.«
»Und?«
»Polly's steht zum Verkauf.«
»Ja, das stimmt.«
»Was heißt das, Barney?«
»Nun, daß Polly keine Lust mehr hat. Sie hat ein gutes Angebot bekommen, aber wir wollten mal den Markt austesten, ob nicht noch mehr drin ist.«
»Quatsch. Es spielt absolut keine Rolle, wozu Polly Lust hat oder nicht, sie ist sowieso kaum im Laden ...«
»Genau ihre Worte. Aber du weißt ja, Frauen ...«
Danny hatte Barney schon oft in diesem lockeren Tonfall mit Kunden sprechen gehört. Und mit Steuerberatern, Rechtsanwälten, Politikern und Bankangestellten. Immer, wenn jemand bei Laune gehalten werden mußte. Herzlich, direkt, sogar ein bißchen naiv. Bisher hatte er mit dieser Masche immer Erfolg gehabt. Aber er hatte auch noch nie versucht, Danny etwas vorzumachen ...
»Ist jemand bei dir? Kann jemand mithören?« fragte Danny.
»Nein, ich bin allein. Warum?«
»Dann sag mir ohne Umschweife, Barney, wie es um uns steht.«
»Wie meinst du das?«
»Du weißt, wie ich das meine. Steht uns das Wasser bis zum Hals, oder schreiben wir schwarze Zahlen?«
Barney lachte. »Was soll das, Danny, hast du einen Sonnenstich?

Wann haben wir denn jemals Gewinn gemacht? Bei uns waren die Bücher immer rot.«
»Werden wir auch diesmal wieder auf die Beine kommen?«
»Bisher haben wir es immer geschafft.«
»Du hast noch nie daran denken müssen, Polly's zu verkaufen.«
»Ich muß es auch jetzt nicht verkaufen«, entgegnete Barney mit einer gewissen Schärfe. Danny schwieg. »Wenn's das also war, machst du dann bitte weiter Urlaub, damit du frisch und erholt bist, wenn du am Montag wieder hier aufkreuzt?«
»Ich kann auch gleich zurückkommen, wenn du willst. Ich würde sofort losfahren, die anderen können ja noch dableiben.«
»Bis Montag dann«, sagte Barney und legte auf.
Danny gönnte sich einen kleinen Brandy, weil seine Hände zitterten. Der Wirt schaute ihn mitfühlend an. »Den ganzen Tag die Familie um die Ohren, und das auf einem kleinen Boot, das zerrt ganz schön an den Nerven, was?«
»Ja«, nickte Danny geistesabwesend. Mit den Gedanken war er in Barney McCarthys Büro. Er hatte ihm buchstäblich das Wort abgeschnitten. Das kannte er von Barney. Doch diesmal war zum erstenmal er am anderen Ende der Leitung gewesen.
»Wie viele Kinder haben Sie denn?« erkundigte sich der Wirt.
»Zwei, und ein drittes unterwegs.«
»Himmel, das ist bestimmt nicht einfach für Sie«, meinte der Mann, der in seiner Kneipe am See schon jede Menge menschlicher Dramen miterlebt hatte. Doch noch nie hatte jemand so kreidebleich und mitgenommen ausgesehen wie dieser Bursche.

»Ich will mit deiner Schwester zu einer Hellseherin fahren«, erzählte Marilyn Ria am Telefon. »Darf ich deinen Wagen nehmen?«
»Ich besuche mit deiner Freundin Heidi einen Internet-Kurs. Ob du mir wohl deinen Laptop leihst, damit ich zu Hause üben kann?«

Sheila Maine war überglücklich, von Ria zu hören. Gertie hatte ihr nichts von ihrer Amerikareise verraten, es war eine Riesenüberraschung für sie.
»Schreibt Gertie dir denn oft?«
»Normalerweise einmal die Woche. Sie hält mich über alles auf dem laufenden.«
Ria blieb beinahe das Herz stehen bei dem Gedanken, was für Märchen über ihr Leben die arme Gertie ihrer Schwester wohl auftischte. »Gertie geht es prima, ich sehe sie häufig«, log Ria tapfer.
»Ja, ich weiß, das hat sie mir geschrieben. Sie sagt, daß sie beinahe mehr bei dir ist als zu Hause.«
»Das stimmt«, bestätigte Ria. Ganz sicher hatte Gertie aber nicht geschrieben, wieso sie ständig in die Tara Road 16 kam, nämlich daß sie dort normalerweise auf den Knien herumrutschte und die Böden schrubbte, um genug Geld für Jacks Sauferei zusammenzukratzen. Nun, auch Gertie war auf ihre Würde bedacht, zumindest gegenüber ihrer Schwester.
»Willst du mich nicht in Westville besuchen? Ich wohne hier den Sommer über in einem tollen Haus, und in ein paar Wochen kommen auch die Kinder nach.«
Sheila bedankte sich für die Einladung. Ja, sie würde gern am Samstag mit ihren Kindern zu ihr kommen, es sei nur eine Stunde Fahrt. Max arbeite leider im Schichtdienst, deshalb könne er nicht mit. »Und sag deinem attraktiven Mann, daß ich mich wirklich darauf freue, ihn wiederzusehen. Er war damals so nett zu uns, als wir euch zu Hause besucht haben.«
Mit leichtem Schrecken wurde Ria klar, daß Gerties Briefe über das paradiesische Dublin alles ausgeklammert hatten, was auch nur vage auf häusliche Mißstimmungen oder Eheprobleme irgendwo in der Stadt schließen ließ. Aber sie beschloß, Sheila Maine erst reinen Wein einzuschenken, wenn sie ihr leibhaftig gegenübersaß. Es war eine zu lange und zu trübselige Geschichte fürs Telefon, und obwohl sie schon oft darüber gesprochen hatte, kam ihr die Sache mit jedem Mal unbegreiflicher vor. Natürlich

glaubten die Leute, daß Ria inzwischen darüber hinweggekommen sei; niemand ahnte, daß sie insgeheim noch immer auf den einen Telefonanruf wartete. »Verzeihst du mir, Schatz?« hörte sie Danny im Geiste sagen, oder: »Können wir noch einmal von vorn anfangen?«
Ria wußte die Antwort auf beide Fragen. Sie würde ja sagen und das auch von Herzen so meinen. Denn er war der Mann, den sie liebte, und diese ganze Sache war nur ein schreckliches Mißverständnis. Eins hatte zum anderen geführt, und plötzlich war alles ins Wanken geraten. Nur nicht laufend daran denken, nicht darum beten und nicht zu sehr darauf hoffen, sagte sich Ria, dann würde schon alles gut werden.

Diese Mrs. Connor sei ein Phänomen, sagte Rosemary, Marilyn werde sich wundern. Rosemary sah heute besonders gut aus; sie trug ein sehr schickes roséfarbenes Seidenkleid. Man hätte denken können, sie habe sich für eine Hochzeit zurechtgemacht, dabei empfing sie doch nur eine Nachbarin, dachte Marilyn, während Rosemary in dem wunderschönen, kunstvoll angelegten und fachkundig gepflegten Dachgarten Tee ausschenkte. Eigentlich sollte diese Frau mal vom Betrugsdezernat unter die Lupe genommen werden, fuhr Rosemary fort. Sie sehe nichts, erzähle einem nur Märchen und verlange ein Vermögen dafür, dabei sehe sie von Jahr zu Jahr ärmlicher und kränklicher aus.
»Du bist auch bei ihr gewesen?« fragte Marilyn überrascht.
»Ja, sogar mehrmals, als wir noch Teenager waren. Mit Ria und Gertie.«
»Und was hat sie dir prophezeit?«
»Nichts Besonderes, aber mit viel Brimborium und sorgenumwölkter Stirn. Sie ist eine glänzende Schauspielerin, das muß man ihr lassen.«
»Aber irgend etwas Bestimmtes muß sie dir doch gesagt haben?«
»Interessanterweise hat sie behauptet, ich wäre eine falsche Freundin«, lachte Rosemary.

»Und, hatte sie recht?« Marilyns direkte Art konnte einen manchmal aus der Fassung bringen.
»Nein, ich glaube eigentlich nicht. Doch ich bin nun einmal eine Geschäftsfrau, da kann ich es mir nicht immer leisten, auf Freundschaften Rücksicht zu nehmen.«
»Hmmh.«
»Aber ich habe Polly Callaghan letzte Woche einen wahren Freundschaftsdienst erwiesen, als sie kam und eine Broschüre gedruckt haben wollte, Hochglanz, farbig und mit vielen Fotos. Irgendwie wußte ich, daß die Rechnung nicht bezahlt werden würde. Aber ich mag Polly und wollte unsere Freundschaft nicht aufs Spiel setzen, deshalb habe ich ihr einen Tauschhandel vorgeschlagen. ›Ich suche mir etwas aus deinem Laden aus‹, habe ich gesagt, ›und du kriegst die Broschüre umsonst.‹ So bin ich zu diesem Kleid gekommen. Nicht schlecht, dieses Resultat aus Unternehmungsgeist und Tauschhandel, oder?«
»Und wußte sie, warum du das vorgeschlagen hast?«
»Vielleicht«, überlegte Rosemary. »Auf jeden Fall weiß es Barney McCarthy, wenn sie es ihm erzählt. Aber jetzt genug davon. Warum willst du eigentlich zu Mrs. Connor?«
»Um mit den Toten zu reden«, erwiderte Marilyn.
Und zum ersten Mal im Leben verschlug es der abgebrühten Rosemary Ryan die Sprache.

Wenn sie wirklich mit Hilary zu diesem abgelegenen Platz fahren wollte, wo die Wagen auf einem Stoppelfeld parkten, sollte sie lieber vorher ein bißchen Autofahren üben, überlegte Marilyn. Zwar war ihr der Umgang mit einer Gangschaltung nicht fremd, auch wenn ihr Auto zu Hause eine Automatikschaltung hatte, aber ausnahmslos jeder hatte sie vor dem Verkehr in Dublin gewarnt, wo rüde um freie Parkplätze gekämpft wurde und kaum ein Fahrer einen Spurwechsel durch Blinken anzeigte. Obwohl sie also mit dem Schlimmsten gerechnet hatte, kam sie von ihrer ersten Ausfahrt zitternd in die Tara Road 16 zurück, heilfroh, all diese vielen Beinaheunfälle unbeschadet überstanden zu haben.

Colm sah Marilyn auf wackligen Beinen aus dem Wagen steigen und erkundigte sich, ob alles in Ordnung sei.
»Mein Gott, die nehmen einem ja ohne mit der Wimper zu zucken die Vorfahrt«, erzählte sie. »Und beinahe hätte ich ein Dutzend Fußgänger umgefahren. Die überqueren einfach die Straße, ohne zu schauen, ob die Ampel Rot oder Grün zeigt.«
Colm lachte gutgelaunt. »Der erste Tag ist immer der schlimmste, aber du hast es ja bis nach Hause geschafft. Und wie es aussieht, bekommst du gerade lieben Besuch.« Er nickte zum Gartentor hinüber, das Nora Johnson mit Pliers an der Leine soeben öffnete.
»Huuhu, Marilyn«, rief Nora.
»Au, verdammt«, murmelte diese.
»Tztztz.« In gespielter Mißbilligung schnalzte Colm mit der Zunge und verzog sich in Richtung Gemüsegarten. Mit ihren Besuchern mußte Marilyn schon allein fertig werden.
»Hilary und ich gehen zusammen Mittag essen, und da wollte ich dich fragen, ob du nicht mitkommen willst.«
»Vielen Dank, Mrs. Johnson, aber mir ist im Moment gar nicht nach Ausgehen ...«
»Nun, das macht nichts, wir können ja hier essen.«
»Hier?« Verstört sah Marilyn sich im Garten um.
Doch Nora Johnson war schon auf dem Weg ins Haus. »Das ist sowieso viel netter und einfacher für uns alle«, meinte sie. Diese Frau gehörte nicht zu den Menschen, die merkten, wann sie ungelegen kamen. Selbst durch einen deutlich unterkühlten Empfang ließ sie sich nicht entmutigen.
»Ach, was soll's«, sagte sich Marilyn. »Ich bin mit dem Dubliner Verkehr fertig geworden, da werde ich doch einen Lunch hinkriegen!« Mit einem gezwungenen Lächeln bat sie Rias Mutter einzutreten.
Kurz darauf erschien Hilary. »Mam hat gesagt, wir würden uns hier treffen. Wohin gehen wir?«
»Marilyn kocht für uns«, erwiderte Nora beschwingt.
»Das ist ja wie in alten Zeiten«, freute sich Hilary und setzte sich. »Was gibt's denn zu essen?« In Rias Gefrierschrank fanden sich

Hühnerschlegel, und in einem Drahtkorb lagen Kartoffeln aus dem Garten. »Die schäle ich«, bot Hilary an.

»Danke«, erwiderte Marilyn und studierte ein Rezept, das in einen Küchenschrank geklebt war und nicht allzu aufwendig klang. Man brauchte Honig, Sojasoße und Ingwer dazu, was alles vorhanden schien.

Pliers hatte sich in seine altvertraute Ecke zurückgezogen, Clement lag auf seinem Lieblingsstuhl. Wie Hilary schon gesagt hatte, es war wie in alten Zeiten. Nur daß eine andere Frau am Herd stand.

Annie und Brian war etwas sehr Wichtiges eingefallen. Wenn Clement an der Katzenschau teilnehmen sollte, mußten sie ihn heute noch anmelden.

»Aber wir sind doch schon übermorgen wieder in Dublin«, meinte Finola beruhigend.

»Das ist zu spät«, jammerte Annie. »Dabei hat Clement bestimmt große Chancen. Das Anmeldeformular liegt wahrscheinlich auf dem Dielentisch in der Tara Road zwischen der ganzen Post.«

Bernadette zuckte die Achseln. Solche Dinge passierten nun mal im Leben. Sie zeigte zwar Mitgefühl, aber das war auch schon alles. Und Danny war beim Telefonieren und konnte ebenfalls nicht helfen.

Finola Dunne wußte, wann eine Krise heraufzog. »Geht und ruft Mrs. Vine an«, schlug sie vor.

Gertie klingelte an der Tür von Tara Road Nummerd 16. »Das ist bestimmt der peinlichste Augenblick meines Lebens, Marilyn«, sagte sie.

»Ja?« fragte Marilyn hektisch. Die Honig-Soja-Ingwer-Mischung sah ziemlich zähflüssig aus und klebte am Topfboden, während die Hühnerschlegel offenbar immer noch nicht gar waren.

»Du weißt ja, daß ich eigentlich morgen komme ... aber könnte ich schon heute saubermachen?«

»Im Moment paßt es leider gar nicht, Gertie, ich koche gerade.«

»Es ist nur ... es würde bei mir zu Hause einiges erleichtern und mir wirklich helfen, wenn ...«

»Tut mir leid. Aber wenn du nicht zu Hause sein willst, hättest du dann Lust, mit Rias Mutter und ihrer Schwester hier zu Mittag zu essen?« Marilyn schwirrte der Kopf. Sie hatte ihren ersten Versuch, sich im Dubliner Verkehr zurechtzufinden, noch nicht verdaut. Außerdem kochte sie gerade ein doch nicht ganz so einfaches Essen für Leute, die sich selbst eingeladen hatten, wobei ein halber Zoo sie nicht aus den Augen ließ. Und nun kam auch noch eine dritte Frau dazu, die offenbar fix und fertig war.

»Ähm, nein danke, Marilyn, aber darum geht es nicht.« Gertie wußte nicht, wohin mit ihren Händen, und starrte sie aus ängstlich aufgerissenen Augen an.

»Worum geht es dann, Gertie? Ich weiß wirklich nicht ...?«

»Könntest du mir das Geld für morgen bitte schon heute geben, ich mache die Arbeit dann natürlich noch ...« Es war nicht leicht, so etwas zu fragen.

Und es war nicht leicht, so etwas zu hören. Marilyn wurde knallrot.

»Natürlich, ja«, murmelte sie verlegen und ging hinein, um ihren Geldbeutel zu holen. »Kannst du rausgeben?« fragte sie, ohne nachzudenken.

»Marilyn, würde ich hier stehen und dich um Geld bitten, wenn ich auch nur einen Penny hätte?«

»Nein, wie dumm von mir. Hier, nimm.«

»Das ist dann das Geld für morgen und die ganze nächste Woche.«

»Ja, ja, schon in Ordnung.«

»Du kannst Ria in Amerika anrufen und sie fragen, ich arbeite es immer ab.«

»Natürlich, das weiß ich doch. Dann also ... auf Wiedersehen.«

Aufgewühlt und verwirrt ging Marilyn wieder in die Küche. »Das war Gertie«, sagte sie mit aufgesetztem Lächeln. »Aber sie konnte nicht bleiben.«

»Nein, sie mußte Jack schleunigst Geld bringen, bevor ihm die Kehle eintrocknet«, erwiderte Nora lakonisch.

In diesem Moment loderten Flammen aus einer der Kasserollen.

Von der Honig-Soja-Ingwer-Mischung blieb nur eine dunkle, zähe Masse übrig, die einem großen Karamelbonbon ähnelte.
»Das kriegt man bestimmt nie wieder raus«, sagte Hilary. »Schade um die guten, teuren Töpfe.«
Nachdem sie die Kasserolle eingeweicht hatten, fing Marilyn noch einmal von vorne an. War es nicht ein Glück, daß nicht das Huhn verbrannt war, meinte Hilary, sondern nur die billige Soße?
Da klingelte auch noch das Telefon, Annie und Brian riefen vom Shannon aus an. Ob Marilyn wohl bitte das Anmeldeformular für die Katzenschau suchen könnte? Sie ging hinauf in den Salon, wo sie die ganze Post ordentlich auf die Anrichte gelegt hatte, fand das Formular und rief die Kinder zurück.
»Klasse«, sagte Brian. »Jetzt mußt du damit bloß noch zu der angegebenen Adresse fahren und ein Pfund Teilnahmegebühr bezahlen.«
»Ähm …«
»Vielen Dank auch, es wäre doch zu schade gewesen, wenn er nicht hätte mitmachen können.« Jetzt war Annie am Apparat.
»Aber ich muß nicht etwa mit Clement zu der Schau fahren und ihn an einer Leine im Kreis herumführen oder so?« erkundigte sich Marilyn argwöhnisch.
»Nein, nein, sie sitzen dort in Käfigen, und ehrlich gesagt würde ich ihn lieber selbst hinbringen, aber falls du mitkommen willst oder so …?«
»Hmmh, mal sehen.« Marilyn legte auf.
»Na, wie läuft's? Alles in Butter auf dem Traumschiff?« schnaubte Nora bissig.
»Das habe ich ganz vergessen zu fragen«, erwiderte Marilyn und stieß einen Schrei aus, weil jetzt die zweite Kasserolle in Flammen stand. Und keine der beiden Frauen rührte auch nur einen Finger, so gewohnt waren sie es, daß Ria alles im Griff hatte.
War sie etwa deswegen nach Irland gekommen? überlegte Marilyn. Um hier solche fürchterlichen Tage zu erleben und sich immer tiefer in das Leben wildfremder Leute zu verstricken? Das war doch einfach lächerlich.

Ria fischte einen Brief von ihrer Mutter aus dem Briefkasten.

Liebe Ria,
ich hätte Dir natürlich schon viel früher schreiben sollen, aber irgendwie hat Gott die Tage zu kurz gemacht. Und da wir gerade bei Gott sind: Ich hoffe, Du hast in diesem Ort da eine katholische Kirche ausfindig gemacht, wo meine Enkelkinder am Sonntag die Messe besuchen können. Marilyn hat gesagt, sie hätte Dir alles ausführlich beschrieben und Dir Telefonnummern und Gottesdienstzeiten hingelegt, aber ich weiß ja, daß Du keine eifrige Kirchgängerin bist, da brauchst Du mir gar nichts vorzumachen. Auch Marilyn geht hier nicht in die Kirche, nicht einmal in die protestantische. Vielleicht ist sie ja auch Jüdin, aber ich traue mich nicht, sie auf die Synagoge aufmerksam zu machen. Schließlich ist sie eine erwachsene Frau und kann tun und lassen, was sie will. Ich bin ja nun wirklich die letzte, die sich ins Leben anderer Leute einmischt.
Anfangs war sie ein bißchen steif, aber ich denke, sie hat sich inzwischen eingelebt. Eine Mutter soll ja nie die Freundinnen ihrer Tochter kritisieren, und das habe ich auch gar nicht vor, obwohl Du natürlich weißt, daß ich Lady Ryan noch nie leiden konnte, was sich auch nicht ändern wird, und Gertie für eine Heulsuse halte, die nichts anderes verdient, weil sie sich mit allem abfindet. Bei Marilyn ist das anders, man kann sich über alles mit ihr unterhalten, und sie kennt sich auch gut mit Kinofilmen aus. Allerdings fährt sie Dein Auto wie eine Verrückte und hat zwei Deiner guten Töpfe verbrannt, die sie aber ersetzt hat. Am ersten August wird sie übrigens vierzig. Und obwohl ich siebenundzwanzig Jahre älter bin als sie, verstehe ich mich glänzend mit ihr. Auch wenn ich annehme, daß sie mit Colm Barry schläft, aber das weiß ich nicht genau. Morgen kommen die Kinder von diesem albernen Bootsurlaub zurück. Ich habe Annie auf eine Pizza eingeladen, da werde ich gleich alles aus erster Hand erfahren. Allerdings will sie unbedingt ihre Freundin Kitty mitbringen, na, soll sie, dann können sie zusammen heimgehen.
Viele liebe Grüße von Deiner Mam.

Entgeistert starrte Ria auf den Poststempel. Diesen Brief hatte ihre Mutter bereits vor fünf Tagen aufgegeben. Das alles lag fünf volle Tage zurück, und sie hatte nichts davon geahnt! Was hatte sie denn für Freunde, daß man ihr solche Dinge vorenthielt? Es war jetzt acht Uhr morgens. Doch als sie zum Telefon griff, fiel ihr ein, daß es in Irland Mittagszeit war und ihre Mutter bestimmt eine ihrer notorischen Besuchsrunden drehte. Warum schrieben Menschen angesichts solcher Katastrophen Briefe, die fünf Tage und fünf Nächte lang unterwegs waren, anstatt eine E-Mail zu schicken? Doch es war wohl nicht ganz fair, ihrer Mutter daraus einen Vorwurf zu machen, schließlich hatte sie selbst bis vor wenigen Wochen auch kaum etwas über das Internet gewußt. Aber trotzdem.

Und so rief sie Marilyn an. Auf dem Anrufbeantworter war eine neue Ansage: »Dies ist die Nummer von Ria Lynch, die hier zur Zeit allerdings nicht zu erreichen ist. Sie können ihr jedoch eine Nachricht hinterlassen, die weitergeleitet wird. Hier spricht Marilyn Vine. Nennen Sie mir Ihren Namen, und ich rufe Sie umgehend zurück.« Wie konnte sie es nur wagen? Ria kochte vor Zorn. Oh, wie haßte sie diese Frau!

Diese Frau hatte sich in ihr Haus gedrängt, ihren Wagen fast zu Schrott gefahren, den Garten verunstaltet, ihre Kasserollen ruiniert und mit Colm Barry geschlafen. Was hatte sie noch alles angestellt?

Sie rief Rosemary an. Ms. Ryan sei in einer Besprechung, erklärte ihr die Chefsekretärin. Also versuchte sie es bei Gertie in der Wäscherei.

»Wie lieb von dir, daß du Sheila und die Kinder eingeladen hast. Es hat ihr so gut gefallen, daß sie mich sofort angerufen und mir alles erzählt hat.« Gertie klang glücklich und überschlug sich förmlich vor Dankbarkeit, weil Ria nicht an dem Bild ihrer vorbildlichen Ehe mit Jack gekratzt hatte.

Immer nur Lügen und Heuchelei. Ria wurde so ungehalten, daß ihre Stimme ungewohnt scharf klang. »Was treibt Marilyn, Gertie?«

»Sie ist toll, nicht wahr?«
»Ich weiß es nicht, ich kenne sie nicht. Schläft sie mit Colm?«
»Ob sie *was*?« Gerties schallendes Gelächter übertönte das geschäftige Treiben in der Wäscherei.
»Meine Mutter behauptet das.«
»Ria! Du hast doch deiner Mutter bisher noch nie ein Wort geglaubt.«
»Ja, schon ... aber hat Marilyn meine Kasserollen ruiniert?«
»Hat sie, und gleich neue, noch bessere gekauft, die ein Vermögen gekostet haben müssen. Du wirst hellauf begeistert sein. Und für sich selbst hat sie ein paar billige mitgebracht, falls ihr noch einmal ein solches Mißgeschick passiert.«
»Und ... baut sie viele Unfälle?«
»Nein, außer am Herd. Aber du solltest mal sehen, was sie aus dem Garten gemacht hat!«
»Gibt es den denn überhaupt noch?«
»Ria, es ist unglaublich.«
»Stehen noch irgendwelche Bäume oder Büsche? Irgendwas, was ich kenne? Brian hat mir erzählt, sie hätte alles zusammengeschnitten.«
»Was soll das, Ria? Sie ist reizend, und sie ist deine Freundin.«
»Nein, ist sie nicht. Ich kenne sie ja gar nicht.«
»Bist du wegen irgendwas sauer?«
»Sie schaltet und waltet in meinem Haus, als wäre es ihres.«
»Ria, du hast ihr dein Haus überlassen und sie dir ihres.«
»Sie hat die Ansage auf dem Anrufbeantworter geändert.«
»Du hast doch zu ihr gesagt, daß sie das tun soll. Annie hat ihr bei dem Text geholfen.«
»Annie?«
»Ja, sie kommt oft vorbei.«
»In der Tara Road?« Ria biß die Zähne zusammen.
»Nun, ich denke, du fehlst ihr, und das ist der Grund, warum sie so häufig hier auftaucht«, meinte Gertie beschwichtigend.
»Hmmh, wer's glaubt, wird selig«, brummte Ria.
»Ehrlich, sie vermißt dich. Ich habe erst heute morgen mit ihr

gesprochen, als ich rübergegangen bin. Sie macht gerade mit Marilyn einen Einkaufsbummel.«
»Was?«
»Ja. Anscheinend hat Annie von deiner Mutter einen Gutschein für Kleidung bekommen, den sie einlösen will. Sie sind in die Grafton Street.«
»Da fahren sie wahrscheinlich gerade in meinem Auto die Fußgängerzone rauf und runter.«
»Nein, sie haben den Bus genommen. Und ich begreife wirklich nicht, was du auf einmal gegen sie hast, Ria.«
»Ich auch nicht«, erwiderte Ria, legte auf und brach in Tränen aus.

Dreimal waren sie umsonst zu Mrs. Connor hinausgefahren. Jedesmal war die Schlange der wartenden Autos zu lang gewesen, und die wenig vertrauenerweckenden Jungs, die auf die Autos aufpaßten, hatten ihnen gesagt, daß es sich nicht lohnen würde zu warten. Aber beim vierten Mal klappte es.
Marilyn schaute in das zerfurchte Gesicht der mageren Frau.
»Willkommen in unserem Land«, sagte diese.
»Danke.«
»Sie sind gekommen, um hier etwas zu finden.«
»Ja. Ich nehme an, wir sind alle irgendwie auf der Suche.«
»Es ist nicht hier. Es ist dort, wo Sie herkommen.«
»Können Sie an meiner Stelle mit meinem Sohn sprechen?«
»Er ist tot?«
»Ja.«
»Es war nicht Ihre Schuld, Madam.«
»Doch, es war meine Schuld. Ich hätte es niemals zulassen dürfen.«
»Ich kann nicht mit den Toten sprechen, Madam.« Die Augen im Gesicht der alten Frau leuchteten. »Sie haben ihren Frieden gefunden. Sie schlafen, und wir müssen sie in Ruhe lassen.«
»Ich wollte ihm sagen, daß es mir leid tut.«
»Das ist nicht möglich, Madam.«

»*Doch.*«

»Nicht für mich. Möchten Sie, daß ich Ihnen aus der Hand lese?«

»Warum können Sie nicht mit meinem Sohn sprechen und ihm sagen, wie leid es mir tut, daß ich damals eingewilligt habe? Daß ich zugelassen habe, daß sie das Beatmungsgerät abstellen? Schon nach einem knappen halben Jahr! Sie hätten vielleicht eine Möglichkeit gefunden, ihn zurückzuholen. Und ich habe dabeigesessen und zugesehen, wie er gestorben ist.«

Mrs. Connor betrachtete sie voller Mitgefühl.

»Ich habe seine Hand in meine genommen und gesagt: ›Dale, dein Vater und ich schalten das jetzt ab, um deine Seele zu erlösen. Geh mit Gott.‹ Aber seine Seele leidet immer noch, ich weiß das. Und ich finde erst Ruhe, wenn ich mit ihm gesprochen und ihm gesagt habe, wie leid es mir tut. Können Sie nicht eine Verbindung zu ihm herstellen?«

»Nein.«

»Ich flehe sie an.«

»Sie müssen aus sich heraus Ihren Frieden finden.«

»Warum bin ich dann hierhergekommen?«

»Weil Sie unglücklich sind, wie alle, die hierherkommen.«

»Und deshalb auf ein bißchen Zauberei hoffen?«

»Ja, wahrscheinlich.«

»Danke, daß Sie mir Ihre Zeit geopfert haben und so ehrlich waren, Mrs. Connor.« Marilyn stand auf.

»Lassen Sie Ihr Geld stecken, Madam, ich habe Ihnen nichts geben können.«

»Doch, ich bestehe darauf.«

»Ich auch, Madam. Eines Tages werden Sie Ihren Frieden finden. Dann geben Sie das Geld jemandem, der es wirklich braucht.«

Im Auto erkundigte sich Hilary besorgt: »Hat sie dir helfen können, Marilyn?«

»Sie ist sehr klug.«

»Aber sie hat nicht für dich mit den Toten gesprochen?«

Plötzlich fühlte Marilyn eine große Zuneigung zu Rias verbitterter, einsamer Schwester.

»Nein. Wir haben uns gesagt, warum ihn aufwecken, wo er doch friedlich schläft?«

»Und, war es das Geld wert? Ich meine, hat sie deiner Meinung nach zuviel verlangt?«

»Nein, ganz und gar nicht. Es ist schön zu wissen, daß er schläft.«

»Fühlst du dich jetzt besser?« fragte Hilary hoffnungsvoll.

»Viel besser«, log Marilyn Vine. »Aber erzähl mir, was hat sie denn *dir* gesagt?«

»Sie erklärte, es sei an mir, die Bäume zu finden. Wir hätten genug auf die hohe Kante gelegt, um frei entscheiden zu können, wo wir leben wollten.«

»Und möchtest du denn gerne irgendwo zwischen Bäumen wohnen?« erkundigte sich Marilyn.

»Nicht unbedingt, nein. Ich habe nichts gegen Bäume, überhaupt nicht, aber mein Herz hing auch noch nie daran. Doch wenn das meine Bestimmung ist, sollte ich die Augen offenhalten.«

Die Schlange der wartenden Autos war seit ihrer Ankunft kaum kürzer geworden. All diese Menschen hofften auf ein bißchen Zauberei, die ihnen weiterhalf. Die Frau hatte ja gesagt, daß jeder, der zu ihr in den Wohnwagen kam, unglücklich war. Was für eine bedrückende Prozession! Jeder, der in einem dieser Autos saß, hatte Kummer. Aber irgendwie gab einem dieses Wissen auch Stärke. Marilyn Vine war nicht die einzige Frau auf der Welt, die einen Verlust zu beklagen hatte und von Schuldgefühlen gepeinigt wurde. Auch andere hatten schon mit so etwas fertig werden müssen und bei dieser Alten im Wohnwagen oder auch anderswo ihr Heil gesucht.

Still lächelte sie in sich hinein. Und Hilary sah ihr Lächeln und freute sich für sie.

Ria änderte die Ansage: »Dies ist die Nummer von Greg und Marilyn Vine, doch zur Zeit ist hier Ria Lynch zu erreichen. Falls Sie jedoch eine Nachricht für Greg Vine in Hawaii oder für

Marilyn Vine in Irland haben, werde ich sie gerne weiterleiten oder Sie auf Wunsch auch zurückrufen.«
Sie spulte das Band mehrmals zurück und nickte dann befriedigt. Was diese Mrs. Marilyn konnte, konnte sie schon lange. Die würde sich noch wundern!
Danach rief sie Heidi an: »Ich gebe eine kleine Abendgesellschaft und möchte dich und Henry herzlich dazu einladen. Carlotta kommt, und das nette Paar, das wir im Internet-Kurs kennengelernt haben, außerdem die beiden Männer, die das Feinkostgeschäft führen, von dem du mir erzählt hast. Ich habe mich ein bißchen mit ihnen angefreundet, und jetzt möchte ich sie mit meinen Kochkünsten verblüffen. Vielleicht geben sie mir ja einen Job?«

»Mam?«
»Hi, Annie.«
»Das ist aber lustig, Mam, daß du ›Hi‹ sagst und nicht ›Hallo‹. Du hast nicht angerufen, also rufen wir jetzt an.«
»Ich habe sehr wohl angerufen. Und ich habe deinem Vater eine Nachricht hinterlassen, auf die er bisher nicht reagiert hat. Vielleicht erinnerst du ihn daran?«
»Er ist nicht da, Mam, er ist ständig unterwegs.«
»Nun, wenn du ihn das nächste Mal siehst, richte ihm doch bitte aus, daß ich seinen Anruf erwarte.«
»Aber da geht es doch nur um Geschäftskram, Mam.«
»Ja, ich weiß. Aber ich möchte trotzdem wissen, was er dazu sagt.«
»Werdet ihr euch streiten?«
»Nein. Nicht, wenn er mich zurückruft.«
»Und wie geht's dir so, Mam?«
»Gut. Wie war dein Abend mit Oma in der Pizzeria?« Ria klang ein bißchen eisig, was Annie nicht entging.
»Prima. Und Oma hat mir eine tolle Weste geschenkt. Du wirst sie ja sehen, denn ich nehme sie mit.«
»War Kitty auch dabei?«
»Nein, zufällig nicht.«

»Wieso denn nicht?«
»Weil Bernadette Oma angerufen und ihr gesagt hat, daß Dad Kitty nicht ausstehen kann.«
»Wie ärgerlich.«
»Ja, ich war verärgert, Mam, aber was soll's. Du und Dad, ihr könnt Kitty eben nicht leiden, damit muß ich mich halt abfinden.«
»Na, ich bin jedenfalls froh, daß dein Vater sich um solche Dinge kümmert.«
»Tut er nicht, er wüßte nicht einmal, welchen Tag wir heute haben, so durcheinander ist er. Ich habe doch gesagt, es war Bernadette, die Oma angerufen hat.«
»Erzähl mir von deinem Einkaufsbummel mit Marilyn.«
»Hast du eine ganze Horde von Detektiven auf mich angesetzt, Mam?«
»Nein, aber es gibt noch ein paar Familienmitglieder und Freunde, die mir hin und wieder etwas erzählen, was mich interessieren könnte.«
»Du interessierst dich doch aber gar nicht für Klamotten, Mam. Und du haßt Einkaufsbummel.«
»Was hast du gekauft?« beharrte Ria auf einer Antwort.
»Pinkfarbene Jeans und ein Hemd in Pink und Dunkelblau.«
»Klingt ja klasse«, meinte Ria.
»Bist du wegen irgendwas sauer auf mich, Mam?«
»Sollte ich das?«
»Ich wüßte nicht, weshalb. Denn ehrlich gesagt ist das ein beschissener Sommer, alle hier sind ständig schlecht gelaunt. Ich darf meine Freundin Kitty nicht sehen, Oma will ins Altersheim ziehen, Mr. McCarthy hat sich sonstwohin verdrückt, ohne Dad was davon zu sagen. Dazu läßt Rosemary Ryan dauernd die Telefonleitungen heißglühen, weil sie Dad irgendwelche superwichtigen Sachen ausrichten will. Und Brian steckt wieder die ganze Zeit mit Dekko und Myles zusammen, sie brüllen und kreischen herum, daß einem fast die Ohren abfallen. Dad hat irgendwie Krach mit Finola gehabt, die seitdem nicht mehr hier aufkreuzt. Und Ber-

nadette pennt die meiste Zeit. Ach ja, außerdem hat Tante Hilary den Verstand verloren und guckt unentwegt die Bäume hoch. Und Clement mußte zum Tierarzt, er hat dauernd gekotzt, Colm hat ihn hingebracht ... Es ist nichts Ernstes, aber wir sind alle ziemlich erschrocken, als es passiert ist. Und dann rufe ich dich an und werde von dir angeschnauzt, ohne daß ich weiß, warum. Wenn Marilyn nicht wäre, würde ich bestimmt durchdrehen.«
»Ist sie nett?«
»Nun, zumindest ist sie normal. Sie empfiehlt mir Bücher und hat mir *Wer die Nachtigall stört* geschenkt. Hast du das mal gelesen, Mam?«
»Ich liebe dich, Annie.«
»Bist du betrunken oder so?«
»Nein, natürlich nicht, wie kommst du denn darauf?«
»Ich habe dich gefragt, ob du dieses Buch kennst, und du antwortest, daß du mich liebst. So kann man sich doch nicht unterhalten!«
»Nein. Aber es stimmt.«
»Na, dann jedenfalls danke schön, Mam. Vielen Dank.«
»Und du? Liebst du mich nicht vielleicht auch ein bißchen?«
»Du bist schon zu lange in Amerika, Mam«, erwiderte Annie.

Auf der Treppe des Hauses, das einmal seines gewesen war, stand Danny Lynch und klingelte.
Er konnte Marilyn, die neben dem Gartentor unter dem großen Baum auf dem Boden kauerte, nicht sehen. Sie hingegen musterte den Mann genau, der nervös von einem Bein aufs andere trat und immer wieder auf die Uhr schaute. Dieser Danny Lynch sah wirklich sehr gut aus und schien vor Tatendrang schier zu platzen. So hatte sie ihn auch bei ihrer ersten Begegnung vor all den Jahren erlebt. Aber jetzt war etwas hinzugekommen, was seine Nervosität noch steigerte, es war ihr schon neulich abends im Restaurant aufgefallen: Danny Lynch wirkte irgendwie unruhig, ja beinahe gehetzt. Als er einen Schlüsselbund aus der Tasche zog und sich selbst aufsperrte, wollte ihm Marilyn eigentlich gerade

einen Gruß zurufen. Statt dessen ließ sie nun alles stehen und liegen und rannte hinter ihm her.

Er stand im Salon und schaute sich um. Dann rief er laut: »Ich bin's nur, Danny Lynch!«

»Meine Güte, haben Sie mir aber einen Schrecken eingejagt«, sagte sie und preßte sich die Hand auf die Brust, als müßte sie sich erst wieder fangen. Schließlich wäre sie tatsächlich zu Tode erschrocken gewesen, wenn sie hereingekommen wäre, ohne zu wissen, daß jemand im Haus war.

»Entschuldigung, ich habe geklingelt, aber niemand hat aufgemacht. Du bist sicher Marilyn. Herzlich willkommen in Irland.« Trotz seiner Nervosität wirkte er sehr charmant, als er ihr in die Augen sah. Bestimmt fühlte sich jede Frau geschmeichelt, wenn er sie mit diesem strahlenden Blick ansah und ihr das Gefühl gab, etwas Besonderes zu sein. Und sie hätte sich nach so vielen Jahren sonst wohl auch kaum noch an ihn erinnert.

»Danke«, erwiderte sie.

»Und, fühlst du dich wohl hier?« Er sah sich in dem Zimmer um und musterte jedes Möbelstück, als wollte er seinen Preis taxieren.

»O ja. Wer würde sich hier nicht wohl fühlen?« Sie hätte sich am liebsten die Zunge abgebissen. Schließlich hatte Danny Lynch sich offensichtlich nicht wohl genug gefühlt, um zu bleiben.

Doch ihn schien diese Bemerkung nicht zu irritieren. »Meine Tochter hat mir erzählt, daß ihr euch gut versteht.«

»Sie ist ein reizendes Mädchen. Hoffentlich gefällt es ihr und Brian bei mir zu Hause so gut wie mir hier.«

»Es ist eine großartige Chance für sie. Als ich in Brians Alter war, bin ich kaum jemals aus unserem Dorf herausgekommen.« Danny hatte ein wirklich gewinnendes Lächeln.

Trotzdem gefiel es ihr nicht, daß er sich selbst hereingelassen hatte. »Ich wußte gar nicht, daß es noch mehr Schlüssel zu diesem Haus gibt als die beiden, die Gertie und ich haben.«

»Nun, warum sollte ich keinen Schlüssel haben? Immerhin ist es auch *mein* Haus.«

»Es handelt sich nur um ein Mißverständnis meinerseits. Mir war

nicht klar, daß du hier ein und aus gehst, Danny. Ansonsten hat mir Ria alles genauestens geschildert, beispielsweise daß Colm einen Schlüssel zum hinteren Gartentor hat und so weiter. Ich werde Ria erzählen, wie ich dich für einen Einbrecher gehalten habe, weil sie vergessen hat, mir zu sagen, daß du hier immer mal wieder vorbeischaust.«
Er verstand, was sie sagen wollte, und nahm den Schlüssel zur Tara Road von seinem Schlüsselbund. Bedächtig legte er ihn neben die Rosenvase auf den Tisch. »Ich gehe hier nicht ein und aus. Nur gerade heute, da habe ich dringend etwas gebraucht, und weil du nicht aufgemacht hast, habe ich gedacht … Na ja, alte Gewohnheiten legt man eben nicht so schnell ab. Immerhin war es lange Zeit die Tür zu *meinem* Haus.« Obwohl ihm diese Entschuldigung sehr glatt über die Lippen kam und sein Lächeln einstudiert war, wirkte beides echt.
»Natürlich, kein Problem.« Sie konnte es sich jetzt leisten, großzügig zu sein. Schließlich hatte sie bei dieser kleinen Auseinandersetzung den Sieg davongetragen und Rias Haustürschlüssel zurückerobert. »Und was wolltest du holen?«
»Die Autoschlüssel. Mein Wagen hat den Geist aufgegeben, deshalb muß ich den Zweitwagen nehmen.«
»Rias Wagen?«
»Unseren Zweitwagen, ja.«
»Wie lange wolltest du ihn denn ausleihen? Ich brauche ihn in einer Stunde.«
»Nun, ich wollte ihn fahren, bis Ria wieder da ist.«
»Oh, das ist leider nicht möglich«, entgegnete Marilyn freundlich.
»Wie bitte?«
»Nun, ich habe extra eine Vollkaskoversicherung für die acht Wochen, die ich hier bin, abgeschlossen. Immerhin fährt Ria mit euren Kindern in meinem Auto kreuz und quer durch Neuengland, ohne daß mein Mann plötzlich auftaucht und den Wagen zurückverlangt.« Sie hielt inne.
»Es tut mir sehr leid, Marilyn, wenn ich dir damit Unannehmlichkeiten bereite, aber ich muß darauf bestehen. Du brauchst hier

schließlich kein Auto, wo du doch den ganzen Tag im Garten rumbuddelst. Ich hingegen muß Geschäftspartner besuchen, mir meinen Lebensunterhalt verdienen.«
»Dann wird dir deine Firma sicher gerne einen Wagen zur Verfügung stellen.«
»Es paßt mir aber nun mal besser, diesen hier zu nehmen, und da du ihn sowieso nicht brauchst ...«
»Entschuldigung, aber du kannst nicht wissen, wofür ich ein Auto brauche. Zufällig will ich heute mit Colm Biodünger für euren Garten bestellen, und da die Gärtnerei nun mal nicht mit dem Bus zu erreichen ist, fahre ich mit dem Wagen dorthin. Außerdem kutschiere ich deine *Noch*-Schwiegermutter mit drei älteren Damen aus dem St. Rita zu einem Bridgeturnier nach Dalkey, bevor ich deine Tochter und deinen Sohn zu deiner künftigen Schwiegermutter bringe, mit der du offenbar gerade nicht redest, weil sie mit ihr zum Schwimmunterricht gehen. Danach treffe ich mich mit Rosemary Ryan, die übrigens dringend mit dir sprechen will, wir besuchen zusammen eine Wohltätigkeits-Modenschau, und ich habe angeboten zu fahren.« Danny starrte sie mit offenem Mund an. »Sind wir uns also darin einig, daß es mir leider nicht möglich ist, dir Rias Wagen zu überlassen?« fragte Marilyn.

»Danny?«
»Himmel, Barney, wo steckst du?«
Barney lachte. »Das habe ich dir doch gesagt. Ich bin auf einer Geschäftsreise.«
»Ich bitte dich, so etwas sagen wir Bankangestellten, Lieferanten und Handwerkern. Fang bitte nicht mir gegenüber mit so was an.«
»Tja, aber es ist genau das, was ich gerade tue: Ich bin geschäftlich unterwegs und treibe Geld auf.«
»Bitte, bitte sag mir, daß dir das schon gelungen ist, Barney, denn sonst gehen uns heute nachmittag zwei Aufträge flöten.«
»Ganz ruhig, Junge, ich habe das Geld.«
»Und wo bist du?«

»Das ist doch egal. Ruf Larry in der Bank an und frag ihn. Das Geld ist da.«
»Vor einer Stunde war es das noch nicht.«
»Jetzt schon.«
»Wo bist du, Barney?«
»In Malaga«, erwiderte Barney McCarthy und legte auf.
Danny zitterte. Er traute sich nicht, in der Bank anzurufen. Wenn Larry nun gar nichts von einer Überweisung wußte? Was, wenn Barney sich wirklich mit Polly nach Südspanien abgesetzt hatte? Natürlich war das lächerlich, aber eben auch nicht ausgeschlossen. Es war durchaus schon vorgekommen, daß jemand ohne mit der Wimper zu zucken Weib und Kinder verließ. Hatte er selbst nicht etwas ganz Ähnliches getan?
»Schon *wieder* Ms. Ryan am Telefon«, sagte die Sekretärin und warf ihm einen flehenden Blick zu. Würde er wenigstens diesmal den Anruf entgegennehmen?
»Stellen Sie durch. Hallo, Schatz, wie geht's dir?«
»Das ist mein fünfter Anruf, Danny. Was soll das?«
»Hier ist der Teufel los.«
»Ja, das habe ich in der Zeitung gelesen, und auch sonst seid ihr Stadtgespräch.«
»Aber jetzt ist endlich alles geregelt. Wir sind aus dem Schneider.«
»Wer sagt das?«
»Barney. Beängstigenderweise sagt er es von Spanien aus.«
Rosemary lachte, und Danny entspannte sich ein bißchen.
»Wir müssen uns unbedingt treffen. Es gibt da ein paar Dinge, die wir besprechen müssen.«
»Äußerst schwierig, Schatz.«
»Heute abend gehe ich mit dieser Frau, die bei euch im Haus wohnt, zu einer von Monas ätzenden Wohltätigkeitsveranstaltungen.«
»Mit Marilyn?«
»Ja. Hast du sie schon kennengelernt?«
»Ein fürchterliches Weib. Die hat ja Haare auf den Zähnen.«
»Komm nach zehn rüber«, sagte Rosemary und legte auf.

Schließlich nahm Danny all seinen Mut zusammen und rief in der Bank an.
»Hi, Larry.« Er bemühte sich um einen heiteren, unbeschwerten Tonfall. »Danny Lynch am Apparat. Ist die Alarmstufe eins vorüber? Können wir aus unseren Bunkern krabbeln?«
»Ja, der Notgroschen von der Mafia ist gerade hier eingetroffen.«
Danny wurde ganz schwach vor Erleichterung, doch er tat schockiert: »Ist das eine Art, mit ehrbaren Immobilienhändlern zu sprechen, Larry?«
»Ehrbare Immobilienhändler sind selten. Du und Barney gehören jedenfalls nicht dazu.«
»Warum so feindselig, Larry?« Danny rang um Fassung.
»Er hat eine Menge kleiner Leute, die sich das nicht leisten können, um ihr wohlverdientes Geld gebracht, und als ihm der Boden hier zu heiß wurde, hat er sich an die Costa del Crime verdrückt und irgendwelche Drogengelder von seinen Kumpels organisiert, die hier gewaschen werden sollen.«
»Das weißt du nicht, Larry.«
»Doch.«
Danny erinnerte sich, gehört zu haben, daß Larrys Sohn gerade auf Entzug war. Da reagierte er verständlicherweise etwas empfindlich, wenn er vermutete, daß Gelder aus dem Heroinhandel stammten.

Greg rief Marilyn an. »Ich wollte einfach ein bißchen plaudern. Mir fehlen deine E-Mails.«
»Mir deine auch. Aber offenbar macht Ria große Fortschritte auf meinem Laptop. Sie hat eine E-Mail an Rosemary Ryan geschickt, mit der ich gleich auf eine Modenschau gehe, und dann noch eine an das Büro ihres Exmannes. Die beiden hat es fast umgehauen.«
»O ja, ich weiß. Sie schickt mir auch manchmal eine.«
»Was? Wieso?«
»Oh, wegen diesem und jenem ... du weißt ja, demnächst ist das Freundeskreis-Picknick ... Andy kommt übrigens auch, und ihre Kinder werden da sein, also ist das Haus gerammelt voll.«

»Ah ja.« Marilyn hätte nicht sagen können, was sie daran störte, doch irgend etwas ärgerte sie.
»Jedenfalls scheint sie in Westville bestens klarzukommen. Sie kocht jetzt jeden Tag ein paar Stunden für John & Gerry's.«
»Nein!«
»Sie ist offenbar eine bemerkenswerte Frau. Und Henry hat mir erzählt, daß er neulich mit Heidi bei uns zu einer Abendgesellschaft war ...«
»Wo, bei uns?«
»Na, am Tudor Drive. Anscheinend waren sie zu acht, und ...«
»Sie hat sieben Leute zu uns ins Haus eingeladen? Zum Essen?«
»Ja, sie kennt sie inzwischen offenbar recht gut. Carlotta kommt jeden Morgen zum Schwimmen rüber, und Heidi schaut nach der Arbeit auf einen Kaffee vorbei. Sie hat nicht lange gebraucht ...«
»Nein, wirklich nicht«, preßte Marilyn zwischen zusammengebissenen Zähnen hervor.

Mona McCarthy, eine der Veranstalterinnen der Modenschau, saß lächelnd an der Kasse und überreichte ihnen ihre Eintrittskarten. Die Leute fragten sich oft, inwieweit sie wohl über die Aktivitäten ihres Mannes – geschäftlicher und privater Natur – im Bilde war. An Monas breitem Gesicht würde man dies nie ablesen können, ihre Miene verriet nichts. Diese untersetzte, freundliche, ein bißchen naiv wirkende Frau war unentwegt damit beschäftigt, Geld für einen guten Zweck zu sammeln. Vielleicht war das auch als Wiedergutmachung gedacht, weil sich der gerissene Barney bei seinen dubiosen Geschäften manchmal zuviel unter den Nagel riß.
»Ein Glas Sekt?« fragte sie.
»Ja, gerne«, nickte Rosemary. »Schließlich werde ich gefahren.«
Dann stellte sie Marilyn vor.
Diese jedoch war heute abend ungewöhnlich einsilbig, als wäre sie mit ihren Gedanken ganz woanders.
Aber Monas Miene hellte sich auf. »Und die liebe Ria ist gerade bei Ihnen zu Hause, nicht wahr?«

Marilyn nickte lächelnd, doch insgeheim überlegte sie düster, wieviel Prozent der Einwohnerschaft von Westville wohl gerade in ihrem Haus am Tudor Drive einen reizenden Abend verbrachten. Aber nein, es war dort ja gerade erst früher Nachmittag, vielleicht wurden Häppchen und Salate für dreißig Gäste am Swimmingpool gereicht. Doch sie mußte etwas Freundliches erwidern. »Ja, ich glaube, sie hat sich dort inzwischen bestens eingelebt.«
Mona freute sich. »So einen Ortswechsel hat sie dringend gebraucht. Wie schön, daß Sie ihr diesen Aufenthalt ermöglicht haben.«
»Sie hat sogar einen Job gefunden, habe ich gehört, in unserem Feinkostladen.« Klang ihre Stimme wirklich blechern, oder bildete sie sich das nur ein?
»Ria hätte sich schon vor Jahren einen Job suchen sollen«, meinte Rosemary. »Dann würde sie jetzt nicht ohne alles dastehen.«
»Immerhin hat sie noch ihre Kinder«, sagte Mona leise.
Rosemary merkte, daß dies nicht gerade taktvoll gegenüber Barney McCarthys Ehefrau gewesen war, die zu Hause geblieben war, während Barney sich mit seiner Geliebten in Spanien vergnügte.
»Ja, natürlich. Ihr bleiben die Kinder und das Haus.«
»Glaubst du denn, daß diese, ähm, Liaison von Danny Lynch – mir fällt leider kein passenderes Wort ein –, daß die von Dauer ist?« fragte Marilyn.
»Nein«, erwiderte Rosemary.
»Keinesfalls«, antwortete Mona fast gleichzeitig.
»Und würde Ria ihn denn wiederhaben wollen?« Marilyn war über sich selbst erstaunt. Nie hätte sie gedacht, daß sie einmal solche persönlichen Fragen stellen würde, galt sie doch als Verschlossenheit in Person. Doch sie hatte sich in diesem Land grundlegend gewandelt; in nur wenigen Wochen war sie ein aufdringliches Plaudertäschchen geworden.
»Ja, ich denke schon«, meinte Mona.
»Keine Frage«, nickte Rosemary.
Aber wenn sich alle so sicher waren ... wenn alles damit endete, daß jeder wieder am heimischen Herd landete ... wozu dann so

viele Kränkungen und Verletzungen, so viele überflüssige Tränen in diesem Sommer? Und was würde aus dem Baby werden, das unterwegs war?

Es war ein warmer Dubliner Abend. Auf der Rückfahrt unterhielt sich Marilyn gutgelaunt mit Rosemary. Sie erzählte ihr von Greg in Hawaii, lieferte aber keine Erklärung, warum sie um die halbe Welt gereist war, anstatt ihn zu besuchen.
Schließlich hielt Marilyn vor dem Haus Nummer 32, und Rosemary dankte ihr fürs Mitnehmen. »Es war wundervoll, ich habe vier Gläser Sekt getrunken und es wirklich genossen. Wenn ich nicht so früh aufstehen müßte, würde ich dich ja noch auf einen Kaffee hereinbitten ... aber ich werde wohl nur noch schnell die Pflanzen gießen und dann zu Bett gehen.«
»Himmel, nein, ich bin auch müde und gehe gleich ins Bett.«
Marilyn fuhr die wenigen Meter zurück und parkte den Wagen in der Garage.
Doch da fiel ihr ein, daß die Autogrammkarten, die sie für Annie besorgt hatte, noch in Rosemarys Tasche steckten. Annie und Kitty schwärmten nämlich für zwei der Models, die auf der Modenschau aufgetreten waren, und deshalb hatte sich Marilyn große Mühe gemacht, von diesen beiden Autogramme zu ergattern. Und jetzt hatte sie sie dummerweise in Rosemarys eleganter schwarzer Ledertasche gelassen. Sie sah auf die Uhr. Rosemary würde noch nicht im Bett sein, sie hatte sie ja erst vor zwei Minuten aussteigen lassen, und Rosemary hatte noch Blumen gießen wollen. Also würde Marilyn einfach schnell hintenrum zu ihr hinüberlaufen. Das war der kürzeste Weg, und keiner sperrte hier sein hinteres Gartentor zu.
Es war in vielfacher Hinsicht eine angenehme Wohngegend, sie hatte großes Glück gehabt, gerade hier eine Bleibe zu finden. Als sie zu dem rötlichen Himmel über der Stadt aufsah, jagten schwarze Wolken vor dem großen Mond vorbei wie düstere Streitwagen. War es nicht kleinlich von ihr, sich so über Rias Mätzchen in Westville aufzuregen? Aber Marilyn konnte sich nun einmal nicht

mit der Vorstellung abfinden, daß Carlottas üppiger Körper durch ihren Swimmingpool glitt oder daß Heidi es sich zur Gewohnheit machte, täglich auf einen Kaffee vorbeizuschauen. Außerdem nagte die Eifersucht an ihr, weil Ria in die Vorbereitungen für das Ehemaligen-Picknick eingebunden worden war.

In derlei Gedanken versunken stieß sie das hintere Gartentor von Nummer 32 auf und rechnete damit, Rosemary barfuß mit dem Gartenschlauch hantieren zu sehen. Bestimmt zog sie die teuren Schuhe aus, bevor sie die geschmackvoll angelegten Rabatten wässerte.

Doch niemand war draußen, und so überquerte Marilyn den Rasen. Das weiche Gras dämpfte ihre Schritte, und sie hörte Stimmen aus dem Pavillon. Die eine gehörte einem Mann und die andere einer Frau, wobei die beiden sich allerdings weniger unterhielten als vielmehr leidenschaftlich küßten, wie ihr beim Näherkommen klar wurde. Rosemary hatte tatsächlich die teuren Schuhe ausgezogen, desgleichen ihr teures roséfarbenes Seidenkleid, das sie im Tausch für den Druck einer Werbebroschüre von Polly Callaghan bekommen hatte. Nur mit einem mokkafarbenen Seidenslip bekleidet, lag sie auf Danny Lynch und hielt dessen Gesicht zwischen den Händen.

»Laß mich nie, nie wieder in deinem ganzen Leben fünfmal anrufen, ehe du dich meldest«, bestürmte sie ihn gerade.

»Schatz, ich habe dir doch gesagt ...« Dabei strich er ihr den Schenkel entlang und fuhr unter den Spitzenbesatz ihres Slips.

Marilyn war wie vom Donner gerührt. Dies war jetzt das zweite Mal, daß sie Danny Lynch beobachtete, ohne daß er sie sehen konnte. Es schien ihre Bestimmung zu sein, diesem Mann hinterherzuspionieren.

»Keine Spielchen, Danny«, unterbrach ihn Rosemary ärgerlich. »Nicht mit mir. Dafür haben wir zuviel zusammen erlebt. Ich habe mich mit so vielem abgefunden, habe dich so oft gewarnt und gerettet.«

»Du und ich, wir sind etwas Besonderes, darin waren wir uns immer einig. Unsere Beziehung ist einzigartig.«

»Daß du ein Heimchen am Herd heiratest, daß du Affären hast, ja sogar, daß du diese Kleine schwängerst und hier fortziehst, all das habe ich mir bieten lassen, der Himmel weiß, warum.«
»Du weißt, warum, Rosemary«, erwiderte Danny.
Marilyn ergriff die Flucht und rannte zurück in die Geborgenheit ihres Gartens, wo sie nicht nur Colms Gemüsebeete, sondern auch alles andere im Umkreis erbarmungslos wässerte.
Clement erschien und ließ sich in sicherem Abstand von dem Wasserstrahl nieder, er sah unverwandt zu, wie sie die armen Pflanzen unter Wasser setzte. Marilyn war selbst überrascht, wie wütend und schockiert sie war. Ein so falsches Biest von einer Freundin war ihr noch nie untergekommen. Arme, arme Ria. Jetzt hatte sie schon so ein Pech mit ihrem Mann und wurde dazu auch noch von ihrer besten Freundin betrogen, die ihr angeblich mit Rat und Tat zur Seite stand. Es war nicht zu fassen!
In einem Anfall von Großzügigkeit entschied sich Marilyn, Ria in ihrem Haus am Tudor Drive schalten und walten zu lassen, wie es ihr beliebte. Sollte sie doch ganze Busladungen von Leuten mit hausgemachten Delikatessen dort bewirten, wenn es ihr Freude machte. Diese Frau verdiente es, ein bißchen was vom Leben zu haben.

Im Augenblick allerdings saß Ria allein über Marilyns Laptop gebeugt und versuchte sich an einem Computerspiel, das ihr Hubie Green gegeben hatte. Sie hoffte, sie würde es bis zur Ankunft ihrer Kinder einigermaßen beherrschen, um es ihnen dann zeigen zu können. Sheila Maines Kinder hatten eine Menge solcher Spiele, und natürlich lernten Annie und Brian hatte in der Schule, mit einem Computer umzugehen, aber für Ria war das nun einmal völliges Neuland. Und an diesem Spiel biß sie sich die Zähne aus.
Sie schickte Hubie eine E-Mail: *Hubie, es kostet Dich bestimmt nur eine halbe Stunde, mir dieses Spiel zu erklären. Das wäre mir zehn Dollar wert. Könntest Du vielleicht irgendwann vorbeikommen? Ausgesprochen ratlos, Ria Lynch.*

Das Leben dieses Jungen spielte sich offenbar ausschließlich vor dem Bildschirm ab, denn er antwortete sofort: *Abgemacht. Können Sie mich unter folgender Nummer anrufen und mir sagen, wo Sie wohnen?*
Sie rief ihn an und nannte ihm die Adresse.
Darauf folgte betretenes Schweigen, ehe er erwiderte: »Aber das ist Dales Zuhause. Dale Vine hat da gewohnt.«
»Ja, das stimmt«, erwiderte Ria ernst. Aus irgendeinem Grund hatte sie angenommen, daß er Bescheid wüßte. Doch wie sollte er?
»Dann kann ich leider nicht kommen, Mrs. Lynch.«
»Aber warum denn nicht?«
»Mr. und Mrs. Vine wäre das nicht recht.«
»Sie sind nicht hier, Hubie. Ich wohne allein in dem Haus. Marilyn ist gerade bei mir zu Hause in Irland, und Greg ist auf Hawaii.«
»Haben sie sich getrennt?« erkundigte er sich besorgt.
»Das weiß ich nicht«, antwortete sie ehrlich.
»Aber das müssen Sie doch wissen!«
»Nun, ich weiß es nicht, man hat es mir nicht gesagt. Aber ich nehme an, daß beide nach Dales Tod einen Ortswechsel brauchten.«
»Mmmh, ja.«
»Doch ich verstehe natürlich, wenn du nicht hierherkommen willst, Hubie. Tut mir leid, daran habe ich nicht gedacht, aber das Haus weckt bei dir vielleicht zu viele traurige Erinnerungen?«
Sie hörte, wie er tief Luft holte. »Ach, was soll's, Mrs. Lynch. Es ist schließlich nur ein Haus, und die Vines sind nicht da. Ihre Kinder sollen was mit dem Spiel anfangen können, und zehn Dollar sind immerhin zehn Dollar. Klar komme ich.«
Nachdem er es ihr erklärt hatte, war es ganz einfach, und trotzdem fesselte es sie. Sie spielten stundenlang.
»Das war weit länger als eine halbe Stunde. Bist du mit zwanzig Dollar einverstanden?«
»Nein, zehn wie abgemacht. Ich bin nur länger geblieben, weil es mir Spaß gemacht hat.«

»Hast du Lust, etwas zu essen?« Sie führte ihn in die Küche und machte den Kühlschrank auf.
»Wow, da steht ja eine von diesen prima irischen Quiches, die sie drüben bei John & Gerry's verkaufen!«
»Ja, die sind von mir«, sagte Ria geschmeichelt.
»*Sie* machen die für den Feinkostladen? Ist ja irre!« staunte er.
»Meine Mutter hat gerade zwei davon für eine Party gekauft.«
»Gut, dann gebe ich dir nachher irisches Rosinenbrot für sie mit, um mein schlechtes Gewissen zu beruhigen, weil ich dich so lange aufgehalten habe.«
Hubie wanderte ruhelos in der Küche umher; vielleicht war es ihm doch unangenehm, wieder in diesem Haus zu sein. Ria erwähnte die Vergangenheit mit keinem Wort. Statt dessen erzählte sie, was sie alles mit Annie und Brian unternehmen wollte. Hubie griff nach einem Foto von den Kindern, das Ria aufgestellt hatte.
»Ist sie das? Ihre Tochter? Die sieht ja klasse aus«, meinte er.
»Ja, sie ist reizend, aber welche Mutter denkt das nicht von ihrem Kind. Und das ist Brian.« Stolz betrachtete sie ihren Sohn, der Hubie allerdings nicht im geringsten zu interessieren schien. Während sie aßen, unterhielten sie sich angeregt miteinander. Früher sei er oft hierhergekommen, erzählte Hubie, zum Schwimmen und auch sonst. Es habe immer was zu essen gegeben, zwar keine Delikatessen wie diese, Himmel, nein, aber Kekse und so was. Eigentlich hätten sich die Kids hauptsächlich bei Dale getroffen, man sei hier stets willkommen gewesen, und bevor diese Sache passiert sei, hätten sich seine Eltern auch ziemlich gut mit Mr. und Mrs. Vine verstanden.
»Und jetzt?« erkundigte sich Ria vorsichtig.
»Na, Sie wissen ja, wie sie jetzt ist.«
»Nein, das Komische ist, ich habe keine Ahnung. Ich habe Marilyn noch nie getroffen und nur ein einziges Foto von ihr gesehen.«
»Sie kennen sie nicht? Sie sind nicht mit ihr befreundet?«
»Nein, es ist einfach nur ein Haustausch. Wobei sie bei mir zu Hause gerade den Garten umgräbt und meine Tochter mit pinkfarbenen Jeans einkleidet.«

»Paßt Ihnen das nicht? Warum sagen Sie dann nichts?« Für Hubie war das ein einfacher Fall.
»Weil wir alt und schrecklich kompliziert sind, deshalb. Und der Gerechtigkeit halber muß man einräumen, daß ich auch gerade etwas tue, was ihr wahrscheinlich nicht paßt: Du bist zum Essen hier.«
»Ja, das würde ihr bestimmt nicht gefallen.«
»Aber es war doch nicht deine Schuld.«
»In ihren Augen schon.«
»Ich weiß kaum etwas darüber. Die Leute weichen bei dem Thema aus, und ich will nicht nachbohren. Es war an deinem Geburtstag?«
»Mhhhm, ja.«
»Aber warum ist sie denn böse auf *dich*?«
»Sie kennen sie wirklich nicht?« vergewisserte sich Hubie. »Sie sind nicht etwa doch mit ihr befreundet?«
»Nein, ich schwöre dir, unser Haustausch hat sich rein zufällig ergeben. Ich hatte nämlich gerade selbst ein paar Probleme.«
»Ist in Ihrer Familie auch jemand gestorben?«
»Nein, aber mein Mann hat mich verlassen, und das hat mich ziemlich mitgenommen.«
»Oh.«
»Und Dales Mutter kam offensichtlich nicht damit klar, was hier passiert ist, deshalb ...«
»Ja, das stimmt. Sie ist irgendwie durchgedreht, glaube ich.«
»Wenn so etwas passiert, hat man anfangs oft einen Schock, aber das legt sich dann wieder.«
»Sie haßt mich.«
»Warum sollte sie dich hassen?«
»Weil ich lebe, nehme ich an.« Während Hubie darüber nachdachte, was sich in Marilyns Kopf abspielte, wirkte er sehr jung und verletzlich. Im Garten schaltete sich automatisch die Beleuchtung ein. Wie immer hier in Amerika hatte die Dämmerung urplötzlich eingesetzt – ganz anders als zu Hause, wo vieles gemächlicher geschah.

»Aber wenn sie schon jemanden hassen muß, dann doch den anderen Jungen, den, der auch umgekommen ist.«
»Johnny?«
»Ja, Johnny. Ich meine, schließlich ist er gefahren. Wenn überhaupt jemand, hat *er* ihren Sohn auf dem Gewissen.«
Hubie erwiderte nichts, er sah nur mit traurigem Gesicht in den erleuchteten Garten hinaus, wo die Sprinkleranlage jetzt kleine Fontänen über dem Rasen aufsteigen ließ.
»Sie kann Johnny nicht hassen. Johnny ist tot. Was sollte es bringen, wenn sie ihn haßt? Aber David und ich leben. Wenn sie uns haßt, gibt das ihrem Leben einen Sinn.«
»Das klingt sehr, sehr bitter.«
»Ja, aber so ist es nun mal.«
»Du mußt bedenken, was sie durchgemacht hat, Hubie. Es ist sehr schwer, so etwas zu verzeihen. Wenn Johnny weniger getrunken hätte …«
»Johnny ist gar nicht gefahren, sondern Dale.« Ria starrte den Jungen entgeistert an. »Dale hat die Motorräder geklaut, und Dale hat uns auch angestachelt. Dale hat Johnny auf dem Gewissen.«
Eiseskälte legte sich um Rias Herz. »Das kann nicht sein.«
Doch Hubie nickte traurig. »Es stimmt.«
»Aber warum? Warum sagen alle … warum weiß das niemand?«
»Seien Sie froh, daß Sie nicht wissen, wie die Maschine und die Jungs ausgesehen haben. Sie könnten dann nicht mehr ruhig schlafen. Ich habe es gesehen und David auch, und wir werden es nie vergessen.«
»Aber warum habt ihr nicht …«
»Jeder hat automatisch angenommen, daß Johnny gefahren ist, und damals dachten wir noch, daß Dale wieder zu sich kommt, daß er überlebt. Er hing an diesem Gerät mit Tausenden von Schläuchen. Ich habe ihn einmal besucht, bevor sie mir verboten haben, auch nur in die Nähe des Krankenhauses zu kommen. Für den Fall, daß er mich hören konnte, habe ich ihm damals gesagt, daß wir die Leute in dem Glauben gelassen haben, Johnny wäre

gefahren. Er war noch nicht volljährig, wissen Sie, und dann haben ihn seine Eltern so vergöttert ... Johnny hatte niemanden.«
»O Gott«, sagte Ria.
»Ja, ich weiß. Heute denke ich mir auch, daß das nicht richtig war, aber wir haben es nur gut gemeint. Verdammt, wir wollten Mrs. Vine helfen, und dann hat sie mich nicht mal zu Dales Beerdigung gehen lassen.«
»Allmächtiger«, hauchte Ria.
»Sie werden es ihr doch nicht erzählen?«
Ria dachte an das Zimmer am Flurende, den Schrein für den verstorbenen Sohn. »Nein, Hubie«, versprach sie, »egal, was auch passieren mag, von mir wird sie nichts erfahren.«

KAPITEL SIEBEN

Hallo, Marilyn, hier spricht Ria. Schade, daß ich dich nicht erreiche. Es gibt nichts Wichtiges, ich wollte dich nur auf die Dubliner Pferdeschau nächsten Monat hinweisen. Das wäre vielleicht etwas für dich. Rosemary kann dir bestimmt Karten für das Schauspringen besorgen, es ist wirklich sehenswert. Sie ist in solchen Dingen eine Wucht, und außerdem hilft sie immer gerne. Rosemary hat mir eine E-Mail geschickt, sie ist mächtig beeindruckt, daß ich mich damit auskenne. Vielleicht machst du dir aber auch nichts aus Pferdeschauen und so was. Ach, ich weiß gar nicht, warum ich das alles erzähle, wahrscheinlich nur deshalb, weil ich möchte, daß du dich möglichst gut amüsierst. Wie ich von Gertie gehört habe, hast du im Garten wahre Wunder vollbracht, vielen, vielen Dank dafür. Also dann, bis bald.«
Als Marilyn Rias Nachricht abhörte, erfaßte sie eine maßlose Wut auf Rosemary Ryan. Wie gut, daß sie nicht gerade ihren Kaffeebecher in der Hand hielt, sie hätte ihn sonst gegen die Wand gedonnert. Deshalb konnte sie auch nicht gleich zurückrufen, denn wenn es um Rias Freundin ging, die angeblich in so vielen Dingen eine Wucht und ach so schrecklich hilfsbereit war, hätte sie vielleicht ihre Selbstbeherrschung verloren.

»Ria, hier spricht Marilyn. Leider bist du nicht zu Hause. Wir sprechen ja nur noch über den Anrufbeantworter miteinander. Danke für die Information, aber ich habe nicht vor, Rosemary um Karten für das Schauspringen zu bitten, die Pferdeschau werde ich mir aber wohl ansehen. Es hängen schon überall Plakate davon. Du mußt mir unbedingt mehr über deinen Internet-Kurs erzählen, du hast das alles ja offenbar im Nu begriffen. Ich habe

eine Ewigkeit gebraucht, bis ich damit zurechtkam. Schön, daß du in Westville allmählich Bekanntschaften schließt. Annie und Brian kommen morgen zu mir zum Abendessen. Ich hatte schreckliche Angst, ihnen nicht das Richtige vorzusetzen. Aber Colm hat versprochen, etwas Leckeres für sie vorbeizubringen. Die Kinder freuen sich schon darauf, dich wiederzusehen. Das war's für heute.«
Als Ria den Anrufbeantworter abhörte, blieb sie völlig gelassen. Sonst hatte sie immer Ärger und Eifersucht empfunden, wenn ihre Kinder etwas mit Marilyn unternahmen. Nun aber fand sie, daß diese Frau ein bißchen Ablenkung bitter nötig hatte. Ria wollte aber nicht gleich zurückrufen, weil sie noch mit Heidi besprechen mußte, ob sie denn nun von Hubie Green erzählen sollte oder nicht.

»Weshalb habt ihr euch denn gestritten, du und Daddy?« wollte Brian wissen.
»Brian!«
»Laß nur, Annie, das ist eine ganz vernünftige Frage. Und die Antwort lautet: Wegen Geld.«
»Oh«, meinte Brian.
»Es geht meistens um Geld, wenn sich Erwachsene streiten«, stellte Finola unverblümt fest. »Ich habe euren Vater gefragt, wie seine Firma läuft, um zu erfahren, ob er für euch beide, eure Mutter und Bernadette sorgen kann.«
»Und, kann er es?« fragte Brian bange.
»Ich weiß nicht. Er hat gemeint, ich solle mich um meine eigenen Angelegenheiten kümmern, womit er im Grunde natürlich recht hat. Schließlich geht es mich tatsächlich nichts an, und darüber sind wir uns eben in die Haare geraten.«
»Werdet ihr euch wieder vertragen?« wollte Annie wissen.
»O ja, mach dir keine Sorgen«, entgegnete Finola heiter. »Und außerdem möchte ich euch beiden vielmals danken, weil ihr eigens gekommen seid, um euch von mir zu verabschieden. Das war wirklich lieb von euch.«

»Du warst sehr nett zu uns. Du weißt schon, die Schwimmstunden und all das«, erklärte Annie.
»Und daß du dich um uns gekümmert hast, wenn Daddy und Bernadette auf dem Boot nur noch herumgeknutscht haben«, erinnerte sich Brian voller Abscheu.
»Eigentlich wollte ich euch etwas Kleines für die Reise schenken, aber dann dachte ich, jeder bekommt einfach zwanzig Dollar von mir«, sagte Finola Dunne.
Die beiden strahlten. »Das können wir nicht annehmen«, meinte Annie dann zweifelnd.
»Warum denn nicht, wir sind doch Freunde, oder etwa nicht?«
»Ja, aber wenn du und Dad ...«
»Das hat sich alles eingerenkt, bis ihr wiederkommt.« Sie glaubten es gerne und steckten freudig das Geld ein. »Und ... ich wünsche euch, daß ihr da drüben mit eurer Mutter schöne Ferien habt.« Finola meinte es wirklich so.
»Bestimmt«, versicherte ihr Brian. »Sie ist ja schon älter, Finola, so wie du. Da wird es kein Rumgeknutsche geben.«
»Also Brian!« schimpfte Annie.
»Wir sehen uns dann im September wieder.« Finola hätte es nie für möglich gehalten, daß sie Danny Lynchs Kinder ins Herz schließen würde. Nun bedauerte sie es sogar, daß die beiden Irland für einen ganzen Monat verließen.

Greg Vine kündigte telefonisch an, daß er im August zum Freundeskreis-Picknick für ein Wochenende am Tudor Drive übernachten wolle. »Normalerweise würde ich euch das Haus überlassen und in ein Motel ziehen, aber es wird in der ganzen Umgebung alles ausgebucht sein. Und nicht einmal Heidi und Henry haben noch Platz.«
»Himmel, nein, du mußt unbedingt hier übernachten. Und Andy auch.«
»Wir können euch doch nicht alle beide behelligen.«
»Warum nicht? Annie und ich können zusammen in einem Zimmer schlafen. Und da ihr zwei Gästezimmer habt, ist für Andy und

dich je eines da. Brian könnte sogar im Stehen schlafen, um ihn brauchen wir uns nicht zu kümmern. Außerdem haben wir noch eine Liege, die wir irgendwo für ihn aufstellen können.«
»Das ist sehr nett von dir. Es ist ja auch nur für zwei Nächte.«
»Ich bitte dich, es ist doch dein Haus. Bleibt, solange ihr wollt.«
»Und wann kommen deine Kinder?«
»Morgen. Ich kann es kaum erwarten.«
Als Greg aufgelegt hatte, wurde ihm bewußt, daß Ria nicht den Vorschlag gemacht hatte, Brian könne in Dales Zimmer schlafen. Dagegen wäre nichts einzuwenden gewesen. Von seiner Seite aus zumindest. Aber bei Marilyn sah es anders aus. Ria Lynch mußte das gespürt haben. Sie war bei ihrem ersten Gespräch so seltsam gewesen, hatte davon gesprochen, daß Dales Geist in Hawaii sei und der tote Junge seine Mutter vermissen würde. Aber vielleicht hatte er sie auch nur falsch verstanden. Heute war sie ihm jedenfalls recht nüchtern vorgekommen: eine Frau, die mit beiden Beinen auf der Erde stand.

Marilyn holte bei Colm das Essen ab.
»Ich hätte es dir doch gebracht«, sagte er.
»Unsinn, ich bin dir auch so schon zu großem Dank verpflichtet. Was ist es eigentlich?«
»Ein indisches Gemüsegericht mit Naturreis für Annie. Für Brian nur Würstchen, Erbsen und Pommes frites, fürchte ich. Und für dich habe ich nichts Eigenes gekocht, ich dachte, du nimmst dir von allem etwas, damit sie nicht den Eindruck bekommen, du würdest einen bevorzugen.«
Marilyn fand den Vorschlag ausgezeichnet. »Wieviel macht das?«
»Marilyn, bitte.«
Etwas in seinem Blick ließ sie innehalten. »Na, dann danke ich dir recht schön, Colm. Vielen Dank.«
»Warte, ich gebe dir noch einen Korb mit, damit du die Sachen heimtragen kannst.« Er rief nach Caroline, seiner bleichen, dunkelhaarigen Schwester, die Marilyn noch nicht näher kennengelernt hatte. Sie brachte einen geräumigen Korb, in dem

auch einige karierte Servietten lagen. »Kennst du Caroline schon?«
»Nein, noch nicht richtig jedenfalls. Hallo, ich bin Marilyn Vine.« Caroline reichte ihr zögernd die Hand. Ein Blick in Carolines Augen genügte Marilyn, um festzustellen, daß diese Frau ein Problem hatte. Obwohl sie keinesfalls eine Expertin war, hatte sie doch als junge Studentin drei Jahre bei einem Drogenprogramm mitgearbeitet. Und sie hatte nicht den geringsten Zweifel, daß sie eine Heroinsüchtige vor sich hatte.

»Glaubst du, daß Dad sein ganzes Geld verloren hat?« fragte Brian Annie, als sie nach dem Abschiedsbesuch bei Finola im Bus saßen.
»Nein, red keinen Unsinn«, entgegnete Annie.
»Aber wie kommt Finola dann darauf?«
»Sie weiß es nicht sicher. Außerdem denken alte Leute wie Finola und Oma ständig bloß an Geld.«
»Wir könnten Rosemary fragen, sie weiß es bestimmt«, schlug Brian vor. »Wir kommen sowieso an ihrem Haus vorbei.«
»Wenn du Rosemary auch nur ein Sterbenswörtchen davon erzählst, nehme ich dir die Mandeln mit einem Eislöffel und ohne Narkose heraus«, drohte Annie.
»Schon gut, schon gut.« Das wollte Brian nicht riskieren.
»Aber wenn wir schon in die Tara Road fahren, können wir doch gleich noch bei Gertie vorbeischauen«, meinte Annie.
»Weiß sie denn Bescheid über Dads Geld?«
»Nein, du Schwachkopf, wir besuchen sie nicht deswegen, sondern um uns von ihr zu verabschieden, wie von Finola.«
»Oh, glaubst du, sie gibt uns auch was?« Brians Augen begannen zu leuchten.
»Natürlich nicht, Brian! Du bist aber auch wirklich zu dämlich. Es wird immer schlimmer mit dir«, ärgerte sich Annie.
»Ja, klar, wenn sie selbst einen Haufen Geld hätte, würde sie wahrscheinlich nicht bei Mam putzen.« Jetzt hatte Brian es kapiert.

»Ich glaube, Mam würde es gefallen, wenn wir ihr guten Tag sagen«, meinte Annie.
Gertie war sehr erfreut, sie zu sehen. »Vergeßt nicht, eurer Mam zu sagen, daß das Haus bestens in Schuß ist, nicht wahr?« bat sie. »Und erzählt ihr auch, daß bei mir alles prima ist, einfach prima, schon seit Wochen. Sie weiß dann schon, was ich meine.«
Annie versprach es ihr. Sie wußte ganz genau, was Gertie meinte: daß Jack in letzter Zeit nicht handgreiflich geworden war. Sicherlich würde Mam sich darüber freuen. Annie traten Tränen in die Augen. Mam war in vielerlei Hinsicht ein guter Mensch, sie hatte nur keine Ahnung davon, was in der Welt vorging. Sie verstand nichts von Mode oder von Freundschaften und wußte nicht, wie man Dad halten oder zurückerobern konnte. Außerdem kapierte Mam einfach nicht, daß sie Brian stärker im Zaum halten mußte und daß Rosemary gräßlich war. Und sie war vielleicht mal zehn Minuten lang klasse, aber gleich darauf saß sie wieder völlig auf der Leitung. »Ein hoffnungsloser Fall«, dachte Annie mit einem tiefen Seufzer.
»Ihr beiden unternehmt ja nun eine tolle Reise«, sagte Gertie lächelnd.
»Ja. Finola hat jedem von uns zwanzig Dollar geschenkt, damit wir auf der Fahrt Taschengeld haben«, erzählte Brian fröhlich. Annie wollte ihm auf den Fuß treten, aber sie stand zu weit weg.
»Ist ja prima. Aber wer ist Finola?« wollte Gertie wissen.
»Du weißt schon, Bernadettes Mutter«, erklärte Brian. Annie verdrehte die Augen.
»Das war aber nett von ihr. Sie muß Geld wie Heu haben, wenn sie so großzügig ist.«
»Nein, überhaupt nicht. Sie ist pleite und hat sich auch mit Dad gestritten deswegen.«
»Brian redet wieder mal wirres Zeug«, warf Annie hastig ein.
»Aber sie hat es doch selbst gesagt, Annie, das waren ihre Worte. Dauernd nennst du mich Schwachkopf und Trottel, aber du bist offenbar taub. Sie hat gesagt, daß sie mit Dad wegen Geld gestritten hat.«

»Brian, wir gehen jetzt besser. Marilyn erwartet uns, und bei Oma müssen wir auch noch vorbeischauen«, drängte Annie.

»Na, ich hoffe, diesmal gibt es was anderes als nur diese vertrockneten Ingwerkekse«, murrte Brian mit zorngerötetem Gesicht.

»Keine Angst, Colm kümmert sich um das Essen«, verkündete Gertie.

»Oh, gut.« Brians Miene hellte sich auf. Vielleicht konnte er mit Colm über Fußball und Videos reden und mußte sich nicht Marilyn Vines und Annies Gespräche über Kleider anhören.

»Hört mal, vielleicht hätte ich euch das gar nicht sagen sollen. Wenn Marilyn euch nicht erzählt, daß es von Colm kommt, dann tut so, als wüßtet ihr nichts. Es kann ja sein, daß sie behauptet, sie hätte es selbst gekocht«, meinte Gertie zerknirscht.

»Oh, ich bin sicher, für Brian Lynch ist das kein Problem, Gertie – er ist ja so taktvoll und diplomatisch.«

»Sie hackt ständig auf mir herum, obwohl ich gar nichts mache«, beklagte sich Brian. »Keine Bange, Gertie, ich werde sagen: ›Das schmeckt klasse, Marilyn, du hast toll kochen gelernt!‹«

Gertie griff in die Tasche ihrer pinkfarbenen Kittelschürze, die sie in der Wäscherei trug. »Hier hat jeder von euch ein Pfund. Ich würde euch gern mehr geben, aber für ein Eis am Flughafen wird es schon reichen.«

»Danke, Gertie, das ist prima«, sagte Brian. »Hey, ich frage mich, ob wir von Marilyn auch etwas bekommen.«

»Warum stellen wir uns nicht in der Tara Road ans Gartentor und verkünden laut, wieviel wir wollen? Wäre das nicht eine gute Idee?« entgegnete Annie wutentbrannt und schubste ihren Bruder aus dem Waschsalon hinaus.

»Sheila, habt ihr nicht Lust, mich dieses Wochenende zu besuchen?« fragte Ria Gerties Schwester am Telefon.

»Du bist sicher lieber allein mit den Kindern.«

»Von wegen, die haben bestimmt spätestens nach zwanzig Minuten genug von mir. Ich würde mich freuen, wenn du deine beiden wieder mitbringst.«

»Die brauchst du nicht zweimal zu fragen, sie schwärmen heute noch von diesem Swimmingpool«, sagte Sheila. »Meinst du wirklich?«

»Klar. Stell dir vor, schon in ein paar Stunden steigen sie ins Flugzeug. Ich kann es kaum glauben.«

»Weißt du, ich muß immer wieder an unser Gespräch denken, als wir uns das erste Mal gesehen haben. Es tut mir so leid, daß ich dich nach Danny gefragt habe. Du mußt mich für schrecklich taktlos gehalten haben.«

»Nein, nein.« Ria erinnerte sich an ihre Unterhaltung mit Greg Vine. »Wie hättest du auch darauf kommen sollen? Wenn einem niemand Bescheid sagt, kann man es auch nicht wissen.«

»Gertie ist wirklich ziemlich zugeknöpft«, stellte Sheila Maine fest.

Es war Marilyn wie Schuppen von den Augen gefallen, warum Colm seine Schwester so behütete. Die Frau war drogenabhängig. Und ihr Ehemann, dieser derbe, immer ziemlich geschmacklos gekleidete Kerl, der auch bei diesem schrecklichen Debakel im Restaurant dabeigewesen war, machte nicht gerade den Eindruck, als wäre er in einer solchen Situation eine große Hilfe. Vielleicht war er sogar Teil des Problems. Marilyn wünschte, sie hätte genauer zugehört, als Rosemary und Gertie über diesen Monto oder wie er hieß gelästert hatten. Ihr fiel nicht mehr ein, womit er seinen Lebensunterhalt verdiente, falls das überhaupt bekannt war. Möglicherweise war er selbst in die Drogengeschichten seiner Frau verwickelt.

Was hatte sie hier in Irland nur für merkwürdige Leute kennengelernt! Nicht zum ersten Mal wünschte sie, sie hätte nicht so ein gespanntes Verhältnis zu Greg und könnte sich normal mit ihm unterhalten. Aber im Augenblick konnte sie ihm überhaupt nichts erzählen.

»Nächstes Wochenende gibt es hier eine Riesenparty, Mrs. Lynch. Vielleicht hat Ihre Tochter Lust zu kommen?«

Ria biß sich auf die Unterlippe. Hubie hatte ihr so geholfen und war sehr offen zu ihr gewesen. Trotzdem wollte sie Annie nicht zu einer Party mit lauter wildfremden Menschen gehen lassen. Schließlich wußte sie inzwischen, daß einige dieser jungen Leute in betrunkenem Zustand schon mal Motorräder geklaut hatten.

Hubie spürte ihr Zögern. »Hey, da wird es ganz friedlich zugehen«, versprach er.

»Ja, sicher.« Wenn Annie erfuhr, daß ihre Mutter schon vor ihrer Ankunft in ihrem Namen die Einladung zu einer Party ausgeschlagen hatte, war das kein guter Auftakt für die Ferien. Zum Glück war diese gräßliche Kitty weit weg und konnte sie nicht auf Abwege führen. Ria zwang sich zu einem munteren Lächeln. »Hubie, das ist wirklich nett, aber wir haben übers Wochenende Freunde hier, und der Junge, Sean, ist etwa in Annies Alter ... Kann er denn auch mitkommen?«

»Warum nicht?« meinte Hubie leichthin.

Immerhin konnte sie Annie gesellschaftlich etwas bieten in Westville. Bestimmt würde ihr das besser gefallen als Dannys Bootsfahrt, dachte Ria mit Genugtuung.

»Wenn wir bei Oma sind, untersteh dich, sie um Geld anzubetteln! Dann bringe ich dich um, und anschließend schleift Pliers dich durch die Straßen, bevor er dich mit Haut und Haaren verschlingt«, drohte Annie.

»Ich habe noch keinen um Geld angehauen, die geben es mir einfach so«, erwiderte Brian. »Hallo, Nora, wie geht's?« begrüßte er seine Großmutter fröhlich, als sie die Tür öffnete. Annie zog immer noch die traditionellere Anrede vor.

»Gut geht's mir«, erwiderte Nora Johnson. »Ihr habt nicht zufällig diese Kitty dabei, draußen hinter der Hecke oder so?«

»Nein«, seufzte Annie. »Ich glaube, Bernadette paßt jetzt auf wie ein Schießhund. Du liebe Güte, sie hat ihren Beruf verfehlt. Sie hätte nicht Musiklehrerin, sondern Gefängniswärterin werden sollen.«

Nora Johnson unterdrückte ein Lachen. Die Anrufe von diesem merkwürdigen blassen Mädchen, mit dem Danny Lynch zusammengezogen war, hatten sie amüsiert. Bernadette Dunne war in Nora Johnsons Augen keinen Deut besser als Kitty. War sie nicht auch nur ein kleines Flittchen, das einer anderen den Mann ausgespannt hatte und auch noch stolz darauf war, ein uneheliches Kind zu bekommen?

Aber zugegeben, immerhin befolgte sie Rias Anweisungen, was man von Danny nicht behaupten konnte. Danny schien völlig den Kontakt zur Realität verloren zu haben, und überall, wo Nora Johnson hinkam, schüttelten die Leute den Kopf, wenn sein Name fiel. Sie hatte sogar ihre eiserne Regel gebrochen und Lady Ryan gefragt, ob an den Gerüchten etwas Wahres dran sei. Rosemary Ryan hatte ihr beinahe den Kopf abgerissen. »Dannys und Barneys Geschäfte laufen bestens, es ist nur so, daß ein paar alte Klatschbasen bestimmte Gerüchte über ihn verbreiten und ihm damit eins auswischen wollen, weil er Ria verlassen hat.«

»Stellt euch bloß vor, morgen um diese Zeit seid ihr schon in Amerika«, meinte Nora.

»Ich wünschte, Marilyn hätte Kinder«, brummte Brian.

»Wenn sie welche hätte, wären sie hier bei ihr, und dann hättest du dort auch niemanden zum Spielen«, entgegnete seine Großmutter.

»Hat Mam *uns* etwa mitgenommen?« hielt Brian ihr entgegen. Darauf wußte Nora nichts zu erwidern.

»Sie hat ja einen Sohn, aber der ist bei seinem Vater auf Hawaii. Das hat Mam uns doch erzählt, aber du hast ihr nicht zugehört«, mischte sich Annie ein.

»Na, auf Hawaii nützt er uns wenig«, meinte Brian. »Wolltest du nicht gerade Tee machen, Nora?«

»Ich dachte, ihr beiden seid bei Marilyn zum Essen eingeladen?«

»Ja, aber ...«

Nora holte Orangenlimonade und Kekse.

»Warst du auch schon mal in Amerika, Oma?« fragte Annie.
»Als ich jung war, sind Leute aus der Arbeiterklasse wie ich nur als Auswanderer nach Amerika gegangen. Urlaub, so was gab es nicht.«
»Gehören wir auch zur Arbeiterklasse?« erkundigte sich Brian interessiert.
Nora Johnson musterte ihre beiden munteren, selbstbewußten Enkelkinder und fragte sich, zu welcher Klasse sie am Ende des Sommers wohl zählen würden, wenn, wie aus informierten Kreisen zu hören war, ihr schönes Haus verkauft werden mußte. Aber sie schwieg.
»Ihr müßt mir versprechen, daß ihr es euch gutgehen laßt und daß Ihr mir vier Postkarten schickt, jede Woche eine, hört ihr?«
»Hm, ich glaube, Postkarten aus Übersee schicken ist ziemlich teuer«, bemerkte Brian.
»Du bist genauso schlimm wie deine Tante Hilary ... Ich wollte euch sowieso einen Fünfer geben, damit ihr ein bißchen Taschengeld habt.«
Zufällig jaulte Pliers in diesem Augenblick laut auf.
»Ich habe aber nicht gebettelt«, rief Brian, der sich an Annies Drohung erinnerte, ihn an Pliers zu verfüttern.
»Nein, Brian, natürlich nicht«, erwiderte Annie mit einem drohenden Ton in der Stimme.

Es war schon ein seltsames Gefühl, das eigene Zuhause als Gast zu betreten. Und besonders merkwürdig war die Stille, die dort herrschte. Noch vor einem Monat, als sie mit Mam hiergewesen waren, war es zugegangen wie in einem Taubenschlag. Jetzt wirkte alles ganz anders.
»Wo ist denn Clement?« erkundigte sich Annie. »Er liegt nicht auf seinem Stuhl.«
»Vielleicht ist er oben, aber sicher kommt er runter, wenn er das Essen riecht.«
»Clement geht nie nach oben«, fing Brian an, aber als er Annies

Blick begegnete, wiegelte er schnell ab. »Ich meine ... früher hatte er wohl keine Lust dazu. Vielleicht hat sich das ja geändert.«
Marilyn unterdrückte ein Lächeln. »Ich habe ein leckeres Abendessen für euch, von Colm«, sagte sie. »Ich habe mich genau erkundigt, was ihr mögt.«
Sie halfen ihr, den Tisch zu decken, während das Essen aufgewärmt wurde. Was für ein Unterschied zu ihrem ersten Besuch, als Marilyn die beiden als ziemlich schwierig empfunden hatte.
»Habt ihr schon alles gepackt?«
»Ich glaube schon«, sagte Annie. »Mam hat eine E-Mail an Dads Büro geschickt mit einer Liste, was wir alles mitnehmen sollen. Kaum zu glauben, daß unsere Mam einen Computer bedienen kann.«
»Aber hier hat sie doch auch jede Menge Technik«, meinte Marilyn und zeigte mit einer ausladenden Geste auf die Küchengeräte. In letzter Zeit hatte sie häufig das Gefühl, Ria in Schutz nehmen zu müssen. Schließlich hatte diese Frau in ihrem Leben schon genug durchgemacht.
»Ach, das ist doch bloß Küchenkram«, meinte Annie leichthin. »Wenn es mit dem Haushalt zu tun hat, kann Mam alles lernen.«
»Vielleicht erweitert der Aufenthalt in Amerika ihren Horizont.«
»Hast du hier denn deinen Horizont erweitert?« fragte Brian interessiert.
»In gewisser Weise schon, denn hier mache ich Dinge, die ich zu Hause normalerweise nicht tun würde. Und eurer Mutter geht es wahrscheinlich genauso.«
»Was machst du denn anderes?« Annie war neugierig. »Ich meine, du hast einmal gesagt, daß du gerne im Garten arbeitest, spazierengehst und gemütlich ein Buch liest. Und genau das machst du auch hier.«
»Das stimmt«, erwiderte Marilyn nachdenklich. »Aber hier fühle ich mich wie verwandelt. Vielleicht ist das bei deiner Mutter genauso.«

»Ich hoffe, sie ist jetzt nicht mehr so traurig, wenn sie an Dad und das alles denkt«, sagte Brian.
»Nun, es hilft oft schon, wenn man weit weg ist von dem, was einen bedrückt.«
»Hat es dir auch geholfen, nicht mehr so nahe bei deinem Mann zu sein?« wollte Brian wissen. Nervös sah er zu Annie hinüber, denn er erwartete, sie würde ihn gleich anfahren, er solle doch die Klappe halten. Aber offenbar war auch ihre Neugier geweckt, daher sagte sie ausnahmsweise nichts.
Marilyn rutschte unbehaglich auf ihrem Stuhl hin und her. Diese direkte Frage war ihr unangenehm. »Das ist ein bißchen kompliziert. Wißt ihr, ich habe mich nicht von meinem Mann getrennt. Natürlich sind wir im Moment nicht zusammen, weil er auf Hawaii ist und ich hier, aber wir hatten keinen Streit oder eine Auseinandersetzung oder so etwas.«
»Dann machst du dir einfach nichts mehr aus ihm?« versuchte Brian ihr zu helfen.
»Nein, das ist es nicht. Ich glaube, wir brauchen einfach nur eine Pause. Vielleicht ist dann Ende des Sommers alles schon wieder in Ordnung.«
»Glaubst du, daß sich das mit Mam und Dad nach dem Sommer auch wieder eingerenkt hat?« Der arme Brian blickte so hoffnungsvoll drein, daß es Marilyn die Kehle zuschnürte. Ihr fiel nichts Tröstendes ein, was sie ihm hätte sagen können.
»Da gibt es doch noch eine Kleinigkeit, Bernadette und das Baby«, erinnerte ihn Annie, aber in milderem Ton als sonst.
»Und dein Ehemann? Hat der nicht auch jemanden, der ein Baby von ihm bekommt?« Brian klammerte sich an jeden Strohhalm.
»Nein, bei uns war es etwas ganz anderes.«
»Dann gibt es wohl nicht mehr viel Hoffnung«, meinte Brian. Er sah aus, als würde er gleich in Tränen ausbrechen.
»Brian, kannst du mir einen Gefallen tun? Ich habe den Verdacht, daß Clement sich zum Schlafen auf mein Bett gelegt hat, das heißt, auf das Bett eurer Mutter, und wir wollen doch nicht, daß er sich

schlechte Gewohnheiten zulegt. Könntest du vielleicht nach oben gehen und ihn holen?«
»Er gehört eigentlich Annie.« Brians Unterlippe zitterte. Er wußte nur zu genau, wie erbittert Annie ihren Besitzanspruch auf Clement verteidigte, und wollte nicht deswegen ausgeschimpft werden.
»Ist schon gut, bring ihn runter«, sagte Annie. Als er verschwunden war, meinte sie entschuldigend: »Er ist ein bißchen schwer von Begriff.«
»Er ist noch klein«, sagte Marilyn.
»Er denkt immer noch, alles wird gut«, seufzte Annie.
»Und du, Annie, was denkst du?«
»Ich denke, solange Mam das Haus behalten kann, wird sie es irgendwie überleben.«

Danny kam spät nach Hause. Bernadette saß gemütlich in ihrem Sessel, der Tisch war für zwei gedeckt. »Wo sind die Kinder?« war seine erste Frage.
Langsam sah Bernadette zu ihm hoch. »Wie bitte?«
»Wo sind Annie und Brian?«
»Oh, ich verstehe. Nicht: ›Hallo, Bernadette‹, oder: ›Ich liebe dich, mein Schatz‹, oder: ›Wie gut, endlich zu Hause zu sein.‹ Du fragst, wo die Kinder sind. Nun, vielleicht erinnerst du dich daran, daß sie heute beim Frühstück angekündigt haben, noch ein paar Abschiedsbesuche zu machen, bei deiner Schwiegermutter, meiner Mutter, Marilyn, bei allen möglichen Leuten. Und du hast ihnen gesagt, sie sollen spätestens um zehn zu Hause sein.«
Zerknirscht blickte er sie an. »Herrje, Bernadette, es tut mir ja so leid. Wie gedankenlos, wie dumm und egoistisch ich doch bin. Ich hatte heute einen Tag – Junge, was war das für ein Tag! Aber dafür kannst du ja nichts. Verzeih mir.«
»Es gibt nichts zu verzeihen«, meinte sie schlicht.
»Und ob«, rief er aus. »Du hast alles für mich aufgegeben, und ich komme daher und benehme mich wie ein Flegel.«

»Ich habe nichts für dich aufgegeben, du bist es, der alles für mich aufgegeben hat.« Sie sprach so gleichmütig und nüchtern, als würde sie einem Kind etwas erklären. »Ich mache dir am besten erst einmal einen Drink, Danny.«
»Davon wird es wahrscheinlich nur noch schlimmer.«
»Nein, nicht von einem großen, kühlen, sehr schwach dosierten Whiskey Sour mit viel Zitronensaft.«
»Ach, ich bin keine Gesellschaft für dich. Ein mürrischer alter Kerl, der den Ärger aus der Arbeit mit nach Hause bringt –«
»Pscht.« Sie reichte ihm den Drink und drehte die Musik ein bißchen lauter. »Das ist Brahms, der wirkt immer Wunder.«
Danny war nervös, er wollte mit jemandem reden. Aber Brahms und der Whiskey Sour taten schließlich ihr Werk. Er spürte, wie die Anspannung aus seinen Schultern wich, wie sich die Falte an seiner Nasenwurzel glättete.
Was für einen Sinn hatte es, Bernadette in allen Einzelheiten zu schildern, was für einen schweren Tag er heute gehabt hatte? Alles hatte damit angefangen, daß Larry, der bei der Bank ihre Firma betreute, am Telefon richtiggehend ausfallend geworden war. Ein wichtiger Geschäftsmann hatte sich aus einem Konsortium für ein großes Bauprojekt in Wicklow zurückgezogen, und das mit der Begründung, Barney und Danny seien finanziell schon ziemlich angeschlagen. Dann hatte Polly angerufen und gewarnt, es werde allgemein gemunkelt, daß ihnen das Wasser bis zum Hals stehe. Und Barney hatte sich zu diesen Vorkommnissen so ausweichend und vage geäußert, als ginge ihn das alles gar nichts an.
Am allerschlimmsten aber war Dannys bohrende Angst, sein Haus in der Tara Road 16, das er Barney als Kreditsicherheit verpfändet hatte, nicht behalten zu können. Dann gäbe es nicht nur kein Zuhause mehr für Ria und die Kinder, sondern er hätte auch nichts mehr zu verkaufen. Er hatte das Gefühl, daß ihm die Dinge über den Kopf wuchsen, und fragte sich, wie er überhaupt darüber reden sollte. Bernadette hatte ganz recht damit, daß sie es gar nicht erst versuchte.

Von seinem Platz auf dem Stuhl aus blickte Clement wehmütig zur Tür, die ihm den Weg zurück in das große, bequeme Bett mit der weißen Tagesdecke versperrte, auf dem er so lange selig geschlummert hatte.
Während Marilyn Colms Essen auftrug, erzählte sie Brian und Annie von Westville. Sie schilderte ihnen das bevorstehende Picknick, bei dem wie in jedem Jahr die Absolventen der Universität zusammenkamen und einander versicherten, daß sie überhaupt nicht älter geworden seien. »Mein Mann kommt auch aus Hawaii, da werdet ihr ihn kennenlernen.«
»Wird er denn bei uns im Haus übernachten – ich meine, in eurem Haus?« erkundigte sich Annie.
»Ja, eure Mutter hatte netterweise nichts dagegen.«
»Und kommt dein Sohn auch mit?«
»Wie bitte?«
»Dein Sohn. Ist er denn nicht mit Mr. Vine auf Hawaii?«
»Mein Sohn?«
Marilyns Gesichtsausdruck verhieß nichts Gutes, das spürte Annie. »Ähm, ja. Wer hat dir von ihm erzählt?«
»Mam.«
»Deine Mutter hat gesagt, daß Dale auf Hawaii ist?«
»Seinen Namen hat sie nicht erwähnt, aber sie hat erzählt, daß sein Zimmer für die Rückkehr vorbereitet ist.«
Marilyn war kreidebleich geworden.
Brian fiel das gar nicht auf. »Also kommt er auch mit rüber aus Hawaii? Dann können wir ja vielleicht zusammen Basketball spielen!«
»Hat eure Mutter sonst noch etwas gesagt?« Marilyns Stimme war kaum mehr als ein Flüstern.
Annies Unbehagen wuchs. »Ich glaube, sie hat gesagt, daß sie Mr. Vine nach ihm gefragt hat, aber er ist nicht näher darauf eingegangen. Deshalb weiß sie nicht, ob er kommt oder nicht.«
»O mein Gott«, sagte Marilyn.
»Es tut mir leid ... Hätte ich das nicht fragen sollen? ... Stimmt etwas nicht?« fing Annie an.

»Was ist denn eigentlich los?« wollte Brian wissen. »Ist er gar nicht auf Hawaii? Ist er etwa weggelaufen?«
»Jetzt begreife ich, was er gemeint hat«, sagte Marilyn.
»Was?«
»Greg hat gesagt, daß eure Mutter sehr religiös geklungen hat ...«
»Sie ist kein bißchen religiös«, meinte Brian unwirsch. »Nora sagt immer, sie wird mal in der Hölle schmoren.«
»Halt die Klappe, Brian«, fuhr ihn Annie schon ganz automatisch an.
»Wie konnte ich nur so dumm sein. Es ist mir nie in den Sinn gekommen, daß sie das ja zwangsläufig denken muß«, murmelte Marilyn verstört.
»Er ist also gar nicht auf Hawaii?« fragte Annie.
»Nein.«
»Wo ist er dann?« Brian hatte es allmählich satt.
»Er ist tot«, erwiderte Marilyn Vine. »Mein Sohn Dale ist tot.«

Nach einer Stunde war Danny sehr viel ruhiger. Vielleicht sah er ja alles viel zu düster. Bernadette zog sich in die Küche zurück, um das Essen vorzubereiten. Es sollte Salat mit kaltem Hühnchen geben. Im Unterschied zur Tara Road dampften und blubberten hier keine Töpfe vor sich hin, es wurden keine aufwendigen Soufflés zubereitet, und nie gab es Backtage, an denen in der ganzen Küche Mehl verstreut war. Danny empfand dieses ruhige Leben bar jeglicher Verpflichtungen und hektischer Aktivitäten als sehr angenehm. Denn im Büro hatte er schon mehr als genug Streß.
»Habe ich noch drei Minuten für einen Anruf?« fragte er.
»Natürlich.«
Er wählte Finolas Nummer. »Hallo, hier ist Danny Lynch. Es tut mir wirklich leid, daß ich heute so unfreundlich war. Ich möchte mich dafür entschuldigen.«
»Ich nehme an, die Kinder haben dich darum gebeten.«
»Nein, keineswegs. Sie sind noch gar nicht da.«
»Oder Bernadette.«

»Du müßtest deine Tochter besser kennen. Sie hat keinen Ton dazu gesagt, nicht ein Sterbenswörtchen. Es war meine Idee. Ich war heute nicht Herr meiner Sinne.«
»Tja, Danny, was soll ich dazu sagen?« Finola klang völlig perplex.
»Um deine Frage zu beantworten: Ja, die Firma hat tatsächlich Liquiditätsprobleme, aber ich bin hundertprozentig sicher, daß wir da wieder rauskommen. Wir haben jede Menge Betriebsvermögen. Bernadette wird sich nicht beklagen können, glaub mir.«
»Ich glaube dir ja, Danny, und ich danke dir. Vielleicht hätte ich nicht fragen sollen. Aber du hast ja nicht nur gegenüber Bernadette Verpflichtungen, sondern mußt noch für deine andere Familie sorgen.«
»Darum kümmere ich mich schon, Finola. Sind wir wieder Freunde?«
»Das waren wir immer«, erwiderte sie.
Als er aufgelegt hatte, bemerkte er, daß Bernadette ihm von der Diele aus zugehört hatte. »Du bist ein Held«, sagte sie. »Schlicht und ergreifend ein Held.«

In der Küche der Tara Road 16 herrschte völlige Stille.
Schließlich brach Brian das Schweigen. »Hatte er irgendeine schreckliche Krankheit oder so?«
»Nein, er ist tödlich verunglückt. Mit einem Motorrad.«
»Wie hat er denn ausgesehen? Hatte er rotes Haar wie du?« fragte Annie.
»Ja. Obwohl kein Tropfen irisches Blut in uns fließt, haben Greg und ich rötliches Haar. Für den armen Dale gab es also kein Entrinnen. Und da wir beide groß sind, war auch er groß. Und schlank. Und sportlich. Er hatte eine Zahnspange, das haben viele Kinder in den Staaten, wißt ihr.«
»Bei uns gibt es das jetzt auch immer mehr«, verteidigte Brian sein Heimatland.
»Sicher. Er war ein toller Junge. Jede Mutter findet, daß ihr Sohn der beste der Welt ist, ich bin da keine Ausnahme.«
»Hast du ein Bild von ihm dabei, ein Foto?« fragte Annie.

»Nein, kein einziges.«
»Warum nicht?«
»Ich weiß nicht. Wahrscheinlich, weil es mich zu traurig machen würde.«
»Aber zu Hause hast du schon Bilder von ihm; Mam hat gesagt, er sieht gut aus und hat ein sympathisches Lächeln. Darum hatte ich irgendwie gehofft, ihn dort zu treffen«, sagte Annie.
»Ja.«
»Es tut mir leid.«
»Macht nichts. Er sah wirklich gut aus.«
»Hatte er eine Freundin?«
»Nein, Annie, ich glaube nicht, aber was weiß eine Mutter schon?«
»Ich wette, er hatte eine. Das kennt man doch aus Filmen, daß man in Amerika schon ziemlich früh damit anfängt«, erklärte Brian altklug.
Und so saßen sie zusammen und sprachen über den toten Dale, bis Annie irgendwann einfiel, daß ihre Gefängniswärterin Bernadette bestimmt schon die Messer wetzte. Sie sollten besser gehen.
»Ich fahre euch«, bot Marilyn an.
Als sie zufällig Rosemary auf der Straße sahen, schaute Marilyn Annie fragend an. Sollte sie halten, damit die beiden sich von der Freundin ihrer Mutter verabschieden konnten? Fast unmerklich schüttelte Annie den Kopf. Marilyn gab erleichtert Gas, und Rosemary schien sie auch nicht zu bemerken. Selbst die kurzen nachbarlichen Begegnungen wurden Marilyn immer unerträglicher. Wie interessant, daß Annie ähnlich zu empfinden schien.

Marilyn ließ die Kinder bereits an der Kreuzung aussteigen. Sie verspürte nicht den Wunsch nach einer Unterhaltung mit Danny Lynch oder seiner Neuen. Gedankenversunken fuhr sie in die Tara Road zurück.
Als sie wieder vor der Nummer 16 parkte, fiel ihr zu ihrem Schrecken auf, daß sie nicht mehr wußte, wie sie eigentlich hierhergekommen war. Trotzdem mußte sie an den richtigen Stellen abgebogen sein und wohl auch geblinkt haben. Marilyn schämte

sich in Grund und Boden. So passierten Unfälle! Nicht nur wegen überhöhter Geschwindigkeit, sondern auch, weil ein Fahrer, so wie sie jetzt, überhaupt nicht bei der Sache war. Sie bebte am ganzen Leib, als sie aus dem Wagen stieg und die Haustür aufsperrte. In der Küche setzte sie sich an den Tisch. Auf der Anrichte standen drei Kristallkaraffen. In der Wohnungsbeschreibung hatte Ria erwähnt, daß sie im Grunde reine Dekoration waren, da Danny und sie stets nur einfache Weine getrunken hatten. Sie hoffe, der Inhalt sei noch genießbar, Marilyn solle sich ruhig bedienen. In einer Karaffe befand sich Brandy, in der zweiten etwas, das wie Portwein aussah, und in der dritten Sherry. Zitternd schenkte sie sich einen Brandy ein.
Was war heute bloß mit ihr geschehen? Was hatte sich verändert, daß sie mit einem Mal über Dale sprechen konnte? Sie hatte zwei Fremden erzählt, daß er Sommersprossen auf der Nase hatte und eine Zahnspange trug. Und sie hatte zugegeben, daß sie kein Bild von ihm dabeihatte, weil sie seinen Anblick nicht ertragen konnte. Warum hatten ihr diese Kinder, die sie kaum kannte, mit ihren unverblümten Fragen all diese Antworten entlocken können? Weder ihrem Ehemann noch ihren Freunden oder Kollegen war das gelungen ...
Es war fast dunkel, die letzten Strahlen der untergehenden Sonne leuchteten rot und golden am Himmel. Sie wohnte jetzt in einem Haus in einer Stadt, die Dale nie gesehen hatte. Niemand hier hatte sie gekannt, als sie noch eine glückliche, liebende Mutter gewesen war, die optimistisch in die Zukunft blickte. Hier kannte man nur die kühle, zugeknöpfte Marilyn Vine, und dennoch hatte sie Freunde gefunden. Sie hatte hier Menschen kennengelernt, deren Schicksal nicht weniger schlimm war als ihres. Und zum ersten Mal seit dem Unglück sah sie der Wahrheit ins Auge.
Man hatte ihr geraten, sich die schönen Seiten in ihrem Leben vor Augen zu halten, doch angesichts ihres großen Verlustes war alles Schöne verblaßt. Und nichts von all dem, was Greg und auch andere ihr zum Trost gesagt hatten, hatten ihr irgendwie weitergeholfen.

Aber es war naiv anzunehmen, daß nach diesem einen Abend alles anders werden würde. Marilyn war kein Mensch, der an Wunderheilungen glaubte. Die Begegnung mit diesen Kindern hatte sie einfach nur tief berührt, das war alles. Diese beiden, die leben durften, würden in dem Haus am Tudor Drive 1024 wohnen, wo Dale Vine in der kurzen Zeit, die ihm vergönnt gewesen war, gespielt, geschlafen und gelernt hatte. Sie würden sich mit anderen Jugendlichen anfreunden, wie er es getan hatte, und sich in dem Swimmingpool vergnügen, in dem auch er geschwommen war. Vielleicht würden sie sogar die Stoppuhr finden und sich gegenseitig anfeuern, so wie Dale seine Mutter angespornt hatte. »Komm schon, Mam, schneller!« hatte er ihr zugerufen. Und sie war schneller geworden.
Während sie in kleinen Schlucken ihren Brandy trank, tropften Tränen auf ihre Hand. Sie hatte gar nicht bemerkt, daß sie weinte. Bisher hatte sie ihre Tränen immer zurückgehalten und all jene, die ihr geraten hatten, ihren Kummer zuzulassen, als Hobbypsychologen abgetan. Doch jetzt saß sie weinend in dieser Küche, während es allmählich dunkel wurde, und hörte all die Geräusche einer fremden Stadt – den Verkehrslärm, der hier anders klang, Kinderstimmen mit einem irischen Akzent, Vögel, deren Gesang sie nicht kannte.
Der große rotgelbe Kater lag auf einem Stuhl und betrachtete sie, während sie Brandy trank und weinte. Sie hatte Dales Namen laut ausgesprochen, und die Welt war nicht untergegangen. Annie und Brian hatten alles mögliche über ihn wissen wollen: Welchen Beruf er ergreifen wollte, ob er Fleisch gegessen hatte, welche Filmstars er verehrt, welche Bücher er gelesen hatte. Sie wollten sogar wissen, welche Motorradmarke er bei seinem Unfall gefahren hatte. Und sie hatte bereitwillig Auskunft gegeben und sogar noch mehr erzählt – von lustigen Erlebnissen an Thanksgiving oder der Schulaufführung während des schlimmen Schneesturms ...
Dale. Zaghaft versuchte sie es ein weiteres Mal. Ja, es funktionierte noch immer. Sie konnte jetzt seinen Namen aussprechen. Das war

eine Sensation. Bestimmt wäre es schon die ganze Zeit gegangen, sie hatte es nur nicht gewußt. Und nun konnte sie es niemandem erzählen. Denn es wäre grausam und unfair gewesen, jetzt ihren Mann anzurufen, den armen Greg, der die Welt nicht mehr verstand und darüber nachgrübelte, was er falsch gemacht und welches Unrecht er ihr angetan hatte. Es wäre gemein gewesen, ihn auf Hawaii anzurufen, um ihm mitzuteilen, daß etwas Wundervolles passiert war und sie sich wie befreit fühlte. Vielleicht lag es nur daran, daß sie hier an diesem Ort war, den Dale nicht gekannt hatte. Aber das allein konnte es nicht sein. Denn jetzt hatte sie keine Angst mehr davor, an die Orte zu gehen, wo Dale einst gewesen war, wo er mit einem strahlenden Lächeln seine verrückten Einfälle ausgeheckt hatte.
Dale hatte ihren Unternehmungsgeist und ihre Offenheit gegenüber allem Neuen gemocht, das wußte sie. Und sie hatte ihm in allem nachgeeifert, war eine gute Schwimmerin geworden, eine Expertin in Computerspielen, ein Fan von Sumo-Ringkämpfen und eine passionierte Romméspielerin. Nur für Motorräder hatte sie sich nicht begeistern können. In all den Monaten ihres großen Leids hatte sie sich mit Selbstvorwürfen gequält, daß sie an allem schuld sei. Hätte sie ihm ein Motorrad versprochen, sobald er alt genug für den Führerschein war, dann wäre er vielleicht nicht mit diesen wilden Kerlen losgezogen. Aber heute abend sah sie die Dinge ein wenig anders.
Annie hatte ganz nüchtern gemeint, selbstverständlich habe sie ihm nicht erlauben können, mit Motorrädern herumzuspielen, dann hätte sie ihm ja gleich eine Waffe schenken können. Und Brian hatte gesagt: »Ich glaube, er ist jetzt im Himmel und es tut ihm furchtbar leid, daß er dir solchen Kummer gemacht hat.«
Dabei war ihr bis zum heutigen Abend kein einziger der gutgemeinten Ratschläge, mit denen man sie seit dem Unfall überhäuft hatte, auch nur der geringste Trost gewesen. Marilyn legte den Kopf auf den Tisch und weinte. Sie vergoß all jene Tränen, die sie eineinhalb Jahre lang zurückgehalten hatte. Erst jetzt war der Damm gebrochen.

Ria fuhr in die nächste Stadt und nahm den Bus zum Kennedy Flughafen. Vor einem Monat hatte Marilyn den gleichen Weg eingeschlagen, vier ganze Wochen war das schon her. Und in einem weiteren Monat würde Ria bereits wieder nach Hause fliegen. Sie schloß einen Moment die Augen und wünschte inständig, daß diese Ferien für Annie und Brian wundervoll und unvergeßlich werden würden. Dabei hatte sie gar nicht mehr im Sinn, Danny und Bernadette zu übertrumpfen; das erschien ihr nun unwichtig. Aber die Kinder verdienten einen schönen Urlaub und brauchten das Gefühl, eine Perspektive für die Zukunft zu haben. Sie hatte sich fest vorgenommen, weniger ungeduldig mit Annie zu sein und ihr mehr Freiheit zu lassen. Schließlich war Annie jetzt eine junge Frau, und in diesem ruhigen, friedlichen Ort drohten ihr weitaus weniger Gefahren als in einer Großstadt wie Dublin. Und Gott sei Dank war Kitty beinahe fünftausend Kilometer entfernt. Außerdem, beschloß Ria, würde sie sich nicht mehr über Brians taktlose Bemerkungen ärgern. Es war eben seine Art, ständig ins Fettnäpfchen zu treten. Bestimmt würde er John und Gerry fragen, warum sie nicht verheiratet waren, Heidi, warum sie keine Kinder hatte, und Carlotta, warum sie so gebrochen Englisch sprach. Das hier war alles Neuland für ihn, ein wahres Minenfeld. Aber sie würde sich bei keiner seiner Taktlosigkeiten für ihn schämen oder ihn zurechtweisen, er solle erst denken und dann reden.

Wie sie sich doch danach sehnte, ihn an sich zu drücken, ohne daß es ihm peinlich war und er sich ihrer Umarmung entzog! Und wie sehr sie hoffte, daß Annie sie mit den Worten begrüßte: »Mam, du siehst wunderbar aus, du bist ja ganz braun geworden. Ich habe dich schrecklich vermißt.« Auf dem ganzen Weg zum Flughafen sagte sich Ria immer wieder, sie dürfe nicht in einer Traumwelt leben. Es würde nicht alles wunschgemäß sein, nur weil sie sich einen Monat lang nicht gesehen hatten.

»Denk daran, Ria, denk daran. Und werde endlich erwachsen, werde erwachsen und lebe im Hier und Jetzt.«

Danny klingelte an Rosemarys Haustür. Es war zehn Uhr abends. Rosemary, die noch am Schreibtisch arbeitete, legte ihre Papiere zur Seite. Sie warf einen Blick in den Spiegel, richtete ihr Haar und besprühte sich mit einem teuren Parfüm. Dann drückte sie auf den Türöffner.

»Warum nimmst du nicht endlich meinen Schlüssel, Danny? Ich habe ihn dir schon oft genug angeboten.«

»Du weißt, warum. Die Versuchung wäre zu groß. Ich wäre die ganze Zeit hier.« Sein schelmisches Lächeln ließ ihr Herz höher schlagen.

»Nichts wäre mir lieber.« Rosemary erwiderte sein Lächeln.

»Nein, in Wahrheit habe ich Angst, dich einmal in flagranti mit einem anderen zu erwischen.«

»Unwahrscheinlich«, erwiderte sie trocken.

»Na, du warst schon immer bekannt dafür, daß du keine Kostverächterin bist.«

»Du redest wohl von dir«, entgegnete Rosemary spöttisch. »Möchtest du einen Drink?«

»Ja, danke, und du wirst auch gleich einen vertragen können.«

Rosemary, kühl und elegant in ihrem marineblauen Kostüm, schritt zu dem kleinen Teewagen mit den Spirituosen und schenkte zwei große Gläser irischen Whiskey ein. Dann setzte sie sich in ihrem weißen Sofa kerzengerade wie ein Model in Positur und schlug die Beine übereinander.

»Du hast eine angeborene Grazie«, sagte er.

»Du hättest mich heiraten sollen«, erwiderte sie.

»Es war nie der richtige Zeitpunkt dafür. Als Geschäftsfrau weißt du, daß alles vom richtigen Timing abhängt.«

»Deine Weisheit in diesen Dingen hat dich nicht davon abgehalten, Ria wegen einer anderen zu verlassen und nicht wegen mir. Aber das haben wir alles schon durchgekaut. Worauf trinken wir? Auf einen Erfolg oder den Ruin?«

»Du verlierst wirklich nie die Beherrschung, stimmt's?« Bewunderung, aber auch Ärger schwangen in seinem Ton mit.

»Du weißt, daß das nicht stimmt, Danny.«

»Ich bin am Ende ...«
»Das kann nicht sein. Ihr habt doch noch eure Notreserven.«
»Alle schon aufgebraucht.«
»Und was ist mit dem Lara-Projekt?« Das war ihr Flaggschiff, eine Wohnanlage mit vierzig Einheiten und einem eigenen Freizeitclub. Man hatte dafür kräftig die Werbetrommel gerührt und jede Wohnung lange vor ihrer Fertigstellung verkauft. Mit diesem Projekt wollten sie wieder in die schwarzen Zahlen kommen.
»Heute hat sich herausgestellt, daß wir es nicht halten können.«
»Was in Gottes Namen hat Barney vor? Wozu hat er diese erstklassigen Finanzberater?«
»Offenbar brauchen wir zusätzliche Sicherheiten ...« Er wirkte müde und ein wenig zerknirscht.
Rosemary nahm ihm nicht ab, daß er es ernst meinte, denn jeder andere, der vor dem Ruin seiner Firma stand, wäre völlig aufgelöst gewesen, hätte getobt oder sich verzweifelt die Haare gerauft. Aber Danny sah aus wie ein kleiner Junge, den man im Garten des Nachbarn beim Äpfelstehlen erwischt hatte.
»Was willst du also tun?«
»Was bleibt mir denn zu tun, Rosemary?«
»Nun, erst einmal solltest du aufhören, alles so schwarzzusehen. Reiß dich zusammen und bitte jemanden um eine Finanzspritze. Und zier dich verdammt noch mal nicht so, schließlich und endlich handelt es sich nur um Geld.«
»Meinst du wirklich?« Er wirkte jetzt unsicher, nicht mehr wie der großspurige Danny, dem die ganze Welt zu Füßen lag.
»Aber natürlich. Und im Grunde siehst du das doch genauso. Wir beide sind aus demselben Holz geschnitzt und wären beide nicht so weit gekommen, wenn wir ewig nur gejammert hätten. Und von Zeit zu Zeit mußten wir zu Kreuze kriechen. Bei Gott, wie könnte ich das vergessen, und auch du wirst es noch wissen.«
»Also gut, ich mache es«, sagte er unvermittelt. Seine Stimme klang nun fester als zuvor.
»Das hört sich schon besser an.«
»Leih du mir das Geld, Rosemary, jetzt gleich. Ich werde deinen

Einsatz verdoppeln, wie ich es immer getan habe.« Völlig überrascht starrte sie ihn an, während er weiterredete. »Ich lasse Barney nicht an dein Geld heran, er ist raus aus dem Spiel, und ich schulde ihm nichts. Das wird mein Geschäft, unser Geschäft. Ich erkläre dir gleich, wie wir vorgehen, ich habe mir alles genau durchgerechnet ...« Er nahm zwei Blatt Papier heraus, auf denen lange Zahlenreihen standen.
Völlig entgeistert sah sie ihn an. »Das ist doch nicht dein Ernst?« fragte sie. »Oder doch?«
Er schien ihre Erschütterung nicht zu bemerken. »Es ist alles nur handschriftlich, ich wollte die Geräte im Büro nicht benutzen, aber hier hast du es schwarz auf weiß ...« Er machte Anstalten, sich neben sie aufs Sofa zu setzen und ihr seine Aufzeichnungen zu zeigen.
Da sprang Rosemary auf. »Sei nicht albern, Danny. Du bringst uns beide nur in eine peinliche Lage.«
»Ich verstehe nicht ...« Er war verblüfft.
»Du ziehst unsere Beziehung in den Schmutz, alles, was zwischen uns ist, was wir einander je bedeutet haben. Ich bitte dich, frag mich so was nicht noch einmal.«
»Aber du hast doch genug Geld, Rosemary, Immobilien, eine Firma ...«
»Ja.« Ihre Stimme klang eiskalt.
»Du hast alles und ich habe nichts. Du mußt niemanden versorgen, aber auf mich sind so viele Menschen angewiesen.«
»Daß all diese Menschen auf dich angewiesen sind, hast du dir selbst zuzuschreiben.«
»Wenn du in Schwierigkeiten stecken würdest, Rosemary, wäre ich sofort zur Stelle, um dir zu helfen.«
»Unsinn. Komm mir nicht mit diesem sentimentalen Quatsch, das ist unter deiner Würde.«
»Aber es ist wahr, und du weißt es«, schrie er. »Du bist meine beste Freundin, und unter Freunden hilft man sich.«
»Wie war das dann mit Colm Barry? Wir haben ihn einfach hängenlassen. Er hat uns beide gebeten, Geld in sein Unterneh-

men zu stecken, aber wir wollten nicht. Und bevor sein Restaurant nicht floriert hat, hast du nicht mal deine Kunden dort zum Essen ausgeführt.«
»Das war etwas anderes.«
»Nein. Es war genau das gleiche.«
»Colm ist ein Versager, aber das bin ich nicht.«
»Colm hat es inzwischen geschafft, er ist kein Versager mehr. Aber du stehst wahrscheinlich kurz vor dem Ruin, Danny, wenn du es schon nötig hast, deine Geliebten um Geld anzubetteln, damit du deine Frau und deine schwangere Freundin ernähren kannst.«
»Du bist meine einzige Geliebte, ich hatte nie eine andere.«
»Natürlich. Vielleicht hat Orla King ja mittlerweile als Sängerin den internationalen Durchbruch geschafft, dann kann *sie* dir ein wenig unter die Arme greifen. Wach endlich auf, Danny.«
»Ich liebe dich, Rosemary. Ich habe dich immer geliebt. Mach nicht alles kaputt. Ich habe nur einen Fehler gemacht, das ist alles. Das wird dir doch auch schon mal passiert sein.«
»Du hast zwei Fehler gemacht. Einer heißt Ria, der andere Bernadette.«
Auf seinem Gesicht erschien ein Lächeln. »Du hast mir aber wegen keiner von beiden den Laufpaß gegeben, ist es nicht so?«
»Wenn das deine Trumpfkarte ist, Danny, ist es eine ziemlich miese. Ich bin nur wegen dem Sex bei dir geblieben, aus Lust und nicht aus Liebe. Das wissen wir beide.«
»Und wennschon! Siehst du denn nicht, daß das funktionieren könnte …?« Wieder wies er auf die Papiere. Offenbar glaubte er noch immer, daß sie vielleicht bereit wäre, sie zu lesen und noch einmal darüber nachzudenken. Aber sie stellte mit einer entschiedenen Geste ihr Glas auf den Tisch und gab ihm so zu verstehen, daß es Zeit war zu gehen.
»Rosemary, bitte, sei nicht so. Hör mal, uns verbindet doch auch Freundschaft, nicht nur … nicht nur Lust und Leidenschaft. Kann dich das denn nicht vielleicht dazu bringen, daß du möglicherweise …?« Als er in ihre kalten Augen sah, verstummte er. Aber einen letzten Versuch wagte er noch. »Wenn ich meine eigene

Firma hätte, Schatz, und du Teilhaberin wärst, könnten wir uns viel öfter sehen.«
»Ich mußte noch nie in meinem Leben für Sex bezahlen, und ich werde jetzt nicht damit anfangen.« Sie öffnete die Tür der Wohnung, die sie so sorgfältig entworfen hatten. Stunden über Stunden hatten sie gemeinsam zugebracht und die Pläne für ihr Liebesnest, wie sie es scherzhaft nannten, in allen Einzelheiten ausgetüftelt. Für Barney war es nicht mehr als ein gewinnversprechendes Luxusobjekt gewesen, während sie es Ria gegenüber als schicke neue Wohnung für ihre beste Freundin bezeichnet hatten.
»Du wirfst mich also hinaus«, sagte er und legte den Kopf schief.
»Ich glaube, es ist jetzt Zeit, daß du gehst, Danny.«
»Du weißt, wohin man treten muß, damit es weh tut.«
»Das hast du zweimal mit mir gemacht. Als du Ria geheiratet hast, konntest du es nicht wissen, aber bei Bernadette hast du es verdammt genau gewußt. Du hast es nicht einmal fertiggebracht, es mir ins Gesicht zu sagen, ich mußte es von deiner Frau erfahren.«
»Das tut mir leid«, sagte er. »Manche Dinge sind so schwierig ...«
»Ich weiß.« Einen Augenblick lang klang ihre Stimme weicher. »Und wie ich das weiß. Es ist auch für mich nicht einfach, mit anzusehen, wie du vor die Hunde gehst. Trotzdem denke ich nicht eine Sekunde darüber nach, Danny, dir dabei zu helfen, zwei Familien zu versorgen, während ich hier allein in meiner Wohnung sitze. Wenn du das nicht verstehst, hast du überhaupt nichts begriffen und verdienst es, auf die Nase zu fallen.«

Als er fort war, trat sie hinaus auf ihren Dachgarten. Sie brauchte frische Luft, um einen klaren Kopf zu bekommen. Das war fast zuviel für sie gewesen. Der einzige Mann, der ihr je etwas bedeutet hatte, war vor ihr zu Kreuze gekrochen. Er war nicht mehr derselbe wie früher, clever und vor Selbstvertrauen strotzend. Danny hatte sie wirklich und wahrhaftig um ihre Hilfe angefleht. Trotzdem empfand sie keine Genugtuung darüber, wie sie ihn hatte abblitzen lassen. Es gab ihr kein Gefühl von Macht, daß sie ihm finanzielle Unterstützung verweigert hatte. Aber wenn sie ihm das Geld gegeben, ihn für seine Verfehlungen auch noch belohnt hätte, hätte sie unverzeihliche Schwäche gezeigt. Sie wünschte einfach, alles wäre anders – daß Dannys Gefühle für so sie stark und beständig wären, daß er alles für sie aufgeben würde. Tief im Innern hatte sie das wohl schon seit jeher gewollt, das wurde ihr mit einem Mal klar. Dabei hatte Rosemary sich immer für eine starke Frau gehalten, sie dachte, sie wäre wie Polly, in deren Leben die Liebe ihren festen Platz hatte, jedoch nicht zuviel Raum einnahm.

Barney und Danny waren sich in vieler Hinsicht so ähnlich, sie waren tatkräftig und ehrgeizig, die Art von Männern, denen eine Frau nicht genügte. Sie brauchten eine zuverlässige, starke Partnerin, die ihnen eine Beziehung voller Leidenschaft bieten konnte, ohne lästige Forderungen zu stellen. Beide, Danny und Barney, waren felsenfest davon überzeugt, daß ihnen die ganze Welt zu Füßen lag, und das zu Recht.

Und da wurde ihr bewußt, daß es noch weitere Gemeinsamkeiten zwischen ihnen gab. Sie brauchten zwei Arten von Frauen, einerseits die Heilige und andererseits die Hure, die sie sich als Geliebte hielten. Zum Altar führten sie die Heilige, die ruhige, ehrenwerte Mona und die ernste, zuversichtliche Ria. Doch die Erkenntnis, daß auch Bernadette die Heiligenrolle zugefallen war, ärgerte Rosemary über alle Maßen. Es war genau dieser Punkt, der sie am tiefsten getroffen hatte. Wie hatte Bernadette es nur geschafft, sich dazwischenzudrängen?

War es denn möglich, daß sie, Rosemary, Danny Lynch liebte? Sie hatte sich schon tausendmal vorgesagt, daß sie ihre Gefühle als eine Mischung aus Begehren, Achtung und Sympathie beschreiben würde. Von Liebe war nie die Rede gewesen. Sollte sie sich ausgerechnet jetzt, zum denkbar ungünstigsten Zeitpunkt, in ihn verliebt haben?

Manchmal wünschte Ria, sie wäre größer, und jetzt war auch so eine Gelegenheit. Es war furchtbar lästig, daß sie ständig hochspringen mußte, um die ankommenden Passagiere zu sehen. Und dann entdeckte sie die beiden. Einen Gepäckwagen mit ihren zwei Koffern vor sich herschiebend, blickten sie sich suchend um. Jeder trug noch eine kleine Reisetasche. Die waren neu. Es gab Ria einen Stich, als sie rätselte, wer ihnen wohl dieses Geschenk gemacht hatte. Aber es war wirklich eine gute Idee, in den Taschen konnten sie einen Pulli, Bücher, Comic-Heftchen und Spiele verstauen. Warum hatte *sie* nicht daran gedacht?

Sie zwang sich, nicht laut ihre Namen zu rufen, das wäre den Kindern sicher wieder nur peinlich gewesen. Statt dessen ging Ria zu einer Stelle, die sie passieren würden. »Umarme sie nicht zu lange und zu fest«, sagte sie sich. Zusammen mit all den Amerikanern irischer Abstammung, die ihre Familien und Freunde begrüßten, winkte sie ihren Kindern zu. Und dann entdeckten sie ihre Mutter auch. Mit einem Kloß im Hals stellte sie fest, daß ihre Gesichter zu strahlen begannen, als sie auf sie zurannten.

»Mam!« schrie Brian und warf sich ihr in die Arme.

Ria mußte sich von ihm losmachen, damit sie auch Annie begrüßen konnte. Sie erschien ihr größer und dünner, aber das konnte nicht sein. Nicht schon nach einem Monat. »Du siehst wunderschön aus, Annie«, sagte Ria.

»Wir haben dich so vermißt«, murmelte Annie ins Haar ihrer Mutter.

Schöner hätte sie sich die Begrüßungsszene nicht ausmalen können, während sie im Bus gesessen und ungeduldig ihre Ankunft erwartet hatte. Ria hatte überlegt, gleich mit ihnen nach Manhattan zu fahren und die wichtigsten Sehenswürdigkeiten zu besichtigen. Auf einer Stadtrundfahrt hätte sie ihnen wie eine richtige New Yorkerin alles zeigen können, vom Hudson bis zum East River. Sie hatte diese Tour selbst schon gemacht und wußte, wie reizvoll sie war. Doch dann dachte sie, daß sie bestimmt müde sein würden. Alles hier in Amerika war ja neu für sie, und sicher war die Busfahrt in dem fremden Land schon aufregend genug. Am besten fuhren sie gleich zum Tudor Drive, da konnten sie eine Runde schwimmen und sich ihr neues Heim ansehen.

Zu Hause in der Tara Road hätte Ria diese Frage schon seit Tagen mit allen möglichen Leuten erörtert. Man hätte telefoniert und bei einer Tasse Kaffee jedes Für und Wider durchgekaut. Aber hier war das nicht möglich. Es wäre ihr peinlich gewesen, Carlotta, Heidi, den jungen Hubie Green oder John und Gerry aus dem Feinkostladen mit solchen Themen zu belästigen. Ria Lynch traf ihre Entscheidungen nun allein, es gab keine langen Besprechungen in gemütlicher Runde bei Kaffee und Buttergebäck mehr.

»Wir fahren gleich nach Westville«, sagte sie, die Arme um die Schultern ihrer Kinder gelegt. »Ich möchte euch euer Zuhause für den Sommer zeigen.«

Sie schienen zufrieden, und leichten und frohen Herzens brachte Ria ihre kleine Familie zum Bus.

Verblüfft schaute Heidi auf ihren Bildschirm. Sie hatte eine Nachricht von Marilyn aus Dublin erhalten.

Hallo, Heidi, ich habe ein Internet-Café entdeckt und wollte die Gelegenheit beim Schopf packen. Vielen Dank für Deine Luftpostbriefe, es ist nett, daß Du mit mir in Kontakt bleibst. Ich vermisse Dich und Henry. Oft stelle ich mir vor, was ich Dir jetzt gerne alles über Dublin und das Leben hier erzählen würde. Neulich habe ich mir das Trinity College angeschaut, eine herrliche Anlage, und mitten im Zentrum der Stadt, als wäre Dublin nachträglich darum herum gebaut worden. Es freut mich zu hören. daß Du öfter mal etwas mit Ria unternimmst, sie scheint eine großartige Köchin und eine wunderbare Hausfrau zu sein. Heute kommen ihre Kinder zu ihr an den Tudor Drive: ein sehr aufgewecktes Mädchen namens Annie, nur ein Jahr jünger als Dale, und Brian, der aus einem Comic entsprungen zu sein scheint. Ich vermisse die beiden schon jetzt. Wäre es Dir vielleicht möglich, mit ihnen mal einen Ausflug zu machen oder in den Zirkus, in ein Popkonzert oder eine Wildwestshow zu gehen? Ich befürchte nämlich, daß ihnen der Tudor Drive im Vergleich zu Dublin etwas langweilig vorkommt, und mir liegt viel daran, daß sie dort eine schöne Zeit verbringen. Dafür wäre ich Dir wirklich sehr dankbar, Heidi. Du kannst mir leider keine E-Mail hierher zurückschicken, aber ich melde mich wieder. Liebe Grüße, Marilyn.

Heidi las die Nachricht dreimal, dann druckte sie sie aus, um sie nach Hause mitzunehmen und ihrem Mann zu zeigen. Marilyn Vine wollte auf einmal andere Menschen an ihrem Leben teilhaben lassen. Und sie machte sich tatsächlich Gedanken darum, ob es für zwei Kinder aus dem Ausland am Tudor Drive vielleicht zu langweilig sein könnte. Doch das erstaunlichste von allem war, daß sie Dale erwähnt hatte.

Polly Callaghan hörte, wie Barney die Tür aufschloß. Er wirkte etwas müde, aber nicht so müde, wie es den Umständen nach zu erwarten gewesen wäre.
»Komm rein, du armer Kerle«, begrüßte sie ihn mit einem freundlichen Lächeln.
»Ich habe keine guten Nachrichten, Poll.«
»Ich weiß«, erwiderte sie. »Schau, ich habe mir die Zeitung besorgt und die Mietwohnungsangebote durchgesehen.«
Er legte seine Hand auf die ihre. »Ich schäme mich so. Erst dein Laden, jetzt auch noch deine Wohnung.«
»Beides hat niemals mir, sondern immer dir gehört, Barney.«
»Nein, es gehörte dir«, widersprach er.
»Also, wann ist nun Zapfenstreich? Bis wann muß ich ausziehen?«
»Bis zum ersten September.«
»Und was ist mit deinem eigenen Haus?«
»Es läuft auf Monas Namen.«
»So wie diese Wohnung auf meinen Namen läuft.«
»Ich weiß.« Er wirkte sehr niedergeschlagen.
»Und ist sie auch so anständig wie ich? Gibt sie ihr Haus ebenfalls ohne ein Wort der Klage auf?«
»Das weiß ich nicht. Sie ist nicht vollständig darüber im Bilde, wenn du verstehst, was ich meine.«

»Na, aber diese Woche wird sie es doch erfahren, wenn du Konkurs anmelden mußt.«
»Ja. Ja. Aber wir kommen wieder hoch, Poll, das haben wir bisher doch immer geschafft.«
»Diesmal könnte es aber ziemlich schwierig werden«, meinte sie.
»Weißt du, von allen Seiten wird einem eingetrichtert, als Unternehmer müsse man auch ein bißchen Wagemut beweisen. Aber wenn man dann in Schwierigkeiten gerät, lassen sie einen in der Gosse verrecken.« Er klang ziemlich verbittert.
»Wer sagt das? Die Banken?«
»Ja, die Banken, die großen Konzerne, die Verwaltungsbeamten, die Architekten, die Politiker …«
»Sie werden dich doch nicht etwa verhaften?«
»Nein, völlig ausgeschlossen.«
»Aber du hast doch sicher noch etwas Geld im Ausland?«
»Nein, Poll, das ist kaum der Rede wert. Ich war eben eitel, ich bin auf meine eigene Publicity hereingefallen. Mein ganzes Geld habe ich in Projekte wie Tara Road 32 und Lara gesteckt. Jetzt siehst du, was es mir gebracht hat.«
»Apropos Tara Road …«, begann Polly Callaghan.
»Erinnere mich nicht daran, Poll. Es wird genauso schwer, es ihnen zu sagen, wie Mona.«

Während der Busfahrt plauderten sie munter.
Im Flugzeug war ein Schlagerstar gewesen. Er hatte zwar ganz vorne in der Business Class gesessen, aber Brian und Annie hatten ihn gleich entdeckt, als sie auf dem Weg zum Cockpit waren, das sie sich ansehen durften. Sie baten ihn um ein Autogramm auf seiner Speisekarte. Zwar hatte Annie ihn zuerst bemerkt, aber weil Brian so enttäuscht dreingeschaut hatte, hatte der Sänger ihm ebenfalls eine Speisekarte signiert. Die Piloten im Cockpit hatten anscheinend nichts zu tun und saßen nur herum. Alles wurde per Radar und von Computern am Boden gesteuert. Für Cola oder Orangensaft brauchte man im Flugzeug nichts zu bezahlen, das gab es gratis.

Oma gehe es gut, erzählte Brian. Hilary hätten sie zwar nicht mehr getroffen, aber offenbar seien sie und Martin auf der Suche nach einem neuen Haus. Und sie sollten Mam etwas von Gertie ausrichten. Was war es doch gleich gewesen? Brian konnte sich nicht erinnern.
»Sie meinte, wir sollen dir ausrichten, daß Jack sie nicht mehr verprügelt«, meinte Annie. Ria war verblüfft.
Brian horchte auf. »Das hat sie nicht gesagt. Daran würde ich mich erinnern.«
»Es war nur ein Witz«, griff Ria vermittelnd ein.
Annie wußte ihren Tonfall richtig zu deuten. »Natürlich war es nur ein Witz, Brian. Du darfst nicht immer alles glauben, was man dir sagt«, erklärte sie. »Tatsächlich hat Gertie gesagt, es läuft alles gut, im Waschsalon und überhaupt, und daß du das sicher gern hören wirst.«
Ria lächelte ihre Tochter an. Allmählich wurde Annie erwachsen.
»Und wie geht's eurem Dad?« fragte sie scheinbar beiläufig.
»Er ist ziemlich besorgt«, sagte Annie.
»Er ist pleite«, meinte Brian.
»Es tut mir leid, das zu hören.« Ria wechselte hastig das Thema. »Seht mal, ich habe eine Karte mitgebracht, um euch zu zeigen, wohin wir fahren.« Sie zeichnete mit dem Finger die Strecke nach und erzählte von Schnellstraßen, Highways und Mautstraßen, doch währenddessen kreisten ihre Gedanken stets um diese beiden Worte: besorgt und pleite. Als Danny noch mit ihnen zusammengelebt hatte, war er weder besorgt noch pleite gewesen. Was war er doch für ein Narr! Warum hatte er sie und die Kinder verlassen, wenn er jetzt nicht einmal glücklich war, wie Ria angenommen hatte, sondern besorgt und pleite!
Die Kinder staunten darüber, daß ihre Mam ohne Mühe auf der falschen Straßenseite fahren konnte. »Es geht ganz automatisch, nur wenn man aus einer Tankstelle herauskommt, kann es einem leicht passieren, daß man plötzlich auf die linke Straßenseite fährt«, erzählte Ria stolz.
Von dem Haus waren die beiden auf Anhieb begeistert. »Mein

Gott, was für ein Swimmingpool, wie bei einem Filmstar!« schwärmte Annie.
»Können wir gleich mal reinspringen?« wollte Brian wissen.
»Warum nicht? Ich zeige euch nur noch eben eure Zimmer, dann ziehen wir uns gleich um.«
»Gehst du denn auch schwimmen?« Annie war überrascht.
»Klar, ich schwimme zweimal täglich«, antwortete Ria. Von ihren ersten Einnahmen im Feinkostladen hatte sie sich einen schicken neuen Badeanzug gekauft, und nun freute sie sich darauf, ihn ihren Kindern vorzuführen. »Annie, das ist dein Zimmer. Ich habe ein paar Blumen reingestellt, in den Schränken ist jede Menge Platz für all deine Sachen. Und du, Brian, wohnst da drüben.«
Sie warfen ihre Koffer auf die Betten und begannen ihre Kleider auszupacken. Gerührt stellte Ria fest, daß an der Innenseite von Annies Koffer die Liste klebte, die sie per E-Mail an Dannys Büro geschickt hatte. »Hat Dad euch beim Packen geholfen?« fragte sie Annie.
»Nein, das hat Bernadette getan. Mam, mit Dad war in letzter Zeit nicht viel anzufangen … Er hat es kaum mitbekommen, daß wir abgereist sind.«
»Und steckt er wirklich in großen finanziellen Schwierigkeiten? Was meinst du?«
»Ich weiß es nicht, Mam. Es wird zwar viel darüber geredet, aber wenn es stimmen würde, würde er dir doch Bescheid sagen, oder?« Ria schwieg. »Das täte er doch bestimmt, nicht wahr, Mam?«
»Ja, natürlich. Jetzt zieht euch um und laßt uns schwimmen gehen.«
Brian war bereits in seine Badehose geschlüpft und erkundete das Haus. Er öffnete die Tür zu Dales Zimmer, das Ria den Kindern eigentlich erst hatte zeigen wollen, nachdem sie ihnen ein paar Worte dazu gesagt hatte. »Hey, seht euch das mal an!« rief er erstaunt aus, während er die Poster an der Wand, die Bücher, die Kompaktstereoanlage, die Kleider und die bunten Kissen auf der

farbenfrohen Bettdecke betrachtete. »Das ist vielleicht ein Zimmer!«

»Hört mal, ich muß euch etwas erklären ...«, begann Ria.

Nun war auch Annie dazugekommen und strich mit der Hand über die gerahmten Fotos an der Wand. »Er sieht echt gut aus.«

»Schaut euch mal diese Muskelpakete an!« rief Brian bewundernd aus, als er die Poster mit den kolossalen Ringkämpfern betrachtete.

»Und das muß bei dieser Theateraufführung an seiner Schule gewesen sein«, meinte Annie. »Mal sehen ... Ja, da ist er!«

»Ich muß euch etwas über dieses Zimmer sagen«, fing Ria noch einmal an.

»Ich weiß schon, es ist Dales Zimmer«, erwiderte Annie von oben herab.

»Aber was ihr nicht wißt, ist, daß er nicht mehr zurückkommen wird.«

»Nein, weil er ja tot ist. Er ist bei einem Motorradunfall gestorben«, entgegnete Brian.

»Wer hat euch das alles erzählt?«

»Na, Marilyn natürlich. Ob man wohl auch seine Zahnspange erkennen kann? Ach ja, hier sieht man so kleine Punkte.« Annie begutachtete eine Nahaufnahme von Dale beim Schneeschippen. »Das muß bei diesem Schneesturm gewesen sein, als Dale seine Eltern überraschen wollte und ihnen mitten in der Nacht einen Weg freigeschaufelt hat.«

»All das habt ihr von Marilyn erfahren?« Ria war verblüfft.

»Ja, wieso hast *du* uns eigentlich erzählt, er sei auf Hawaii?« wollte Annie wissen.

»Wolltest du uns vielleicht auf den Arm nehmen?« mutmaßte Brian.

»Ich habe das falsch verstanden«, erwiderte Ria kleinlaut.

»Typisch Mam«, bemerkte Annie, als wäre das weder überraschend noch weiter erwähnenswert. »Komm, Mam, laß uns schwimmen gehen. He, das ist aber ein schicker Badeanzug. Und

du bist viel brauner als wir, aber wir werden dich schon einholen, was, Brian?«
»Klar doch.«

Gertie ging gerade an der Tara Road 32 vorbei, als Rosemary aus der Tür trat.
»Das trifft sich gut. Gerade wollte ich zu dir«, rief Rosemary ihr zu.
Gertie war überrascht. Es kam äußerst selten vor, daß Rosemary bei ihr vorbeischaute, und dann kritisierte sie meistens nur an Gertie herum. Außerdem gab es im Waschsalon ein Telefon, wo sie hätte anrufen können. In letzter Zeit hatte sich in Gerties Leben einiges zum Besseren gewendet. Sie hatte Rias Kinder gebeten, dies ihrer Mutter auszurichten, denn so etwas konnte man nicht schreiben. Tatsächlich hatte Jack seit einer Woche keinen Tropfen Alkohol angerührt und sogar den Waschsalon neu gestrichen. Inzwischen waren auch ihre Kinder wieder bei ihnen zu Hause, und auch wenn sie dem Frieden noch nicht so recht trauten, war es immerhin ein Fortschritt. »Na, jetzt hast du mich ja gefunden«, meinte Gertie fröhlich.
»Ja, ich wollte dich fragen, wann Rias Kinder denn in die Staaten abreisen. Ria hat mir nämlich eine E-Mail geschickt und von einem großen College-Picknick erzählt, das dort veranstaltet wird. Jedenfalls dachte ich mir, ich schicke ihr ein paar Kleider, na ja, im Grunde Sachen, die ich abgelegt habe. Bei solchen gesellschaftlichen Anlässen könnte sie sie vielleicht gut gebrauchen. Sie hat ja selbst nichts besonders Elegantes.«
Wenn Rosemary mit jemandem redete, musterte sie ihr Gegenüber stets von der Sohle bis zum Scheitel, wie eine Lehrerin, die ihre Schüler bei einem Appell in Augenschein nimmt. Seit Jahren war Gertie dieser Blick wohlvertraut. Immer blieb er an irgendeinem Fleck auf ihrem pinkfarbenen Nylonkittel hängen, oder auch an ihren Haaren, wenn sie ungewaschen und nicht richtig frisiert waren. »Sie sind doch schon längst weg«, berichtete Gertie. »Vor-

gestern sind sie abgeflogen, und inzwischen haben sie sich wohl schon gut eingelebt.«
»Das wußte ich nicht«, meinte Rosemary verärgert.
»Aber es war doch immer die Rede davon, daß sie am ersten August abreisen, erinnerst du dich nicht mehr?«
»Nein. Ich kann mir ja nicht alles merken. Sie haben sich nicht mal von mir verabschiedet.«
»Von mir schon«, entgegnete Gertie. In ihrem Leben gab es nur wenige Augenblicke der Genugtuung, und diesen kostete sie voll aus.
»Vielleicht war ich gerade nicht da«, überlegte Rosemary.
»Kann sein«, meinte Gertie zweifelnd.
»Und wohin bist du unterwegs?« suchte Rosemary das Thema zu wechseln.
»Ich habe heute eine Menge zu erledigen.« Gertie klang ganz obenauf. »Ich habe ein Mädchen zum Bügeln eingestellt und wollte Colm fragen, ob er nicht mal versuchsweise seine Tischtücher und Servietten zu uns geben will. Seine Handtücher waschen wir ja bereits für ihn.«
»Oh, ich glaube, so ein Restaurant braucht schon eine richtige Wäscherei, gerade in der Woche, wo die Pferdeschau stattfindet.« Rosemary versuchte Gerties Begeisterung zu dämpfen.
»Colm wird schon wissen, was er tut. Und danach gehe ich zu Marilyn, schrubbe die Böden und bügle für sie. Anschließend fahren wir zusammen zu einem Laden, wo es preiswerte Leuchtreklamen gibt: Ich will nämlich so ein Schild über dem Waschsalon installieren lassen.«
Mit ihren bescheidenen Plänen für diesen Tag schien Gertie so zufrieden zu sein, daß Rosemary gerührt war. Gertie, die früher, als sie mit Ria im Polly's gearbeitet hatte, so hübsch gewesen war und ihrer Liebe zu diesem Trunkenbold alles geopfert hatte.
»Und Jack? Wie geht's ihm denn so?«
»Gut, Rosemary, danke der Nachfrage. Er hat das Trinken jetzt endgültig aufgegeben, und es bekommt ihm bestens«, erwiderte Gertie strahlend.

Hubie rief an. Ob er vorbeikommen könne, um Annie in Westville zu begrüßen? Und natürlich auch Brian, fügte er der Form halber hinzu.

»Aber gern, Hubie. Es gefällt den beiden hier sehr. Jeden Abend haben sie dieses Computerspiel gespielt, das du installiert hast.«

»Klasse.«

Als er ankam, hatte er nur Augen für die hübsche, blonde Annie.

»Du siehst prima aus, noch besser als auf den Fotos«, sagte er.

»Danke«, erwiderte Annie. »Was für ein reizendes Kompliment.«

Woher hatte Annie mit ihren noch nicht mal fünfzehn Jahren nur diese Gelassenheit und Souveränität, fragte sich Ria immer wieder. Sicherlich nicht von ihr, denn sie konnte auch heute noch keine Komplimente annehmen. Vielleicht von Danny, den scheinbar nie etwas aus der Fassung bringen konnte. Um so mehr bedrückte es sie, daß ihre Kinder meinten, er wirke sehr besorgt und stecke in Geldnöten.

Als Hubie, Brian und Annie zum Swimmingpool hinausgingen, beschloß Ria, Rosemary anzurufen. In Irland war es jetzt neun Uhr abends. Rosemary würde wohl in ihrer kühlen, eleganten Penthousewohnung sein; vielleicht arbeitete sie noch am Schreibtisch oder goß die Pflanzen auf ihrem Dachgarten. Oder verwöhnte sie gerade ein paar Gäste mit einem ihrer köstlichen und scheinbar so mühelos zuzubereitenden Gerichte? Lag sie womöglich mit einem Liebhaber im Bett?

In diesem Sommer erkannte Ria erstmals, daß Rosemary trotz ihres scheinbar so idealen Lebens mitunter auch sehr einsam sein mußte. Wenn man allein lebte, mußte man sich zwar nicht nach anderen richten und konnte seine eigenen Entscheidungen treffen. Aber wenn man gerade nichts vorhatte, saß man zu Hause und starrte die Wände an. Kein Wunder, daß Rosemary so oft zu ihnen in die Tara Road 16 kam.

Doch Rosemary ging nicht ans Telefon. War sie vielleicht im Quentin's oder bei Colm? Möglicherweise unternahm sie etwas mit Marilyn; die beiden hatten sich ja angefreundet und waren auch zusammen zu einer Modenschau gegangen, die Mona organisiert hatte.

»Rosemary, hier ist Ria. Es gibt nichts Besonderes, ich wollte nur mal ein bißchen plaudern. Die Kinder sind angekommen, es ist alles ganz wunderbar hier. Eigentlich wollte ich mit dir darüber reden, ob Danny und Barney in irgendwelchen geschäftlichen Schwierigkeiten stecken. Danny kann ich ja schlecht anrufen, und ich dachte mir, daß du vielleicht etwas darüber weißt. Ruf mich deswegen aber nicht zurück, denn die Kinder sind hier, und wenn es etwas darüber zu berichten gibt, dann sollen sie es lieber nicht hören. Wie du siehst, bin ich hier in einer etwas mißlichen Lage, und du bist die einzige, die ich fragen kann.«

Barney wollte sich mit Danny im Quentin's verabreden.
»Dorthin können wir nicht, Barney, da sind noch ein paar Rechnungen offen. Hast du das vergessen?«
»Das ist inzwischen erledigt, und ich habe Brenda versprochen, daß sie heute abend Bargeld sieht.«
»Soll ich mit oder ohne Bernadette kommen?«
»Ohne. Neun Uhr, okay?«
Vielleicht, überlegte Danny, hatte Barney im letzten Moment doch noch eine Geldquelle aufgetan. Barney war ein alter Hase, und er hatte seine eigenen Methoden. In jungen Jahren hatte er auf zahllosen Baustellen in England gearbeitet und es schließlich zum größten Baulöwen Irlands gebracht. Nun jedoch war das bisher Unvorstellbare in greifbare Nähe gerückt: Möglicherweise mußte er in den nächsten Tagen Konkurs anmelden.
Danny zog sein bestes Sakko und eine bunte Krawatte an. Wen immer Barney zu der Besprechung mitbringen würde, er sollte einen vor Zuversicht sprühenden Danny Lynch vor sich sehen, kein Häuflein Elend. Im Schauspielern, das nun mal zum Immobiliengeschäft gehörte, hatte er ja Übung. Und heute abend würde er die größte Show seines Lebens abziehen, denn davon konnte viel abhängen.

»Es kann spät werden, Schatz«, sagte er zu Bernadette. »Barney hat den großen Kriegsrat einberufen. Es klingt, als sähe er Licht am Ende des Tunnels.«
»Ich habe es immer gewußt«, erwiderte sie.

Wie Danny es nicht anders erwartet hatte, führte Brenda Brennan ihn zum Séparée. Im Moment legte niemand Wert darauf, in aller Öffentlichkeit mit McCarthy und Lynch an einem Tisch gesehen zu werden. Ihren Namen haftete derzeit kein besonders guter Ruf an. Zu seiner Überraschung traf er Barney jedoch allein an, der oder die anderen waren wohl noch nicht erschienen. Noch mehr verwunderte es ihn allerdings, daß der Tisch nur für zwei Personen gedeckt war.
»Setz dich, Danny«, sagte Barney. »Heute ist der Tag, von dem wir gehofft haben, daß wir ihn nie erleben würden.«
»Ist alles verloren?« fragte Danny.
»Alles, einschließlich Tara Road 16«, antwortete Barney McCarthy.

Auch Rosemary saß gerade im Quentin's, und zwar mit ihrem Buchhalter, ihrem Büroleiter und zwei Herren von einem internationalen Druckereikonzern, die ihre Firma aufkaufen wollten. Sie waren an Rosemary herangetreten, nicht umgekehrt. Und obwohl sie ihr ein sehr lukratives Angebot unterbreiteten, hatten sie alle Mühe, es ihr schmackhaft zu machen.
Der eine der Männer war Amerikaner, der andere Engländer, doch zweifellos lag es nicht an ihrer Nationalität, daß ihnen diese schöne, blonde Irin mit dem makellosen Make-up, dem glänzenden Haar und dem Designerkostüm ein Buch mit sieben Siegeln war.
»Ich glaube nicht, daß Ihnen je wieder ein so guter Preis geboten wird«, meinte der Engländer.
»Das stimmt, niemand ist so sehr an einer Übernahme interessiert wie Sie«, lächelte Rosemary.
»Wir sind nicht nur sehr interessiert, sondern auch die einzigen,

die über das entsprechende Kapital verfügen. Sie können uns also nicht gegen andere Konkurrenten ausspielen«, stellte der Amerikaner fest.

»Ganz recht«, nickte sie.

Rosemary hatte gesehen, wie Danny in das Séparée zu Barney McCarthy gegangen war. Sonst war niemand dazugestoßen. Und das verhieß nichts Gutes. Sie wußte, daß sie die beiden retten konnte, wenn sie sich auf diesen Handel einließ und ihre Firma verkaufte. Was für ein schwindelerregender Gedanke, soviel Macht zu besitzen ... Rosemary verlor den Faden.

»Entschuldigung, was haben Sie gesagt?« wandte sie sich wieder ihren Verhandlungspartnern zu.

»Wir haben gerade gesagt, wir werden ja alle nicht jünger, und jetzt, da Sie auf die Vierzig zugehen, wollen Sie vielleicht etwas von Ihrem Leben haben, mal ausspannen nach all der Arbeit. Warum setzen Sie sich nicht zur Ruhe? Machen Sie eine Kreuzfahrt, genießen Sie das Leben.«

Das war allerdings das Falscheste, was man Rosemary Ryan vorschlagen konnte. Sie konnte sich keineswegs vorstellen, sich zur Ruhe zu setzen. Und es paßte ihr ganz und gar nicht, von fremden Leuten darauf hingewiesen zu werden, daß sie auf die Vierzig zuging. Freundlich blickte sie von einem zum anderen. »Kommen wir in sechs Jahren noch mal darauf zurück. Wie Sie sich bestimmt schon ausgerechnet haben, habe ich dann die Hälfte von neunzig erreicht. Fragen Sie mich dann noch mal, ja? Denn es war mir wirklich ein Vergnügen, mit Ihnen zu plaudern.«

Als Rosemary das sagte, war sie nicht ganz bei der Sache, denn sie hatte gerade gesehen, wie Barney McCarthy kreidebleich aus dem Restaurant stürmte. Und zwar ohne Danny. Also mußte er noch immer in diesem Séparée sitzen, in das man sich zurückzog, wenn man wirklich vertrauliche Gespräche führen wollte. Rosemary Ryan hatte keineswegs die Absicht, ihn vor dem Bankrott zu bewahren, aber nach so einem Tiefschlag konnte sie ihn auch nicht allein lassen.

»Meine Herren, trinken Sie noch in Ruhe Ihren Brandy und Ihren

Kaffee, aber mich müssen Sie bitte entschuldigen. Ich danke Ihnen sehr für Ihr Interesse, doch wie Sie schon sagten, werden wir ja alle nicht jünger, und in der mir verbleibenden Zeit habe ich noch einiges zu tun. Ich wünsche Ihnen also einen guten Abend.«

Noch ehe die Männer sich von ihren Stühlen erheben konnten, war Rosemary bereits weg.

»Rosemary?«
»Einen Brandy?«
»Wieso bist du hier?«
»Hast du was gegessen?«
»Nein, nein, dazu war keine Zeit.« Sie bestellte ihm einen großen Brandy, eine Suppe und Olivenbrot, und für sich selbst ein Mineralwasser. »Hör auf, mich zu bemuttern, ich will nichts essen. Ich habe gefragt, warum du hier bist.«
»Du mußt was essen. Du stehst unter Schock. Ich saß da drüben an einem anderen Tisch und habe gesehen, wie Barney ging ... Deshalb bin ich da.«
»Mein Haus ist futsch.«
»Das tut mir sehr leid.«
»Das tut dir überhaupt nicht leid, Rosemary, du freust dich doch darüber!«
»Red keinen Blödsinn ... Du bemitleidest dich selbst und läßt deinen Frust an mir aus. Was habe ich dir denn jemals getan, außer daß ich deine Frau, meine Freundin, hintergangen habe, indem ich mit dir geschlafen habe?«
»Jetzt ist es ein bißchen spät, die Reumütige zu spielen. Du hast immer ganz genau gewußt, was du tust.«
»Ja, und du wußtest auch genau, was du tatest, als du dich mit Barney McCarthy eingelassen hast.«
»Was willst du eigentlich?«
»Dich nach Hause bringen.«
»Zu dir oder zu mir nach Hause?«
»Zu dir. Mein Wagen steht draußen. Ich fahre dich heim.«

»Ich brauche dein Mitleid nicht und diese Suppe auch nicht!« schrie Danny, als der Kellner einen Teller Pastinaken-Apfel-Suppe brachte.
»Iß, Danny, das brauchst du, um einen klaren Kopf zu bekommen.«
»Was geht es dich an?«
»Es geht mich was an, weil du ein Freund bist, mehr als ein Freund.«
»Ich habe zu Barney gesagt, er soll mir nie wieder unter die Augen treten. Du hast recht, das spricht nicht gerade für einen klaren Kopf.«
»So was passiert unter Geschäftsleuten nun mal, gerade wenn Panikstimmung herrscht. Das renkt sich wieder ein.«
»Nein, manche Dinge sind unverzeihlich.«
»Schau, neulich haben wir uns angebrüllt, und jetzt sitzen wir hier und reden wieder wie gute Freunde. Das wird mit Barney nicht anders sein.«
»Doch, er ist nämlich ein richtiger Mistkerl. Er hat mir sogar weisgemacht, er hätte die offene Rechnung hier beglichen, und jetzt stellt sich heraus, daß das gar nicht stimmt.«
»Warum wollte er es dir denn hier sagen?«
»Er meinte, wir sollten uns auf neutralem Boden treffen. Dabei wollte er mich nur vor den Brennans demütigen, vor Leuten, die ich kenne und schätze.«
»Wie hoch ist die Rechnung?«
»Über sechshundert Pfund.«
»Das bezahle ich mit meiner Kreditkarte.«
»Ich will keine Almosen von dir. Ich möchte, daß du in mein Geschäft investierst, das habe ich dir doch schon gesagt.«
»Es geht nicht, Danny, ich habe das Geld nicht. Es ist fest angelegt.« Aus den Augenwinkeln sah Rosemary, wie vier Männer das Lokal verließen: ihr Büroleiter, ihr Buchhalter und zwei verdutzte Herren, die ihr einen enormen Betrag geboten hatten – so viel, daß sie Danny aus der Patsche helfen und vom Rest selbst noch gut hätte leben können. Ihr Blick begegnete dem von

Brenda Brennan. Die beiden kannten einander schon lange. »Brenda, es hat da ein Mißverständnis gegeben. Ein paar alte Rechnungen, die vergessen worden sind. Können wir den Betrag vielleicht über meine Karte abrechnen? Und keine Empfangsbestätigung an Barney McCarthy, das hat Danny bezahlt, Sie verstehen?«
Brenda begriff Rosemarys Wink sofort. »Der Tisch war auf Ihren Namen reserviert, Mr. Lynch. Für Mr. McCarthy hätten wir keine Reservierung vorgenommen«, erwiderte sie trocken. »Er sagte bei seiner Ankunft, er sei Ihr Gast.«
»Was er letzten Endes ja auch war«, bemerkte Rosemary.

»Fahr über die Tara Road«, bat Danny.
»Hör auf, dich zu quälen.«
»Nein, bitte, es ist doch kein Umweg.«
Am oberen Ende der Straße bogen sie neben Gerties Waschsalon in die Tara Road ein.
»Schau, sie hat sich ein neues Schild machen lassen: GERTIE'S. Was für ein blöder Name«, sagte Rosemary.
»Na, immer noch besser als GERTIE'S & JACK'S, findest du nicht?« Danny brachte ein schwaches Lächeln zustande.
Als sie an der Hausnummer 68, dem Seniorenheim, vorbeifuhren, meinte Rosemary: »Im St. Rita schlafen sie schon alle, dabei ist es noch nicht mal zehn.«
»Die gehen dort schon um sieben schlafen. Meine Güte, wenn ich alt und verkalkt bin, kann ich mir nicht mal mehr einen Platz dort leisten.« Dann passierten sie Nora Johnsons kleines Haus, die Nummer 48a. »Um diese Zeit pflegt Pliers den Gehweg zu verdrecken«, sagte Danny. »Er sucht sich immer die Stellen aus, wo garantiert jemand reinlatscht.«
Sie lachten noch etwas gezwungen über diesen Scherz, als sie auch schon am Haus mit der Nummer 32 vorbeigefahren waren, dem luxussanierten Altbau mit der Penthousewohnung, in der Danny und Rosemary so viele gemeinsame Stunden verbracht hatten. Vor der Nummer 26 stellten Frances und Jimmy Sullivan gerade

ihre Mülltonnen heraus. »Weißt du schon, daß Kitty schwanger ist?« fragte Rosemary.
»Nein! Sie ist doch noch ein Kind, gerade so alt wie Annie«, rief Danny erschrocken.
»Da kannst du mal sehen«, meinte Rosemary.
Dann erreichten sie die Nummer 16. »Es war ein wunderschönes Haus«, murmelte Danny. »Und das wird es immer bleiben. Aber ich werde nicht mehr darin wohnen.«
»Du bist bereits ausgezogen«, erinnerte ihn Rosemary.
»Ich kann diese Marilyn nicht ausstehen. Der bloße Gedanke, daß sie die letzten Wochen, in denen es mir gehört, darin wohnt, macht mich ganz krank.«
»Sie hat irgendwas gegen mich«, sagte Rosemary. »Ich weiß nicht, warum. Zuerst war sie die Freundlichkeit in Person, aber jetzt ist sie schon beinahe grob zu mir.«
»Die hat doch nicht alle Tassen im Schrank«, folgerte Danny. Vor Colms Restaurant standen eine Menge Autos. »Da herrscht Hochbetrieb«, stellte Danny fest. »Ganz schön dumm, daß wir nicht mit etwas Kapital eingestiegen sind. Wenn ich einen Anteil an diesem Restaurant hätte, würde ich heute anders dastehen.«
»Wir waren nicht dumm, wir waren nur vorsichtig.«
»Du vielleicht, aber ich war nie vorsichtig. Ich habe einfach einen Fehler gemacht, weiter nichts.«
»Stimmt. Ich frage mich nur, warum du mir immer soviel bedeutet hast«, meinte Rosemary nachdenklich.
»Kannst du bitte wenden?«
»Warum? Wir sind doch richtig.«
»Ich möchte mit zu dir gehen. Bitte.«
»Nein, Danny, das hat doch keinen Sinn.«
»Was zwischen uns war, hatte immer einen Sinn. Bitte, Rosemary, ich brauche dich heute nacht. Willst du wirklich, daß ich darum bettle?«
Sie sah ihn an. Diesem Mann konnte man einfach nicht widerstehen. Rosemary hatte sich bereits dazu beglückwünscht, daß sie nicht schwach geworden war und seinetwegen ihre Firma verkauft

hatte. Und er begehrte sie. Schon immer hatte er sie mehr begehrt als sein schwatzhaftes Frauchen und dieses seltsame blasse Mädchen, mit dem er jetzt zusammen war. Also wendete sie in der Einfahrt von Colms Restaurant und fuhr zur Nummer 32 zurück.

Als Nora Johnson mit Pliers ihre abendliche Runde drehte, sah sie Lady Ryan vorbeifahren. Auf dem Beifahrersitz saß ein Mann. Nora kniff die Augen zusammen, konnte ihn aber nicht erkennen. Einen Moment lang dachte sie, es sei vielleicht Danny Lynch. Allerdings sahen ihm viele Leute ähnlich. Sie hatte Danny gemocht, und es hatte ihr geschmeichelt, daß er sie »Holly« nannte. Als sie ihn das erste Mal gesehen hatte, fand sie, daß er wirklich gut aussah. Aber letzten Endes mußte sie feststellen, daß nichts dahinter war.

Danny begann Rosemary zu streicheln, noch ehe sie die Tür des Hauses Nummer 32 aufsperren konnte.
»Reiß dich zusammen«, zischte sie ihm zu. »Wir sind so lange vorsichtig gewesen. Verpatz jetzt nicht alles.«
»Du verstehst mich, Rosemary. Du bist die einzige, die mich versteht.«
Sie fuhren mit dem Lift nach oben, und kaum hatten sie die Wohnungstür hinter sich geschlossen, legte er den Arm um Rosemarys Hüften.
»Danny, laß das.«
»Ach komm, sonst bist du doch auch nicht so«, erwiderte er und küßte sie auf den Hals.
»Stimmt, aber sonst war ich auch noch nie in der Verlegenheit, daß ich es ablehnen mußte, deine Firma zu retten.«
»Aber du hast doch gesagt, daß es nicht geht, daß dein ganzes Vermögen fest angelegt ist.« Er versuchte sie an sich zu ziehen, doch sie entwand sich ihm.
»Nein, Danny, wir müssen miteinander reden.«
»Worüber denn auf einmal?«
Sie sah, daß die Anzeige an ihrem Anrufbeantworter blinkte, aber

sie wollte die Nachricht jetzt nicht abhören. Möglicherweise war es einer von den beiden Geschäftsleuten, mit denen sie essen gegangen war. Vielleicht wollte er ihr jetzt einen noch höheren Preis bieten. Danny durfte niemals erfahren, welches Angebot sie vorhin im Restaurant, nur ein paar Meter von ihm entfernt, abgelehnt hatte.
»Was ist mit Bernadette?«
»Es ist noch früh. Sie erwartet mich nicht so bald zurück.«
»Eigentlich ist es doch eine Dummheit.«
»Es war immer eine Dummheit«, entgegnete er. »Dumm, riskant und wunderschön.«
Danach duschten sie zusammen.
»Wird Bernadette es nicht merkwürdig finden, daß du nach Sandelholz riechst?« fragte Rosemary.
»Ich achte immer darauf, daß wir in unserem Badezimmer die gleiche Seife haben wie du.« Es klang nicht so, als würde er sich auf diesen kleinen Trick etwas einbilden. Danny war einfach ein praktisch denkender Mensch.
»Jetzt weiß ich, warum Ria stets die gleiche Seife hatte wie ich!« rief Rosemary. »Ich dachte immer, sie wollte mich nachahmen, dabei war das deine Idee. Mann o Mann!«
Rosemary zog einen weißen Frotteebademantel an und betrachtete sich im Badezimmerspiegel. Sie sah keineswegs aus wie eine Frau, die auf die Vierzig zuging. Nein, diese Leute würden ihre Firma niemals in die Finger bekommen.
»Ich bestelle dir ein Taxi«, sagte sie.
»Ich habe dich heute abend wirklich gebraucht«, bekannte er.
»In gewisser Weise habe ich dich wohl auch gebraucht, sonst wärst du jetzt nicht mehr hier. Von mir bekommt keiner was geschenkt.«
»Das habe ich gemerkt«, erwiderte Danny trocken.
Sie rief ein Taxiunternehmen an und gab Anweisung, die Fahrtrechnung an ihre Firma zu schicken. »Denk daran, dich am Ende der Straße absetzen zu lassen, nicht vor deinem Haus.«
»Jawohl, Boß.«

»Du wirst es schon überstehen, Danny.«
»Wenn ich nur wüßte, wie.«
»Sprich morgen mit Barney. Ihr sitzt beide im selben Boot. Es nützt nichts, wenn ihr euch gegenseitig das Leben schwermacht.«
»Du hast wie immer recht. Ich gehe jetzt und warte unten aufs Taxi.« Während er sie noch einmal ganz fest an sich drückte, sah er hinter ihr das blinkende Licht des Anrufbeantworters. »Du hast eine Nachricht bekommen«, stellte er fest.
»Die höre ich mir später an. Wahrscheinlich ist es nur meine Mutter, die mir ständig in den Ohren liegt, ich soll mir einen anständigen Mann suchen und heiraten.«
Danny neigte den Kopf zur Seite und grinste sie an. »Ich weiß, daß ich dir das eigentlich wünschen sollte, aber ich hoffe trotzdem, daß es nicht dazu kommt.«
»Keine Sorge, ich glaube, selbst *wenn* es dazu kommt, werden wir ihn genauso betrügen wie all die anderen auch.«

Am Tudor Drive herrschte noch immer eitel Sonnenschein. Ria war ängstlich darauf bedacht, jegliche Mißstimmung zu vermeiden. Annie und Brian hatten mit Sean und Kelly Maine schnell Freundschaft geschlossen.
»Wenn Sean bloß nicht so alt wäre«, beschwerte sich Brian. »Kelly ist ja ganz nett, aber sie ist eben ein Mädchen.«
»Ich bin froh, daß Sean nicht in deinem Alter ist. Ich finde das so ganz in Ordnung«, sagte Annie und lachte kurz auf.
Ria wollte Annie schon ermahnen, Hubie und Sean nicht gegeneinander auszuspielen und eifersüchtig zu machen, doch sie verkniff sich diese Bemerkung. Nun zahlte es sich aus, daß sie in den letzten Wochen gelernt hatte, erst nachzudenken, ehe sie den Mund aufmachte. Es hatte ihr nichts geschadet, sich in einer neuen und völlig fremden Umgebung zurechtfinden zu müssen, wo einen die Menschen nach seinen Worten und Taten beurteilten und wo man nicht auf jahrelange Freundschaften bauen konnte. Es schien Ria, als wäre sie hier erwachsener geworden, in einer Art und Weise, wie sie es zu Hause nie hatte sein müssen.

Schließlich hatte sie nie allein gelebt, sie war ja aus dem Haus ihrer Mutter direkt zu Danny gezogen. Ihr fehlte die Zeit dazwischen, die Jahre, in denen andere Mädchen allein wohnten. Mädchen wie Rosemary.

Sie hatte von Rosemary eine E-Mail erhalten. Dublin sei eine einzige Gerüchteküche, hieß es da, Dichtung und Wahrheit ließen sich unmöglich auseinanderhalten, aber das sei ja nichts Neues. Sobald sie Näheres in Erfahrung gebracht habe, würde sie sich natürlich sofort melden, und sicherlich würde auch Danny sie nicht im unklaren lassen, falls es ernste Probleme gab. Weiterhin schrieb Rosemary, die Kinder seien einfach abgereist, ohne sich von ihr zu verabschieden, was bedauerlich sei, weil sie ihnen eigentlich ein paar Kleider habe mitgeben wollen, die Ria beim College-Picknick hätte anziehen können.

»Ihr habt euch nicht von Rosemary verabschiedet?« erkundigte sich Ria, bevor sie zum Feinkostladen fuhr.

Annie zuckte mit den Achseln.

»Wir waren bei allen anderen, aber sie haben wir vergessen«, meinte Brian in einem Tonfall, als hätten sie eine Einkommensquelle übersehen.

»Brian, von der hätten wir doch keinen Penny gekriegt«, sagte Annie.

»Du magst Rosemary nicht, stimmt's, Annie?« Ria war überrascht.

»Dafür magst du Kitty nicht«, gab Annie zurück.

»Na, das ist aber etwas anderes. Diese Kitty übt einen schlechten Einfluß auf dich aus.«

»So wie Lady Ryan auf dich, Mam. Sie schenkt dir ihre alten Sachen und behandelt dich immer so gönnerhaft von oben herab. Dabei kannst du doch selbst Geld verdienen und dir etwas Schickes kaufen. Du brauchst doch nicht ihre abgelegten Klamotten.«

»Herzlichen Dank, Annie, für diese deutlichen Worte. Nun, ihr beiden, ihr kommt jetzt hoffentlich allein zurecht. Ich bin in etwa drei Stunden wieder da.«

»Es ist irgendwie komisch, daß du jetzt arbeiten gehst, Mam, so wie richtig normale Leute«, bemerkte Brian.

Als Ria mit Marilyns Wagen zu John & Gerry's fuhr, umklammerte sie in ihrer Wut das Lenkrad so fest, daß ihre Fingerknöchel weiß hervortraten. Das war nun also der Dank dafür, daß sie in der Tara Road geblieben war, um allen ein schönes Zuhause zu bieten. Danny hatte sie verlassen, weil er sie todlangweilig fand und sie sich angeblich nichts mehr zu sagen hatten. Annie hielt sie für erbärmlich, Brian für nicht ganz normal. Aber bei Gott, nun würde sie ihnen allen beweisen, daß sie zumindest im Geschäftsleben erfolgreich sein konnte!

Mit quietschenden Reifen brachte sie den Wagen zum Stehen und marschierte in die Küche.

»Haben wir uns für die Torten am Wochenende von dem Freundeskreis-Picknick irgend etwas Besonderes überlegt?« rief sie John und Gerry zu, die verwundert aufschauten. »Das heißt wohl ›nein‹«, stellte sie fest. »Nun, ich schlage vor, wir machen zwei verschiedene Sorten, eine mit einem Barett und einer Pergamentrolle darauf und eine mit einem freundschaftlichen Händedruck.«

»Wir sollen spezielle Torten machen?« fragte Gerry verblüfft.

»Die Leute wollen sicherlich etwas Festliches haben, etwas mit einem themenbezogenen Motiv.«

»Ja, aber ...«

»Also fangen wir am besten gleich damit an. Ich organisiere das mit der Grafik und lasse ein paar junge Leute zu Hause an ihren Computern Werbematerial entwerfen, Plakate, die wir in die Fenster hängen können, und Flugblätter.« Die beiden starrten sie mit offenem Mund an.

»Irgendwelche Einwände?« Ria fragte sich, ob sie vielleicht zu weit gegangen war.

»Keine«, antworteten John und Gerry.

»Es ist ganz schön schwierig, dich mal allein anzutreffen«, sagte Hubie zu Annie. »Letztes Wochenende diese Party mit einem ganzen Pulk von Leuten, dann dieser Sean Maine, der nicht mehr von deiner Seite gewichen ist, am nächsten Wochenende dieses Freundeskreis-Treffen, und danach verschwindest du zu den Maines.«

»Es bleibt uns ja noch eine Menge Zeit.« Sie lagen neben dem Pool, planschten mit den Händen im Wasser und ließen ein Papierschiffchen hin und her schwimmen.

Brian übte unterdessen am Basketballkorb.

»Ich könnte doch vielleicht mit dir zusammen nach New York City fahren«, schlug Hubie vor.

»Lieber nicht. Mam will uns die Stadt selbst zeigen, das bedeutet ihr sehr viel.«

»Widersprichst du ihr eigentlich auch mal, oder tust du immer, was sie dir sagt?« wollte Hubie wissen.

»Oh, ich widerspreche ihr ziemlich oft, aber in letzter Zeit weniger. Sie hat es momentan nicht leicht. Weißt du, mein Dad hat sie sitzengelassen und ist jetzt mit einem Mädchen zusammen, das kaum älter ist als ich. Deswegen kommt sie sich jetzt wohl uralt vor.«

»Ja, ich kenne die Geschichte. Aber wie wär's, wenn wir dann irgendwo anders hinfahren?«

»Schau, Hubie, das würde ich wirklich gern, aber nicht jetzt. Schließlich sind wir gerade erst angekommen. Okay?«

»Okay.«

»Und noch was. Ich habe Marilyn geschrieben, und Mam meinte, ich sollte nicht erwähnen, daß du hier ein und aus gehst.«

»Marilyn?«

»Mrs. Vine. Dieses Haus gehört ihr, das wirst du doch wissen.«

»Du nennst sie Marilyn?«

»Ja, sie wollte es so.«

»Magst du sie?«

»Ja, sie ist klasse.«

»Von wegen! Du hast echt keine Ahnung von ihr. Sie ist eine richtige Bißgurke. Total durchgeknallt.« Hubie stand auf und suchte seine Sachen zusammen. »Ich muß jetzt weg«, sagte er.

»Schade, daß du gehst. Ich finde es schön, wenn du da bist. Und ich habe keine Ahnung, wo jetzt das Problem liegt.«
»Dann kannst du dich glücklich schätzen.«
»Ich weiß, daß du dabei warst, als dieser Unfall mit Dale passiert ist. Das hat mir meine Mutter erzählt, aber nicht mehr. Und ich werde ganz bestimmt nicht sagen, Marilyn sei eine durchgeknallte Bißgurke, nur weil du es gerne hören würdest. Das wäre feige und dumm.« Nun war auch Annie aufgestanden, und ihre Augen blitzten.
Hubie sah sie bewundernd an. »Du bist wirklich 'ne Wucht«, sagte er. »Weißt du, was ich toll finden würde?«
Das sollte Annie allerdings nie erfahren, weil just in diesem Augenblick Brian auftauchte. »Es war hier gerade so still, da wollte ich mal gucken, ob ihr am Knutschen seid«, meinte er.
»Was?« Hubie schaute ihn verdutzt an.
»Ob ihr knutscht, schmust, fummelt. Heißt das bei euch in Amerika anders?« Er stand da, rot von den Schultern bis zum Ansatz seiner borstig abstehenden Haare, und der fragende Ausdruck in seinem Vollmondgesicht verriet, daß er wieder mal etwas wissen wollte, was ihn überhaupt nichts anging.
»Hubie ...«, erwiderte Annie in einem gefährlich ruhigen Ton, »... will gerade gehen, und so wie die Dinge stehen, kommt er vielleicht nie mehr wieder.«
»Oh, ich komme ganz bestimmt wieder«, entgegnete Hubie Green. »Und wenn es euch interessiert: Mir gefällt es sogar recht gut, wie die Dinge sich entwickeln.«

»Hubie ist in Annie verknallt«, bemerkte Brian beim Mittagessen.
»Allerdings! Das war er schon, bevor er sie kennengelernt hat. Er hat dauernd ihr Foto angestarrt.«
»Das ist doch Unsinn, Mam. Mußt du Brian denn auch noch darin bestärken?« Doch Annies zarte Röte ließ erkennen, daß ihr diese Vorstellung keineswegs unangenehm war.
»Jedenfalls brauche ich ihn heute abend hier. Deshalb mußt du all deine Überredungskünste spielen lassen, damit er herkommt.«

»Tut mir leid, Mam, das geht nicht.«
»Aber ich bin auf ihn angewiesen, Annie. Er soll mir für meine Torten ein Plakat am Computer entwerfen.«
»Ausgeschlossen, Mam. Er würde sicher denken, daß ich mir das nur ausgedacht habe, um ihn herzulocken.«
»Aber das stimmt nicht. Es handelt sich um einen Job, ich bezahle ihn dafür.«
»Mam, er wird denken, du gibst ihm Geld dafür, daß er mich besuchen kommt. Und das wäre entsetzlich. Da mache ich nicht mit.«
»Aber es geht um meine Arbeit, Annie, nur deshalb soll er herkommen.« Plötzlich verstummte Ria. »Sag mal ... wenn du nicht hier wärst, könnte er doch nicht auf den Gedanken verfallen, daß du etwas von ihm willst, oder?«
Annie überlegte. »Hm, da hast du recht.«
»Tatsächlich könnte es sogar aussehen, als wolltest du dich rar machen. Er wird sich bestimmt fragen, wo du steckst.«
»Und wohin, meinst du, soll ich gehen?«
Ria überlegte einen Moment, und schon fiel ihr die Lösung ein. »Du könntest in Carlottas Salon gehen und dort zwei oder drei Stunden arbeiten, du weißt schon, Handtücher zusammenlegen, Haarbürsten sterilisieren, den Boden fegen, Kaffee kochen ... solche Sachen eben.«
»Meinst du, sie würde mir das erlauben?«
»Na ja, wenn ich sie recht freundlich darum bitte, würde sie dir den Gefallen vielleicht tun, weil du ja heute abend lieber außer Haus sein willst.«
»Ach bitte, Mam, frag sie doch! Bitte!«
Ria ging zum Telefon. Zwar hatte ihr Carlotta diesen Vorschlag schon vor ein paar Tagen gemacht, aber Ria war mittlerweile klug genug, ihrer Tochter nicht gleich alles auf die Nase zu binden. Als sie zurückkam, verkündete sie: »Carlotta ist einverstanden.«
»Mam, du bist fabelhaft!« rief Annie.

Barney McCarthy sagte, er würde sich mit Danny treffen, wann und wo immer er wolle. Warum sollten sie nachtragend sein wegen ihrer Auseinandersetzung am Vorabend? Es sei eben für sie beide ein Schock gewesen. Wenn man sich so lange kannte, entzweite man sich doch nicht wegen ein paar hitziger Worte. Sie verabredeten sich im Stephen's Green. Zwischen spielenden Kindern und Liebespaaren schlenderten sie durch den Park, die Hände auf dem Rücken verschränkt, zwei Spaziergänger, die sich über ihre Zukunft und ihre Vergangenheit unterhielten.
Oberflächlich betrachtet waren sie Freunde. Danny sagte, ohne Barney McCarthy hätte er nie den Einstieg ins Geschäftsleben geschafft. Barney wiederum meinte, er habe Dannys Scharfblick und seinem Arbeitseifer viel zu verdanken, ganz zu schweigen von seinem geistesgegenwärtigen Verhalten an jenem Abend, als er, Barney, in Pollys Wohnung eine Herzattacke gehabt hatte.
»Wie hat denn Polly das Ganze aufgenommen?« fragte Danny.
»Sie trägt es mit Fassung, du kennst sie ja.« Eine Weile schwiegen sie beide, während sie an die elegante dunkelhaarige Frau dachten, die sich stets mit der Rolle als Barneys Geliebte zufriedengegeben hatte. »Poll ist natürlich noch jung«, meinte Barney.
»Und sie hat keine Kinder zu versorgen«, ergänzte Danny. Wieder trat Stille ein. »Hast du es Mona gesagt?« fragte er dann.
Barney schüttelte den Kopf. »Noch nicht.«
Er schaute Danny an. »Und weiß es Ria schon?«
»Nein.«
Danach schwiegen beide, denn es gab nichts mehr zu sagen.

»Ich glaube, Sean ist von deiner Annie sehr angetan«, sagte Sheila am Telefon.
»Ja, es ist wirklich erstaunlich, nicht?« erwiderte Ria. »Mir ist, als wäre es erst gestern gewesen, daß sie in den Windeln lagen, und jetzt bahnt sich eine Romanze zwischen ihnen an.«
»Wir sollten die beiden wohl besser im Auge behalten.«
»Das haben unsere Eltern bei uns auch getan, aber hat es irgendwas genützt?« meinte Ria lachend.

»Aber wir waren damals älter als die beiden«, erwiderte Sheila.
»Annie nimmt wohl nicht die Pille, oder?«
Ria war entsetzt. »Himmel, nein, Sheila. Meine Güte, sie ist doch noch keine fünfzehn. Ich habe nur gemeint, sie würden sich vielleicht im Kino küssen und so.«
»Hoffen wir, daß es dabei bleibt. Jedenfalls kommt ihr am übernächsten Wochenende zu uns, ja?«
»Klar.«
Nach diesem Gespräch war Ria etwas beunruhigt, doch sie hatte nicht allzuviel Zeit, darüber nachzudenken. Ihre Torten für das Freundeskreis-Picknick fanden unerwartet großen Absatz, weswegen sie im Geschäft noch eine Aushilfskraft einstellen mußten. Außerdem mußte sie am Tudor Drive Vorbereitungen für ihre Gäste treffen und ein großes kaltes Büffet für die Freunde von Greg und Andy Vine zubereiten. Dabei war wiederum Zurückhaltung geboten, denn es sollte nicht den Anschein erwecken, als wollte sie Marilyn ausstechen. Offenbar hatte Marilyn den Gästen, die zum Ehemaligen-Wochenende in die Stadt kamen, immer nur Oliven und Brezeln serviert.
Zudem wollten auch die Kinder beschäftigt sein. Wider Erwarten erwies sich das jedoch als das geringste Problem. Brian hatte einen neuen Freund namens Zach gefunden, der vier Häuser weiter wohnte, trug nun eine Baseballkappe mit dem Schild nach hinten und gebrauchte ständig neue Ausdrücke, die er gar nicht richtig verstand. Hubie kam regelmäßig Annie besuchen und zeigte ihr irgendwelche Sehenswürdigkeiten, und da sie nur tagsüber unterwegs waren, fand Ria nichts dagegen einzuwenden. Jeden Nachmittag um vier erschien Annie in Carlottas Schönheitssalon, wo sie mit dem neuesten Klatsch und Tratsch versorgt wurde. Ria war bis in die Nacht hinein damit beschäftigt, Torten zu backen, zu verzieren und in der Gefriertruhe einzulagern, die sie für diese Woche gemietet hatte.
Als sie am Donnerstag vor dem großen Ereignis um zwei Uhr morgens zu Bett ging, fiel ihr plötzlich auf, daß sie den ganzen Tag nicht ein einziges Mal an Danny gedacht hatte. Ob sie wohl

allmählich über die Sache hinwegkam? Doch als Dannys Gesicht vor ihrem geistigen Auge erschien, wurde ihr der bittere Verlust erneut bewußt, und Schmerz, Einsamkeit und Trauer kehrten zurück. Er fehlte ihr immer noch, es war nur die Arbeit gewesen, die sie abgelenkt hatte. Mehr durfte sie sich vielleicht auch in Zukunft nicht erhoffen.

Marilyn brachte Colm eine Tasse Kaffee in den Garten hinaus.
»Was baust du hier denn gerade an?« fragte sie.
»Süßen Fenchel«, antwortete er. »Nur so für mich, um mir zu beweisen, daß ich es kann. Im Restaurant ist süßer Fenchel nicht besonders gefragt.« Er grinste entschuldigend.
Wieder einmal stellte Marilyn fest, was für ein gutaussehender Mann er doch war. Sie fragte sich, warum er nicht geheiratet hatte. Zwar wußte sie, daß Alkohol die Liebe seines Lebens gewesen war, doch wen hielt das schon vom Heiraten ab? »Wie lange braucht er denn?«
»Knapp vier Monate. In den Büchern heißt es, fünfzehn Wochen nach der Aussaat.«
»In den Büchern? Du hast das Gärtnern aus Büchern gelernt?«
»Woher denn sonst?«
»Ich dachte, in deiner Familie hätten sie schon seit Generationen gegärtnert und du wärst bereits mit dem grünen Daumen auf die Welt gekommen.«
»Nein, eine so nette, normale Familie hatte ich leider nicht.«
Marilyn seufzte. »Tja, wem von uns war schon die Kindheit vergönnt, die er verdient hätte?«
»Das stimmt. Entschuldige diese Anwandlung von Selbstmitleid.«
»Ich habe nichts dergleichen bemerkt«, meinte sie.
»Hast du etwas von Annie und Brian gehört?«
»Ja, sie fühlen sich dort drüben anscheinend pudelwohl, kennen inzwischen schon das halbe Viertel und vergnügen sich mit Dutzenden anderer Kinder in unserem Swimmingpool.«
»Ärgert dich das nicht?«

»Warum sollte es? Schließlich ist es für diesen Sommer ihr Zuhause.«
»Ich dachte nur, weil du selbst doch sehr zurückgezogen lebst.«
»Aber erst seit mein Sohn letztes Jahr gestorben ist.«
»Wie schrecklich! Tut mir leid, das wußte ich nicht. Du hast bisher nie etwas davon erwähnt.«
»Nein, ich habe nie darüber gesprochen.«
»Manche Dinge sind zu schmerzlich, um darüber zu sprechen. Wenn es dir lieber ist, können wir es auch dabei belassen.«
»Nein, komischerweise ist mir das gar nicht lieber. In letzter Zeit habe ich sogar das Gefühl, daß es mir hilft, wenn ich darüber spreche.«
»Ja, manche Leute meinen, man muß seine Probleme ans Licht bringen, sonst verkümmert man wie eine Pflanze ohne Sonne und Luft.«
»Aber du scheinst anderer Ansicht zu sein?«
»Ich weiß nicht genau.«
»Redest du deshalb nie über Caroline?«
»Caroline?«
»Dieses Land hat mich völlig umgekrempelt, Colm. Nie im Leben hätte ich es bisher gewagt, mich derart in die Angelegenheiten anderer Leute einzumischen. Aber in knapp drei Wochen werde ich wieder in Amerika sein, und ich werde dich wohl nie mehr wiedersehen. Meinst du nicht, daß du einmal ans Licht bringen solltest, was du für deine Schwester tust?«
»Was tue ich denn für sie?« Colms Blick wurde hart.
»Du betreibst ein Restaurant, um ihre Sucht zu finanzieren.«
Einen Augenblick lang herrschte Schweigen. »Nein, Marilyn, da liegst du falsch. Sie arbeitet in meinem Lokal, damit ich ein Auge auf sie haben kann. Ihre Sucht wird von jemand ganz anderem finanziert.« Marilyn starrte ihn an. »Sie bekommt ihren Stoff von ihrem Ehemann Monto, einem Geschäftsmann, der sich im Heroinhandel eine goldene Nase verdient.«

»Maria?«
»Hallo, Andy.«
»Nur eine kurze Frage: Wenn ich nächste Woche zu dir komme, müssen wir dann so tun, als ob wir uns das erste Mal sehen?«
»Oh, ich denke nicht, oder?«
»Nein, natürlich nicht, aber ich wollte dir die Entscheidung überlassen.«
»Ich freue mich, dich wiederzusehen und dir auch meine Kinder vorzustellen.«
»Klar. Meinst du, daß wir ein bißchen Zeit für uns haben werden?«
»Das ist wohl ziemlich unwahrscheinlich, denn ich habe so viel zu tun.«
»Nun, ich werde die Hoffnung nicht aufgeben. Wir sehen uns dann am Freitag.«

»Zach sagt, bei diesem Freundeskreis-Treffen tauchen lauter uralte und todlangweilige Grufties auf«, verkündete Brian.
»Ist es nicht erstaunlich, daß Brian, kaum daß er den Atlantik überquert hat, schon einen Freund von der gleichen Sorte wie Myles und Dekko gefunden hat?« seufzte Annie.
Brian empfand diese Bemerkung nicht als Beleidigung, sondern witterte ungeahnte Möglichkeiten. »Darf Zach auch mal bei uns in der Tara Road wohnen?« fragte er.
»Sicher, aber darüber reden wir nächstes Jahr«, antwortete Ria.
»Meinst du, daß wir nächstes Jahr noch in der Tara Road wohnen werden, Mam?« überlegte Annie.
»Warum denn nicht? Oder hast du vor auszuziehen?« erwiderte Ria lachend.
»Nein, es ist nur, weil ... weil das Haus ziemlich teuer ist und so ... Ich frage mich bloß, ob wir – Dad und wir – uns das leisten können.«
»Ach, das wird schon klappen. Ich suche mir eine Arbeit, wenn wir wieder in Dublin sind«, meinte Ria leichthin.
»*Arbeit?* Mam, was in aller Welt willst du denn machen?« Annie

starrte verblüfft auf ihre Mutter, die gerade Platten für das kalte Büffet herrichtete.
»Na, wahrscheinlich so etwas Ähnliches wie das hier«, antwortete Ria.

Greg Vine war ein großer, sanftmütiger Mann mit einer leicht gebeugten Haltung. Den Kindern gegenüber verhielt er sich höflich und etwas förmlich. Als er sah, wie gastfreundlich Ria seine Freunde zu bewirten gedachte, schüttelte er verblüfft den Kopf.
»Du mußt ja wochenlang geschuftet haben«, meinte er, als sie ihm die Gefrierschränke und die Tischtücher für die Klapptische zeigte, die sie gemietet hatte.
»Ich wollte Marilyns Tischtücher nicht benutzen, damit sie nicht ruiniert werden.«
»Ach, ich glaube, das würde ihr nichts ausmachen«, sagte er, aber es klang nicht sehr überzeugend.
»Alle haben mir erzählt, daß Marilyn mit meinem Haus sehr gewissenhaft umgeht. Und deshalb will ich es hier genauso halten.« Ria zeigte ihm die Antwortschreiben der Gäste, die er eingeladen hatte. »Das ist dein Haus, und ich möchte, daß du dich auch wie zu Hause fühlst«, meinte sie. »Dales Zimmer habe ich freigehalten, dort übernachtet niemand ... und in dieser Angelegenheit muß ich mich bei dir entschuldigen ...«
Doch er fiel ihr ins Wort. »Nein, es war unser Fehler. Es war unverzeihlich, daß wir dich herkommen ließen, ohne dich über die ganze Sache aufzuklären. Das tut mir wirklich sehr, sehr leid. Alles, was ich zur Entschuldigung vorbringen kann, ist, daß Marilyn nie darüber spricht, mit niemandem.« Bei diesen Worten wurde sein Gesicht traurig. »Sie glaubt wohl wirklich, wenn man über etwas nicht spricht, kann man es ungeschehen machen ...«
»Jeder Mensch reagiert verschieden«, sagte Ria.
»Aber es ist doch nicht normal, daß sie dir das Haus mit diesem Zimmer überläßt, ohne dir einen Hinweis darauf zu geben, was passiert ist. Wahrscheinlich ist zwischen uns beiden sowieso alles

gelaufen, aber Marilyn wird nicht darum herumkommen, den Tatsachen ins Auge zu sehen und darüber zu sprechen. Mit wem auch immer.«
»Sie spricht jetzt schon darüber«, sagte Ria. »Sie hat meinen Kindern viel von Dale erzählt. Wie er seine Zahnspange bekam, wie ihr zum Grand Canyon gefahren seid und er beim Sonnenuntergang weinte.«
Gregs Stimme senkte sich zu einem Flüstern. »Tatsächlich?«
»Ja.«
In seinen Augen standen Tränen. »Vielleicht ... vielleicht sollte ich nach Irland fliegen.«
Da packte Ria eine ungeahnte Eifersucht. Marilyn Vine hatte es gut. Ihr Ehemann liebte sie noch, er wollte sie in Irland besuchen. Was für ein Glück Marilyn doch hatte!

»Ich kann ihn doch nicht über seine Geschäfte ausfragen«, sagte Finola Dunne zu ihrer Tochter.
»Nein, natürlich nicht.«
»Er hat sich dafür entschuldigt, daß er so ausfallend geworden ist. Es hat ihm wirklich leid getan, und ich habe seine Entschuldigung angenommen. Und deshalb sind mir jetzt die Hände gebunden, verstehst du? Aber du kannst ihn fragen, Bernadette, ja, du *mußt* es sogar tun! Das ist nur fair, sowohl dir als auch dem Baby gegenüber. Du hast ein Recht zu erfahren, wie es um seine Finanzen steht.«
»Das wird er mir schon sagen, Mam, wenn er es für richtig hält.«

Die Party am Tudor Drive am Abend vor dem Freundeskreis-Picknick war als eines der großen gesellschaftlichen Ereignisse von Westville schon seit langem in aller Munde. Ria hatte Greg gefragt, ob Hubie Green im Haus als Kellner arbeiten dürfe, zusammen mit dem kleinen Zach als Gehilfen.
»Hubie?«
»Ja, er hat uns mit dem Internet vertraut gemacht und war auch sonst sehr hilfsbereit.«

»Hm. Er ist ein ziemlicher Draufgänger und ein verantwortungsloser Bursche«, meinte Greg.
»Ich weiß, daß er an jenem Tag mit Dale zusammen war. Er sagt, es sei das Schlimmste gewesen, was er je durchgemacht hat.«
»Von mir aus soll er kommen, ich hatte noch nie etwas dagegen, im Gegensatz zu Marilyn … im Grunde will ich vielleicht nur sagen, daß du ihn von deiner Tochter fernhalten solltest.« Bei diesen Worten überlief Ria ein banger Schauder, doch sie hatte zuviel zu tun, um sich darüber Gedanken zu machen.
Als Hubie eintraf, ging er sofort auf Greg zu. »Mr. Vine, falls meine Anwesenheit hier nicht erwünscht ist, verstehe ich das vollkommen.«
»Nein, mein Junge, ich freue mich, dich wieder in unserem Haus zu sehen«, erwiderte Greg.
Ria seufzte erleichtert. Zumindest diese Hürde war nun genommen. Und als sie sich dann von all den freundlichen Gesichtern und den reichgedeckten Tischen umgeben sah, fühlte sie sich wie zu Hause. Sie achtete darauf, hier und da Marilyns Namen ins Gespräch einfließen zu lassen. Am Abend zuvor, sagte Ria, habe sie mit ihr gesprochen, und sie solle alle herzlich von ihr grüßen.

»Ich glaube, Gregs Bruder hat sich ein bißchen in dich verguckt«, meinte Annie nach der Party.
Annie und Hubie, die den Gästen Wein nachgeschenkt und große Stücke der leckeren, überaus gefragten Torten serviert hatten, waren ein prächtiges Team gewesen.
»Unsinn, wir sind doch alte Leute. In unserem Alter verguckt man sich in niemandem mehr«, erwiderte Ria lachend und bewunderte den Scharfblick ihrer Tochter.
»Dad hat sich eine neue Frau gesucht – warum solltest du dich nicht auch nach einem anderen Mann umsehen?«
»Du bist mir ja eine Kupplerin! Wenn du noch lange auf mich einredest, bleibe ich womöglich hier, vervollkommne meine Kochkünste und verguck mich in alte Männer. Was würdest du dann tun?«

»Ich denke, ich würde auch hierbleiben, studieren und mich in junge Männer vergucken«, gab Annie prompt zurück.

Andy fand keine Gelegenheit, mit Ria länger als nur einen Augenblick allein zu sein. »Ich könnte ja an einem anderen Wochenende wiederkommen«, schlug er vor.
»Darum möchte ich dich lieber gar nicht erst bitten, Andy. Mit dem Kochen und mit den Kindern habe ich alle Hände voll zu tun. Ich könnte mich gar nicht richtig um dich kümmern.«
»Das hast du auch nicht getan, als du Zeit dazu hattest«, entgegnete er vorwurfsvoll.
»Aber allein, daß ich die Möglichkeit gehabt hätte, hat mir sehr geschmeichelt.«
»Noch ist nicht aller Tage Abend. Ich werde mir etwas einfallen lassen.«
»Danke, Andy.« Sie vergewisserte sich, daß niemand in der Nähe war, und gab ihm einen neckischen Kuß auf die Nase.

»Ich wollte, du würdest nicht in dieses Kaff zu den Maines fahren«, sagte Hubie zu Annie.
»Ach, das wird bestimmt lustig. Die Maines sind nette Leute.«
»Und Sean ist ein gutaussehender Junge«, fügte Hubie finster hinzu.
»Findest du?« Annie tat überrascht.
»Denk daran ... ich wohne in Westville und er in der hintersten Provinz«, meinte Hubie.
»Ich werde es nicht vergessen«, versprach Annie. Das würde ihr Kitty niemals glauben. Gleich zwei Jungs, die um ihre Gunst wetteiferten! Aber dann würde Kitty bestimmt fragen: »Mit welchem hast du geschlafen?« Und das würde Annie mit keinem von beiden tun.

»Ich muß es Ria von Angesicht zu Angesicht sagen«, meinte Danny zu Barney McCarthy. »Das ist das mindeste, was ich ihr schuldig bin.«

»Willst du sie nach Hause kommen lassen?«
»Nein, ich fliege zu ihr rüber«, erwiderte Danny.
»Von welchem Geld willst du das denn bezahlen, wenn ich fragen darf?«
»Von deinem Geld, Barney. Herrgott noch mal, du hast mein Haus gekriegt. Da kannst du mir ja wohl noch ein lumpiges Flugticket spendieren!«

Sie saßen am Swimmingpool und überlegten, was sie alles für die Reise zu den Maines einpacken wollten.
»Stehst du immer noch so auf Listen, Mam?«
»Ja, natürlich«, antwortete Ria. »Sie machen einem das Leben leichter.« Da klingelte das Telefon. Ria ging ins Haus und an den Apparat.
»Schatz, ich bin's, Danny.«
»Ich habe dich doch gebeten, mich nicht mehr so zu nennen.«
»Entschuldige. Die Macht der Gewohnheit.«
»Warte, ich hole die Kinder.«
»Nein, ich möchte mit *dir* sprechen. Ich fliege morgen zu euch rüber.«
»Du – was?«
»Ich komme übers Wochenende zu euch.«
»Warum?«
»Warum nicht?«
»Kommt Bernadette auch?«
»Natürlich nicht.« Er klang gereizt.
»Entschuldige, Danny, aber immerhin lebt ihr zusammen …«
»Nein, ich komme, weil ich mit dir und Annie und Brian reden will. Ist das in Ordnung, oder ist Amerika für mich tabu?«
Er hörte sich ziemlich nervös an. Rias Kehle war wie zugeschnürt. War es aus mit Bernadette? Wollte er sie sehen, um sie um Verzeihung zu bitten? »Wann kommst du an? Weißt du, wie du nach Westville fährst?«
»Ich habe die Beschreibung, die du den Kindern gegeben hast.

Da steht ja, welchen Bus man nehmen muß und so. Ich rufe dich dann vom Kennedy Airport aus an.«
»Ja, aber Danny, wir wollten übers Wochenende wegfahren ... zu Gerties Schwester.«
»Gerties Schwester! Das wird sich ja wohl verschieben lassen«, erwiderte er ungeduldig.
»Ja«, sagte sie.
»Dann bis morgen.«
Langsam schlenderte Ria zum Pool zurück. Es war sicher besser, diese große Neuigkeit nicht gleich herauszuposaunen. Ria, die neue Ria, hatte es sich zur Gewohnheit gemacht, erst den Kopf zu benutzen, ehe sie sprach. Solange sie nicht darüber nachgedacht hatte, würde sie den Kindern nichts verraten. Auch Sheila Maine wollte sie vorerst einmal nicht absagen. Vielleicht konnten die Kinder wenigstens für eine Nacht zu ihr fahren. Damit sie mit Danny allein war.
Es geht ihm um mich, dachte Ria. Das hatte er am Telefon deutlich gesagt. »Ich möchte mit *dir* sprechen.« Er kam zu ihr zurück.

KAPITEL ACHT

In der Tara Road 16 klingelte es an der Tür. Es war Danny Lynch.
»Hallo, Marilyn, ich hoffe, ich störe nicht?« sagte er mit einem freundlichen Lächeln.
»Ganz im Gegenteil, komm rein.«
»Danke.«
Sie betraten den Salon, wo Marilyn offenbar gerade gelesen hatte. Auf dem Tisch lagen ein Buch und ihre Brille.
»Wie ich sehe, gefällt dir dieser Raum, nicht wahr?« bemerkte er.
»Sehr. Hier ist es so friedlich.«
»Ich habe mich hier auch immer wohl gefühlt. Leider haben wir unseren Salon nie richtig genutzt, unser Familienleben spielte sich hauptsächlich unten in der Küche ab.«
»Nun, für mich ist es natürlich einfacher, ich bin hier ja allein. Mit einer Familie sieht das sicher anders aus.«
»Das stimmt.« Sie schaute ihn fragend an. »Morgen fliege ich nach Amerika, zu Ria. Ich werde bei ihr am Tudor Drive wohnen. Ich dachte, das sollte ich dir vielleicht höflicherweise mitteilen.«
»Das ist sehr nett, aber eigentlich gar nicht nötig. Ria kann dort empfangen, wen immer sie will. Trotzdem danke.«
»Ich wollte nur schnell ein paar Papiere holen, die ich mitnehmen will.«
»Papiere?«
»Ja, sie sind oben. Ich gehe mal kurz rauf.«
»Ria hat mir aber nichts erzählt von …«
»Hör zu, deine Vorsicht ehrt dich, aber du kannst sie gerne anrufen. Das ist schon in Ordnung, Marilyn, sie weiß, daß ich komme.«
»Daran zweifle ich auch gar nicht.«

»Ich habe schon ein bißchen den Eindruck. Ruf sie doch einfach an.«
»Entschuldigung, Danny, so war das nicht gemeint. Natürlich glaube ich dir. Welchen Grund hätte ich denn anzunehmen, daß du Ria in irgendeiner Weise hintergehst?« meinte sie kühl. Der Blick, den sie ihm dabei zuwarf, war keineswegs freundlich.
Danny wirkte unschlüssig. »Du kannst ja mit mir raufgehen.«
»Gut.«
Schweigend stiegen sie die Treppe zum Schlafzimmer hinauf. Auf dem Bett lag Clement und döste. »He, wie bist du denn hier reingekommen, mein Freund?« sagte Danny und kraulte den Kater unter dem Kinn. Dann ging er zur Kommode und zog aus der untersten Schublade einen Plastikordner mit der Aufschrift »Haus« hervor. Er entnahm ihm mehrere Schriftstücke und legte ihn wieder zurück.
Wortlos sah Marilyn ihm zu. »Und falls ich heute mit Ria telefoniere, was soll ich ihr sagen? Was hast du mitgenommen?«
»Ein paar Dokumente, die das Haus betreffen ... Wir müssen darüber reden, sie und ich.«
»Aber in weniger als drei Wochen ist sie doch schon wieder hier!«
»Es eilt«, entgegnete Danny und blickte sich in dem geräumigen, hohen Schlafzimmer um. »Woran er wohl denkt«, fragte sich Marilyn. Ließ er die fünfzehn Jahre Revue passieren, die er hier mit Ria verbracht hatte, oder taxierte er den Preis, der sich beim Verkauf des Hauses erzielen ließe?
Hoffentlich hatte Ria unter ihren vielen Freunden auch einen guten Rechtsanwalt, ging es Marilyn durch den Kopf. Es sah ganz danach aus, als ob sie dringend einen benötigte. Denn es war sonnenklar, warum Danny unbedingt nach Westville fliegen und Ria die letzten Tage ihres Amerikaurlaubs verderben mußte: Er wollte ihr mitteilen, daß sie das Haus in der Tara Road verkaufen mußten.

Ria sang, während sie das Frühstück zubereitete.
»Früher hast du nie gesungen, Mam«, sagte Brian.
»Dann singt sie eben jetzt«, verteidigte Annie das Recht ihrer Mutter, vor sich hin zu trällern.
»Bernadette singt auch immer«, verkündete Brian.
»Ausgesprochen interessant, Brian. Danke, daß du uns diese wichtige Information mitzuteilen geruhst«, kanzelte ihn Annie sofort ab.
»Was für Lieder singt sie denn so?« wollte Ria wissen.
»Ich weiß nicht. Ausländische Sachen«, meinte Brian vage.
»Sie summt nur vor sich hin, Mam«, erklärte Annie. »Von richtigem Singen kann keine Rede sein.«
Ria schenkte sich noch eine Tasse Kaffee ein und setzte sich zu ihnen.
»Du kommst zu spät zur Arbeit«, bemerkte Brian mißbilligend.
»Nun, wenigstens gehen Mam und ich arbeiten«, erwiderte Annie. »Nicht wie andere Leute hier am Tisch, die nichts anderes im Kopf haben, als den lieben langen Tag Basketball zu spielen.«
»Ich würde auch arbeiten gehen, wenn ich einen Job hätte«, erklärte Brian ernsthaft. »Ganz bestimmt.«
»Ich glaube, davon bleibst du die nächsten zwanzig Jahre verschont. Wer würde schon den Ruin seiner Firma riskieren und so jemanden wie dich einstellen?« stichelte Annie.
»Ich habe eine wunderbare Neuigkeit für euch«, unterbrach Ria ihren Streit. »Etwas, das euch bestimmt freuen wird.«
»Was denn?« wollte Brian sofort wissen.
»Hast du vielleicht einen Freund?« mutmaßte Annie.
Brian schaute sie entsetzt an. »Red nicht so einen Stuß«, meinte er zu Annie. »Unsere Mam doch nicht!« Aber als er in die betretenen Gesichter seiner Mutter und seiner Schwester blickte, begriff er, daß er offenbar wieder einmal in ein Fettnäpfchen getreten war. Schließlich hatte sein Vater ja eine Freundin, und alle schienen sich damit abzufinden. Vielleicht hätte er nicht das Wort »Stuß« benutzen sollen. »Jedenfalls nicht, ohne uns etwas davon zu erzählen«, fügte er hastig hinzu.

»Euer Dad kommt am Wochenende«, verkündete Ria.
Brian und Annie starrten sie mit offenem Mund an.
»Hierher, du meinst tatsächlich hierher, nach Westville?« fragte Annie.
»Aber davon hat er ja keinen Ton gesagt, als er sich von uns verabschiedet hat!« wunderte sich Brian. »Das ist ja super! Wann denn? Und wo werden sie schlafen?«
»Wer, sie?« fragte Annie.
»Kommt denn Bernadette nicht mit?«
»Nein, natürlich nicht, du Schwachkopf!« Annie verdrehte die Augen.
»Heißt das, daß er sie verlassen hat und wieder zu uns zurückkommt?« Brian wollte es genau wissen.
»Brian, darüber haben wir doch schon hundertmal geredet. Dein Dad hat *dich* nicht verlassen, er wohnt jetzt nur woanders, aber er wird immer dein Dad bleiben.«
»Hat er nun mit ihr Schluß gemacht oder nicht?« Brian ließ nicht locker.
»Nein, natürlich nicht. Er wollte nur mal vorbeikommen und euch sehen, und jetzt hat sich eine Gelegenheit geboten ... Er hat hier beruflich zu tun.«
»Also ist er doch nicht pleite«, seufzte Annie erleichtert auf.
»Er wird etwa um fünf Uhr nachmittags ankommen. Wir sollen ihn nicht abholen, hat er gesagt, er nimmt sich am Busbahnhof ein Taxi.«
»Aber wir fahren doch am Wochenende zu den Maines«, fiel Annie mit Schrecken ein.
»Ich habe schon alles mit Sheila geregelt. Ihr fahrt morgen mit dem Bus hin, nur für eine Nacht, und seid am Sonntag wieder da. Und dann machen wir ein großes Abschiedsessen für euren Dad.«
»Ich kann es noch gar nicht fassen. Dad kommt! Da kann er ja auch Zach kennenlernen.«
»Das ist einen Langstreckenflug wert«, lästerte Annie.
»Warte nur, bis Dad da ist! Dann ist Schluß mit dem Techtel-

mechtel zwischen dir und Hubie!« schrie Brian, gereizt durch diesen Seitenhieb gegen seinen Freund.
»Da gibt es kein Techtelmechtel. Mam!« rief Annie ihre Mutter zu Hilfe.
Aber Ria schien sich für diese Frage nicht sonderlich zu interessieren. »Laßt uns überlegen, was wir mit eurem Dad zusammen heute abend unternehmen. Wir könnten ihm die Sehenswürdigkeiten von Westville zeigen, oder sollen wir lieber am Pool grillen? Was meint ihr?«
»Weißt du, Dad ist in letzter Zeit ziemlich still geworden«, bemerkte Annie nachdenklich. »Oft sitzt er nur rum und macht gar nichts.«
Die Vorstellung, daß Danny tatenlos herumsaß, beunruhigte Ria. Der Danny, den sie kannte, war immer mit etwas beschäftigt gewesen. Was war passiert? Annie war eine gute Beobachterin, sie hatte sich das sicher nicht nur eingebildet. Und nach allem, was Ria gehört hatte, war Bernadette anscheinend auch nicht gerade sonderlich gesprächig. Die beiden schienen ein recht ruhiges Leben zu führen, wie ja auch die Ferien auf dem Kabinenboot eher ereignislos verlaufen waren.
Aber Ria behielt diese Gedanken für sich. »Nun, wenn euer Dad sich nach ein bißchen Ruhe sehnt … dann ist er doch hier genau am richtigen Ort, oder nicht? Na, jetzt muß ich aber los! Wir sehen uns beim Mittagessen.«
Nachdem sie gegangen war, schauten sich die beiden Kinder an.
»Du bist ein richtiges Ekel, eine Kreuzung aus einer Ratte und einem Widerling, laß dir das gesagt sein«, zeterte Annie sofort los.
»Und du bist nur ein blödes altes Lästermaul, sonst nichts. Was hat Zach dir denn getan? Nichts, gar nichts, und dauernd ziehst du über ihn her«, entgegnete Brian mit zornig gerötetem Gesicht.
»Na gut, Friede?«
»Nein, kein Friede. Das sagst du doch jetzt nur so, und wenn du Zach siehst, fängt alles wieder von vorne an.«
»Na schön, dann eben kein Friede. Da wird Dad sich aber freuen, wenn er hier ankommt und wir uns ständig streiten.«

»Warum kommt er wohl, was meinst du?«
»Keine Ahnung. Aber ich kann mir nicht vorstellen, daß er schlechte Neuigkeiten bringt«, meinte Annie nachdenklich.
»Nein, die schlechten Neuigkeiten kennen wir schon alle. Diesmal könnte es doch zur Abwechslung mal was Angenehmes sein, oder?«
»Was denn zum Beispiel?« wollte Annie wissen.
»Zum Beispiel, daß er sich von Bernadette trennt«, meinte Brian hoffnungsfroh.
»Danach sahen mir die beiden Turteltäubchen aber nicht aus.«
»Glaubst du, daß Dad und Mam miteinander schlafen, wenn er herkommt?« fragte Brian unvermittelt.
»Oh, Brian! Ich weiß es nicht, und ich bitte dich inständig, sie nicht danach zu fragen, ja? Und zwar weder Mam noch Dad.«
»Du hältst mich wohl für bescheuert?« entrüstete sich Brian.

Bepackt mit zwei großen braunen Papiertüten, kam Ria vom Einkaufen zurück. »Wir haben noch eine ganze Menge zu erledigen. Soll ich eine Liste machen?« fragte sie.
Die Geschwister wechselten einen Blick. »Was denn alles?« wollte Annie wissen.
»Zuerst einmal müssen wir hier ein bißchen saubermachen, damit Dad auch sieht, was für ein tolles Haus es ist. Dann sollten wir die Blätter aus dem Swimmingpool fischen, etwas Feines kochen, sein Zimmer herrichten …«
»Schläft er denn nicht bei dir, im großen Schlafzimmer, Mam?« platzte Brian heraus. Nach einem kurzen, betretenen Schweigen meinte er: »Tut mir leid, ich wollte das nicht sagen.«

Danny war gerade dabei, in der Firma seinen Schreibtisch auszuräumen, als das Telefon klingelte.
»Rosemary Ryan?« Die Sekretärin zog fragend die Augenbrauen hoch.
»Stellen Sie sie durch.«
»Du fliegst nach Amerika, habe ich gehört«, begann Rosemary.

»Vor dir kann man nichts verbergen, Schatz.«
»Mir hast du nichts davon erzählt«, bemerkte sie spitz. »Als wir uns zum letzten Mal unterhalten haben. Im Bett.«
»Aha, du rufst anscheinend nicht aus deinem Büro an, Rosemary.«
»Du vermutest richtig. Ich bin mit dem Wagen unterwegs, ganz in deiner Nähe. Ich bringe dich zum Flughafen.«
»Das ist wirklich nicht nötig.«
»Egal, in zehn Minuten bin ich da. Ich warte vor dem Gebäude.«
Danny verließ die Firma in dem Bewußtsein, daß er wahrscheinlich nie wieder dorthin zurückkehren würde. Schon in wenigen Tagen sollten die Büros geräumt sein. In der einen Hand hatte er die Reisetasche mit seinem Gepäck für Westville, in der anderen zwei große Einkaufstüten, in denen er den Inhalt seiner Schreibtischschubladen verstaut hatte. »Du könntest mir einen großen Gefallen tun, Rosemary. Würdest du diese zwei Tüten hier für mich ein paar Tage aufheben, damit ich nicht mehr bei Bernadette vorbeifahren muß? Und ich kann sie auch nicht in der Tara Road abstellen, denn dieser Wachhund namens Marilyn wird mich womöglich gar nicht erst reinlassen.«
»Sie war es übrigens, die mir von deiner Amerikareise erzählt hat«, sagte Rosemary, während sie am Kanal entlangfuhren.
»Ach, sieh mal einer an.« Er wirkte nicht sonderlich erfreut.
»Ja, ich habe sie heute morgen in der Tara Road getroffen, und sie hat mich nach deinen Plänen gefragt. Sie soll Ria anrufen, wenn sie beunruhigt ist, habe ich zu ihr gesagt. Aber sie meinte, sie wolle keinen Aufruhr stiften.«
»Soso«, knurrte er.
»Du glaubst doch nicht, daß sie was spitzgekriegt hat von uns, Danny?«
»Ich habe es ihr ganz bestimmt nicht auf die Nase gebunden.«
»Ich komme nur drauf, weil sie mich so kühl angeschaut hat und so ganz betont Ausdrücke benutzt hat wie ›deine gute Freundin Ria‹ … Es schien mir ein bißchen sarkastisch. Zu dir hat sie aber nichts dergleichen gesagt?«

»Sie hat da so eine Bemerkung gemacht ... daß ich ihr noch nie Anlaß gegeben hätte, an meiner Vertrauenswürdigkeit zu zweifeln. Es kam mir in diesem Augenblick ein bißchen unpassend vor, aber ich kann mich nicht mehr an den genauen Wortlaut erinnern. Hm ... nein, ich glaube, wir bilden uns das nur ein.«
»Was willst du eigentlich in Amerika, Danny?«
»Das weißt du doch ganz genau. Ich muß es Ria von Angesicht zu Angesicht sagen.«
»Das ändert nichts, weder für dich noch für sie. Es ist reine Zeitverschwendung.«
»Was willst du damit sagen?«
»Selbst wenn du es ihr ins Gesicht sagst, wird sie es schlicht nicht glauben. Unangenehme Sachen will Ria einfach nicht wahrhaben. Ich kann mir schon vorstellen, wie sie sagt: ›Mach dir keine Sorgen, das kommt schon wieder in Ordnung!‹« Rosemary äffte Ria mit Kleinmädchenstimme nach.
Verwundert schaute Danny sie an. »Was hat Ria dir eigentlich getan, daß du so abfällig über sie sprichst? Sie hält große Stücke auf dich.«
»Immerhin habe ich schon seit Jahren direkt vor ihrer Nase ein Verhältnis mit ihrem Ehemann, ohne daß sie etwas gemerkt hat. Besonders schlau finde ich das nicht.«
»Die meisten Leute vertrauen denjenigen, die sie für ihre Freunde halten.«
Rosemary schwieg.
»Tut mir leid, das war ein bißchen selbstgefällig und scheinheilig«, meinte Danny hastig.
»Taktgefühl gehört nicht unbedingt zu den Eigenschaften, die ich an dir anziehend finde, Danny.«
»Mir fällt es ja auch nicht leicht, zu ihr zu fliegen, aber ich finde, sie hat ein Recht darauf, es von mir direkt zu erfahren.«
»Weiß sie denn schon, aus welchem Grund du kommst?«
»Nein.«
»Sie denkt wahrscheinlich, du willst zu ihr zurückkehren«, mutmaßte Rosemary.

»Wie um alles in der Welt sollte sie denn darauf kommen? Sie weiß doch, daß es endgültig vorbei ist.«
»Das ist für Ria keineswegs so klar. Selbst in zwanzig Jahren wird sie es noch nicht wahrhaben wollen.«

Am Flughafen traf Danny auf Polly Callaghan.
»Du willst dich doch nicht etwa ins Ausland absetzen?« fragte sie.
»Nein, ich fliege zu Ria, um ihr die ganze traurige Geschichte zu erzählen. Und du? Verläßt du das sinkende Schiff?«
»Nein, Danny.« Sie bedachte ihn mit einem eisigen Blick. »Das weißt du besser als ich. Ich lasse Barney ein bißchen Zeit mit Mona, übers Wochenende, das braucht er jetzt. Du bist nicht der einzige, der eine lange, traurige Geschichte zu beichten hat.«
»Polly, ich habe den ganzen Morgen irgendwelchen Leuten Rede und Antwort stehen müssen. Ich bin etwas gereizt, deshalb habe ich so reagiert. Es tut mir leid.«
»Dir kann man leicht verzeihen, Danny. Du bist jung, du besitzt Charme, und du hast noch das ganze Leben vor dir. Über kurz oder lang wird die Geschichte vergessen sein, und du fängst wieder von vorne an. So einfach wird es für Barney wahrscheinlich nicht sein.«
Bevor er etwas darauf erwidern konnte, war sie schon weitergegangen.

Als das Taxi vor der Auffahrt anhielt, schaute Danny gebannt auf das Haus, in dem seine Familie den Sommer verbrachte. Es sah viel prächtiger aus, als er gedacht hatte. Er fragte sich, ob ihm Marilyn Vine unter normalen Umständen vielleicht sogar sympathisch gewesen wäre. Wahrscheinlich ja, immerhin hatte sie sich nach so vielen Jahren an ihn erinnert, obwohl sie sich nur ein einziges Mal begegnet waren. Warum hätten sie nicht Freunde oder Geschäftspartner werden können? Und nun stand er vor ihrem Haus.
Er hörte Brian rufen: »Er ist da!«, und gleich darauf stürmte ihm sein Sohn entgegen und schloß ihn in die Arme.

Hinter ihm tauchte ein Junge auf, der einen Ball hielt und seine Baseballkappe verkehrt herum aufgesetzt hatte. Das mußte Brians neuer Freund sein. Als nächstes kam Annie, schlank und sonnengebräunt, in ihrer pinkfarbenen Jeans. Sie umarmte ihren Vater so herzlich, wie sie es als Vierjährige immer getan hatte. Zumindest waren ihm also noch seine Kinder geblieben.
Beim Anblick von Ria traten Danny die Tränen in die Augen. Sie kam ihm entgegen, aber sie rannte nicht, wie sie es früher getan hätte. Sie schien heiter, sie freute sich, ihn zu sehen, und begrüßte ihn mit ihrem strahlenden Lächeln. Ria, die nicht akzeptieren wollte, daß ihre Ehe gescheitert war, Ria, die in der Nacht vor ihrer Abreise nach Amerika all ihre Würde und Selbstbeherrschung verloren und darum gebettelt hatte, er möge Bernadette verlassen.
»Ria«, rief er und breitete die Arme aus. Er war sich bewußt, daß die Kinder sie genau beobachteten.
Sie umarmte ihn, wie sie einen Freund der Familie umarmt hätte, und ihre Wangen berührten sich flüchtig. »Herzlich willkommen in Westville.«
Danny atmete erleichtert auf. Zum Glück hatte Rosemary nicht recht behalten. Während des ganzen Fluges hatte er sich Sorgen gemacht, ob er bei Ria vielleicht falsche Hoffnungen geweckt hatte. Aber nein, sie behandelte ihn lediglich wie einen Freund, der zu Besuch kam. Was hätte er darum gegeben, wenn er ihr die traurige Nachricht hätte ersparen können ...

Am ersten Abend ergab sich keine Gelegenheit, das Thema anzuschneiden. Es war einfach zu viel los. Erst schwammen sie ein wenig im Pool, dann schauten ein paar Nachbarn vorbei. Natürlich hatte Ria bereits mit allen möglichen Leuten Bekanntschaft geschlossen. Zugegeben, die Gäste blieben nicht lange, sie wurden ihm lediglich kurz vorgestellt: Heidi, Carlotta, ein sehr kultiviertes homosexuelles Paar, das in der Stadt einen Laden betrieb, und ein Schüler, der offensichtlich ein Auge auf Annie geworfen hatte. Sie waren alle nur auf einen Sprung vorbeigekommen, um

Annies und Brians Vater »hallo« zu sagen. Danny war sehr erleichtert darüber, daß er ihnen nicht als schmerzlich vermißter Ehemann präsentiert wurde. Sie tranken ein Glas Wein oder Mineralwasser im Garten, eine Platte mit Lachs wurde herumgereicht, und nachdem sie alle gegangen waren, versammelte sich die Familie zum Grillen am Swimmingpool.
Danny erfuhr, daß die Kinder am nächsten Tag mit dem Bus zu den Maines fahren würden. Offenbar wollte Ria ihm Gelegenheit zu einer ungestörten Aussprache geben. Wie er bewundernd feststellte, schien sie viel besser mit der Situation zurechtzukommen, als er gehofft hatte. Im Grunde brauchte er ihr jetzt nur noch einige realistische Möglichkeiten aufzuzeigen, wie sie ihre düstere finanzielle Zukunft überwinden konnten, damit sie nicht das Gefühl bekam, die ganze Welt würde über ihrem Kopf zusammenbrechen.
»Es ist zwar erst elf Uhr, aber für euren Dad ist es eigentlich schon vier Uhr morgens. Wir sollten ihn jetzt schlafen gehen lassen«, beschloß Ria den Abend. Dann trugen sie alle zusammen das Geschirr ins Haus.
»Ich danke dir, daß du es mir so einfach machst, Ria«, sagte er, als sie ihm das Gästezimmer zeigte.
»Es ist ja auch einfach«, lächelte sie ihn an, »ich habe mich immer gefreut, dich zu sehen. Warum also nicht auch hier, an diesem schönen Ort?«
»Du kommst klar mit der Situation, so wie sie ist?«
»Ja, bestens.« Sie gab ihm einen Kuß auf die Wange. »Gute Nacht, bis morgen früh.« Sie schloß die Tür hinter sich. Danny schlief sofort ein.
Ria verbrachte einen großen Teil der Nacht in einem Sessel und schaute in den Garten hinaus. Ein kleines Streifenhörnchen lief emsig über den Rasen hin und her. In Irland gab es diese merkwürdigen Tierchen nicht. Auf den Bäumen flitzten auch Eichhörnchen umher, und in Carlottas Garten kam regelmäßig ein Waschbär, den sie aber meistens nicht fütterte, da man sie besser nicht anlockte, auch wenn sie einen noch so putzig ansa-

hen. Brian hatte bereits angekündigt, er werde ein Streifenhörnchen nach Hause schmuggeln, um in Dublin einen Handel aufzuziehen.
»Um welche zu züchten, brauchst du mindestens zwei. Das könntest eigentlich sogar du wissen«, war Annies Kommentar gewesen.
»Ich nehme natürlich eins, das schwanger ist«, hatte Brian darauf geantwortet.
Ria bemühte sich, mehr an solche Dinge zu denken als an den Mann, der im Zimmer nebenan schlief. Während des Abends war sie mehr als einmal Gefahr gelaufen, einfach zu vergessen, was in den letzten Monaten passiert war. Wenn sie so alle vier zusammen waren, schienen sie eine normale, glückliche Familie zu sein. Da war es beinahe unvorstellbar, daß Danny sie verlassen hatte.
Irgendwann mußte er doch erkannt haben, was für einen Riesenfehler er gemacht hatte. Welchen anderen Grund konnte sein Besuch sonst haben? Aber warum hatte er das nicht gleich geradeheraus gesagt, wunderte sich Ria. Er hätte nur zu fragen brauchen, ob sie ihm verzeihen wolle und ob er wieder mit ihnen nach Hause zurückkehren könne. Immerhin hatte er ihr schon dafür gedankt, daß sie ihm die Sache einfach machte. Also war sie auf dem richtigen Weg. Sie durfte sich ihm nur nicht gleich wieder an den Hals werfen und von sich aus sagen, alles sei vergeben und vergessen. Es war eine Art Spiel, sie mußte sich an die Regeln halten. Ja, Danny würde zu ihr zurückkommen, und diesmal würde sie ihn zu halten verstehen.

Mona McCarthy hörte sich die Geschichte, die Barney ihr zu erzählen hatte, mit unbewegter Miene an. Sie unterbrach ihn nicht ein einziges Mal.
»Sag doch was, Mona«, meinte er schließlich.
Sie zuckte leicht mit den Schultern. »Was gibt es da noch zu sagen, Barney? Es tut mir leid, das ist alles. Du hast deine ganze Zeit und Energie in deine Arbeit gesteckt, da ist es irgendwie ungerecht, daß du dich nun nicht einfach zur Ruhe setzen und dein Leben genießen kannst.«

»Still dasitzen und Däumchen drehen war noch nie meine Sache«, meinte er. »Du hast nicht gefragt, wie ernst es diesmal ist.«
»Das wirst du mir schon erzählen.«
»Unser Haus ist auf deinen Namen überschrieben, soviel ist immerhin sicher.«
»Aber wir können es vermutlich nicht behalten?«
»Es ist alles, was wir noch haben, Mona.«
»Du entläßt alle Angestellten, die Handwerker gehen leer aus, Ria Lynch verliert die Tara Road 16, und du erwartest von mir, daß ich weiterhin in diesem herrschaftlichen Haus wohne?«
»So darfst du das nicht sehen.«
»Wie denn sonst?«
Er konnte ihr keine Antwort geben. »Es tut mir alles so leid, Mona.«
»Es macht mir nichts aus, arm zu sein. Wir waren auch früher arm, aber unredlich will ich nicht sein.«
»So ist das nun mal im Geschäftsleben. Das verstehst du nicht, du bist keine Geschäftsfrau.«
»Sag das nicht zu früh«, erwiderte Mona.

Am nächsten Morgen brachte Ria Danny den Kaffee ans Bett.
»Wir schwimmen normalerweise ein paar Bahnen im Pool vor dem Frühstück. Hast du nicht auch Lust?«
»Ich habe keine Badehose dabei.«
»Wie dumm von dir. Du hast dir wohl keine Liste gemacht?« scherzte sie. »Ich gebe dir eine von Dale.«
»Dale?«
»Marilyns Sohn.«
»Ob ihm das auch recht ist?«
»Dale ist tot.« Ria verließ das Zimmer, um nach einer Badehose für Danny zu suchen.
»Tot?« rief Danny.
»Ja, er ist bei einem Motorradunfall ums Leben gekommen. Deshalb wollte Marilyn von hier weg.«
»Ich dachte, sie hätte Eheprobleme oder so was.«

»Nein, ich glaube, ihre Ehe ist ganz in Ordnung.«
»Aber ist ihr Mann denn nicht auf Hawaii? Sieht mir nicht danach aus, als ob sie sich blendend verstehen.«
»Soweit ich weiß, fliegt er dieses Wochenende nach Irland«, erklärte Ria.

»Kannst du nicht noch ein bißchen länger bleiben, Dad?« bettelte Brian.
»Nein, ich muß auf jeden Fall Montag abend abreisen, aber ich bin ja drei volle Tage hier«, sagte Danny, als sie sich nach dem Schwimmen um den Frühstückstisch versammelten. Ria hatte Omelettes zubereitet.
»Warum bist du eigentlich gekommen, Dad?« wollte Brian wissen.
»Na, um euch zu sehen! Das habe ich doch schon gesagt.«
»Eine ziemlich weite Reise«, meinte Brian nachdenklich.
»Stimmt schon. Aber das seid ihr mir wert.«
»Mam hat gesagt, dein Besuch hätte mit deiner Arbeit zu tun.«
»Ja, in gewisser Weise.«
»Wann willst du das denn machen? Deine Arbeit, meine ich.«
»Das werde ich schon erledigen, mach dir da mal keine Gedanken drum.« Danny strich seinem Sohn liebevoll übers Haar.
»Dad, was soll ich deiner Meinung nach werden, wenn ich erwachsen bin?«
»Was immer du willst. Hast du keine Idee?«
»Ich weiß nicht so recht. Mam sagt, ich könnte ein Journalist oder ein Rechtsanwalt werden, weil ich immer alles so genau wissen will. Annie meint, ich solle Rausschmeißer in einem Spielkasino werden. Was hältst du davon, wenn ich ein Makler werde und bei dir in der Firma arbeite?«
»Ich weiß nicht, Brian. Ich finde, jeder sollte für sich herausfinden, was ihm Spaß macht.«
»Wie war das bei dir? Was haben deine Eltern dir geraten?«
»Ich glaube, sie wollten, daß ich eine reiche Bauerntochter heirate, die ein schönes Stück Land mit in die Ehe bringt.«
»Da bin ich aber froh, daß du das nicht gemacht hast. Aber wenn

ich Makler werden will, dann kann ich es doch werden, oder nicht? Dann könnte ich dich jeden Tag im Büro sehen, auch wenn du nicht mehr mit uns zusammenwohnst.«
»Das wäre schon großartig, wenn wir uns jeden Tag sehen könnten, Brian. Wir finden da schon eine Lösung.«
»Und wirst du auch noch Zeit für uns haben, wenn Bernadettes Baby da ist?« fragte Brian mit besorgter Miene.
Danny wußte nicht, was er darauf antworten sollte. Er legte Brian fest die Hand auf die Schulter. Dann brachte er mit belegter Stimme heraus: »Ich werde immer Zeit für dich und Annie haben, Brian, glaub mir. Immer.«
»Ich weiß. Ich wollte es nur noch mal hören«, antwortete Brian.

Ria und die Kinder unternahmen mit Danny einen Stadtbummel und zeigten ihm die Sehenswürdigkeiten von Westville. Schließlich kehrten sie in dem Fastfood-Restaurant am Busbahnhof ein, von wo aus Annie und Brian zu den Maines fahren sollten.
Zach und Hubie kamen vorbei, um sich zu verabschieden. »Es wird bestimmt ziemlich langweilig ohne dich«, meinte Zach zu Brian.
»Und dort wird es sicher ätzend mit dieser Kelly. Ein Mädchen!« seufzte Brian. Zach nickte mitfühlend.
»Wenn dieser Sean Maine dich angrapscht, dann werde ich ihm aber gewaltig aufs Dach steigen ...«, warnte Hubie.
»Kannst du gefälligst aufhören, davon zu reden, daß mich jemand angrapscht? Meine Eltern hören uns zu«, zischte ihm Annie zu.

Danny und Ria stiegen ins Auto, um zum Tudor Drive zurückzufahren.
»Es war eine prima Idee von dir, die Kinder herzuholen. Sie verleben hier richtig schöne Ferien.«
»Ja, aber du hast ihnen den Flug bezahlt.« Sie versuchte, ihm gegenüber möglichst fair zu bleiben. Auf ihrer Liste hatte sie notiert: *Mach es ihm einfach. Bleib ruhig und gelassen. Gib ihm nicht das Gefühl, ein Schuft zu sein. Fang nicht an zu plappern. Laß ihn vor*

allem nicht merken, daß du gewußt hast, er werde zurückkommen. Mach ihm keine Vorschläge, wie es mit Bernadette weitergehen soll, das ist allein seine Sache. Ria mußte ein wenig über sich selbst lachen. Mochten die anderen sie nur aufziehen mit ihren Listen, sie hatten durchaus ihren Nutzen.
»Dir geht es gut hier?« fragte Danny.
»Ja«, antwortete sie.
»Was ist das dort drüben?« Er wies auf eine Gruppe von Bäumen.
»Der Memorial Park, ein Soldatenfriedhof. Sehr hübsch angelegt.«
»Hast du nicht Lust, dort ein Stückchen mit mir spazierenzugehen oder auf einer Bank zu sitzen?«
»Warum nicht, aber wir könnten doch auch nach Hause fahren. Der Garten am Tudor Drive ist sehr schön.«
»Ich wäre lieber ... wie soll ich es ausdrücken ... lieber an einem Ort, der ein bißchen abseits vom Gewohnten liegt.«
»Also gut. Bieg da vorne ab, da ist ein Parkplatz.«
Sie spazierten zusammen über das Gelände. Hier und da blieben sie stehen und lasen die Namen der Männer aus Westville, die in den beiden Weltkriegen, in Korea oder in Vietnam gefallen waren. »Wie viele sinnlos geopferte Leben! Schau mal, dieser Junge hier war nur vier Jahre älter als Annie«, rief Ria.
»Er könnte jetzt zu den alten Männern gehören, die dort drüben Schach spielen. Statt dessen ist nicht mehr von ihm übrig als ein Name auf einem Grabstein«, meinte Danny.
Ria sehnte sich danach, ihn zu berühren, aber sie hielt sich an ihre Vorsätze. Schließlich nahmen sie auf einer Holzbank Platz. Danny griff nach Rias Hand.
»Du weißt wahrscheinlich, was ich dir sagen muß«, begann er.
Ein Anflug von Unsicherheit überkam sie. Eigentlich hätte er doch ankündigen müssen, daß er ihr etwas sagen *wolle,* nicht sagen *müsse.* Aber das hatte er wohl nicht so gemeint. »Sprich schon, Danny.«
»Ich bewundere dich so sehr, wirklich ... und es fällt mir schwer, daß ich dir leider schlechte Neuigkeiten bringen muß. Ich kann

dir gar nicht sagen, wie schwer mir das fällt. Das einzige, was du mir zugute halten mußt, ist, daß ich hergekommen bin, um es dir selbst zu sagen.«
Plötzlich hatte sie einen dicken Kloß im Hals und zupfte an dem schmucken Halstuch, das sie sich am Morgen gutgelaunt umgebunden hatte.
»Also?« brachte sie mit Mühe hervor, denn ihr stockte der Atem.
»Es sind wirklich schlechte Neuigkeiten, Ria.«
»Na, so schlimm können sie nicht sein.« Langsam wurde Ria klar, daß er nicht zu ihr zurückkommen würde. Offenbar ging es um etwas völlig anderes. Sie hätte sich ihre Liste sparen können. Es war völlig egal, ob sie ruhig und gelassen blieb oder einfach drauflosplapperte, er würde nicht zu ihr zurückkommen.
Sie hörte sich selbst sagen: »Danny, was könnte denn noch schlimmer sein als das, was du mir bereits gesagt hast? Da gibt es nichts mehr, was du mir noch erzählen könntest.«
»Doch, es gibt noch etwas.«
Und dann erzählte er ihr auf einer Holzbank im Memorial Park von Westville, daß sie ihr Haus verloren hatten. Es sei Teil des Vermögens von Barney McCarthys Firma, und wahrscheinlich würde es der Konkursverwalter schon bald beschlagnahmen.

»Ich gehe heute abend auf eine Party. Kommst du mit?« schlug Sean Maine gleich bei Annies Ankunft vor.
»Müssen wir Brian und Kelly mitschleppen?«
»Gott bewahre. Meine Mam hat ihnen ein Video besorgt.«
»Ich habe keine schicken Klamotten dabei«, jammerte Annie.
»Ach komm, du siehst spitze aus.« Seans Blicke sprachen Bände. Kitty würde Bauklötze staunen, wenn sie ihr das erzählte. Wie schade, daß sie nicht hier war und diesen Triumph miterleben konnte! Aber wahrscheinlich wäre Kitty ihm mittlerweile schon an die Hose gegangen, dachte Annie mißbilligend. So etwas würde es mit ihr nicht geben; das mußte sie gleich von Anfang an klarstellen. Zwar hatte Hubie einmal zu ihr gesagt, es sei äußerst unfair, wenn jemand so gut aussah wie sie und dann am Ende

kniff – als würde man etwas Leckeres auf den Tisch stellen und es plötzlich wieder wegnehmen, bevor jemand zugreifen konnte. Irgendwie war das alles ziemlich kompliziert.

»Also gut, Hilary, worum geht es? Was hast du auf dem Herzen.«
»Woher weißt du denn, daß ich dir was erzählen will, Mam?« wunderte sich Hilary.
»Du bist wie Pliers. Er scharwenzelt auch immer um einen herum, wenn er etwas will.«
»Bist du dir da so sicher?«
»Rück schon raus mit der Sprache.«
»Also, wenn Ria hier wäre, dann würde ich bei ihr erst mal vorfühlen, bevor ich es dir erzählen würde ...«
»Muß man dir denn alles aus der Nase ziehen, Hilary?«
»Martin und ich haben uns gefragt, ob du vielleicht was dagegen hättest, wenn wir aufs Land ziehen würden.«
»Aufs Land?«
»Ich wußte, daß es dir nicht recht ist. Martin hat gemeint, du hättest bestimmt nichts dagegen.«
»Und wohin genau?« fragte Nora Johnson erstaunt.
»Nun, in Martins Elternhaus. Seine Brüder wollen nicht hinziehen, und das Haus verfällt langsam, außerdem ist gerade eine Lehrerstelle an der dortigen Schule frei, und ich werde bestimmt auch irgendeine Arbeit finden.«
»Du willst allen Ernstes in der Provinz leben?« Für Nora Johnson, die ihr ganzes Leben in Dublin verbracht hatte, zählte der Rest von Irland bestenfalls als Urlaubsgebiet.
»Wenn du nichts dagegen hast, ja, Mam. Wir können uns gut vorstellen, dort zu leben.«
»Ich habe absolut nichts dagegen. Aber Hilary, mein Kind, was um alles in der Welt ist bloß in dich gefahren, daß du aufs Land ziehen willst?« Im Grunde hätte sie eigentlich wissen müssen, was ihre Tochter auf eine solche Frage antworten würde.
»Es ist dort billiger, Mam. Wir haben das genau durchgerechnet.

Die Lebenshaltungskosten sind niedriger, wir sparen uns eine Menge Fahrtkosten, und natürlich bringt uns auch der Verkauf unseres Hauses ein kleines Sümmchen ein.«
»Und was habt ihr vor mit diesem kleinen Sümmchen?«
»Wir werden es anlegen, Mam. Es ist doch tröstlich zu wissen, daß man was fürs Alter hat.«
Nora nickte. Für Martin und Hilary würde das wohl der einzige Trost in ihrem Leben sein. »Und was war der ausschlaggebende Grund für euren Entschluß?«
»Als wir letztens dort waren und ich mich umgeschaut habe, da ist mir aufgefallen, daß das Haus von Bäumen umstanden ist«, meinte Hilary. »Da habe ich gespürt, das ist das richtige für uns.«

»Gib zu, daß du es mit den Kunden treibst!« brüllte Jack.
»Bitte, Jack, laß das.« Verzweifelt versuchte Gertie, sich aus seinem Griff zu befreien. »Wovon redest du überhaupt?«
»Du bist meine Frau, ich dulde es nicht, daß du auf den Strich gehst, nur um dir einen Zehner zu verdienen.«
»Laß mich los! Du tust mir weh, Jack, bitte, laß los!«
»Wie besorgst du es ihnen denn? Im Stehen, gegen die Wand, he?«
»Das ist doch Unsinn, Jack, und du weißt das.« Gertie bekam es wirklich mit der Angst zu tun; so aufgebracht hatte sie ihn schon lange nicht mehr gesehen. Dieses Wochenende war Ria mit ihren Kindern zu Besuch bei den Maines, schoß es ihr durch den Kopf. Oh, wenn Sheila sie jetzt sehen könnte! Aber Ria würde ihr sicher ein ganz anderes Bild von ihrer Situation geben.
»Früher oder später mußte ich es ja rauskriegen!«
»Jack, hör auf, ich verheimliche dir nichts!«
»Warum sonst hast du die Kinder gestern abend zu deiner Mutter geschickt? Antworte!«
»Weil ich gemerkt habe, daß du ein bißchen ... daß es dir nicht so gutgeht. Ich wollte nicht, daß es Ärger gibt.«
»Sie sollten wohl nicht mitbekommen, daß ihre Mutter es mit jedem dahergelaufenen Typen für einen Zehner macht.« Ohne weitere Vorwarnung schlug er zu.

»Jack!«
»Ich bin ein ganz normaler Mann, und ich mache das, was jeder andere Mann auch machen würde, wenn seine Frau ihm nicht erklären kann, woher sie all die Zehn-Pfund-Noten in ihrer Handtasche hat.«
»Ich gehe doch nur putzen, Jack.«
»Ach ja? Wo gehst du putzen?«
»Bei Marilyn Vine, bei Ria in der Tara Road, bei Polly Callaghan manchmal, bei Frances Sullivan …«
Er lachte schallend. »Und das soll ich dir glauben?«
Gertie schlug sich die Hände vors Gesicht und schluchzte. »Wenn du mir nicht glauben willst, Jack, dann bring mich lieber gleich um. Es hat ja doch alles überhaupt keinen Sinn mehr, wenn das nie aufhört«, stieß sie unter Tränen hervor.

»Ich habe noch nie eine richtige Freundin gehabt«, gestand Sean Maine Annie auf der Party. Sie hatten sich in eine Fensternische zurückgezogen. Im Saal wurde getanzt, und im Garten wurden die Grillfeuer angezündet. Sean hatte stolz, aber auch ein wenig besitzergreifend den Arm um ihre Schulter gelegt. Annie lächelte ihm zu, war aber darauf bedacht, ihn nicht zu Dummheiten zu ermutigen. »Was bin ich doch für ein Pechvogel! Ausgerechnet das Mädchen, das ich am meisten mag, entschwindet bald auf Nimmerwiedersehen nach Irland«, seufzte er.
»Wir können uns ja schreiben«, tröstete sie ihn.
»Oder ich komme nach Irland und wohne bei Tante Gertie und Jack. Ich kann auch dort zur Schule gehen, und dann können wir uns jeden Tag sehen.«
»Ja, warum nicht.« Annie klang nicht sehr optimistisch.
»Du findest das wohl keine gute Idee?«
»Doch, doch, natürlich, nur … ich meine …« Sie wußte nicht, wie sie fortfahren sollte. Ihre Mam hatte ihr eingeschärft, ja nichts über Gerties Probleme auszuplaudern, die bei ihren Verwandten in Amerika weitgehend unbekannt waren. »Gertie hat ziemlich viel zu tun, glaube ich«, meinte sie schließlich.

»Ach, jemanden aus der Familie wird sie doch noch unterbringen können«, meinte er zuversichtlich.
»Sicher.«
»Wart ihr denn sehr überrascht, daß euer Dad zurückgekommen ist?« Sean kannte inzwischen die ganze Geschichte.
»Ich weiß nicht so recht, ob er wirklich zurückgekommen ist.«
»Aber Brian hat doch gesagt ...«
»Ach, Sean, was versteht Brian schon davon? Dad sieht ein bißchen bekümmert aus, das ist alles. Und er schien mir ziemlich verknallt in diese Bernadette. Ich kann mir nicht vorstellen, daß er sie jetzt schon sitzenläßt, mit dem Baby und so.«
»Aber immerhin ist er jetzt in Westville bei deiner Mam. Das ist doch kein schlechtes Zeichen.«
»Nein«, stimmte Annie zu, »ein schlechtes Zeichen ist es sicher nicht.«

Ria und Danny saßen immer noch auf der Bank im Park. Die Bäume des weitläufigen Parks warfen bereits lange Schatten. Sie hielten sich an der Hand, aber nicht wie damals, als sie frisch verliebt waren. Auch nicht wie Freunde, sondern eher wie Schiffbrüchige auf einem Floß, die sich in ihrer Verlorenheit aneinander klammern. Die meiste Zeit saßen sie nur da und schwiegen. Gelegentlich brachte Ria mit tonloser Stimme eine Frage hervor, und Danny antwortete ihr. Nicht einmal nannte er sie »Schatz«, und er machte ihr weder falsche Hoffnungen, noch versuchte er sie mit billigen Trostworten abzuspeisen.
»Und du bist nach Amerika gekommen, um uns das zu mitzuteilen?« fragte sie. »Hätte das nicht auch Zeit gehabt, bis wir wieder zurück sind?«
»Ich wollte nicht, daß du es von jemand anderem erfährst.«
Dankbar drückte sie seine Hand, die immer noch in der ihren lag. Sie machte ihm keine Vorwürfe. Beide hatten gewußt, daß es diese Bürgschaft gab; nur hatten sie niemals daran geglaubt, daß sie tatsächlich eines Tages eingefordert werden würde.

»Und Barney? Tut es ihm leid um uns und das Haus?« wollte Ria wissen.
Danny gab sich einen Ruck. Er hatte sich vorgenommen, aufrichtig zu sein. »Er steht völlig unter Schock. Ich weiß nicht, ob ihm das schon so richtig klargeworden ist.«
Danny erschien ihr plötzlich wie ein ganz anderer Mensch. Ein zutiefst verunsicherter Mensch, in jeder Hinsicht. Selbst der große Barney McCarthy bot ihm keinen Halt mehr in seinem Leben.
Schließlich sprachen sie auch über Dannys Zukunft. Natürlich gab es noch andere Maklerbüros, wo er eine Anstellung finden konnte, aber er würde wieder ganz von vorne anfangen müssen.
»Und Polly?«
»Sie gibt ihre Wohnung auf und sucht sich eine Arbeit. Polly wird sich nicht unterkriegen lassen, meint Barney.«
Ria nickte. »Ja, da hat er wohl recht.«
»Und dann natürlich die Angestellten, das war auch eine heikle Sache.«
»Wer hat es ihnen gesagt?«
»Ich natürlich, wer denn sonst?«
»Es ist ziemlich viel an dir hängengeblieben.«
»Ja, aber ich bin auch ganz oben mitgeschwommen, als es uns gutging.«
»Ich weiß, das sind wir beide eigentlich.«
Wieder trat Schweigen ein, in dem jedoch weder Unruhe noch Peinlichkeit lag. Es war, als ob beide versuchten, die Tragweite des Geschehens zu ermessen.
»Und wie hat Bernadette die Sache aufgenommen?«
»Sie weiß noch nichts davon.«
»Wie bitte?«
»Wirklich, sie weiß es noch nicht. Ich rede mit ihr, wenn ich wieder zurück bin. Sie wird es mit Fassung tragen, denke ich. Im Gegensatz zu ihrer Mutter.«
Ein leichter Wind kam auf, der die Blätter und Blüten zu ihren Füßen aufwirbelte.
»Laß uns zum Tudor Drive zurückfahren, Danny.«

»Ich danke dir für alles.«
»Für was?«
»Dafür, daß du mir keine Szene gemacht hast. Ich habe dir immerhin die schlimmste Nachricht überbracht, die man sich nur vorstellen kann.«
»Nein, das stimmt nicht.«
»Wie meinst du das?«
»Du hast mir schon mal etwas viel Schlimmeres mitgeteilt.«
Darauf erwiderte er nichts. Langsam gingen sie durch den Park zum Wagen zurück.

Colm Barry klingelte in der Tara Road 16.
»Hast du wirklich bei einem Drogenprogramm mitgearbeitet?«
»Ja, das habe ich.«
»Dann kannst du mir vielleicht helfen?«
»Du weißt doch selbst, daß das nicht so einfach geht. Caroline muß es von sich aus wollen, erst dann kann ich etwas für sie tun.«
»Freiwillig geht sie da bestimmt nicht hin«, meinte er niedergeschlagen.
»Kennst du denn eine Drogenberatungsstelle?«
Colm nickte. »Ja, ich wüßte eine geeignete Einrichtung. Aber wie du schon sagtest, bringt das allein noch gar nichts.«
»Du könntest dich dort schon mal über die Therapiemöglichkeiten informieren und es ihr dann erzählen.«
»Sie würde mir ja gar nicht zuhören.«
»Hängt sie denn so sehr an diesem Monto?«
»Nein, aber sie hängt voll und ganz an dem Zeug, mit dem er sie versorgt. Er verkauft es sogar schon in meinem Restaurant.«
»Das darf doch wohl nicht wahr sein!«
»Gestern abend noch, ich bin mir inzwischen ganz sicher.«
»Das kannst du nicht zulassen, Colm. Sie werden dein Lokal schließen, und was soll dann aus Caroline werden?«
»Was soll ich machen? Ich kann ihn anzeigen, aber das wäre gleichzeitig auch das Ende von Caroline.«
»Du und Caroline, ihr habt schon so viel zusammen durchgestan-

den, da muß es doch möglich sein, daß du mal ganz offen mit ihr sprichst. Erklär ihr, daß dich die ganze Geschichte am Ende noch dein Restaurant kostet, und mach ihr klar, daß sie es auf jeden Fall mit einer Therapie versuchen muß. Wenn es ihr hilft, begleite ich sie gerne zum ersten Beratungsgespräch, natürlich nur, wenn sie will.«
Als er gegangen war, betrachtete sich Marilyn prüfend im Spiegel. Äußerlich hatte sie sich nicht verändert, sie hatte immer noch ihr kastanienbraunes Haar, das nur ein Stückchen länger als bei ihrer Ankunft in Irland war. Ihre Augen hatten noch den gleichen wachsamen Blick wie früher, und ihr Kinn war energisch. Doch im Innern fühlte sie sich verwandelt. Wie war es möglich, daß sie sich in so wenigen Wochen so verändert hatte? Sie hatte nicht nur freundschaftliche Beziehungen zu ihr bis dahin völlig fremden Menschen angeknüpft, sondern sogar ernsthaft versucht, Einfluß auf ihr Leben zu nehmen. Greg würde bestimmt nicht schlecht staunen.
Überhaupt Greg. Plötzlich empfand sie das Bedürfnis, mit ihm zu telefonieren, aber zu ihrer großen Überraschung gab man ihr Bescheid, er habe sich ein paar Tage freigenommen. Das sah Greg gar nicht ähnlich. Und als sie in seiner Wohnung anrief, erfuhr sie vom Anrufbeantworter, daß er für eine Woche verreist war.
Das hatte es in ihrer Ehe noch nicht gegeben. Bisher hatte er ihr immer gesagt, wohin und zu welchem Zweck er verreiste.
Mit einem Mal fühlte sie sich sehr einsam.

Als sie am Tudor Drive ankamen, schlug Ria vor, einen Tee zu machen.
»Nein, Ria, setz dich zu mir, laß uns reden ... Fang bitte nicht schon wieder an, herumzuhantieren, wie du das zu Hause immer gemacht hast.«
»Habe ich das etwa gemacht?« Es gab ihr einen tiefen Stich.
»Egal, wann ich nach Hause gekommen bin und mit dir reden wollte, immer war gerade etwas im Backofen oder brutzelte auf

dem Herd. Dauernd hast du in der Tiefkühltruhe rumgekramt, und ständig sind Leute aus und ein gegangen.«
»Nur meine Mutter, Rosemary vielleicht, oder die Kinder.«
»Und die halbe Nachbarschaft. Nur für mich warst du nie da, wenn ich mit dir reden wollte.«
»Und war das der Grund dafür, daß du dir jemand anderen gesucht hast?«
»Wahrscheinlich habe ich mich nach etwas gesehnt, das ich zu Hause nicht bekommen konnte«, meinte er traurig.
»Meinst du das ernst?«
»Ja.«
»Also, dann mach ich uns jetzt mal keinen Tee, sondern setze mich zu dir, und wir reden.«
Das schien Danny auch wieder nicht recht zu sein. »Nein, jetzt fühle ich mich irgendwie mies. Komm, laß uns doch einen Tee trinken.«
»Du kannst ja einen machen«, entschied sie. »Ich bleibe solange hier sitzen.«
Er setzte den Wasserkessel auf und kramte nach den Teebeuteln. Vielleicht hätte sie ihm schon früher öfter solche kleinen Alltagsbeschäftigungen überlassen sollen.
»Da ist eine Nachricht auf dem Anrufbeantworter«, rief er.
»Laß doch mal laufen, Danny, bitte.« Früher wäre Ria sofort aufgesprungen und hätte Papier und Bleistift gesucht.
»Hallo, Mrs. Lynch, hier ist Hubie Green. Können Sie mir vielleicht Annies Telefonnummer geben? Ich wollte sie am Wochenende mal anrufen. Eine E-Mail habe ich Ihnen auch geschickt, aber Sie haben wahrscheinlich zuviel zu tun, um in Ihre Mailbox zu sehen. Richten Sie Mr. Lynch schöne Grüße von mir aus.«
»Willst du ihn zurückrufen?« fragte Danny.
»Nein. Wenn Annie ihm die Nummer hätte geben wollen, dann hätte sie das gemacht.«
»Du hast vollkommen recht«, meinte Danny anerkennend. »Sollen wir mal einen Blick in die Mailbox werfen? Vielleicht gibt es ja noch mehr Nachrichten.«

»Warum lenkst du dauernd ab? Wollten wir nicht miteinander reden?«
»Wir haben noch den ganzen Abend und die Nacht vor uns.«
Früher hätte Ria lange Überlegungen angestellt, was sie zum Abendessen auftischen würde und ob sie lieber früher oder später essen sollten. Aber jetzt zuckte sie nur mit den Schultern. »Komm mit in Gregs Arbeitszimmer, ich zeige dir, was ich inzwischen alles gelernt habe.«
Geübt klickte sich Ria durch das Mailprogramm. Es gab drei neue Nachrichten: eine von Hubie, eine von Dannys Büro und eine dritte von Rosemary Ryan.
»Willst du die von deinem Büro lesen?«
»Lieber nicht. Es wird wohl kaum was Angenehmes sein.«
»Na, dann schaue ich mal, was Rosemary will.«
»Auch nur schlechte Nachrichten wahrscheinlich.«
»Weiß sie es etwa schon?« fragte Ria aufgeschreckt.
»Nicht von mir, sie hat ihre eigenen Quellen. Außerdem habe ich sie gestern zufällig getroffen, sie hat mich zum Flughafen gefahren.«
Ria klickte Rosemarys Mail an. Sie las den kurzen Text mehrmals, um sicher zu sein, daß sie ihn auch wirklich richtig verstanden hatte. Auf keinen Fall wollte sie voreilig neue Hoffnung schöpfen.

Hallo, Ria, hallo, Danny, schaut doch mal in die Irish Times *von heute. Da ist ein Artikel über Barney drin, der Euch bestimmt interessieren wird. Vielleicht ist doch nicht alles verloren. Viel Spaß in Amerika.*

»Sie meint, wir sollten in die *Irish Times* schauen, wahrscheinlich in den Wirtschaftsteil«, erklärte sie Danny.
»Du weißt, wie das geht?« Danny war beeindruckt.
»Natürlich, das haben wir gleich.«
Sekunden später hatte sie die gesuchte Website auf dem Bildschirm und auch den richtigen Artikel gefunden. Dort stand zu lesen, daß die in Dublin umlaufenden Gerüchte über die Pleite von Barney McCarthy möglicherweise ebenso verfrüht sein könn-

ten, wie einst jene über den Tod von Mark Twain. Angeblich waren irgendwo unerwartet Geldmittel aufgetaucht, die den drohenden Ruin seiner Firma noch abwenden konnten. Nun sah mit einem Mal alles nur noch halb so schlimm aus. Während Ria den Artikel laut vorlas, wurde ihre Stimme immer fröhlicher.
»Klingt das nicht wie ein Wunder, Danny?«
»Allerdings.«
»Warum freust du dich dann nicht?«
»Wenn das wirklich wahr wäre, hätte Barney mich schon längst hier angerufen; er hat doch schließlich meine Nummer. Wahrscheinlich ist es eine Ente, die er selbst in Umlauf gesetzt hat, um eine Panik zu verhindern.«
»Vielleicht erfahren wir mehr, wenn wir uns die Nachricht von deinem Büro ansehen. Sie könnte von Barney sein.«
»Kann ich mir nicht vorstellen, aber einen Versuch ist es wert.«
»Eine Nachricht für Mr. Danny Lynch: Könnten Sie bitte Mrs. Finola Dunne zu Hause anrufen? Es ist dringend.«
»Ich hab's dir doch gesagt, es kann sich nur um neuen Ärger handeln.«
»Willst du sie denn nicht anrufen?«
»Nein, ihre Vorhaltungen über mein mangelndes Verantwortungsgefühl kann ich mir auch noch anhören, wenn ich wieder in Irland bin.«
»Wahrscheinlich bekommst du von meiner Mutter ähnliches zu hören«, meinte Ria kläglich.
»Nein, wahrscheinlich wird Holly alles auf ›diesen Ehebrecher‹ schieben, wie sie ihn nennt. Obwohl es ja mittlerweile nicht mehr so eindeutig ist, wen sie mit diesem Ausdruck meint.«
Sie waren in die Küche zurückgegangen und tranken weiter ihren Tee. Die Gartenbeleuchtung schaltete sich automatisch ein und verbreitete dämmriges Licht. Ria wartete ab. Sie kämpfte mit dem Verlangen, zu sprechen, ihm zuzureden, daß an dem Zeitungsartikel vielleicht doch etwas dran sein könnte, daß er bei Barney und Mona zu Hause anrufen solle. Aber sie beherrschte sich und schwieg; sie wollte nicht schon wieder vorschnell handeln.

Schließlich ergriff er das Wort. »Warum bist du so traurig?« fragte er.
Jetzt durfte sie natürlich nicht verraten, daß sie geglaubt hatte, er würde zu ihr zurückkommen. Damit wäre nur wieder jede vernünftige Gesprächsgrundlage zerstört. Aber sie hatte ja genügend andere unerfreuliche Dinge auf ihrer langen Liste, die sie ihm als Grund angeben konnte.
»Ich glaube, es macht mich traurig, daß alle deine Träume und Hoffnungen zunichte gemacht worden sind. Du wolltest soviel erreichen für die Kinder und im Grunde für uns alle. Jetzt sieht alles anders aus.«
»Sollen wir es ihnen morgen gemeinsam erzählen, was meinst du?« fragte er.
»Ja, ich denke, das wäre das beste. Ich habe mich schon gefragt, ob wir sie damit bis zum Ende unseres Urlaubs verschonen sollen, aber wir würden sie damit irgendwie belügen.«
»Und ich möchte auf keinen Fall, daß du es ihnen am Ende allein erklären mußt. Du würdest nur versuchen, mich auch noch in Schutz zu nehmen«, meinte er.
»Du mußt dich für nichts entschuldigen. Alles, was du getan hast, das hast du für uns getan.« Danny schaute sie zerknirscht an. Sie mußte ihn unbedingt aufmuntern. »Laß uns mal raten, was Brian morgen wieder vom Stapel läßt.«
Er rang sich ein Lächeln ab. »Unser armer Brian. Er ist noch so ein unschuldiges Kerlchen.«
Ria schaute ihn an, sie fühlte sich innerlich viel ruhiger, als sie es lange Zeit gewesen war. Ihr gegenüber saß ein Danny ohne Maske, der seine Familie wirklich liebte. Warum nur fiel ihr jetzt nichts ein, was ihm hätte helfen können oder ihre Lage erleichtert hätte? Aber sie wußte nur, was sie auf keinen Fall tun durfte. Und beinahe alles, was ihrem Gefühl nach das richtige war, würde ihn nur aufbringen.
Sie fühlte, wie ihr Tränen übers Gesicht strömten und auf den Tisch tropften. Sie machte keine Anstalten, sie abzuwischen, halb hoffend, daß er es im Dämmerlicht nicht bemerken würde. Da

nahm er ihr behutsam die Teetasse aus der Hand, stellte sie auf den Tisch, schloß sie in seine Arme und strich ihr übers Haar.
»Arme Ria, liebe, gute Ria«, sprach er auf sie ein. Sie konnte sein Herz schlagen hören. »Hör doch auf zu weinen, Ria.« Er küßte ihr die Tränen von den Wangen, doch der Strom wollte nicht versiegen.
»Es tut mir leid«, schluchzte sie und schmiegte sich fest an ihn. »Das wollte ich nicht.«
»Ich weiß ja, ich weiß. Es ist der Schock, das mußte ja kommen.« Er strich ihr immer noch übers Haar und versuchte sie mit einem Lächeln aufzumuntern.
»Ich glaube, ich bin ein bißchen mit den Nerven fertig, Danny. Vielleicht sollte ich mich ein wenig hinlegen.«
Er führte sie ins Schlafzimmer. Ursprünglich hatte sie gehofft, daß er mit ihr heute die Nacht dort verbringen würde. Vorsichtig zog Danny ihr die lila- und cremefarbene Bluse aus und hängte sie sorgfältig über die Rückenlehne eines Stuhls. Dann ließ sie den Seidenrock fallen, den er ebenfalls zusammenlegte. In Unterwäsche stand sie vor ihm, und er schlug das Bett auf wie für ein kleines Kind, das Fieber hat.
»Ich möchte die Zeit, die du hier bist, nicht verschlafen. Darauf habe ich mich doch so gefreut!«
»Pst, sag nichts mehr. Ich bleibe hier bei dir, bis du eingeschlafen bist.«
Danny holte einen angefeuchteten Waschlappen aus dem Badezimmer und wischte ihr damit das Gesicht ab. Dann setzte er sich neben dem Bett auf einen Stuhl und streichelte ihre Hand.
»Versuch jetzt zu schlafen, liebe Ria. Du bedeutest mir sehr viel, glaub mir, wirklich sehr viel.«
»Ich weiß, Danny.«
»Daran hat sich nichts geändert.«
»Ja.« Ihre Augenlider wurden schwer. Im schwachen Schein des Lichtes, das vom Garten hereinfiel, sah auch Danny sehr erschöpft aus, wie er da an ihrem Bett wachte. Sie richtete sich halb auf und sagte: »Nicht wahr, es wird alles wieder gut werden, irgendwie?«

Da schloß er sie wieder in seine Arme. »Ja, Ria, es wird irgendwie alles wieder gut werden«, bestätigte er, aber seine Stimme klang müde.
»Ach Danny, komm doch einfach zu mir ins Bett und mach ein Weilchen die Augen zu. Schlaf dich aus. Es war auch für dich ein schwerer Tag.« Sie sagte es ohne Hintergedanken, sie wünschte sich, daß er sich in seinen Kleidern zu ihr aufs Bett legte und neben ihr ein paar Stunden schlief.
Aber er schmiegte sich fest an sie, und da spürte Ria, daß er sie nicht mehr loslassen würde. Ria wollte nicht darüber nachdenken, was nun passieren würde. Mit geschlossenen Augen lag sie im Bett von Marilyn Vine, während der einzige Mann, der ihr je etwas bedeutet hatte, ihr sanft die restlichen Kleider vom Leib zog. Dann legte er sich zu ihr, und sie liebten sich.

Greg rief am Tudor Drive an, um Ria von seiner bevorstehenden Reise nach Irland zu erzählen, aber es meldete sich nur der Anrufbeantworter. Er überlegte kurz, ob er ihr eine Nachricht auf Band sprechen sollte, entschied sich aber dann dagegen. Eine Weile stand er unschlüssig mit dem Hörer in der Hand in der Telefonzelle am Kennedy Airport und überlegte, ob er Marilyns Nummer wählen sollte. Aber was war, wenn sie ihn gar nicht sehen wollte? Dann wäre alles noch schlimmer als zuvor. Es war sicher besser, sie in Dublin einfach zu überraschen.
Da ging der Aufruf zu seinem Flug über die Lautsprecher. Nun war es ohnehin zu spät, Marilyn noch anzurufen.

Rosemary war ziemlich verärgert darüber, daß Danny sich einfach nicht bei ihr meldete. Immerhin hatte er Telefon und E-Mail in Amerika, wie er ihr auf dem Weg zum Flughafen erzählt hatte. Er hatte doch wohl verstanden, auf was die Nachricht in der Zeitung anspielte, und langsam mußte er auch genug davon haben, glückliche Familie zu spielen und seiner Ria beizustehen. Warum zum Teufel rief er nicht endlich an? So konnte man mit ihr nicht umspringen!

Ihre Gefühle für Danny Lynch waren vollkommen unvernünftig und paßten überhaupt nicht in ihren Lebensplan. Trotzdem hatte sie nie einen Mann mehr begehrt als Danny. Jahrelang hatte sie sich damit abgefunden, ihn nicht nur mit Ria zu teilen, sondern auch mit anderen wie dieser kleinen Schlampe Orla King. Sogar mit seiner Vernarrtheit in diese blasse Bernadette hatte sie sich abgefunden. Doch bisher war er ihr gegenüber immer äußerst zuvorkommend gewesen. Neuerdings hielt er nicht einmal mehr das für nötig.

Sie war froh, daß sie ihm nicht aus der Patsche geholfen hatte, und sie brannte darauf herauszufinden, wer es getan hatte. Die Journalistin, die in der *Irish Times* über die angebliche Rettung von Barneys Firma geschrieben hatte, war gewöhnlich gut informiert. Also konnte es sich kaum um einen lancierten Artikel handeln. Offenbar waren Danny Lynch und Barney McCarthy noch einmal davongekommen. Und Rosemary mußte unbedingt in Erfahrung bringen, wer sie herausgepaukt hatte.

»Frances, weißt du noch, wie ich dich mal gebeten habe, Jack nicht zu verraten, daß ich hier bei dir putze?« fragte Gertie.
»Das habe ich auch nicht, verlaß dich drauf.«
»Sicher, aber darum geht es nicht. Es ist mir jetzt lieber, daß er es weiß. Verstehst du, er denkt, ich verdiene mir das Geld mit etwas anderem.«
»Ja, in Ordnung, aber er wird doch hoffentlich nicht hier aufkreuzen und mich danach fragen?« Frances blickte ängstlich drein.
»Bestimmt nicht, aber falls doch, kannst du ihm einfach die Wahrheit sagen.«
»Gut, Gertie.« Wie vielen anderen Leuten war auch Frances die Vorstellung unbehaglich, in näheren Kontakt mit Gerties Jack zu treten.
»Danke, Frances. Ich schaue jetzt rasch noch bei Marilyn und Polly vorbei, dann habe ich es hinter mir.«

Marilyn stand in Jeans und T-Shirt im Vorgarten. Wie jugendlich und sportlich sie doch aussieht für ihr Alter, dachte Gertie.
»Es ist mir unangenehm, dich mit meinen Problemen belästigen zu müssen.«
»Nun, was gibt's denn, Gertie?« Marilyn hatte Mühe, sich ihre Ungeduld nicht anmerken zu lassen. Seit sie sich wieder mehr ihren Mitmenschen zuwandte, reizte es sie, Gertie einmal gehörig den Kopf zu waschen. Sie mußte einfach Vernunft annehmen und aufhören, in der Rolle des hilflosen Opfers zu verharren. Auf diese Weise würde sie nur ständig neue Gewaltausbrüche provozieren, deren Leidtragende vor allem ihre Kinder waren. Aber ein Blick in Gerties verstörtes Gesicht genügte, um Marilyn für diesmal davon abzubringen.
»Gut«, seufzte sie. »Ich sag's ihm. Aber gib mir rechtzeitig Bescheid, falls nächste Woche wieder alles anders ist.«
»Ach Marilyn, du bist eine glückliche und starke Frau, ich bin weder das eine noch das andere! Ich danke dir von Herzen.« Sie überquerte die Straße, um zur Bushaltestelle zu gehen. Jetzt mußte sie nur noch Polly Bescheid sagen.
Da hielt plötzlich Rosemarys Wagen neben ihr an. »Hallo, Gertie, kann ich dich vielleicht ein Stückchen mitnehmen?«
»Ich bin unterwegs zu Polly, ich muß was Wichtiges mit ihr besprechen.«
»Sie ist in London und kommt erst Anfang nächster Woche zurück.«
»Ach, wie gut, daß ich dich getroffen habe! Danke, Rosemary, da hast du mir einen langen Weg erspart. Dann kann ich ja gleich nach Hause gehen.«
»Weißt du, vor ein paar Jahren wurde so ein Apparat erfunden, der heißt Telefon. Warum hast du nicht einfach versucht, sie anzurufen?« meinte Rosemary spitz.
»Bist du irgendwie sauer auf mich, Rosemary?«
»Nein, entschuldige, ich habe schlechte Laune. Es war nicht so gemeint.«

»Ist schon in Ordnung.« Gertie war nicht so schnell beleidigt.
»Ärger mit den Männern, was?«
»Was für einen Ärger sollte ich denn da haben?« fragte Rosemary und musterte sie forschend.
»Was weiß ich? Vermutlich die Qual der Wahl«, scherzte Gertie.
»Nein, das ist es nicht. Mir fehlt im Moment die innere Ruhe. Alle benehmen sich so komisch. Marilyn zum Beispiel spricht anscheinend nicht mehr mit mir. Dabei wüßte ich nicht, was ich ihr getan hätte.«
»Da kann ich dir auch nicht helfen. Ich dachte, ihr seid dicke Freundinnen. Ihr wart doch ständig zusammen auf Modenschauen und so.«
»Ja, aber seit kurzem ist es aus damit«, meinte Rosemary achselzuckend.
»Hattet ihr Streit?«
»Nein. Sie hat mich nach Hause gefahren ... aber ich habe sie nicht gefragt, ob sie mit reinkommen will.«
»So leicht ist sie bestimmt nicht eingeschnappt.«
Rosemary ließ noch einmal im Geiste die Nacht Revue passieren, als Danny in den Gartenpavillon gekommen war. Ob Marilyn etwa ... Sie gab sich einen Ruck. »Du hast wahrscheinlich recht, Gertie, ich bilde mir das nur ein. Und wie steht's bei dir zu Hause?«
»Oh, prima, alles bestens«, antwortete Gertie, erleichtert darüber, daß Rosemary die Frage nicht wirklich ernst meinte.

Sie schliefen eng umschlungen, wie sie es all die Jahre in der Tara Road getan hatten. Als Ria die Augen aufschlug, zeigte der Wecker dreiundzwanzig Uhr. Sie wollte Danny nicht stören, also blieb sie noch eine Weile liegen und dachte noch einmal über die Ereignisse des vergangenen Tages und des Abends nach. Gerne wäre sie jetzt aufgestanden und kurz unter die Dusche gegangen, um anschließend für sich und Danny etwas Kleines zum Essen zu richten. Dann konnten sie alles noch einmal in Ruhe durchgehen und die weiteren Schritte beratschlagen, Pläne schmieden, wie in alten Zeiten. Und alles würde wieder gut werden. Geld war nicht alles. Auch das Heim, das sie sich zusammen aufgebaut hatten, war ersetzbar. Es bestand immer noch die Möglichkeit, ein anderes, kleineres Haus zu kaufen. Aber sie wollte nicht die Initiative ergreifen, sondern ruhig liegenbleiben, bis Danny sich rührte.

Schließlich erhob er sich, suchte seine Kleider zusammen und ging ins Bad, während sie so tat, als würde sie noch schlafen. Als sie hörte, wie er unter die Dusche ging, wickelte sie sich in ein Handtuch und folgte ihm. Sie setzte sich auf einen von Marilyns schmiedeeisernen, mit einer Sitzfläche aus Kork versehenen Stühlen und wartete, bis er zu sprechen anfing.

»Du bist so still, Ria«, sagte er.

»Und du, wie steht es mit dir?« fragte sie. Auf keinen Fall wollte sie riskieren, im falschen Moment zu weit vorzupreschen.

»Was machen wir denn jetzt?« fragte er.

»Was hältst du davon, wenn wir erst mal was essen?«

Danny schien erleichtert. Er schnupperte an der Seife. »Sandelholz?«

»Das magst du doch, oder?«

»Ja.« Irgend etwas schien ihn zu betrüben. Als er ins Gästezimmer ging, um sich frische Sachen zu holen, nahm sie ebenfalls eine Dusche und schlüpfte dann in eine gelbe Hose und einen schwarzen Pullover.

»Steht dir gut«, bemerkte er, als sie sich in der Küche trafen.

»Annie meint, ich sehe darin aus wie eine Wespe.«

»Annie! Was weiß schon Annie?«

Beide waren darauf bedacht, mit keiner Silbe auf das anzuspielen, was vor wenigen Stunden geschehen war. Oder wie es nun weitergehen sollte. Weder redeten sie über Barney McCarthy oder Bernadette noch über irgend etwas anderes, das die Zukunft oder die Vergangenheit betraf. Trotzdem fiel es ihnen nicht schwer, die Zeit auszufüllen. Zusammen machten sie ein Kräuteromelett und einen Salat, dazu tranken sie ein Glas Wein. Dem Blinken des Anrufbeantworters schenkten sie keine Beachtung. Wer immer da auch versuchte anzurufen, es hatte Zeit bis morgen.

Um halb eins stiegen sie wieder in das große Doppelbett, das Greg und Marilyn Vine gehörte.

Das Telefon wollte nicht aufhören zu klingeln. Offenbar ein besonders hartnäckiger Anrufer, der entschlossen war, nicht aufzugeben, ehe jemand den Hörer abnahm.
»Verdammte Technik«, schimpfte Danny.
»Vermutlich Hubie Green, der verzweifelt versucht, die Nummer unserer Tochter herauszubekommen«, kicherte Ria.
»Ich mache uns Kaffee. Soll ich den Störenfried von seiner Qual erlösen?« schlug Danny vor.
»Ja, bitte.« Ria war munter und fröhlich, als sie hörte, wie das Band des Anrufbeantworters zurücklief. Alles, was er tat, war ihr heute recht. Gerade streifte sie sich ihren Badeanzug über, um sich für ein paar Bahnen im Pool fertigzumachen, als sie die verzweifelte Stimme vom Band hörte.»»Danny, es ist mir egal, wieviel Uhr es ist und ob Ria oder wer immer neben dir steht, heb jetzt bitte endlich ab. Das ist ein Notfall. Bitte, heb doch ab, Danny. Hier ist Finola. Bernadette ist in der Klinik, sie hatte eine Blutung. Sie will dich sehen. Du mußt mit mir reden, du mußt sofort nach Hause kommen.«
Ria zog ein Kleid über ihren Badeanzug und ging ohne ein Wort zu sagen in die Küche. Sie füllte die Kaffeemaschine und stellte sie an. Dann zog sie das Telefonbuch hervor, schlug die Nummern der Fluggesellschaften auf und reichte es kommentarlos an Danny weiter. Er mußte so schnell wie möglich nach Irland zurück, und sie konnte und durfte ihn nicht aufhalten.
Mit einem Seitenblick betrachtete sie sich im Spiegel und bemerkte ein leichtes Lächeln auf ihrem Gesicht. Das mußte sie sofort abstellen. Auf keinen Fall durfte sie jetzt verraten, was sie wirklich dachte: Wenn Bernadette das Baby verlor, waren ihre Probleme vielleicht gelöst.
Danny starrte sie mit schreckgeweiteten Augen an.
»Zieh dich an«, sagte sie. »Du mußt nach Hause.«
Er trat auf sie zu und schloß sie fest in die Arme. »Du warst immer

etwas Besonderes für mich, Ria, und so soll es auch bleiben«, sprach er mit belegter Stimme.
»Ich werde immer für dich dasein, das weißt du«, flüsterte sie in sein Haar.

Marilyn war nicht entgangen, daß Rosemary an der Bushaltestelle angehalten und mit Gertie geredet hatte. Sie war erleichtert darüber, daß Rosemary nicht die Gelegenheit genutzt und bei ihr vorbeigeschaut hatte. Denn es fiel ihr immer schwerer, ihre Abneigung gegenüber dieser Frau zu verbergen. Mit wütender Energie wandte sie sich wieder der Gartenarbeit zu. Ob man ihr in diesem erzkatholischen Land wohl vorwerfen würde, die geheiligte Sonntagsruhe zu stören? Aber Colm Barry hatte ihr versichert, das könne als Freizeitbeschäftigung durchgehen. Mittlerweile hätten ja auch die Läden das ganze Wochenende über geöffnet, und es fänden sonntags sogar Fußballspiele statt.
Wieder hörte sie einen Wagen, er hielt vor dem Haus an. Hoffentlich nicht schon wieder ein Besucher, dachte sie, ihr war überhaupt nicht danach, sich zu unterhalten. Sie wollte sich ganz in die Arbeit versenken und an nichts denken. Seltsam eigentlich. Früher hatte nur eine einzige Sache ihr Gemüt bewegt. Mittlerweile jedoch gab es nicht nur die Erinnerung an Dale, sondern auch noch Gerties gewalttätigen Ehemann, Colms drogensüchtige Schwester und Rosemarys Affäre mit Danny.
Vor dem Gartentor von Nummer 16 hörte sie Stimmen, und wie sie da so kniete, mit dem Gartenschäufelchen in der Hand, sah sie die leicht gebeugte Gestalt ihres Mannes die Einfahrt heraufkommen, den Blick auf das Haus gerichtet. Sie ließ das Arbeitsgerät fallen und stürzte ihm entgegen. »Greg ... Greg!« rief sie laut. Zuerst wich er einige Schritte zurück. Die langen Monate, in denen sie ihm nichts als Ablehnung entgegengebracht hatte, waren nicht ohne Wirkung geblieben. »Ich hoffe, es ist dir auch recht ...«, begann er vorsichtig.
»Greg, bist du es wirklich?«
»Eigentlich wollte ich dich vom Flughafen aus anrufen. Ich habe

dort ein paar Stunden gewartet, um nicht zu nachtschlafender Zeit hier aufzukreuzen«, erklärte er.
»Ist schon in Ordnung.«
»Ich möchte dich auch gewiß nicht stören und dir deinen Urlaub verderben. Es ist nur ... also ... ich dachte, ich bleibe so zwei, drei Tage.«
Sie sah ihn aufmerksam an. Nach diesen Entschuldigungen zu urteilen, mußte sie sich ihm gegenüber sehr abweisend verhalten haben.
»Aber Greg, ich bin doch froh, daß du hier bist«, meinte sie.
»Wirklich?«
»Natürlich. Willst du mich denn nicht richtig begrüßen?«
Und ohne es selbst recht glauben zu können, schloß Greg Vine seine Frau in die Arme.

Es gab im Haus auch Busfahrpläne, und nachdem Ria eine frühere Verbindung für die Kinder herausgesucht hatte, rief sie Sheila an. »Bist du so gut und setzt die beiden ohne großes Aufhebens in den Bus? Morgen erkläre ich dir alles.«
Sheila hatte ein Gespür dafür, wenn es Probleme gab. »Schlechte Nachrichten?« fragte sie.
»Nein, eigentlich nicht, die Sache ist ein bißchen kompliziert. Danny muß heute abend schon abreisen, und ich möchte, daß er sich noch von den Kindern verabschieden kann.«
»Und wie soll ich es ihnen erklären?«
»Sag ihnen einfach, daß sich die Pläne geändert haben.«
»Gut, wird gemacht. Aber ich will dir nicht verhehlen, daß es gar nicht so leicht sein wird, das Sean und Annie beizubringen.«

»Hallo, Dad, hier ist Annie. Ist das wahr, was Mrs. Maine mir erzählt hat? Sie sagt, daß du heute abend schon abreist.«
»Das stimmt, Prinzessin. Es wäre sehr schön, wenn wir uns vorher noch einmal sehen könnten.«
»Aber warum denn, Daddy, was ist los?«
»Das erkläre ich dir alles, wenn du da bist, Prinzessin.«

»Wir wollten heute ein Picknick machen und erst abends zurückkommen, und für morgen war ein Ausflug nach Manhattan geplant. Jetzt fällt das alles ins Wasser.«
»Das läßt sich leider nicht ändern, mein Liebling.«
»Hast du dich mit Mam gestritten oder so? Schickt sie dich etwa nach Hause, ist es das?«
»Nein, überhaupt nicht, Annie. Deine Mutter und ich haben uns prima verstanden. Wir haben heute abend etwas mit euch zu besprechen, das ist alles.«
»Also gut.«
»Tut mir leid, wenn ich dir deine Romanze verderbe.«
»Was für eine Romanze denn, Dad? Rede doch nicht so altmodisch daher.«
»Entschuldigung«, sagte Danny und legte auf.

Auf der Rückfahrt versuchten Annie und Brian sich einen Reim auf die Geschichte zu machen.
»Ob er wohl wieder zu uns zurückkommen will?« mutmaßte Brian hoffnungsvoll.
»Deswegen würden sie uns wohl kaum zurückholen«, brummte Annie. Sie hatte es noch nicht verschmerzt, daß ihr das wunderbare Picknick am See entgangen war. Sean war regelrecht beleidigt über ihre plötzliche Abreise gewesen; er hatte sogar die Vermutung geäußert, sie wolle nur nach Westville zurück, um Hubie Green wiederzusehen.
»Aber worum geht es dann?«
»Wahrscheinlich ist er pleite.«
»Das habe ich doch schon die ganze Zeit gesagt!« rief Brian triumphierend aus.
»Nein, das hast du nicht. Du hast nur ständig herumgekräht, daß Finola das behauptet.«
»Warten wir's ab«, bemerkte Brian gelassen. »Da ist Westville.«
Hubie Green stand an der Bushaltestelle. »Deine Mam hat mich gebeten, euch abzuholen und zum Tudor Drive zu fahren«, erklärte er.

»Ach ja? Du willst uns nicht etwa entführen?« fragte Annie.
»Nein. Natürlich freue ich mich auch, dich wiederzusehen, aber sie hat mich wirklich darum gebetet.« Sie stiegen in Hubies Wagen. »Wie war es denn?«
»Ging so …« Annie zuckte betont gleichmütig mit den Schultern. Brian hielt es für angebracht, diese dürftige Information etwas zu ergänzen. »Echt ekelhaft, die Knutscherei, die sie und Sean veranstaltet haben! Es war beinahe so schlimm wie mit euch beiden. Mir schien es, als würden sie gleich ersticken.«

Bernadette sah sehr blaß aus. »Bitte, Mam, wiederhole es noch mal, was hat er gesagt?«
»Er hat mir aufgetragen, dir auszurichten: ›Ich fliege heute abend, und morgen früh bin ich da, und alles ist beim alten.‹«
»Aber er hat nicht gesagt, daß er mich liebt?« fragte sie matt.
»Seine Worte waren: ›Alles ist beim alten.‹«
»Warum er es wohl so ausgedrückt hat, anstatt zu sagen, daß er mich liebt?«
»Vermutlich stand seine Exfrau daneben, oder er wollte dir versichern, daß sich nichts ändern wird. Auch dann nicht, wenn du das Kind verlieren solltest. Aber das wird nicht passieren, Bernadette.«
»Glaubst du das, Mam?«
»Ja. Er hat es ein paarmal wiederholt, und ich glaube ihm«, antwortete Finola Dunne.

»Setz dich. Wir müssen miteinander reden«, forderte Mona McCarthy Barney auf.
»Ach ja? Neulich, als ich dich drum gebeten habe, da wolltest du nicht«, meinte er vorwurfsvoll.
»Das war neulich, jetzt ist das anders. Es hat sich einiges geändert.«
»Zum Beispiel?«
»Da gab es zum Beispiel diesen Zeitungsartikel.«
»Hast du mir nicht gesagt, du hättest über die Jahre was auf die Seite gelegt und würdest mir aus der Patsche helfen?«

»Wir haben aber noch nicht darüber gesprochen, wie ich mir das vorstelle. Und daß du das gleich an die Presse weitergibst, davon war ganz bestimmt nicht die Rede.« Wie immer wirkte sie ruhig und sicher, aber ihr kühler Ton mißfiel ihm.
»Mona, du weißt genausogut wie ich, wie wichtig es in so einer Lage ist, um Vertrauen zu werben.«
»Es war nicht besonders klug, die Sache hinauszuposaunen, solange wir noch nicht die Bedingungen geklärt haben.«
»Bitte, Liebes, sprich nicht in Rätseln zu mir. Was meinst du denn mit Bedingungen? Du hast mir doch gesagt, du hast etwas auf die Seite gelegt, etwas, das uns retten kann.«
»Nein, so habe ich es nicht gemeint.« Sie sprach gelassen, als würde sie über ein Strickmuster oder eine Wohltätigkeits-Modenschau reden.
»Wie denn dann, Mona?«
»Meine Worte waren, es gäbe vielleicht noch etwas, was dich retten *könnte*. Das ist etwas ganz anderes.«
»Bitte laß doch diese Wortklaubereien, das ist jetzt nicht der richtige Zeitpunkt dafür.« Er spürte leichte Kopfschmerzen. Sie hatte ihn doch hoffentlich nicht an der Nase herumgeführt? Das war eigentlich nicht ihre Art.
»Das sind keine Wortklaubereien, ich meine es ernst«, entgegnete sie kalt.
»Ich höre, Mona.«
»Also, hör gut zu«, meinte sie. Dann setzte sie ihm in ruhigen Worten auseinander, daß sie über die Jahre genügend Geld in Rentenfonds und Lebensversicherungen angelegt habe, um alle seine Schulden zu begleichen. Allerdings seien sämtliche Papiere auf ihren Namen ausgestellt, und sie würde sie sich nur auszahlen lassen, falls Barney sich verpflichtete, alle seine Schuldner zu bezahlen. Zusätzlich verlangte sie, ihr herrschaftliches Haus gegen ein kleineres, bescheideneres einzutauschen. Ferner sollte Barney den Lynchs die Papiere über die persönliche Bürgschaft für die Tara Road Nummer 16 zurückgeben. Und nicht zuletzt sollte er Miss Callaghan klarmachen, daß er in Zukunft keinerlei

Beziehung mehr zu ihr unterhalten werde, weder finanzieller, sexueller noch gesellschaftlicher Art.
Mit offenem Mund hörte Barney ihr zu. »Das kannst du nicht verlangen«, meinte er nur, als sie geendet hatte.
»Es steht dir frei, mein Angebot abzulehnen«, entgegnete sie.
Er schaute sie lange an. »Du hast alle Trümpfe in der Hand«, sagte er schließlich.
»Jeder kann aufstehen und den Spieltisch verlassen, wann immer es ihm paßt. Niemand wird gezwungen, mitzuspielen.«
»Warum tust du das, Mona? Du brauchst mich doch nicht. Was hast du davon, wenn du mich zwingst, bei dir zu bleiben?«
»Du hast nicht die geringste Ahnung, was ich brauche und was nicht, Barney.«
»Du benimmst dich einfach lächerlich. Die ganze Stadt weiß schließlich über mich und Polly Bescheid. Damit kannst du nichts vertuschen, was nicht sowieso schon jeder weiß.«
»Und die ganze Stadt wird auch wissen, wenn es vorbei ist.«
»Verschafft dir das irgendeine Befriedigung?«
»Das geht nur mich etwas an.«
»Und soll das nun vertraglich geregelt werden, vor einem Notar, oder wie stellst du dir das vor?« meinte er gehässig.
»Nein, die Zeitung reicht. Du hast sie schon zu Hilfe genommen, ich kann das auch.«
Nie im Leben hätte es Barney für möglich gehalten, daß seine ruhige, beinahe demütige Frau jemals so mit ihm reden könnte.
»Was hat dich dazu veranlaßt, soviel Geld zur Seite zu legen? Etwa die Furcht davor, zu verarmen?« fragte er bissig.
»Falls du das wirklich denken solltest, tust du mir leid. Reichtum hat mich nie interessiert. Wirklich nie. Er hat mich eigentlich immer nur verlegen gemacht. Aber wie auch immer, nun *bin* ich reich, und ich wäre noch reicher, wenn ich dir nicht aus der Patsche helfen würde.«
»Also, warum sonst?«
»Teilweise aus Fairneß. Du hast hart gearbeitet, sogar sehr hart, und uns damit ein angenehmes Leben im Luxus ermöglicht. Aber

der Hauptgrund ist, daß ich es uns ermöglichen will, mit Würde und Anstand einen neuen Lebensabschnitt zu beginnen.«
Er sah sie mit Tränen in den Augen an. »Es wird alles so geschehen, wie du es verlangst«, sagte er.
»Wie du willst, Barney.«

Hubie setzte die beiden an der Einfahrt ab.
»Du weißt ja, Brian verzapft ständig nur Blödsinn«, meinte Annie schuldbewußt zu ihm.
»Schon gut.«
»Sehen wir uns also wieder?«
»Natürlich. Ist ja sowieso egal. Weder dieser dämliche Sean Maine noch ich werden dich nach diesem Sommer jemals wiedersehen, also was soll's?«
»Ach, ich hoffe eigentlich schon«, sagte sie.
»Für wen, für mich oder für Sean?«
»Für euch beide.«
Als die Kinder das Haus betraten, fiel ihnen als erstes Dannys Tasche auf, die gepackt bereitstand.
»Du willst also wirklich schon wieder abreisen?« fragte Annie.
»Hast du gedacht, ich mache nur Spaß?«
»Ein bißchen habe ich schon gedacht, es sei ein Vorwand, um uns von den Maines zurückzuholen.«
»Ihr hättet Annie und diesen Sean Maine mal zusammen erleben sollen ...«, fing Brian an.
»Bitte, Brian, das interessiert uns jetzt nicht«, unterbrach ihn Ria.
»Wir wollen jetzt auch nicht näher erörtern, wie du hier dein Zimmer hinterlassen hast. Kommt, wir haben nicht viel Zeit. In einer Stunde muß ich euren Dad zum Bus bringen. Es gibt eine Menge zu besprechen, laßt uns gleich anfangen.«
»Zach hat mich bestimmt reinkommen sehen. Wahrscheinlich taucht er gleich hier auf.«
»Nun, dann bitten wir ihn einfach, gleich wieder abzutauchen«, löste Annie dieses Problem.
Schließlich ergriff Danny die Initiative. »Ich bin hierhergekom-

men, um euch mitzuteilen, daß sich eine Menge in eurem Leben ändern wird, und nicht alles zum besten.«
»Wird wenigstens irgend etwas besser?« wollte Brian wissen.
»Nein, eigentlich nicht, um ehrlich zu sein«, meinte sein Vater.
Schweigend saßen sie da und warteten, was nun kommen würde. Ihr Vater schien nach Worten zu suchen. Hilfesuchend blickten die Kinder auf ihre Mutter, aber auch Ria sagte nichts, sondern lächelte Danny aufmunternd an. Nur eines erleichterte die Kinder ein wenig: Offenbar hatten sich ihre Eltern nicht gestritten.
Schließlich räusperte sich Danny und fing an zu sprechen. Er erzählte ihnen die ganze Geschichte. Von den Schulden, von den fehlgeschlagenen Spekulationsversuchen, dem Mangel an Vertrauen und dem schließlichen Zusammenbruch. Tara Road 16, soviel stand fest, war nicht mehr zu retten.
»Und du und Bernadette, werdet ihr auch euer neues Haus verkaufen?« wollte Brian wissen.
»Ja, natürlich.«
»Aber das gehört Barney doch gar nicht, oder?« fragte Annie.
»Nein.«
»Vielleicht könnten wir ja alle zusammen dort wohnen, was meint ihr?« Brian schaute in die Runde. »Oder vielleicht doch lieber nicht«, murmelte er in einer plötzlichen Eingebung.
»Ich hatte euch das eigentlich morgen abend erzählen wollen. Dann hätten wir mehr Zeit gehabt, in Ruhe darüber zu reden, aber ich muß zurückfliegen.«
»Ist Mr. McCarthy im Knast?« fragte Brian.
»Nein, es geht um etwas völlig anderes.« Alle schwiegen. Wieder schauten die Kinder auf Ria, und wieder warf sie Danny einen aufmunternden Blick zu. »Bernadette geht es nicht gut. Finola hat angerufen. Sie hatte eine starke Blutung und verliert vielleicht das Baby. Sie ist im Krankenhaus. Das ist der Grund, warum ich früher nach Hause muß.«
»Das heißt, daß es vielleicht gar nicht auf die Welt kommt, oder?« Brian wollte es ganz genau wissen.

»Es ist noch nicht richtig entwickelt und könnte nicht überleben, wenn es jetzt geboren wird«, erklärte Danny.
Annie sah zu ihrer Mutter hinüber und biß sich auf die Unterlippe. Nie zuvor war in ihrer Familie etwas so ungeschminkt und ehrlich ausgesprochen worden.
Brian stieß einen tiefen Seufzer aus. »Wäre es denn nicht das einfachste, wenn Bernadettes Baby gar nicht auf die Welt käme?« meinte er. »Dann könnten wir alle nach Hause fahren, und alles wäre wie früher.«

Danny wies den Taxifahrer an, zur Entbindungsklinik zu fahren. »Drücken Sie bitte etwas auf die Tube. Ich kann Sie allerdings nur in Dollar bezahlen.«
»Kein Problem, Dollars sind doch richtiges Geld«, meinte der Taxifahrer, bog in die von der Morgensonne beschienene Straße ein und gab Gas.
»Ihr erstes Baby?« fragte er.
»Nein«, antwortete Danny kurz angebunden.
»Es ist doch immer wieder aufregend, nicht wahr? Und jedesmal ist es ganz anders. Wir haben fünf Kinder, aber jetzt ist Schluß. Machen Sie einen Knoten rein, hat der Arzt mir geraten.« Er lachte fröhlich über seinen Scherz, aber dann sah er Dannys Gesicht im Rückspiegel. »Sie sind wohl müde nach dem Flug. Wie Sie aussehen, könnten Sie eine Mütze Schlaf gebrauchen.«
»Ja, schon möglich«, meinte Danny erleichtert und schloß die Augen.
»Nutzen Sie die Gelegenheit, Mann. Sie werden in nächster Zeit selten richtig durchschlafen, davon kann ich ein Liedchen singen«, meinte der Taxifahrer.

Orla King war zu einer Routineuntersuchung in der Klinik. Ein Abstrich war positiv gewesen, aber die nachfolgenden Tests hatten gezeigt, daß es sich um ein gutartiges Geschwür handelte. Die Blutuntersuchung hatte sogar eine Verbesserung ihrer Leberwerte ergeben. Immerhin war sie seit ihrem verheerenden Auftritt in Colms Restaurant trocken geblieben.

»Sie sind eine tapfere Frau«, lobte sie die freundliche Gynäkologin. »Das ist bestimmt nicht einfach für Sie, aber ich bin sicher, Sie werden es schaffen.«

»Ist das nicht komisch? Kaum lasse ich die Finger vom Fusel, und schon hilft mir Gott: ›Gut, Orla, diesmal ist es kein Krebs‹«, erwiderte Orla.

»Manchen Leuten hilft der Glaube tatsächlich.« Die Ärztin hatte schon viel gesehen und erlebt.

»Ach, das ist doch alles nur Unsinn«, wehrte Orla ab.

»Was würde Ihnen denn helfen?«

»Ich weiß auch nicht. Eine Karriere als Sängerin, oder daß ich dem einen Mann, der mir wirklich gefällt, auch gefalle ...«

»Männer gibt es doch genug.«

»Das sagt sich so leicht.« Als Orla den Behandlungsraum verließ, stieß sie im Korridor beinahe mit Danny Lynch zusammen. »Wir treffen uns ja an den seltsamsten Orten«, rief sie.

»Ich habe jetzt keine Zeit für dich, Orla«, meinte er abwehrend.

»Ist das Baby etwa schon da? Dafür ist es noch zu früh, oder?«

»Bitte, entschuldige mich.« Er versuchte an ihr vorbeizukommen.

»Komm, laß uns in die Cafeteria gehen. Da kannst du mir alles erzählen«, bettelte sie.

»Nein. Ich bin verabredet, ich warte auf jemanden.«

»Bitte, Danny. Erstens bin ich trocken, das ist doch eine gute Nachricht, und außerdem hat mir die Ärztin gerade mitgeteilt, daß mein Krebstest negativ war.«

»Freut mich für dich«, sagte er und versuchte erneut, ihr zu entkommen.

»Hör zu, ich habe mich mies benommen, neulich bei Colm. Ich habe dich nicht angerufen und dir auch nicht geschrieben, aber du weißt doch, daß ich es nicht so gemeint habe. Ich bin nicht wirklich ich, wenn ich getrunken habe.«

Auf der anderen Seite des Korridors entdeckte Danny eine Herrentoilette. »Entschuldige, Orla«, sagte er und verschwand in der

Tür. Er stützte die Hände auf das Waschbecken und musterte sich im Spiegel, sein zerknittertes Hemd, das hagere Gesicht mit den eingesunkenen, übernächtigten Augen.

Bernadette lag immer noch auf der Intensivstation, wie man ihm gesagt hatte. Erst in ein oder zwei Stunden würde er sie sehen können. Auch ihre Mutter, die die ganze Nacht bei ihr geblieben war, würde bald zurück sein. Ja, sie hatte das Baby verloren; es war nicht zu retten gewesen. Aber Bernadette würde ihm alles selbst erzählen, auch, ob es ein Junge oder ein Mädchen gewesen war. Dies überließ man in der Klinik der Frau; die Ärzte hatten es ihm nicht verraten. »Gehen Sie einen Kaffee trinken«, hatte man ihn gedrängt, und dann mußte ihm ausgerechnet Orla King über den Weg laufen.

Seine Schultern begannen zu beben, Tränen strömten über seine Wangen. Die Tür ging auf, und herein kam ein stämmiger, junger Bursche.

»Sie wohl auch, was?« dröhnte er. Danny brachte kein Wort heraus, aber der frischgebackene Vater dachte in seinem Überschwang, er hätte ihm zugenickt. »Ich auch. Mein Gott, es hat mich einfach umgehauen. Ich kann es noch gar nicht fassen. Mein Sohn, und ich war dabei, wie er zur Welt gekommen ist!« Ungelenk legte er einen Arm um Dannys Schultern und drückte ihn kameradschaftlich. »Und da sagt man nun, daß die Frau es ganz allein durchmachen muß!«

Polly Callaghan kam am frühen Montag morgen aus London zurück. Vor ihrer Wohnung traf sie auf Barney, der in seinem Wagen auf sie gewartet hatte.

Polly freute sich sehr, ihn wiederzusehen. »Wie lieb von dir, daß du mir entgegenfährst.«

»Nein, bitte, laß das jetzt.« Er wirkte sehr bedrückt.

Von dieser trübseligen Stimmung wollte sich Polly nicht anstecken lassen. »He, ich weiß schon alles. Ich habe in London am Bahnhof die *Irish Times* gekauft und den Artikel über dich gelesen. Das ist doch einfach phantastisch.«

»Ja«, brachte er heraus.
»Etwa nicht?«
»In gewissem Sinne schon.«
»Steig doch endlich aus, ich mache uns einen Kaffee.«
»Nein, Polly, wir müssen hier miteinander reden.«
»Doch wohl nicht im Auto, ich bitte dich.«
»Bitte. Sei so lieb und tu mir den Gefallen.«
»Habe ich dir nicht schon oft genug einen Gefallen getan? Komm, erzähl schon, bevor ich vor Neugier platze. Stimmt es, ist es noch einmal gutgegangen?«
»Ja, Polly, das stimmt.«
»Also, wo bleibt der Champagner?«
»Es hatte einen Preis. Einen schrecklichen Preis.«

»Polly, hier ist Gertie. Hast du einen Moment Zeit? Ich möchte dich um einen Freundschaftsdienst bitten.«
»Nein, Gertie, es paßt mir jetzt nicht so gut.«
»Oh, entschuldige. Ist Barney bei dir?«
»Nein, und er wird auch nie mehr hier sein.«
»Das kann doch nicht sein! Ich wußte, daß er ein wenig Ärger hatte, aber ...«
»Er hat überhaupt keinen Ärger mehr. Alles ist wieder in Butter bei ihm. Nur mit uns ist jetzt Schluß, das war Teil der Abmachung. Und ich werde die Wohnung aufgeben, das gehört ebenfalls zur Abmachung.«
»Wie ist denn das möglich?«
»Seine Frau. Am Ende gewinnt immer die Ehefrau.«
»Nein, das stimmt nicht. Hat Ria etwa gewonnen?«
»Ach verdammt, Gertie. Wen interessiert das?«
»Verzeih mir, mich zum Beispiel. Vielleicht meint Barney es nicht so.«
»Er meint es ernst. Er mußte sich entscheiden, entweder–oder. Weshalb rufst du eigentlich an?«
»Ach ... es ist eigentlich nicht so wichtig, verglichen mit deinen Problemen.«

»Was ist los, Gertie?«
»Jack hat da so komische Vorstellungen, durch welche Art Arbeit ich nebenher mein Geld verdiene – du wirst es nicht glauben. Auf alle Fälle mußte ich ihm erzählen, daß ich für dich putze. Falls er also bei dir auftaucht und dich aushorchen will, kannst du es ihm bitte bestätigen?«
»Das war alles? Das ist das ganze Problem?«
»Nun, es ging ziemlich hoch her deswegen, und wer weiß, was ihm noch alles einfällt, falls ihm das wieder mal im Kopf rumspukt.«
»Mußte es genäht werden?«
»Nein, nein.«
»Gertie du bist so unglaublich dumm. Es ist einfach nicht zu fassen. Ich hätte große Lust, bei dir vorbeizukommen und dich so lange zu schütteln, bis dir die restlichen Zähne aus dem Mund fallen.«
»Das würde mir nicht helfen. Nicht im geringsten.«
»Ich weiß.«
»Es ist ja nur, weil er mich liebt. Da kommt er manchmal auf dumme Gedanken.«
»Natürlich.«
»Und du weißt doch auch, daß Barney dich liebt. Er wird zu dir zurückkommen.«
»Selbstverständlich wird er das«, erwiderte Polly und legte auf.

Für den Montag schlug Marilyn ihrem Mann einen Ausflug nach Wicklow vor, einer herrlichen Gegend, die man in weniger als einer Autostunde erreichen konnte. Sie begann, alles Nötige für ein Picknick herzurichten.
»Hier, da ist eine Karte. Du verschaffst dir ja immer erst mal gerne einen Überblick«, meinte sie und zog Rias Picknickkorb hervor. »Schau dir die Strecke an, dann kannst du mir helfen, den richtigen Weg zu finden.«
Wieder stellte er mit Erstaunen fest, wie sehr sie sich doch verändert hatte. Ihre frühere Begeisterungsfähigkeit schien zurückgekehrt. »In nur einer Stunde ist man draußen auf dem Land?«

»Das ist das Besondere an der Stadt hier, man hat sowohl die Berge als auch das Meer gleich vor der Haustür«, schwärmte sie. »Und ich kenne da ein wunderschönes Fleckchen. Man steigt einfach aus dem Auto und wandert dann kilometerweit über die Hügel, ohne eine Menschenseele zu treffen. Nirgends sieht man ein Haus. Ganz wie in Arizona, nur daß es eben keine Wüste ist.«
»Und warum willst du heute dorthin?« fragte er vorsichtig.
»Damit wir unsere Ruhe haben. Hier in der Tara Road 16 geht es manchmal zu wie in einem Taubenschlag, sage ich dir«, erklärte Marilyn und lachte fröhlich. Vor kurzem hatte Greg noch gefürchtet, sie hätte es endgültig verlernt.

Bernadette war weiß wie die Wand. Danny krampfte sich der Magen zusammen, als er sie sah. »Treten Sie ruhig näher, sprechen Sie mit ihr. Sie hat die ganze Zeit nach Ihnen gefragt«, forderte ihn die Krankenschwester auf.
»Ich glaube, sie schläft«, meinte er zögerlich.
»Bist du es, Danny?«
»Ich bin hier bei dir, Liebling, sprich bitte nicht. Du bist noch zu müde und schwach. Du hast viel Blut verloren, aber es wird dir bald wieder bessergehen.«
»Küß mich«, sagte sie, und er küßte ihr schmales, bleiches Gesicht.
»Richtig, bitte.« Er küßte sie auf die Lippen. »Liebst du mich noch, Danny?«
»Liebling, Bernadette, natürlich liebe ich dich.«
»Du weißt schon, was mit dem Baby passiert ist?«
»Ich bin so traurig, daß wir unser Baby verloren haben«, sagte er mit Tränen in den Augen. »Und es macht mich auch traurig, daß ich nicht hier bei dir sein konnte, als es passiert ist. Aber die Hauptsache ist, daß du in Ordnung bist und ich jetzt bei dir bin, das macht uns stark, für jetzt und für die Zukunft.«
»Du bist nicht vielleicht doch froh darüber und denkst, daß es irgendwie die beste Lösung war?«
»Um Himmels willen, Bernadette, wie kannst du so etwas sagen?« fragte er mit schmerzverzerrtem Gesicht.

»Nun ... du weißt ...«
»Nein, ich weiß gar nichts. Unser Baby ist tot, das Baby, für das wir ein Heim geschaffen haben, und du bist schwach und krank. Wie könnte ich darüber froh sein?«
»Ich habe Angst gehabt, daß du dort in Amerika ...« Die Stimme versagte ihr.
»Du weißt, daß ich nach Amerika fliegen mußte, um ihnen von Angesicht zu Angesicht zu erklären, wie die finanzielle Lage ist. Das ist nun erledigt, und jetzt bin ich wieder zu Hause, zu Hause bei dir.«
»Ist alles gut gelaufen?« wollte Bernadette wissen.
»Ja, alles ist gut gelaufen«, antwortete Danny Lynch.

Ria rief Rosemary an. »Gut, daß ich dich noch erreiche. Ich hatte befürchtet, du wärst schon zur Arbeit gefahren.«
»Nein. Huch, wie spät ist es denn bei euch? Es muß ja mitten in der Nacht sein.«
»Ist es auch. Ich konnte nicht schlafen.« Rias Stimme klang matt.
»Stimmt etwas nicht?«
»Wie man's nimmt, ja und nein.«
Und Ria vertraute ihrer besten Freundin Rosemary an, daß Danny wegen Bernadettes Fehlgeburt früher als geplant nach Hause zurückgeflogen war. Ob Rosemary sie vielleicht auf dem laufenden halten könne? Sie sehe doch Danny von Zeit zu Zeit.
Ria weihte Rosemary auch in ihren Plan ein, nach ihrer Rückkehr einen Partyservice aufzuziehen. In Amerika wären alle von ihren Kochkünsten begeistert gewesen. Sie wolle versuchen, für Colms Restaurant Desserts zu liefern und spezielle Gerichte für größere Feinkostgeschäfte. Alles würde am Ende wieder in Ordnung kommen, meinte sie.
»Und wie war es mit Danny?«
»Prima, fast wie in alten Tagen.« Ria ging nicht in die Details, aber Rosemary hatte das deutliche Gefühl, es sei mehr passiert, als ihre Freundin ihr erzählen wollte. Aber Danny Lynch war doch sicher-

lich nicht so dumm, unter den gegebenen Umständen mit seiner Exfrau zu schlafen. Oder vielleicht doch?

Als Rosemary nachdenklich ihre Wohnung verließ und zu ihrem Wagen ging, traf sie auf Jack Brennan. Er hatte zwar keine Fahne, schien aber auch nicht gerade nüchtern zu sein. »Nur eine kurze Frage, Rosemary. Du gibst meiner Frau Geld, damit sie bei dir putzt?«
»Natürlich nicht, Jack. Gertie ist meine Freundin und nicht meine Putzfrau. Ich lasse zweimal die Woche eine Reinigungsfirma kommen«, sagte Rosemary, schlug die Autotür zu und brauste davon.

Finola Dunne fuhr Danny ins Büro.
»Ich muß unbedingt aus Barney herausbekommen, was es mit dieser Rettungsaktion auf sich hat. Es könnte auch nur ein Bluff sein, aber vielleicht ist ja tatsächlich was dran. Ich bin noch vor dem Mittagessen wieder bei Bernadette.«
»Du brauchst etwas Schlaf, du siehst völlig fertig aus«, bemerkte Finola.
»Ich kann nicht schlafen, nicht in einer solchen Situation.«
»Was meinst du mit ›Situation‹ – daß Bernadette das Baby verloren hat?« tastete sich Finola vor.
»Deshalb liebe ich sie nur um so inniger. Ich möchte mehr denn je für sie sorgen ...«, beendete Danny ihren Gedankengang.
»Aber bist du in gewisser Hinsicht nicht ...?«
»Du *weißt* doch, Finola, daß ich sie anbete. Ich hätte sicher nicht meine Frau und meine Kinder verlassen, wenn ich sie nicht mehr als alles auf der Welt lieben würde.«

Als Danny in der Firma eintraf, fand gerade eine Krisensitzung statt. Die Empfangssekretärin wunderte sich sehr über sein Erscheinen. »Es hieß, Sie kämen erst morgen zurück«, sagte sie und musterte erstaunt sein mitgenommenes Äußeres.
»Ja, aber nun bin ich früher gekommen. Wer ist denn alles drin?«

»Der Buchhalter, die Rechtsanwälte, jemand von der Bank und Mrs. McCarthy.«
»Mona?«
»Ja.«
»Und war vorgesehen, daß mir jemand von diesem Gipfel hier erzählt, oder sollte ich erst hinterher davon erfahren?«
»Das dürfen Sie mich nicht fragen, Mr. Lynch. Ich bin nicht besser informiert als Sie. Mir erzählt ja niemand, was los ist.«
»Gut, dann gehe ich jetzt rein.«
»Mr. Lynch?«
»Bitte?«
»Wenn ich mir einen Vorschlag erlauben darf ... also ... Sie sollten sich vielleicht zuerst ein wenig frisch machen.«
»Danke, Schatz«, nickte er. Das Mädchen hatte recht. Fünf Minuten im Waschraum genügten, um ihn wieder einigermaßen auf Vordermann zu bringen.

Sonnenlicht flirrte durch die Baumkronen, als Greg und Marilyn an einem Holztisch ihr Picknick auspackten. Sie waren unbeschwert plaudernd über die Hügel gewandert, wo sie lediglich ein paar Schafen begegnet waren, die nicht einmal den Kopf gehoben hatten.
»Warum bist du eigentlich gekommen?« wollte Marilyn wissen.
»Weil Ria mir erzählt hat, daß du mit ihren Kindern über Dale gesprochen hast. Da dachte ich, vielleicht kannst du jetzt auch mit mir darüber reden.«
»Ja, selbstverständlich kann ich das. Tut mir leid, daß es so lange gedauert hat.«
»Manche Dinge brauchen eben ihre Zeit«, meinte Greg und faßte nach ihrer Hand. Er hatte die Nacht in dem großen, weißen Bett an der Seite von Marilyn verbracht. Sie hatten allerdings etwas steif nebeneinandergelegen, aber sich ein wenig an den Händen gehalten. Ihm war bewußt, daß er sehr vorsichtig sein mußte. Vor allem durfte er nicht einfach fragen, wodurch sich ihre Haltung geändert hatte. Sicher würde sie ihm das von sich aus erzählen.

»Manchmal genügt eine Kleinigkeit, und man sieht alles anders«, sagte Marilyn mit Tränen in den Augen. Es waren die Tränen, auf die er so lange gewartet hatte.
»Im Grunde ist es so idiotisch, daß ich gar nicht weiß, wie ich es dir erzählen soll. Aber es hatte tatsächlich mit den Kindern zu tun ... Es passierte, als Annie sagte, Motorräder seien eben kein Spielzeug, genausowenig wie Schußwaffen. Und Brian meinte, Danny sei jetzt bestimmt im Himmel und schaue auf uns runter und es täte ihm sicher unheimlich leid, was er da angestellt hat.« Greg hielt ihre Hände in den seinen und spürte, wie ihre Tränen darauf fielen. »Da hat plötzlich alles irgendwie einen Sinn bekommen, Greg«, sagte sie schluchzend. »Ich glaube nicht wirklich an einen Himmel oder dergleichen, aber sein Geist ist da irgendwo und leidet unter dem, was er da angerichtet hat. Ich muß auf ihn hören und ihn spüren lassen, daß alles gut ist, so wie es ist.«

»Wieder im Lande«, rief Danny, als er mit aufgesetztem Lächeln und voller Selbstvertrauen das Konferenzzimmer betrat. Neben der unerschütterlichen Gestalt von Mona McCarthy erkannte er Larry, den Bevollmächtigten der Bank, die beiden anderen schienen Rechtsanwälte zu sein.
»Tut mir leid, Danny, wir wußten nicht, daß du in Dublin bist. Sonst hätten wir dich natürlich benachrichtigt«, begrüßte ihn Mona. Was tat sie eigentlich hier? schoß es Danny durch den Kopf.
»Also, dann erklärt mir mal die Wundergeschichte von der plötzlich aufgetauchten Schatztruhe, die in der *Irish Times* zu lesen war.« Da Barney sich merkwürdig still verhielt, blickte Danny erwartungsvoll auf das Fußvolk.
»Jetzt ist nicht die richtige Zeit für lockere Sprüche, Danny«, kanzelte ihn Larry, der ihn noch nie gemocht hatte, wie einen Schuljungen ab.
Danny schwieg, und innerhalb von fünfzehn Minuten erfuhr er, daß Mrs. McCarthy sich entschlossen hatte, die Firma vor dem Ruin zu retten, obgleich sie weder gesetzlich noch moralisch dazu

verpflichtet war. Allerdings sollte das Unternehmen liquidiert werden, die Aktiva sollten verkauft und die Schuldner bezahlt werden. Was auch bedeutete, daß Danny seinen Arbeitsplatz verlor. Der Bankmanager konnte es sich nicht verkneifen, gegenüber Danny durchblicken zu lassen, daß es für ihn nicht gerade einfach sein werde, in einer angesehenen Immobilienfirma eine neue Anstellung zu finden. Die Kunde von den windigen Finanztransaktionen hatte sich weit verbreitet.
Die einzig gute Neuigkeit war, daß die Lynchs nun nicht mit der Tara Road Nummer 16 einstehen mußten. Das Haus würde nicht in die Konkursmasse eingehen. Danny begann sich gerade ein wenig zu entspannen, da fügte Larry noch hinzu, daß es letztendlich doch nicht so rosig um die Tara Road stand. Danny hatte keine finanziellen Rücklagen, keine Stellung, und sein Bankkonto war kräftig überzogen. Er würde nicht umhinkommen, das Haus zu verkaufen.

Colm erhielt Besuch von Fergal, den er flüchtig von den Zusammenkünften der Anonymen Alkoholiker her kannte. Soviel Colm wußte, war er bei der Polizei. »Du weißt ja, wir haben versprochen, ein Auge auf unsere Brüder und Schwestern zu halten«, brachte Fergal zögernd hervor.
»Ja, natürlich. Hast du mir etwas mitzuteilen, oder willst du etwas von mir wissen?« fragte Colm, der nicht lange um den heißen Brei herumreden wollte.
»Ich will dir einen Tip geben. Es geht das Gerücht um, daß dein Schwager hier im Restaurant dealt. Nicht ausgeschlossen, daß es demnächst eine Razzia gibt.«
»Danke.«
»Du weißt davon?«
»Ich habe es vermutet.«
»Was wirst du tun? Ihn warnen, ihm raten zu verschwinden, oder was sonst?«
»Am liebsten würde ich ihn hinter Gittern sehen, aber vorher muß ich noch etwas klären.«

»Das wird hoffentlich nicht lange dauern. Viel Zeit hast du nämlich nicht«, warnte Fergal.
»Dann werde ich mich wohl beeilen müssen«, seufzte Colm und machte sich auf die schwerste Unterredung in seinem Leben gefaßt. Er hatte seiner Schwester versprochen, daß er sich stets um sie kümmern würde, und das war für ihn lange Zeit gleichbedeutend damit gewesen, die Augen vor ihrer Drogensucht zu verschließen. Inständig hoffte er, daß Marilyn Vine zu ihrem Versprechen stehen und ihn unterstützen würde.

Im Konferenzzimmer führte noch immer Mona das Wort. Schließlich gingen Barney und Danny, die offenbar nicht mehr gebraucht wurden, hinaus.
Danny machte einen Versuch, gute Laune zu zeigen. »In besseren Zeiten hätten wir jetzt gesagt, laß uns Polly anrufen und einen Tisch im Quentin's reservieren.«
»Diese besseren Zeiten sind endgültig vorbei«, gab Barney trübsinnig zurück.
»Wie, gehört das etwa auch zur Abmachung?«
»Allerdings. Und wie ist es dir ergangen in Amerika?«
Danny zuckte mit den Schultern. »Na ja ...«
»Immerhin wird jetzt auch für Ria was dabei herausspringen.«
»Ja.«
»Warum bist du eigentlich so früh zurückgekommen?«
»Bernadette hatte eine Fehlgeburt.«
»Oh, mein Gott. Aber vielleicht ist es doch am Ende das beste so.«
»Es freut mich nicht gerade, so etwas ausgerechnet von dir zu hören«, meinte Danny trocken, ließ Barney einfach stehen und winkte ein Taxi heran, um ins Krankenhaus zu fahren.

Greg war bereits wieder nach Amerika geflogen. Zu gerne hätte Marilyn ihn begleitet. »Aber ich kann doch nicht einfach das Haus im Stich lassen, wie ein sinkendes Schiff. Ria wird es zwar ohnehin verlieren, aber es wäre irgendwie taktlos.«
»Natürlich«, stimmte er zu.

»Am ersten September werde ich wieder in Westville sein«, versprach sie ihm.
»In dieser Woche werde ich auch irgendwann zurückkommen.«
»Und was ist mit deinem Lehrauftrag auf Hawaii?«
»Ach, die können leicht auf mich verzichten.« Um diesen Punkt schien sich Greg keine großen Sorgen zu machen. »Es war sowieso eher ein Gefälligkeitsjob, und ich bin sicher, alle werden sich freuen zu hören, daß wir uns wieder verstehen.«
»Schade nur, daß sich bei Ria nichts verändert hat.«
»Wir haben eine Weile nichts von ihr gehört, wer weiß?« meinte Greg hoffnungsvoll.
»Ach nein, ich glaube nicht. Sie sehnt sich so danach, daß dieser Kerl zu ihr zurückkehrt, aber sie hat wohl keine Chance. Wie ich gehört habe, ist er wieder im Lande und weicht seiner kleinen Freundin nicht von der Seite.«
»Sie wird darüber hinwegkommen«, meinte Greg.
»Wie ist sie denn so?« wollte Marilyn plötzlich wissen. »Ich meine, was für eine Art Mensch ist sie?«
»Ich habe ganz vergessen, daß du sie ja gar nicht kennst. Nun, sehr warmherzig, manchmal ein bißchen naiv. Sie redet gerne. Anfangs habe ich gedacht, du würdest sie bestimmt nicht mögen, aber jetzt kann ich es mir doch gut vorstellen. Andy hat sie auch gefallen, glaube ich.«
»Schau an!« rief Marilyn aus. »Am Ende werden wir noch Schwägerinnen.«
»Darauf würde ich nicht wetten«, meinte Greg.
Als er weg war, saß sie am Küchentisch und sprach mit Clement. »Weißt du was, wir schaffen uns auch eine Katze an, genau so einen dummen Kater wie dich.«
Da kam Colm von Garten herein. Er sah blaß aus. Marilyn war im ersten Moment ein wenig erschrocken. In der Regel platzte er nicht so unangemeldet herein. Ohne Umschweife kam er zur Sache. »Ich muß es hinter mich bringen. Heute rede ich mit ihr. Wirst du mir helfen?«
»Warst du schon im Therapiezentrum?«

»Ja.«
»Und haben sie einen Platz für sie, wenn sie einwilligt?«
»Ja.«
»Auf mich kannst du zählen.«

»Hallo, Ria, hier ist Danny.«
»Oh, Gott sei Dank, ich bin so froh, von dir zu hören.«
»Tut mir leid, ich bin nicht dazu gekommen, mich früher zu melden.«
»Wie geht es dir ...?«
»Wir haben das Baby verloren, wie zu befürchten war.«
»Das tut mir leid.«
»Ich weiß, Ria.«
»Aber in gewissem Sinne ...«
»Ich bin sicher, daß du nicht zu den Leuten gehörst, die denken, es sei doch vielleicht das beste so«, unterbrach er sie rasch.
»Nein, natürlich wollte ich so etwas nicht sagen«, log Ria.
»Ich weiß, daß du nicht so denkst, aber andere tun das durchaus, und das ist nicht sehr schön für uns beide.«
»Kann ich mir vorstellen.« Auf keinen Fall wollte sie ihm zeigen, wie verwirrt sie war. »Jedenfalls geht es den Kindern gut. Sie haben sich darauf eingestellt, daß es jetzt bald wieder nach Hause geht, und dann treffen wir uns alle und schmieden Pläne für die Zukunft.«
»Ja, es sieht gar nicht mehr so düster aus, wie es zuerst den Anschein hatte«, meinte er.
»Inwiefern?«
»Mona hatte ein paar Ersparnisse, und immerhin bekommt Barney nicht unser Haus.«
»*Danny!*« rief sie außer sich vor Freude.
»Aber wir werden es trotzdem verkaufen müssen. Allerdings bleibt uns dann wenigstens der Verkaufserlös, und wir werden schon was Hübsches finden, wo du wohnen kannst.«
»Sicher.«
»Das war eigentlich schon alles, was ich dir sagen wollte.«

»Ja ...«
»Alles in Ordnung bei dir?« meinte er besorgt.
»Ja, doch. Warum?«
»Ich dachte, es würde dich mehr freuen. Da ist doch unvermutet in all diesem Schlamassel ein Schutzengel in Gestalt von Mona McCarthy erschienen.«
»Ach, natürlich freue ich mich. Tut mir leid, Danny, wir müssen Schluß machen, es hat geklingelt.« Sie legte auf. Niemand hatte geklingelt, aber er sollte nicht merken, daß sie weinte. Ach, wie elend sie sich plötzlich fühlte, nachdem ihr nun klargeworden war, daß sein Besuch in Amerika keine Konsequenzen hatte und er keine gemeinsame Zukunft mit ihr im Auge hatte.

»Monto will heute abend einen Tisch für sechs Personen haben, und zwar den neben der Tür«, verlangte einer der namenlosen Kumpane, von denen Colms Schwager ständig umgeben war.
»Ich habe keine Reservierung von ihm«, meinte Colm höflich.
»Ich denke, das dürfte kein Problem sein.«
»Sagen Sie Monto, er soll selbst mit mir reden, wenn er was von mir will.«
Colm hatte seinen Freund Fergal gebeten, beim Drogendezernat durchblicken zu lassen, daß sie nun freie Bahn hatten. Caroline sei fest in ein Entziehungsprogramm eingebunden und somit nicht mehr auf Monto angewiesen.
»Monto mag solche Spielchen nicht.«
»Kann ich verstehen.« Colm blieb freundlich.
»Er wird vorbeikommen.«
Doch Colm war vorbereitet. Fergal hatte ihm versprochen, daß ein paar seiner Leute in einem unauffälligen Wagen in der Nähe sein würden.
»Das ist sehr umsichtig von dir, Fergal, du bist jederzeit zum Essen eingelassen, selbstverständlich auch mit Begleitung.«
»Ach, seit meinen feuchten Tagen bleibt meine Begleitung lieber zu Hause.«
»Ich habe meistens auch niemanden, der mich begleiten würde.

Was waren wir doch für Idioten! Na, vielleicht ergibt sich ja bald mal was.« Colm gab sich viel gelassener, als ihm tatsächlich zumute war.

»Hallo, Colm, ich würde gerne heute abend mit Gertie zum Essen kommen«, sagte Marilyn, als sie das Restaurant betrat.
»Natürlich, gerne. Auf Kosten des Hauses, versteht sich«, meinte Colm.
»Davon will ich nichts hören.«
»Ich bitte dich, nach all dem, was du für Caroline getan hast.«
»Sie war längst soweit. Sie wollte dich nur nicht im Stich lassen, das war alles.«
»Sind wir nicht alle irgendwie verrückt?« meinte er.
»Natürlich«, stimmte sie ihm lachend zu. »Ich hoffe, Gertie und ich werden einen ruhigen Abend hier verbringen, im Gegensatz zu meinem ersten Besuch. Weißt du noch, wie diese Sängerin aus der Blumenvase getrunken hat?«
»Die werde ich sicher nicht so schnell vergessen. Aber ich würde auch nicht darauf wetten, daß es ein ruhiger Abend wird.«

»Können die Maines nicht auch noch zu uns kommen? Unser Besuch bei ihnen war doch wohl ein bißchen kurz.«
»Ja, Annie, aber dafür gab es einen wichtigen Grund.«
»Trotzdem. Bitte.«
»Ich weiß nicht so recht ...«
»Aber Mam, vielleicht sind das die letzten schönen Ferien, die wir überhaupt miteinander haben, denn wenn ihr erst mal richtig geschieden seid ... und wo doch kein Geld mehr da ist und alles ... da wäre es schön, wenn wir etwas hätten, an das wir gerne zurückdenken.«
»Stimmt«, gab Ria zu.
»Geht es dir gut, Mam?«
»Ja. Ich möchte nur nicht, daß du dein Herz an einen Jungen hängst, von dem du dich in zehn Tagen für immer verabschieden mußt.«

»Ach, Mam, das ist dir doch sehr viel lieber, als wenn ich einen hätte, der mir Tag und Nacht nicht mehr von der Seite weicht«, meinte Annie mit funkelnden Augen.
»Dann lad sie halt ein«, gab Ria nach. Es war im Grunde ja auch egal. Alles war völlig egal.

Rosemary klingelte an der Tür von Nummer 16. »Ich bin zufällig in der Gegend. Dein Mann hat dich besucht, wie ich von Gertie gehört habe?«
»Das stimmt.«
»War es schön?«
»Sehr schön, danke.«
»Gibt es Neuigkeiten von Ria?« Rosemary ließ sich nicht anmerken, wie sehr es sie ärgerte, an der Türschwelle abgefertigt zu werden.
Erst da öffnete ihr Marilyn die Tür richtig. »Ja, die gibt es. Komm doch rein, dann erzähle ich dir alles.«

Bernadette war aus der Klinik entlassen worden. Sie lag auf dem Sofa, und Danny brachte ihr einen Teller Suppe.
»Das schmeckt gut«, meinte sie. »Was ist es denn?«
»Nur eine Bouillon aus der Dose mit einem Schuß Brandy drin. Damit du wieder auf die Beine kommst.« Sanft strich er ihr übers Gesicht.
»Du bist so lieb, Danny.«
»Ich fühle mich wie ein Versager. Ich muß unser neues Haus verkaufen, bevor wir überhaupt angefangen haben, es abzubezahlen.«
»Das ist mir egal. Du weißt das.«
»Ja, ich weiß.«
»Und wie geht es Ria?« Es war das erste Mal, daß sie nach ihr fragte. »Kommt sie damit klar, daß euer Haus in der Tara Road verkauft wird?«
»Ich denke schon«, antwortete Danny. »In Amerika hatte ich den Eindruck, daß sie es verkraftet. Neulich am Telefon hat sie sich allerdings etwas eigenartig angehört.«

»Auf Telefongespräche soll man nichts geben«, versuchte ihn Bernadette zu beruhigen. »Hat sie auch etwas über das Baby gesagt?«
»Sie hat gesagt, es täte ihr sehr leid.«
»Das glaube ich ihr«, meinte Bernadette. »Und den Kindern sicher auch. Weißt du noch, wie Brian gefragt hat, ob es Schwimmfüße hat?« Sie lächelte, aber gleichzeitig mußte sie weinen bei dem Gedanken an den kleinen Jungen, den sie verloren hatten.

Marilyn und Rosemary saßen sich in Rias wunderschönem Salon gegenüber. »Darf ich dir ein Glas Sherry anbieten?« fragte Marilyn in höflichem, geradezu förmlichem Ton. Sie nahm eine Karaffe und füllte zwei der kleinen, geschliffenen Kristallgläser, die auf einem Tablett standen. »Ria will ein Geschäft aufmachen, wenn sie zurückkommt.«
»Das hat sie mir erzählt.«
»Sie braucht dazu weder Ladenräume, noch muß sie eine Küche anmieten. Wie du vermutlich weißt, ist sie eine sehr begabte Köchin.«
»O ja, sie kocht vorzüglich.«
»Und Colms Konditor hat gerade aufgehört, das könnte sie ja übernehmen. Bestimmt kann sie auch ein Empfehlungsschreiben fürs Quentin's bekommen.« Rosemary, die den entschlossenen, ja beinahe grimmigen Gesichtsausdruck von Marilyn bemerkte, begann sich zu fragen, worauf das Gespräch eigentlich hinauslaufen sollte. »Sie wird sich auch um Aufträge bei dem großen Feinkostgeschäft bemühen – du weißt schon, welches ich meine, da, wo sich die drei Straßen kreuzen?« Rosemary nannte ihr den Namen. »Ja, genau ... Außerdem kann sie Kuchen für das St. Rita backen. Ihre Mutter und ich haben schon mit der Heimleitung darüber gesprochen.«
»Du warst sehr rührig«, meinte Rosemary beeindruckt.
»Aber was sie wirklich braucht, Rosemary, das wäre jemand, der ihr professionelle Hilfe anbieten kann – jemand wie du.«

»Ich verstehe nichts vom Kochen. Himmel, ich kann gerade mal eine Dose aufmachen!«
»Aber du könntest für sie eine Werbebroschüre entwerfen und drucken, Visitenkarten, Menüvorschläge und solche Sachen.«
»Ja, natürlich ... wenn ich ihr da irgendwie helfen kann ...«
»Und außerdem kannst du sie da und dort einführen und kleinere Empfänge in deiner Firma oder anderswo von ihr ausrichten lassen.«
»Mach mal halblang, Marilyn, das hört sich ja nach einem Ganztagsjob an.«
»Ja, ein bißchen Zeit solltest du allerdings investieren, das finde ich schon.« Marilyn sprach sehr bestimmt. »Und auch etwas Geld, Rosemary.«
»Entschuldige, ich weiß eigentlich nicht, wie du ...«
Marilyn schnitt ihr das Wort ab. »Ich werde morgen wieder mit Ria telefonieren. Da würde ich ihr gern mitteilen können, was denn alles hier für sie im voraus geregelt wird. Sie hat viele Sympathien, daran fehlt es ihr nicht, aber was sie auch braucht, das ist echte praktische Hilfe, und die kannst du ihr geben.«
»Ich investiere kein Geld in Projekte meiner Freunde, Marilyn«, antwortete Rosemary. »Das habe ich noch nie getan. Eine eiserne Regel von mir. Ich habe sehr hart für mein Kapital gearbeitet, und ich will meine Freunde behalten. Wenn man kein Geld in ihren Unternehmungen verliert, dann hat man eine viel größere Chance, sie als Freunde zu behalten, wenn du verstehst, was ich meine.«
Beide schwiegen.
»Natürlich werde ich ihren Namen ins Gespräch bringen«, sagte Rosemary. Immer noch Stille. »Und sollte ich etwas erfahren ...«
»Ich denke, wir sollten Punkt für Punkt aufschreiben, was du für sie unternehmen wirst. Wir könnten allerdings auch einfach schriftlich festhalten, was du als gute Freundin während ihrer Abwesenheit getan hast.« Das hörte sich nach einer Drohung an. Rosemary schaute erschrocken auf. Marilyn wollte sie doch nicht im Ernst unter Druck setzen, oder doch? »Ria muß wissen, daß ihre Freundinnen ihr nicht nur mit Worten, sondern auch mit

Taten zur Seite stehen. Was wäre denn eine Freundin wert, die sie betrügt?«
»Wie bitte?«
»Oder ist das etwa kein Betrug, wenn eine Freundin ihr das Liebste auf der Welt wegnimmt und trotzdem weiter so tut, als sei sie ihre Freundin?«
»Was willst du damit sagen?« brachte Rosemary beinahe tonlos hervor.
»Was glaubst *du* denn, woran sie am meisten hängt auf der Welt, Rosemary?«
»Ich weiß nicht. An dem Haus hier? Den Kindern? Danny?«
»Genau. Und natürlich kannst du ihr nicht das Haus retten, und ihre Kinder hat sie noch. Also?« Marilyn schwieg und sah Rosemary herausfordernd an.
»Also?« Rosemary zitterte. Sie wußte es, kein Zweifel, sie wußte von ihr und Danny!
»Wobei du ihr also helfen kannst, das ist, ihre Würde und ihre Selbstachtung zu stärken«, fuhr Marilyn etwas freundlicher fort.
Marilyn hatte Dannys Namen nicht ein einziges Mal ausgesprochen.
Sie begannen eine Liste aufzustellen, was Rosemary alles tun würde, um Ria beim Start ihres Unternehmens zu unterstützen.

Gertie hatte gerade ein Kleid für Marilyn gebügelt. »Ein wunderbarer Farbton. Fuchsia, nicht wahr?«
»Ich glaube ja. Mir steht es nicht so gut, ich ziehe es nicht oft an.«
»Das ist aber schade, es ist eine umwerfende Farbe. Vor einigen Jahren, als ich noch bei Polly's gearbeitet habe, hatten wir auch so was in der Farbe; es wurde hauptsächlich für Hochzeiten verlangt.«
»Gefällt es dir?« fragte Marilyn unvermittelt. »Ich trage es sowieso nicht, du kannst es gerne haben.«
»Nun, wenn du es wirklich nicht mehr willst.«
»Zieh es heute abend an, wenn wir zu Colm gehen. Ich bin sicher, es steht dir fabelhaft.« Über Gerties Gesicht huschte ein Schatten.

»Unsere Verabredung für heute abend gilt doch noch, oder?« Gertie wollte hoffentlich nicht im letzten Moment absagen? Das würde Marilyn ihr übelnehmen.
»Doch, natürlich. Aber ich fürchte, Jack gefällt es nicht, wenn ich so ein schickes Kleid trage. Jedenfalls nicht, wenn nicht er es mir gekauft hat.«
»Dann kannst du dich ja hier bei mir umziehen, auf dem Weg zum Restaurant.«
»Warum eigentlich nicht? Es tut mir bestimmt gut, mich mal richtig schick zu machen«, meinte Gertie. Dabei lächelte sie so herzerweichend und hilflos, daß Marilyn froh war, keine abfällige Bemerkung über Jack gemacht zu haben.

Um neunzehn Uhr betrat Monto mit zwei Begleitern das Restaurant. Er steuerte direkt auf den Tisch zu, den er für sich reserviert glaubte. Das Restaurant war noch leer, und in der nächsten halben Stunde waren auch keine Gäste zu erwarten. Äußerst günstig, dachte Colm erleichtert.
»Tut mir leid, Colm, da liegt wohl ein Mißverständnis vor. Offenbar hast du nicht rechtzeitig unsere Nachricht erhalten, daß wir heute abend hier ein paar Freunde treffen. Zwei kommen von England rüber und einer aus Nordirland. Es ist ein wichtiger Termin, und wir sind hier bei dir verabredet.«
»Nicht heute abend, Monto.«
»Sag das noch mal«, meinte Monto mit einem schiefen Grinsen. Unter dem kurzgeschnittenen Haar trat sein speckiger Nakken deutlich hervor. Auch der Maßanzug konnte die Unförmigkeit seines Körpers nicht verbergen, und trotz der regelmäßigen Maniküre wirkten seine Hände mit den eckigen Fingernägeln plump. Colm schaute ihm gerade in die Augen.
»Du hast wohl ein etwas kurzes Gedächtnis. Neulich hast du mir noch selbst erklärt, daß du mir was schuldig bist«, sagte Monto.
»Ja, aber mittlerweile sind wir quitt. Du hast hier schon genug von deinen Geschäftchen gemacht.«

»Geschäftchen?« Monto schaute seine Begleiter an und fing an zu lachen. »Du meinst wohl ›Geschäfte‹, Colm. Was ist das für ein Schuppen hier, ein Restaurant doch wohl, oder? Und wir treffen uns hier zum Geschäftsessen.«
»Guten Abend, Monto.«
»Du glaubst doch wohl nicht im Ernst, daß du so mit mir umspringen kannst.«
»Doch, es ist mein Ernst. Und wenn du vernünftig bist, dann verläßt du auf der Stelle das Lokal.«
»Ach ja? Und weshalb?«
»Weil die Nummer des Wagens aus Nordirland bereits auf der Fahndungsliste steht. Und deine Gäste aus Großbritannien werden sich sicher ein paar Fragen gefallen lassen müssen. Außerdem wird wahrscheinlich gerade deine Wohnung durchsucht.«
»Große Klappe heute abend, mein Lieber ... Und wer kümmert sich dann um dein Schwesterherz? Sie hat nicht einmal genug Stoff, um bis zum Wochenende durchzuhalten.«
»Sie ist gut versorgt, danke der Nachfrage.«
»Niemand hier in der Stadt wird deiner Schwester was liefern. Alle wissen, daß sie meine Frau ist.«
»Nun, da bist du aber nicht gut informiert. Du hast sie doch schon drei Tage nicht mehr gesehen«, entgegnete Colm.
»Willst du, daß es hier in deinem Laden zu einem Drogenkrieg kommt? Und das nur, weil du eine andere Quelle für sie aufgetan hast?«
»Nein, nichts dergleichen. Alles, was ich will, ist, daß du verschwindest.«
»Und wie kommst du darauf, daß ich das so einfach machen werde?«
»Vor der Tür steht ein Wagen, da sitzen ein paar Polizisten drin.«
»Du hast mich verpfiffen.«
»Nein, das habe ich nicht. Ich habe ihnen gesagt, es gäbe hier keinerlei Treffen, hier würde nicht gedealt, weder heute noch sonst irgendwann in der Zukunft.«
»Und das haben sie dir abgenommen?«

»Im Gegensatz zu dir haben sie jedenfalls begriffen, daß es mir Ernst war. Gute Nacht, Monto.«

Als Marilyn und Gertie das Restaurant betraten, war Colm guter Dinge.
»Gertie, du siehst ja reizend aus! Diese Farbe steht dir ausgezeichnet, die solltest du öfter tragen.«
»Danke, Colm, ich werde mir deinen Rat zu Herzen nehmen«, antwortete sie, glücklich über das Kompliment.
»Und werden wir heute abend wieder eine kleine Show geboten bekommen?« wollte Marilyn wissen.
»Schon gelaufen. Es hat sich erstaunlicherweise alles in Wohlgefallen aufgelöst«, gab Colm zur Antwort.
»Ihr beide habt wohl eure kleinen Geheimnisse«, kicherte Gertie.
»Was man halt so für Geheimnisse hat unter Gärtnern«, meinte Colm.
Weiter hinten erblickten sie Polly Callaghan mit einem sehr distinguiert aussehenden Begleiter.
»Ist es nicht ein wenig sorglos von Barney, seine Polly mit anderen Männern ausgehen zu lassen?« wunderte sich Gertie.
»Ich glaube nicht, daß Barney dieser Tage darauf noch großen Einfluß hat«, erwiderte Colm.
»Ja, da hast du wohl recht. Morgen muß sie ja sogar ihre Wohnung räumen, wie ich gehört habe«, meinte Gertie.
»Woher wißt ihr das nur alles?« fragte Marilyn Vine verwundert. Noch vor ein paar Wochen wäre es undenkbar gewesen, daß sie sich auch nur im geringsten für solche Dinge interessiert hätte.
»Ein guter Wirt sieht und hört alles, aber erzählt nichts weiter«, meinte Colm nur und verließ ihren Tisch, nachdem er ihnen die Speisekarten überreicht hatte.
Rosemary Ryan winkte ihnen quer durch das Lokal zu.
»Wer ist denn das da bei ihr am Tisch?« wollte Marilyn wissen.
»Ihre Schwester Eileen und deren Freundin Stephanie. Heute abend ist sie wirklich mit Lesben zusammen.« Gertie mußte schon wieder kichern.

»Na, dann hoffe ich, daß diese Sängerin, die so gerne aus Blumenvasen trinkt, nicht hier aufkreuzt und sie outet«, meinte Marilyn mit einem Lächeln.
»Ach, da gibt es nichts mehr zu outen. Das weiß doch die ganze Stadt, zum Leidwesen von Rosemary.«
»Wirklich?« Marilyn konnte sich ein Lächeln nicht verkneifen.

Jack war noch auf, als Gertie nach Hause kam. »Na, einen schönen Abend verbracht?«
»Ja, Jack. Marilyn und ich haben uns ein paar schöne Stunden gemacht.«
»Woher hast du dieses rote Hurenkleid?«
»Marilyn hat es mir geschenkt, ihr steht es nicht.«
»Natürlich nicht, so was steht ja auch nur Nutten.«
»Ach, Jack, sag nicht solche Sachen.«
»Ich habe dich mein ganzes Leben lang geliebt, und du hast mich immer nur betrogen und hängen lassen.« Noch nie hatte er so zu ihr gesprochen.
»Das ist nicht wahr, Jack. Ich habe mich nie für andere Männer interessiert, wirklich nie.«
»Beweis es mir.«
»Wäre ich sonst etwa bei dir geblieben, obwohl es dir oft nicht gutging?«
»Hm, da hast du recht«, antwortete er, »da hast du wohl recht.« Schließlich gingen sie ins Bett. Gertie lag noch lange wach und wagte sich kaum zu rühren, soviel Angst hatte sie, daß er plötzlich zuschlagen könnte. Einmal blickte sie aus dem Augenwinkel auf Jack Brennan, der unverwandt zur Decke starrte. Seine Ruhe hatte etwas Unheimliches.

»Hallo, Marilyn, ich bin's, Ria. Du brauchst nicht zurückzurufen, ich bin sowieso nie da. Neuigkeiten gibt's auch nicht. Tut mir leid, ich höre mich wohl ein wenig niedergeschlagen an. Man sollte eben nicht telefonieren, wenn man wie jemand klingt, der bei der

Telefonseelsorge anruft. Es ist nur ... es ist nur ... Egal, der Grund, warum ich eigentlich anrufe, ist, um dir für die E-Mail zu danken, die du mir aus dem Cyber-Café geschickt hast. Ist Rosemary nicht ein Schatz, daß sie das alles für mich macht? Ohne unsere Freundinnen wären wir doch verloren. Ich mache jetzt Schluß, ich muß Sheilas Kinder nach Hause fahren. Annie hat Liebeskummer, sie hat sich wohl in Gerties Neffen verguckt. Man macht sich ja so leicht über die erste Liebe lustig, aber meine erste Liebe war Danny, und sieh nur, wie lange die gehalten hat. Zumindest bei mir. Alles Gute.«

Am folgenden Tag war Jack Brennan schon frühmorgens sturzbetrunken. Als erstes kreuzte er bei Nora Johnson in Tara Road Nummer 48a auf. »Putzt meine Frau für deine Tochter und ihre Freundinnen? Ja oder nein!« krakeelte er.
»Ich habe dir nichts zu sagen, schon gar nicht, wenn du betrunken bist«, fertigte ihn Rias Mutter energisch ab. »Und für deine Frau habe ich seit jeher nur einen guten Rat: Sie soll dir endlich den Laufpaß geben! Guten Tag.«
Er torkelte weiter zu Rosemary. »Schwör mir auf die Bibel, daß Gertie nie für dich oder sonstjemanden geputzt hat.«
»Verschwinde, sonst hole ich die Polizei« war Rosemarys einzige Antwort.
Dann kam er zum Haus des Zahnarztes. Jimmy Sullivan hatte ihn schon durchs Fenster gesehen und öffnete selbst die Tür.
»Ich will es wissen.«
»Ich habe Ihnen nichts zu sagen, Jack Brennan. Außer vielleicht, daß ich es langsam leid bin, Ihrer Frau jedesmal die Zähne zu richten, wenn Sie sie wieder geschlagen haben.«
Bei Marilyn hämmerte er mit den Fäusten an die Tür. »Stimmt es, daß Gertie dieses Nuttenkleid von dir hat?«
»Hat sie das so ausgedrückt?«
»Versuch ja nicht, mich zu verscheißern.«
»Ich denke, Sie sollten jetzt nach Hause gehen, Mr. Brennan.« Sie schlug ihm die Tür vor der Nase zu und beobachtete durchs

Fenster, wie er sich trollte. Er überquerte die Straße und steuerte auf die Bushaltestelle zu.

Heute sollte Polly Callaghan in ihre neue Mietwohnung umziehen. Alles war vorbereitet. Sie hatte eine unmöblierte Wohnung gewählt, so daß sie ihre eigenen Sachen mitnehmen konnte. Die wenigstens waren ihr nicht von Barneys Frau, die über die Jahre wie ein Hamster Tausende Pfund beiseite geschafft hatte, weggenommen worden.
Am Abend zuvor war Polly mit einem liebenswürdigen Herrn zum Essen gewesen, der sie schon seit langem um ein Rendezvous gebeten hatte. Aber der Abend war todlangweilig verlaufen. Der Gedanke, den Rest ihres Lebens ohne Barney verbringen zu müssen, machte ihr angst. Wahrscheinlich wäre es einfacher, wenn sie ihn wenigstens hassen könnte, aber das brachte sie nicht fertig. Es war einzig und allein ihre Schuld. Sie hatte sich damals vor Jahren für den falschen Mann entschieden.
Die Möbelwagen fuhren vor. Seufzend gab Polly die nötigen Anweisungen und sah zu, wie ihr bisheriges Leben Stück für Stück weggetragen wurde. Das Telefon war schon abgemeldet, aber sie hatte noch ihr Handy, das plötzlich zu piepen begann.
»Polly, ich liebe dich.«
»Nein, das stimmt nicht, Barney, aber es ist auch egal.«
»Was soll das heißen, ›es ist egal‹?«
»Daß es egal ist«, sagte sie und steckte das Handy weg.
Nun mußte sie nur noch dem Möbelwagen voranfahren, um ihn zu ihrer neuen Wohnung zu lotsen. Sie ließ ein letztes Mal den Blick durch die leere Wohnung schweifen. Polly seufzte. Es war nicht einfach gewesen, Barney so abzufertigen, aber es war das vernünftigste. Sie hatte ihn immer realistisch eingeschätzt. Im Grunde war er wie Danny Lynch, mit dem Unterschied, daß Danny ihres Wissens nie eine starke Partnerin an seiner Seite gehabt hatte, eine Frau wie sie. Barney würde es nie schaffen, sich von der starken, mütterlichen Mona zu trennen. Danny jedoch hatte es gewagt, den sicheren Hafen der Ehe verlassen, und sich der

treuen, liebevollen Bernadette zugewandt. Dazwischen hatte er sich allerdings auch in ein paar kleine Abenteuer gestürzt, etwa mit der ungestümen Orla King und ein oder zwei anderen. Aber so war die Welt nun mal. Polly hatte nicht das Gefühl, sie sei vom Leben betrogen worden oder zu kurz gekommen. Immer hatte sie gewußt, was gespielt wurde. Und sie hatte ja noch das halbe Leben vor sich.
Noch einmal blickte sie aus dem Fenster nach dem Möbelwagen. Alles war eingeladen, sie mußte nur noch ihr Handgepäck nehmen. Da drang das laute Rufen und Grölen eines Betrunkenen an ihr Ohr. Polly konnte nicht erkennen, was los war. Doch dann kreischten Bremsen, worauf sie einen dumpfen Aufprall hörte. Von allen Seiten ertönten aufgeregte Stimmen. Man half dem Jungen, der am Steuer saß, vom Sitz.
»Ich kann nichts dafür, er hat sich mir praktisch vor den Wagen geworfen, ich schwöre es«, stotterte er und sah auf den Mann, der auf der Fahrbahn lag.
Es war Jack Brennan. Und er war tot.

KAPITEL NEUN

Im Waschsalon hatte Gertie alle Hände voll zu tun. Der Bügelservice für Oberhemden wurde gern in Anspruch genommen, und sie hatte auch mehrere Aufträge von Großkunden. Denn Colm war voll des Lobes über sie, und persönliche Empfehlungen waren das Rückgrat eines solchen Unternehmens. Als sie Polly Callaghan hereinkommen sah, schaute sie nur kurz auf, doch dann fiel ihr Blick auf die zwei Polizistinnen dahinter. Gertie faßte sich an die Kehle.
»Ist es wegen Jack?« fragte sie mit erstickter Stimme. »Hat Jack etwas angestellt? Er war großartig gestern abend, ganz ruhig, er hat nicht einmal geschimpft. Was hat er getan?«
»Setz dich, Gertie«, sagte Polly. Unter den neugierigen Augen von Kunden und Angestellten holte eine der Polizistinnen inzwischen ein Glas Wasser. »Er hat einen Unfall gehabt. Es ging ganz schnell, er hat nichts gespürt«, erklärte Polly. »Die Sanitäter haben gemeint, es war im Bruchteil einer Sekunde vorbei.«
»Was sagst du da?« fragte Gertie mit kalkweißem Gesicht.
»So ein schneller und schmerzloser Tod ist doch ein wahrer Segen, Gertie, wenn man überlegt, wie lange manche Menschen leiden müssen.«
Die junge Polizistin reichte Gertie das Glas Wasser. Sie trug diese Uniform erst eine knappe Woche, und dies war das erste Mal, daß man sie mit einer Todesnachricht zu Angehörigen geschickt hatte. Zum Glück war diese Miss Callaghan mitgekommen. Denn die arme Wäschereibesitzerin sah aus, als ob sie jeden Moment umkippen würde.
»Aber ... aber Jack kann nicht tot sein«, stammelte Gertie immer

wieder. »Er ist noch nicht einmal vierzig. Die besten Jahre liegen doch noch vor ihm ... vor uns.«

»Mrs. Vine? Marilyn? Wir haben uns einmal kurz getroffen, Polly Callaghan am Apparat. Ich bin gerade bei Gertie Brennan.«
»Ja?«
»Es hat einen schrecklichen Unfall gegeben. Gerties Mann Jack ist tot. Verständlicherweise ist sie völlig fertig. Zwar bin ich momentan bei ihr, und man versucht gerade, ihre Mutter und den Rest der Familie zu erreichen ... aber ich muß gleich weg, vor meiner neuen Wohnung warten Leute darauf, daß ich sie hereinlasse, und da habe ich mich gefragt, ob ...?«
»Sie möchten, daß ich in den Waschsalon hinüberkomme?«
»Ja, wenn das irgendwie möglich wäre ...«
Marilyn hörte den flehenden, beinahe verzweifelten Unterton in Pollys Stimme. »Ich bin gleich da.« Sie legte den Hörer auf und rief zu Colm in den Garten hinaus: »Ich geh rüber zu Gertie, Jack hatte einen Unfall.«
»Hoffentlich keinen leichten«, meinte Colm.
»Einen tödlichen, wie's aussieht«, erwiderte Marilyn trocken.
Zu ihrer Überraschung ließ Colm die Harke fallen und rannte zu ihr ins Haus. »Himmel, was für eine blöde Bemerkung ist mir da rausgerutscht! Ich komme mit«, sagte er. »Aber zuerst laufe ich schnell zu Nora Johnson, sie wird auch helfen wollen.«
Nicht zum ersten Mal ging Marilyn durch den Kopf, daß die Iren wirklich seltsame Menschen waren. Gerade dann, wenn man mit seinem Kummer allein sein wollte, fingen sie an, das halbe Land zusammenzutrommeln. Nun, sie würde es nie verstehen, genausowenig wie sie begreifen konnte, daß Jack Brennan tot sein sollte. Schließlich hatte er vor nicht einmal zwei Stunden noch bei ihr vor der Tür gestanden. Das letzte, was sie zu ihm gesagt hatte, war, daß es besser wäre, wenn er ginge. Was, wenn sie ihn auf einen Kaffee hereingebeten hätte? Wenn sie ihn beruhigt hätte, anstatt ihn so harsch anzufahren? Wäre er dann noch am Leben? Aber diese Gedankengänge kannte Marilyn nur zu gut, sie würde sich

nicht noch einmal von derartigen Schuldgefühlen überwältigen lassen. Jack Brennans Tod hatte nichts mit ihr zu tun. Sie würde nicht länger die Verantwortung für alles Leid der Welt tragen. Statt dessen wollte sie sich um die Lebenden kümmern.

Rias Mutter war genau die richtige Frau für eine solche Situation. Sie wußte sofort, was zu tun war. Zuerst forderte sie die Angestellten auf, mit ihrer Arbeit weiterzumachen. Das wäre ganz in Gerties Sinne, behauptete Nora Johnson. Nein, es sei ganz und gar nicht herzlos, den Waschsalon geöffnet zu lassen, sondern nur fair gegenüber den Kunden. Doch wenn jeder von den Angestellten ihr fünfzig Pence geben wolle, würde sie einen großen Blumenstrauß und eine Beileidskarte besorgen, damit sie als erste ihr Mitgefühl zum Ausdruck bringen konnten. Sie kramten in ihren Schürzentaschen, und kurz darauf kam Nora mit einem Blumenbukett zurück, das dreimal soviel gekostet haben mußte wie die gesammelte Summe.
»Was schreibt man denn in so einem Fall?« fragte sie eines der Mädchen.
»Vielleicht: ›Für Gertie, der unser aller Beileid gilt‹«, schlug Nora Johnson vor. Sie wußte, daß keiner hier Jacks Namen über die Lippen bringen würde, geschweige denn schwarz auf weiß sehen wollte. Sie selbst hatte ihn ja erst vor wenigen Stunden angeschnauzt und ihm gesagt, daß sie Gertie bei jeder Gelegenheit rate, ihn endlich zu verlassen. Und Nora bedauerte ihre Worte keineswegs, schließlich war das seit jeher ihre Meinung gewesen. Obwohl man das Gertie gegenüber jetzt nicht unbedingt wiederholen mußte.
Verblüfft beobachtete Marilyn, wie sich die kleine Wohnung über dem Waschsalon mit Menschen füllte und kalte Platten mit Schinken und Pâté aus Colms Restaurant geliefert wurden. Jimmy und Frances Sullivan hatten eine Kiste Wein und etliche Flaschen Limonade besorgt. Und Rias Schwester Hilary hatte ausrichten lassen, daß sie nach der Arbeit mit Trauerkleidung vorbeikäme, die sie Gertie leihen könne. Inzwischen waren auch Gerties Kin-

der John und Katy eingetroffen. Verwirrt und fassungslos kamen sie aus dem Ferienlager zurück, das ihre Großmutter ihnen spendiert hatte, damit sie einen einigermaßen normalen Sommer verbringen konnten. Zwar saß Gerties Mutter mit verkniffener Miene da, aber auch sie stimmte in den allgemeinen Tenor ein, daß Gertie auf tragische Weise einen großartigen Menschen, einen liebevollen Ehemann und einen hingebungsvollen Vater verloren hatte.
»Was für eine Farce«, dachte Marilyn, aber sie ermahnte sich wieder und wieder, daß Gertie genau das hören wollte und deshalb auch hören sollte.

Ria trank gerade Kaffee mit Sheila Maine, als Sheilas und Gerties Mutter anrief und ihnen die Nachricht von Jacks Tod überbrachte. Es sei im Augenblick schwierig zu reden, weil so viele Menschen daseien, sagte sie. Tatsächlich fiel es auch Ria schwer, die richtigen Worte zu finden, weil sie ja darauf eingeschworen worden war, die Fiktion von der märchenhaften Ehe aufrechtzuerhalten.
Sheila war bestürzt. »Was um alles in der Welt wird sie nur ohne ihn anfangen, das verkraftet sie nie und nimmer«, schluchzte sie. »Ich meine, andere Leute glauben vielleicht von sich, sie seien glücklich verheiratet, aber von *so* einer Ehe können wir alle doch nur träumen.«

Polly hinterließ die Nachricht in Rosemarys Ryans Büro, weil man ihr sagte, daß die Chefin auf der anderen Leitung telefoniere und nicht unterbrochen werden dürfe.
»Sagen Sie ihr, daß Gertie Brennans Ehemann tot ist.«
»Ist das alles, Ms. Callaghan?« Die Chefsekretärin war ebensowenig zu erschüttern wie Rosemary selbst.
»Ja, sie weiß dann schon Bescheid.«

»Danny, ich muß mit dir sprechen.« Rosemary hatte Danny über sein Handy angerufen.
»Im Moment paßt es leider gar nicht, Rosemary.« Er hielt Bernadettes Hand, sie war gerade beim Einschlafen.

»Telefonier nur, Danny, wenn es etwas Geschäftliches ist«, murmelte Bernadette.
Er ging mit dem Handy ins Nebenzimmer.
»Was gibt's, Rosemary?«
»Du hast dich nicht gemeldet, seit du zurückgekommen bist.«
»Nun, in letzter Zeit ist einiges passiert.«
»Ja, ich weiß. Schließlich habe ich dich davon informiert, als du drüben warst.«
»Nein, ich meine nicht den Bankrott. Wir haben das Baby verloren.«
»Oh.«
»Ist das alles, was du dazu zu sagen hast?«
»Es tut mir leid.«
»Danke.«
»Aber das Leben geht weiter, Danny, und wir beide haben ein paar Probleme, über die du Bescheid wissen solltest. Können wir uns treffen?«
»Nein, keinesfalls.«
»Aber wir müssen miteinander reden.«
»Nein.«
»Ist deine Firma gerettet ... und dein Haus?«
»Die Firma geht in Konkurs, das Haus wird verkauft, aber zumindest nicht als Teil von Barneys Konkursmasse. Doch jetzt muß ich zurück zu ...«
»Aber was ist mit dir, Danny, was hast du jetzt vor? Du mußt es mir sagen, ich habe ein Recht, das zu wissen.«
»Nein, hast du nicht. Du konntest mir nicht helfen, als ich in Schwierigkeiten war. Das hast du mir klipp und klar gesagt, und ich habe es akzeptiert.«
»Warte ... da gibt es noch etwas ... Marilyn weiß Bescheid.«
»Über was?«
»Über uns.«
»Ach, wirklich?«
»Warum bist du so abweisend zu mir, Danny Lynch?«

»Bitte, Rosemary, laß mich in Ruhe. Ich habe schon genug um die Ohren.«
»Das meinst du ja doch nicht ernst.«
»Hör auf mit dem Theater, Rosemary. Es ist vorbei.«
Mit zitternden Händen legte sie auf.
Ihre Sekretärin kam herein. »Ich habe eine schlechte Nachricht für Sie, Ms. Ryan. Ich soll Ihnen ausrichten, daß Gertie Brennans Ehemann tot ist.«
»Oh, gut«, nickte Rosemary.

»Wir fliegen zwei Tage früher nach Hause«, sagte Ria. »Ich konnte unseren Flug umbuchen.«
»O *nein*, Mam. Doch nicht wegen der Beerdigung von diesem widerlichen Jack Brennan«, eiferte sich Annie. »Du hast ihn nie ausstehen können, es wäre die pure Heuchelei.«
»Aber Gertie ist meine Freundin, sie mag ich sehr«, erwiderte Ria.
»Du hast uns *versprochen*, daß wir bis ersten September bleiben.«
»Na ja, ich habe gedacht, du würdest vielleicht gern das gleiche Flugzeug nehmen wie Sean Maine. Aber was weiß eine Mutter schon?« seufzte Ria.
»Was?«
»Sheila reist mit ihren beiden Kindern zur Beerdigung nach Dublin, wir wollten alle zusammen fliegen ... aber wenn du natürlich so entschieden dagegen bist, könnten wir wohl auch ...«
»Hör schon auf, Mam, du bist eine schlechte Schauspielerin«, unterbrach Annie sie überglücklich.

Andy hatte ganz in der Nähe eine geschäftliche Besprechung. Zumindest behauptete er das. »Darf ich eure Mutter in das Thai-Restaurant entführen?« fragte er Annie und Brian, als er kam.
»Zu einem Rendezvous?« wollte Brian wissen.
»Nein, nur zu einer langweiligen Unterhaltung zwischen Erwachsenen.«
»Na klar, ich gehe rüber zu Zach. Über Nacht?« fragte er hoffnungsvoll.

»Nein, Brian, du bleibst *nicht* über Nacht«, erwiderte Ria bestimmt.
»Dann gehe ich mit Hubie ins Kino«, sagte Annie. »Und bevor du fragst, Brian: Es ist weder ein Rendezvous, noch bleibe ich über Nacht.«

»Du hast eine wunderbare Familie«, sagte Andy.
Ria seufzte. »Ich muß mich immer wieder am Riemen reißen, damit ich weder zu einer Glucke noch zu einer Rabenmutter werde.«
»Ach, da besteht bestimmt keine Gefahr«, lachte er.
»O doch. Weißt du, ich habe keine Ahnung, was uns zu Hause erwartet. Das ist alles absolutes Neuland für mich. Und da muß ich aufpassen, daß ich mich nicht zu sehr an die Kinder klammere.«
»Das hast du doch gar nicht nötig, Maria. Was meinst du, wirst du mit mir in Verbindung bleiben?«
»Aber gerne.«
»Rein freundschaftlich ... mehr ist es nicht, oder?« Andy klang zwar enttäuscht, aber er dachte realistisch.
»Ich brauche Freunde, Andy. Und ich würde dich gerne zu ihnen zählen.«
»Nun, dann bleibt es eben dabei. Und ich werde dich mit Rezepten überhäufen. Du sollst in die Geschichte der irischen Kochkunst eingehen.«
»Anscheinend könnte ich es da wirklich zu etwas bringen. Meine Freundin Rosemary hat sich auch schon dahintergeklemmt, und sie ist das reinste Energiebündel.«
»Für mich gibt es da überhaupt keinen Zweifel«, nickte Andy Vine.

»Ich habe nicht mit Sean Maine geschlafen und werde es auch mit dir nicht tun, Hubie. Habe ich mich klar ausgedrückt?« fragte Annie.
»Glasklar und unmißverständlich«, brummte er. »Doch was mich wirklich zum Wahnsinn treibt, ist der Gedanke, daß du wahr-

scheinlich schon ziemlich bald mit jemandem schlafen wirst. Aber das werde nicht ich sein, denn ich bin Tausende von Kilometern entfernt.«
»Das ist gar nicht so sicher«, erwiderte Annie sehr ernst. »Ich will zwar keine Nonne werden oder so, aber vielleicht lasse ich es trotzdem sein.«
»Unwahrscheinlich.« Hubie schüttelte den Kopf.
»Weißt du, ich habe mal gesehen, wie es zwei miteinander getan haben ... das ist schon ewig lange her. Und ... ich weiß nicht, wie ich es sagen soll, aber ... es war nicht schön. Nicht so, wie ich es mir vorgestellt habe.«
»Du warst da aber noch ziemlich jung«, überlegte er. Annie nickte.
»Wahrscheinlich hast du es nicht kapiert.«
»Und du, kapierst du es denn?« fragte sie ihn.
»Ein bißchen, zumindest mehr als damals, als ich noch ein Kind war. Da schien das alles schrecklich geheimnisvoll und aufregend zu sein, und man mußte es machen, obwohl man sich davor fürchtete.« Hubie lächelte bei der Erinnerung an seine albernen Kindheitsängste.
»Und jetzt?«
»Na, jetzt ist es irgendwie normaler. Etwas, das man mit jemandem tut, den man mag.«
»Aha.« Sie klang nicht überzeugt.
»Ich habe es auch noch nicht oft getan, Annie. Glaub mir, ich mache dir nichts vor.«
»Aber dann war es schön?«
»Ja, und das ist die Wahrheit«, nickte Hubie Green, der wußte, daß sie nur ganz allgemein über dieses Thema plauderten – und nicht etwa über eine Möglichkeit, den Abend ausklingen zu lassen.

»Wirst du in einem Wohnwagen auf dem Campingplatz wohnen, wenn du heimkommst?« erkundigte sich Zach.
»Nein, ich glaube nicht. Wie kommst du darauf?« fragte Brian interessiert.

»Na, wenn ihr doch kein Haus mehr habt.«
»Ich weiß nicht, wo wir in Zukunft wohnen werden. Vielleicht bei Dad, aber wahrscheinlich ist sein Haus auch futsch.«
»Das klingt ja nach einem richtigen Abenteuer! Ob ihr wohl irgendwo Platz für mich habt, wenn ich nächstes Jahr rüberfliege?« überlegte Zach.
»Ach, ganz bestimmt«, meinte Brian unbekümmert.
»Und werde ich dann auch Myles und Dekko kennenlernen?«
»Klar doch.«
»Klasse«, nickte Zach. »Ich hätte nie gedacht, daß ich mal reisen werde.«
»Irgendwie komisch«, überlegte Brian, »ich habe immer gewußt, daß ich reisen werde, und wahrscheinlich fliege ich sogar mal zu anderen Planeten. Eigentlich wollte ich Makler werden wie mein Dad und bei ihm in der Firma arbeiten, aber nachdem die jetzt pleite ist, werde ich lieber Astronaut.«

»Du wirst mir fehlen«, sagte Carlotta. »Schade, daß ich dich nicht besser kennengelernt habe. Anfangs war ich etwas gehemmt, weißt du, denn Marilyn ist uns allen gegenüber so verschlossen, daß wir dachten, du als ihre Freundin …«
»Sie hat sich in den letzten Wochen offenbar sehr verändert. Jetzt spricht sie über Dale, und Greg kommt wieder hierher zurück. Ich glaube, sie ist viel offener geworden.«
»Weiß sie, daß Hubie hier öfter vorbeikommt?«
»Ja, ich habe es ihr erzählt, und sie hat nichts dagegen. Obwohl ich glaube, daß er nicht mehr so oft auftauchen wird, wenn meine Annie erst weg ist.«
»Und hast du hier gefunden, wonach du gesucht hast, Ria?«
»Nein, aber ich hatte auch völlig übertriebene Erwartungen.«
»Ich dachte, an dem Wochenende, als dein Ehemann da war, hätten sich deine Hoffnungen erfüllt.«
»Ja, das dachte ich anfangs auch, aber ich habe mich getäuscht«, erwiderte Ria.

»Greg hat uns von deinem wunderschönen Haus in Irland erzählt. Was für ein Jammer, daß du dort ausziehen mußt«, meinte Heidi.
»Letztlich ist es nur ein Haus, nicht mehr als ein paar Ziegelsteine und Mörtel«, antwortete Ria.
»Sehr klug, es so zu betrachten«, meinte Heidi voller Bewunderung.
»Ich übe nur meinen Text«, gab Ria zu. »Wenn ich es mir oft genug vorsage, glaube ich es vielleicht sogar selbst, wenn ich zum letzten Mal durch die Zimmer gehe und Abschied nehme.«
»Weißt du denn schon, wo du in Zukunft wohnen wirst?«
»Häuser in Dublin sind im Augenblick sehr gefragt. Wir werden also einen guten Preis erzielen, aber nichts in derselben Gegend kaufen können. Wahrscheinlich müssen wir ziemlich weit rausziehen.«
»Dabei erscheint das alles so unnötig. Ihr seid doch blendend miteinander ausgekommen, als er da war ... Aber wahrscheinlich spreche ich damit nur aus, was dir schon tausendmal durch den Kopf gegangen ist.«
»Millionenmal, Heidi, millionenmal.«

John und Gerry sagten, daß sie Ria in ihrem Feinkostladen wirklich vermissen würden. Sie solle in Dublin sofort ein Delikatessenexportgeschäft eröffnen und in *Bon Appetit* inserieren; sie würden zu ihren ersten Kunden zählen.
»Das gefällt mir so gut an Amerika. Man glaubt hier wirklich, daß Träume wahr werden können«, erwiderte Ria ihnen.

Kurz vor dem Abflug rief sie Gertie an.
»Ich kann es gar nicht fassen, daß ihr extra wegen Jacks Beerdigung früher kommt. Da hast du ja den Flug umbuchen müssen!«
»Aber das ist doch selbstverständlich, Gertie. Du hättest das gleiche für mich getan.«
»Danke, Ria. Weißt du, Jack hat dich immer sehr bewundert. Erinnerst du dich noch an diese Party damals bei dir zu Hause, als

er den ganzen Abend nur Limonade getrunken hat und geholfen hat, das Essen aufzutragen?«
»Ja, ich erinnere mich sehr gut daran, Gertie.« Ria biß sich auf die Unterlippe.
»Sie bringen ihn heute abend in die Kirche. Wenn du nur sehen könntest, wie viele hübsche Blumenbuketts gekommen sind! Jack war trotz seiner Art sehr beliebt.«
»Na klar war er das. Wir sehen uns dann morgen früh«, erwiderte Ria, obwohl ihr beim besten Willen niemand eingefallen wäre, der auch nur ein gutes Wort über den verstorbenen Jack Brennan zu sagen gewußt hätte.

Während Kelly und Brian im Flugzeug Karten spielten und den Film anschauten, schlief Sheila Maine, und Annie und Sean unterhielten sich flüsternd über ihre Zukunftspläne.
Doch Ria konnte nicht schlafen, ihr ging zuviel durch den Kopf. Vor ihr lag nicht nur die Beerdigung von Jack Brennan, der ganz und gar nicht der liebenswerte Mann gewesen war, der nun betrauert wurde. Sie mußte sich auch mit Danny treffen, um über die Zukunft zu sprechen und den Verkauf von Tara Road 16 in die Wege zu leiten. Dann mußte sie eine neue Bleibe finden und damit anfangen, sich mit dem Kochen ihren Lebensunterhalt zu verdienen. Und schließlich würde sie auch Marilyn persönlich kennenlernen.
Ria hoffte, daß ihr Marilyn sympathisch sein würde. Sie wußte inzwischen so viel über sie, weit mehr, als Marilyn auch nur ahnte. Vor nicht allzu langer Zeit hatte Ria noch gedacht, daß sie diese Frau hassen würde, die sich in ihrem Garten und ihrem Haus breitgemacht hatte und ihre Freundinnen und ihre Tochter vereinnahmte. Diese Frau, die durch den Tod ihres Sohnes scheinbar kalt und herzlos geworden war und jedes Mitgefühl schroff zurückwies.
Aber im Laufe des Sommers hatten sich ihre Empfindungen gewandelt. Jetzt war Ria gerührt über die kleinen Geheimnisse dieser Frau. Etwa, daß sich in der Flasche mit dem selbstgeschrie-

benen Aufkleber »Spezialshampoo« Haartönung befand. Oder
daß im Vorratsschrank billiges Toilettenpapier aus dem Supermarkt lagerte und sich in der Speisekammer Fertigbackmischungen stapelten. Ria wußte, daß Marilyn ihre Freunde durch ihre harsche Zurückweisung verletzt hatte und daß man ihr nachsagte, ihre Liebe zum Gärtnern sei weniger bewundernswert als vielmehr zwanghaft.

Aber vor allem ein großes Geheimnis ging Ria nahe, etwas, das nie enthüllt werden durfte. Sie wußte jetzt, was wirklich an jenem Tag geschehen war, als Dale Vine diesen schrecklichen Motorradunfall hatte. Doch Marilyn würde es nicht helfen, wenn sie es erfuhr, im Gegenteil. Und deshalb hatte sie Hubie versichert, daß sie niemals darüber sprechen würde.

Außer Gertie und Marilyn hatte Ria niemandem gesagt, daß sie früher zurückkehrten. Sie würde sowieso alle bei der Beerdigung sehen.

Marilyn hatte ihr versprochen, mit einem Frühstück aufzuwarten, sobald sie in der Tara Road eintrafen. Es würde ihnen dann noch genügend Zeit bleiben, um sich frisch zu machen und umzuziehen, bevor sie gemeinsam in die Kirche gingen. Ria lächelte in sich hinein, als sie an das Telefonat zurückdachte. »Das einzig Gute an diesem schrecklichen Unfall ist, daß wir beide uns dadurch kennenlernen. Sonst wären wir wieder nur aneinander vorbeigeflogen«, hatte sie zu Marilyn gesagt.

»Glaubst du nicht, daß dieser schreckliche Unfall noch mehr gute Seiten hat?« hatte Marilyn erwidert. »Nicht, daß jemand hier es offen aussprechen würde ... aber trotzdem.« Marilyn war jetzt seit zwei Monaten in Irland. Sie lernte schnell.

In diesem Augenblick gab der Pilot bekannt, daß sie aufgrund der Wetterlage zum Shannon Airport umgeleitet wurden. Er entschuldigte sich für die Verspätung, die allerdings nur wenige Stunden betragen würde. Spätestens um elf Uhr würden sie Dublin erreichen.

»Um Himmels willen«, rief Ria. »Wir verpassen die Beerdigung.«

»Ich gehe zur Beerdigung von diesem gräßlichen Jack Brennan«, erklärte Danny Lynch.
Bernadette sah auf. »Wer war das?«
»Ein Trunkenbold. Seine Frau Gertie ist bei uns in der Tara Road ein und aus gegangen. Wenn Ria und die Kinder da wären, würden sie hingehen. Ich habe irgendwie das Gefühl, ich sollte sie vertreten.«
»Das ist sehr lieb von dir«, meinte Bernadette. »Du denkst eben immer an andere.«

»Auf der Straße habe ich Lady Ryan getroffen«, erzählte Nora Johnson ihrer Tochter Hilary. »Sie hat gesagt, sie geht zu Jacks Beerdigung.«
»Na, ich nehme an, sie tut es der armen Gertie zuliebe, wie wir alle.«
»Um Gertie hat sie sich doch noch nie einen Deut geschert«, meinte Nora naserümpfend.
»Sei fair, Mam. Haben wir nicht alle immer gesagt, sie hätte ihn schon vor Jahren rausschmeißen sollen?«
»Ja, und damit haben wir recht gehabt. Aber wir haben es nicht in dieser herablassenden Art gesagt wie Lady Ryan. Sie hat Gertie stets behandelt wie den letzten Dreck.« Von manchen Ansichten würde sich Nora Johnson niemals abbringen lassen.

Der Aufenthalt auf dem Shannon Airport schien kein Ende zu nehmen. Sheila Maine rief ihre Schwester an. »Wenn wir es nicht rechtzeitig zum Gottesdienst schaffen, fahren wir gleich zum Friedhof.«
Dankbar schluchzte Gertie ins Telefon. »O Sheila, wenn du wüßtest, wie lieb die Leute alle sind. Schade, daß Jack nun nie mehr erfahren wird, wie sehr ihn die Leute gemocht haben.«
»Aber das wußte er doch. Hat nicht jeder von eurer Traumehe geschwärmt?« erwiderte Sheila.

Ria rief Marilyn an. »Es sieht ganz so aus, als müßten wir aufs Frühstück verzichten.«

»Dann wirst du wohl nie erfahren, was für eine erbärmliche Köchin ich bin«, entgegnete Marilyn.
»Wie schade, daß du morgen schon fliegst. Es wäre schön, wenn du noch ein paar Tage bleiben könntest.«
»Das wäre durchaus zu machen, laß uns später darüber reden. Oh, und noch etwas ... Willkommen zu Hause!«

»Jimmy, würdest du wohl bei der Beerdigung ›Panis Angelicus‹ singen?« bat ihn Gertie am Telefon.
»Du willst doch nicht im Ernst, daß ich dort herumkrächze ...«
»Ach bitte, Jimmy. Jack hat das Lied so gemocht, wirklich. Du würdest mir eine große Freude damit machen.«
»Aber es paßt eher zu einer Hochzeit als zu einer Beerdigung, Gertie, findest du nicht?«
»Nein, es geht um die heilige Kommunion, also paßt es zu beidem.«
»Na gut, wenn du es wirklich willst, dann singe ich natürlich«, willigte Jimmy Sullivan ein. Als er den Hörer auflegte, hob er die Augen gen Himmel. »Sofern es wirklich einen Gott gibt, was ich stark bezweifle, sollte er uns für unsere Heuchelei alle zur Hölle fahren lassen.«
»Was bleibt uns denn anderes übrig?« meinte Frances achselzuckend.
»Wenn wir genug Mumm hätten, würden wir sagen, daß Jack ein verdammter Scheißkerl war und die Welt ohne ihn weit besser dran ist«, meinte Jimmy.
»Das würde seine Witwe und seine Kinder aber *sehr* trösten«, erwiderte Frances nur.

An der Tür des Waschsalons hing eine Mitteilung mit Trauerrand, die besagte, daß der Geschäftsinhaber Jack Brennan verstorben war. Außerdem wurden darin Ort und Zeit der Beerdigung bekanntgegeben, so daß etliche Kunden aus Achtung vor Gertie zur Messe erschienen.
Und so war die Kirche gut gefüllt, als Gertie, ihre Mutter und ihre

Kinder eintrafen. Auch einige Verwandte von Jack waren gekommen, Männer in schwarzen Anzügen und weißen Hemden, von denen sie seit Jahren nichts gehört hatte und die nun verlegen Hände schüttelten. Mit blassem Gesicht schritt Gertie in dem von Hilary geliehenen schwarzen Kleid durch das Kirchenschiff und blickte immer wieder stolz nach links und rechts, weil so viele Menschen erschienen waren, um von Jack Abschied zu nehmen. Zumindest jetzt würde er wissen, daß die Menschen ihn geschätzt hatten; bestimmt war er an einem Ort, wo er all dies sehen konnte. Die Messe hatte gerade erst begonnen, als Sheila Maine mit ihren beiden Kindern eintraf und sich zur Familie setzte. Ein beifälliges Raunen ging durch die Kirche. Sogar die Verwandten aus Amerika waren angereist, ein weiterer Beleg dafür, wie geachtet und beliebt Gertie war.

Ria, Annie und Brian drückten sich in eine Bank weiter hinten. »Du liebe Zeit«, sagte Nora Johnson zu Hilary. »Ria ist zurückgekommen. Ist sie nicht ein prima Mädchen?« Auch Danny sah seine Frau und seine Kinder und biß sich auf die Unterlippe. Das war für sie bestimmt nicht leicht zu arrangieren gewesen, Ria war zweifellos eine echte Freundin. Colm Barry entdeckte sie ebenfalls und dachte bei sich, daß Ria einfach großartig aussah: sonnengebräunt, schlanker und irgendwie aufrechter. Er hatte gewußt, daß sie versuchen würde, zur Beerdigung zu kommen, auch wenn sie heute eigentlich noch nicht zurück sein sollte. Sie und Gertie waren schließlich schon seit langer Zeit befreundet.

Polly Callaghan saß für sich und vermied es, zu der Bank hinüberzuschauen, in der Barney McCarthy mit seiner Gattin saß. Falls Mona sie gesehen hatte, ließ sie es sich nicht anmerken, aber sie war ja darin geübt, Pollys Existenz zu ignorieren.

Die stets elegante Rosemary war in einem grauen Seidenkleid mit Jäckchen, hochhackigen Schuhen und dunklen Strümpfen erschienen. Es überraschte sie sehr, Ria und die Kinder hier zu sehen, denn niemand hatte ihr gesagt, daß sie früher zurückkommen würden. Aber da wurde ihr schlagartig klar, daß ihr nur sehr wenige Menschen überhaupt noch etwas erzählten. Abgese-

hen von Ria hatte sie offenbar keine Freundinnen oder Freunde mehr.
Frances Sullivan starrte vor sich ins Leere, während ihr Mann mit tiefer, sonorer Stimme »Panis Angelicus« sang. Sie wußte, wieviel Überwindung ihn das kostete, hatte er doch Jack Brennan immer zutiefst verabscheut.
Auf der Suche nach Marilyn ließ Ria den Blick durch die Kirche schweifen, doch sie saß weder neben Rosemary noch neben Colm oder bei Rias Mutter. Dabei hätte sie doch sicher einer von ihnen unter seine Fittiche genommen. Es fiel Ria schwer, sich auf die Gebete zu konzentrieren. Sie bewunderte die Blumen und Kränze, alle von Leuten geschickt, die den Verstorbenen verachtet hatten, aber die Frage ließ sie nicht los:
Wo war Marilyn Vine?
Erst als die Gemeinde »Der Herr ist mein Hirte« sang, entdeckte Ria sie: Marilyn war größer, als sie vermutet hatte, ihr Haar war kastanienbraun (dank dem »Spezialshampoo«), und sie trug ein schlichtes marineblaues Kleid. Sie hielt das Notenblatt in der Hand und sang mit den anderen mit, doch genau in dem Moment, da Ria sie erkannte, schaute sie auf, und ihre Blicke trafen sich. Quer durch die volle Kirche lächelten sie einander zu – zwei alte Freundinnen, die sich endlich persönlich kennenlernten.

Es hatte die ganze Nacht geregnet und gestürmt, doch nun, als die Menschen aus der Kirche traten, schien die Sonne. Alle unterhielten sich angeregt miteinander: eine typische Dubliner Beerdigung, bei der die Stunde nicht genug Minuten hatte, soviel gab es zu sagen.
Ria wurde von allen umarmt und herzlich willkommen geheißen. Doch schließlich löste sie sich von den anderen und ging zu Gertie.
»Du bist eine wahre Freundin, daß du früher zurückgekommen bist«, sagte Gertie, als Ria sie in die Arme schloß.
»Wir sind gemeinsam mit Sheila und ihren Kindern geflogen, so wurde uns die Zeit nicht lang. Werden sie bei dir wohnen?«

»Ja, die Zimmer für sie sind schon gerichtet. Schade, daß sie aus einem solch traurigen Anlaß kommen mußten, nicht wahr? Ich meine, Jack hätte sich unheimlich gefreut, sie alle wiederzusehen.«
Entgeistert starrte Ria ihre Freundin an. Offensichtlich war Gertie bereits dabei, die Geschichte umzuschreiben. Man mußte Sheila nicht länger vormachen, daß die Ehe mit Jack einfach wundervoll gewesen war, Gertie glaubte das inzwischen selbst. Sie war wirklich davon überzeugt, eine Traumehe geführt zu haben.

Danny beäugte die Schar wie ein neugieriger Zaungast. Früher wäre er von Grüppchen zu Grüppchen gezogen, hätte hier Hände geschüttelt und dort jemandem freundschaftlich auf die Schulter geklopft. Ria ermahnte sich, nicht über ihn und sein weiteres Schicksal nachzudenken. Er gehörte nicht mehr zu ihr, die Vorstellung, daß es einen Weg zurück gab, existierte allein in ihrem Kopf. Trotzdem wanderte ihr Blick immer wieder zu ihm. Gleich würden die Kinder ihn entdecken und zu ihm rennen, doch sie würde sich nicht von der Stelle rühren. Und so würde es künftig immer sein.
Annie war zu Marilyn gegangen, um ihr ihren neuen Freund Sean Maine vorzustellen und über Westville zu plaudern. Indessen erzählte Brian seiner Großmutter von Zachs Besuch im nächsten Sommer. »Vielleicht wohnen wir ja dann auf einem Landfahrerplatz, aber er kommt auf jeden Fall«, verkündete er gerade lautstark.
Hilary wollte Ria alles über ihren geplanten Umzug erzählen, der im Herbst stattfinden würde. Martin trete seine neue Stelle dann im Januar an. Allerdings begriff Ria nicht ganz, warum sie eigentlich wegzogen.
»Du mußt für eine Weile zu uns kommen, Ria ... ganz lange, ja? Es gibt dort überall Bäume, genau wie die Wahrsagerin gesagt hat.«
»Ja, ja, natürlich.« Ria war verwirrt. Zu viele Menschen redeten auf sie ein, zu viel war inzwischen passiert.

»Ich gewähre dir vierundzwanzig Stunden, um mit der Zeitverschiebung fertig zu werden, dann fängst du an, für mich zu arbeiten«, sagte Colm lächelnd. »Du siehst übrigens ganz bezaubernd aus.«
»Danke, Colm.« Einen Moment lang meinte sie, in seinen Augen die gleiche Bewunderung zu lesen wie bei Andy Vine, doch sie ermahnte sich zur Vernunft. Keinesfalls durfte sie jetzt anfangen zu glauben, daß sie jedem Mann gefiel.
Seltsamerweise kam Rosemary nicht zu ihr herüber, sondern hielt sich, ganz ähnlich wie Danny, etwas abseits, obwohl doch auch sie die meisten Leute kante. Als Ria mit ausgestreckten Armen auf sie zuging, schaute Rosemary ein bißchen unbehaglich über die Schulter. Ria folgte ihrem Blick und sah, daß Marilyn Vine ihre Unterhaltung mit Annie unterbrochen hatte und sie sehr genau beobachtete.
»Gehst du mit zum Friedhof?« fragte Ria.
»Um Himmels willen, nein. Das hier war schon schlimm genug«, erwiderte Rosemary.
»Gertie freut sich so, daß wir alle gekommen sind.«
»Ja, ich weiß. Und sie hat auch schon im Vatikan angerufen, um seine Seligsprechung in die Wege zu leiten. Glaub mir, Ria, das liegt durchaus im Bereich des Möglichen.«
Ria lachte. »Ach, tut das gut, wieder hier zu sein.« Sie hakte sich bei Rosemary unter. »Erzähl, hattest du einen tollen Sommer?«
»Nein, es war ein absolut gräßlicher Sommer, in mehr als einer Hinsicht.«
»Es ist lieb von dir, daß du dir solche Mühe machst, mir den beruflichen Einstieg zu erleichtern«, sagte Ria. »Ich weiß das wirklich zu schätzen.«
»Das ist doch das mindeste, was ich tun kann«, meinte Rosemary ein bißchen schroff und spähte wieder zu Marilyn Vine hinüber.

»Es ist wirklich ein tolles Haus, Marilyn«, sagte Annie. »Du hast uns nie erzählt, wie schön es ist.«
»Ich freue mich ja so, daß es euch dort gefallen hat.«

»Na, und ob! Es war wie im Haus eines Filmstars, ehrlich. Und wir sind jeden Tag vor dem Frühstück geschwommen und meistens auch abends.«
»Prima.«
»Und wir waren mit den Rollerblades im Memorial Park und dann zweimal in New York! Wir haben riesige Pizzas gegessen und sind ganz allein mit dem Bus zu Sean gefahren! So einen Urlaub haben wir noch nie erlebt.«
»Toll, daß es so gut gelaufen ist.«
Marilyn wußte, daß sie ebenso wie Ria den Augenblick hinauszögerte, da sie zum ersten Mal von Angesicht zu Angesicht miteinander sprechen würden. Doch jedesmal, wenn sie einen Schritt aufeinander zu machten, gesellte sich prompt irgend jemand dazu und nahm eine von ihnen in Beschlag.
Diesmal war es Colm. »Ich wußte nicht, daß Ria heute schon zurückkommt. Nachher lass ich dir gleich was aus dem Restaurant herüberbringen, damit du nicht kochen mußt«, bot er an.
»Damit sie nicht vergiftet werden, meinst du wohl«, lachte Marilyn gutgelaunt.
»Das hast *du* gesagt.«

Barney McCarthy sprach der Witwe sein Beileid aus.
»Wie freundlich von Ihnen zu kommen, Mr. McCarthy. Jack wäre sehr beeindruckt gewesen, wenn er gesehen hätte, was für vornehme Leute hier sind«, bedankte sich Gertie.
»Mmmh, ja. Es ist eine traurige Sache«, brummelte Barney.
»Polly Callaghan ist untröstlich, daß es ausgerechnet vor ihrer Haustür passiert ist«, sagte da Mona zu ihrer aller Überraschung.
Gertie wäre fast in Ohnmacht gefallen. Daß Mona McCarthy über Polly sprach, anstatt so zu tun, als ob es sie nicht gäbe!
Auch Barney schien bestürzt. »Nun, ähm, es war wohl nicht buchstäblich vor ihrer Haustür ...«, stotterte er.
»Ja, das stimmt, sie zog gerade aus. Und der arme Jack, der liebe, arme Jack hatte ihr einen Besuch abgestattet ... Er wollte etwas überprüfen.« Gerties Unterlippe begann zu zittern.

Doch Mona kam ihr zu Hilfe. »Ich weiß es aus erster Hand. Er wollte sich vergewissern, daß Sie ihn lieben. Sind Männer nicht manchmal wie kleine Kinder? Für sie ist alles entweder schwarz oder weiß.« Verwirrt blickte Gertie von Barney zu Mona, doch diese fuhr unbeirrt fort: »Und Polly hat ihm gesagt, daß Sie ihn selbstverständlich lieben. Das waren die letzten Worte, die er gehört hat.«
»Ja, mir hat Polly das auch erzählt, aber ich war mir nicht sicher, ob sie nicht einfach nur nett zu mir sein wollte ...«
»Nein, nein. Man kann Polly gewiß vieles nachsagen, aber nicht, daß sie nett ist«, erwiderte Mona und rauschte davon.
»Das war nun wirklich unnötig, Mona«, zischte Barney.
»Doch, es war nötig. Die arme Gertie hatte nichts vom Leben, solange dieser Rohling noch lebte. Soll sie wenigstens jetzt jede Minute genießen und glücklich sein.«
»Und wie hast du erfahren, was Polly gesagt hat ...?«
»Ich habe es eben einfach gehört«, antwortete Mona. »Und glaube bloß nicht, daß ich irgend etwas gegen Polly hätte. Sie hat dieser Stadt einen großen Dienst erwiesen, indem sie Jack Brennan von ihrem Möbelwagen überrollen ließ. Man sollte ihr einen Orden verleihen.«

Endlich standen sie sich gegenüber, begrüßten einander herzlich und schlossen sich in die Arme.
»Ich kutschiere uns alle zum Friedhof«, erklärte Marilyn dann.
»Aber nein, das muß doch nicht sein.«
»Doch. Ich habe deinen Wagen noch extra in die Waschanlage gefahren und will jetzt damit angeben.«
»Wir haben deinen Wagen auch saubergemacht, Marilyn«, erzählte Brian, »und die ganzen Pizzareste vom Rücksitz gekratzt.«
Nach einer kurzen Pause brachen Annie, Ria und Marilyn in beinahe hysterisches Gelächter aus.
Brian war verblüfft. »Was habe ich denn jetzt schon wieder gesagt?« fragte er und schaute von einer zur anderen. Doch er bekam keine Antwort.

Als sie wieder in der Tara Road waren, redeten alle durcheinander, soviel hatten sie sich zu erzählen. Doch schließlich gingen die Kinder zu Bett, während Marilyn und Ria am Tisch sitzen blieben. Wider Erwarten fiel es ihnen ganz leicht, miteinander zu sprechen. Sie entschuldigten sich für nichts. Weder dafür, daß Clement oben hatte schlafen dürfen, noch dafür, daß der Garten praktisch neu angelegt worden war. Und auch nicht dafür, daß das Haus am Tudor Drive stets allen Nachbarn offengestanden hatte, ja sogar Hubie Green. Statt dessen erkundigten sie sich danach, wie die Besuche der Ehemänner verlaufen waren. Und beide antworteten bedächtig und aufrichtig.
»Ich fand, daß Greg müde und alt aussah«, meinte Marilyn. »Und ich bekam ein furchtbar schlechtes Gewissen, weil ich es ihm so schwer gemacht und ihm damit ein Jahr seines Lebens gestohlen habe. Dale war ja auch sein Sohn.«
»Und kommt es jetzt wieder in Ordnung?« fragte Ria.
»Ich nehme an, daß er zuerst einmal zurückhaltend und sogar ein bißchen mißtrauisch bleiben wird. Nachdem ich mich einmal so sehr abgekapselt habe, könnte das ja wieder passieren. Es wird wohl einige Zeit dauern, bis alles wieder so sein wird wie früher.«
»Aber irgendwann seid ihr dann soweit.« In Rias Stimme klang Wehmut an.
»Hat sich denn nichts ergeben, als Danny drüben war? Ich meine, besteht gar keine Hoffnung, daß ihr wieder zusammenkommt?« wollte Marilyn wissen.
»Es hat sich sogar eine Situation ergeben, in der ich dachte, daß wir bereits wieder zusammengekommen wären. Aber ich habe mich getäuscht. Er hat mir von dem finanziellen Desaster erzählt, daß wir das Haus verlieren und so weiter. Wir saßen im Memorial Park unter einem großen Baum. Und als wir wieder in deinem Haus waren ... na ja, realistisch betrachtet, hat er mich wohl einfach so getröstet, wie er es am besten kann. Und ich habe mir daraufhin falsche Hoffnungen gemacht.«
»Das ist ganz verständlich, und wahrscheinlich hat er es zu dem Zeitpunkt auch so gemeint«, sagte Marilyn.

»Tja, der richtige Zeitpunkt ist eben alles«, seufzte Ria trübselig.
»Denn genau da traf die Nachricht ein, daß Bernadette das Baby verliert, und ruck, zuck war er weg. Wenn wir nun vierundzwanzig Stunden mehr gehabt hätten ...«
»Du glaubst, dann wäre es anders gekommen?«
»Nein, ehrlich gesagt nicht«, gab Ria zu. »Vielleicht hätte ich mich dann noch jämmerlicher gefühlt. So war es wohl am besten. Das Blöde ist nämlich, ich habe gedacht, daß seine Vernarrtheit mit einem Schlag aufhört, sobald dieses Baby nicht mehr zwischen uns steht. Aber auch da habe ich mich geirrt.«
»Hast du heute bei der Beerdigung mit ihm gesprochen?«
»Nein. Er hat mich zwar erwartungsvoll angesehen, aber ich wußte nicht, ob ich die Kraft dazu aufbringe, deshalb habe ich mich weggedreht. Mir war sowieso nicht klar, was er auf dem Begräbnis wollte, aber er hat Annie erklärt, daß er gewissermaßen als Stellvertreter der Familie gekommen sei.«
»Eine nette Geste«, meinte Marilyn in versöhnlichem Ton.
»Danny ist ein Meister in netten Gesten«, lächelte Ria.

Da es Marilyn gelungen war, ihren Flug umzubuchen, konnte sie nun drei Tage länger bleiben. So würde sie etwa gleichzeitig mit Greg am Tudor Drive eintreffen, ein Symbol für den gemeinsamen Neuanfang. Und sie konnte Ria helfen, sich wieder einzugewöhnen und genügend Kraft für den bevorstehenden Hausverkauf zu sammeln.
Sie unterhielten sich über Hilarys Pläne, aufs Land zu ziehen, die Schwangerschaft der jungen Kitty Sullivan, über Carlottas Absicht, sich einen vierten Ehemann zu angeln, und darüber, daß Johns und Gerrys Feinkostgeschäft diesen Sommer einen echten Aufschwung genommen hatte. Doch auch persönlichere Themen blieben nicht ausgespart. Als die Rede auf Colm Barry kam, fragte Ria geradeheraus, ob Marilyn etwas mit ihm gehabt hätte. »Dieses Gerücht stammt aus einer gewöhnlich nicht so gut unterrichteten Quelle«, scherzte Ria.
»Es ist auch überhaupt nichts dran. Ich hatte eher den Eindruck,

daß er sehnsüchtig auf *deine* Rückkehr gewartet hat«, meinte Marilyn. »Doch da wir gerade dabei sind, war da etwas mit meinem Schwager?«
»Nein, dein Ehemann ist offenbar auch nicht besser informiert«, kicherte Ria.
»Andy hätte aber schon Interesse gehabt, oder?« überlegte Marilyn.
»Das kann man nicht mit Sicherheit sagen, weil wir es gar nicht erst soweit kommen ließen«, erwiderte Ria.
Und dann unterhielten sie sich bis tief in die Nacht hinein über Gertie und wie sie versuchte, ihren verstorbenen Jack zu glorifizieren. Dabei zeigten beide Frauen weit mehr Nachsicht, als es noch vor wenigen Wochen der Fall gewesen wäre. Und das lag nicht allein daran, daß Jack tot war. Durch das Fenster des prachtvollen Salons schien der Mond herein, während die beiden still beisammensaßen und darüber nachsannen, wie wichtig es für einen doch sein konnte, das eine oder andere im Leben zu beschönigen. Ria dachte: »Marilyn darf unter gar keinen Umständen jemals erfahren, daß ihr betrunkener Sohn und nicht Johnny die Schuld an dem tödlichen Unfall trägt.« Und Marilyn würde Ria niemals erzählen, daß sie ihr Ehemann, den sie noch immer liebte, mit ihrer Freundin, der sie noch immer vertraute, seit Jahr und Tag betrog.

»Tante Gertie hat nicht so viel Geld, wie ich dachte«, sagte Sean Maine zu Annie.
»Und, macht das was?« Annie zuckte die Achseln.
»Gar nichts natürlich. Ich überlege nur gerade, ob das nicht vielleicht sogar ganz vorteilhaft für uns sein könnte.«
»Inwiefern?«
»Na ja ... angenommen, ich würde bei ihr wohnen und ihr was für Unterkunft und Verpflegung zahlen? Ich könnte doch auch hier die Schule besuchen.«
»Das haut nicht hin, Sean«, meinte Annie.
»Nicht gleich nächste Woche, wenn die Schule anfängt, das ist mir

klar. Aber vielleicht nach Weihnachten. Ich erkundige mich, welche Kurse mir hier anerkannt werden ... dann könnte ich an eine hiesige Schule wechseln ...«
»Mmmh, ja ...« Annie schien nicht sehr glücklich über diese Idee zu sein.
»Was ist denn? Willst du etwa nicht, daß ich hier bin? Ich dachte, du magst mich.«
»Das stimmt auch, Sean, ich mag dich sogar sehr. Es ist nur ... du sollst dich nicht von mir dazu verleitet fühlen herzukommen, mit falschen Erwartungen, was wir alles tun werden oder worauf ich mich einlasse, wenn du erst hier lebst. Es wäre nicht fair, dir etwas vorzumachen ...«
Er streichelte ihre Hand. »Laß dir Zeit«, sagte er.
»Das wird dir aber vielleicht zu lange dauern.«
»Ich ... ich habe auch noch nie mit jemandem geschlafen«, brachte Sean zaghaft heraus. »Und es macht mir auch ein bißchen angst.«
»Wirklich?«
»Vielleicht ist es ja gar nicht so schön, wie immer behauptet wird. Wir könnten es natürlich selbst herausfinden.« Doch als er ihren Gesichtsausdruck sah, beschwichtigte er sie sogleich: »Natürlich erst, wenn wir denken, daß wir soweit sind.«
»Ich wette, Gertie würde dich nur zu gerne bei sich im Haus haben«, strahlte Annie.

»Ich werde dieses Jahr mehr Privatschüler nehmen, Mam. Darf ich sie bei dir unterrichten?« fragte Bernadette.
»Klar, Ber, wenn du dich fit genug dazu fühlst.«
»Mir geht es gut. Ich will mit dem Unterricht nur nicht in einem Haus anfangen, aus dem wir schon bald ausziehen, und die Schüler dann woandershin schicken müssen.«
»Steht denn schon fest, wann er verkauft?«
»Nein, Mam, und ich dränge ihn auch nicht. Er hat schon genug Druck.«
»Von der Tara Road? Macht sie ihm die Hölle heiß?« Finola

Dunne befürchtete immer, daß ihre Tochter gegenüber der Exfrau ins Hintertreffen geriet.
Bernadette überlegte. »Nein, ich glaube nicht. Soweit ich weiß, ist sie noch gar nicht mit ihm in Kontakt getreten, seit sie wieder zurück ist.«
»Eigentlich würde ich die Kinder gern mal wiedersehen«, meinte Finola.
»Ja, ich auch. Aber Danny sagt, solange diese Marilyn da ist, sind die beiden nicht von ihr loszueisen. Anscheinend sind sie hin und weg von dieser Frau«, berichtete Bernadette düster.
»Ach, das ist doch nur, weil sie in ihrem Haus gewohnt haben, das sogar einen Swimmingpool hat«, wollte Finola ihre Tochter trösten.
»Ja, ich weiß, Mam.«

»Macht es dir etwas aus, wenn Gertie und Sheila zum Mittagessen kommen?« fragte Ria Marilyn. »Du weißt ja, Sheila ist nur kurz in Dublin und würde dich gerne kennenlernen ... Sie war ja mal in deinem Haus.«
»Nein, lade sie ruhig ein«, erwiderte Marilyn. Zwar hätte sie lieber allein mit Ria gesprochen, denn es gab so viele Dinge zu bereden – über Westville und die Tara Road, über die Vergangenheit und die Zukunft –, aber dies war Rias Leben, und ein Treffen mit Freundinnen stand bei ihr an erster Stelle. Soviel hatte Marilyn inzwischen begriffen. Doch auch Ria hatte einiges dazugelernt.
»Ich werde allerdings nicht den ganzen Vormittag mit Kochen verbringen. Schließlich wollen sie sich unterhalten und keine Gourmetkritik schreiben. Also laß uns im Lebensmittelgeschäft irgend etwas Schnelles einkaufen.«
Als sie am Haus Nummer 26 vorbeikamen, winkten sie Kitty Sullivan zu, die mit ihrer Mutter im Garten auf der Hollywoodschaukel saß. Sechzehn Jahre alt, verängstigt und schwanger, konnte sie plötzlich mit Frances reden wie nie zuvor.
»Ich will nur hoffen, daß Annie es ihr nicht nachmacht«, meinte Ria sarkastisch.

»Glaubst du denn, daß sie schon sexuell aktiv ist, wie man bei uns drüben sagt?«
»Bei uns nennt man es inzwischen auch so«, nickte Ria. »Nein, ich glaube nicht, aber Mütter erfahren so etwas ja immer als letzte. Du weißt bestimmt viel mehr über Annie als ich.«
»Nun, vielleicht kenne ich ein paar ihrer Wünsche und Hoffnungen, aber in dieser Hinsicht bin ich völlig ahnungslos«, beeilte sich Marilyn zu sagen.
»Und wenn du etwas wüßtest, dann wäre es streng vertraulich, und du dürftest es mir nicht erzählen«, ergänzte Ria, die partout nicht neugierig erscheinen wollte und sich außerdem bemühte, die leise Eifersucht zu bezwingen, die sie wieder einmal beschlichen hatte. Warum konnte Annie Lynch ausgerechnet Marilyn von ihren Wünschen und Hoffnungen erzählen? Ria verstand es nicht. Inzwischen waren sie bei Nummer 32 angelangt und betrachteten das Anwesen.
»Gehört Barney noch irgend etwas davon?«
»Nein, alles ist zu irrsinnigen Preisen verkauft worden, es war damals Stadtgespräch. Rosemary wußte wirklich, was sie tat, als sie hierhergezogen ist.« Ria freute sich unverkennbar für ihre Freundin.
Vor dem Häuschen Nummer 48a war von Nora Johnson oder Pliers weit und breit nichts zu sehen, offenbar waren sie wieder bei einer ihrer zahlreichen Unternehmungen. »Deine Mutter wird dich vermissen, falls du hier wegziehst. Wo doch schon Hilary in die Provinz geht.«
»Die Frage ist leider nicht *ob*, sondern *wann*. Inzwischen ist das hier eine Straße für Millionäre geworden. Waren wir nicht clever, damals hier einzuziehen?«
»Ihr wolltet aber nicht damit spekulieren, sondern einen Traum verwirklichen, stimmt's?«
»Ja, vor allem Danny. Er sehnte sich nach einem herrschaftlichen Haus mit hohen Bäumen und gediegener Atmosphäre. Auch wenn ich heutzutage nicht mehr recht weiß, warum, aber als junger Mann schien ihm das alle Mühe wert zu sein.«

Ohne weitere Worte darüber zu verlieren, setzten sie ihren Weg fort und kamen an den Toren von St. Rita vorbei.

»Meine Mutter hat mir mal gesagt, daß man hier zum Nachmittagstee oft einen weichen Keks hat«, erzählte Ria und mußte losprusten.

»Jedenfalls nichts, an dem man allzulange knabbern muß«, griff Marilyn kichernd die Anspielung auf. »Wenn ich da an mein erstes Treffen mit Brian und Annie zurückdenke! An den Ingwerkeksen, die ich ihnen damals aufgetischt habe, hätte man sich die Zähne ausbeißen können. Meine Güte, waren die fürchterlich!«

Als sie um die Ecke bogen, sahen sie, daß in Gerties Waschsalon Hochbetrieb herrschte.

»Ich wage kaum, den Verblichenen zu erwähnen«, flüsterte Marilyn, »aber hat er so etwas wie eine Lebensversicherung hinterlassen?«

»Gerties Mutter hatte wohl irgendeine Versicherung abgeschlossen«, antwortete Ria. »Ich glaube aber, die kam nur für die Bestattungskosten auf.«

»Wird sie denn über die Runden kommen?«

»Besser als vorher. Ihr gehört die kleine Wohnung obendrüber, und außerdem kann sie endlich ihre Kinder bei sich haben, nachdem nun nicht mehr die Gefahr besteht, daß dieser Wahnsinnige auf ihren zarten Nerven herumtrampelt oder gar über sie herfällt.«

Gertie war es so gewohnt, in der Tara Road Nummer 16 zu putzen, daß sie kaum stillsitzen konnte.

»Soll ich dir nicht ein paar Sachen bügeln, Marilyn, damit du sie hübsch ordentlich einpacken kannst?« fragte sie.

»Himmel, Sheila, was hast du nur für eine liebe Schwester! Ich hasse nämlich Bügeln, und da hat mir Gertie öfter mal geholfen.«

»Ja ... sie hat schon immer sehr auf ihre Kleider geachtet, ich war da ganz anders«, erwiderte Sheila, und die Gefahr war für den Augenblick gebannt. Zwar sprang Gertie noch ein- oder zweimal auf, um den Tisch abzuräumen, aber Ria drückte sie jedesmal sacht auf den Stuhl zurück. »Sean ist ganz versessen darauf, wieder herzukommen. Er will nach Weihnachten in Irland zur Schule gehen, um seinen Wurzeln nachzuspüren«, erklärte Sheila. Die anderen drei Frauen bemühten sich, ein Lächeln zu unterdrücken. »Er war schon auf allen möglichen Schulen, und natürlich wäre ich überglücklich, wenn er eine Zeitlang hier leben könnte«, fuhr Sheila fort.

»Was wird Max dazu sagen?« fragte Ria

»Nun, in der Ukraine gibt es keine nennenswerten Wurzeln mehr, aus seinem Heimatdorf sind alle in die Staaten emigriert. Max wird also nichts dagegen haben.«

Gertie griff Sheilas Vorschlag begeistert auf. »Er kann ein kleines Zimmer in unserer Wohnung haben. Nichts Schickes, aber es ist nicht weit zur Schule und zu den Büchereien und so.«

»Von wegen nicht schick!« kreischte Sheila. »Wo du doch in einer so vornehmen Gegend lebst. Es wäre wundervoll, wenn er bei dir wohnen könnte, in einem so glücklichen Heim. Nur schade, daß sein Onkel Jack ihn nicht mehr heranwachsen sehen kann.«

»Ja, Jack hätte dafür gesorgt, daß er sich wirklich wohl fühlt, das steht fest«, erwiderte Gertie ohne jede Spur von Ironie. »Jedenfalls ist das Zimmer frisch gestrichen, wenn Sean wiederkommt. Er soll uns noch sagen, welche Farbe ihm am liebsten wäre. Und vielleicht können wir ihm auch ein Fahrrad besorgen.« Gertie strahlte. »Wißt ihr«, fügte sie dann in vertraulichem Ton hinzu, »es fragen mich nämlich viele Leute, ob ich ohne Jack finanziell überhaupt zurechtkommen werde.«

Ria überlegte, wer das wohl gefragt hatte und aus welchem Grund. Denn eigentlich wußte doch jeder, daß Gerties finanzielle Lage jetzt sehr viel besser war, da sie nicht mehr dreißig oder vierzig Pfund pro Woche mit Putzen dazuverdienen mußte, um Jacks Besäufnisse zu finanzieren. Und da sie nun auch ihre ganze Energie in den Waschsalon stecken konnte. Aber vielleicht waren manche Leute nicht so genau über die Hintergründe informiert.

»Natürlich schaffe ich es«, fuhr Gertie fort. »Meine Mutter hat sich unsere Unterlagen angesehen, und da gab es eine prima

Versicherung. Das Geschäft läuft auch immer besser. Ich werde bald in Geld schwimmen, ich darf nur den Kopf nicht hängen lassen.«

Ria fiel etwas ein. »Da wir gerade von der Zukunft sprechen, was ist eigentlich aus Mrs. Connor und ihren Voraussagen geworden?«

»Sie hat mir gesagt, daß sie nicht mit den Toten sprechen kann, aber daß der Tag kommen wird, an dem ich das auch gar nicht mehr will«, erzählte Marilyn. »Eigentlich würde ich sie gern wissen lassen, daß es jetzt soweit ist.«

»Mir hat sie prophezeit, daß ich mal ein erfolgreiches Geschäft haben würde«, meinte Ria. »Sie hat auch behauptet, daß ich nach Übersee reisen würde – nun, das habe ich bereits getan.«

Sheila berichtete, daß Mrs. Connor zu ihr gesagt habe, ihre Zukunft liege in ihrer eigenen Hand. Und man brauche sich ja nur einmal anzusehen, wie wunderbar sich alles gefügt hätte. Ihr Junge wollte zurück nach Irland, ins Land seiner Vorfahren!

Gertie konnte sich nicht mehr genau daran erinnern, was Mrs. Connor ihr geweissagt hatte – irgend etwas mit Kummer und Leid, aber auch ein glückliches Leben. »Na, wenn das nicht stimmt«, meinte Sheila und tätschelte ihrer Schwester die Hand.

»Soll ich vielleicht mal allein was unternehmen, damit du mit Danny reden kannst?« fragte Marilyn, als sie den Tisch abräumten.

»Nein, nein, dazu habe ich noch genug Zeit, wenn du nach Hause geflogen bist. Laß uns die wenigen Tage nutzen, die wir haben.«

»Du solltest aber baldmöglichst mit ihm sprechen, dir anhören, was er zu sagen hat, und ihm sagen, was *dir* wichtig ist. Je länger du es hinauszögerst, desto schwerer fällt es dir letztendlich.«

»Ja, du hast recht«, seufzte Ria. »Aber so etwas ist eben leichter gesagt als getan.«

»Das ist auch nur ein guter Rat – ich habe mich damals ja selbst nicht daran gehalten«, meinte Marilyn entschuldigend.

»Wahrscheinlich sollte ich ihn bitten hierherzukommen.«

»Ich muß sowieso noch in dem tollen Laden da unten in Wicklow Geschenke für ein paar Leute zu Hause besorgen. Dann hast du den Vormittag für dich.«
»Eine gute Idee.«
»Und weißt du, was wir morgen nachmittag zur Belohnung machen?«
»Keine Ahnung.«
»Wir fahren zu Mrs. Connor«, schlug Marilyn Vine vor, die sich bei der alten Frau bedanken wollte, weil sie ihr die Wahrheit gesagt hatte. Die Toten wollten nicht aufgeweckt werden. Sie wollten in Frieden ruhen.

»Ich muß mich heute vormittag mit Ria treffen«, sagte Danny.
»Es ist wohl auch besser, wenn du es endlich hinter dich bringst«, erwiderte Bernadette. »Bist du sehr traurig deswegen?«
»Mir ist weniger traurig als bang zumute. Früher habe ich mich immer über die Männer im mittleren Alter lustig gemacht, die über ihre Magengeschwüre und ihre Gastritis geklagt haben. Und jetzt geht es mir ganz genauso.«
Bernadette zeigte sich besorgt. »Aber du darfst dir keine Vorwürfe machen, Danny. Du kannst doch nichts dafür, daß alles so gekommen ist. Und immerhin kannst du ihr die Hälfte des Verkaufserlöses abgeben, was eine ganze Menge sein wird.«
»Ja, schon.«
»Außerdem weiß sie, was auf sie zukommt. Sie macht sich also keine falschen Hoffnungen.«
»Nein«, stimmte Danny Lynch zu. »Nein, ich nehme nicht an, daß sie sich falsche Hoffnungen macht.«

»Brian, gehst du heute vormittag bitte zu Dekko und Myles? Dein Vater kommt, und wir müssen unter vier Augen miteinander reden.«
»Willst du nur mich aus dem Haus haben oder alle?« Brian wollte es genau wissen.
»Alle. Marilyn fährt heute zu diesem großen Kunsthandwerksladen, und Annie zeigt Sean noch die letzten Winkel von Dublin.«

»Ihr werdet euch nicht streiten, oder?«
»Nein, das tun wir nicht mehr, hast du das schon vergessen? Also, gehst du nun zu Myles und Dekko?«
»Hättest du was dagegen, wenn ich statt dessen Finola Dunne besuche? Ich habe ihr aus Amerika ein Geschenk mitgebracht.«
»Das ist eine prima Idee, geh nur.« Sie lachte, weil er sie so fragend ansah.
»Oder findest du das schrecklich daneben? Mache ich damit wieder etwas Grundverkehrtes?«
»Nein, Brian, du bist ein richtiger Goldschatz«, erwiderte seine Mutter.
»Aber das ist eher ... äh ... ungewöhnlich bei mir, oder?« So viel Lob machte ihn verlegen.
»O ja, sehr ungewöhnlich«, nickte Ria.

Als er um zehn Uhr kam, klingelte er an der Eingangstür.
»Hast du denn keinen Schlüssel mehr?« fragte sie.
»Ich habe sie diesem Flintenweib übergeben.«
»Nenn sie nicht so, Danny. Was hat sie bloß damit gemacht?«
»Das fragst du mich? Wahrscheinlich in einen Betonblock eingegossen.«
»Nein, dort hinten am Schlüsselbrett hängen sie ja. Willst du sie wiederhaben?«
»Wozu denn?«
»Na, um Interessenten das Haus zu zeigen. Bitte, Danny, mach es nicht schwerer, als es schon ist.«
Er sah ein, daß sie recht hatte. »Klar«, sagte er und hob beschwichtigend die Hände.
»Ich habe Kaffee gekocht. Sollen wir uns vielleicht in den Salon setzen und ... entschuldige, aber du kennst mich ja ... eine Liste erstellen?«
Auf dem runden Tisch lagen bereits zwei linierte Blocks und zwei Kugelschreiber. Ria trug den Kaffee herein und sah Danny dann erwartungsvoll an.
»Schau, ich glaube nicht, daß das so geht«, fing Danny an.

»Aber es *muß* irgendwie gehen. Ich meine, du hast gesagt, daß wir bis spätestens Weihnachten hier ausgezogen sein müssen. Ich habe extra dafür gesorgt, daß Marilyn und die Kinder nicht im Haus sind, damit wir uns an die Arbeit machen können.«
»Sie ist noch nicht wieder in den Staaten?«
»Nein, sie fliegt morgen.«
»Oh.«
»Also, über wen verkaufen wir?«
»Was?«
»Das Haus, Danny. Wir können nicht McCarthy & Lynch beauftragen, weil diese Firma nicht mehr existiert. Wen also dann?«
»Die Maklerfirmen werden sich darum reißen, auf meinem Grab einen Freudentanz aufzuführen«, erwiderte Danny düster.
»Übertreib nicht, du dramatisierst deine Lage. Wahrscheinlich werden sich etliche Makler darum bemühen, es verkaufen zu dürfen, aber nur, um die zwei Prozent Vermittlungsgebühr einzustreichen. Deshalb noch mal die Frage: Wen nehmen wir?«
»Du bist schon lange nicht mehr im Geschäft. Zwei Prozent, das war einmal. Heutzutage tobt ein mörderischer Konkurrenzkampf, einer unterbietet den anderen.«
»Was heißt das?«
»In Fachkreisen nennt man es die Mißwahl. Ein Makler nach dem anderen schneit herein und hofft, daß er erwählt wird. Der eine sagt, er nimmt nur 1,7 Prozent, der nächste verlangt bloß 1,25 Prozent. Dann wieder ist einer so scharf auf den Auftrag, daß er ein Pauschalangebot macht.«
»So läuft das heutzutage?«
»Ja, so läuft das. Glaub mir, ich habe das jahrelang mitgemacht und werde es eines Tages vielleicht sogar wieder tun.«
»Also wen?«
»Ria, ich möchte dir etwas vorschlagen. Diese Burschen hassen mich, die meisten jedenfalls. Ich habe ihnen oft das Geschäft vermasselt, ihnen Kunden abspenstig gemacht. Verkaufe du das Haus unter deinem Namen, und gib mir dann die Hälfte ab.«

»Das kann ich nicht tun.«
»Ich habe lange darüber nachgedacht, und es scheint mir die einzige Möglichkeit zu sein. Wir müssen so tun, als lägen wir im Clinch, als bekämst du keinen Penny von mir und wärst darauf angewiesen, soviel wie nur möglich hier herauszuschlagen.«
»Nein, Danny.«
»Es ist doch auch für dich, für die Kinder. Bitte, Ria.«
»Diese sogenannte Mißwahl unter Maklern kann ich unmöglich allein durchstehen.«
»Dann hol dir Unterstützung.«
»Hmmh. Vielleicht Rosemary, sie ist eine Geschäftsfrau«, überlegte Ria.
»Nein, nicht Rosemary«, entgegnete Danny bestimmt.
»Aber warum denn nicht, Danny? Du magst sie doch, und sie hat wirklich Geschäftssinn, das sieht man ja an ihrer Firma.«
»Nein, zwei Frauen nimmt keiner ernst.«
»Ach, Quatsch. Wo lebst du denn? Heutzutage werden Frauen im Geschäftsleben durchaus ernst genommen.«
»Hol dir einen Mann zu Hilfe, Ria. Hör auf meinen Rat.«
»Was für einen Mann denn? Ich kenne keine Männer.«
»Du hast doch Freunde.«
»Colm vielleicht?« überlegte sie.
Danny überdachte den Vorschlag. »Ja, warum nicht. Er besitzt selbst eine wertvolle Immobilie, wenn er sie auch mehr oder weniger dem Zufall verdankt. Man wird ihn respektieren.«
»Na gut. Wann soll ich mich mit den Maklern in Verbindung setzen?«
»Am besten so bald wie möglich. Und erzähl diesen Burschen, daß du zugleich auf der *Suche* nach einem Haus bist. Sie werden dir noch mehr entgegenkommen, wenn sie glauben, daß ein doppelter Abschluß winkt.«
»Was sollen wir mit den Möbeln machen?«
Danny zuckte die Achseln. »Wenn du etwas kaufst, wo sie hineinpassen, mußt du sie unbedingt behalten.«

»Aber angenommen, *du* findest etwas, wo sie gut hineinpassen?« fragte sie.

»Das glaube ich kaum. Es wird nur ein kleines Haus sein, und außerdem ... na, du weißt schon.«

»Verstehe«, nickte Ria. »Bernadette möchte in eurem Haus lieber ihre eigenen Möbel haben.«

»Ach, ich glaube, sie bemerkt nicht einmal, wie ein Zimmer möbliert ist.« Danny klang sehr niedergeschlagen.

Ria strich über einen der Stühle mit der runden Lehne. Sie hatten sie in dem alten Pfarrhaus gefunden, damals waren sie noch mit einem rissigen, groben Gewebe aus Pferdehaar bezogen gewesen. Alles, was hier stand, war Ergebnis einer langen, hingebungsvollen Suche. Und jetzt, nicht einmal zwei Jahrzehnte später, zuckten zwei Menschen nur die Achseln, wenn es um das weitere Schicksal dieser geschichtsträchtigen Stücke ging.

Sie biß die Zähne zusammen, um nicht plötzlich in Tränen auszubrechen.

»Es wird nicht leicht werden, aber wir schaffen es.«

»Offenbar muß *ich* es schaffen.« Ria hoffte, daß sie nicht allzu bitter klang.

»Du verstehst, warum?«

»Ja. Aber wirst du mir später nicht vorhalten, daß ich mehr hätte kriegen können oder doch besser diesen oder jenen hätte beauftragen sollen?«

»Nein, glaub mir, ich lass dir völlig freie Hand.«

Sie glaubte ihm. »Ich werde noch heute mit Colm sprechen. Mir brennt es unter den Nägeln, die Sache endlich hinter mich zu bringen. Außerdem will ich damit anfangen, für meinen Lebensunterhalt zu arbeiten.«

»Du hast schon immer schwer geschuftet«, sagte Danny voller Anerkennung und ein bißchen wehmütig.

Sein Ton trieb Ria Tränen in die Augen. »Und wie sieht es bei dir mit Arbeit aus?« erkundigte sie sich.

»Nun, es ist schwerer, etwas zu finden, als ich gedacht hatte. Man hat mir sozusagen nahegelegt, mich doch in einer anderen Bran-

che umzuschauen. Ich renne bei den Maklerfirmen nicht gerade offene Türen ein, keiner will sich ausgerechnet von mir in die Karten blicken lassen. Aber es wird sich schon etwas ergeben.«
»Was zum Beispiel?«
»Na ja, Öffentlichkeitsarbeit für die Bauindustrie oder Werbung für Wohnungsbauunternehmen. Vielleicht auch Antiquitätenhändler – es gibt immer noch Leute, die die schönsten Stücke rausschmeißen, nur um sich in Kiefer und Chrom einzurichten.«
Danny plauderte unbeschwerter, als ihm zumute war. Man mußte ihn gut kennen, um ihn zu durchschauen. Aber Ria ließ sich nichts anmerken.

Am späten Nachmittag fuhren sie zu dem Landfahrerplatz, wo Pferde an Zäune angebunden waren und Kinder auf den Stufen von Wohnwagen spielten. Junge Burschen lungerten herum und sahen auf, wenn sich ein Auto näherte.
»Wo geht es zu Mrs. Connor?« fragte Ria.
»Sie ist fort«, antwortete ein kreidebleicher Junge mit roten Haaren.
»Weißt du, wohin?« wollte Marilyn wissen.
»Nein, sie ist einfach über Nacht verschwunden.«
»Aber du hast vielleicht eine Ahnung, wo sie sein könnte?« Ria machte Anstalten, ihre Handtasche zu öffnen und den Geldbeutel zu zücken.
»Nein, wirklich nicht, tut mir leid. Wenn wir es wüßten, würden wir es Ihnen sagen. Es kommen andauernd Leute her, die nach ihr fragen.«
»Hat sie irgendwelche Verwandten hier?« Ria ließ den Blick über die Wohnwagenkolonie schweifen.
»Nein, keine richtigen.«
»Aber doch bestimmt jede Menge Cousins und Cousinen. Wir wollen sie nämlich unbedingt finden.«
»Um ihr zu danken«, ergänzte Marilyn.
»Ja, ich weiß, es kommen jeden Abend massenhaft Leute deswegen her. Gerade eben waren schon mal zwei Wagen da.«

»War sie vielleicht krank?« fragte Ria.
»Sie hat nie was davon gesagt.«
»Und es hat hier auch kein anderer ihr ... ähm ... ihr Geschäft übernommen?« erkundigte sich Marilyn.
»Nein. Dazu braucht man doch ihre Gabe«, erklärte der Junge, dessen Gesicht beinahe wächsern wirkte.

Sie gingen zu einem letzten Abendessen zu Colm. Sean und Annie hielten Händchen, während sie gemeinsam ein Ragout aus roten Bohnen und Auberginen verspeisten. »Sean ißt jetzt auch keine toten Tiere mehr«, erklärte Annie stolz.
»Recht hast du, Sean«, sagte Colm bewundernd.
»Finola Dunne hat erzählt, daß sie deine Schwester im Krankenhaus gesehen hat. Ihre Freundin ist auch dort«, plapperte Brian drauflos.
Ria schloß die Augen. Marilyn hatte ihr die Geschichte erzählt. Aber ausgerechnet Brian hätte nun wirklich nichts davon erfahren müssen.
»Ja, sie war ziemlich krank, aber jetzt geht es ihr schon wieder viel besser. Ist Mrs. Dunnes Freundin auch schon auf dem Weg der Besserung?« erwiderte Colm ungerührt.
Ria bedachte ihn mit einem dankbaren Blick.
»Ich glaube, ehrlich gesagt, daß ihre Freundin Drogen genommen hat. Aber deswegen kann es ihr ja trotzdem irgendwann wieder bessergehen, das kommt doch öfter vor, oder?«
»O ja, Brian«, bestätigte Colm. »Sehr oft sogar.«
Da traten Barney und Mona McCarthy zu ihnen an den Tisch. »Ich wollte dich nur kurz zu Hause willkommen heißen, Ria, und dir, Marilyn, eine gute Reise wünschen.« Mona wirkte neuerdings um einiges selbstbewußter.
»Mam fängt jetzt an, für Geld zu kochen. Kennen Sie denn noch ein paar reiche Leute, die ihr vielleicht etwas abkaufen würden?« Brian wollte seiner Mutter gern geschäftlich unter die Arme greifen.
»Doch, den einen oder anderen kennen wir noch«, lächel-

te Mona. »Wir werden sie selbstverständlich darauf ansprechen.«
Barney hatte es offenbar sehr eilig, das Gespräch zu beenden, und Colm geleitete das Ehepaar zu seinem Tisch. Nichts an Colms Benehmen ließ darauf schließen, daß Barney jemals mit einer anderen Frau hier gegessen hatte. Oder daß manche seiner Rechnungen erst beglichen worden waren, nachdem ein Rechtsanwalt sich nach eventuellen Außenständen Barneys in diesem Restaurant erkundigt hatte.
Ein Rechtsanwalt, der im Auftrag von Mrs. McCarthy tätig gewesen war.

»Sollen wir heute abend noch bei Rosemary vorbeischauen, damit du ihr auf Wiedersehen sagen kannst?« fragte Ria.
Annie sah auf.
»Ach, ich schreib ihr einfach nur ein paar Zeilen«, erwiderte Marilyn.
»Gut, wie du willst.« Ria dachte sich nichts weiter dabei.
In diesem Augenblick bat Colm Ria, doch bitte mit ihm in die Küche zu kommen. Sie sollte sich die Desserts ansehen, die er für heute abend vorbereitet hatte, und ihm sagen, was sie sich statt dessen vorstellen könnte.
»Darf ich mit in die Küche?« Brians Augen leuchteten auf.
»Nur, wenn du mucksmäuschenstill bist«, antwortete seine Mutter.
»Sean, gehst du bitte mit und hältst ihm die Klappe zu, falls er doch zu quasseln anfängt?« bat Annie.
Sean Maine gefiel sich in der Rolle des Retters und trottete bereitwillig hinterher.
Nun sahen sich Annie und Marilyn in die Augen. »Du kannst Rosemary nicht leiden«, stellte Annie fest.
»Stimmt.«
»Warum denn nicht?«
»Ich weiß nicht genau. Jedenfalls ist es nichts, was man deiner Mutter gegenüber zur Sprache bringen müßte. Sie ist schon so

viele Jahre mit ihr befreundet. Aber was ist mit dir, Annie, du magst sie offensichtlich auch nicht. Was ist der Grund dafür?«
»Das kann ich nicht erklären.«
»Verstehe. So etwas kommt vor.«

Das Taxi war für halb elf Uhr bestellt, aber Ria sagte, Marilyn brauche nicht zu glauben, sie könne sich etwa still und leise davonmachen. Und so war es dann auch. Colm erschien und überreichte ihr eine Gartenbaubuch, über das sie einmal gesprochen hatten, ein sehr altes Werk, das er in einem Antiquariat aufgetrieben hatte. Auch Nora wollte noch auf Wiedersehen sagen, und Hilary kam ebenfalls und zeigte Marilyn dabei noch schnell eine Fotografie von Martins Elternhaus: ein von hohen Bäumen umstandenes, trostlos wirkendes Gebäude. »Es ist wunderbar, wenn man abends das Krächzen der heimkehrenden Krähen hört«, erzählte Hilary.
»Wir wollten zu Mrs. Connor und ihr auch von dir und den Bäumen erzählen, aber sie war nicht mehr da«, berichtete Ria ihrer Schwester.
»Nun, sie hat ihre Aufgabe erfüllt«, erwiderte Hilary, als sei dies doch offensichtlich.
Auch Gertie war gekommen, um sich zu verabschieden. »Es war eine prima Zeit mit dir, und ehrlich, Marilyn, ich hätte nicht gedacht, daß du uns und unsere Lebensweise hier so gut verstehen würdest, wo du doch aus dem Ausland kommst und so. Aber du hast genau wie alle anderen kapiert, daß Jack mich geliebt hat und nur das Beste für mich wollte. Sein Problem war, daß er immer gedacht hat, niemand hält was von ihm.«
»Was aber nicht gestimmt hat«, erwiderte Marilyn. »Allein, daß so viele Leute zu seiner Beerdigung gekommen sind, beweist ja das Gegenteil.« Und dann war es auch schon Zeit zu gehen.
»Ich nehme ein Taxi, Ria«, rief sie, als Ria den Autoschlüssel zückte.
»Nein, ich fahre dich zum Flughafen. Keine Widerrede.« Da klingelte das Telefon. »Ausgerechnet jetzt«, stöhnte Ria.

Aber es war gar nicht für sie. Greg Vine rief aus Kalifornien an, wo er in sein Flugzeug nach New York umsteigen mußte. Er wollte am Kennedy Airport auf Marilyn warten, so daß sie zusammen zum Tudor Drive fahren konnten.

»Ja, ich dich auch«, beendete Marilyn das Gespräch.
»Hat er gesagt, daß er dich liebt?« wollte Ria wissen.
»Mmmmh, ja.«
»Du hast es gut, Marilyn.«
»Nun, du hast immer noch die Kinder.«
Und sie umarmten sich so innig, wie sie es am Flughafen nicht würden tun können.

Annie quetschte sich zwischen Sean Maine und Brian in den Wagen. Sie wollten mitfahren, um am Flughafen auf Wiedersehen zu sagen. Als sie ins Auto stiegen, tauchte auch Clement auf, um Abschied zu nehmen. Es war zwar mehr ein ausgiebiges Gähnen und Strecken, aber alle verstanden, was er damit sagen wollte.

»Es tut mir leid, daß ich ihn in dein Schlafzimmer gelassen habe«, entschuldigte sich Marilyn.
»Nein, es tut dir nicht leid, aber das ist auch egal. Bald wohnen wir ohnehin woanders, und dort wird er sich wieder gute Manieren angewöhnen müssen.«
Colm trat an die Gartentür, um ihr zum Abschied zuzuwinken.
»Du arbeitest immer noch in dem Garten, obwohl er bald fremden Leuten gehören wird?«
»Nun, sie kriegen nichts von mir geschenkt. Ich bringe den ganzen Kram nämlich rüber zu Jimmy und Frances Sullivan und buddele ihn dort ein.«
»Warum reißt du nicht die gräßliche Betonfläche hinter deinem Restaurant heraus und pflanzt dort Gemüse an?«
»Weil ich dort mal bauen will.«
»Bauen?«
»Ja, ein ordentliches Haus, nicht nur eine Junggesellenbude.«
»Prima Idee.«

»Man kann ja nie wissen.«
»Ach, es fällt mir so schwer, euch zu verlassen«, seufzte Marilyn.
»Wenn du wiederkommst, werden wir dich in einer neuen Umgebung willkommen heißen.«
»Du kannst wahrscheinlich nichts Lebendiges mit an Bord nehmen, Marilyn, oder?« fragte da Brian.
»Nein, außer mir nichts«, erwiderte sie.
»Dann hat es wohl keinen Sinn, dir eine Meerschweinchen für Zach mitzugeben?«

»Wir müssen uns hier verabschieden«, sagte Ria vor dem Abfertigungsschalter.
»Haben wir beide das nicht großartig hingekriegt?« meinte Marilyn.
»Ja, wir haben unsere Chance wirklich genutzt«, nickte Ria.
»Und daß alles so gut geklappt hat ...«, überlegte Marilyn.
Noch immer brachten sie es nicht über sich, einander ade zu sagen.
Da warf sich Annie in Marilyns Arme. »Es ist so schade, daß du gehst, einfach jammerschade! Weißt du, du bist so ganz anders als alle anderen Leute. Kommst du irgendwann einmal wieder, damit ich jemanden habe, mit dem ich reden kann?«
»Du hast hier doch eine ganze Menge Leute, mit denen du reden kannst.«
Ria Lynch fragte sich, ob das eine Anspielung auf sie sein sollte.
»Und du paßt von da drüben auf, daß nichts schiefläuft, ja?« bat Annie.
»Natürlich, aber du mußt hier auch ein Auge darauf haben«, verlangte Marilyn.
»Sicher.«
Nun schüttelte ihr Sean Maine mit ernster Miene die Hand, und Brian umarmte sie, obwohl ihm das ein bißchen peinlich zu sein schien. Als Marilyn wieder aufschaute, sah sie, wie die hübsche, blonde, fast fünfzehnjährige Annie Lynch zu ihrer Mutter ging und ihr den Arm um die Taille legte. »Bis du wiederkommst,

werden wir hier schon dafür sorgen, daß die Welt sich weiterdreht«, sagte sie zu Marilyn und strahlte dann Ria an. »Nicht wahr, Mam?«
»Na, klar doch«, bestätigte Ria und stellte überrascht fest, daß sie das inzwischen durchaus für möglich hielt.